Richard Aellen

Der Mann mit dem zweiten Gesicht

Richard Aellen

Der Mann mit dem zweiten Gesicht

Roman

Aus dem Amerikanischen
von Werner Waldhoff

Wolfgang Krüger Verlag

Titel der Originalausgabe: »Redeye«
Erschienen im Verlag Donald I. Fine, Inc., New York

Deutsche Ausgabe:

Satz: Fotosatz Otto Gutfreund, Darmstadt
Druck und Einband: May + Co., Darmstadt
Printed in Germany, 1989
ISBN 3-8105-0108-7

Für M. N.
am R. H. M.

Kapitel 1

Die Frau, die er im Traum tötete, war nicht seine Ehefrau. Sie hieß Lisle Beaumier, eine Fremde für ihn. Er kannte ihr Apartment in allen Details, noch bevor sie ihn hineingeführt hatte. Er wußte, daß in der Küche eine Reihe von Kupferkesseln diagonal über dem Herd hing und daß im Schlafzimmer ein mit chinesischer Brokatseide abgedecktes Doppelbett stand und daß es im Bad eine auf klauenförmigen Füßen stehende Wanne gab mit einer Brause, deren Schlauch sich wie eine rosafarbene Schlange auf dem Wannenboden ringelte. All diese Dinge wußte Paul Stafford, während er Lisle Beaumier küßte und gleichzeitig ihren Tod plante. Er war bereit.

Paul hatte keinen Anlaß, vom Tod zu träumen. Die Nacht war still und warm. Die Vorhänge vor dem offenen Schlafzimmerfenster blähten sich sacht in der sanften Brise. Aus dem Hinterhof drang das Zirpen der Grillen herein und das leise Rascheln der Blätter. Es war April. Hinter den fernen Dächern tauchte die Spitze des Washington Monuments auf, dessen elfenbeinfarbener Turm wie ein Finger auf den Dreiviertelmond zeigte, der die Stadt in weißem Licht badete. In seinem Bett stöhnte Paul auf und warf sich unruhig hin und her, kämpfte gegen die Bilder an, die sich ihren Weg in seinen Kopf bahnten und ihn zu einem widerstrebenden Teilnehmer, einem gefährlichen Verführer, einem kaltblütigen Killer machten.

Das Mädchen in dem Traum war aufreizend und verführerisch und wußte das nur zu genau. Die junge Frau hatte honigblonde Haare, jadegrüne Augen und Lippen, die sich von ganz allein zu einem Schmollmund formten. Kaum war die Tür hinter ihnen ins Schloß gefallen, preßte sie sich gegen ihn, zu allem bereit und mehr als nur ein bißchen betrunken. Er küßte sie und ließ seine Hände über ihren Rücken gleiten. Als er ihre Hüften an sich zog, stieß sie erwartungsvolle kleine Laute aus. Ihre Zunge begann in seinem Mund zu tanzen.

Merkwürdigerweise war sich Paul bewußt, daß er träumte, auch als der Traum ihn gleichzeitig zu erregen und abzustoßen begann. Er war gefangen, so wie in anderen Träumen auch, unfähig, vor dem endgültigen schrecklichen Moment zu erwachen. Er konnte ihre Brüste unter dem dünnen Stoff spüren, ihr Parfüm riechen, das ihn einhüllte, ihre kleinen tierischen Laute hören, die sie von sich gab, als ihre Hände an seinem Körper abwärts glitten. Fordernde Finger öffneten den Reißverschluß an seiner Hose und befreiten ihn.

»El Rancho Grande«, lachte sie, ein Echo auf den Refrain der Bühnenshow, die sie zuvor gesehen hatten.

Er wollte ihr das Kleid vom Leibe reißen und in ihr versinken, aber das durfte nicht sein. Ihr Tod mußte wie ein Unglücksfall aussehen. Statt dessen zwang er sich zurückzutreten, während er sich auszog. Hemd, Krawatte, Hosen, Unterwäsche – er warf alles auf einen Haufen, wobei er sorgfältig darauf achtete, daß nichts aus seinen Taschen fiel.

Lisle Beaumier folgte eifrig seinem Beispiel. Sie zog das Kleid über ihren Kopf und schleuderte es zur Seite, dann streifte sie das Seidenhemdchen ab; die winzigen, flachen Nippel ihrer vollen Brüste glühten in rosiger Erregung. Das schwarze Bikinihöschen mit Spitzenbesatz glitt schnell zu Boden, und sie stand in selbstbewußter Nackheit vor ihm. Er hob sie auf und trug sie ins Badezimmer. Sie japste vor Überraschung, als er sie in die Wanne legte.

»Ich möchte dich naß sehen«, sagte er und drehte den Hahn auf.

»Ich bin naß. Siehst du?«

Sie fuhr sich mit einem Finger zwischen die Beine und streckte ihm dann die Hand entgegen. Das Wasser schwappte um ihre Füße, ein bißchen zu heiß. Er korrigierte die Wassertemperatur und fragte sie, ob sie ein Schaumbad hätte; von einem früheren, heimlichen Besuch wußte er, daß sie so etwas besaß. Er schüttete das Pulver in das Bad und setzte sich ihr gegenüber in die Wanne, während die Schaumblasen um sie herum aufstiegen. Seine Finger drangen in sie ein, strichen über das seidige Fleisch, während ihre Hand ihn streichelte und zärtlich koste und ihn dem Höhepunkt näherbrachte, den sie nie gemeinsam erleben würden.

Die Beine umeinander geschlungen, so drängten sie zueinander, sich windend und stoßend. Lisles Stirn glänzte vor Schweiß. Sie klammerte sich an seiner Taille fest, während ihr Leib immer schneller gegen seine Finger stieß. Sie keuchte mit geöffneten, trockenen Lippen, auf dem Gesicht ein benommener Ausdruck, bis sie es nicht länger ertragen konnte. Sie entzog sich ihm und richtete sich auf die Knie auf.

»Komm, komm ins Bett.«

Das durfte er nicht zulassen. Sosehr er sich danach sehnte, in sie einzudringen, es durfte keinen Hinweis geben, daß Lisle Beaumier in dieser Nacht nicht alleine gewesen war. Und so erhob er sich widerstrebend und trat aus der Wanne auf den kleinen Teppich. Er mußte Schluß machen.

»Warte«, sagte er, als sie ihm aus der Wanne folgen wollte. »Ich muß dich noch trocken küssen.«

»Beeil dich besser.«

Schaum glitt über ihren Bauch, während er mit seinen Lippen dem Handtuch über ihren Körper folgte. Er begann am Nacken, dann kamen die Brüste; er küßte ihren Nabel und schließlich die zarten, rosigen Lippen, die sich unter dem warmen Schamhaar verbargen. Er bewegte leicht die Füße, damit sie trocken sein würden, wenn die Zeit zum Handeln gekommen war. Lisle betrachtete ihn mit mildem Lächeln, während er vor ihr niederkauerte. Er schmeckte ihre Erregung noch auf seiner Zunge, als er seine Füße fest gegen den Boden stemmte und in die Höhe schnellte. Sie wollte noch etwas sagen, als seine Handkante gegen ihr Kinn knallte; ihr Genick brach mit einem dumpfen Knacken. Sie fiel rückwärts gegen die Wand und sackte in dem Schaum in sich zusammen. Als er ihren Körper heraushob, fiel ihr Kopf nach hinten ...

Paul richtete sich ruckartig auf. Sein Herz hämmerte, sein Atem kam schnell und stoßweise. Der zerdrückte Schlafanzug war schweißgetränkt. Da er allein war, dauerte es eine Weile, bis ihm klar wurde, daß er sich zu Hause befand und nicht in irgendeinem fremden Land hinter einer Story her jagte. Dann erinnerte er sich an den Streit mit seiner Frau. Joanna war nach unten vor den Fernseher gegangen, um ihren Kummer mit einem Spätfilm und einem Drink zu betäuben. Sie war nicht zurückgekommen.

Paul befreite seine Beine von dem Laken, stand auf und ging ins Bad. Er spritzte sich kaltes Wasser ins Gesicht, warf den Kopf zurück und atmete tief durch. Er sah das Bild der Frau deutlich vor sich, der Frau, die er getötet hatte. Er hatte noch ihr stoßweises Einatmen im Ohr, als seine Hand ihr Kinn getroffen hatte, er roch noch immer den schwachen Duft ihres Parfüms. Er hatte schon früher ähnliche Alpträume gehabt, doch nie war es eine Frau gewesen, die er getötet hatte. Immer waren es Männer gewesen.

Paul ging nach unten. Joanna schlief auf der Couch, eingehüllt in das stumpfe Licht des Fernsehgerätes. Sie hatte sich eine Decke übergezogen, unter der ihre nackten Füße herausschauten. Eine Hand lag unter ihrer Wange auf einem braunen Kissen. Ihre schmalen Lippen waren leicht geöffnet und ließen ihren Mund so voll erscheinen, wie er sonst nur im Zorn war oder wenn sie sich liebten. Im Schlaf wirkte sie sogar noch jünger als achtundzwanzig. Neben der Couch lag eine umgekippte Flasche Remy Martin, die einen kleinen Fleck auf dem Teppich hinterlassen hatte.

Paul hob die Flasche auf und stellte sie auf den Kaffeetisch. Er überlegte, ob er Joanna nach oben ins Bett tragen sollte, entschied sich dann aber dagegen. Wenn er sie weckte, würde vielleicht der Streit wieder aufflammen, den sie zuvor gehabt hatten. Paul war damit beschäftigt gewesen, Kopien von Rockland-Birdwell-Inspektionsberichten über eine Laserkomponente im Star-Wars-Programm zu rezensieren, als Joanna hereingekommen war. Sie hatte sich aufs Geratewohl einen Report herausgegriffen und ihn überflogen. Ihre Hände waren schmal mit langen, zarten Fingern, deren Schönheit nur von ihrer Angewohnheit des Nägelbeißens beeinträchtigt wurde.

»Was ist das für eine Geschichte?«

»SDI. Rockland-Birdwell fälschen Berichte über die erzielten Fortschritte. Ändern die Testkriterien, damit die Ergebnisse passen und sie den Terminplan einhalten können.« Paul lehnte sich auf seinem Stuhl zurück. »Die Frage ist: Machen sie das, um das Verteidigungsministerium zum Narren zu halten, oder hat das Verteidigungsministerium die Sache veranlaßt, damit SDI auf die Russen erschreckender wirkt?«

Er bezog sich auf den anstehenden bilateralen Abrüstungsvertrag, der einen Austausch von »Verteidigungstechnologien« vorsah – das auf Lasertechnik basierende Star-Wars-Programm und der geheime sowjetische RF-Wellentransmitter, volkstümlich als Nevsky-Projekt bezeichnet. Das Thema interessierte Joanna nicht. Sie legte Paul eine Hand auf die Schulter und spielte mit seinem Nackenhaar.

»Kommst du mit ins Bett?«

Sie trug ein blaßblaues Seidenhemdchen, passend zu ihren Augen; ihre Hüfte berührte seine Schulter.

»Ich will erst mal sehen, was ich hier hab.«

Joanna ließ ihre Hand fallen.

»Paul ... ich möchte noch ein Kind.«

Er arbeitete weiter. Nach einem Augenblick sagte sie: »Willst du mir nicht antworten?«

»Hast du eine Frage gestellt?«

»Ich sagte, ich will noch ein Kind.«

»Wir hatten bereits ein Kind.«

Und es ist gestorben, dachte Paul.

»Das Haus kommt mir so leer vor. Ich fühle mich leer. Ich will noch ein Kind ...«

»Nein.«

»Paul ...«

»Ich will das nicht noch mal durchmachen.«

»*Du* willst das nicht noch mal durchmachen?«

»Ich will nicht, daß wir das noch mal durchmachen müssen.«

Sie schob sich vor ihn, umklammerte ihren Ellenbogen, während sie sich bemühte, ihre Stimme ruhig zu halten.
»Paul, was geschehen ist, war ein Unfall. Das weißt du, nicht wahr?«
»Ich habe dir gesagt, wie ich darüber denke.«
Er wandte seine Aufmerksamkeit wieder den Berichten zu.
»Du warst es, der eine Familie wollte«, sagte Joanna. »Ich habe nicht mal dran gedacht, als wir uns kennenlernten.«
»Dann hat sich nichts geändert.«
»Alles hat sich geändert. Wir haben eine Familie gegründet. Du sagtest, du willst vier Kinder.«
»Jetzt nicht mehr.«
»Wann hat das – wann hast du das beschlossen?«
Eine Strähne ihres langen, dunklen Haares fiel ihr ins Gesicht. Sie schob sie beiseite.
»Ich hab schon eine ganze Weile darüber nachgedacht.«
»Wie lange?«
Seit Jasons Tod, wollte er sagen. Seit dem Morgen nach der Beerdigung, als ich aufwachte und dich schlafen sah, so friedlich und unschuldig, als wäre nichts geschehen.
Doch es war geschehen. Vor sechzehn Monaten war Joanna mit Jason zu ihren Eltern nach Charlottesville gefahren. Sie lebten in einem großen, weitläufigen Landhaus auf einem Hügel mit Blick über die Stadt. Jo war einkaufen gegangen und hatte Jason bei ihren Eltern zurückgelassen – bei ihrer Mutter, die das Weihnachtsessen vorbereitete, und bei ihrem Vater, der im Keller bastelte. Als Jo das Haus verließ, hatte Jason im Keller seinem Großvater bei der Arbeit geholfen. Irgendwann war er nach oben gegangen, und von da an dachte jeder der Erwachsenen, er wäre bei dem anderen. Niemand bemerkte, daß Jason nach draußen ging. Niemand hörte, wie er durch die dünne Eisdecke brach, die den Swimmingpool bedeckte. Als sie ihn fanden, war es zu spät.
Joanna wußte, was Paul dachte.
»Das ist nicht fair«, sagte sie leise. »Ich habe ihn nicht umgebracht.«
»Aber du hast ihn auch nicht beschützen können, genausowenig wie ich. Keiner von uns konnte es.«

Nein, dachte er, während sich die ewig gleichbleibenden Argumente durch seinen Geist wühlten. Niemand hat schuld. Vergeben und vergessen. Vergessen, daß du ihn mit nach Charlottesville genommen hast, vergessen, daß deine Eltern so verdammt nachlässig waren, daß sie ihn keine fünfzig Fuß vom Haus entfernt sterben ließen, vergessen, daß ich an diesem Wochenende nicht da war, vergesssen, daß wir überhaupt je einen Sohn hatten. Er unterdrückte seinen Zorn und sagte: »Nein.«

»Mom und Dad? Gibst du ihnen die Schuld?«

»Ich gebe niemandem die Schuld.«

»Und ob du das tust.«

Jetzt wandte er sich ihr zu, starrte sie an, während er mit harter Stimme sagte: »Er ist nicht hier, okay? Er ist nicht hier, ist nicht mehr Bestandteil dieser Welt. Nichts, was Jason vielleicht getan hätte, wird jetzt noch geschehen; niemand wird ihn kennen – die Freunde, die er gehabt hätte, eine Frau, Kinder ...«

Joannas Augen füllten sich mit Tränen; sie preßte die Hände auf die Ohren und rannte aus dem Zimmer.

Paul spürte den spontanen Drang, ihr zu folgen, aber er verging schnell wieder bei der Erinnerung an das letzte Bild von Jason... Er hatte ihm die Tasche mit seinem Spielzeug zum Auto getragen und nachgesehen, als Jo davonfuhr, während Jason ihm durch die Heckscheibe zuwinkte. Den Ausdruck des Vertrauens in den Augen des Jungen würde er nie vergessen. Wenn man Kinder großzog, gab es keine Entschuldigungen. Überhaupt keine ...

Als er später die schlafende Joanna beobachtete, versuchte er das Gefühl wieder zum Leben zu erwecken, das sie einst miteinander geteilt hatten. Er stellte sich vor, sie zu lieben, während sie schlief. Ihre Schönheit zog ihn immer noch an, ihre physische Gegenwart erregte ihn, aber er wollte sie nun ohne jede Verpflichtung. Er stellte sich vor, wie ihr Körper instinktiv im Schlaf reagierte, wie sich die weiße Haut rötete, wie sich ihre Hüften in seinem Rhythmus wiegten, wie sich ihre Beine unter ihm spannten.

Paul kniete nieder, um sie zu küssen. Sein Knie berührte einen kalten Fleck – der vergossene Brandy –, und die Bilder des Alptraums kehrten zurück, Gedanken an Tod und Verstümmelung. Joanna wurde für ihn eine Fremde, eine blasse Frau mit kameenhaften Gesichtszügen, die in einem Meer aus schwarzen Haaren trieben, ausgebreitet über dem Kopfkissen wie Tinte im Wasser. Bilder von Tod und Verwesung durchfluteten sein Hirn. Aus früheren Erfahrungen wußte er, daß er erst dann wieder frei sein würde, wenn er den Alptraum aus seiner Erinnerung gebannt hatte.

Paul ging hoch in sein Büro, holte einen gelben Notizblock hervor und begann zu schreiben. Die Alpträume waren selten, doch wenn er sie hatte, benutzte er sie als Grundlage für Kriminalgeschichten, die er an das BLACK CAT MYSTERY MAGAZINE schickte. Das Honorar dafür war nicht besonders hoch, doch Paul freute sich, seinen Namen als Autor gedruckt zu sehen. Irgendwie wirkte das beeindruckender, als wenn er nur in der Unterzeile als Reporter eines Artikels erwähnt wurde.

Er schrieb schnell und warf die beschriebenen Seiten in eine offene Schublade. Zwei Stunden später, als die Welt draußen grau und dreidimensional wurde, sagte eine Stimme hinter ihm: »Hast du die ganze Nacht gearbeitet?«

Mit einem Ruck drehte er sich um. Joanna stand in der Tür, die Decke wie einen Mantel um sich gewickelt. Sie sah müde aus. Paul erhob sich und ging auf sie zu. Sie schmiegte sich in seine Umarmung, und er vergrub sein Gesicht in ihrem Haar. Einen Augenblick standen sie schweigend da.

»Hast du?« fragte sie wieder.

»Ich hatte einen Alptraum.«

Sie überlegte. »Einen von denen, in denen du jemanden umbringst?«

»Beinah hätt' ich dich geweckt.«

»Ich bin froh, daß du's nicht getan hast«, sagte sie. In ihrem ganzen Leben hatte sie noch keinen einzigen Alptraum gehabt.

»Diesmal war es eine Frau.«

»Ich?« fragte sie mit einer Spur von Interesse.

»Nein, niemand, der dir ähnlich gewesen wäre. Außerdem hieß sie Lisle Beaumier.«

»Du kennst ihren Namen?«
»Ich kenne immer ihre Namen.«
»Wie hast du sie getötet?«
»Ich habe ihr das Genick gebrochen.« Die vorangegangene Verführung erwähnte er nicht.
»Genick gebrochen«, wiederholte Joanna düster, als hätte sie genau das erwartet. Sie war kein Morgenmensch. Als sie das Zimmer verließ, sagte sie: »Ich geh Kaffee machen. Ich fühl mich furchtbar.«
Beim Frühstück behandelten sie einander mit der Vorsicht erschöpfter Boxer. Paul nahm die WASHINGTON POST zur Hand und verglich die Titelseite mit seiner eigenen Zeitung, dem WASHINGTON HERALD. Die POST war die bessere Zeitung, aber Paul empfand keinen Neid. Der HERALD, der immer noch Glaubwürdigkeit und Prestige aufzubauen suchte, kam ihm weit über seine Verhältnisse entgegen. Beim HERALD war er ein Star. Bei der POST wäre er nur ein weiterer Journalist gewesen, der den Preis gewonnen hatte.
Joanna stieß ein zufriedenes Grunzen aus. Sie hatte den Zeitungsteil mit der Sparte Kunst & Freizeit vor sich auf dem Küchentisch ausgebreitet.
»Gott sei Dank ist's drin. Siehst du? Sie haben die Story über Luis gebracht.«
In dem Artikel ging es um Luis de Cuevo, einen brasilianischen Künstler, dessen Ausstellung heute abend in der Galerie L'Enfant eröffnet wurde. Joanna war die stellvertretende Leiterin und hatte in Zusammenarbeit mit Cuevo die Ausstellung vorbereitet. Paul warf einen Blick auf den Artikel und sah sofort, daß das dazugehörige Foto nicht genügend Kontrast besaß und daß Cuevos Werk nicht sonderlich gelungen schien. Es bestand nur aus Flächen und Winkeln und geometrischen Formen. Cuevo starrte hoheitsvoll wie eine schlechte Imitation eines Konquistadors in die Kamera. Es war eine Welt, die Paul nicht interessierte, und er bezweifelte, daß Joannas Interesse von Dauer sein würde. Seit er sie kennengelernt hatte, war sie mit der Bekämpfung des Hungers in der Welt, der Erhaltung von Bauwerken, mit Segeln, Theater und nun der Kunst beschäftigt.

»Kommst du zur Eröffnung?« fragte Joanna.
»Um wieviel Uhr?«
»Von halb sechs bis acht. Es gibt Champagner gratis. Vielleicht kann ich dich verführen.«
Das war eine verschleierte Anspielung auf ihr sporadisches Liebesleben. Wann immer sie in letzter Zeit zusammengelegen hatten, war eine Art Verzweiflung über ihn gekommen, die nie zuvor existiert hatte. Joannas Wunsch nach einem Kind löste ein Gefühl in ihm aus, als würde er neben sich stehen, und machte es ihm fast unmöglich, sich ihr nahe zu fühlen.
Noch im Morgenmantel begleitete sie ihn in die angrenzende Garage. Die Tür öffnete sich auf Knopfdruck und schob sich knirschend und klappernd zur Decke hoch. Die feuchte, staubige Luft geriet in Bewegung, Licht strömte herein und enthüllte zwei Autos: Pauls Audi und Joannas Alfa Romeo.
Sie stellte sich auf die Zehenspitzen, küßte ihn heftig und biß ihn dann in die Unterlippe. Er fuhr zurück. Im Inneren seines Mundes spürte er einen leichten Blutgeschmack. Sie starrte ihn an.
»Es ist leicht einander zu verletzen«, sagte sie. »Was schwer ist: einander nicht zu verletzen.«
Sie ging zurück in die Küche, bevor Paul antworten konnte. Das leichte Zittern in ihrer Stimme ließ seine Irritation schwinden; er empfand eine plötzliche Zärtlichkeit für sie. Sie war immer noch unberechenbar, aggressiv und zärtlich, auf eine Art und Weise, die sie zu der attraktivsten Frau machte, die er je gekannt hatte.

Einen halben Häuserblock entfernt saß ein Mann in einem verdunkelten Raum und beobachtete einen Video-Monitor. Der Monitor zeigte die Front von Pauls Haus. Ein weiterer Monitor daneben zeigte die Rückseite des Hauses. Als der Audi in die Straße einbog, notierte der Mann die Zeit auf einem Blatt, auf dem bereits vorangegangene Abfahrts- und Ankunftszeiten notiert waren. Er griff nach einem Walkie-Talkie und sprach mit tonloser Stimme.
»Decker Sechs, Decker Eins.«

Die Antwort war ebenso trocken, ausdruckslos.
»Decker Sechs, kommen.«
»Abfahrt Alpha.«
»Copy Abfahrt Alpha.«
»Richtig.«
»Schwein gehabt.«
Der Mann legte das Walkie-Talkie zur Seite, streckte sich, setzte sich wieder hin und schlug einen Taschenbuchroman auf.

Eine halbe Welt entfernt trat ein übergewichtiger Polizeiinspektor aus einem altmodischen Fahrstuhl und ging zu einem Apartment, vor dem eine Gruppe Neugieriger sich die Hälse verrenkte, um einen Blick ins Innere werfen zu können, wie Tauben auf der Suche nach Brotkrumen.
»Allez, allez«, sagte der Inspektor und winkte sie beiseite.
In dem Apartment wartete ein uniformierter Polizist auf ihn, der ihn ins Badezimmer führte, wo die Leiche einer jungen Frau zusammengekrümmt in der Wanne lag. Ein Arm hing über den Rand. Sie war nackt, ihre Haut war naß und leicht verschrumpelt, als hätte sie zu lange unter der Dusche gestanden. Ein Fotograf mit einer hochkarätigen Kamera machte Aufnahmen.
»Das Wasser lief noch, als sie gefunden wurde«, sagte der Polizist. »Deswegen wußte die Concierge auch, daß irgendwas nicht stimmte. Kein heißes Wasser heute morgen.«
»Ein Unfall, nehme ich an?«
»Hat sich das Genick gebrochen, als sie stürzte. Sehen Sie die Schürfwunde an ihrem Kinn?« Traurig schüttelte er den Kopf. »So ein hübsches Mädchen, die reinste Verschwendung.«
»Haben wir einen Namen?«
»Lisle Beaumier. Niemand Besonderes.«
Der Elektronenblitz flammte auf und blendete für einen Augenblick die beiden Polizisten, bevor die weißgekleideten Träger erschienen und den leblosen Körper abtransportierten.

Kapitel 2

Paul Staffords Büro beim HERALD machte nicht gerade viel her, aber schließlich verbrachte er dort nicht viel Zeit. Das Büro war mehr ein Statussymbol, das ihn von den Reihen der Reporter trennte, die an ihren Schreibtischen in der Redaktion jenseits der Glaswand saßen. Paul verfügte über ein Büro aufgrund seines Titels: ermittelnder Redakteur. Zweimal die Woche traf er sich mit den drei ermittelnden Reportern der Zeitung, die hinter irgendwelchen Stories her jagten, und bot Ratschläge an. Einmal die Woche traf er sich mit dem Chefredakteur Bernie Stern und lehnte dessen Ratschläge ab. Die restliche Zeit widmete er seinen eigenen Stories.

An dem Tag, an dem die Männer von der CIA auftauchten, befand er sich gerade mit einem jungen Fotografen namens Dicky Lazarus in seinem Büro. Weil Paul gelegentlich seine eigenen Aufnahmen machte, wurde er ab und zu von Leuten, die in der Welt der Wörter und Bilder heimisch werden wollten, um Hilfe angegangen. Dicky hatte versucht, Bilder von Angelo Vespucci zu schießen, einem berüchtigten Mafioso, der vor einem Senatsunterausschuß aussagen sollte. Zweimal hatten ihn Vespuccis Leibwächter recht unsanft daran gehindert, und Paul hatte Dicky angeboten, ihm den ›Stafford Dreh‹ zu zeigen. Sie wollten gerade aufbrechen – zuerst zum Lunch, dann zu Vespucci – als das Mädchen vom Empfang anrief und zwei Männer von der Central Intelligence Agency meldete.

Paul warf Dick einen Blick zu, der ziemlich beeindruckt schien.

»Der Lunch wird noch ein bißchen warten müssen«, sagte Paul.

»Geht's hier um einen Fall?«
Dicky war noch so neu in Washington, daß ihn ein CIA-Besuch erregte, aber smart genug, es sich nicht anmerken zu lassen.
»Ein interner Report über Homosexualität in der CIA«, teilte Paul ihm mit.
»Tatsächlich?«
»Diese beiden Typen bewohnen gemeinsam ein Hausboot auf dem Potomac.«
Dicky pfiff durch die Zähne. »Heiße Sache.«
Innerhalb von Minuten rumorte es im ganzen Gebäude nur so von Gerüchten: Paul schrieb einen Bericht über die CIA. Paul war als Spion verhaftet worden. Paul war in Wirklichkeit ein CIA-Agent. Paul hatte nicht autorisierte Fotos von einer geheimen Militärbase gemacht. In dem Redaktionsraum vor dem Fenster tauchten Köpfe aus dem Labyrinth der einzelnen abgetrennten Kammern auf, als sich die Nachricht vom Besuch der CIA-Männer verbreitete.
Paul nahm die beiden Nikon-Kameras mit automatischem Filmtransport vom Schreibtisch und reichte sie Dicky.
»Nimm die Dinger mit«, sagte er. »Ich ruf dich an, wenn ich hier fertig bin.«
»Bist du sicher, daß du keinen Zeugen brauchst?«
Paul schüttelte den Kopf. »Du schaust zu verführerisch aus. Sie könnten bei dir glatt einen Annäherungsversuch starten.«
Dickys Gesicht ließ deutlich erkennen, wie wenig ihm diese Idee gefiel. Er war ein Ostküsten-Kid mit dem lässigen Jargon seiner Generation und einem kleinen Schuß Punk-Look: gefältelte graue Hosen, karierte Hosenträger, ein blaues T-Shirt und eine überdimensionale Sportjacke, deren Ärmel bis zu den Ellenbogen hochgerollt waren. Kein Wunder, daß ihn sich Vespuccis Männer geschnappt hatten, noch bevor er auf hundert Meter an den Typ herangekommen war.
Durch die Fensterscheibe konnte man die CIA-Männer sehen, die sich dem Büro näherten. Einer war schwerer gebaut als der andere, doch waren sie beide sauber rasiert und wirkten auf eine Art und Weise ordentlich, die ihre konservativen Anzüge wie Uniformen aussehen ließ. Wie Soldaten in Zivil, dachte

Paul. Oder Geheimagenten ohne Sonnenbrille. Er fragte sich, ob ihr Auftauchen etwas mit der Rockland-Birdwell-SDI-Story zu tun hatte.
Dicky schlüpfte zur Tür hinaus. Paul griff in seine Tasche und strich über den Auslöser seiner Ricoh FF-90. Die FF-90 war eine kleine, vollautomatische Kamera, die Paul für Schnappschüsse benutzte. Einem schwachen Klicken folgte ein leises Surren, als der Elektronenblitz losging. Draußen vor der Tür stoppte Dicky kurz, um den CIA-Männern einen angewiderten Blick zuzuwerfen, als sie das Büro betraten.
»Mr. Stafford?« sagte der ältere Mann. »Mein Name ist Hugh Roark, Hauptermittlungsbeamter, Central Intelligence Agency. Das ist mein Assistent, Maurice Singer.«
Singer schloß die Tür, bevor er mit einem kurzen Nicken auf die Vorstellung reagierte. Er war dünn und blaß, mit einem so leeren Gesichtsausdruck wie eine Schaufensterpuppe. Roark dagegen hatte lockere Umgangsformen und ein entwaffnendes Lächeln, das in scharfem Gegensatz zu seinen berechnenden, rastlosen Augen stand. Beide Männer zeigten kurz ihre Ausweise und steckten sie genauso schnell wieder weg.
»Nehmen Sie Platz«, sagte Paul.
Hugh Roark belegte sofort den einzigen gepolsterten Stuhl, während Maurice sich einen der Plastikstühle von der Wand heranzog.
»Was kann ich für Sie tun?«
»Wir haben ein Problem, das nur ...«
Paul holte die Ricoh aus seiner Tosche und schoß beiläufig ein Foto. Der Blitz stoppte Hugh mitten im Satz und ließ Maurice von seinem Stuhl hochschnellen, als hätte sich eine Sprungfeder gelöst.
»Sehr clever. Und jetzt geben Sie mir die Kamera.«
»Wie bitte?«
»Die Kamera oder den Film. Ist mir gleich.«
Hugh sagte: »Immer mit der Ruhe, Maurice.«
»Er hat uns fotografiert.«
Paul sagte: »Ich werde die Aufnahme nicht ohne Ihre Erlaubnis publizieren.«

»Sie werden sie überhaupt nicht publizieren. Wenn ich hier rausgehe, hab ich den Film in der Tasche.«
»Setz dich, Maurice«, sagte Hugh Roark ruhig.
Der jüngere Mann wandte sich seinem Boß zu: »Was passiert, wenn wir auf seiner Abschußliste landen?«
Paul sagte: »Die Seitenansicht ist gut.« Dann machte er eine weitere Aufnahme.
Hugh bekam es rechtzeitig mit und brachte noch eine Hand vors Gesicht, doch Maurice ließ sich überraschen. Er warf Paul einen mörderischen Blick zu, doch Hugh erhob sich und legte seinem Partner besänftigend die Hand auf den Arm.
»Ruhig«, sagte er und wandte sich dann an Paul. »Mr. Stafford, falls Sie es nicht wissen sollten, es gibt Zeiten, da ist das Fotografieren von Einsatzagenten als eine Bedrohung der nationalen Sicherheit zu bewerten. Wir könnten vor Gericht gehen und Sie zur Herausgabe des Films zwingen.«
»In Kriegszeiten könnten Sie das«, sagte Paul. »Und wenn Sie beide in geheimer Kommandosache tätig wären. Aber wir haben keinen Krieg, und der WASHINGTON HERALD ist kein Schlachtfeld, und ich glaube auch nicht, daß ein Gespräch mit einem Foto-Journalisten irgendeine Geheimoperation sein könnte.«
»Dann lassen Sie es mich so formulieren. Wir sind hier guten Willens, um mit Ihnen zu reden. Wenn Sie uns weiterhin Ärger machen, können wir auch mit einer gerichtlichen Vorladung und einem U.S. Marshal wiederkommen. Es liegt ganz bei Ihnen.«
»Okay, keine Fotos mehr.«
Paul schob die Ricoh in seine Tasche, legte die Hände flach auf den Schreibtisch und wartete. Er hatte seinen Spaß gehabt, jetzt wollte er wissen, was die beiden Männer von ihm wollten. Was hatte Maurice gesagt? Irgendwas von einer Abschußliste?
Die beiden CIA-Männer setzten sich wieder, und Hugh holte ein Metallkästchen hervor, kaum größer als ein Domino-Stein.
»Haben Sie was dagegen, wenn wir das Gespräch auf Band nehmen?«

»Wozu?«
»Erspart mir die Notizenmacherei.«
Er stellte das Gerät am Rande des Schreibtisches ab.
»Ein Tonband?«
»Eigenkonstruktion. Sechsundneunzig Minuten auf Mikrobatterie. Sie haben nichts dagegen, oder?«
Eine rein rhetorische Frage, das wußte Paul. Wenn sie die Unterhaltung aufzeichnen wollten, konnten sie das auch ohne sein Wissen oder ohne seine Erlaubnis tun.
»Tun Sie sich keinen Zwang an.«
»Zuerst mal«, sagte Hugh, »wollen wir klarstellen, daß wir auch den richtigen Mann vor uns haben. Sie sind der Autor von fünf Stories im BLACK CAT MYSTERY MAGAZINE, richtig?«
Paul grinste. »Was soll das?«
»Eine schlichte Frage.«
»Ich habe zwei Pulitzer-Preise gewonnen – sowohl Foto als auch Journalismus –, und Langley schickt euch her, um mit mir über ein paar Groschengeschichten in BLACK CAT zu reden?«
»Sind Sie dieser Autor?«
Sie meinten es tatsächlich ernst.
»Ich hab die Geschichten geschrieben. Was ist damit?«
Hugh zog einen Notizblock hervor und warf einen Blick darauf. »Ihre erste Story war *Ace High, All Die,* in der ein Mann namens Dan Kelso durch Ertränken ermordet wurde. Ist das korrekt?«
»Ich hab Ihnen doch eben gesagt, daß ich diese Geschichten geschrieben hab.«
»Bitte, Mr. Stafford, haben Sie etwas Geduld mit uns. Ich möchte einige grundsätzliche Tatsachen klären, bevor ich mich den wesentlichen Dingen des Falles zuwende.«
»Des Falles? Was für ein Fall?«
Hugh schenkte ihm das nachsichtige Lächeln eines Onkels. »Bitte, wenn wir die Liste der Stories durchgegangen sind, werde ich es anschließend sofort erklären. Ihre zweite Story war, moment mal ...«
»*Death Sport*«, sagte Maurice ungeduldig. »Jürgen Manheim.«

Maurice hielt den Blick starr auf Paul gerichtet, damit kein Irrtum möglich war: Er hatte alle Fakten im Gedächtnis gespeichert. Hughs Lächeln verlor etwas an Intensität, doch er trug die Unterbrechung mit Fassung.

»Ja, das stimmt. Ich nehme an, als Autor erinnern Sie sich noch, was für einen Tod Sie für Jürgen Manheim ersonnen hatten?«

»Vorgetäuschter Selbstmord. Kopfschuß.«

»Genau. Anderthalb Jahre später kam dann *Twist of Fate*. Hier stürzte ein Mann namens Maxwell Durning beim Klettern in den Bergen ab und brach sich das Genick. Neun Monate später, in *Odd Corpse Out*, hatten wir ein Opfer namens Jim Wilson. Wurde im Mafiastil exekutiert und in den Kofferraum seines Wagens gestopft. Zwei Jahre danach wird ein Mann namens Frank Schrader in *The Grief Merchants* vergiftet.« Hugh hob den Blick von seinem Notizblock. »Ist das eine korrekte Auflistung der bisher veröffentlichten Stories?«

»Sie haben nicht die Stories aufgelistet, Sie haben die Morde aufgelistet.« Die Alpträume, hätte er beinahe gesagt. Sie haben die Alpträume aufgelistet, die zu den Stories führten.

»Wir interessieren uns für die Morde, Mr. Stafford.«

Hughs Blick suchte Pauls Gesicht nach irgendeiner Veränderung ab. »Ich glaube, Sie wissen warum.«

»Ich hab nicht die geringste Ahnung.«

»Das waren echte, reale Menschen, Mr. Stafford. Und Sie haben sie entweder persönlich umgebracht oder Sie wissen, wer's getan hat.«

Paul lachte. »Was soll das? Hat Buddy diesen Witz erfunden?«

»Ich an Ihrer Stelle würde nicht lachen«, sagte Maurice.

»Was sollte ich dann tun – ein Geständnis ablegen? Colonel Mustard mit einem Kerzenleuchter im Speisezimmer? Na los, Jungs, raus mit dem Gag. Wessen Idee war das? Wo bleibt die Pointe?«

»Das ist kein Witz, Mr. Stafford. Zwei der Männer, die getötet wurden, waren unsere eigenen Leute – Angestellte bei der Agency –, und die anderen drei waren Kontaktpersonen. Ver-

sorgten uns mit vertraulichen Informationen über die Aktivitäten der Sowjets und des Warschauer Pakts.«
»Ja, ja, natürlich.«
»Ich versuche Ihnen gegenüber offen und ehrlich zu sein, Mr. Stafford. Wir können das auch anders erledigen, verstehen Sie.«
»Zum Beispiel *mich* erledigen?«
Maurice schnaubte. »Das bringt uns nicht weiter.«
»Werden Sie uns helfen, Mr. Stafford? Oder sollen wir allgemein bekanntmachen, daß Sie ein Sicherheitsrisiko darstellen und daß gegen Sie wegen Mordes ermittelt wird? Wie Sie wissen, ist Washington ein Dorf. Wenn Ihnen die Leute nicht mehr trauen, werden sie vielleicht auch nicht mehr so offen mit Ihnen reden.«
Was, zum Teufel, wollten sie ihm beibringen? Daß er Menschen getötet hatte, indem er von ihnen träumte? Lächerlich. Dann kam ihm ein anderer Gedanke. Er war gerade an einer Sache dran, einem Bericht über widerrechtliche Vergabe von Rüstungsaufträgen, und hatte bereits Bestechungsangebote und mindestens eine indirekte Drohung erhalten. Es war nicht das erstemal, daß Druck auf ihn ausgeübt wurde. Vielleicht gehörte das hier auch dazu? Vielleicht wollte man ihn glauben lassen, er wäre in einen Mordfall verwickelt, damit er von weiteren Recherchen absah. Aber ihm einreden zu wollen, daß die Personen in seinen Stories real existierende Menschen waren? Und daß er in irgendeiner Weise für ihren Tod verantwortlich war? Eine ziemlich weit hergeholte Methode, um ihn unter Druck zu setzen.
Paul erhob sich. »Wenn Sie mich beschuldigen wollen, ich hätte Romanfiguren getötet, nur zu. Ich vermute stark, daß Sie eher in der Klapsmühle sitzen werden als ich vor dem Richter. Bis dahin hab ich noch etwas zu arbeiten ...«
Hugh zog ein kleines Stück Papier aus seinem Notizblock und reichte es Paul. Eine Todesanzeige. Aus einer französischen Tageszeitung. Paul beherrschte mehrere Sprachen fließend, doch selbst ohne Kenntnisse des Französischen hätte allein schon der Name wie ein Schlag ins Gesicht gewirkt:

Beaumier, Lisle Jeanette, 27 Jahre,
geliebte Tochter von Helen und Jacob Beaumier,
14 Rue Tilsitt ...

Paul setzte sich hastig. Vor einer Woche hatte er die Lisle-Beaumier-Story abgetippt, an BLACK CAT geschickt und bis heute noch nicht mal eine Antwort darauf erhalten, doch diese Männer hatten die Geschichte offensichtlich schon gelesen. Gelesen und dann? Lisle Beaumiers Namen auch auf einer Todesanzeige gefunden? Paul überprüfte das Datum, obwohl er bereits wußte, was er entdecken würde. Das Mädchen war in der Nacht seines Traums gestorben. Wirklich eigenartig.

Als Paul aufschaute, begegnete er Hughs Blick. »Freut mich, daß wir endlich Ihre volle Aufmerksamkeit besitzen.«

»Lisle Beaumier ... gibt es tatsächlich?«

»Es gab sie. Sie hatte ein Verhältnis mit Terenti Vlastik, dem sowjetischen Botschafter in Frankreich. Außerdem gab sie Berichte an unser Pariser Büro weiter. Lisle Beaumier arbeitete für uns.«

»Eine Spionin?«

Hugh zuckte mit den Schultern. »Sie hatten die Todesanzeige nicht gelesen?« Paul schaute erneut auf den Zeitungsausschnitt. Es ergab keinen Sinn. Nichts von alldem ergab einen Sinn. Langsam schüttelte er den Kopf.

»Woher wußten Sie es dann?« fragte Hugh.

»Und warum haben Sie Ihr Wissen veröffentlicht?« ergänzte Maurice. Er beugte sich vor, die Ellenbogen auf den Stuhl gestützt, während die Finger seiner rechten Hand nervös mit einem Gummiband spielten.

Paul fühlte sich wie nach dem Unfall, als er die Nachricht von Jasons Tod hörte ... dieses übelkeiterregende Gefühl im Bauch, ein Gefühl der Orientierungslosigkeit, als wäre das Leben außer Kontrolle geraten, als wäre alles ein Irrtum.

»Alle?« fragte er langsam. »Wollen Sie damit sagen, daß sie alle tatsächlich existiert haben?«

»Die Namen sind echt, das wissen Sie. Sie *müssen* das wissen.«

»Nein.«
»Wir wollen keine Spielchen spielen«, sagte Maurice. »Die Namen und die Todesumstände sind genauso wiedergegeben, wie sie sich ereignet haben. Mit einer Ausnahme sollten alle wie Unglücksfälle aussehen – ein Sachverhalt, den nur der Mörder wissen konnte. Was bedeutet, daß Sie entweder der Mörder sind oder ihn kennen.«
»Ich hab niemanden ermordet...«
»Woher kannten Sie dann die Namen? Woher wußten Sie, auf welche Weise sie umgebracht wurden?«
»Ich weiß nichts weiter als das, was Sie mir gesagt haben. Woher soll ich denn wissen, ob dieses Ding hier echt ist?«
Paul schnippte Maurice den Zeitungsausschnitt zu, der ihn mit schnellem Griff aus der Luft fischte.
»Woher soll ich wissen, ob Ihre Ausweise echt sind? Woher soll ich wissen, ob auch nur ein Wort von dem, was Sie mir erzählt haben, wahr ist? Ich weiß nicht die Spur von irgendwelchen Mördern, und ich weiß nicht das geringste von Ihnen. Soweit ich das beurteilen kann, haben Sie all das erfunden. Was weiß ich warum. Ich hab Sie noch nie zuvor gesehen.«
Hugh holte eine Visitenkarte hervor. »Rufen Sie diese Nummer an.«
»Und was soll mir das beweisen? Irgendeine anonyme Stimme am anderen Ende sagt, ›Yeah, sicher doch, hier ist die CIA. Aber sicher, das sind unsere Jungs. Selbstverständlich können Sie alles glauben, was sie Ihnen sagen, hirnrissige Geschichten über Agenten, die an Kriminalgeschichten sterben, eingeschlossen.‹ Ich kann mir selbst eine Geheimnummer geben lassen und das gleiche sagen.« Paul nahm den Hörer ab und ahmte eine Sekräterin nach. »›Guten Morgen, Central Intelligence Agency.‹« Er knallte den Hörer auf die Gabel. »Übers Telefon kann man alles sein. Wenn ich an einer Story dran bin, mach ich das ständig.«
Ihm wurde bewußt, daß er zuviel und zu heftig redete, und er verstummte abrupt. Seine Besucher betrachteten ihn schweigend. Paul stand auf, ging zur Tür und öffnete sie.
»Versuchen Sie's bei Bob Woodward bei der POST. Vielleicht glaubt der Ihnen.«

Bevor er das Büro verließ, legte Hugh seine Visitenkarte auf den Schreibtisch. »Meine Nummer steht auf der Rückseite, falls Sie es sich anders überlegen sollten.«
Als sie verschwunden waren, starrte Paul auf die Tür, bis Dicky seinen Kopf reinstreckte.
»Sind sie welche?«
»Was?«
»Du weißt schon – Schwertschlucker?«
Dicky machte den Mund weit auf und steckte sich einen Finger in die Kehle.
Paul ignorierte ihn, griff zum Telefon und rief Stuart Meeker an, den Herausgeber des BLACK CAT MYSTERY MAGAZINE. Wer immer die Männer waren und was sie auch immer jagten – Stuart hatte ihnen seine Story gezeigt, und Paul wollte den Grund dafür wissen.
»He«, sagte Dicky. »Gehen wir nun oder was?«
»Wart noch einen Moment.«
»Ich bin im Layout«, flüsterte er laut.
BLACK CAT wurde in Boston herausgegeben. Nach einem kleinen Durcheinander, ob Stu bereits zum Lunch gegangen wäre oder nicht, kam der Herausgeber ans Telefon und entschuldigte sich, daß er nicht gleich angerufen hatte, nachdem er Pauls Story gelesen hatte.
»Hat mir gut gefallen«, sagte er. »Wir bringen sie im Herbst.«
»Bis dahin wird die halbe Welt die Geschichte bereits gelesen haben.«
»Was soll das heißen? Willst du damit sagen, daß ein anderer Verlag sie rausbringt?«
»Ich will damit sagen, daß noch jemand die Geschichte gelesen hat. Ich hatte eben Besuch von zwei Männern, die die Geschichte kennen, und du besitzt das einzige Exemplar – das Original – und ich habe eine Kopie in meinem Schreibtisch.«
»*Zwei* Männer?«
»Ich vermute, einer von ihnen war Mr. Johnson, huh?«
»Wer ist Mr. Johnson?«
»Er ist ein Sammler. Er liebt deine Sachen. Hat alle früheren

Ausgaben mit Paul-Stafford-Stories gekauft. Er wollte immer nur einen Blick auf jede neue Geschichte werfen. Ein sehr reicher Bursche, Paul. Vielleicht ein bißchen exzentrisch, aber bereit, mit richtigen echten Dollarscheinen zu bezahlen. Ich dachte, ich tu ihm den Gefallen, vielleicht interessiert er sich auch für einige unserer anderen Autoren. Wollte er ein Autogramm von dir?«

»Wieviel hat er gezahlt, um die Geschichte zu sehen?«

»Oh, ich weiß nicht genau . . . vielleicht zwanzig, jedenfalls nicht mehr als hundert. So was in der Größenordnung.«

»Was soll das heißen? Hundert?«

»Du mußt verstehen, Paul, die Postgebühren und die Druckerkosten sind gestiegen, da sind wir echt gekniffen. Ich dachte, es kann doch nicht schaden . . .«

»Hundert Dollar für einen Blick?«

»Eigentlich für das Originalmanuskript. Wir haben fürs Büro eine Kopie gemacht. Wie ich schon sagte, er ist ein Sammler. Er besitzt das Original von *Der Schatz der Sierra Madre,* also befindest du dich in bester Gesellschaft.«

Schatz der Sierra Madre, daß ich nicht lache, dachte Paul. Doch er bewunderte das Detail. Erst Details machten Täuschungsmanöver wirklich überzeugend. Das wußte er aus eigener Erfahrung. Wenn er einer guten Story auf der Spur war, setzte er viele Tricks mit überzeugenden Details ein.

»Wie heißt er? Vor- und Zuname?«

»Bob. Bob Johnson. Er ist ein echter Fan.«

Dicky Lazarus stand im Türrahmen und deutete auf seine Uhr. Paul verabschiedete sich und legte auf.

»Wir müssen los«, sagte Dicky, »falls wir Vespucci noch erwischen wollen.«

Paul schrieb Lisle Beaumiers Namen auf ein Blatt Papier und sagte Dicky, er solle es zu Kathy Craven ins Archiv bringen.

»Sag ihr, sie soll nach einer Todesanzeige im LE MATIN suchen. Dieses Datum.« Er schrieb es dazu.

»Paul, es ist fast ein Uhr. *›Uno heura,‹* wie sie beim MIAMI HERALD sagen. Vespucci ist längst weg, wenn wir aufkreuzen.«

»Wir schaffen's. Hol den Wagen. Ich treff dich unten.«

Dicky verschwand eilig, und Paul telefonierte noch mal, diesmal mit Ron Farquar, einem FBI-Beamten. Sie hatten sich kennengelernt, als Paul während der Tongsun-Park-Ermittlungen Ron einige Informationen zukommmen ließ. Seitdem hatte bei Bedarf die eine die andere Hand gewaschen. New York, die Stadt, in der jeder jedem noch was schuldig war, dachte Paul, während er auf die Verbindung wartete.
»Farquar.«
»Paul Stafford, Ron. Du mußt mir einen Gefallen tun.«
»Wenn ich kann.«
»Zwei Namen: Hugh Roark und Maurice Singer. Soviel ich weiß, gehören sie zur CIA. Ich brauch die Bestätigung dafür.«
»Du rührst in CIA-Geschichten rum, Paul?« Die Idee gefiel ihm.
»Du wirst es als erster erfahren. Was ist mit den Namen?«
»Nicht so leicht. Wir haben eine Abmachung – wir halten uns von ihrer Spielwiese fern und sie sich von unserer.«
»Nur eine Bestätigung, daß sie dort angestellt sind, nichts weiter. Ich will wissen, ob ich's mit echten Agenten zu tun hab oder ob jemand ein Spiel mit gezinkten Karten spielt. Kannst du das für mich tun?«
»Vierundzwanzig Stunden.«
»Ich ruf dich wieder an. Wie geht's den Kindern?«
»Zähne, Pfadfinder, Ballettunterricht und He-Man. Wie geht's der Frau?«
»Kunstmäzenin und Champagner. Heute abend eröffnen sie eine neue Ausstellung. Sie ist okay.«
»Dieser Roark – R-O-A-R-K – und ›Singer‹ wie man's spricht?«
»Yeah. Roark ist ungefähr sechzig, Singer vielleicht die Hälfte. Läßt sich schwer sagen, so eine blutlose Type.«
»Unsichtbare Tinte in den Adern.«
»Vielleicht.«

Kapitel 3

Es war das erstemal, daß Joanna mit einem Mann ins Bett gegangen war, den sie nicht liebte. Luis de Cuevo war talentiert, sah gut aus und machte kein Geheimnis aus seinem Verlangen nach ihr, doch Joanna liebte ihn nicht, und er liebte sie nicht, und sie redete sich ein, es wäre nie geschehen, wenn Paul nicht sein Versprechen gebrochen hätte.

Er war mit ihr in der Galerie zur Eröffnung von Luis' Ausstellung verabredet. Der Besuch war gut gewesen, wenn auch nicht gerade Andrang geherrscht hatte. Einen Augenblick lang war bei ihnen Panik aufgekommen, als der Partyservice anrief und eine Panne des Lieferwagens meldete, doch sie hatten einen Ersatz gefunden, und die Hors d'oeuvres waren noch rechtzeitg eingetroffen. Die Violinspielerin in dem viktorianischen Abendkleid war Joannas Idee gewesen – ein großer Erfolg. Alles war gut gelaufen, und sie hatte gerade genug Champagner getrunken, um die morgendlichen Spannungen allmählich zu vergesssen und sich auf Paul zu freuen, als der Anruf kam.

»Ist was dazwischengekommen«, erklärte Paul ihr. »Ich schaff's heut abend nicht mehr.«

»Wo bist du?«

»Immer noch im Büro. Ich überprüfe Todesanzeigen; den Grund dafür würdest du nie erraten.«

»Hat es nicht bis morgen Zeit?« fragte sie. Der irritierte, fast flehende Unterton in ihrer Stimme gefiel ihr ganz und gar nicht.

»*Es* kann, aber ich kann nicht. Außerdem krieg ich Lippenkrämpfe, wenn ich ständig Kunstmäzene angrinsen muß.«

»Wir sind bis halb neun hier.«
»Hör mal, die Sache ist wichtig, okay?«
Als wäre damit alles erklärt. Wichtig. Alles, was Paul tat, war wichtig.
Sie wußte, daß die Arbeit gut für ihn war, daß sie ihn daran hinderte, ständig an das zu denken, was Jason zugestoßen war, aber sie wußte auch, daß die Arbeit sich zwischen sie geschoben hatte. Paul war mehr und mehr auf Reisen und arbeitete immer häufiger abends im HERALD; sie blieb einsam und allein zurück, lediglich in Gesellschaft einer Flasche Brandy, um ihre eigenen schmerzlichen Erinnerungen zu ertränken. Meist versuchte sie den Schmerz nicht nach außen dringen zu lassen, bemühte sich um eine herzliche, glückliche Fassade, in der Hoffnung, ihn wieder in die Intimität zurückzulocken, die sie zuvor gemeinsam genossen hatten. Aber es funktionierte nicht. Zum Beispiel der heutige Morgen. Ein Teil von ihm war einfach nicht mehr da. Es gab Zeiten, da hatte sie das Gefühl, ein Fremder starrte sie an, wenn er sie beim Ausziehen beobachtete, lag keine Wärme in seinem Blick. Sie schliefen nur noch selten miteinander, und dann geschah es mechanisch und interessenlos.
Aus dem Telefon drang ein zorniges Summen. Joanna hielt immer noch den Hörer in der Hand. Sie legte ihn auf die Gabel und schaute auf; Luis beobachtete sie. Er stand neben der Schale mit dem Punsch, umringt von seinen Bewunderern. Als er ihren Blick auffing, entschuldigte er sich und drängte sich durch die Menge, bis er neben ihr stand.
»Dein Mann?«
»Sieht so aus, als könnte er nicht kommen.«
Luis nickte, als hätte man damit rechnen müssen. Seine nächsten Worte kamen in leiserem, intimerem Tonfall.
»Ein paar von uns gehen anschließend noch auf einen Drink. Ich würde mich freuen, wenn du mitkommst.«
So fing es an. Oder so ging es weiter. Sie hatten bereits zehn Tage zusammen gearbeitet, hatten gemeinsam die Bilder aufgehängt, und Joanna war sich nur zu bewußt gewesen, daß Luis sie attraktiv fand. Er war egoistisch und selbstgefällig, doch die

schlichte Tatsache, daß er sie *begehrte*... ein Trost, eine Beruhigung. Nach Pauls Anruf schienen all die Einsamkeit, der Kummer und die Schuldgefühle der vergangenen Monate in ihr aufzusteigen. Und so ging sie mit ihm, auf einen schnellen Drink mit seinen Freunden.

Seine Freunde waren eine rundliche Kunsthistorikerin und deren Ehemann, beide von der George Washington University, und ein emigrierter brasilianischer Dichter mit seiner israelischen Freundin. Nachdem er eine halbe Stunde lang sein Bein an dem ihren gerieben hatte, verdrückte sich Luis mit Joanna und fuhr mit ihr zu seinem Hotel. Im Taxi umarmten sie sich zum erstenmal, und als sie vor seinem Hotel ankamen, war ihr Nacken feucht von seinen Küssen.

Im Zimmer hob Luis den Spiegel von der Ankleidekommode und trug ihn zu einem Stuhl neben dem Bett. Er legte einen Arm um ihre Taille und nahm eine hoheitsvolle Pose ein.

»Siehst du? Wir passen gut zusammen.«

Er versucht clever zu sein, dachte sie. Luis war so ganz anders als Paul, mit seinem schmalen Gesicht, den hervortretenden Backenknochen, der hohen Stirn und dem dünnen Haar, das aussah, als hätte es der Wind nach hinten geweht. Er trug einen schwarzen Smoking, der neben ihrem mauvefarbenen Seidenkleid mit dem bunten Muster aus türkisblauen, gelben, grünen und schwarzen Farbtupfern sehr elegant wirkte.

Sich im Spiegel beobachtend, glitt Luis aus seinem Mantel und warf ihn über die Ankleidekommode. Er nahm die Fliege ab und sagte lächelnd: »Der Rest ist für dich.«

Er hielt den Blick auf den Spiegel gerichtet, während sie jeden Knopf seines Hemdes löste. Er war jetzt sehr selbstsicher, hatte keine Eile mehr. Wahrscheinlich passierte so was ständig, dachte sie. Wahrschleinlich nahm er sich bei jeder Ausstellungseröffnung eine Geliebte. Für ihn war das alles Routine. Für sie...? Kaum. Sie hatte den Ausgang dieses Abends nicht geplant. *Nichts* hatte sie so geplant, wie es gekommen war.

Sie knöpfte sein Hemd ganz auf, zögerte. Luis zog das Hemd über den Kopf und warf es zu Boden. Er trug kein Unterhemd, sein Brustkorb war flach und braun mit einem Kamm dunklen,

gekräuselten Haares. Er schlang seine Arme um sie und preßte ihr Gesicht gegen seine Brust. Der Geruch seines Körpers, Kölnisch Wasser vermischt mit Schweiß, war so *fremd* ...
»Ich werde noch verrückt«, dachte sie.
Luis hob ihr Gesicht, strich mit seinen Lippen über ihre Wangen, dann küßte er sie heftig. Bevor er sie entkleidete, nahm er ihr die Ohrringe ab. Er tat es sanft, drehte die Ringe, als hätte er sie selbst entworfen. Er ließ seine Hände über ihren Körper gleiten, von den Schultern über ihren Magen bis zu ihren Schenkeln. Er hob ihr Kleid an, raffte es zusammen, so daß sie nur noch die Arme heben mußte, um sich zu befreien. Als er niederkniete, um ihr den Slip auszuziehen, ließ er seine Hand zwischen ihre Beine gleiten, strich mit den Fingern darüber.
Sie zitterte und schloß die Augen. Während er sie auszog, flüsterte er, wie wunderschön sie wäre, wie prachtvoll ihr Haar, wie glatt ihre Haut, wie perfekt ihre Brüste, wie sehr er sie *begehrte*. Jetzt war sie nackt; sie ließ es zu, daß sich die Gefühle wie eine Feuersbrunst ausbreiteten, wo immer er sie berührte. Es war so lange her, daß sie sich so begehrt gefühlt hatte ... Es war wie eine Bestätigung ihrer Weiblichkeit, ihrer Leidenschaft und ihres Kummers; es war Bestätigung dafür, ein *Recht* auf die schrecklich notwendige Vereinigung von Körper und Geist zu haben, die sie so lange vermißt hatte.

Es war nach Mitternacht, als Paul nach Hause kam. Das Haus war leer, was ihn keineswegs überraschte. Nach einer Eröffnung blieb Joanna häufig lange weg, manchmal bis zum frühen Morgen. Sie liebte es, in verräucherten Bars zu sitzen, zusammen mit Künstlern und Intellektuellen, und Esoterika wie die Todessymbole in Eric Fischls Werk oder die Segnungen des Neo-Futurismus zu diskutieren. Paul hatte für dieses Gequatsche nicht viel übrig und begleitete sie nur selten. Ehrlich gesagt, sehnte er den Tag herbei, an dem Joanna das Interesse an der verlogenen Kunstszene verlor und sich einer weniger prätentiösen Sache zuwandte.
Er ging zu seinem Schreibtisch, knipste das Licht an und griff zum Telefon. Er hatte einen mehr als ausgefüllten Tag gehabt.

Nachdem er mit Dicky Lazarus den HERALD verlassen hatte, waren sie zum Sumac Club gefahren und hatten dort Vespucci aufgelauert. Als der Gangster herauskam, hatte sich Dicky zwischen den Leibwächtern mit den tonnenförmigen Brustkörben durchzudrängen versucht, die ihn natürlich sofort auf die Seite beförderten und so für Paul eine Öffnung schafften. Als ihn die Body Guards schnappten, hatte Paul bereits drei Fotos geschossen und die Kameras ausgetauscht. Der Film, den die Kerle aus seiner Nikon fetzten, war leer. Die zweite Kamera ruhte unter seinem Mantel in seiner Armbeuge. Im Grunde war's ein Kinderspiel, aber es verschaffte ihm dennoch ein Gefühl der Befriedigung.

Als er kurz nach 18 Uhr in sein Büro zurückkehrte, fand er zwei Nachrichten auf seinem Schreibtisch vor, eine von Kathy Craven und eine von Ron Farquar. Kathy hatte ihm zwei Kopien von Lisle Beaumiers Todesanzeige dagelassen, eine vom LE MATIN und eine vom FRANCE SOIR. Rons Nachricht war genauso kurz und bündig: Identifikation für beide Männer positiv.

Die Nachrichten verblüfften ihn. Bis jetzt war ihm gar nicht klar gewesen, wie sehr er sich eingeredet hatte, daß diesen CIA-Männern nicht zu trauen und ihre Geschichte eine Räuberpistole war. Jetzt wußte er es: Die Story war echt, die Morde waren real, die Personen waren real – und damit auch seine Träume. Aber wie war das möglich?

Paul ging ins Archiv im zweiten Stock. Die Hälfte des Raumes war durch große Sperrholzplatten abgeteilt, ein vorübergehender, durch die Installationen der neuen Computer bedingter Zustand. Alle Akten und Aufzeichnungen bedeckten auf einer Seite des Raumes in langen Reihen den Boden, so daß kaum noch Platz für Tische blieb. Zum Glück arbeiteten nur drei Personen in dem Raum. Er erkannte Pam Markowitz; die anderen beiden waren ihm fremd. Man hatte in letzter Zeit eine Menge neuer Leute eingestellt, meist College-Absolventen – ›B und E's‹, wie sie von den Altgedienten genannt wurden: billig und eifrig.

Pam wies ihn kurz in die gegenwärtige Systematik ein und gab ihm ein Computer-Terminal. Paul begann mit den Todesanzeigen, überprüfte die Zeitspannen, die mit den Daten seiner Träume zusammenfielen, soweit er sie noch in Erinnerung hatte. Es war ein langer Prozeß. Er wußte, wann seine Stories veröffentlicht worden waren, doch die Daten seiner Träume hafteten nur noch verschwommen in seinem Gedächtnis. Das andere Problem war, daß er überhaupt nicht wußte, in welcher Stadt oder in welchem Land das Opfer den Tod gefunden hatte. Roark hatte gesagt, zwei der Opfer wären CIA-Agenten gewesen. Jürgen Manheim schob er zunächst mal zur Seite und konzentrierte sich auf Dan Kelso, Max Durning, Jim Wilson und Frank Schrader. Zuerst überprüfte er die Todesanzeigen in amerikanischen Blättern, wobei er sich eine Fünf-Wochen-Spanne um das geschätzte Datum seiner Träume zugestand.

Nach einer Stunde hatte er sich als Lohn für seine Mühe lediglich einen immer heftiger werdenden Kopfschmerz eingehandelt. Da saß er nun und suchte nach fiktiven Menschen in seiner realen Welt. Kelso, Durning, Wilson, Schrader – Ausgeburten seiner Phantasie, Stoff für Träume und Alpträume. Paul hatte nicht die geringste Ahnung, wer sie waren. In seinen Stories waren sie früh und schnell gestorben – üble Typen mit einer Menge Feinde, um die Aufgabe, den Killer herauszufinden, schwieriger zu gestalten.

Einmal glaubte er Jim Wilson gefunden zu haben. Der Name tauchte in der L.A.Times ungefähr zu der Zeit auf, in der Paul davon geträumt hatte. Ein Talentsucher in Hollywood namens Jim Wilson war in Beverly Hills gestorben, als er rückwärts mit seinem Mercedes in den Swimmingpool fuhr und ertrank. Das Datum stimmte, doch die Details waren falsch. In Pauls Traum hatte man Wilson die Kehle durchgeschnitten und seine Leiche in den Kofferraum seines Wagens gestopft. Nur Namen und Wagen stimmten überein. Beide Male war es ein Mercedes gewesen.

Paul ging in den Aufenthaltsraum, holte sich ein Schinkensandwich aus dem Automaten und rief Joanna an, um ihr zu sagen, daß er nicht kommen würde. Zehn Minuten später saß er wieder an der Arbeit. Diesmal überprüfte er die deutsche Presse und traf ins Schwarze. Aus einer Todesanzeige in der Berliner

Zeitung erfuhr er, daß Manheim, ein neunundfünfzigjähriger Westberliner, an einer Schußwunde gestorben war, die er sich selbst zugefügt hatte. Es war fast unheimlich, den Namen des Mannes gedruckt zu sehen, zusammen mit den Details seines Traums: auch ein Schuß in die rechte Schläfe. In der Geschichte, die Paul anschließend geschrieben hatte, machte er aus Manheim einen Linkshänder, um dem Polizeiinspektor einen Hinweis zu geben. Er bezweifelte, daß der wirkliche Manheim Linkshänder gewesen war. Er bezweifelte, daß irgend jemand wußte, daß es Mord gewesen war. Falls es Mord gewesen war.

Paul spürte, wie sich sein Verstand in ein Spiegelkabinett verwandelte. Jedesmal, wenn er eine Anzahl Tatsachen aus einer bestimmten Perspektive betrachtete, wurden andere Tatsachen unmöglich. Ein neunundfünfzigjähriger Deutscher war gestorben, und er hatte es genau so geträumt, wie es geschehen war. Oder hatte sein Traum es erst geschehen lassen? Paul erinnerte sich an diese angeregten Diskussionsrunden im College über die Natur der Realität. War die Welt eine subjektive Wahrnehmung oder ein objektives Phänomen? *Wenn du nicht da wärst, um sie wahrzunehmen, würde die Welt dann überhaupt existieren? Oder existierte sie nur, weil sie wahrgenommen wurde?*

Das Gespräch am anderen Ende des Raums drängte sich in sein Bewußtsein. Ein Mädchen in Jeans und Khakihemd beschwerte sich bei Pam über das fluoreszierende Licht. Eine Untersuchung hätte bewiesen, daß fluoreszierendes Licht ein Flackern erzeugte, das Kopfschmerzen auslöste.

»Schau dir die Dinger an«, sagte das Mädchen und deutete zur Decke. »Als würde man ständig mit Strahlung bombardiert. Sie sollten Filter drüberziehen, um das Flackern zu beenden.«

Ein klaustrophobisches Gefühl überkam Paul, während er den dümmlichen Vorstellungen des Mädchens lauschte. Er stand auf und ging hinaus. Die Nacht war warm, die Gehsteige voller Menschen. Er marschierte schnell, begann dann zu joggen, ohne Ziel, nur um der Bewegung willen. Er rannte schneller und schneller, wich Fußgängern und Autos aus. Ganz knapp schrammte er an einem aus einem Restaurant tretenden Pärchen vorbei, und der Mann brüllte hinter ihm her. Paul verließ den Gehsteig und rannte in vollem Tempo mit hämmernden Füßen und keuchendem Atem am Straßenrand entlang, bis er sich im Franklin Park auf den Rasen fallen ließ und, umgeben vom Geruch frischen Grases, zu den Sternen emporstarrte.

Während des Vietnamkrieges hatte er zwei Jahre als Helikopterpilot gedient. Paul erinnerte sich an seine Flugausbildung und wie die Maschine zu eigenem Leben erwachte, als er das erstemal alle Kontrollen in der Hand hatte, wie sie sich drehte und sprang und über den Himmel zu gleiten schien. Es war, als würden sich die Funktionen aller Steuervorrichtungen unter seiner Hand umkehren, so daß jeder Versuch einer Korrektur des Flugverhaltens die Maschine nur noch wilder taumeln ließ. Jetzt hatte er das gleiche Gefühl. Je mehr er über seine Träume herausfand, desto weniger Sinn machte die Welt.

Paul beobachtete eine Weile die Sterne; als die Feuchtigkeit des Grases sich bemerkbar machte, stand er auf und ging zum HERALD zurück. Pam saß an ihrem Schreibtisch und las ein Buch. Alle anderen waren weg.

»Du hast dein Terminal nicht abgeschaltet«, erinnerte sie ihn.

»Ich bin noch nicht fertig.«

Das Buch langweilte Pam, und so bot sie ihre Hilfe an. Paul gab ihr die Liste der Namen, bevor ihm einfiel, daß sie zu den wenigen gehörte, die seine Stories in BLACK CAT lasen. Pam schaute verwirrt drein, als sie die Namen sah.

»Die Namen kenn ich doch irgendwoher«, sagte sie. »Wer sind diese Typen?«

»Vertraulich.«

»Kelso ... Manheim ...« Plötzlich erinnerte sie sich. »Moment mal, diese Namen stammen aus diesen Kriminalgeschichten, die du für dieses Magazin schreibst.«

»Du hast ein gutes Gedächtnis.«

Sie runzelte die Stirn, und Paul hob eine Hand. »Keine Fragen, bitte.«

»Du recherchierst hier doch bestimmt nicht für einen Auftrag, oder?«

»Ich trage die Benutzungszeit für den Terminal unter ›privat‹ ein.«
»Das *sind* doch Namen aus deinen Geschichten, nicht wahr? Oder sind's reale Personen?«
Paul erzählte ihr, daß er von Verwandten der Leute, deren Namen er benutzt hatte, mit Verleumdungsklagen bedroht worden sei; nun überprüfe er die anderen Namen, um festzustellen, ob mögliche weitere Klagen kommen könnten. Zufrieden mit der Antwort machte sie sich wieder an die Arbeit und hatte fünfzehn Minuten später einen neuen Jim Wilson entdeckt, diesmal in einer NEWSWEEK-Story mit der Überschrift:

Amerikaner in Übersee gefährdet

Der Artikel beschrieb die zunehmende Anzahl von Entführungen und Morden an Amerikanern durch terroristische Gruppen. Pam deutete auf einen Absatz.

> In Karamursel wurde James S. Wilson tot im Kofferraum seines Mercedes-Benz aufgefunden. Man hatte ihm die Kehle durchgeschnitten und bei seiner Leiche eine Botschaft hinterlassen, in der die Auflösung der US-Militärbasen in der Türkei gefordert wurde. Wilson war ein Angestellter der USAFSS.

»Was ist die USAFSS?« fragte Pam.
»U. S. Air Force Security Service. Sie betreiben eine Nachrichten-Relais-Station in Karamursel.«
Pam war beeindruckt. Sie stieß einen leisen Pfiff aus und sagte: »Unsere HERALD-Reporter wissen aber auch *alles*.«
In Wirklichkeit hatte Paul über die türkische Invasion in Zypern 1975 berichtet. Das folgende Waffenembargo machte die Türken so wütend, daß sie die Relais-Station in Karamursel für über ein Jahr schlossen. Für ein paar Tage war das einige Meldungen wert gewesen und hatte ein paar Nachrichtenoffiziere auf die Palme gebracht, denen Zypern verdammt egal war, solange nur ihre Lauschstationen funktionierten.
»Deswegen können sie dich nicht verklagen«, sagte Pam. »Jim

Wilson ist ein weitverbreiteter Name, und der hier ist in der Türkei gestorben, während deine Geschichten alle in den Staaten spielen, richtig?«
Paul stimmte ihr zu, daß in dem Fall wahrscheinlich keine Verleumdungsklage drohte. Er fragte sich, ob Wilson einer der Agenten war, die Roark erwähnt hatte – oder war er lediglich ein »Kontaktmann«? Er ging wieder an den Computer, doch mittlerweile taten ihm die Augen weh, und er hatte hämmernde Kopfschmerzen. Flacker-Filter, dachte er in Erinnerung an die Besserwisserei des Mädchens.

Auch jetzt noch, als er zu Hause an seinem Schreibtisch saß, hatte er Kopfschmerzen – Kopfschmerzen, die man mit Aspirin kurieren konnte. Er brauchte Antworten. Er holte Hugh Roarks Visitenkarte aus seiner Tasche, legte sie neben das Telefon und wählte die Nummer. Nach dem ersten Läuten hörte er eine tonlose Frauenstimme.
»Sechs sieben fünf eins«, sagte sie.
»Hier ist Paul Stafford. Ich möchte mit Hugh Roark sprechen.«
»Paul Stafford«, wiederholte sie. »Einen Augenblick.«
In der Leitung war ein schwaches Klicken zu hören. Paul stellte sich ein laufendes Tonband in einem Abhörraum so groß wie ein Tonstudio vor.
»Ist es ein Notfall, Mr. Stafford?« Ihre Stimme klang, als wäre sie aus computererzeugten Tönen zusammengesetzt.
»Rufen Sie ihn an und fragen Sie ihn.«
»Wir stellen jetzt durch. Falls das Gespräch unterbrochen werden sollte, von welcher Nummer aus rufen Sie uns an?«
Paul gab ihr die Nummer, und sie stellte die Verbindung her. Vorbereitete klassische Musik ertönte, Prokofieffs *Peter und der Wolf.* Paul fragte sich, was sie tun würden, wenn er jetzt einfach auflegte. Wahrscheinlich die Marines rüberschicken. Er lächelte und dachte daran, daß Joanna das als weiteres Beispiel für seine hemdsärmelige Ablehnung jeglicher Autorität werten würde. Die Musik verstummte abrupt, und Hugh Roarks Stimme war zu hören.

»Mr. Stafford?«
»Sie sagten, ich solle anrufen, wenn ich reden will. Okay, ich will reden.«
»Befinden Sie sich in Gefahr?«
»Weshalb sollte ich?«
»Es ist nach Mitternacht, Mr. Stafford. Ich bin gerade mit einer Lagebeurteilung beschäftigt. Sind Sie in Gefahr?«
»Nicht daß ich wüßte.« Lagebeurteilung ... die offiziellen Formulierungen stießen ihn stets ab.
»Und Sie sind nun bereit, mit uns zu kooperieren?«
»Ich bin bereit, einige Antworten auszutauschen. Ich erzähl' Ihnen, was ich weiß, und Sie erzählen mir, was Sie wissen. Vielleicht können wir zusammen rauskriegen, was hier abläuft.«
»Ich kann Ihnen absolut nichts zusagen. Nicht einfach so am Telefon. Wir müssen uns erst unterhalten.«
»Je früher, desto besser.«
Sie verabredeten sich für den nächsten Tag in einem Restaurant in der Nähe des DuPont Circle. Nachdem er aufgelegt hatte, gönnte sich Paul eine Dusche und ging dann zu Bett. Als Joanna heimkam, schlief er. Er spürte, wie sie neben ihm unter die Zudecke glitt, aber erst als das Bett sachte zu beben begann, merkte er, daß sie weinte.
»Jo?«
Keine Antwort. Er knipste das Licht an. Joanna lag auf dem Rücken und starrte zur Decke hoch; ihr dunkles, tränenfeuchtes Haar hing ihr wirr im Gesicht.
»Was ist passiert?«
Er berührte ihre Wange, doch sie wandte sich ab. An ihrem Nacken war eine halbkreisförmige Verfärbung zu sehen. Das Mal eines Liebhabers.
Die Welt kam schlitternd zum Stillstand. Während Paul das Zeichen der Leidenschaft eines anderen Mannes anstarrte, empfand er eine tiefe Leere, nicht unvertraut, die ihn nun schon eine lange Zeit begleitete.
»Wer war es?« fragte er, überrascht vom ruhigen Klang seiner Stimme. Joanna drehte sich um und umarmte ihn heftig.
»Halt mich, Paul«, flüsterte sie. »Halt mich fest, bitte.«

Er legte seine Arme um sie, roch den Duft von Kölnisch Wasser in ihrem Haar, auf ihrer Haut.
»Ich liebe dich«, sagte sie mit leiser Stimme. Sie wiederholte es wie den Refrain eines Liedes oder eine Beschwörungsformel. »Ich liebe dich ich liebe dich ich liebe dich.«
Paul schwieg. Widersprüchliche Emotionen wirbelten durch seinen Kopf, während seine Vorstellungen von Joanna wechselten. Sie war Geliebte und Betrügerin, Frau und Feindin, sie brachte ihm Freude und Schmerz, sie war eine Fremde, ein Frauenkörper, der sich zitternd an ihn drängte.
Plötzlich verspürte er Erregung. Als Joanna es merkte, zog sie ihr Nachthemd hoch und führte ihn zu sich, nahm ihn in sich auf. Sie war immer noch feucht. Er drang ohne irgendein Vorspiel in sie ein, schnell und zornig. Joanna schlang ihre Beine um seine Taille, packte seinen Hintern und zog ihn an sich; ihre Fingernägel drangen tief in sein Fleisch. Der Schmerz spornte ihn an. Sie sahen sich in die Augen, während sie sich liebten, starrten sich wie Feinde mit zusammengebissenen Zähnen an, während ihre Leiber gegeneinanderklatschten. Ganz allmählich änderte sich Joannas Gesichtsausdruck. Ihre Augen wurden größer, ihr Mund öffnete sich und jedesmal, wenn ihre Körper aufeinandertrafen, wimmerte sie, schneller und schneller, bis sie mit einem Schrei explodierte und ihn an sich preßte.
Ihr Höhepunkt war das Signal für ihn, sich ebenfalls loszulassen, doch diesmal empfand Paul ein entgegengesetztes Gefühl, ein Sterben der Leidenschaft, ein Weggleiten aus der gemeinsamen Intimität. Er lag still da. Joanna merkte es. Sie behielt ihn in sich, änderte die Position, setzte sich rittlings auf ihn, ihre Hände gegen seine Schultern gestemmt. Sie begann sich zu bewegen, suchte seinen Rhythmus, zwang ihn zum Höhepunkt. Paul schloß die Augen und paßte sich auf der Suche nach dem verlorenen Rhythmus ihren Bewegungen an. Immer schneller schlugen ihre Leiber gegeneinander, bis sie beide vor Schweiß glänzten, und die Laken in einem wirren Haufen auf dem Boden lagen. Schließlich löste sich Joanna von ihm und schob sich nach unten, um ihn in den Mund zu nehmen.
»Nicht«, sagte er.

»Du bist noch nicht gekommen.«
»Macht nichts.«
Sie starrte zu ihm hoch, ihr Kinn auf seinem Bauch. Wieder schob sie sich nach unten, doch er hielt sie fest.
»Du wirst *ihn* schmecken.«
Sie erstarrte, dann rollte sie sich auf die andere Seite des Bettes, wo sie mit dem Rücken zu ihm sitzen blieb; ihre Schultern hoben und senkten sich, während sie wieder zu Atem zu kommen suchte. Als sie sprach, war ihre Stimme leer, durchsetzt von Bitterkeit.
»Du bist ein Zurückhalter, Paul. Du hältst alles zurück. Selbst das.«
Er sagte nichts. Jedes weitere Wort konnte ihre Ehe jetzt in diesem Augenblick beenden. Und ganz gleich, was er fühlte oder nicht fühlte, er wußte, daß er das nicht wollte.

Kapitel 4

Karl Alexander saß im Lotus-Sitz neben drei anderen Instruktoren der Kampf-Schule Eichwalde. Sie trugen den traditionellen weißen Karate-*Gi*, ein jeder – wie ihre Gegner – mit einem schwarzen Gürtel. Die Männer nahmen am jährlichen Karate-Wettbewerb der nationalen Volksarmee teil, der in einer Kaserne in der Nähe von Potsdam stattfand. Diese Veranstaltung hatte Karl bereits fünfmal zuvor gewonnen; auch diesmal galt er als Favorit. Lediglich eine Person bezweifelte seine Fähigkeit zu gewinnen – Karl selbst.

Mizu no kokoro, dachte er, sich den Karate-Grundsatz *Ein Geist wie Wasser* ins Gedächtnis rufend. Er wiederholte den Satz mehrmals im Kopf, um die düsteren Gedanken und schrecklichen Erinnerungen loszuwerden, die ihm seit seiner letzten Mission nicht mehr aus dem Sinn gingen. Er hatte eine Frau getötet, und die Erinnerung an eine Frau war zurückgekehrt und verfolgte ihn. Nicht die Erinnerung an Lisle Beaumier, sondern an eine andere Frau, eine Frau, deren Namen er unterdrückt hatte, an die er seit dreißig Jahren nicht mehr gedacht hatte, und an die er nie wieder denken wollte. Er wischte den Namen und die bitteren Erinnerungen beiseite. Jetzt verlangte der Wettbewerb seine ganze Aufmerksamkeit. Jetzt brauchte er die Klarheit des Gedankens und die Konzentration des Willens. *Mizu no kokoro.*

Die Wettkämpfer rechts und links von Karl stammten aus verschiedenen Waffengattungen der Nationalen Volksarmee. Sie saßen außerhalb einer acht Quadratmeter großen Fläche, die mit gelbem Klebeband auf dem polierten Holzboden der Turnhalle abgegrenzt war. Jenseits davon stand ein Tisch mit dem

Wettkampfleiter und dem Zeitnehmer dahinter; die vier Seitenrichter hatten an den Ecken des *Shiaiji-Jo* Position bezogen. Die Tribüne war nur spärlich mit weiteren Armeeangehörigen gefüllt. Von den Fenstern hoch oben in der Nähe der Decke stießen schmale Streifen Sonnenlichts herab auf den dunklen Fußboden und ließen ihn bernsteinfarben aufglühen.

Der erste Teil des Wettbewerbs bestand aus *Katas*, Perfektionsübungen, die sich aus einer Anzahl von Karate-Bewegungen zusammensetzten und von einer Person in festgelegter Reihenfolge ausgeführt wurden. Ein Luftwaffenkamerad war gerade an der Reihe; Hände und Füße fuhren durch die Luft, nackte Sohlen stemmten sich schrill gegen den Hartholzboden, als er imaginäre Angreifer bekämpfte. Karl sah mit einem Blick, daß der Mann sich an einem komplizierten Muster versuchte, das jenseits seiner Fähigkeiten lag. Er würde keine gute Bewertung erreichen. Karl seinerseits hatte die Heian Nummer 4 gewählt, eine vergleichsweise einfache *Kata*, die er aber absolut perfekt beherrschte und auch dann noch makellos vorführen konnte, wenn er wie jetzt abgelenkt war.

Er konnte den Gedanken nicht loswerden, daß er bei seiner letzten Mission die Kontrolle über sich verloren hatte. Nicht während der Liquidierung Lisle Beaumiers, sondern hinterher, bei dem algerischen Mädchen. Er hatte die Kontrolle über sich verloren, und das war gefährlich. Als Mitglied des Staatssicherheitsdienstes konnte er sich keine Fehler erlauben. Seit 1981, als die Bulgaren den Mordanschlag auf den polnischen Papst verpfuschten, hatte man ihn als Killer eingesetzt. Nachdem der bulgarische Durzhavna Sigurnost seine Unfähigkeit unter Beweis gestellt und beinahe noch den KGB hineingezogen hatte, war der bulgarische Geheimdienst durch den Stasi als Moskaus bevorzugte Agentur für Spezialaufträge ersetzt worden. Bis heute hatte Karl sechs Menschen getötet, doch Lisle Beaumier war die erste Frau gewesen. Ihr Tod befreite tief vergrabene Erinnerungen an seine Kindheit und an die Frau, die ihn in jungen Jahren beherrscht hatte und deren Name jetzt noch seinen Magen vor Furcht krampfhaft zucken ließ: Tante Inge.

Karl sah sie wieder vor sich. Sie stieg wie ein Gespenst aus seiner Erinnerung auf. Die abgerissene Kleidung. Die bitteren, in höhnischem Spott nach innen gezogenen Lippen. Ihr Haar ein unnatürliches Henna. Ihre Augen ein Spiegel ihrer unvorhersehbaren Launen, die sie packten und schüttelten wie der Herbstwind einen Baum. Es waren ihre Augen, die ihn in Furcht und Schrecken versetzten; er hatte versucht, ihren Ausdruck zu lesen, voller Hoffnung, daß sie nicht zornig war, voller Angst, daß ihre Fröhlichkeit nur ein Vorspiel zu einer neuen Grausamkeit darstellte. Ihre Augen widerspiegelten ihre Leidenschaften; abwechselnd glitzerten sie vor Tränen des Selbstmitleids oder funkelten in alkoholischer Euphorie oder glommen vor perverser Sinnlichkeit, die seine Kindheit zu einem einzigen Alptraum machte.

»Katzenzüngchen«, rief sie ihn gewöhnlich zu Bett. »Bring mich zum Schlafen. Bring mir den Schlaf wie ein Kuschelkätzchen.«

Karl wußte, was sie damit meinte. Er mußte unter ihre Decke kriechen ... Manchmal beschmierte sie sich mit Schokolade als zusätzliche Verführung.

»Heut abend hab ich eine Schokoladenmaus«, teilte sie ihm dann mit. »Sei ein kleines Kätzchen und nasch an meiner Schokoladenmaus.«

Kindheitserinnerungen, die ihn immer wieder überfielen ... Eine kitschige, billige Wohnung war sein Gefängnis gewesen und Tante Inge die Wärterin. Dort hatte man ihn gehalten, gefüttert und gehätschelt und gewaschen wie einen preisgekrönten Hund. Karl erinnerte sich, wie sie Süßes mit nach Hause brachte und ihn badete und einen Tropfen Kölnisch Wasser auf seine Stirn tupfte – das Vorspiel. Dann übergab sie ihn jenen Männern mit den schweren Lidern, Heimlichtuern, die in die Wohnung kamen und ihn wie eine Frau benutzten, die sein Gesicht in die rauhen Laken preßten oder ihn auf ihren Schoß zwangen. Und hinterher, wenn er sich – total verängstigt – nur noch unter einer Decke verkriechen wollte, bestand Tante Inge darauf, ihn endlos lange mit Kernseife und heißem Wasser zu schrubben und ihm Klistiere zu verpassen.

Einzig und allein auf dem Massenfriedhof in Treptow fühlte er sich sicher, wo er sich das Grab seiner Mutter vorstellte. Er hatte seine Mutter nie gekannt. Sie war auf der Straße gestorben, von einer amerikanischen Bombe zerfetzt. Und auch Karl wäre gestorben, wenn ihn Tante Inge nicht gerettet hätte. Sie hatte ihm die Geschichte oft erzählt. Und so ertrug er sie bis zu dem Tag, an dem er fortrannte und sich einer Kinderbande anschloß, die damals in den Trümmern von Berlin lebte ...

Applaus holte ihn in die Gegenwart zurück. Der Luftwaffenmann hatte seine *Kata* beendet. Karl war an der Reihe. Schnell ließ er seinen Geist sich der störenden Gedanken entleeren und stellte sich einen weißen, leuchtenden Schirm vor, rein und sauber und frei von irgendwelchen Erinnerungen.

Der Lautsprecher kündigte ihn an: »Oberstleutnant Karl Alexander, Heian Nummer vier.«

Als sich Karl erhob, wünschte ihm Heinrich Lammers, ein neuer Instruktor in Eichwalde, viel Glück. Die beiden anderen Teamgefährten, die Karl viel besser kannten, sagten nichts. Während er den *Schiaiji-Jo* betrat, spürte Karl die Steifheit in seinen Beinen und wünschte sich, er hätte vorher, als er saß, besser daran getan, seine Muskeln zu lockern.

Er machte die rituelle Verbeugung vor den Offiziellen, nahm dann seine Position ein. Der *Heian* Nummer 4 umfaßte siebenundzwanzig Bewegungsabläufe; Karl würde sie in dreiundvierzig Sekunden ausführen. Die Bewegungen würden ihn aus seiner Ausgangsposition nach vorn bringen, dann diagonal nach rechts und links, nach einer Drehung hinter den Ausgangspunkt und nach einer weiteren Serie von verschiedenen Bewegungsabläufen wieder zu seiner Startposition zurückführen. Bei richtiger, geschickter Ausführung konnte man sich die Schattengegner so deutlich vorstellen, als wären sie aus dem Nichts heraus materialisiert.

Karl atmete tief durch und begann. Er trat nach links, blokkierte einen gegen ihn geführten Schlag mit der linken Hand und konterte mit der rechten Handkante und einem Frontaltritt. Er bewegte sich geschmeidig, kam einen Augenblick zur Ruhe bis zu jenen Sekundenbruchteilen, die den Höhepunkt eines Schlags oder eines Blocks markierten. In diesen Momenten konzentrierte sich alle körperliche und geistige Energie in einem einzigen Punkt – wie die Spitze einer Lederpeitsche, die mit lautem Knall explodiert.

Der Raum, die Zuschauer, die weißgekleideten Wettkämpfer – all das verschwand aus Karls Bewußtsein, als er in seine *Kata* eintauchte. Sein Geist verschmolz mit seinem Körper, seine Muskeln wurden zu einer Verlängerung seines Willens. Er bewegte sich mit der Geschmeidigkeit und der Energie eines jungen Mannes, obwohl die Falten um seine Augen und das graugesprenkelte Haar ahnen ließen, daß er die Vierzig bereits überschritten hatte. Rücksichtsloses Körpertraining hatte ihn hager und leistungsfähig gehalten; als der Fehler passierte, war es nicht sein Körper, der ihn im Stich ließ, sondern sein Geist. Er verlor die Konzentration.

Karl spürte es, kaum daß es geschehen war. Er hatte soeben die dreizehnte Bewegung, den *Riken-uchi*, vollendet, einen Rückhandschlag. Die nächste Bewegung verlangte eine Drehung nach links um 225 Grad. Er fühlte noch die Luft über seinen Arm streichen, da wußte er schon, daß sein Schwerpunkt nicht tief genug war, und übertrat die vierzehnte Position um fünfzehn Zentimeter. Ein unmerklicher Fehler für den gewöhnlichen Zuschauer, doch Karl spürte ihn, und die Kampfrichter würden ihn ebenfalls bemerken. Ein Fehler bei einer simplen *Kata*, dem *Heian* Nummer 4. Selbst wenn er den Rest der Übung korrekt ausführte, würde er fünfzehn Zentimeter von seiner ursprünglichen Position entfernt zum Stehen kommen. Die einzige Alternative bestand darin, während der nachfolgenden Bewegungen zu korrigieren und dabei deren Ausführung zu schwächen.

Sein Schwung trug ihn noch durch eine Rechts-Links-Schlagkombination gegen die Körpermitte, dann stoppte er. Das Schweigen wurde bedrückend, als die Zuschauer spürten, daß hier etwas nicht stimmte. Karl richtete sich auf, wandte sich dem Jurorentisch zu und verbeugte sich.

»Ich bitte um Entschuldigung«, teilte er den Offiziellen mit. »Ich kann am Wettbewerb nicht weiter teilnehmen.«

Er ignorierte das aufgeregte Zuschauergemurmel und die

kaum unterdrückten Ausrufe des Erstaunens seiner eigenen Teamgefährten, drehte sich um und verließ die Turnhalle. Im Umkleideraum legte er seinen *Gi* ab und zog Zivilsachen an. Von draußen drang die Lautsprecherstimme zu ihm herein: »... Oberstleutnant Karl Alexander von der Kampfschule Eichwalde hat sich vom Wettbewerb zurückgezogen ...« Der Ton wurde ganz kurz lauter, als sich die Tür öffnete und Heinrich Lammers eintrat. Schnell kam er die Reihe der blauen Spinde entlang und baute sich mit besorgtem Gesichtsausdruck vor Karl auf. Heinrich hatte braunes Haar und kräftige Züge, die für sein rundes Gesicht zu breit waren.
»Sind Sie krank?«
»Es ist schlechter Stil für einen *Karateka*, den Wettkampfplatz zu verlassen«, sagte Karl kühl.
»Aber ... sind Sie in Ordnung?«
»Wie Sie sehen.«
Karl legte erst die schwere Jacke, dann die Hose auf die Bank und rollte schließlich den *Gi* zu einem Bündel zusammen. Er beachtete Heinrich nicht, der zu jung, zu eifrig und zu sehr Teil einer neuen Generation war, als daß sich Karl in seiner Gegenwart wohl gefühlt hätte.
»Eine Familienangelegenheit?« beharrte Heinrich. »Ihre Frau, Ihre Kinder, sind sie gesund, ja?«
Karl schaute ihn an. »Wenn sie es nicht wären, was würden Sie tun?«
»Alles, was in meiner Macht steht, Herr Oberstleutnant.«
Heinrich nahm während des Sprechens Haltung an. Karl wußte, der junge Mann hatte die Gerüchte über ihn gehört, daß seine gelegentliche Abwesenheit, mit dem Hinweis erläutert, in anderen Kampfschulen des Warschauer Paktes zu unterrichten, in Wirklichkeit darauf zurückzuführen sei, daß er Spezialaufträge für den KGB erledigte. Heinrich war auf diese Art von Arbeit selber scharf. Er hatte seine diesbezüglichen ehrgeizigen Pläne Karl bereits anvertraut, der sich jedoch unwissend gestellt und nicht darauf reagiert hatte.
Jetzt sagte Karl zu ihm: »Sie können am meisten helfen, wenn Sie heute Ihren Kampf gewinnen.«

»Das werde ich, Herr Oberstleutnant. Ich werde für uns beide siegen.«
Karl spürte Heinrichs eifrigen Blick in seinem Rücken, als er sich abwandte und davonging. Ein unfreundlicher Gedanke schoß ihm durch den Kopf: Hoffentlich würde dem Gegner des Jungen ein Foul unterlaufen und ein *Oi-zuki* in Heinrichs Kürbisgesicht landen.
Er kehrte nicht zum Trainingsgelände von Eichwalde zurück, sondern fuhr in die Stadt. Die Straße stieg und fiel, während sie der Spree durch hügeliges Ackerland und Fichtenwälder folgte, die sich bis an den Stadtrand Berlins hinzogen: Karls Lieblingsstrecke, die er normalerweise mit hoher Geschwindigkeit zurücklegte, den Fahrkomfort seines Mercedes 280 E genießend. Heute ließ er sich Zeit und kämpfte in Gedanken gegen die Erkenntnis an, daß der Lustgewinn, den er sich in West-Berlin zu verschaffen begonnen hatte, nicht mehr aus einem Spieltrieb gespeist wurde. Es war nicht mehr die Vortäuschung von Gewalt, die er herbeisehnte, sondern ihre Realität. Das Erlebnis mit dem algerischen Mädchen hatte es bewiesen.

Fassi hieß sie. Sie war in sein Zimmer im Hotel Angleterre gekommen, dasselbe Zimmer, in dem angeblich Ernest Hemingway abgestiegen war. Das Angleterre war für die dezente Eleganz und die gute Isolation seiner Zimmer bekannt und somit geradezu ideal für Karls Zwecke. Wenn er einen Auftrag zu erledigen hatte, stieg er stets in teuren Hotels ab, wo Privatsphäre und Dollars gleichermaßen respektiert wurden. Sein Geld war echt und seine Papiere waren falsch – für ihn der beste Schutz.
Fassi erschien mit einer bunt gemischten Lederausrüstung und der Bereitschaft, bei Fesselungen mitzumachen – selbstverständlich für ein Extrahonorar. Karl hatte ein *junges Vögelchen* bestellt, jung und dünn und geschmeidig. Fassi war größer, als ihm recht war, doch ansonsten entsprach sie genau seinen Wünschen. Sie war mager und biegsam, mit kleinen, knospenhaften Brüsten und schmalen Hüften. Ihre vollen, braunen Lippen waren straff und nach innen gezogen und zeigten ein

feucht glänzendes Rosa, das die starken, weißen Zähne einrahmte. Ihre Augen waren groß und beeindruckend, doch der Ausdruck der Unschuld wurde durch die Selbstsicherheit gemindert, mit der sie ihre Tasche abstellte und den Raum musterte. Der verhärtete Gesichtsausdruck paßte nicht zu dem Körper einer Heranwachsenden, doch Karl war zuversichtlich, daß er schnell genug ein verängstigtes Kind aus ihr machen würde.

Er ließ ihr einen Augenblick Zeit, den Raum zu bewundern, der pastellfarben in Aprikot, Pfirsich und Gold verziert war und ein Doppelbett barg, dessen Zierdecke zu dem Blumenmuster der Tapete paßte; dazu kamen noch ein Couchtisch mit zwei Polsterstühlen und eine große Ankleidekommode. Nachdem sie kurz miteinander geplaudert hatten, teilte sie ihm mit, ihr Rettungswort wäre »Genug« – alles andere könnte er ignorieren. Karl erklärte sich scheinbar einverstanden und befahl ihr, ins Badezimmer zu gehen und ihr Make-up zu entfernen. Karl wollte, daß sie frisch und jung aussah, so wie er bei Tante Inge. Während sie sich das Gesicht wusch, inspizierte er die Geräte in ihrer Einkaufstasche. Mit dem Auge des Profis sah er, daß es eine von Cartier war. Der Arbeitgeber dieser kleinen Hure achtete wirklich auf Details.

Karl breitete die Ledersachen auf dem Bett aus; wie stets empfand er dabei eine Mischung aus Beklemmung, Furcht und Erwartung. Er registrierte auch das schwach summende Geräusch, das er mit derartigen Episoden verband, und wußte, daß der jetzt kaum vernehmbare Ton an Lautstärke zunehmen und im Augenblick des Höhepunkts sich zu einem Crescendo steigern würde. Der analytische Teil seines Gehirns stufte diese und andere Symptome als Abnormität ein, selbst wenn er diese Abnormität gleichzeitig akzeptierte und genoß. Karl wußte über sich Bescheid. Seine Sicherheit lag in der Erkenntnis und der Kontrolle seiner Krankheit.

Fassi hatte die Sachen mitgebracht, die er verlangt hatte: eine Anzahl Lederriemen, einen Ballknebel, eine Kombination aus Stirnband und Kinnriemen, besetzt mit Metallringen, dazu noch Handschellen und ein Klistier. Karl band zwei

Riemen an die Metallringe am Stirnband. Inzwischen zog sich Fassi aus. Sie hing ihr Kleid in den Schrank, legte ihre Unterwäsche auf einen Stuhl und kam nackt auf ihn zu, dünn und dunkel, die Rippen schwach sichtbar unter der glänzenden Walnußhaut, die winzigen Brüste von kräftigen, dunklen Brustwarzen gekrönt. Die Schamhaare hatte sie sich abrasiert.

»Willst du mich auf dem Bett?«

»Zieh zuerst das an.«

Karl reichte ihr ein weißes T-Shirt. Kommentarlos schlüpfte sie hinein. Das T-Shirt war groß, doch Karl hatte die untere Hälfte abgeschnitten, so daß er ihren Körper vom Nabel abwärts sehen konnte.

»Jetzt das.«

Er warf ihr das Stirnband zu. Sie inspizierte die beiden herabbaumelnden Riemen und lächelte flüchtig, als ihr der Sinn klarwurde.

»Wir gehn heute nachmittag nach Auteuil, *mon bête?*« sagte sie, eine Anspielung auf die berühmteste Pferderennbahn von Paris.

»Leg es an.«

Fassi spannte den Riemen um Stirn und Kinn. Die beiden Lederriemen baumelten wie dünne Zöpfe über ihre Schultern bis zur Taille. Er reichte ihr den Klistierbeutel.

»Füll ihn mit heißem Wasser und häng ihn auf.«

Während sie im Bad war, hängte Karl das *Bitte nicht stören*-Schild nach draußen und schloß die Tür. Er zog die Vorhänge vor, schaltete das Licht ein, machte dann die Ankleidekommode frei und schob sie von der Wand weg. Er holte eine Rolle rosafarbenen Bandes hervor, die er in einem Geschenkladen gekauft hatte, und schnitt vier lange Streifen ab, die er oben auf die Kommode legte. Als Fassi zurückkehrte, hatte er sich entkleidet und wartete auf sie. Er legte sich über die Ankleidekommode und befahl ihr, ihn mit Händen und Füßen an je eines der Kommodenbeine zu fesseln. Leise vor sich hin summend, machte sich Fassi an die Arbeit.

»Fester«, sagte Karl. »Na los.«

»Die dünnen Dinger? Die können niemals so einen großen Mann wie dich festhalten.«
»Sollen sie auch nicht.«
»Ah, du willst heut ein wildes Tier sein, *n'est-ce pas?*«
»Red nicht, wenn du nicht gefragt wirst.«
Achselzuckend ging sie ihrer Arbeit nach. Als sie fertig war, lag Karl auf der Kommode, als wollte er sie umarmen. Die Oberfläche drückte hart gegen sein Gesicht und seinen Brustkorb, eine Kante schnitt in seine Oberschenkel und ließ grimmige Erinnerungen und vergessene Ängste in ihm aufsteigen.
»Jetzt bring den Klistierbeutel.«
Schweigend ging sie ins Bad und kehrte mit dem Beutel in einer Hand zurück, während die andere Hand den an dem orangenen Schlauch befestigten weißen Mündungsstutzen hielt.
»Bearbeite mich damit«, wies er sie an. »Sag mir, daß ich ein schmutziger Junge bin und du mich säubern mußt.«
Sie kam auf ihn zu; der Rand ihres weißen T-Shirts glitt über ihrem Bauch vor und zurück.
»Du bist ein sehr schmutziger Junge«, sagte sie mit aufreizender Stimme.
»Nicht verführerisch. Du willst mir weh tun. Du *wirst* mir weh tun. Du weißt es und willst, daß ich es auch weiß.«
Das Mädchen setzte ein strenges Gesicht auf und fing erneut an.
»Du bist ein sehr schmutziger Junge«, sagte sie. Diesmal klang ihre Stimme hart, fast so, wie er sie in Erinnerung hatte. Ein Schauder ließ seinen Körper erbeben, als der alte Haß einen gallenbitteren Geschmack in seinem Mund aufsteigen ließ. Das Summen in seinem Kopf verstärkte sich und schwoll zu einem Dröhnen an.
»Wiederhol es. Sag mir, daß ich schmutzig bin und daß du mich reinigen wirst. Komm langsam näher und tu's.«
Sie tat, was er von ihr verlangte. Karl kämpfte gegen die Fesseln an und preßte seine Wange härter gegen die Ankleidekommode. Mit geschlossenen Augen erinnerte er sich an den Terror seiner Kindheit, an die grell aufgeputzte Kellerwohnung mit dem stark parfümierten Schlafzimmer. Und dann kam Tante Inge auf ihn zu.

Sein Körper spannte sich. »Bitte, bitte, Tante Inge. Bitte, nicht.«
»Du bist ein schmutziger, verkommener Junge und mußt bestraft werden.«
Er spürte, wie sie sich näherte und zerrte an seinen Fesseln, aufgewühlt von der Erinnerung an die vielen Male, die er hatte fliehen wollen, und wo ihm doch nichts anderes übriggeblieben war, als auszuharren und zu leiden. Die Kommode schnitt tief in seine Schenkel und drückte unangenehm gegen seine Erektion. Der Geruch des Schlafzimmers stieg aus der Tiefe seines Gedächtnisses auf, der Geruch von Tante Inges Parfüm und seiner eigenen Furcht.
»Ein schmutziger Junge muß sauber gemacht werden. Ist nur zu seinem eigenen besten.«
»Ich will gut sein«, flüsterte er, doch die Worte wurden von dem zornigen Summen geschluckt, das seine Ohren ausfüllte. »Bitte, bitte, Tante Inge.«
»Mußt jetzt auf der Stelle gesäubert werden ...«
Die Spitze des Klistiers berührte ihn, und all die unterdrückte Furcht und der Zorn explodierten, als sich Karl von seinen Fesseln losriß, von der Kommode rollte und geduckt auf dem Fußboden landete. Fassi, völlig überrascht, konnte ihn nur anstarren, ihr Mund ein großes, klaffendes, pinkfarbenes O.
Karl packte ihren Knöchel und riß sie zu Boden. Noch bevor sie reagieren konnte, war er über ihr, schob ihre Arme unter seine Knie, griff nach dem Klistier und hielt ihr die Spitze an die Lippen.
»*Du* kriegst es. Hier, hier!« fauchte Karl.
Sie befreite ihre Arme, versuchte ihn wegzustoßen. Furcht und Panik lagen in ihren Augen und wütende Verzweiflung, als sie sich zu wehren begann. Sie zerkratzte sein Gesicht, zwang ihn, den Beutel fallen zu lassen und ihre Hände festzuhalten. Er lehnte sich vor, beugte einen Arm und rammte ihr seinen Ellenbogen in den Solarplexus. Dann sprang er zum Bett und holte den Ballknebel. Fassi rollte zur Seite, die Beine hochgezogen, und rang nach Luft. Karl drehte sie auf den Bauch und hockte

sich auf ihre schmalen Fesseln, während er ihr von hinten den Knebel in den Mund schob. Schnell bog er ihren Arm zurück und legte ihr die Handschellen an, bevor er sich auf sie warf. Fassi schnappte mit kurzen, japsenden Atemzügen nach Luft. Dann nahm er sie, auf die gleiche Weise, wie er als Junge genommen worden war.
Fortgerissen von dem Zerrbild seiner Leidenschaften merkte Karl nicht, wie Fassi die Augen verdrehte und das Bewußtsein verlor. Erst nachdem er zum Höhepunkt gekommen war, spürte er, daß sie schlaff und leblos dalag und kaum noch atmete... Als er ihren Kopf zurückgerissen hatte, mußte es ihr die Luftröhre abgedrückt haben. Zehn Minuten dauerte es, bis er es durch Mund-zu-Mund-Beatmung so weit gebracht hatte, daß sich ihr Brustkorb wieder regelmäßig hob und senkte. In diesen Minuten hatte Karl das ganze Ausmaß seiner Gefährlichkeit erkannt.

Er verließ die Straße und fuhr durch Treptow, hielt kurz bei einem Blumenladen, um eine rote Rose zu kaufen, und fuhr dann weiter zum Friedhof der Unbekannten Opfer des Faschismus. Dieser Friedhof war weder groß noch sonderlich bekannt. Er bestand aus einem Stück gepflegten Rasens, umgeben von einer zwei Fuß hohen Steinmauer, bei deren Bau Karl als Junge geholfen hatte. Damals hatte man ihm dafür jeden Tag einen Teller Kartoffelsuppe und eine halbe Scheibe Brot gegeben – viel zu essen in einer Zeit, in der viele nichts zu essen hatten.
Hier ruhte seine Mutter. Langsam ging Karl über den Rasen zur Mitte des rechteckigen Grüns, wo eine Statue aus Bronze stand. Eine kniende Frau mit gesenktem Kopf, die Hände vors Gesicht geschlagen – ihre Züge und Identität verbergend. Als Junge hatte Karl geglaubt, daß seine Mutter für die Statue Modell gestanden hätte; und wann immer er im Lauf der Jahre an sie dachte, kam ihm diese Bronzefigur in den Sinn.
Er setzte sich, lehnte sich mit dem Rücken gegen den Sockel, warf den Kopf zurück und starrte hinauf zu dem verborgenen Gesicht, das hoch oben dahinsegelnde weiße Wolken in

stille Bewegung brachte. Von einer nahe gelegenen Straße kamen plötzlich das Geschrei fußballspielender Kinder und ihr helles Lachen zu Karl herüber, und er dachte an seine eigenen drei Kinder und daran, daß er gerne Kind gewesen wäre.

»Ich kann so nicht weitermachen«, sagte er leise, während er die Rose zwischen seinen Fingern hin und her drehte.

Gedankenverloren saß er einige Minuten da. Seine Finger bewegten sich immer langsamer, bis die Rose zur Ruhe kam. Er erkannte klar und deutlich, daß die Gefahr in seinem Innern lauerte und seinem Beruf, seiner Familie und seiner Persönlichkeit enorm schaden konnte. Er mußte sich entscheiden. Entweder mußte er beim Stasi den Dienst quittieren oder auf diese unkontrollierbaren Eskapaden der Lust verzichten. Einen Mittelweg gab es nicht.

Er schloß die Augen und ließ seine Gedanken treiben. Karl wußte, wie die Antwort lauten würde – lauten mußte. Schließlich erhob er sich und stellte sich vor die Statue, starrte die bronzenen Hände an, die ihm so vertraut waren wie seine eigenen. Eine Wolke schob sich vor die Sonne, und der Rasen wurde grau.

»Nie wieder«, sagte er ruhig. »Jetzt ist Schluß.«

Er fühlte sich nun besser und fuhr nach Hause. Magda war mit Kuchenbacken zum 1. Mai beschäftigt, während sie gleichzeitig Fernsehen schaute. Die beiden Mädchen waren noch in der Schule, doch Willy, ihr Jüngster, spielte im Hinterhof mit einem Nachbarjungen.

Magda begrüßte Karl mit einem Kuß; ihre Himmelfahrtsnase preßte sie kühl gegen seine Wange, während sie die Hände wegspreizte, damit kein Teig an seine Kleidung kam. Zu Beginn ihrer Ehe hatte es eine Zeit gegeben, in der sie gegenseitig voller Begeisterung ihre Körper erforschten. Doch nach der Geburt ihres ersten Kindes hatte es sich Magda in ihrer Mutterschaft bequem gemacht, von der Karl sich ausgeschlossen fühlte, die aber gleichzeitig auch tröstlich auf ihn wirkte. Seitdem waren sie einander in treuer Pflichterfüllung zugetan.

»Du bist zeitig da«, sagte Magda. »Kommt Onkel Alex mit uns?«
Karl war mit einem Schlag hellwach. Alex Ikhnovksy war sein Mentor, ein KGB-Oberst, der für Karls Ausbildung und seine anschließende Karriere beim Stasi verantwortlich war.
»Kommt mit uns wohin?«
»Nach Zinnowitz. Hat er dich nicht in der Schule erreicht?«
»Nein. Hast du mit ihm gesprochen?«
»Er rief hier an, kurz nachdem du weg warst. Er sagte, du hättest ihn eingeladen, mit uns nach Zinnowitz zu kommen. Ich hab zwar nichts dagegen, aber es wäre mir doch lieber, wenn du zuerst mit mir darüber sprechen würdest.«
»Ich hatte es vor«, sagte Karl automatisch.
Die Wahrheit war, daß er seit Monaten nicht mehr mit Alex gesprochen und ihn auch nicht zum 1. Maifeiertag eingeladen hatte. Der alte Russe haßte den Strand. Und wenn er sich selbst einlud, dann stimmte irgendwas nicht, etwas, worüber man am Telefon nicht sprechen konnte.
Karl bedauerte, daß er nicht ins Büro zurückgekehrt war, obwohl er nach kurzer Überlegung erkannte, daß Onkel Alex ihn dort bestimmt nicht angerufen hätte. In Eichwalde wurden Telefongespräche aufgezeichnet. Karl kannte den Russen gut genug, um zu wissen, daß Ikhnovsky ihr Treffen so beiläufig und unauffällig wie möglich halten wollte.
Seine Gedanken wurden unterbrochen, als Magda gegen das Küchenfenster hämmerte. Draußen im Hof kämpften die Jungen um einen Ast. Sie hielten inne und schauten auf.
»Keine Stöcke, Willy«, rief Magda. »Leg ihn hin.« Die Jungen taten so, als hätten sie nichts verstanden und kämpften weiter. Magda hämmerte erneut gegen das Fenster und wandte sich dann an Karl.
»Sag ihnen, sie sollen damit aufhören.«
Er öffnete die Hintertür und brüllte die Jungen an, sie sollten endlich Ruhe geben.
»Mit Kindern hat man doch immer nur Ärger«, dachte er, schloß die Tür und beobachtete einen Moment lang Magda, wie sie den Teig ausrollte und ihn auf ein Blech hob. Auf dem Heim-

weg hatte ihm die Vorstellung gefallen, vielleicht mit ihr zu schlafen, bevor die Mädchen von der Schule kamen, aber irgendwas stimmte nicht mit Onkel Alex, und das war ein neues Problem.

Er ging in die Garage, griff sich seinen Werkzeugkasten und machte an seinem Mercedes einen Ölwechsel.

Kapitel 5

Etwa hundert Kilometer nördlich von Ost-Berlin liegt der Ferienort Zinnowitz auf einer flachen, in die Ostsee hinausragenden Halbinsel. Hotels und Pensionen grenzen direkt an schier endlose, windgepeitschte Sanddünen. Eines dieser Hotels, das Apart-Hotel Nordsee, ist eine moderne Anlage, die nicht nur Zimmer und Apartments, sondern auch einen Tennisplatz, einen Salzwasserpool, eine Sauna und einen Rasen zu bieten hat, auf dem man sich sonnen kann. Hier traf sich Alex Ikhnovsky, ehemaliges nicht stimmberechtigtes Mitglied des Politbüros und pensionierter KGB-Chef, mit Karl Alexander, den er als Sohn betrachtete und der seinen russischen Namen als seinen eigenen angenommen hatte, der einzige Mensch, dem er sein Leben anvertrauen würde.

Und Gott liebte die Welt so sehr,
daß Er seinen einzigen Sohn ...

Die Worte kamen ihm unaufgefordert in den Sinn und brachten ihn zum Lächeln. In seinem fortgeschrittenen Alter wurden Bruchstücke religiöser Zeremonien wie Schiffstrümmer an die Ufer seines Bewußtseins gespült. Seit mehr als sechzig Jahren hatte Ikhnovsky keine Kirche mehr besucht, doch in letzter Zeit nahm das Geräusch des Windes den harmonischen Klang von Stimmen an, die eine Liturgie sangen, der Duft exotischen Pfeifentabaks erinnerte ihn an den Duft von Weihrauch, und die vor ihm liegende Aufgabe ließ ihn daran denken, daß Gott seinen einzigen Sohn geopfert hatte, um die Welt zu retten. Aber Karl mußte nicht geopfert werden, nicht, wenn alles nach Plan lief.

Ikhnovsky rutschte unbehaglich hin und her. Der Mietwagen, ein Trabant, war klein und unbequem, vor allem für einen Mann seiner Statur. In jungen Jahren hatte er über gewaltige Kräfte und Energien verfügt. Mit sechzehn hatte er ein totes Pferd angehoben, um einen gestürzten Kameraden zu befreien. Ein anderes Mal hatte er sich, trunken und tollkühn, nur mit den Zähnen in einem Seil verbissen und über einem 50 Meter tiefen Abgrund baumeln lassen. Während des Kronstadt-Aufstandes hatte er neun Kugeln im Leib gehabt und war trotzdem bei der ersten Angriffswelle dabeigewesen, die die Festungswälle stürmte. ›Eisenmann Ikhnovsky‹ hatten sie ihn genannt. Doch das war lange her. Die Jahre hatten die einst massigen Glieder schrumpfen und das Fleisch um seinen Nacken herum faltig werden lassen. Nur der Leib hatte sich seinen typischen Umfang bewahrt, als hätte sich sein gesamtes Fleisch dorthin zurückgezogen.

Ikhnovsky ließ eine Hand am Lenkrad und massierte sich mit der anderen den Nacken, der steif geworden war. Sehnsüchtig dachte er an Mischa, seinen Fahrer während der vielen Jahre, in denen der Staat ihm eine Limousine zur Verfügung gestellt hatte. Jetzt, pensioniert, gehörte er nicht mehr zu den Privilegierten, die Zugang zum Generalsekretär besaßen. Jedenfalls nicht zu diesem Generalsekretär. Nicht zu dem Mann, der bereit war, einen bilateralen Abrüstungsvertrag mit den Amerikanern zu unterzeichnen und das sowjetische Nevsky-Projekt gegen die sogenannte Star-Wars-Technologie auszutauschen. Eine Kanone gegen Pfeil und Bogen – so hatte es General Gulst formuliert.

Der Gedanke an seine Mitverschwörer erinnerte Ikhnovsky an ihr letztes Treffen vor einigen Tagen auf seiner Datscha, draußen vor Moskau. Er erinnerte sich an ihre Gesichter, als sie sich angeblich zur Feier seines Geburtstages versammelten; in Wahrheit wollten sie ihre Opposition gegen den Abrüstungsvertrag festigen. Da war einmal Gulst, dick und robust, Likhatschev mit seinem verächtlichen Lächeln, Pilayan mit seinem selbstgerecht vorgeschobenen Kinn.

Seltsam, wie unterschiedlich sie waren, jeder aus seinem eige-

nen, ganz privaten Grund in Opposition: Gulst, um das Nevsky-Projekt zu schützen, Likhatschev, um näher an einen Sitz im Politbüro heranzukommen, Pilayan aus Furcht vor den Amerikanern. Für Ikhnovsky spielte das alles keine Rolle; für ihn lag die Bedrohung durch diesen geplanten Abrüstungs- und Verteidigungspakt eher auf kultureller denn auf physischer Ebene.
Das reiche kulturelle Erbe der Sowjetunion und die Grenzen des Marxismus wurden durch den Westen verwässert. Ikhnovsky wußte, wie leicht sein Land zu einem erbärmlichen Abklatsch Amerikas werden konnte, so wie Kanada oder die Bundesrepublik Deutschland. Eine weitere Kultur, die von materiellen Begehrlichkeiten erschlagen wurde: die Menschen angetrieben von austauschbaren Zielen, Augen und Ohren ständigen Angriffen durch aggressiv-dümmliche Werbeslogans ausgesetzt, der Geist überschwemmt von Fernsehtrivialitäten.
Ikhnovsky erinnerte sich an den Tag, an dem sein Vater in den Krieg des Zaren gezogen war und seine Mutter die Familie in die Kirche gebracht hatte, wo sie für die gesunde Heimkehr des Vaters sangen und beteten. *Gospodi pomuli* – selbst jetzt noch hallten diese rituellen Phrasen in seinem Geiste nach. *Gospodi pomuli.* Die Gebete hatten nichts erreicht. Nicht Gebete änderten den Kurs der Geschichte, sondern konzertierte Aktionen. Zum Beispiel jene Aktion, die jetzt notwendig war, um sein Land zu retten.
In seinem Zimmer im Apart-Hotel Nordsee wechselte Ikhnovsky die Kleidung; dann ging er nach unten und verlangte nach dem Hoteldirektor. Herr Oster, ein gewichtiger, untadelig gekleideter Mann mit rasiermesserscharfen Koteletten und einem ziemlich glatten Gesicht, kam auf ihn zugeeilt. Ein Hauch von offizieller Unterwürfigkeit umgab Herrn Oster, den Ikhnovsky mit den schlimmsten Zügen des deutschen Charakters in Verbindung brachte. Ikhnovsky überreichte Herrn Oster mit angemessener Arroganz seinen Aktenkoffer und verlangte dessen sichere Unterbringung im Hotelsafe.
»Ich werde das persönlich erledigen, Herr Ikhnovsky«, versprach der Hotelchef.
Er blickte dem davoneilenden Herrn Oster nach und fragte sich,

was dieser wohl sagen würde, wenn er wüßte, daß sich in dem Koffer die Karte einer militärischen Meeresstation der Vereinigten Staaten, ein modifiziertes Sony-Radio mit einem CIKOP-34F-Empfänger mit der Möglichkeit zur Stimmenentschlüsselung und fünfzigtausend US-Dollar befanden.
Ikhnovsky verließ das Gebäude und begab sich zum Strand. Dort sah er Karl und dessen Familie. Sie waren trotz der kühlen Temperatur und des frischen Windes in Badekleidung. Sand sammelte sich an seinen Knöcheln, als er auf sie zuging. Obwohl er nichts für die See übrig hatte, war Ikhnovsky strandgemäß – oder was er dafür hielt – gekleidet: marineblauer Sweater und weiße Shorts, die stramm seinen Bauch umspannten, dazu Lederschuhe ohne Socken. Jetzt schon rieb ihm der Sand die Ferse wund.
Karl begrüßte ihn herzlich, Magda nur um eine Spur weniger. Die drei Kinder waren höflich. Bridget und Katrina machten tatsächlich einen Knicks, eine Geste, die Ikhnovsky angesichts der roten Badeanzüge geradezu widersinnig erschien. Willy, der Jüngste, schüttelte ihm feierlich die Hand und raste dann zu seiner Sandburg zurück. Eine nette Familie, dachte Ikhnovsky. Vielleicht hätte er selbst so eine Familie gehabt, wenn die Jahre nicht so schnell verflogen wären und die Anforderungen, die der Aufbau einer neuen Gesellschaft an einen stellte, nicht so allumfassend gewesen wären.
Unaufgefordert zog Magda einen weiteren Strandkorb näher. Es war Saisonbeginn und nicht viel los. Einige Leute hatten sich einen Rattan-Windschutz gemietet, abgedichtete Bänke mit einer 80 Zentimeter hohen Rückenlehne. Andere lagen auf Handtüchern und Decken im Sand herum. Ein junges Pärchen schlenderte Arm in Arm durch die Brandung, ein Junge spielte mit seinem Hund, und aus einem fernen Radio drang eine bekannte Melodie.
»Setz dich, Onkel«, sagte Karl und deutete auf einen der beiden Strandkörbe. Kaum war Magda außer Hörweite, warf er dem Russen einen fragenden Blick zu.
»Nun?«
»Eine Krise, Karl. Wir sprechen später darüber.«

»Aber du – mit dir ist alles in Ordnung?«

Ikhnovsky zuckte mit den Schultern. »Ein junger Mann, gefangen im Körper eines alten. Mir geht's gut.«

Magda kam zurück, und die beiden Männer wechselten das Thema mit einer Leichtigkeit, die aus langer Praxis herrührte. Sie unterhielten sich über das Wetter, über die Fortschritte der Kinder in der Schule, über Magdas freiwillige Arbeit im Heim der Kriegswitwen, über Ikhnovskys Gesundheit und über die in letzter Zeit gelockerten Einreisebeschränkungen nach West-Berlin.

Ikhnovsky freute Karls Ungezwungenheit. Seit dem Telefonat vor wenigen Tagen hatten sie nicht mehr miteinander gesprochen, und auch da hatte der Russe nichts von dem wirklichen Grund seines Besuchs enthüllen können. Er wußte, daß Karl neugierig war, doch kaum jemand hätte vermutet, daß Karl hinter seiner Lässigkeit sprungbereit wie eine Katze lauerte.

Magda erzählte eine lustige Geschichte von einem Autofahrer, der sich in der vergangenen Nacht im Nebel verirrt hatte und in die See gefahren war. Ikhnovsky zeigte eine freundlich-interessierte Miene und lauschte, ohne hinzuhören. Magda hatte Sommersprossen auf den Wangen, blondes Haar und blaue Augen und eine volle Figur, die früher bestimmt verlockend gewesen war, nun aber etwas aus dem zweiteiligen Badeanzug quoll. Sie lachte leicht und locker, und Ikhnovsky dachte, daß sie für Karl keine besondere Bedeutung hatte – für seine komplexe Persönlichkeit, die unter der einfachen Fassade lag. Karls wertvollstes Kapital, überlegte Ikhnovsky – die Fähigkeit, mit untadeliger Glaubwürdigkeit in zwei verschiedenen Welten zu funktionieren. Mitarbeiter für die ›schmutzigen Aufträge‹ waren meist chancenlose, einsame Männer, die ohne Familie lebten und kaum Freunde besaßen. Sie waren gesellschaftlich Ausgestoßene, deren geheime Leidenschaften weder Treue noch Gefolgschaft kannten, und das machte sie verdächtig. Doch Karl war anders. Er war in den Verwüstungen im Berlin der Nachkriegszeit aufgewachsen, umgeben von Krankheit und Tod; obwohl Karl nie von jener Zeit sprach, bevor sie sich kennengelernt hatten, wußte Ikhnovsky, daß es für Karl keinen Unterschied zwischen Leben und Tod gab, denn auf irgendeiner tieferen

Ebene waren diese beiden Seinsweisen für ihn gleichbedeutend. Das ermöglichte es Karl, Ehemann, Vater und Killer zu sein, alles gleichermaßen erfolgreich.
Am Strand hatten sich die beiden Töchter dem Ausbau der brüderlichen Sandburg angeschlossen. Sie flüsterten untereinander und warfen Ikhnovsky vorsichtige Blicke zu. Schließlich erhob sich Katrina und kam, von Gesten ihrer Schwester angespornt, auf ihn zu. Verlegen blieb sie vor ihm stehen, eine Strähne nassen Haares gegen ihre Wange reibend.
»Entschuldigung«, sagte sie. »Entschuldigung.«
Magda legte ihrer Tochter eine Hand auf die Schulter, während sie mit der Beschreibung des neuen Anbaus an ihrem Haus fortfuhr, dann sagte sie: »Was gibt's?«
»Ich habe eine Frage«, sagte Katrina. Sie wandte sich an Ikhnovsky. »Onkel Alex, Willy hat was ganz Dummes gesagt. Er sagt, in Rußland ißt man Bären. Stimmt das?«
»Kati!« rief Magda, doch Ikhnovsky wedelte ihren Einwand beiseite.
»Nein, nein, sie hat recht. Wir haben mal Bären gegessen.«
Die Augen des kleinen Mädchens wurden groß. »Wirklich?«
»Wir haben auch Feldmäuse gegessen.«
»Feldmäuse!«
»Alles, was wir finden konnten. Das war noch vor der Großen Oktober-Revolution, als der Zar Nahrungsmittel konfiszieren ließ – für seine Soldaten – und das Volk verhungerte. Also mußten wir essen, was wir finden konnten. Es war ein großes Glück, wenn man einen Bären schoß, weil davon ein ganzes Dorf satt werden konnte.«
»Oh.« Katrina rümpfte voller Abscheu ihre Nase und rannte zurück, um ihrem Bruder und ihrer Schwester das Unerhörte zu berichten.
»Du solltest ihnen nicht solche Geschichten erzählen«, sagte Magda.
»Alles wahr, alles wahr. Während der Revolution aßen wir Mäuse und Tauben.«
Magda schauderte. »Ich glaub', lieber würd ich verhungern, bevor ich so was esse.«

Karl sagte: »Das denkst du nur, weil du nicht weißt, was es heißt, hungrig zu sein. Glaub mir, du würdest alles essen.«

»Eine Taube vielleicht, wenn ich...«

»Alles.«

Einen Moment lang starrte Karl sie mit einem harten Blick, bar jeglichen Gefühls, an. Dann, als hätte jemand einen Schalter umgelegt, kehrte die Wärme zurück. Er lächelte wie zur Bestätigung. »Ich habe Eichhörnchen im Tiergarten gegessen. Onkel Alex weiß davon.«

Magda schaute unbehaglich drein. »Du meinst... nach dem Krieg?«

»Wann sonst?« Karl erhob sich. »Ich geh ins Wasser.«

Er marschierte hinunter, wo sich die Wellen brachen und auf dem Sand ausliefen. Die Kinder rannten hinter ihm her, tanzten in seinen Fußspuren herum und schrien vor Aufregung, als er sich ohne zu zögern in die See warf. Er schwamm mit geschmeidigen, kraftvollen Armzügen; seine Schultern glänzten in der Sonne, sein Körper hob und senkte sich mit den anstürmenden Wellen. Welch eine Wandlung, dachte Ikhnovsky, und sah wieder diesen schmutzigen, halb verhungerten kleinen Jungen vor sich.

»Er spricht nie von diesen Jahren«, sagte Magda leichthin.

Sie warf ihm einen schiefen Blick zu, wollte, daß er sich ihr anvertraute, doch Ikhnovsky verspürte nicht den geringsten Wunsch dazu.

»Schreckliche Jahre«, sagte er.

Er schloß die Augen und gab vor zu dösen. Die Sonne lag warm auf seinem windgeschützten Gesicht. Erinnerungen drängten sich auf – ungebeten... Januar... Berlin... wieder sah er das alte Gebäude in der Liebknechtstraße vor sich, in dem die KGB-Büros bis lange nach dem Krieg untergebracht gewesen waren. Das mehrstöckige Gebäude im italienischen Stil gehörte zu der Handvoll Häuser, die von den sowjetischen und amerikanischen Bomben und Granaten verschont geblieben waren. Es war von einem schmiedeeisernen Zaun umgeben, vor dem rund um die Uhr Wachen patrouillierten. Als *Rezidentura* der Berliner KGB-Sektion hatte Ikhnovsky dieses Gebäude vor allem deshalb aus-

gewählt, weil sich hier strengste Sicherheitsmaßnahmen problemlos durchführen ließen. So war es für ihn eine besonders unangenehme Überraschung gewesen, als man hier einen Eindringling entdeckte.
Ikhnovsky hatte das Gebäude gerade verlassen wollen, als er die Schüsse hörte. Er eilte zurück und bemerkte den Aufruhr im Hof. Ein Gefängniswärter hatte im Keller einen Jungen entdeckt. Dieser hatte sich losgerissen, war durch die Hintertür geflüchtet und über den Zaun geklettert. Als endlich Soldaten aufkreuzten, befand sich der Junge bereits auf der anderen Seite und rannte über die schneebedeckte Erde. Die Wachposten feuerten. Der Junge tauchte in den Ruinen des Nachbargebäudes unter. Doch der Unteroffizier war überzeugt, daß man den Jungen getroffen hatte.
Ikhnovsky machte sich mit den Soldaten auf die Suche und entdeckte eine Blutspur im Schnee. Sie folgten der Spur durch den Schutt und die Trümmer des ausgebombten Gebäudes. Der Junge saß am Boden, den Rücken gegen eine Wand gepreßt, das Gesicht schmerzverzerrt. Er trug zerfetzte Hosen und einen zerschlissenen, viel zu großen Mantel. Seine Füße waren mit Lumpen umwickelt und bluteten. Ein Bein war getroffen worden. Der Unteroffizier legte an, doch Ikhnovsky drückte den Lauf der Kalaschnikoff nach unten und suchte sich dann einen Weg durch die Trümmer. Als er fast bei ihm war, stemmte sich der Junge mit der Verzweiflung eines wilden Tieres an der Wand hoch. Ikhnovsky blieb vor ihm stehen.
»Tut's weh?«
Die Antwort war ein trotziger Blick. Er kniete nieder und griff nach dem Jungen. Sofort stach der Junge mit einem Messer nach ihm. Ikhnovsky parierte den Stoß mit seiner behandschuhten Linken, spürte aber, wie die Klinge in seine Handfläche drang. Er richtete sich auf und trat kräftig nach dem Bein des Jungen, der ohnmächtig umkippte. Ikhnovsky griff nach dem Messer im Schnee, als der Unteroffizier und seine Leute angerannt kamen. »Sollen wir die Polizei rufen, oder soll ich mich selber um den kleinen Nazi kümmern?«
»Bringen Sie ihn ins Krankenhaus.«

»Ins Krankenhaus?«
»Ja. Sein Bein soll gerichtet werden.«
Bei der Untersuchung des Kellers wurde ein kleiner Raum hinter dem Heizkessel entdeckt, wo der Junge gehaust hatte. Der Boden war mit Zeitungen und alten Lumpen bedeckt, wie ein Nest, und ein rußgeschwärzter Fenstervorhang verbarg die Öffnung. Es hatte den Anschein, als würde der Eindringling hier schon seit einiger Zeit hausen.
Ikhnovsky besuchte ihn im Krankenhaus. Der Junge lag in einem Metallrahmenbett, das Bein mit einem Seilzug hochgezurrt. Sie hatten ihm das Gesicht gesäubert und das Haar gebürstet, doch seine Augen waren immer noch die Augen eines wilden Tieres.
»Man hat mir gesagt, daß dein Bein heilt.«
Der Junge beobachtete ihn wachsam, ohne zu sprechen.
»Wie bist du in das Gebäude hineingekommen?« Eine weitere Pause. »Na komm schon, jetzt tut dir niemand mehr was. Wie bist du reingekommen?«
»Die Kohlenschütte.«
»Die Tür zur Kohlenschütte hat ein Vorhängeschloß.«
»Der Rahmen ist durchgerostet. Ich hab das Ding aufgekriegt.«
»Du hast den Rahmen mit der dranhängenden Tür beiseite gezogen?«
Der Junge nickte. Ikhnovsky lächelte vor sich hin. Der Rahmen würde auf der Stelle repariert werden.
»Du hast in dem Gebäude gewohnt. Warum?«
»Mir war kalt.«
»Gehörst du zu der Trümmerbande?«
Ikhnovsky hatte keine Antwort erwartet und auch keine bekommen. Jahre nach dem Krieg lagen immer noch gewaltige Bezirke der Stadt in Schutt und Asche; hier hausten Gruppen elternloser Kinder, allgemein als Trümmerbanden bekannt. Sie wurden zu Bettlern, Dieben, Taschendieben und Trickbetrügern. Treu waren sie nur den Mitgliedern ihrer Bande, und was sie wollten, war überleben – um jeden Preis.
»Wie heißt du?«

Der Junge starrte ihn an; seine grauen Augen waren leer und ausdruckslos. Seine hohlen Wangen und die straff gespannte Haut erinnerten Ikhnovsky an Fotos, die er von KZ-Insassen gesehen hatte.

»Komm schon, ich möchte mit dir reden. Mein Name ist Alexander Ikhnovsky. Wie wirst du genannt?«

»Karl.«

»Karl und wie noch?«

»Karl Drei.«

»Drei.« Karl Drei, der dritte in seiner Bande mit diesem Namen.

»Wie lange wohnst du schon in dem Gebäude, Karl?«

Der Junge zuckte mit den Schultern.

»Tage?«

Er nickte.

»Wochen?«

Wieder nickte der Junge. Seit Wochen in dem Gebäude! Ein blinder Passagier im Bauch des KGB-Hauptquartiers in Ost-Berlin. Wie alt mochte er sein? Sieben oder acht? Dieser Junge war durch ihr Sicherheitssystem geschlüpft und wochenlang unentdeckt geblieben. Ikhnovsky wußte, was man in Moskau dazu sagen würde, wenn man es je herausfand. Und man würde es herausfinden. Wie jedermann, der eine Machtposition bekleidete, besaß Ikhnovsky Rivalen, die nur allzu gern seinem Ruf Schaden zufügen würden.

»Kann ich mich setzen, Karl?«

Der Junge rutschte etwas zur Seite, als sich der Russe setzte. Ikhnovsky holte das Messer des Jungen aus seiner Tasche. Die Klinge war offensichtlich aus einem Stück Altmetall geschliffen worden. Zwei mit Elektrodraht umwickelte Holzstücke dienten als Griff. »Woher hast du das?«

»Hab ich selber gemacht.«

»Es ist sehr scharf.« Ikhnovsky hielt eine Handfläche hoch. »Siehst du, was du getan hast?« Der Junge spannte sich. »Ja, es ist ein gutes Messer.« Ikhnovsky hielt Karl das Messer mit dem Griff voran hin. »Nur zu, nimm's. Vielleicht brauchst du's, wenn du wieder draußen bist.«

Karl nahm das Messer und versteckte es unter dem Laken.
»Du bist ein gewiefter Junge, Karl. So einen wie dich könnte ich gebrauchen. Möchtest du für mich arbeiten?«
Vor Überraschung wurden die Gesichtszüge des Jungen weich, und zum erstenmal sah Ikhnovsky jenseits von Furcht und Verzweiflung das dahinter verborgene Kind.
»Du hättest genug zu essen, dein eigenes Zimmer, warme Kleidung. Als Gegenleistung wärst du meine Augen und meine Ohren auf den Straßen. Ein Trümmerjunge ist immer unsichtbar. Du kannst überall hin, kannst Dinge hören und sehen, die andere nie erfahren würden. Wie würde dir das gefallen?«
»Ich krieg Essen?«
»Soviel du willst.«
»Und Schuhe?«
»Schuhe und Wollsocken.«
»Und ich könnte im Keller schlafen?«
»Nein, dort nicht. Aber in meiner Wohnung gibt's eine Putzkammer hinter der Treppe. Ich laß sie von der Vermieterin ausräumen. Das wird dein Schlafzimmer sein.«
Karl starrte ihn an.
»Wann fang ich an?«
»Du hast bereits angefangen. Eine deiner Aufgaben wird sein, die Sicherheit aller Sowjetgebäude zu testen – wie du es diesmal getan hast.«
Ikhnovskys nächster Report an Moskau beinhaltete eine schneidende Anklage gegen Major Bobkov, den Sicherheitschef. Ikhnovsky hatte schließlich einen Trümmerjungen angeheuert, um in das KGB-Gebäude einzudringen. Die Sicherheitskräfte hatten drei Wochen gebraucht, um ihn zu entdecken! Was hätte nicht alles passieren können, wenn der Junge ein feindlicher Agent und nicht einer der eigenen Leute gewesen wäre? Ikhnovsky empfahl, einen neuen Sicherheitschef zu schicken, diesmal einen Mann, der sich nicht schon von einem Jungen zum Narren halten lassen würde.
So begann ihre Beziehung, die im Laufe der Zeit zu einem Vater-Sohn-Verhältnis wurde. Karl füllte eine Leere, von deren Existenz Ikhnovsky nie etwas geahnt hatte. Anfangs beunru-

higte ihn das, schließlich hatte er sich selbst jedes persönliche Gefühl versagt und sein Privatleben dem Aufbau einer neuen Gesellschaft geopfert. Nachdem jedoch Karl seine Kammer unter der Treppe bezogen hatte, fand der Russe zunehmend Freude daran, mit dem Jungen zu Abend zu essen, ihn in lange Gespräche zu verwickeln oder mit ihm Schach zu spielen.

Karl idealisierte und bewunderte seinen Mentor, und es gab für ihn nicht den geringsten Zweifel, daß er sich dem KGB anschließen würde, sobald er erwachsen war. Es war die größte Enttäuschung seines jungen Lebens, als er Ikhnovsky von seinen Plänen erzählte, und dieser ihm sagen mußte, daß nur Sowjetbürger der Organisation beitreten konnten. Er, Alexander Ikhnovsky, würde aber schon sehen, was sich machen ließe.

Karls Leben hatte an dem Tag begonnen, an dem er ihn im Krankenhaus besuchte. Von der Zeit davor sprach Karl nie. Und als Ikhnovsky ihn in die Volksschule schickte, nahm er den Vornamen seines Gönners an. Von da an hieß er Karl Alexander...

Diese Erinnerungen wärmten den alten Russen genauso wie die Sonne und lullten ihn in Schlaf; er träumte von Kirchen mit Zwiebeltürmen, von jubelnden Menschenmassen und von grobem Holzspielzeug, das ein Mann mit buschigen Augenbrauen und dichtem braunem Bart geschnitzt hatte... Sein Vater. Und das war sehr, sehr lange her, und der Mann schien noch so jung zu sein, so furchtbar jung, vor so furchtbar langer Zeit...

Kapitel 6

Karl Alexander nahm das Kleingeld aus seiner Tasche und stapelte die Münzen sauber auf der Ankleidekommode. Sie hatten Farbe und Gewicht von Aluminium und waren größer und leichter als ihre westdeutschen Gegenstücke. Karl ordnete sie von der größten bis zur kleinsten, bis sie eine Kegelspitze bildeten – eine Gewohnheit aus Kindertagen, als ein Pfennig den Unterschied zwischen einem Brotkanten und einem leeren Magen bedeutete. Geld gab Sicherheit. Geld vermittelte Freiheit. Nie wieder hungern, nie wieder sich ducken müssen, dachte er grimmig. Karl wandte sich von der Kommode ab und nahm einen Mantel aus dem Schrank. Er hatte das größte und teuerste Apartment gemietet – zwei Schlafzimmer und ein Wohnzimmer mit Kochnische. Durch die offene Tür konnte er Magda und die Kinder vor dem Fernseher sitzen sehen. Willy schlief auf dem Schoß seiner Mutter, die beiden Mädchen lagen auf dem Fußboden, die Köpfe in die Hände gestützt. Frau und Kinder gaben Karl das gleiche Gefühl von Sicherheit wie der Stapel Münzen auf der Kommode.

Er war zwar nicht reich, aber privilegiert; und es gab viele Möglichkeiten, wie ein hohes Mitglied des Stasi das ansonsten eher bescheidene Gehalt aufbessern konnte. Der antifaschistische Schutzwall, vom Westen als *Berliner Mauer* diffamiert, existierte für Karl nicht. Er brauchte nur seinen Ausweis zu zükken und konnte ungehindert von einem Sektor der Stadt in den anderen gelangen. Er unterlag weder den Währungsbeschränkungen seines Landes, noch wurde sein Auto durchsucht. Ein Narr der Mann, der daraus nicht Kapital zu schlagen versuchte!

Magda sagte etwas, und die Kinder lachten. Karl legte den Kopf schief, lauschte wie ein Wolf, der ein sich näherndes Opfer belauert. Manchmal beunruhigte es ihn, daß die Welt der Kinder so fremd, so unerklärlich für ihn war. Er hatte keinen Anteil an ihrer Unbeschwertheit und ihrem fröhlichen Lachen, und wenn er sich gelegentlich bemühte, ihre Spiele mitzuspielen, wirkten seine Versuche gezwungen und unnatürlich. Seine Welt als Kind war Tante Inges Welt gewesen!

Karl überprüfte sein Aussehen im Spiegel, sagte dann Magda und den Kindern gute Nacht und erhielt wohlerzogene Antworten. Als er im Fahrstuhl auf den Knopf für den dritten Stock drückte, wurde ihm bewußt, daß er sich Onkel Alex näher fühlte als seiner eigenen Familie.

Es hatte ihn erschreckt, wie alt der Russe geworden war. Am Telefon hatte Ikhnovskys Stimme kräftig und rauh geklungen – dieselbe Stimme, die er damals als Junge vernommen hatte, die Stimme eines Mannes, der ihm wie ein Riese in Khakimantel und Pelzmütze erschienen war, mit dem roten Stern: einer der Russen, die Deutschland zerschlagen hatten. Doch als Onkel Alex heute nachmittag mit den Kindern spielte, war er schnell außer Atem gekommen, und als er auf seinem Stuhl einschlief, war sein Kinn in der schlaffen Haut des Halses verschwunden.

Die Fahrstuhltür öffnete sich. Als Karl den Lift verließ, traten ein Mann in mittleren Jahren und eine kichernde junge Frau ein. Die Frau hatte gefärbtes rotes Haar und trug ein enges schwarzes Kleid. Sie stieß gegen Karl, sagte »Entschuldigung« und warf ihm einen beiläufig musternden Blick zu, der ihr Wohlgefallen keineswegs verhehlte. Karl beachtete sie nicht, merkte aber, während er den Flur entlangging, daß er in Gedanken das Verführerisch-Sinnliche in den Augen des Mädchens durch die Angst und den Schmerz in den Augen Fassis, dieser algerischen Hure, ersetzt hatte. Mit Mühe schob er das Bild beiseite und konzentrierte sich auf seine unmittelbare Umgebung – die aufmunternden gelben Wände, den Feuerlöscher am Ende des Flurs, die gedämpften Geräusche der Fernsehgeräte hinter den Türen.

Er fand Ikhnovskys Apartment und klopfte. Der Russe öffnete. Sein Haar war noch feucht vom Baden, und er trug frische Hosen mit einem hellen Seidenhemd. Wieder umarmten sie sich, diesmal mit einer Wärme und Herzlichkeit, die die Bedeutungslosigkeit ihrer ersten Begrüßung in der Öffentlichkeit unterstrich.
»Ah, Dreitsky, Dreitsky«, sagte der Russe. Es war der Spitzname, den er Karl einst gegeben hatte. Er schob den jüngeren Mann auf Armeslänge von sich, und Karl entdeckte überrascht hinter der Freude in den Augen des anderen eine gewisse Trauer.
»Schwierigkeiten, Onkel Alex?«
»Bald, bald schon. Wie spät ist es?« Ikhnovsky nahm Karls Handgelenk und drehte es so, daß er das Zifferblatt der Uhr sehen konnte. Es war eine Digitaluhr, aber Karl wußte, daß ihn die Zeit nicht interessierte. Die Uhr war eine Stasi-Schöpfung; blitzte die Anzeige auf, war irgendwo in der Nähe ein Sender. Glaubte Onkel Alex wirklich, daß sein Hotelzimmer verwanzt sein könnte? All seine Sinne wurden hellwach. Der Russe war kein Mann, der sich grundlos Sorgen machte.
Ikhnovsky grunzte beruhigt. Er wandte sich um und zeigte ungeduldig auf den Fernsehapparat.
»Such uns ein gutes Programm, das unsere Gedanken von den Sorgen ablenkt.«
Karl traf die üblichen Vorsichtsmaßnahmen, und ein Dokumentarbericht über Regattasegeln erfüllte lautstark den Raum.
»Ja, sehr gut«, rief Ikhnovsky ihm zu.
Er schraubte die Sprechmuschel des Telefonhörers heraus. Erst nachdem er das Mikrophon entfernt und auf den Tisch gelegt hatte, bedeutete er Karl, sich neben ihn zu setzen.
»Dawai, dawai«, sagte er. »Jetzt können wir reden.«
Sie saßen an einem runden Tisch neben einem Fenster mit Seeblick. Unter ihnen beleuchteten Flutlichter den Strand, jenseits davon verschmolz das Wasser mit der Dunkelheit, und nur die weißen Schaumkronen blieben sichtbar, glitten wie blasse Schlangen auf unsichtbaren Wellen durch die Nacht.
»Karl«, begann Ikhnovsky düster, »was ich jetzt sage, wird

deine Karriere, die Sicherheit deiner Familie, vielleicht sogar dein Leben gefährden. Gäbe es eine andere Möglichkeit... wenn ich jung genug wäre, wenn ich die Uhr in diesem alten Körper zurückdrehen und wie du sein könnte, ein Mann in den besten Jahren...«

Er seufzte, Karl beobachtete ihn und wartete. Er kannte die Launen Ikhnovskys gut genug, um zu wissen, daß es keinen Sinn hatte, ihn zur Eile antreiben zu wollen. Ikhnovsky legte seine Hände auf den Tisch und schüttelte den Kopf.

»Was der Geist verlangt«, sagt er, »kann dieser Körper nicht mehr leisten. Was Augen sehen, können diese Hände nicht mehr festhalten.«

Karl ließ seine Hände über den Tisch gleiten. »Nimm diese, Onkel.«

Ikhnovsky lächelte. »Ich weiß, daß dich Ideologie noch nie sonderlich interessierte, Karl, aber merkst du nicht, daß die sozialistische Welt an einer gefährlichen Kreuzung angelangt ist? Unsere einstigen Ideale verblassen und der große Traum von der Weltrevolution ist so gut wie ausgeträumt. Du bist noch jung, doch ich erinnere mich an unsere Vision von einer neuen, kommunistischen Welt, eine Vision, die uns stark gemacht hat, so stark, daß wir sogar unsere Fehler und Irrtümer überstehen konnten. Doch dieses Erbe entgleitet uns und mit ihm das Versprechen auf eine Zukunft.«

Karl hörte zu, doch die Worte hatten wenig Wirkung auf ihn. Er kannte die Überlegenheit des Marxismus und die Verfaultheit des Kapitalismus und das verbrecherische Gesicht des Imperialismus – für ihn zu Dogmen geronnene politische Vokabeln, die er in zahlreichen Schulungen (eigentlich widerwillig) buchstabieren gelernt hatte. Politische Konzepte und abstrakte Diskussionen hatten ihn noch nie stärker berührt, wenn sie nicht in direkte Aktionen umsetzbar waren. Alexander Ikhnovsky zuliebe hatte er das alles auf sich genommen, und nur über dessen Person galt seine Loyalität der DDR, dem Staat, dem Alexander diente.

»Es sind nicht die Atomwaffen, Karl, die uns zerstören werden, es ist Kultursabotage. Verstehst du das? Nein, nein, ich lang-

weile dich. Also gut. Laß mich dir was zeigen, was selbst auf deine pragmatische Seele Eindruck machen dürfte.« Ikhnovsky durchquerte das Zimmer und hob einen Aktenkoffer aufs Bett. Er schloß ihn auf und holte eine Video-Kassette hervor.
»Ich nehme an, du hast vom Nevsky-Projekt gehört?«
»Die sowjetische Form des amerikanischen Star-Wars-Programms.«
Der Russe schüttelte den Kopf und schwenkte die Kassette durch die Luft, während er sie zum Video-Recorder trug.
»Falsch, falsch, falsch! Alle denken, daß die beiden Systeme kompatibel sind. Ist schließlich auch kein Wunder, wenn unser verehrter Generalsekretär beabsichtigt, die Früchte der sowjetischen Wissenschaft gegen das sogenannte Star-Wars-Programm einzutauschen.«
Karl wußte, was er meinte. Der reformfreudige Generalsekretär flog Ende des Monats nach Washington, um den bilateralen Abrüstungsvertrag zu unterzeichnen. Der Vertrag sah einen Austausch der Verteidigungstechnologien zwischen der Sowjetunion und den Vereinigten Staaten von Amerika vor; Wissenschaftler beider Länder sollten an beiden Systemen arbeiten. Das erste funktionierende System sollte zum Wohl beider Nationen weiterentwickelt werden. Das Abkommen wurde von vielen heftig kritisiert, sowohl auf amerikanischer als auch auf sowjetischer Seite.
Onkel Alex sprach weiter, während er die Kassette einlegte.
»Aber du sollst dir selbst ein Urteil bilden. Schau dir an, wozu das Nevsky-Projekt fähig ist. Die Amerikaner reden von ihrem ›Krieg der Sterne‹ und von riesigen Laser-Systemen, aber das alles liegt noch Jahre in der Zukunft; bis jetzt hat man das bloß in Disneyland und in Hollywood-Filmen gesehen. Wir aber – wir *haben* ein System, das in der Lage ist, um jede größere Stadt und jede Militäranlage des Landes einen elektronischen Schutzschirm zu spannen.«
Der Bildschirm flackerte, und die bunte Segelbootszenerie wurde nach kurzer Bildstörung durch einen Titel ersetzt: »Forschungsministerium, strategisches Raketenkommando, Projekt N-181: Inhalt als *Streng geheim* klassifiziert.«

»Du hast immer noch deine Quellen, Onkel«, sagte Karl bewundernd.
»Ich stehe nicht allein, Karl. Es gibt noch andere.«
Die erste Szene zeigte ein Gebilde, das wie eine riesige Satellitenscheibe mit einem Durchmesser von über 35 Metern aussah, mit einer aus dem Zentrum ragenden langen spitzen Stange. Die Scheibe befand sich in einem Laboratorium. Andere Bilder zeigten gewaltige Dynamos und Kontrollräume mit zahlreichen Schaltpulten. Männer in weißen Laborkitteln arbeiteten an Geräten; gelegentlich lächelte einer von ihnen verlegen, wenn sein Blick auf die Kamera fiel.
»Hochfrequente Radiowellen«, erklärte Ikhnovsky mit einer Stimme, der man anhörte, daß er gewisse Fakten auswendig gelernt hatte. »Sechzig Giga-Hertz. Eine Chip-Kanone nennen die Wissenschaftler das. Sie kann die Mikrochip-Kreise eines Rakenleitsystems zerstören. Paß auf. Paß jetzt genau auf.«
Massive Tore auf der einen Seite des Gebäudes schwangen auf und gaben den Blick auf ein breites Feld frei. Dahinter lag in der Ferne ein See. Instinktiv versuchte Karl die Geographie zu erfassen und einzuordnen. Er war sich nicht sicher, aber es mochte der Aralsee sein.
Die Szenerie wechselte zu einer Abschußrampe, auf der eine Rakete in den Himmel ragte, in einer Ecke des Bildschirms begannen weiße Video-Zahlen mit einem Countdown von dreißig Sekunden. »Der Countdown bezieht sich auf die Aktivierung des Nevsky-Signals«, sagte Ikhnovsky. »Die Rakete wird zuvor abgeschossen.«
Karl nickte, ohne zu antworten. Das Band erinnerte ihn an frühe deutsche Raketentests, die er von der V-1 und der V-2 gesehen hatte, nur daß hier die Qualität besser war. Als die Zeit bis auf fünf Sekunden verstrichen war, schoß die Rakete in die Luft. Eine Zeitlupenkamera verfolgte sie bis über den See hinaus. Augenblicke später war der Countdown bei Null angelangt, und der Nevsky-Transmitter wurde aktiviert. Sofort geriet die Rakete außer Kontrolle, begann zu taumeln und explodierte. Die Kamera folgte dem rauchenden Trümmerstreifen bis ins Wasser.

»Und *das* will der Generalsekretär den Amerikanern geben«, sagte Ikhnovsky voller Abscheu. »Das Nevsky-Projekt, im Austausch für was? Für Pläne, Blaupausen.«
»Eine Radiowelle hat das bewerkstelligt?«
»Erkennst du die Möglichkeiten? Ein elektronischer Schirm über jeder Großstadt und Militäreinrichtung in der Sowjetunion. Undurchdringlich für die fortgeschrittene Elektronik moderner Leitsysteme.«
Karl war beeindruckt. Das Nevsky-Projekt war geheimgehalten worden, und die Berichte über seine Fähigkeiten gingen weit auseinander. Jetzt hatte er zum erstenmal etwas Konkretes gesehen. »Es ist bereits einsatzfähig?«
»Wie du siehst.«
Die Tests gingen weiter, jeder mit dem gleichen Erfolg.
»Dann verstehe ich nicht«, sagte Karl, »warum ihr mit den Amerikanern ein Tauschgschäft abschließen solltet, wenn der Nevsky-Transmitter bereits existiert?«
Der alte Mann warf ihm einen grimmigen Blick zu, als er den Schluß von Karls Frage wiederholte.
»Wenn *wir* den Nevsky-Transmitter bereits haben... Warum sprichst du so, als hätte er mit *euch* nichts zu tun? Mit der DDR? Mit den anderen Staaten des Warschauer Paktes? Dies ist *unsere* Technologie.«
Karl nickte; Onkel Alex' Patriotismus schien mit zunehmendem Alter immer extremer zu werden.
»Also gut: wir. Warum entwickeln wir nicht einfach den Transmitter fertig und vergessen den ganzen Vertrag?«
»Die Kosten. Schau.« Ikhnovsky zeigte auf den letzten Test, in dem die Rakete unversehrt entkam. »Die für die Nevsky-Wellentransmission benötigten Energien sind ungeheuer. Wie du siehst, ist in dem Test die Reichweite immer noch eingeschränkt. Was wir brauchen, sind Supraleiter – eine Technologie, die uns die Amerikaner geben könnten.«
»Verzeih mir, Onkel«, sagte Karl. »Aber das klingt nach einem Grund, diesen Pakt zu unterzeichnen. Mit einem mit Supraleitern ausgestatteten Nevsky-Transmitter könnten beide Länder Schutzschirme entwickeln und wären somit unverwundbar.«

»Unverwundbar gegen Raketen«, korrigierte Ikhnovsky.
»Du sprichst von der Gefahr durch bemannte Flugzeuge?«
»Ich spreche von der Gefahr durch einen anderen Nevsky-Transmitter. Schau dir das an.«
Der Bildschirm war schwarz geworden, doch nun kündigte ein neuer Titel die nächste Testserie an. Diesmal stand ein sowjetischer T-54-Panzer in der Mitte des Feldes. Karl sah, wie zwei Männer einen Hund in den Tank hoben und ihn vor einer Video-Kamera festbanden. Die Männer schlossen die Panzerluke hinter sich und verschwanden. Das Bild wechselte wieder ins Innere des Panzers, und die Zahlen für den Countdown erschienen. Der Hund wartete, schaute nach oben, wo die Männer verschwunden waren, und zerrte an seinen Fesseln. Als der Countdown bei Null angelangt war, stieß er ein lautloses Jaulen aus, verrenkte sich heftig, warf den Kopf zurück und biß blindlings nach seiner Schulter. Dann brach er zusammen und blieb nach einigen Zuckungen still liegen. Die Szenerie wechselte, und man sah einige Techniker, die den Hundekadaver aus dem Panzer zerrten. Sie hielten ihn hoch, lächelten wie Großwildjäger mit einer Trophäe.
Ikhnovsky hielt das Band an.
»Sterile Destruktion«, sagte er ruhig, »so nennen sie es. Mit mehr Energie könnte man auf einen Schlag ein ganzes Panzerbataillon zum Stehen bringen. Bei ausreichender Energie könnte die gesamte Bevölkerung von Tokio oder New York ausgelöscht werden – ohne dabei auch nur einen einzigen Ziegel zu zerstören.«
Karl, der normalerweise von neuen Technologien nicht leicht zu beeindrucken war, merkte, daß er in gedämpftem Tonfall sprach.
»Die Wirkung auf die Menschen ist die gleiche?«
»Es betrifft alle Formen animalischen Lebens«, sagte der Russe. »Die elektrochemischen Impulse des Gehirns sind dafür genauso empfänglich wie die Mikrochips.«
Ikhnovsky entfernte die Video-Kassette, und der Fernsehapparat kehrte zu seinem normalen Programm zurück, einer Komödie über einen Mann, der Skilaufen zu lernen versuchte. »Ver-

stehst du nun, warum das Nevsky-Projekt nicht den Amerikanern in die Hände fallen darf?«
»Hat der Generalsekretär diese Tests gesehen?«
»Natürlich hat er das. Das ist es ja, was seine Entscheidung so verbrecherisch macht. Den Amerikanern die Waffe zu unserer eigenen Zerstörung auszuhändigen...« Ikhnovsky schüttelte den Kopf. »Kannst du dir einen Transmitter vorstellen, der die Erde umkreist? Der seine Energie von der Sonne bezieht, unter Einsatz von Supraleitern?«
»Ich dachte, es wäre kulturelle Sabotage, über die du dir Sorgen machst, Onkel.«
»Kulturelle Sabotage und physische Vernichtung gehen Hand in Hand. Das erste bereitet uns auf das zweite vor. Ich mache mir wegen beidem Sorgen. Deshalb bin ich zu dir gekommen. Ich möchte, daß du mir hilfst, mein Land zu retten, Karl. Unser Land. Der Generalsekretär hat vor lauter Perestroika und Glasnost aus den Augen verloren, was seine eigentliche Mission ist! Er redet von menschlicher Umgestaltung des Sozialismus: Daß ich nicht lache! Dazu hat ihn westliches Gedankengut verführt. Was zählt, sind nicht die Menschen, sondern ist die Richtung, in die sie auf dem Weg zum Kommunismus zu gehen haben. Er ist bereit, unser Erbe aufs Spiel zu setzen. Der Generalsekreätr muß gestoppt werden.«
»Ich bin kein neuer Lenin, Onkel.«
»Ignaty Grinevitsky«, sagte Onkel Alex langsam.
Karls Lächeln erstarb, als er die volle Bedeutung von Ikhnovskys Worten erfaßt hatte. Ignaty Grinevitsky war der Mann, der Zar Alexander II. ermordet hatte. Jeder Schuljunge kannte seinen Namen.
»Aber«, fügte Ikhnovsky hinzu, »ich verlange von dir nicht, daß du dich selbst opferst, wie es Grinevitsky getan hat.«
»Was verlangst du dann, Onkel?«
Der Russe stemmte sich vom Stuhl hoch und ging zu seinem auf dem Bett liegenden Aktenkoffer. Er holte einen braunen Umschlag hervor, entnahm ihm ein Stück Papier und reichte es Karl, der es kommentarlos auf dem Tisch ausbreitete. Es war die Karte einer Schiffsverladestation. Die Aufschriften und Ge-

bäudebezeichnungen waren englisch; Karl konnte sie problemlos lesen.

»Military Ocean Terminal Bayonne?«

Ikhnovsky nickte. »Bayonne. New Jersey, im New Yorker Hafen. Schau dir bitte mal Lagerhaus E an.«

Karl fuhr mit dem Finger das Register ab, bis er gefunden hatte, was er suchte. Ikhnovsky, der hinter ihm stand, legte ihm eine Hand auf die Schulter.

»Bevor ich dir erzähle, was sich da drin befindet, mußt du zwei Dinge wissen, Karl. Zuerst einmal ist dies kein offizieller Auftrag. Wenn du ihn annimmst, wirst du für zwei Wochen beurlaubt, um uns als Berater auf unserem KGB-Trainingsgelände in Yaroslavl zur Verfügung zu stehen. Das ist nur ein Vorwand, denn du wirst für dreizehn Tage untertauchen. Wenn du zurückkehrst, wirst du ein Held sein, aber du darfst nie darüber sprechen und niemand darf es je erfahren.«

»Und die zweite Sache?«

»Wenn du versagst, wird es mein Tod sein.«

»Dann wirst du sehr lange leben, Onkel Alex«, sagte Karl ruhig. »Was ist in dem Lagerhaus?«

Ikhnovsky lächelte nicht, doch Karl konnte die Befriedigung sehen, die sich in den Augen des alten Mannes widerspiegelte.

»In dem Lagerhaus *wird* etwas sein, und zwar in drei Wochen, eine Fracht, gekennzeichnet mit *QL 4416 H5.* Die Ladung besteht aus von der Schulter abzufeuernden Redeye-Raketen; sie sind auf dem Weg zu den Contras nach Nicaragua. Eine der Redeye-Raketen wird ihr Ziel nicht erreichen. Du mußt sie entwenden und damit eine sowjetische Iljuschin 62 abschießen.« Er legte eine Pause ein und ergänzte dann: »Ich nehme an, du weißt, wer in dem Flugzeug sitzen wird.«

»Der Generalsekretär.«

Ikhnovsky nickte, und Karl musterte das Gesicht des alten Mannes.

»Erklär es mir.«

»Die Redeye-Fracht kommt am dreiundzwanzigsten per Bahn an. Das Schiff, die *Coralis*, ist ein Handelsschiff mit einem langfristigen Vertrag beim Military Sealift Command; sie wird die

Redeyes zu den Rebellen bringen. Am fünfundzwanzigsten wird es einlaufen. Zwischen der Ankunft der Redeyes und der Ankunft der *Coralis* mußt du eine der Redeye-Raketen stehlen, und zwar auf eine Weise, daß der Diebstahl nicht entdeckt werden kann.«
»Eine amerikanische Rakete stehlen? Warum nicht eine der unseren benutzen?«
»Der Angriff soll wie das Attentat eines amerikanischen Patrioten aussehen. Ein Fanatiker, der sein Leben der Zerstörung der Sowjetunion geweiht hat.«
»Und wer ist dieser Patriot?«
»Das überlasse ich dir, Karl.« Ikhnovsky tätschelte seine Schulter. »Ich überlasse dir viel zuviel, ich weiß.«
»Du forderst mich heraus.«
»Weil ich Vertrauen zu dir habe. Ich lege mein Leben in deine Hände.«
Karl erinnerte sich an etwas, das er über die Redeye-Rakete gehört hatte. »Ich dachte, die Amerikaner hätten die Redeye durch die Stinger ersetzt.«
»Das haben sie. Deshalb geben sie diese Raketen den Contras. Deshalb ist diese Schiffsladung auch so ungewöhnlich. Der Bayonne-Terminal wird normalerweise nicht für Raketenverladungen benützt, und die Sicherheitskontrollen werden nicht sonderlich streng sein.«
Karl begann sich Gedanken über das Attentat und seine politischen Folgeerscheinungen zu machen. »Der Generalsekretär... will auch bald nach China... Bist du dir ganz sicher, daß...?«
»Hör mir zu, hör mir genau zu.« Ikhnovsky umrundete den Tisch und setzte sich Karl gegenüber. »Ich steh' nicht allein. In Moskau gibt es Kräfte, die genauso entschlossen sind wie ich, der gegenwärtigen Führung Einhalt zu gebieten. Sie möchten, daß dies vor Unterzeichnung des Abrüstungs- und Verteidigungspaktes geschieht. Sie werden damit keinen Erfolg haben, wenn nicht der Generalsekretär vernichtet wird und seine sogenannten Reformer in Mißkredit gebracht werden. Du und ich, wir tun beides mit einem einzigen Schlag. Wenn die Maschine

des Generalsekretärs abgeschossen worden ist, wird man erkennen, daß jegliche Entspannungsbemühungen den Amerikanern gegenüber ein Trugschluß sind, und unsere Reformer werden ohne Führer sein.«
»Dieses Flugzeug abschießen... da müssen doch Verteidungssysteme vorhanden sein. Abschirmungen, elektronische Blokkaden, Luft-Luft-Raketen...«
Ikhnovsky winkte mit einer Hand ab. »Ja, ja, selbstverständlich. Die Iljuschin ist voll mit modernstem Defensivkram. So etwas Primitives wie eine Redeye könnte niemals Erfolg haben, solange die Infrarot-Detektoren in Betrieb sind. Doch sie werden nicht in Betrieb sein. Lediglich das Kontrollpult wird der Crew anzeigen, daß das ganze System einwandfrei funktioniert.«
»Das kannst du bewerkstelligen?«
»Ich sagte dir doch, Dreitsky, ich stehe in dieser Sache nicht alleine.«
Er kehrte zu seinem Aktenkoffer zurück und holte zwei weitere Gegenstände heraus. Seine Bewegungen waren jetzt schnell und energisch. Karl hatte ihn seit Jahren nicht mehr so zuversichtlich gesehen.
»Ich habe alles, was du brauchst.« Er reichte Karl ein HiFi-Radio in der Größe eines Walkie-Talkies.
»Hergestellt von Sony, von unseren Elektronik-Experten modifiziert. Damit kannst du sämtliche Frequenzen des Luftverkehrs empfangen sowie den Alpha-Code des sowjetischen Luft-Luft-Sprechfunks entschlüsseln. Ich werde dir zeigen, wie das Gerät funktioniert. Und das hier wirst du auch noch benötigen.«
Ikhnovsky gab ihm einen braunen Umschlag, und Karl zog die Fotokopie eines US-Army-Trainingshandbuches hervor. Auf der ersten Seite stand in großen Buchstaben: *Operator Manual:* REDEYE Air Defense Guided Missile System XM41E2.
»Du lernst das besser auswendig«, sagte der Russe. »Die Amerikaner würden dir eine unangenehme Begrüßung bereiten, wenn sie das in deinem Gepäck entdecken sollten.«
Karl nickte abwesend; seine Gedanken konzentrierten sich auf die politischen Folgen des Perestroika-Pokers. Es war eine Sache, Staatsfeinde zu bekriegen, doch hier ging es nicht um die

Liquidierung eines Spions oder Verräters. Hier ging es um den ersten Mann der Sowjetunion. Er unterdrückte den Drang, sich nach den Namen der Mitverschwörer zu erkundigen. Nie zuvor hatte er an Onkel Alex gezweifelt. Außerdem waren die Informationen, die der Russe mitgebracht hatte, allein schon Beweis genug, daß ein bedeutender Teil der sowjetischen Nomenklatura an der Verschwörung beteiligt war. Ikhnovsky, der seine Unsicherheit spürte, fragte, »Stimmt was nicht?«

Karl schüttelte den Kopf, lächelte dann. »Ich hab nur mal tief durchgeatmet, Onkel.«

In Ikhnovskys Augen glänzte es. »Wir werden unser sozialistisches Erbe retten, Karl. Du und ich und ein verliebtes Mädchen namens Marina.«

Kapitel 7

»Wenn er mich um Mitternacht angerufen hätte«, sagte Maurice Singer zu seinem Partner, »hätte ich ihn zwei Stunden später zurückgerufen, bloß um den Treffpunkt zu ändern.«

»Und ihm die Kontrolle überlassen?« fragte Hugh mit einem Lächeln zurück.

Beide kannten das oberste Firmengebot: Behalte stets deinen Fall unter Kontrolle. Maurice grunzte. Er hatte seine eigene Meinung über die Zehn Gebote der Firma und wie man Männer wie Paul Stafford kontrollierte.

Die beiden Männern warteten im Trio, einem beliebten Restaurant in der Nähe vom Dupont Circle. Sie saßen im Freien an einem Tisch direkt neben dem schmiedeeisernen Geländer, das den Speisebezirk vom Gehsteig abtrennte. Nach drei Monaten intensiver Überwachung – teurer Überwachung – rührte sich endlich was im Fall Stafford.

»Glaubst du, er hat Instruktionen vom Boß der hiesigen *Rezidentura* bekommen?« fragte Maurice und meinte damit den KGB-Chef in der Sowjetischen Botschaft.

»Bestimmt. Und als letzte Instruktion gibt's ein paar Kugeln ins Kreuz.«

»Weil er aufgeflogen ist?«

»Weil er die Mordgeschichte hat auffliegen lassen.«

»Das hat er mit Absicht getan.«

»Vielleicht.«

»Was sonst?«

Hugh nippte an seinem Kaffee und sagte nichts. Eigentlich sollte er den jungen Mann ausbilden, doch er hegte so halb und

halb den Verdacht, daß Maurice hier war, um ein Auge auf ihn zu haben. Hugh kannte seinen eigenen Ruf nur zu gut. Seit dem Iran-Debakel war er ins zweite Glied zurückgestuft worden. Niemand hatte ihm das direkt gesagt. War auch nicht nötig gewesen, seine darauffolgenden Einsätze hatten ihm das mehr als deutlich gemacht. Und nur weil Jock Lewis, der neue Nachrichtenchef, ein alter Freund von ihm war, hatte er den Fall Stafford bekommen.
Hugh Roark hatte sich der Firma nach dem Zweiten Weltkrieg angeschlossen und als Führungsoffizier zuerst in Wien und später dann im Mittleren Osten gedient. Er hatte eine gute Nase, besaß Talent für die Rekrutierung und Führung von Agenten und baute schnell ein zuverlässiges, qualifiziertes Agentennetz auf. Eine Zeitlang wurde allgemein angenommen, daß er eines Tages den Sessel des Nachrichtenchefs erben würde. Doch als Hugh in die Vereinigten Staaten zurückkehrte, mußte er feststellen, daß er nicht die nötige Geduld für politisches Taktieren besaß. Seine Karriere bekam einen Knick, und über Jahre hinaus blieb er der ewige Kandidat. Dann hatte er das Pech, zwei Monate, bevor man den Schah des Landes verwies, zum Chef des Teheraner Büros ernannt zu werden. Und als die CIA sich danach heftiger Kritik ausgesetzt sah, weil sie dieses Ereignis nicht ins Kalkül gezogen hatte, war Hugh der passende Sündenbock. Seitdem schlug er die Zeit tot und wartete auf seine Pensionierung. Der Fall Paul Stafford war die interessante Ausnahme im Reigen der Routinejobs, mit denen man ihn in Bewegung hielt. Noch interessanter wurde die Sache dadurch, daß sein innerer Seismograph ihm signalisierte, daß Paul Stafford die Wahrheit sagte. In diesem Punkt unterschied er sich von Maurice, der wirklich kein guter Menschenkenner war und jeden Verdächtigen schon von vornherein verurteilte.
»Was wissen wir also?« fragte Maurice. »Wir wissen, daß diese Todesfälle als Unglücksfälle eingestuft wurden, bevor wir Staffords Geschichten in die Finger bekamen – mit Ausnahme des Falles Wilson. Und bei Wilson sollte der Mord nach einheimischer Gangsterarbeit aussehen und die Sowjetunion aus dem Spiel bleiben. Einen Mord so aussehen zu lassen, als wäre der

Mann an Masern gestorben, erfordert viel Talent, also erhebt sich die Frage, warum Moskau dieses Talent verschwenden sollte, indem es Stafford die Wahrheit in einem Krimimagazin veröffentlichen läßt?«

Maurice warf Hugh einen Seitenblick zu, forderte ihn zu einer Antwort auf. Als der Ältere nicht reagierte, gab sich Maurice die Antwort selbst: »Außer sie wollten uns testen und herausfinden, wie gründlich unser Laden ist. Wie wär's damit?«

»Vielleicht«, sagte Hugh. Sein Blick glitt über Maurices Schulter, suchte die Straße nach Paul ab.

»Aber du glaubst es nicht?«

Hugh seufzte. »Wenn sie testen wollten, hätten sie sich etwas Ungefährlicheres als diese Attentate ausgesucht. Erinnerst du dich, wie dicht die Spur an den Kreml heranführte, als die Bulgaren die Sache mit dem Papst verpatzten? Wenn wir aus diesen Unglücksfällen Morde machen und sie mit Moskau in Verbindung bringen, wird der Knalleffekt Tschernobyl wie ein Tischfeuerwerk aussehen lassen. Ich seh' keinen Grund, weshalb Moskau Interesse an der Veröffentlichung dieser Geschichten haben sollte.«

»Woher kriegt er dann seine Informationen, wenn er sie nicht von ihnen bekommt?«

»Das werden wir herausfinden.«

Hugh nickte in Richtung Straße. Paul Stafford tauchte auf. Nach Hughs Meinung trug er typische Journalistenklamotten – Jeans, ein Oxfordhemd und ein Jackett mit Fischgrätenmuster. Als er sie entdeckte, überquerte Paul die Fahrbahn, stieg über das Eisengeländer und kam direkt an ihren Tisch.

Sieht etwas verhärmt aus, dachte Hugh. Wahrscheinlich war er die ganze Nacht auf gewesen und hatte sich zu einem Entschluß durchzuringen versucht, hatte überlegt, wieviel er erzählen sollte.

»Jeden Tag eine andere Farbe?« sagte Paul und deutete auf das Gummiband, das Maurice zwischen seinen Fingern drehte. Es dauerte einen Augenblick, bis Maurice merkte, was gemeint war; dann zuckte er die Achseln und sagte: »Kommt drauf an, womit die Morgenzeitung umwickelt ist.«

»Herald?«
»Die Post.«
»Ja, die haben die besten Gummibändchen.«
Nur ein kleiner Dialog, aber für Hugh ein weiteres Detail für das Bild, das er sich allmählich von Paul Stafford machte, der offensichtlich bereits gestern Maurices Angewohnheit bemerkt hatte. Ein genau beobachtender Mann, dieser Stafford.
Eine lächelnde Kellnerin tauchte mit Kaffee und Speisekarten auf. Paul bestellte ein Stück Kuchen; Hugh und Maurice, die Spesen machen konnten, bestellten richtige Mahlzeiten. Als die Kellnerin verschwunden war, begann Hugh das Gespräch. Er wäre überrascht, aber auch erfreut, daß sich Paul zur Kooperation entschlossen hätte.
»Bitte keine Einbahnstraße«, sagte Paul. »Ich erzähle Ihnen, was ich weiß, und Sie erzählen mir, was Sie wissen.«
»Das würde ich gern tun«, sagte Hugh, »aber ich kann auf keinerlei Bedingungen eingehen, solange ich die Bedeutung der Informationen, die Sie uns geben wollen, nicht abschätzen kann beziehungsweise keine Ahnung hab, wie tief Sie in die Sache verwickelt sind.«
»Das läßt sich leicht klären«, sagte Paul. »Aber die Antwort wird Ihnen nicht gefallen.«
»Probieren Sie's.« Hugh lächelte, doch seine normalerweise rastlosen Augen ruhten jetzt mit äußerster Wachsamkeit auf Paul.
Paul atmete tief durch. Als er sprach, klang seine Stimme ausdruckslos. »Ich habe Alpträume. Ich träume, daß ich Menschen töte, und wann das geschieht. Ich schreibe es nieder und mache daraus Geschichten. Ich erwarte nicht, daß Sie mir das glauben, aber genauso ist es. Das ist alles.«
Das Gummiband schnalzte von Maurices Fingern und landete auf dem Gehweg. »Geträumt? Sie meinen, als hätten Sie's erfunden? So, als wär's gar nicht geschehen?«
»Ich weiß, daß es geschehen ist. Jetzt weiß ich es. Was ich nicht weiß: *warum* ich es geträumt hab.«
»Was soll das heißen?« fragte Maurice. »Sie kommen her und stellen uns dieselbe Frage, die wir Ihnen gestellt haben.«

»Sie wollten wissen, was ich mit den Morden zu tun habe. Das hab ich Ihnen gesagt. Was ich von Ihnen erfahren möchte, sind die näheren Umstände – vor allem bei Kelso, Durning und Schrader.«

»Warum gerade die?«

»Weil ich bereits was über Manheim und Wilson weiß. Ich weiß, wann und wo sie gestorben sind, aber ich hab keine Ahnung, ob sie – ja, was? – Agenten oder Kontaktpersonen waren? Sind das nicht Ihre beiden Kategorien?«

»Oder Feinde«, sagte Maurice.

»Waren sie Feinde?«

Hugh sagte: »Kontaktpersonen.«

»Falls Sie das nicht wußten«, fügte Maurice hinzu.

»Ich wußte es nicht. Ich habe meine Informationen aus der Leichenhalle. Computergestütztes Archiv.«

Die Kellnerin brachte einen Apfelkuchen. Nachdem sie wieder gegangen war, erklärte Paul, daß diese Träume in unregelmäßigen Abständen kamen, aber stets mit lebensechten Details und Namen. Maurice ließ sich seine Ungläubigkeit deutlich anmerken, während Hugh schweigend beobachtete, gelegentlich eine Frage stellte oder einen Kommentar abgab, um Maurices Schroffheit abzuschwächen. Nachdem er ein halbes dutzendmal die gleiche Geschichte erzählt hatte, erkundigte Paul sich nach den anderen Morden, deren Spur er nicht verfolgt hatte. Maurice wurde still und warf Hugh einen Seitenblick zu, der geistesabwesend in einer längst kalt gewordenen Gemüsesuppe rührte.

»Im Augenblick ist mir so zumute wie einem Mann, der mit einem Bein im Boot und mit dem anderen Bein am Ufer steht«, sagte Hugh langsam. »Einerseits wissen wir, daß Sie physisch nicht am Tatort waren, als die Morde begangen wurden. – Sie waren nicht mal in einem der jeweiligen Länder. Andererseits kann ich diese Geschichte, Sie hätten die Details geträumt, einfach nicht akzeptieren. Haben Sie nicht was Handfestes, womit wir wirklich was anfangen können ...«

Paul erhob sich. »Ich hab ja selbst nichts, womit *ich* was anfangen kann. Ich hab Ihnen alles erzählt, was ich weiß. So oder so.

Irgendwie werd ich den Rest schon noch rausfinden. Und wenn's soweit ist, werdet ihr Burschen es als letzte erfahren.«

Er marschierte ohne einen Blick zurück los. Die beiden Männer starrten ihm nach, und Maurice sagte: »Glaubt er wirklich, daß wir ihm das abkaufen?«

Hugh warf ihm einen scharfen Blick zu, stand dann schnell auf. »Kümmer dich um die Rechnung«, sagte er.

Paul saß bereits in seinem Wagen, als Hugh ihn einholte und sich zu dem offenen Beifahrerfenster hereinlehnte.

»Einen Moment, Mr. Stafford. Ich möchte Ihnen einen Vorschlag machen. Wären Sie bereit, sich einem Polygraphentest zu unterziehen?«

»Einem Lügendetektor?«

»Wenn Sie beweisen können, daß Sie die Wahrheit sagen, bin ich auf Ihrer Seite. Vielleicht können wir uns gegenseitig helfen. Aber ich muß zwischen süßen Träumen und Märchengeschichten irgendwas Konkretes in die Hand kriegen, bevor ich meinen Hals in die Schlinge stecke.«

Paul starrte ihn einen Augenblick lang an. »Wenn ich mich dem Test unterziehe, sagen Sie mir dann, was Sie wissen?«

»Wenn Sie den Test *bestehen.*«

Paul dachte kurz darüber nach, dann nickte er. »Wann und wo?«

»Ich ruf Sie an.«

Der Wagen zog davon, und Hugh überlegte, was sie tun würden, wenn ihn sein Instinkt nicht trog. Was, wenn Paul Stafford wirklich die Wahrheit sagte?

Die Nachricht wartete auf Paul, als er an diesem Abend heimkam. Das Haus war gereinigt worden, der Teppich gesaugt, die Wäsche gewaschen, der Abwasch erledigt. Die Notiz lag auf dem Eßtisch neben seinem Salzstreuer.

> *Lieber Paul!*
> *Wir gehören nicht zu dieser Sorte Mensch. Ich muß weg – ich brauch' Zeit, um über alles nachzudenken. Ich würde*

gern sagen, es tut mir leid, aber Du würdest sagen, das wäre nur eine Ausrede. Wenn Du Hemden brauchst, der Abholzettel für die Reinigung liegt in der obersten Schublade meiner Frisierkommode. Ich werd' Dich in ein paar Tagen anrufen. Ob Du es glaubst oder nicht, ich liebe Dich immer noch.

Paul spürte, wie Zorn in ihm aufstieg. Sie hatte noch im Bett gelegen, als er heute morgen arbeiten gegangen war, und er hatte keine Chance gehabt, ihr von den CIA-Leuten zu erzählen. Jetzt, wo er sie als Alibi und Zeugin brauchte, war sie verschwunden.

Paul zerknüllte die Nachricht und warf den Zettel quer durchs Zimmer. Zehn Jahre hatte er gebraucht, um seine Journalistenkarriere aufzubauen, und dabei stets den Leitsatz vor Augen: *Sei schnell unterwegs und sei's vor allem alleine.* Und erst als er der absoluten Spitze sehr nahe war, hatte er eine Ehe mit all ihren Verantwortlichkeiten und Verpflichtungen in Erwägung gezogen, und erst als er Joanna kennenlernte, war er dazu bereit gewesen. Mehr als bereit. Sie war sechsundzwanzig, er achtundzwanzig, und sie setzten sich gegenseitig in Flammen. Clever, flott und intelligent, entwickelten sie ein ganz spezielles Lebensgefühl, das sie immun gegen die Alltäglichkeit machte. Jeden Morgen freuten sie sich auf den neuen Tag mit all seinen Aufregungen, und abends schliefen sie ein, einer in den Armen des anderen, erschöpft und glücklich in den Schlaf geschaukelt von den verebbenden Wogen der Leidenschaft.

Als Jason geboren wurde, bezogen sie ihn in die Vision mit ein, die sie von ihrem Leben hatten. Sie planten Reisen mit ihm in ferne Länder, sie wollten ihn mit anderen Rassen und Religionen bekannt machen; sie wollten ihm Fremdsprachen beibringen, ihn zu einem Teil einer neuen, aufgeklärten Generation machen, zu einem Weltbürger. Jason wurde die Fortsetzung ihrer eigenen Träume. Und mit seinem Tod brach ihre ganze Welt zusammen...

Paul schenkte sich einen Drink ein und wanderte rastlos durch das Haus; anhand der Sachen, die sie mitgenommen hatte, versuchte er Joannas Absichten zu erahnen. Er schaute in ihren Schrank, ihre Frisierkommode, das Badezimmer. Ein paar Kleidungsstücke waren verschwunden, einige Schuhe, Make-up und Toilettensachen. Und die Anti-Babypillen – ein Blick in das Medizinschränkchen genügte. Beim Gedanken an sie und Cuevo verspürte er einen Schuß Eifersucht. Und dann dachte er an die letzte Nacht; die Male an ihrem Leib, die Verzweiflung, mit der sie sich geliebt hatten, die Beschuldigungen, die dem leeren Schweigen folgten, während sie Rücken an Rücken lagen, ohne sich zu berühren. Er sah sie nun wie durch das andere Ende eines Teleskops, sehr fern, fast eine Fremde. Eine Fremde, die davonrannte …

Am nächsten Tag folgte Paul den Anweisungen, die er von Hugh erhalten hatte, und landete vor einem unauffälligen Gebäude in der Sechzehnten Straße. Mit dem Lift fuhr er in den siebten Stock und ging zu einem Büro mit der Aufschrift *Barrington Associates*. Die Empfangsdame, eine Frau in mittleren Jahren in einem Kaschmir-Kleid, saß hinter einem L-förmigen Schreibtisch und las Zeitung. Über die Sprechanlage kündigte sie Paul an, und Augenblicke später tauchte Hugh auf. Paul bemerkte, daß er eine kodierte, blaue Erkennungsmarke trug. Nach kurzer Begrüßung führte Hugh ihn in einen Innenraum mit weißen Wänden, einem lachsfarbenen Teppich und schlichter Polstermöblierung. Maurice wartete hier mit zwei weiteren Personen; alle trugen blaue Marken. Hugh übernahm die Vorstellung.
»Das ist Bob Gonzales, unser Techniker, und hier haben wir Doktor Annie Helms, zuständig für medizinische Dienste.«
Paul schüttelte Gonzales die Hand, einem Mann mittleren Alters, mit hängendem Schnurrbart und einem feuchten Pfefferminzlächeln. Dann wandte er sich Annie Helms zu, einer großen, gertenschlanken Frau in einem beigefarbenen Kostüm. Ihre blaßgrünen Augen betrachteten ihn hinter schwarzgerahmten Gläsern; ihr Händedruck war fest. Bis auf ihr toupiertes blondes Haar machte sie einen sehr dienstlichen Eindruck.
»Was für medizinische Dienstleistungen kann man von Ihnen erwarten?« fragte Paul.

»Meine Abteilung erstellt Kandidatenbeurteilungen, Personaltests, Charakteranalysen – allgemeine Leistungen für das Personal.«

»Psychiatrische Tests?«

Hinter den Brillengläsern erhaschte Paul ein schnelles, überraschtes Zwinkern, gefolgt von einem leichten Lächeln.

»Ich hoffe, Sie haben nichts dagegen.«

»Nein, nein, einige meiner besten Freunde sind blonde Psychiater.« Ihr Lächeln wurde eine Spur stärker.

»Ich habe Dr. Helms zu diesem Treffen gebeten«, sagte Hugh, »weil ich die Möglichkeit berücksichtigen muß, daß Sie die Wahrheit sagen. Sollte das der Fall sein, müssen wir, nun ja... in ungewöhnlichen Richtungen nach den Antworten suchen.«

»Sie meinen im Inneren meines Kopfes?«

Hugh spreizte die Finger. »Dort finden Sie, was Sie sagten – die Morde.«

»Oder Sie finden mich.«

»Sollen wir uns auf die Suche machen?«

Der Test würde eine Stunde dauern. Nachdem Paul eine Einverständniserklärung unterzeichnet hatte, faßte Hugh kurz Form und Inhalt der Fragen zusammen, die entweder mit »Ja« oder mit »Nein« beantwortet werden sollten. Bob Gonzales forderte Paul auf, seinen Mantel auszuziehen, und rollte ihm die Ärmel hoch, damit er an die Maschine angeschlossen werden konnte. Gonzales erklärte dabei, was er gerade tat, alles sehr freundlich und beruhigend, wenn man davon absah, daß es nichts daran änderte, daß Paul das Gefühl hatte, für den elektrischen Stuhl zurechtgemacht zu werden.

»Dieser Streifen hier wird Pneumograph genannt«, sagte Gonzales. »Er mißt Veränderungen Ihres Atems. Dieses Gerät hier ist ein gewöhnlicher Kardiograph – haben Sie je ein Kardiogramm machen lassen, Mr. Stafford? Wirklich nichts dabei. Und das hier sind galvanische Sensoren, die den Hautwiderstand gegenüber elektrischem Strom messen.«

»Hundertzehn oder zweihunderzwanzig Volt?«

»Aber, aber, nichts dergleichen. Wir verwenden einen Gleichstrom von 1,5 Volt. Sie werden ihn nicht mal spüren.«

Nachdem Paul angeschnallt war, stellte Hugh die Fragen, während Gonzales daneben saß und das Gerät beobachtete. Annie Helms und Maurice saßen auf einer Couch an der Wand. Maurice benahm sich heute ausgezeichnet. Er machte Paul gegenüber keine Bemerkungen, sondern saß ruhig da und flüsterte Annie gelegentlich etwas zu. Sobald die Fragen begannen, brachte sie ihn mit einer Handbewegung zum Schweigen und konzentrierte sich auf Paul.

Hugh fing mit simplen, klaren Fragen an. »Befinden wir uns in Washington, D. C.? Leben Sie in Arlington, Virginia? Heißen Sie Paul Henry Stafford?« Dann kamen bedeutsamere Fragen. »Haben Sie vom Tod eines Mannes namens Dan Kelso geträumt? Wußten Sie, daß Dan Kelso der Name eines Angestellten der Central Intelligence Agency war? Besaßen Sie irgendwelche Informationen über Dan Kelso, bevor Sie von ihm träumten? Erhielten Sie außer durch Ihren Traum noch Informationen aus anderer Quelle über Dan Kelsos Tod?«

Hugh stellte jede Frage mit ruhiger, emotionsloser Stimme und legte eine Pause ein, bevor er zur nächsten Frage überging. Sie befaßten sich der Reihe nach mit jedem Toten – Kelso, Manheim, Durning, Wilson, Schrader, Beaumier. Obwohl er die Wahrheit sagte, hatte Paul einen Knoten in seinem Magen – wie damals als Kind bei Zahnarztbesuchen.

Sie gingen alle Fragen durch, legten eine zehnminütige Pause ein, dann wurden sämtliche Fragen in anderer Reihenfolge gestellt, wobei Paul jedesmal zweimal antworten mußte. Das nahm die doppelte Zeit in Anspruch, da Paul jede Frage einmal mit »Ja« und einmal mit »Nein« beantworten mußte, je nachdem, in welchem Sinne sie gestellt war. Hugh versicherte ihm, das wäre bei komplizierten Fällen die Standardprozedur, weil sie dadurch einen direkten Vergleich über hohe und tiefe Streßwerte bei den jeweiligen Antworten erhielten.

Als alles vorbei war, löste Bob Gonzales die Kontakte des Polygraphen und ging mit seinen Aufzeichnungen und Diagrammen in ein anderes Zimmer, um sie zu analysieren. Hugh und Maurice folgten, doch Annie blieb im Raum. Sie reichte Paul ein medizinisches Formblatt und bat ihn, es auszufüllen.

»Was dagegen, wenn ich mir erst was zu trinken hole?« sagte Paul.
»Den Gang runter ist eine Sodafontäne. Ich zeig's Ihnen.«
»Ich werd's schon finden.«
»Sie haben keine blaue Marke«, sagte sie. »Sicherheitsvorschriften.«
»Sie haben eine Menge Geheimnisse in diesem Gebäude?«
»Einige. Zumindest glauben wir das gerne.«
Ihre Stimme hatte einen sanften Südstaatenklang, den Paul anziehend fand. Als er ihr den Gang entlang folgte, fand er noch etwas anziehend: Ihr Hinterteil war voll und rund, was angesichts ihres schlanken Körpers ziemlich unerwartet kam. Als sie wieder zurück waren, setzte sich Annie still auf die Couch, während er das Formular ausfüllte. Der erste Teil betraf seine physische Konstitution; dann kamen Fragen nach Geisteskrankheiten. Hatte er sich schon einmal in psychiatrischer Behandlung befunden? War er schon einmal eingewiesen worden? War bei ihm schon einmal irgendein bestimmter Zustand diagnostiziert worden? War ihm schon einmal eine der nachfolgend aufgezählten Drogen verschrieben worden? Hatte er schon einmal an Schwindelgefühl und Halluzinationen gelitten, an Hitze- und Kältewellen, Bewußtseinsstörungen, Vorahnungen, Visionen ...?
Er war fast fertig, als Maurice den Raum betrat. »Dr. Helms, wir haben das Ergebnis.«
Er hielt ihr die Tür auf. Nachdem sie das Zimmer verlassen hatte, blieb Maurice mit verschränkten Armen stehen und musterte Paul.
»Sie sehen gar nicht glücklich aus«, sagte Paul. »Was ist los? Hab ich den Test bestanden?«
»Es gibt einen winzigen Prozentsatz der Bevölkerung, der keinerlei Schuldgefühle verspürt, ganz gleich, was für eine Tat begangen wurde.«
»Und Sie glauben, ich gehöre dazu.«
»Es wäre eine logischere Erklärung als die Sache mit den Träumen.«
Hugh kam mit Annie zurück und sagte: »Bob stellt Ihnen einen

Persilschein aus; anstatt ein Geheimnis gelöst zu haben, stehen wir nun vor einem noch größeren Rätsel. Mal sehen, ob wir nicht irgendwas herausfinden können, wenn wir alle an einem Strang ziehen.«

Hugh trug eine Aktentasche bei sich, so dünn wie ein Zigarettenpäckchen, mit einem Kombinationsschloß. Er legte sie auf den Tisch, öffnete sie und holte einen braunen Umschlag heraus. Jetzt, wo er sich entschlossen hatte, Paul zu vertrauen, informierte er ihn über die Details in knapper, sachlicher Manier.

»Erster Fall, Dan Kelso. War einer von uns, arbeitete von Den Haag aus. Offiziell ertrank er nach einem Sturz von der Fähre während der Überfahrt über den Kanal. Todesursache: Unfall. In Ihrer Geschichte, *Ace high, All Die,* schlägt ihm der Killer in den Magen, bevor er ihn über Bord wirft. Sehr geschickt. Der erste Atemzug mußte ihm die Lungen mit Wasser füllen. Zweiter Fall, Jürgen Manheim, einer unserer Kontaktleute, allerdings unzuverlässig, machte Schwarzmarktgeschäfte zwischen Ost- und West-Berlin. Wir haben den Selbstmord nie ganz akzeptiert, haben ihn aber auch nie wirklich in Frage gestellt. Manheim war ein entbehrlicher Opportunist. Dritter Fall, Max Durning, ein weiterer Kontaktmann. Einer von Bertil Lindströms Assistenten. Lindström ist Ihnen bekannt?«

»Schwedischer Wissenschaftler. Ich glaub, er wurde ein paarmal für den Nobelpreis nominiert, ohne ihn je zu kriegen.«

»Er ist Physiker. Durning war – wie gesagt – einer seiner Assistenten. Die Russen hatten ein Druckmittel gegen ihn in der Hand und ließen sich von ihm Lindströms Forschungsdaten besorgen. Wir erwischten ihn, drehten ihn um und gaben ihm Spielmaterial für die Sowjets. Erinnern Sie sich, daß die Russen vor einigen Jahren ein paar Spitzenwissenschaftler bei einer versehentlichen Explosion verloren?«

»Der Unfall im Karpov-Institut.«

»Anscheinend hatte die Formel einen Fehler. Wie auch immer, Durnings Tod war der Gegenschlag für das Zeug, das wir über ihn den Sowjets hatten zukommen lassen. Durning starb bei einer Bergtour. Sah so aus, als sei er in eine Schlucht gestürzt und hätte sich dabei das Genick gebrochen. Niemand zweifelte daran, doch in Ihrer Story haben wir einen Killer, der ihm mit einem Schlag gegen den Kiefer das Genick bricht. Auf die gleiche Weise starb Lisle Beaumier.«

Paul nickte. Vor seinem geistigen Auge sah er das Gesicht eines jeden Opfers, nicht länger ein Traumbild, sondern ein wirklicher Mensch, der vor seinen Augen getötet wurde.

»Vierter Fall, Jim Wilson. Hier wissen Sie bereits über die Details Bescheid. Wilson war ein Entschlüßler, der vorgab, auf die andere Seite überwechseln zu wollen. Hierzu kann ich Ihnen nichts Genaueres sagen, aber Sie wissen soviel darüber wie wir über den Mord. Außer daß die Täter keine rechtsextremen Türken waren. Fünfter Fall, erst letztes Jahr passiert: Frank Schrader, einer von uns, starb während eines Jamaica-Urlaubs. Eine Autopsie stellte Herzattacke fest. In Ihrer Story bekam Schrader eine Dosis Hydrogencyanid aus einer Spray-Pistole ab.«

Hugh schüttelte den Kopf. »Das hätten wir merken müssen. Hydrogencyanid ist ein alter KGB-Trick – hinterläßt keine Spuren und schaut nach Herzanfall aus. Egal, das ist jedenfalls alles, was wir wissen. Und wie schaut's bei Ihnen aus? Können Sie uns noch was dazu sagen? Irgendwas über die Träume, wann oder warum sie kommen?«

Paul schüttelte den Kopf. »Ich hab alle Details in die Stories gepackt. Meine Träume haben weder einen Zeitrhythmus noch einen Anlaß. Ich habe Zeittabellen angelegt, habe versucht, mich daran zu erinnern, was ich am Abend gegessen hatte – ohne irgendein Ergebnis.«

»Was ist mit dem Killer? Hatte er je einen Namen?«

»Der Killer? *Ich* bin der Killer. In den Träumen zumindest.«

»Aber es existiert kein Name für ihn, wie zum Beispiel für die Opfer?«

»Ein Name? Woher sollte der kommen? Es ist schließlich so, als würde man den Fernseher anschalten und zusehen, wie J. R. Ewing seine Frau umbringt.« Paul stieß die Luft hörbar aus. »Es ist so, als erlebe ich es, als tue ich es, nicht, als würde ich zusehen. Während ich träume, bin ich der Killer.«

»Einen Moment«, sagte Maurice. »Angenommen, er sagt die Wahrheit...«

»Ich dachte, das hätten wir gerade bewiesen«, sagte Paul.
»Okay, okay.« Maurice hatte mit skeptischem Gesichtsausdruck an der Wand gelehnt, jetzt trat er vor. »Ich hab' eben drüber nachgedacht, was er übers Fernsehen sagte. Ich hab' mal von einem Mann gelesen, der neben einer Rundfunkstation wohnte und der tatsächlich die Programme in seinem Kopf hörte. Eine Resonanz der Frequenzen – es war entweder ein Zahn oder einer der kleinen Knochen im Ohr. Wär's nicht möglich, daß sein Haus in irgendeiner Sendebahn liegt? Daß er die Morde auffängt wie dieser Mann die Radiowellen?«
Paul schüttelte den Kopf. »Ich hatte noch nicht mal mein Haus, als ich von Dan Kelso träumte. Und als Durning starb, befand ich mich in El Salvador.«
»Nicht nur das«, fügte Hugh hinzu. »Da müßte mehr als nur ein Sender sein. Irgend jemand müßte die Morde filmen und den Film dann ausstrahlen. Nicht sehr wahrscheinlich.«
»*Nichts* ist wahrscheinlich«, sagte Maurice. »Aber es ist immer noch um einiges wahrscheinlicher, als sich einfach Sachen zusammenzuträumen. Wir wissen alle, daß diese Geschichten nicht bloß zufällige Übereinstimmungen waren. Selbst *er* weiß das.«
Maurice deutete auf Paul, der erwiderte, »Ich bin weder blind noch taub, Singer.«
»Nun, Sie halten das doch auch nicht für Zufälle, oder?«
»Nein, ich halte das nicht für Zufälle.«
»Okay. Das wollt' ich nur festgestellt haben.«
Es entstand ein langes Schweigen, das schließlich von Annie Helms' ruhiger Stimme durchbrochen wurde. Sie hatte auf der Couch gesessen und Pauls Eintragungen auf dem medizinischen Fragebogen studiert.
»Sie erwähnen hier, daß Sie gelegentlich Vorahnungen haben, Mr. Stafford.«
»Es ist mehr eine Art Instinkt. Passiert mir gewöhnlich, wenn ich irgendwo hinter einer Story her bin und irgendwas nicht zu stimmen scheint.«
»Können Sie mir ein Beispiel geben?«
»Ja, ich, ich verstehe nicht... Nun gut. Ich war mal in Afghani-

stan bei einer Rebelleneinheit, die gerade aufbrechen wollte. Ich sollte sie begleiten. Frühmorgens überquerten wir am Stadtrand einen Fluß, als ich ein äußerst ungutes Gefühl bekam. ich beschloß, umzukehren und ein Interview mit einem Konvoi-Führer zu machen, den ich schon länger zu erreichen versucht hatte und der gerade aufgetaucht war. An diesem Abend kamen die Männer nicht zurück. Es stellte sich heraus, daß sie in einen Hinterhalt geraten und alle getötet worden waren. Solche Sachen. Wenn man lang genug in Kampfgebieten ist – das geht bei mir bis Vietnam zurück–, beginnt man einen sechsten Sinn zu entwickeln. Manchmal ist er sehr stark, manchmal nur schwach. Manchmal richtet man sich danach, manchmal nicht.«

»Aber diese Vorahnungen sind lediglich Gefühle? Sie haben nichts mit Bildern zu tun, die Sie geträumt haben?«

»Nicht das geringste. Ich weiß nicht, wie ich es genau beschreiben soll, doch das Erlebnis ist völlig anders. Die Vorahnungen sind ein Teil von mir, der sich unbehaglich fühlt, während die Träume – im Schlaf hab' ich das Gefühl, als würde... eine Art Invasion stattfinden. Fast so, als würde jemand meinen Körper übernehmen.«

Maurice steckte sich gerade eine Zigarette an. Jetzt schaute er auf. »Was soll das heißen? Sind Sie das Opfer irgendeiner dämonischen Besessenheit?«

»Bitte«, sagte Annie und wandte dann ihre Aufmerksamkeit wieder Paul zu. »Mr. Stafford, Sie betrachten diese Träume als unerfreuliche, unwillkommene Ereignisse, nicht wahr?«

»Sie sind ganz sicher nicht angenehm.«

»Und Sie möchten sie so schnell wie möglich vergessen?«

»Deshalb schreibe ich sie nieder. Sobald der Traum zu einer Story geworden ist, kann ich ihn vergessen.«

»Ich frage mich, ob Sie bereit wären, das Gegenteil zu tun. Ob Sie bereit wären, noch einmal jeden einzelnen Traum zu durchleben, jedes Detail, damit wir feststellen können, ob Sie nicht vielleicht irgendwas übersehen haben.« Sie beugte sich vor, die Beine übereinandergeschlagen, beide Hände auf das obere Knie gestützt. Ihr Blick war eifrig, voller Erwartung.

»Tut mir leid«, sagte er. »Sobald ich es niedergeschrieben habe, verbanne ich die Geschichte aus meinem Kopf. Wenn ich die Stories später wieder lese, gibt's da Dinge, die mir brandneu erscheinen – soviel hab' ich bereits vergessen.«

»Lediglich in ihrem Bewußtsein, Mr. Stafford. Unterbewußt ist der Geist ein Aufbewahrungsort für alles, was man je gesehen, gehört, gerochen oder geschmeckt oder berührt hat. Das heißt, alles, was Bedeutung hatte. Die Dinge, die emotional den stärksten Eindruck hinterlassen haben, lassen sich am einfachsten wieder hervorholen. Ihre Träume gehören ganz sicher in diese Kategorie.«

»Sprechen Sie von meinem Geist oder von einem Computer?«

Maurice räusperte sich und warf Hugh einen besorgten Blick zu. Hugh sagte: »Was schlagen Sie vor, Doktor?«

»Wenn Mr. Stafford damit einverstanden ist, würde ich ihn gern hypnotisieren. Dann können wir zu jedem Traum zurückkehren, ihn wieder aufleben lassen und vielleicht Details ans Licht fördern, die in den Stories unter den Tisch gefallen sind.«

»Sie glauben wirklich, daß Sie das können?« fragte Maurice. Sein Tonfall machte deutlich, was er davon hielt.

»Wir könnten es versuchen, wenn Mr. Stafford dazu bereit ist.«

Alle schauten Paul an, der seinen Blick auf Annie Helms gerichtet hielt. »Sie würden es machen?«

»Ja.«

»Allein?«

»Wir würden das Umfeld schaffen, das Ihnen am angenehmsten ist.« Sie nahm ihre Brille ab, als wolle sie ihre Aufrichtigkeit unterstreichen. »Wenn es Ihnen lieber ist, daß nur wir beide damit befaßt sind, dann machen wir es so.«

Sie hatte ein langes, ovales Gesicht. Paul sah, daß sich in ihren grünlichen Augen der Raum widerspiegelte, verzerrt und verkrümmt, mit ihm im Mittelpunkt.

»Okay, Sie haben einen Patienten.«

Kapitel 8

Am nächsten Tag trafen sie sich im Elite Diner, einem Café, das im Stil der 50er Jahre umgebaut worden war. Das gemeinsame Mittagessen war Annies Idee gewesen, um miteinander vertraut zu werden, bevor sie ihn zu hypnotisieren versuchte.

»Hypnose ist eine wechselseitige Angelegenheit«, erklärte sie ihm. »Wenn Sie nicht hypnotisiert werden wollen, kann ich nichts tun. Sie müssen es wollen.«

Eine ältliche Kellnerin, zu deren Uniform Söckchen und ein rundes Hütchen gehörten, nahm ihre Bestellung entgegen. Der gold-rosa gesprenkelte Tisch war chromgerahmt, und die dikken Sitze waren mit türkisfarbenem Vinyl gepolstert. Eine riesige Wurlitzer-Jukebox leuchtete in einer Ecke, und die Speisekarten hatten die Form eines 59er Cadillac.

Während sie aßen, erklärte ihm Annie, daß die Öffentlichkeit oft genug ein falsches Verständnis von Hypnose hatte. Es sei keine Methode, um einen anderen Menschen gegen dessen Willen zu kontrollieren, und niemand könne gegen seinen Willen hypnotisiert oder gezwungen werden, Dinge zu tun, die nicht seinem grundsätzlichen Charakter entsprächen.

»Nur der bewußte Geist wird hypnotisiert«, sagte Annie. »Nicht das Unterbewußtsein. Und die betreffende Person muß bereit sein mitzumachen.«

»Soll das zur Beruhigung oder als Warnung dienen?« erkundigte sich Paul.

»Beides. Ich habe Ihre Akte gelesen und Sie in Gegenwart von Mr. Roark und Mr. Singer beobachtet. Ich würde sagen, Sie sind ein Mann, der gern alles in der Hand hat. Aber sich in Hypnose versetzen zu lassen beinhaltet zumindest teilweise, die Kontrolle aus der Hand zu geben. Sind Sie dazu nicht in der Lage oder nicht bereit...«

Die Erwähnung einer Akte ließ Paul aufmerken.

»Was für eine Akte haben Sie gelesen?«

Annie zerkrümelte gerade Crackers und ließ sie in ihre Suppe fallen. Der feindselige Unterton in seiner Stimme ließ sie aufblicken. »Die Akte der Agency. Seit drei Monaten wird gegen Sie ermittelt, wissen Sie.«

»Nein, das hab ich nicht gewußt.« Die Möglichkeit einer langfristigen Ermittlung hatte er gar nicht in Betracht gezogen, aber es klang logisch. Sie mußten ihn observiert haben, in der Hoffnung, eine Verbindung zu den Mordfällen zu entdecken; erst als sich das als Fehlschlag erwiesen hatte, war es zur direkten Konfrontation gekommen. Paul ließ die Ereignisse der letzten drei Monate vor seinem inneren Auge vorübergleiten, betrachtete sie nun aus einer neuen Perspektive, aus der Perspektive einer dritten Partei – des Spanners. Hatten sie sein Telefon angezapft? Das Haus verwanzt? Hatten sie jedes intime Gespräch mitgehört?

»Vielleicht hätte ich es nicht erwähnen sollen.«

»Ich mag's nicht, wenn man mir nachspioniert.«

»Normalerweise hätte man das auch nicht getan. Doch unschuldige Menschen sind ermordet worden, und alles deutete darauf hin, daß Sie darüber Bescheid wußten. Angesichts dieser Tatsache schien eine Untersuchung nicht unangemessen.«

»Es waren keine unschuldigen Menschen. Der da ist ein unschuldiger Mensch.« Paul deutete auf einen Gast, dann auf andere Gäste. »Der und der – das sind unschuldige Menschen. Aber eure Leute waren Agenten und Kontaktleute, die alberne Spionagespielchen spielten.«

Sie nickte. »Und Ihre Sympathien gehören mehr der unschuldigen Öffentlichkeit und nicht denen, die sie beschützen.«

»Die – wie Sie sagen – unschuldige Öffentlichkeit braucht keinen *Schutz*, sie braucht die Wahrheit – danach kann sie sich selbst schützen.«

Annie brachte das Gespräch auf Pauls Familie. Einiges wußte sie bereits: daß sein Vater Deutscher gewesen war, noch vor der Geburt seines Sohnes an der Ostfront gefallen; daß seine Mutter Greta einen jungen amerikanischen Offizier kennengelernt und geheiratet hatte; daß dieser Ralph Stafford nach dem Krieg in Berlin stationiert gewesen war und seine Frau und ihren Sohn mit zurück nach Amerika genommen hatte, wo das Paar noch drei Töchter bekam; daß Ralph sich vor drei Jahren hatte von Greta scheiden lassen, um eine jüngere Frau zu heiraten.
»Ein Girl und ein Boot«, sagte Paul, »das war's, was Dad wollte, nachdem er seinen Abschied von der Armee genommen hatte.«
»Das klingt, als hätten Sie für Ihren Vater nicht viel übrig.«
»Ich habe keinen Respekt vor ihm, das ist alles.«
»Weil er Ihre Mutter verlassen hat?«
»Weil er sich in Vietnam wie ein Cowboy aufführte. Er ging rüber, um befördert zu werden. Er wußte schon alles, noch bevor er drüben ankam. Natürlich würde das aus seiner Sicht ganz anders klingen. Dad würde sagen, wenn's mehr Kommandeure wie ihn gegeben hätte, dann hätten wir den Krieg gewonnen. Ich denke, wir haben so was wie grundsätzliche Meinungsunterschiede.«
Annie tastete sich vorsichtig in seiner Vergangenheit voran und lauschte aufmerksam, als Paul ihr von seinen Erlebnissen in Vietnam erzählte. Drei Jahre lang flog er Huey-Truppentransporter aus Dschungellichtungen, die nicht größer als ein Hinterhof waren. Er war naiv und voller Optimismus nach Vietnam gegangen; er kehrte zurück, zornig und wütend auf Politiker und Generäle, die jedesmal falsche Hoffnungen weckten, wenn sie weitere Truppen benötigten, die sie in den Kampf werfen konnten. Die einzigen korrekten Informationen über den Krieg schienen von Journalisten zu kommen, die die Kampfgebiete besuchten und berichteten, was sie mit eigenen Augen gesehen hatten. Paul hatte eine Karriere beim Militär geplant gehabt, doch nach seinen Erlebnissen in Vietnam verließ er die Armee und wurde Journalist.
»Meine erste Story berichtete von Soldaten, die unfähige Offi-

ziere umlegten. Sie verursachte damals einen Riesenwirbel. Dad hat's mir nie verziehen. Er sagte, ich hätte die Armee verraten – also ihn! Ich sagte ihm, es täte mir leid, aber ich wäre der Meinung, er und seinesgleichen hätten ihre Kommandos verraten. Das brachte unsere Differenzen so ziemlich auf den Punkt. Ich bezweifle, ob wir seitdem ein Dutzend Worte miteinander gewechselt haben.«

»Und Ihre Mutter?« fragte Annie.

»Fühlte sich zwischen uns beiden hin und her gezerrt. Dads ganzes Leben war die Armee, doch ich war ihr Sohn. Sie war Deutsche und erinnerte sich nur zu gut, wie sich Deutschland in den Krieg hineinpropagandiert hatte, wobei sie keineswegs die Vereinigten Staaten mit Nazi-Deutschland gleichsetzte. Jedenfalls bekam sie beim Versuch, Frieden zwischen uns zu stiften, Magengeschwüre.«

Paul griff nach dem Zuckerstreuer und hielt ihn über sein Glas mit dem geeisten Tee, aber nichts kam heraus. Die Öffnung war verstopft.

»Wo lebt Ihre Mutter jetzt?«

»Steht das nicht in der Akte?«

»Ich würde es gern von Ihnen hören.«

Paul säuberte die Öffnung mit der Gabel und schüttete Zucker in seinen Eistee.

»Sie lebt in Fort Lauderdale«, sagte er knapp, »sie führt die Bücher für einen Country-Club und gibt einmal die Woche Deutschunterricht am Broward Community College. Und jetzt fragen Sie mich was, das nicht in der Akte steht.«

»Stehen Sie ihr nah?«

»Sicher. Ich bin der älteste, der einzige Sohn, also ist es wohl nur natürlich. Wie sieht's bei Ihnen aus? Verstehen Sie sich gut mit Ihrer Mutter?«

Falls Paul geglaubt hatte, die Frage würde sie aus der Fassung bringen, sah er sich getäuscht. Annie zeigte bei ihrer eigenen Geschichte soviel Offenheit, wie sie bei der seinen Neugierde gezeigt hatte. Sie war in South Carolina aufgewachsen, hatte an der Duke University ihren Doktor gemacht, war geschieden und hatte ein Kind, ein Mädchen, Shelley. Pauls Gesichtsausdruck

mußte seine Überraschung widergespiegelt haben, denn sie sagte schnell: »Ich weiß, ich sehe für eine Mutter nicht alt genug aus.«
Es war nicht ihr Alter, es waren ihr flacher, glatter Bauch und ihre vollen Brüste, die nach einer Schwangerschaft nicht selbstverständlich waren. Paul bezweifelte, ob Annie Helms ein solches Kompliment gutheißen würde und sagte nichts.
Annie rief nach der Kellnerin und bestellte einen Vanille-Milchshake als Dessert. Sie entfernte die Kirsche und kippte das Glas, um den Strohhalm an ihre Lippen zu bringen.
»Ich möchte Sie etwas fragen, Dr. Helms ...«
»Annie.«
»Also gut, Annie. Sie sagten doch, Sie hätten die Duke University absolviert, nicht wahr?« Sie nickte. »Verleihen sie dort nicht akademische Grade in Sachen wie zum Beispiel extrasensorische Wahrnehmung?«
»Die offizielle Bezeichnung lautet paranormale Psychologie.«
»Führen Sie diesen Titel?«
»Unter anderem. Falls es Sie beruhigt, ich bin außerdem auch noch ordentlich geprüfte Psychiaterin.«
»Dann möchte ich Sie in Ihrer Doppelfunktion als Psychiaterin und paranormale Psychologin fragen: Was glauben Sie, was diese verdammten Träume verursacht?«
»Bevor ich dazu eine Meinung äußere, würde ich gern warten, bis wir über einige weitere Daten verfügen.«
Er lächelte. »Seien Sie tapfer, und wagen Sie irgendeine wilde Vermutung.«
Annie beugte ihren Kopf tief über ihr Glas, doch ihr Blick blieb auf ihn gerichtet.
»Keine Angst«, sagte Paul. »Ich werde Ihnen vor lauter Schreck nicht gleich davonrennen.«
Vom Boden des Glases drang ein hohles Schlürfgeräusch. Annie wischte sich den Mund mit einer Serviette ab, schob das Glas beiseite, lehnte sich vor und sprach mit leiser, eindringlicher Stimme.
»Ich hoffe und vermute, daß Sie vielleicht ein Empfänger irgendeiner Form von mentaler Energie sind. Ich glaube, daß Ihr

Geist ab und zu – aus welchem Grund auch immer – sehr empfindlich auf die Gefühle eines anderen reagiert, was Sie dann in Ihrem Schlaf als Träume erleben.«

Paul lachte unbehaglich. »Sie glauben, ich wäre so eine Art PSI-Monster?«

»Im weitesten Sinne von außersinnlicher Wahrnehmung, ja.«

»Jetzt machen Sie aber mal 'nen Punkt.«

»Was glauben *Sie* denn?«

Die Frage überraschte ihn. Seit er entdeckt hatte, daß die Morde tatsächlich geschehen waren, hatte er nach einer rationalen, logischen Erklärung gesucht. Sämtliche Vermutungen in die von Annie angedeutete Richtung hatte er unterdrückt. Schließlich war er Journalist, ein Mann der harten Fakten und kein Mitglied irgendeines kalifornischen Mantra-Clubs. Seiner Erfahrung nach gab es selbst für die bizarrsten Ereignisse eine rationale Erklärung, wenn man tief genug grub. An Instinkte konnte er glauben. Instinkt und Vorahnung hatten ihm in Afghanistan das Leben gerettet. Doch die Mord-Träume waren anders. Es gab keine Erklärung für sie außer jener, die Annie angedeutet hatte – die Erklärung, die er bis jetzt abgelehnt hatte. Sein Lächeln verblaßte. »Das halten Sie für möglich?«

»Ich weiß, daß es möglich ist, Paul. Ich weiß, daß es zuvor schon geschehen ist, jedoch nur unter außergewöhnlichen Umständen. Die häufigsten Erscheinungen telepathischer Kommunikation stehen mit dem Tod in Verbindung – für gewöhnlich mit dem Tod eines geliebten Menschen. Die meisten dokumentierten Fälle stammen aus der Zeit des Zweiten Weltkriegs. In einem Fall wurde das Schiff eines Matrosen torpediert, und seine Frau wachte genau in dem Moment aus einem Traum mit züngelnden Flammen auf, als ihr Mann starb. In einem anderen Fall wurde ein Soldat erschossen, und seine Mutter erwachte mit einem brennenden Schmerz an genau der Stelle, an der ihr Sohn getroffen worden war. Es gibt eine Unzahl von Fällen, die alle vom Tod und dem gleichzeitigen Traum eines nahestehenden Menschen handeln. Sie sehen, Ihr Muster paßt zu den anderen mit der einen Ausnahme, daß sich *Ihre* Träume wiederholen.«

»Und ich träume nicht vom Sterben. Ich träume vom Töten.«
»Und Sie sind kein emotional nahestehender, geliebter Mensch, der eng mit der Gemütsverfassung eines anderen harmoniert.«
Sie beobachtete ihn, während sie ihre Brille an einem Finger hin und her schwingen ließ, auf eine Art und Weise, die Paul merkwürdig anziehend fand.
»Was bringt uns das?« fragte Paul.
Annie zuckte mit den Schultern. »Finden wir's heraus.«
Sie kehrten in das CIA-Gebäude in der Sechzehnten Straße zurück, in einen kleinen, schalldichten Raum. Fenster gab es keine. Die ganze Möblierung bestand aus einem kleinen Schreibtisch, drei Stühlen und selbstverständlich einer Couch. Annie bedeutete ihm, sich die Schuhe auszuziehen und sich hinzulegen. Aus einem Schrank holte sie zwei Kissen, die sie ihm mit der Anweisung gab, er solle es sich bequem machen. Dann brachte sie einen Metallstab mit einer an einer Kette hängenden Glaskugel mit einem Durchmesser von ungefähr fünf Zentimetern.
»Sie scherzen«, sagte Paul. »Eine Kristallkugel?«
»Möchten Sie sich lieber auf einen anderen Gegenstand konzentrieren?«
Er verzog das Gesicht und schüttelte den Kopf. Annie brachte die Kugel in eine Position über ihm und stellte dann ein Tonband so auf den Schreibtisch, daß sie es vom Stuhl aus erreichen konnte. Sie schaltete die Lampe von direkter auf indirekte Beleuchtung.
»Besser für die Augen. Sind Sie bereit?«
»Ich denke schon.«
Annie startete den Kassettenrecorder und setzte sich auf den Stuhl, der seitlich ein Stückchen hinter ihm stand. Bis auf das gedämpfte Geräusch der Klimaanlage war es still im Raum. Als Annie wieder sprach, hatte ihre Stimme einen melodischen Klang, sanft, aber eindringlich.
»Ich möchte, daß Sie sich auf die Glaskugel konzentrieren«, fing sie an. »Konzentrieren Sie sich auf die Kugel, und hören Sie auf meine Stimme. Leeren Sie Ihren Geist von allen Gedanken,

lassen Sie ihn so klar und durchsichtig wie Glas werden; leeren Sie Ihren Geist, und konzentrieren Sie sich nur auf meine Stimme. Ihr Geist wird klar; Ihre Hände, Ihre Arme, Ihre Beine, Ihre Füße werden schwer. Ihr ganzer Körper wird jetzt schwer.«
Während er ihrer Stimme lauschte, stellte er fest, daß es einfacher war, sich zu entspannen, als er erwartet hatte. Annie dirigierte seine Aufmerksamkeit auf jeden Teil seines Körpers, beschrieb, wie sich jeder Muskel entspannte, wie jedes Glied so schwer wurde, daß er es nicht mehr bewegen konnte. Ihre Stimme war wie ein fließender Strom, der ihn mit Worten badete, der in sein Bewußtsein drang und unmerklich die Kontrolle übernahm. Als die Spannung aus seinem Körper wich, merkte er, wieviel Sorgen er sich in letzter Zeit gemacht hatte; Sorgen über Joannas Verschwinden und über die Träume und das fremde Bewußtsein, das während seiner Alpträume die Kontrolle über seinen Geist zu übernehmen schien.
Annies Worte streichelten ihn förmlich. »Jetzt werden Ihre Augenlider schwer und schwerer, als wäre jedes Lid aus Blei. Sie sind so schwer, ganz gleich, wie sehr Sie sich auch bemühen, Sie können die Augen nicht mehr offenhalten; Ihre Augen schließen sich; Sie können sie nicht mehr offenhalten; Ihre Augen schließen sich jetzt ...«
Paul spürte die von ihrer Stimme erzeugte Schläfrigkeit, doch selbst als sich seine Augen schlossen, fühlte er, wie sein Verstand rebellierte. Wie ein Muskelreflex stieg Widerstand in ihm auf, und sein Wille begann gegen ihre Suggestionen anzukämpfen. Dann erinnerte er sich an das, was Annie beim Lunch gesagt hatte. Er konnte Widerstand leisten – das spürte er –, aber wozu? Er brauchte die in seinem Unterbewußtsein verschlossenen Informationen, und nur, wenn er die Kontrolle über sich abgab, konnte er den Schlüssel zu dieser Tür in die Hand bekommen. Er atmete tief ein, stieß die Luft langsam wieder aus und nahm ihre Worte in sich auf.
»Ihre Arme sind jetzt schwer. Ihre Arme fühlen sich an, als wären sie aus Blei. Sie möchten die Arme heben, aber Sie können es nicht. Ihre Arme sind aus Stein, sind Teil der Erde, unbeweglich und so schwer, daß Sie sie nicht bewegen können.«

Wieder führte sie ihn zu jedem Teil seines Körpers, machte ihn schwer, machte ihn zu einem Teil der Erde, befreite ihn von seinem Geist. Er ertrank in Dunkelheit, der Raum wurde nur noch von ihrer Stimme bestimmt, die ohne Pause zu ihm sprach, ihn führte, die sich in sanftem Rhythmus hob und senkte, die ihn in eine unsichtbare Wiege aus Worten einwob, stark, zart, sicher, die ihn tief in sein Inneres geleitete, über die Grenzen der bewußten Gedanken hinaus zu den verborgenen, dunklen Regionen seines Unterbewußtseins.

»Ihre Augen sind geschlossen, aber Sie können immer noch die Glaskugel durch Ihre Gedanken treiben sehen, klar und weiß und durchsichtig. Ich möchte, daß Sie sich diese Glaskugel als Ihr Gedächtnis vorstellen; es öffnet sich jetzt, dehnt sich aus, um Sie in sich hineinzuziehen. Sie befinden sich jetzt im Inneren Ihres Gedächtnisses, das sich dahinzieht wie ein langer, weißer Gang mit vielen Türen, ein langer, weißer Gang, der sich bis zu der Zeit Ihrer Geburt erstreckt. Können Sie den Gang sehen, Paul?«

Annie, die sein Gesicht beobachtete, wußte, daß sie an einem kritischen Punkt angelangt waren. Paul Stafford besaß eine starke Persönlichkeit, die vielleicht wieder die Kontrolle an sich zu reißen versuchte, wenn sie direkt angesprochen wurde. Die Trance mochte durchbrochen werden, doch Annie blieb keine Wahl. Sie hatte nun Zutritt zum Unterbewußtsein, doch die Information mußte herausbefördert werden, und das konnte nur Paul durch sprachliche Mitteilung bewerkstelligen.

»Der lange, weiße Gang, Paul. Sie stehen an einem Ende des Ganges, der Ihr Gedächtnis darstellt. Können Sie den Gang sehen? Sagen Sie mir, ob Sie den Gang sehen können?«

Seine Lippen zitterten, teilten sich dann, als er mit lebloser Stimme sagte: »Ja.«

Annie lächelte, ihre Hände ballten sich vor Erregung zu Fäusten, doch sie hielt ihre Stimme ruhig.

»Gut. Wir gehen jetzt zurück, Paul. Wir müssen den Gang zurückgehen, zurück in der Zeit. Wir gehen zurück zum letzten Alptraum, zu dem letzten Mal, als Sie vom Tod träumten. Sie gehen den Gang entlang, zurück in der Zeit, zu dem letzten lebhaften Traum, dem letzten Alptraum, in dem jemand gestorben ist. Sie sind dem Traum jetzt sehr nahe, so nahe, daß Sie das Gesicht des Opfers sehen können.«

Pauls Gesicht zuckte. Es war eine unangenehme Erinnerung.

»In Ordnung, Paul, ich möchte, daß Sie mir sagen, wo Sie sich in diesem Traum befinden. Wo sind Sie?«

»In einem Apartment.«

»Und wo ist dieses Apartment?«

Eine Pause, dann: »Paris.«

»Kennen Sie den Namen Ihres Opfers?«

»Ja.«

»Wie lautet der Name Ihres Opfers?«

»Lisle Beaumier.«

Seine Antworten kamen langsam und manchmal widerstrebend. So gingen sie einen Mord nach dem anderen durch. Annie vermied die nackten Tatsachen, die Paul offensichtlich unangenehm waren; sie befürchtete, dadurch könnte die Trance durchbrochen werden. Statt dessen konzentrierte sie sich auf Paul, den Killer, darauf, wer er war, warum er da war, wie sein Name lautete. Sie suchte nach Hinweisen auf seine Identität, wurde aber enttäuscht. »Wer sind Sie jetzt?« fragte sie ihn. Seine Antwort war immer die gleiche. »Paul Stafford.« »Und in dem Traum? Wer sind Sie in diesem Traum?« »Ich bin... ich.« »Warum wollen Sie Jürgen Manheim töten?« »Ich weiß nicht...«

Es war frustrierend. Paul war leichter zu hypnotisieren gewesen, als sie erwartet hatte, doch nun holte sie als einzige neuen Details lediglich eine noch genauere Beschreibung der Tatorte aus ihm heraus. Über den Killer erfuhr sie nichts Neues; Paul identifizierte sich so absolut mit ihm, daß seine Antwort stets lautete: »Ich bin der Killer.«

Sie fragte sich, ob Maurice Singer vielleicht recht hatte, und die ganze Sache war ein komplizierter KGB-Trick. Wäre das der Fall, so schien es unglaublich kompliziert zu sein, ohne erkennbares Ziel. Außer sie wollten feststellen, wie ernsthaft die CIA PSI-Forschung betrieb. Die Russen beschäftigten sich schon seit langer Zeit mit paranormaler Psychologie, und der KGB finanzierte einige Forschungsprojekte. War es möglich, daß Paul mit Details von KGB-Attentaten gefüttert worden war mit der Absicht, ihn so zum Gegenstand einer CIA-Untersuchung zu machen, deren Einzelheiten er später dann nach Moskau melden konnte? Maurice mochte so denken, doch Annie konnte es nicht glauben. Oder wollte es nicht glauben, korrigierte sie sich selbst. Ihr war durchaus bewußt, daß Paul Stafford sehr anziehend auf sie wirkte; sie hätte ihm gern geglaubt. Gleichzeitig aber war sie ein Profi und kannte den Unterschied zwischen emotionaler Reaktion und intellektueller Beurteilung. Annies Glaube an ihre Fähigkeiten war stark.

Sie waren zum ersten Traum zurückgekehrt, in dem Dan Kelso ertrunken war, nachdem man ihn von der Kanalfähre geworfen hatte. Wie in den anderen Träumen auch waren die neuen Details, an die sich Paul erinnerte, unwesentlich, wie beispielsweise der Name der Fähre und die Farbe von Kelsos Jacke. Was seine Identität als Killer anbelangte, war seine Antwort gleichgeblieben: Er war der Killer. Annie wollte die Sitzung gerade beenden, als eine Routinefrage eine unerwartete Antwort brachte.

»Und der Traum von Dan Kelso war der erste Traum in dieser Art?«

»Nein.«

Die Antwort verblüffte sie.

»Sie haben geträumt, daß Sie noch eine andere Person töteten?«

»Nein ... nicht töten.«

»Aber die gleiche Art von intensivem Traum? Auch zuvor schon?«

»Ja.«

»In einem anderen Zusammenhang als Mord?«

»Ja.«

Der Adrenalinstoß machte fast schwindelig; sie benötigte all ihre Beherrschung, um ihre Stimme ruhig zu halten.

»In Ordnung, Paul, ich möchte, daß Sie jetzt zurückgehen, sich zu einer früheren Zeit zurücktreiben lassen, als Sie diese Art von Traum hatten. Sie treiben zurück, und Sie sehen Einzelheiten vor sich auftauchen. Die frühere Zeit kommt näher, wird immer klarer. Und jetzt sind Sie wieder in diesem früheren Traum, lange vor Dan Kelso, zurück in dem früheren Traum, der die gleiche Intensität hatte wie die anderen ...«

Pauls Gesicht spannte sich, seine Arme schoben sich wie schützend vor seine Brust. Er zitterte.

»Paul, sagen Sie mir, was Sie träumen. Was ist es?«

»Es tut weh.«

»Was tut weh, Paul?«

»Bein. Ins Bein geschossen.«

»Sie haben jemand ins Bein geschossen?«

»Nein ... mich ... Soldaten haben mich beschossen ... ich rannte, aber ... oh, mein Bein ...«

»Was für Soldaten? Wer hat auf Sie geschossen, Paul?«

»Russen ... russische Soldaten.« Wieder zitterte er.

Annies Verstand raste, um Schritt halten zu können. Von sowjetischen Soldaten angeschossen? Wie, warum, wo, wann? Sie hatte tausend Fragen, zwang sich aber, langsam vorzugehen.

»Wo sind Sie, Paul? In diesem Traum, wissen Sie, wo Sie sind?«

»Ja.«

»Wo? Wo sind Sie?«

»Berlin.«

»Wie alt sind Sie?«

»Acht ... acht Jahre.«

Einen Augenblick war Annie sprachlos. Sie waren in Pauls Kindheit gelandet. Acht Jahre alt. Dann fiel ihr etwas anderes ein: Pauls Geschichte, die Informationen, die sie der Akte entnommen hatte. Paul war fünf gewesen, als die Familie Deutschland verlassen hatte. Mit acht war er mit seiner Familie in Fort Sheridan, Texas, gewesen. Entweder er log oder ...

Die Erkenntnis traf sie wie ein Schlag. Diese telepathische Empfänglichkeit war nicht neu, er besaß sie seit seiner Kindheit. Paul war empfänglich für die Gedanken anderer Menschen, für deren Erlebnisse, für die Ereignisse in ihrem Leben. Empfänglich für das Leben eines anderen Menschen in Deutschland, als er selbst acht Jahre war und in Texas lebte ...

Paul stöhnte, und Annie fuhr schnell fort: »Was geschieht sonst noch, Paul? Nachdem die russischen Soldaten dich angeschossen hatten?«
»Ein Mann. Ein Mann greift nach mir. Dann tritt er mich...«
Er grunzte vor Schmerz, und ein Beben durchlief seinen Körper. Einen Augenblick befürchtete Annie, sie hätte ihn verloren, doch die Trance hielt, und er hörte auf zu zittern und entspannte sich.
»War das das Ende des Traums, Paul?«
»Ja.«
»Bist du aufgewacht?«
»Ich... ich weiß nicht.«
»Aber der Traum hörte auf?«
»Ja.«
»Und war dies das erstemal, daß du so intensiv träumtest?« Er antwortete nicht. »Kannst du mich hören, Paul?«
»Ja.«
»War dies das allererste Mal, daß du auf diese Art geträumt hast? So intensiv, daß es den Anschein hatte, als hätte eine andere Person von deinem Leben Besitz ergriffen?«
Ein leichtes Muskelzucken verzerrte seine Gesichtszüge.
»Paul?
»Ich... weiß nicht.«
»Hör auf meine Stimme, Paul. Ich bin dein Führer. Meine Stimme füllt deinen Körper, füllt deinen Geist; meine Stimme ist wie eine Blase, eine sanfte Blase, die dich umhüllt, dich schützt, dich zurückführt, zurück zu deinem ersten Traum, dem allerersten Alptraum, in dem du von etwas träumtest, das außerhalb von dir lag. Wir treiben zurück, zurück zu diesem frühesten Traum... zurück und zurück und zurück... Jetzt siehst du diesen ersten Traum aus dem Nebel auftauchen; die Details werden klarer, und du bist in deinem ersten Traum. Du bist in diesem allerersten Traum. Sag mir, was du siehst, Paul. Was siehst du?«
Einen Moment lang dachte Annie, er hätte sie nicht gehört. Dann flogen seine Hände hoch, preßten sich wie gegen eine Wand, während er das Gesicht abwandte. Er schrie auf.

»Nein! Nein, Tante Inge!«
»Paul...?«
»Bitte! Bitte!«
Er sprengte die Trance, richtete sich heftig auf und schaute sich mit wilden Blicken um.
»Alles in Ordnung«, sagte Annie schnell. Sie wollte seinen Arm berühren, doch er zuckte zurück.
»Paul«, sagte sie sanft. »Sie sind jetzt wach. Sie sind in Ordnung, zurück in Washington. Alles in bester Ordnung.«
Ganz schwach drang ihre Stimme durch seine Angst und Übelkeit. Sein Atem ging stoßweise, und das Blut hämmerte in seinen Ohren. Sein Gesicht war schweißnaß. Annie redete weiter, bis er sich schließlich erinnerte, wer er war und was sich ereignet hatte. Paul atmete tief aus und lächelte schwach.
»Was zum Teufel ist passiert?«
»Erinnern Sie sich, was geschehen ist?«
»Ich erinnere mich an Schmerzen und...« Und was? Wie konnte er das namenlose, entsetzliche Grauen erklären, diese lähmende Hilflosigkeit und das Gefühl von... Demütigung. Das war es. Schlimmer als der Schmerz war die Demütigung. Sein Magen zog sich zusammen.
»Was ist?« fragte Annie.
»Nichts.«
»Halten Sie nichts zurück, Paul. Erzählen Sie mir alles.«
»Mir ist kurz übel geworden, okay? Können wir uns jetzt um wichtigere Sachen kümmern – zum Beispiel, was passiert ist und warum? Was haben Sie herausgefunden?«
Annie erzählte ihm von seinem früheren Traum, dem mit den sowjetischen Soldaten, und seinem letzten Traum, auf den er so heftig reagiert hatte, daß er aus der Trance erwacht war.
»Sie sagten was auf deutsch. Erinnern Sie sich?«
»Nein.«
»Hören Sie es sich an. Ich spiel es Ihnen vor.«
Sie ließ das Band etwas zurücklaufen und drückte dann die Start-Taste. Paul hatte das unheimliche Gefühl, einer anderen Person zuzuhören, die mit seiner Stimme sprach.
»Ich kling wie ein Zombie«, sagte er.

»Psst. Jetzt kommt es.«
Er hörte sich schreien. Die Hysterie war beunruhigend, doch die Worte waren klar und deutlich.
»Nein, Tante Inge«, wiederholte er auf englisch. »Bitte.«
»Was ist mit Ihrer Tante Inge?«
Paul schaute verwirrt drein. »Ich habe keine Tante mit diesem Namen. Nicht, daß ich wüßte.«
»Sie müssen jemand mit diesem Namen gekannt haben.«
Irgendwo tief in seiner Erinnerung besaß dieser Name einen vertrauten Klang, doch Paul konnte ihn nicht einordnen.
»Ich weiß nicht«, sagte er. »Ich war fünf, als ich Deutschland verließ.«
»Denken Sie scharf nach.« Sie saß auf dem Rand ihres Stuhles und beobachtete ihn.
Paul schüttelte den Kopf. »Ich hab unseren Stammbaum gesehen. Es gibt niemanden mit dem Namen *Inge*.«
»Dann müssen wir noch einmal zurück. Diesmal wird es leichter sein, da wir jetzt wissen, wonach wir suchen. Wollen Sie zuerst was trinken?«
Paul starrte sie an. »Das Ganze noch mal? Nein, besten Dank.« Er erhob sich. Sein Hemdrücken war kalt und feucht.
»Schauen Sie«, sagte Annie, »ich weiß, wie Ihnen zumute ist, aber wir können jetzt nicht aufgeben. Dieser Nachmittag hat einen Durchbruch gebracht. Jetzt wissen wir, daß Sie schon vor den Morden Impressionen einer anderen Person empfangen haben. Sie waren schon als Kind dafür empfänglich, verstehen Sie? Sie haben also keine Tante Inge, aber ein anderer hat eine, und das ist die Person, deren Gedanken Sie empfangen haben.«
Paul schüttelte den Kopf.
»Was ist?« wollte Annie wissen.
»Nein, nein, die ganze Sache ist verrückt.«
»Sie ist nicht verrückt. So was hat es schon gegeben. Nicht mit dieser Regelmäßigkeit, aber es ist geschehen. Ich kann Ihnen Fallstudien zeigen – Menschen, die plötzlich wußten, mit absoluter Sicherheit wußten –, daß einer geliebten Person etwas zugestoßen war. Sie *erlebten* das, als wäre es ihnen passiert.«

»Bei einer geliebten Person, ja. Aber nicht bei einem *Killer.*«
»Es ist nicht einfach nur ein Killer. Sie sind empfänglich für...«
Mitten im Satz hielt sie inne. Bis jetzt hatte sie seine Sensitivität wie einen ruhigen Teich begriffen, dessen Oberfläche von den Vibrationen einer fernen Explosion aufgewühlt werden konnte. Doch was war, wenn seine Sensitivität mit einem bestimmten Individuum in Verbindung stand? Einer Person, deren Gehirnwellen und Gedankenmuster den seinen sehr ähnlich waren? In diesem Fall konnten die Kindheitserinnerungen die Erinnerungen des Killers sein, als dieser noch jung war.
»Vielleicht haben Sie recht«, sagte Annie, in deren Stimme sich ein neuer, erregter Unterton geschlichen hatte. »Ein Grund mehr, um noch einmal zurückzugehen. Kindheitserinnerungen können uns mehr Hinweise liefern als die Morde.«
»Nein.«
»Paul...«
»Sie verstehen nicht. Das ist schlimmer als der schlimmste Alptraum, alles ist eine Mischung aus Gefühlen der Erniedrigung und Selbstbezichtigung und Abscheu und Ekel und einer Art übelkeiterregender Furcht, die Sie nie erlebt haben – die ich nie zuvor erlebt habe. Völlig ausgeschlossen, daß ich das noch mal freiwillig durchmache.«
Er wandte sich ab, doch Annie hielt ihn am Arm fst.
»Sie *können* jetzt nicht aufhören. Sehen Sie denn nicht, wie wichtig das ist? Sie stellen den ersten Fall einer telepathischen Kommunikation dar, der vielleicht wissenschaftlich nachgewiesen werden kann. Wir müssen die Person finden, deren Erlebnisse Sie offensichtlich empfangen haben, selbst wenn es schmerzhaft ist.«
»Und was ist, wenn ich zurückgehe und dort etwas erlebe, das mich über den Rand in den Abgrund stößt? Ich meine, verändert mich das, kann mich das verrückt machen? Was, zum Teufel, ist dann?«
Annie schenkte ihm ein berufsmäßig beruhigendes Lächeln. »Das wird nicht geschehen.« (War sie sich da sicher?)
»Woher wissen Sie das?«

»Sie müssen mir vertrauen.«
»Weshalb? Weil wir so gute Freunde sind, oder weil Sie den Hauptbeteiligten am ersten wissenschaftlich bewiesenen Fall von mentaler Telepathie keiner Gefahr aussetzen würden?«
Sie zeigte ihm ein Verschwörerlächeln.
»Sagen wir, von jedem etwas.«
»Ich möchte wetten, Sie haben Ihren Artikel für das NEW ENGLAND JOURNAL OF MEDICINE bereits formuliert.«
»Es ist wichtig, Paul. Wirklich.«
Er nickte, wohl wissend, daß er es früher oder später hinter sich bringen mußte. Er mußte herausfinden, wessen Gedanken, wessen Leben in seinem Inneren widerhallten.
»Ich geb' Ihnen Bescheid.«
»Wann?«
»Rufen Sie mich morgen an.«

Während der Fahrt zum HERALD fühlte sich Paul isoliert, abgeschnitten von allem. Die Welt jenseits der Windschutzscheibe erschien ihm vertraut, aber fern. Er war ein Monster. Er war, so schien es, Teil einer anderen Person. Die Hypnose hatte ihn in eine andere Realität, in die Realität eines anderen Menschen, geführt; ein kleiner Kern dieses fremden Bewußtseins blieb in ihm, teilte und machte ihn irgendwie kleiner. Er fühlte sich kompromittiert und beschmutzt, als hätte er etwas zu verbergen. Ein verdammt unangenehmes Gefühl.
Seine Laune wurde auch nicht besser, als ihn Bernie Stern, der Chefredakteur, in sein Büro rief, ihn zu seiner Rockland-Birdwell-Story beglückwünschte und ihm gleichzeitig eröffnete, daß man die Geschichte einen Monat zurückhalten würde.
»Zurückhalten? Ich dachte, du wolltest sie nächste Woche bringen.«
Bernie rollte einen Zigarrenstummel zwischen den Lippen hin und her. Er war ein kleiner, untersetzter Mann mit einem Teint wie Hüttenkäse und weißem Kraushaar, das stets eine Wäsche dringend nötig hatte. Er versuchte den Eindruck eines hartgesottenen ›Titelblatt‹-Journalisten durch hochgerollte Hemdsärmel und durch das Tragen einer Weste zu erwecken.

»Ich dachte, wir lassen die Fakten von einem unabhängigen Wissenschaftler überprüfen.«
»Was soll das? Du traust meinen Quellen nicht?«
»Wenn das nicht stimmt, dann verklagt Rockland-Birdwell uns – nicht deine Quellen.«
Bernie kaute etwas zu vehement auf seiner Zigarre herum. Hier steckte noch was anderes dahinter.
»Hast du mit den Mayhues gesprochen?«
»Du zynischer Bastard«, sagte Bernie.
Den Mayhues gehörte die Zeitung. Es hatte den Anschein, als würden die Mayhues um so konservativer, je erfolgreicher der HERALD wurde.
»Freier Mitarbeiter, Bernie. Wenn du den Artikel nicht willst, dann trag' ich ihn zur anderen Straßenseite.«
»Hey, hey.« Bernie schaute gekränkt drein. »Kein Grund, gleich so zurückzuschlagen. Wir bringen ihn, nächsten Monat, wenn der bilaterale Abrüstungs- und Verteidigungsvertrag unterzeichnet ist, das ist alles. Du möchtest doch nicht die Verhandlungsposition der Vereinigten Staaten durch eine Story schwächen, die leicht noch einen Monat warten kann.«
»Natürlich«, sagte Paul. »Vergiß die Moral, hau die Russen übers Ohr. Tolle Art, eine Zeitung zu leiten.«
Er ging hinaus, ohne eine Antwort abzuwarten. Es gab Tage, da machte es ihm Spaß, sich mit Bernie zu kabbeln, aber der heutige Tag gehörte nicht dazu.
An seinem Schreibtisch las Paul die Abschrift eines Interviews mit einem Marine-Ingenieur durch. Als er am Ende der Seite angekommen war, konnte er sich an nichts mehr erinnern. Seine Gedanken weilten immer noch bei der Hypnose-Sitzung und den Worten, die ihm Annie vom Tonband vorgespielt hatte; seine eigene Stimme, die zu ihm aus seiner Kindheit sprach.
Er holte sein Adreßbüchlein heraus und wählte die Nummer des Umbrella Tree Country Club in Fort Lauderdale. Eine Rezeptionistin meldete sich mit gutgelaunter Stimme, und Paul ließ sich mit der Buchhaltung verbinden, wo seine Mutter arbeitete. Vielleicht wußte seine Mutter, wer *Tante Inge* war. Momentan war er bereit, alles zu versuchen, um nicht noch mal

die Qualen durchmachen zu müssen, die er heute erduldet hatte.
»Paul? Wo steckst du denn? Bist du hier?«
»Nein, Mom. Immer noch in Washington.«
»Kommst du mich besuchen?«
»Ich weiß nicht. Hör zu, Mom, ich muß dich was fragen. Unsere Familie... hatten wir je eine Verwandte namens *Tante Inge?*«
Ein langes Schweigen.
»Mom? Bist du noch dran?«
Ihre Stimme war ein so qualvolles Flüstern, daß er sie kaum verstand. *»Ich bitte um Vergebung«,* stöhnte seine Mutter in deutscher Sprache. *»Ich bitte um Vergebung.«*
»Mom?«
Immer erregter wiederholte sie die Worte. Paul versuchte sie zu unterbrechen, aber sie beachtete ihn nicht; am anderen Ende der Leitung steigerte sich ihre Stimme zu einem schrillen Kreischen.
»Ich bitte um Vergebung.«
»Mama!« Aber es hatte keinen Sinn. Sie hörte ihn nicht. Ihre Stimme überschlug sich, der Telefonhörer klapperte zu Boden. Er konnte ihr Schluchzen hören, aber sie würde ihm jetzt nicht antworten. Er drückte auf die Gabel, hoffte die Vermittlung zu kriegen, statt dessen wurde die Verbindung unterbrochen.
Er legte auf, wählte dann die Nummer noch mal. Paul erklärte der Rezeptionistin, was passiert war, und bat sie, jemanden zu schicken, der sich um seine Mutter kümmerte. Es stellte sich heraus, daß der stellvertretende Manager ihr bereits zu Hilfe geeilt war. Paul wartete zehn Minuten am Telefon und erhielt von Zeit zu Zeit einen Bericht, was gerade geschah. Dann endlich war ein Arzt am Apparat.
»Sie war hysterisch, Mr. Stafford. Ich habe ihr ein Beruhigungsmittel gegeben, sie wird bald wieder in Ordnung sein. Wir lassen sie heimbringen.«
»Ich möchte nicht, daß sie allein bleibt.«
»Nein, selbstverständlich nicht. Ihre Tochter ist benachrichtigt worden. Eine Mrs....«

»Steinberg.«
»Ja. Mrs. Steinberg wird dasein. Sie müssen sich keine Sorgen machen. Wichtig ist, Ihre Mutter nicht wieder aufzuregen. Wenn Sie darauf achten könnten ...«
»Ich hatte nicht die Absicht, sie aufzuregen.«
»Ja, nun, ich sag das nur, damit Sie die Situation richtig einschätzen können.«
Eines hatte Paul begriffen: der Name *Tante Inge* entsetzte seine Mutter genauso wie ihn.
Er fuhr heim und schnappte sich seine Reisetasche, eine italienische Ledermappe, mit allem gefüllt, was er für einen Kurztrip benötigte. Um siebzehn Uhr saß er in der Maschine nach Fort Lauderdale.
Wie der CIA-Mann, der ihm folgte.

Kapitel 9

Die Everglades brannten, als Paul in Fort Lauderdale landete. In der Abenddämmerung glühte die Sonne in einem verzweifelten Orange durch den metallischen Nebel, der den westlichen Horizont verhüllte. Paul nahm einen Mietwagen, schloß die Fenster und stellte die Klimaanlage an. Insekten sammelten sich an der Windschutzscheibe, während er schier endlose, von hohen Palmen und gleichförmigen Einkaufs-Centern gesäumte Highways entlangfuhr.

Bevor er Washington verlassen hatte, hatte er sich bei seiner Schwester telefonisch nach dem Befinden der Mutter erkundigt.

»Sie ruht jetzt«, hatte ihn Ceci beruhigt. »Aber sie will mir nicht erzählen, was passiert ist. Sie sagt, du weißt es.«

»Ich erzähl's dir, wenn ich da bin.«

Jetzt, als er in den mit *Besucher* markierten Parkplatz einbog, war er sich nicht mehr sicher, was er ihr erzählen sollte. Würde sie glauben, daß er von Mord geträumt hatte oder daß er in telepathischem Kontakt mit einem Killer stand? Würde sie glauben, daß er unter Hypnose ein mit dem Namen *Tante Inge* verbundenes Trauma durchlebt hatte, ein ihm unbekannter Name, bei dessen Nennung seine Mutter hysterisch geworden war? Würde *irgend jemand* das glauben?

Wie sich schließlich herausstellte, war Ceci so sehr darauf bedacht, schnell wieder heimzukommen, daß sie die Angelegenheit gar nicht weiter interessierte.

»Bob hat vor ein paar Minuten angerufen«, sagte sie, während sie Paul in das Apartment führte. »Die Kinder machen ihn schier wahnsinnig. Er mußte vorzeitig von der Arbeit weg, um sie abzuholen. Wir befürchteten, Mom hätte einen Herzanfall oder so was. Egal, ich bin jedenfalls froh, daß du da bist.«

Ceci war so winzig wie ihre Mutter, hatte aber weiche, rundliche Gesichtszüge, mehr ein Erbteil von Vaters Seite.

»Wie geht's ihr?« fragte Paul.

»Sie schläft jetzt. Ich glaub wirklich, sie ist wieder in Ordnung, Paul. Du hättest abwarten sollen. Es war nicht nötig, daß du den weiten Weg gemacht hast.«

Ceci begann ihre Sachen zusammenzuklauben. Mom war nach der Scheidung in dieses kleine Apartment gezogen – ein kleines Schlafzimmer mit einem durch einen schmalen Tresen von der winzigen Küche getrennten Wohnzimmer. Eine Glasschiebetür führte auf eine Veranda hinaus mit Blick auf einen künstlich aufgestauten See. Bis auf ein weißes Spinett in einer Ecke erweckte die ganze Möblierung den Eindruck, als wäre sie direkt aus einem Sears & Roebuck-Katalog zum Leben erwacht. Paul hatte nie den Drang seiner Mutter nach Billigkäufen verstanden, was schließlich zu einer gesichtslosen, qualitativ miserablen Einrichtung führte, die doppelt so schnell kaputtging wie nur unwesentlich teurere.

Er ging zum Schlafzimmer und spähte hinein. Mom lag zusammengerollt auf der Seite, ihr weißes Haar auf dem Kissen ausgebreitet, den Mund leicht geöffnet; das Geräusch ihres Atems ging im Summen der Klimaanlage unter. Auf dem Nachttisch neben dem Bett stand das altbekannte Foto von Mom und Dad an ihrem Hochzeitstag. Sie hielt Ralphs Arm und schaute zu ihm auf, der groß und selbstbewußt in seiner Armeeuniform in die Kamera lächelte. Ihre Haltung ist typisch für die ganze Beziehung, dachte Paul.

Er habe ihr ein neues Leben geschenkt, hatte sie Paul einmal erzählt, als er seinen Vater kritisierte.

Jetzt hatte er ihr ein zweites neues Leben geschenkt, ein einsames, leeres Leben. Doch Mom war immer noch dankbar und duldete keine Kritik an dem Mann, den sie geheiratet hatte. Paul merkte, daß er da weniger großzügig war. Er neigte dazu, Menschen nach strengen Maßstäben zu beurteilen, und seiner

Meinung nach hatte sein Vater sein Eheversprechen gebrochen. Wenn man den Zustand seiner eigenen Ehe berücksichtigte, war das pure Ironie. Hatte er für Joanna unmögliche Maßstäbe gesetzt?

Er schloß die Tür und kehrte ins Wohnzimmer zurück. Ceci hing am Telefon und versprach gerade Bob, daß sie sofort nach Hause käme, um die Kinder ins Bett zu bringen. Nachdem sie aufgelegt hatte, lud sie Paul zu einem Barbecue ein.

»Sobald du weißt, wann du zurückfliegst«, sagte sie. »Die Kinder würden sich furchtbar freuen, dich zu sehen.«

Sie grub die Autoschlüssel aus ihrem Täschchen und fügte noch schnell hinzu: »Wie geht's Joanna?«

»Arbeitet immer noch in der Galerie.«

Ceci war zu sehr in Eile, um die Anspannung in Pauls Stimme zu bemerken, oder daß er mit seiner Antwort ihrer Frage ausgewichen war. Nachdem sie gegangen war, stand Paul im Wohnzimmer und dachte über Joanna nach. Ganz plötzlich verspürte er den Wunsch, mit ihr zu reden, die Sorge um seine Mutter mit ihr zu teilen und ihr von seiner realen Angst zu erzählen, daß im Schlaf sein Geist irgendeiner unbekannten Macht ausgeliefert war. Er brauchte jetzt vor allem ihre Fähigkeit, für ihn Verständnis aufzubringen.

Vage hoffend, daß sie heimgekommen war, rief er zu Hause an, hörte aber nur den Anrufbeantworter. »Hier ist Paul und Joanna Stafford. Wir sind momentan nicht erreichbar, aber wenn Sie Namen und Adresse hinterlassen, werden wir Sie sofort zurückrufen.«

Paul wollte gerade auflegen, überlegte es sich dann aber anders.

»Jo? Bist du zu Hause? Hör zu, wenn du da bist, nimm bitte ab. Ich bin in Moms Wohnung. Bin heute abend runtergeflogen und muß mit dir reden, wenn du also zu Hause bist... oder ruf mich an, wenn du diese Nachricht hörst.« Er verstummte und lauschte. Nach sieben Sekunden schaltete das durch den Klang der Stimme aktivierte Band ab.

Der Frust ließ irrationalen Ärger in ihm aufsteigen. Wo, zum Teufel, steckte sie? Sie hatte geschrieben, daß sie in ein paar

Tagen anrufen würde, warum also hatte sie nicht angerufen? Warum war sie nicht da, wenn es darauf ankam, wenn etwas Wichtiges vor sich ging?

Paul setzte sich und schaltete den Fernseher an. Er suchte irgend etwas, um sich abzulenken, doch die platten Komödien mit ihrem aufdringlichen Lachen vom Band ärgerten ihn nur, und der einzige Film, ein übertrieben ernstes Drama über Teenager-Selbstmord, langweilte ihn. Seine Gedanken kehrten zu Joanna und dem Zauber ihrer ersten Begegnung zurück...

Sie hatte bei einer gemeinnützigen Einrichtung gearbeitet, die den Opfern der Hungersnot in Äthiopien half. Paul hatte sie das erstemal vor einem Safeway-Einkaufscenter gesehen, mit einem Plakat, auf dem zu Lebensmittelspenden aufgerufen wurde. Das Plakat zeigte das Foto eines äthiopischen Kindes, Arme und Beine so dünn wie Zahnstocher, dessen Magen vor Unterernährung fürchterlich aufgedunsen war. Die Unterschrift lautete, *Safeway wird dieses Kind nicht füttern – willst du es tun?* Es war eines seiner Fotos.

»Haben Sie dafür eine Genehmigung?« hatte Paul gefragt.

Es war keine großartige Eröffnung, doch in den nächsten fünf Minuten brachte es Joanna fertig, ihn zu einer Spende von einem Dutzend weiterer Fotografien zu überreden. Zwei Wochen später, als Joanna und ein Team der Agentur mit der ersten Flugzeugladung Lebensmittel nach Äthiopien flogen, begleitete Paul sie als Berichterstatter. Ihre Romanze erblühte in der Wüste, und auf dem Rückweg verbrachten sie zwei gemeinsame Tage in Paris.

Joanna überraschte ihn ständig. Als sie sich das erstemal liebten, wurde sie zu einer anderen Person, seltsam scheu und zurückhaltend. Danach lag sie zitternd in seinen Armen. Paul dachte, ihr wäre kalt und zog die Decken über sie, aber es machte keinen Unterschied. Er drückte sie an sich und spürte, daß sie eine Gänsehaut hatte.

»Tut mir leid«, sagte sie. »Je bedeutsamer es ist, deto größer ist meine Angst.«

»Angst vor was?«

»Angst vor dir. Du erschreckst mich.«

Sie meinte es vollkommen ernst.
»Ich werde dir nicht weh tun.«
»Ich meine es nicht physisch.«
»Was dann?«
»Das mit dir – wenn ich mich bei dir loslasse, dann komme ich nie mehr zurück.«
»Du kommst zurück. Du wirst immer du sein.«
Sie berührte seine Wange, ihre blaßblauen Augen voller Tränen. »Aber ich will gar nicht zurückkommen; das erschreckt mich so.«
Joanna, vorsichtig in der Liebe und tollkühn im Leben, war anders als jede Frau, die er je gekannt hatte. Mit dem Gedanken an sie schlief er ein, in unruhigen Träumen sah er sie nackt auf einem Sprungbrett stehen, bereit, in einen Pool zu springen, in dem kein Wasser war. Paul brüllte eine Warnung, doch Joanna winkte nur und lächelte ihm zu. Er rannte auf sie zu, doch sie beachtete ihn nicht. Sie hechtete hoch in die Luft, klappte zusammen und stürzte dem jetzt gefüllten Pool entgegen. Er sah ihren blassen Leib in der Tiefe glitzern; dann durchbrach sie die Wasseroberfläche und schwamm lachend davon, während Paul aufgewühlt und wie gelähmt hinter ihr her starrte.

Der Duft von Kaffee weckte ihn. Er richtete sich auf und schaute sich um. Seine Mutter bewegte sich lautlos in der Küche, nahm vorsichtig Geschirr aus der Spülmaschine und stellte es in eine Schublade. Sie trug gelbe Hosen und eine geblümte Bluse. Als sie Pauls Blick bemerkte, lächelte sie.
»Ich wollte dich nicht aufwecken.«
»Wie spät ist es?«
»Fast neun. Ich hab im Club angerufen und ausrichten lassen, daß ich heute nicht komme. Schließlich hab ich nicht jeden Tag Besuch von meinem Sohn.« Sie tat so, als wäre sein Besuch die normalste Sache der Welt.
Paul erhob sich und fuhr sich mit einer Hand durchs Haar. Sein Genick war steif von der auf der Couch verbrachten Nacht.
»Im Bad liegen frische Handtücher. Ich mache Pfirsichpfannkuchen. Du magst doch immer noch Pfannkuchen, oder?«

Sie beschäftigte sich weiter mit dem Frühstück, ohne auf seine Reaktion zu achten. Er ging in die Küche und musterte sie.
»Mom, ist alles in Ordnung mit dir?«
»Mir geht's gut. Und jetzt mach zu und wasch dich. Los, los.«
Sie drehte sich um und schob ihn sanft in Richtung Badezimmer. Er konnte nicht sagen, ob sie lediglich das Gespräch über die Geschehnisse von gestern hinauszögern wollte oder ob sie es ganz zu verdrängen versuchte. Als er aus dem Bad kam, war sie auf der Veranda und deckte den Tisch.
»Ein so schöner Morgen«, sagte sie. »Ich dachte, wir essen draußen. Setz dich, setz dich. Ich hol den Kaffee.«
Sie eilte in die Küche, doch Paul spürte die Nervosität unter all der Aktivität. Als sie den Kaffee brachte, packte er ihr Handgelenk und zwang sie zum Sitzen.
»Wir müssen miteinander reden, Mom.«
»Paul, der Pfannkuchen ist fertig.« Sie wehrte sich gegen seinen Griff wie ein gefangener Vogel; ihre Blicke huschten über seine Schulter, als suche sie nach einer Fluchtmöglichkeit.
»Wir müssen über diese Tante Inge reden.«
»Nein.« Sie riß ihren Arm los und starrte ihn an; dann drehte sie sich um und ging über den Rasen auf den See zu. Paul folgte ihr. Sie setzte sich auf eine der weißen Betonbänke direkt am Wasser und starrte in die Ferne. Ein Dutzend Enten kamen quakend auf sie zugeschwommen. Paul stellte sich hinter sie und begann ihre Schultern zu massieren. Zuerst verkrampfte sie sich unter seiner Berührung, doch nach wenigen Augenblicken entspannte sie sich. Als sie schließlich den Mund öffnete, war ihre Stimme ausdruckslos.
»Wie hast du es herausgefunden?«
»Ich hab es nicht herausgefunden. Deshalb muß ich mit dir darüber reden.«
»Du kennst ihren Namen.«
»Ich hatte einen Traum, einen Alptraum. Und Tante Inges Name kam darin vor.«
Sie wandte sich um und blickte zu ihm auf.
»Aber du warst damals so jung. Wie könntest du dich daran erinnern?«

»Wer war sie, Mom? Wer war Tante Inge?«

»*Nicht* deine Tante. Das war bloß ...« Sie schaute weg. »So hast du sie bloß genannt. Sie wollte, daß alle Kinder sie bei diesem Namen riefen.«

»Wer war sie?«

»Ihr Name war Inge Heusner ... Der leibhaftige Satan, ein verkommenes Subjekt, das ...« – sie schauderte –, »deinen Bruder tötete.«

Paul erstarrte.

»Meinen *Bruder*?«

»Ihr wart Zwillinge. Karl und Paul.«

Der Schock war absolut. Die Welt schien auseinanderzubrechen, als sich seine Sinne nach innen wandten: Bäume, See und Gras wurden zu einem verschwommenen Muster, alle Geräusche klangen schwach und fern, als schwimme er unter Wasser. *Ein Zwillingsbruder?* Ein Bruder namens Karl? Annies Worte kamen ihm in den Sinn: *emotional nahestehend.* Die plötzliche, schwindelerregende Erkenntnis, daß sein Bruder vielleicht doch nicht tot war, ließ Paul taumeln. Irgendwo in der Welt existierte ein gemeinsames Bewußtsein, ein anderer Teil von ihm. Ein Zwilling. Ein Bruder ...

Er vernahm wieder die Stimme seiner Mutter.

»... opferte ihn. Ich opferte Karls Leben für deins.«

»Er ist nicht tot«, sagte Paul.

Sie wandte sich ihm zu, ihre Augen voller Hoffnung und Entsetzen.

»Nicht tot? Was sagst du da?«

»Ich weiß es. Ich weiß, daß er nicht tot ist.«

»Wie? Wie kannst du das wissen?«

»Weil ich diese Träume hatte, Mom. Träume, die nicht einfach nur Träume waren – es waren reale Ereignisse, Dinge, die passierten – nicht mir, sondern *ihm*!«

»Träume? Nein, du weißt nicht, was geschehen ist. Du weißt nicht ...«

»Dann erzähl's mir.«

Sie schüttelte den Kopf. »Ich *kann* es nicht.«

»Weiß Dad Bescheid?«

»Niemand weiß es.«
»Aber warum? Warum hast du es niemandem erzählt?«
»Ich konnte nicht.«
»Warum nicht?«
»Weil ... weil ich ihn ihr gegeben habe.« Sie erhob sich. »Es war meine Schuld. Ich gab ihr Karl, und sie ... sie brachte ihn zu diesem Ort, wo sie ... sie ...«
Ihre Lippen bewegten sich, aber keine Worte waren mehr zu hören. Ihre Gesichtszüge waren verzerrt wie bei einem plötzlichen Anfall.
Paul stand auf und hielt sie fest. »Ist schon gut, ist schon gut«, sagte er schnell. »Atme tief durch. Na komm, schön tief atmen. So ist's gut.«
Als sie wieder normal atmete, erklärte er ihr, er habe Hunger. Sie gingen zum Haus zurück, und während sie auf der Veranda frühstückten, rührte er das Thema Inge Heusner nicht mehr an. Sie brauchte Zeit, um sich zu erholen; er brauchte Zeit, um sich eine Annäherungsmethode auszudenken, die sie nicht aufregen würde.
Die Luft erwärmte sich, und Vormittagsdunst hüllte den Himmel ein. Als sie fertig waren, verfütterte sie den übriggebliebenen Toast an die Enten. Sie nannte jede Ente beim Namen, riet der einen, nicht so gierig zu sein, und ermunterte die andere, sich ihren Teil zu holen.
Er wartete, bis sie an den Tisch zurückkehrte, das Gesicht gerötet, bevor er ganz sanft sagte: »Wir müssen über sie sprechen, Mom. Ich muß es wissen.«
Ihr Lächeln erstarb, und sie wandte den Blick ab, doch in ihren Augen lagen nun Resignation und Trauer. Nach einer kurzen Pause sagte sie: »Versprichst du mir, mich nicht zu hassen?«
»Du weißt, daß ich das nie tun werde.«
Sie nickte, akzeptierte seine Worte, ohne daran zu glauben. »Dann komm. Komm mit hinein.«
Er wartete im Wohnzimmer, während sie im Schlafzimmer verschwand und kurz darauf mit einer alten verschnürten Zigarrenkiste zurückkehrte. Das hölzerne Behältnis trug ein deutsches Etikett.

»Hier drin liegt meine Schande verborgen«, sagte sie. »Doch zuerst muß du versuchen zu verstehen, wie es passiert ist.«
Sie schloß die Augen und tat einen tiefen Atemzug. Als sie sprach, war ihre Stimme sehr leise und von einer Bitterkeit, die Paul bei ihr nie zuvor gehört hatte.
»Niemand, der es nicht selbst erlebt hat, kann sich vorstellen, wie es nach dem Krieg war, Paul. Berlin war ausgebombt – nichts stand mehr. Nur Ruinen gab's. Keine Straßenbahnen, keine Gehsteige, nur Pfade durch die Trümmer. Meine Mutter und mein Vater sind bei einem Luftangriff ums Leben gekommen, und Erich – dein Vater, an der Ostfront vermißt–, erfuhr nie, daß seine Frau Zwillinge geboren hatte. Und so stand ich ganz alleine, eine junge Mutter mit zwei Babys. Wir wohnten in einem Raum, einer Küche ohne Wasser und ohne Strom, aber wir waren glücklich. Wir besaßen zwei Wolldecken, und die Fensterscheiben waren nicht zerbrochen.
Es war das erste Jahr der Besatzung, und es gab vielerorts nicht genug zu essen. Die Leute hungerten und froren. Und viele mußten sterben. Jeden Tag wickelte ich dich und Karl in eine Decke und wartete vor der Kaserne, in einer langen Schlange stehend, auf die Essenausgabe.«
Ihre Augen wurden schmal bei der Erinnerung, und sie hielt gedankenverloren inne. Paul bekam etwas von dem starken Willen zu spüren, den seine Mutter als junge Frau besessen haben mußte.
»Ich weiß noch«, sagte sie, »wie wir mit Stöcken gegen die Kannen schlugen, um die Ratten zu verjagen. Dann nahmen wir uns das, was sie übriggelassen hatten.«
»Was ist mit *ihr*?«
Sie schaute zur Seite, holte tief Luft. »Frau Heusner wohnte unter uns – im Keller. Sie lebte vom Betteln. Jeden Morgen sahen wir sie in Lumpen und mit einem Krückstock losziehen. Jeden Abend kehrte sie mit Essen und Besatzungsgeld – mal mit einem Paar Schuhe oder mal mit einem Mantel zurück. Manchmal kam sie mit amerikanischen Zigaretten nach Hause, und das überraschte uns am meisten. Damals kostete eine amerikanische Zigarette einen Monatslohn, und alle beneideten Frau

Heusner und fragten sich, wieso sie in einer Stadt, in der so viele Mittellose kurz vor dem Verhungern waren, so erfolgreich war. Direkt darauf angesprochen, lachte Frau Heusner nur und meinte, Gott hätte ihre Gebete erhört.
Eines Tages entdeckte ich ihr Geheimnis. Ich war in einem anderen Bezirk auf Arbeitssuche, als ich plötzlich Frau Heusner sah, wie üblich in Lumpen, doch trug sie nun eine dunkle Brille und tastete die Straße mit einem Stock ab, als wäre sie blind. Das also ist ihr Geheimnis, dachte ich.
Später hielt ich ihr vor, was ich gesehen hatte, und war von ihrer Reaktion überrascht. Sie wurde blaß und fragte, ob ich es irgend jemandem weitererzählt hätte. Als ich das verneinte, beschwor sie mich, nichts zu verraten, weil sie sonst verhaftet würde. Mir erschien das albern, weil die Polizei vollauf mit der Bekämpfung der Schwarzmarktkriminalität beschäftigt war und sich wohl kaum um eine falsche Blinde kümmern würde. Aber Frau Heusner machte so einen verängstigten Eindruck, daß ich ihr versprach, nichts zu sagen. Ich frage mich oft, was passiert wäre, *wenn* ich's der Polizei gemeldet hätte, wie viele Menschen noch am Leben wären. Wie viele...« Sie starrte mit leerem Blick die Wand an, schaute dann langsam auf. »Wenn ich dich ansehe, dann sehe ich auch ihn. So ist es immer gewesen.«
Paul nickte; er wollte, daß sie fortfuhr, wagte es aber nicht, sie zu drängen, aus Angst, sie könnte sich wieder aufregen. »Es muß sehr schwer gewesen sein«, sagte er vorsichtig.
»Als der Winter kam, wurde es noch schlimmer«, fuhr sie fort. »Du wurdest krank, sehr krank, du hattest Fieber und Schüttelfrost, und beim Husten kam Blut. Es war schrecklich. Und ich konnte dir nicht helfen. Ich ging mit dir ins Krankenhaus, und der Doktor sagte mir, du hättest Lungenentzündung und würdest ohne Antibiotika sterben. Im russischen Sektor gab es keine; ich mußte in den amerikanischen Sektor, aber dafür brauchte man einen Sonderausweis. Einen ganzen Tag lang mußte ich in der Schlange warten, und als sie den Passierschein ausstellten, galt er nur für dich und mich. Das andere Kind sei nicht krank, erklärten sie mir. Ihnen waren damals die Deut-

schen egal, es spielte keine Rolle, ob sie lebten oder starben, verstehst du? Deshalb konnten nur wir beide rüber – du und ich. Gezwungenermaßen, Paul. Ich konnte dich doch nicht sterben lassen.«

»Und Frau Heusner kümmerte sich um Karl?«

Pauls Mutter nickte. »Sie war seitdem gut zu uns gewesen, hatte uns kleine Geschenke gemacht, manchmal was zu essen, manchmal ein Kleidungsstück – einmal brachte sie Wolle, und ich strickte Mützen für euch – für dich und für Karl, genau die gleichen Mützen. Frau Heusner scherzte noch, sie würde einen von euch zum Betteln mitnehmen und sagte, die Russen hätten ein weiches Herz für blinde Mütter und kleine Kinder. Deshalb dachte ich, es wäre alles in Ordnung, ich könnte Karl in ihrer Obhut lassen, verstehst du ...

Natürlich dachte ich, wir würden nur einen Tag weg sein. Ich dachte, wir könnten die Medizin holen und zurückkommen, doch als der Arzt dich sah, behielt er dich im Krankenhaus. Sie hatten Sorge, du würdest sterben, und so gaben sie dir Sauerstoff, und ich blieb bei dir. Es dauerte sechs Tage, bis wir wieder rüber konnten. Ich ging sofort zu Frau Heusner, doch in ihrem Keller war die Polizei, und die sagte mir, was geschehen war.«

Sie senkte wie im Gebet den Kopf, dann löste sie langsam mit zitternden Fingern die Schnur von der Zigarrenkiste, klappte sie auf, entnahm ihr einen vergilbten Zeitungsausschnitt und reichte ihn Paul, ohne ihn auseinanderzufalten.

»Dies ist meine große Sünde«, sagte sie.

Das Papier war brüchig; winzige Stückchen bröckelten von den Rändern, als Paul es entfaltete. Der Zeitungsausschnitt war undatiert. Der Text war deutsch. Der Artikel trug die Überschrift:

Hilfsbereite Pankower Bürger bestialisch umgebracht!

Paul las weiter:

> Gestern machte die Polizei im Bezirk Pankow einen grausigen Fund. Sie entdeckte menschliche Leichenteile in einem Schwarzmarkt-Fleischerladen in der Uferallee 21, betrieben

von Hans Fürtz und seinem Neffen Rolf Jaspers. Beide Männer wurden verhaftet. Nach einer Komplizin, Inge Heusner, wird noch gesucht.

Ans Licht kam die furchtbare Tat, nachdem die achtundzwanzigjährige Marie Naumann aus Weisensee der Polizei Verdächtiges berichtet hatte. Nach ihrer Aussage hätte sie einer blinden, gehbehinderten Frau, später als Inge Heusner identifiziert, behilflich sein wollen und sich erboten, für sie einen Brief an jene Adresse in Pankow abzugeben, sei jedoch mißtrauisch geworden, als sie plötzlich Inge Heusner die Straße entlanggehen sah, als wäre sie im Vollbesitz ihrer Sehkraft, und sofort zur Polizei gegangen, die sie zu der Metzgerei begleitete. Einer der Besitzer, Fürtz, flüchtete durch die Hintertür, konnte aber wenig später zu Hause gefaßt werden. Jaspers wurde noch im Laden verhaftet.

Wie die Polizei erklärte, war die Metzgerei bereits seit vielen Monaten in Betrieb; die tatsächliche Anzahl der Opfer kann möglicherweise nie ermittelt werden. Offensichtlich wurden alle Opfer von Inge Heusner außerhalb Pankows angesprochen, um keinen Verdacht zu erregen. Die Mitteilung, die zu überbringen Fräulein Naumann sich anerboten hatte, bestand aus dem einen einzigen Satz: **Dies ist die letzte, die ich euch heute schicke.**

Paul schaute auf, nachdem er zu Ende gelesen hatte. Seine Mutter konnte ihn nur anstarren, als warte sie auf sein Urteil.

»Jemand hat sie dort gesehen«, sagte sie, ihre Stimme heiser und kaum hörbar. »Mit Karl... Aber ich hoffte weiter, ich suchte... Oh, mein Gott...«

Die Tränen kamen, und Paul, selbst benommen, ging auf sie zu. Sie zuckte vor seiner Annäherung zurück. Er setzte sich neben sie, nahm sie wie ein Kind in den Arm, wollte ihr den Schmerz abnehmen und wußte nicht wie.

»Es ist ja schon gut«, sagte er – eine Phrase, die keinen Trost brachte.

Sie begann zu wispern, wieder und wieder, wie eine Litanei: *»Ich bitte um Vergebung, ich bitte um Vergebung.«*

Doch es war nicht seine Mutter, die Absolution nötig hatte, dachte Paul. Kein Zweifel! Es war Karl, sein Zwillingsbruder... Es war Karl, der sechs Menschen getötet und ihn zu seinem unfreiwilligen Komplizen gemacht hatte. Er würde abwarten, be-

vor er seiner Mutter mehr davon erzählte. Es würde kaum ihren Schmerz lindern, wenn sie mit diesem neuen Grauen konfrontiert wurde: daß ihr Sohn Karl irgendwie überlebt hatte und ein Killer war.
Die Erinnerung an seine Träume würde jetzt noch übelkeiterregender... die Möglichkeit, daß es erneut geschehen konnte, ließ allein den Gedanken an Schlaf schon zu einer schrecklichen Bedrohung werden. Es durfte nicht wieder geschehen. Auf irgendeine Art und Weise mußte er Karl am weiteren Morden hindern.
Doch zuerst mußte er den Bruder finden.

Kapitel 10

Tanzer hieß der Agent vor Ort. Er saß in der Cafeteria im Frankfurter Flughafen, trank Kaffee und blätterte ein italienisches Herrenmagazin mit nackten Frauen durch, die sich mit nassen Brüsten am Strand sonnten. In seiner Tasche steckte die Telefax-Kopie eines Fotos des Mannes, den er zu beschatten hatte. Dieser Mann hieß Paul Stafford.

Ein Auftrag in letzter Minute. Noch vor Tagesanbruch hatte sein amerikanischer Führungsoffizier Kontakt aufgenommen und ihn aus unruhigem Schlaf geweckt. Tanzer hatte den Eindruck, nicht die allererste Wahl zu sein. Er hatte erstmals für die Amerikaner im Rahmen einer Operation gearbeitet, die der Aufdekkung eines Ringes von High-Tech-Gangstern diente, die über Schweden illegal elektronische Komponenten in die Sowjetunion verschoben hatten. Seitdem gab es für ihn nur noch Routineaufträge wie diesen hier, wobei er lediglich Berichte ablieferte, ohne auch nur das geringste über die Gesamtoperation zu wissen.

Über Lautsprecher wurde die Ankunft des Lufthansa-Fluges 465 Miami–Frankfurt verkündet. Tanzer trank seinen mittlerweile lauwarmen Kaffee aus, rollte das Magazin zusammen und stopfte es in seinen Mantel. Er bahnte sich einen Weg in Richtung Zollkontrolle, wo er sich in einiger Entfernung zur Menschenmenge, die sich an der Absperrung drängte, an einem Pfeiler aufbaute. Wie viele von ihnen, fragte sich Tanzer, holten wohl Freunde aus Miami ab? Und hatten die Girls aus Florida wirklich bronzefarbene Haut und ausgebleichte Haare wie die Mädchen im Magazin?

Er bekam keine Chance, das herauszufinden; Stafford war unter den ersten, die durch die Automatiktüren kamen. Aus der Art und Weise, wie der Amerikaner sich umblickte, schloß Tanzer, daß seine Zielperson noch nie in Frankfurt gewesen war. Stafford trug lediglich eine Reisetasche; seine Kleidung war zerknittert. Tanzer schrieb die Uhrzeit in ein abgegriffenes Notizbuch, dann folgte er Stafford zum Pan Am-Schalter, wo er sich beim Flugticketverkauf anstellte.
Will er schon wieder weg? wunderte sich Tanzer. Das machte die Sache interessant; es ging irgendwohin. Tanzer war froh, schnell noch seinen Paß eingesteckt zu haben, und schon jetzt überlegte er, wie sein Spesenkonto aufzublähen wäre. Ein Trip über die deutschen Grenzen hinaus erforderte Genehmigung, doch das kratzte ihn wenig. Er wußte, daß Zeitmangel eine hinreichende Begründung war und daß die Amerikaner schon bezahlen würden. Das taten sie immer.
Tanzer hoffte, Stafford würde einen Flug nach Rom buchen, er hatte dort Freunde und war gerade in der richtigen Stimmung, sich einen Wagen zu mieten und hinter diesen miniberockten Motorroller-Bräuten herzujagen, als seine Zielperson sich ein Ticket für den Berlin-Flug kaufte. Die Maschinen gingen stündlich, doch die nächste, um elf Uhr dreißig, war ausgebucht. Tanzer stand nahe genug, um zu hören, daß Stafford den Zwölf-Uhr-dreißig-Flug buchte.
Die Schlange, in der Tanzer sich angestellt hatte, kam nur langsam voran, und als er das Ticket endlich hatte, war seine Zielperson verschwunden. Vermutlich alles nur ein Trick, um ihn abzuschütteln, dachte er, doch Stafford wartete am Tor, als er dort ankam. Für die Berlin-Maschine waren die Sicherheitsvorkehrungen besonders streng. Nur Passagiere mit einem gültigen Ticket wurden in den Warteraum gelassen, der vom übrigen Terminal durch schußsichere Glaswände abgetrennt war. Sämtliche Gepäckstücke wurden durchleuchtet und durchsucht. Ein Sicherheitsbeamter fuhr mit einem elektromagnetischen Suchgerät über Tanzers Körper, bevor er ihn in den Warteraum entließ, wo Stafford aus dem Fenster zu dem wartenden Flugzeug hinüberstarrte.

Die Passagiere der Elf-Uhr-dreißig-Maschine erhoben sich, um an Bord zu gehen. Die meisten – sie sahen sich alle gleich – waren Geschäftsleute mit blankgeputzten Schuhen und teuren Krawatten. Tanzer setzte sich Stafford gegenüber auf die andere Seite des Raumes, zog sein Magazin hervor und machte sich auf eine Stunde Wartezeit gefaßt.
Die Passagiere waren inzwischen an Bord, und der Fluglinienangestellte hinter dem Schalter quakte über Lautsprecher irgend etwas über Standby-Passagiere, was Tanzer nicht sonderlich interessierte.
»... Passagier Stafford und Standby-Passagier Fuchs.«
Tanzer blickte alarmiert auf. Stafford und ein halbes Dutzend andere durften an Bord der Maschine. Hatte sich dieser Kerl doch tatsächlich auf die Warteliste setzen lassen! Mit einem unterdrückten Fluch steckte Tanzer sein Magazin weg und rannte zu dem Ticket-Agenten.
»Moment mal, gibt's noch Platz?«
»Der Flug ist ausgebucht, Sir.«
Die letzte Person, eine Dame mittleren Alters mit einer gewaltigen Plastik-Einkaufstasche, stand am Eingang zur Rampe.
»Entschuldigen Sie, Gnädigste«, rief Tanzer hinter ihr her. »Ich zahl' Ihnen das Doppelte für Ihr Ticket.«
Sie drehte sich nicht einmal um, schüttelte nur stirnrunzelnd den Kopf und ging weiter. Der Fluglinienangestellte schloß die Tür hinter ihr. Tanzer hatte Stafford verloren.
Der Agent wollte seinen Auftrag nicht so schnell verloren geben; fünfzehn Minuten lang bemühte er sich um einen anderen Flug, rief sogar zwei Charter-Gesellschaften an, wohl wissend, daß sein amerikanischer Kontaktmann eine solche Ausgabe nicht billigen würde; trotzdem schrieb er den Versuch in sein Notizbuch. Dann rief er eine ganz spezielle Nummer an und hinterließ eine Nachricht, wartete zehn Minuten neben dem Münztelefon, bis sein Kontaktmann den Anruf erwiderte, und wie erwartet war sein Auftrag hiermit erledigt. Jemand in Berlin würde Stafford übernehmen. Tanzer ging in eine Bar, bestellte sich ein Bier und griff nach seinem Magazin.

Paul merkte nicht, daß er beschattet wurde. Der Mann, der ihm nach Miami gefolgt war, fiel ihm ebensowenig auf wie Tanzer in Frankfurt. Auf Vorschlag des Pan Am-Angestellten hatte er seinen Namen auf die Warteliste setzen lassen und tatsächlich Glück gehabt. Doch jetzt war er zu sehr damit beschäftigt, den Unterschied zwischen Deutschland und den Vereinigten Staaten zu analysieren, als daß er sich Gedanken darüber gemacht hätte, ob man ihn schon wieder observierte.
Klischees, dachte er, basierten häufig auf Fakten. Der deutsche Hang zu Ordnung und Gründlichkeit machte sich in Berlin-Tegel genauso bemerkbar wie zuvor in Frankfurt. Nie hatte man den geringsten Zweifel, wohin man sich wenden mußte oder was man zu tun hatte. Alles war übersichtlich angeordnet und beschildert, mit Piktogrammen und Pfeilen, die einem den Weg zu Taxis, Toiletten, Ruheräumen, Polizei, Wechselstube, Bussen und Gepäck zeigten – alles, was ein Reisender wissen mußte, und immer dort angebracht, wo der Blick unwillkürlich hinfiel. Bei den Deutschen war wahrscheinlich alles bestens organisiert, und es war vor allem die dabei praktizierte Perfektion, auf die Paul bei seiner Suche nach Inge Heusner und seinem neuentdeckten Bruder zählte.
Er nahm ein Taxi zum Hotel Intercontinental in der Budapester Straße, direkt neben dem Kurfürstendamm. Wie die meisten neuen Gebäude in West-Berlin zeigte das Hotel seine Persönlichkeit erst im Inneren. Die Lobby hatte Marmorböden mit orientalischen Teppichen; die Wände gaben den Hintergrund ab für gewaltige Farne, deren flaschengrüne Wedel aus Oberlichtern wie Wasserfälle stürzten. Ein Transparent begrüßte die Teilnehmer der Fünften Jahresversammlung des Medizinisch-Technischen Kongresses; draußen auf dem Rasen war ein großes, weißes Zirkuszelt als Ausstellungsraum errichtet worden.
Paul trat an die Rezeption. »Wann kommen denn die Elefanten an?«
Der Angestellte, ein melancholischer Mann mit beginnender Glatze, starrte ihn mit leerem Lächeln an.
»Bitte?«

»Das Zirkuszelt...«, Paul nickte nach draußen, »wann kommen die Elefanten an?« Der Mann drehte sich langsam um.
»Vergessen Sie's«, sagte Paul.
Der Mann starrte das Zelt an, blinzelte und brach dann in bellendes Gelächter aus, das ebenso abrupt endete, wie es begonnen hatte.
»Ja. Gut, gut«, nickte er Paul zu.
Während er das Meldeformular ausfüllte, schaute der Angestellte immer wieder zum Zelt, spitzte die Lippen und nickte anerkennend. Paul fragte sich, wie hier in Berlin Nachtclub-Komiker zurechtkamen.
In seinem Zimmer packte er seine Reisetasche aus, eine durchdachte Zusammenstellung all dessen, was er für einen Kurztrip benötigte: zwei Hemden, eins kurz-, das andere langärmelig, eine Krawatte, lange Hosen, Shorts, drei Garnituren Unterwäsche, Tennisschuhe und Weste. Das technische Equipment bestand aus einem Sony Micro-Cassettenrecorder mit einem Dutzend Kassetten, der Ricoh FF-90 mit sechs Filmpatronen Kodacolor 1000, drei Batteriesätzen, zwei Parker T-Ball-Stiften und einem Spiral-Notizblock. Hinzu kam ein lederner Toilettenbeutel, ein Geschenk, das ihm Joanna in Äthiopien gekauft hatte. Sie hatte nicht gewußt, daß es aus Elefantenhaut war, und er erinnerte sich immer noch an ihre schnellen Tränen, als sie es herausfand. Ihre Verletzlichkeit abstrakten Tragödien gegenüber hatte zu dem gehört, das ihn an ihr bezauberte.
Paul schob die Erinnerung beiseite, streifte seine Schuhe ab, knüllte die Kissen zusammen und setzte sich mit dem Telefonbuch aufs Bett. Ein kurzer Anruf bei der Stadtverwaltung machte ihm klar, daß es kein Zentrales Melderegister in West-Berlin gab; jeder Bezirk führte seine eigene Registratur. Diese Verzeichnisse waren autorisierten Personen zugänglich – Journalisten mit den nötigen Ausweispapieren eingeschlossen. Es würde keine Schwierigkeiten bereiten, die zwölf Berliner Bezirke zu überprüfen.
»Was ist mit Pankow?« erkundigte sich Paul. In diesem Bezirk hatte seine Mutter gewohnt, als sie Karl in Inge Heusners Obhut gegeben hatte.

»Pankow liegt im Osten«, teilte ihm die ältere Frau mit. »Das müssen Sie mit den DDR-Behörden abklären.«
Was allerdings nicht so einfach war. Nach einem halben Dutzend Telefonaten mit einem halben Dutzend Büros hatte er zur Kenntnis nehmen müssen, daß nur autorisiertes Personal Polizeiakten einsehen durfte. Es gab ein Büro für ›Vermißte Personen‹, das vielleicht in der Lage war, Frau Heusner aufzuspüren – falls sie noch lebte und Paul einige Jahre Geduld hatte, um zu warten, bis sie die Suche erfolgreich abgeschlossen hatten. Und wenn Paul selbst die Akten durchzusehen wünschte? Ja... aber eigentlich unmöglich. Er könnte aber einen Antrag einreichen. Bestimmte Formulare müßten dazu ausgefüllt werden, und die entsprechenden Behörden müßten eine Unbedenklichkeitsbestätigung geben... es könnte schon eine Weile dauern. Es könnte sogar eine *ganze Weile* dauern. Doch wohin sollte man ihm die Formulare für das Gesuch schicken?
Bürokratendschungel; Paul war daran gewöhnt. Deshalb war er persönlich gekommen, anstatt von den Staaten aus zu schreiben oder anzurufen. Schreiben und telefonieren brachte einem nur Antworten von der Eingangstür ein; was er brauchte, waren Lösungen von der Hintertür. Er holte das HERALD-Kontaktblatt hervor und rief Ray Tregerdemain an.
Ray arbeitete auf eigene Faust von Berlin aus. Paul hatte ihn vor ein paar Jahren bei einer Preisverleihungszeremonie der Washington Press Association kennengelernt. Tregerdemains Mutter war gestorben, und er war zur Beerdigung in die Staaten zurückgekehrt. Auf der Rückreise hatte er einen alten Freund in Washington besucht und es irgendwie geschafft, eine Einladung zu der Preisverleihung zu erhalten. Er hatte sich ziemlich ausführlich mit Paul unterhalten und ihn irrtümlich für einen Herausgeber aus Übersee namens Stanford gehalten. Später begegnete Paul ihm im Büro des HERALD, und danach tauchte sein Name unter verschiedenen kleinen Berlin-Artikeln auf – die Sachen, die nicht direkt von AP, UPI oder Reuters übernommen wurden.
Vom Anrufbeantworter erklärte Ray Tregerdemains Stimme, daß er unterwegs sei, den Anrufer aber sofort zurückrufen

würde. Der auf Band fixierte Text wurde von einer anderen Stimme unterbrochen.

»Hier ist Tregerdemain. Ich bin da, ich bin da. Einen Moment, ich werde . . .«

Vom Band kam ein Jaulen, dann war die Leitung wieder frei.

»Ja, ja? Hallo?«

»Ray Tregerdemain?«

»Richtig.«

Paul stellte sich vor, wies auf ihre früheren Begegnungen hin. Tregerdemain brauchte einen Augenblick, um sich zu erinnern, doch dann redete er mit neu erwachter Begeisterung in englischer Sprache weiter.

»Die WPA-Zeremonie«, wiederholte er. »Richtig, richtig. Und ich dachte, Sie wären dieser andere Kerl, dieser . . . wie hieß er doch gleich?«

»Jerry Stanford.«

»Stanford, sicher. He, freut mich, Ihre Stimme zu hören, Paul. Was gibt's? Sie arbeiten an einer Story über die Frontstadt oder was?«

Paul erklärte kurz, daß er auf der Suche nach seinem Bruder war, Karl Weiss, 1946 verschollen. Ray schien enttäuscht, daß der HERALD nichts über Berlin bringen wollte, doch sein Interesse erwachte, als er hörte, daß Paul nach seinem Zwillingsbruder suchte.

»Ich muß irgendwie die Ostberliner Polizeiakten einsehen«, beendete Paul seine Erklärung. »Haben Sie irgendeine Idee?«

»Ja. Eine Menge D-Mark.«

»Wieviel und für wen?«

Nach einer Pause sagte er langsam: »Sie meinen es ernst?«

»Ich bin ernsthaft daran interessiert, die Möglichkeiten kennenzulernen. Wenn Bestechung ein Weg ist, dann sagen Sie mir ungefähr wieviel. Das heißt natürlich noch lange nicht, daß ich auch genügend Scheine hab, um die Sache durchzuziehen«, ergänzte Paul aus dem Gefühl heraus, daß Ray ebenso Opportunist wie Journalist sei.

»Okay, Paul, wie wär's damit . . . Ich hab gerade tausend verschiedene Sachen am Hals; am besten laß ich alles fallen, und wir treffen uns in einer Stunde im Journalisten-Club. Wie hört sich das an? Lassen Sie mir ein bißchen Zeit, ich werde sehen, was sich machen läßt, okay?«

Ray gab ihm Anweisungen für den genauen Treffpunkt. Paul führte zwei Überseegespräche: Dem HERALD teilte er mit, daß er bis Montag nicht im Büro sein würde, der andere Anruf ging an seinen Anrufbeantworter, um zu hören, ob Joanna angerufen hatte. Sie hatte nicht angerufen. Die einzige Nachricht stammte von Annie Helms, die einen Termin für ihre nächste Sitzung ausmachen wollte. Er überlegte, ob er sie anrufen sollte, entschied sich dann aber dagegen. Es war wohl am besten, die CIA nicht mit einzubeziehen. Zumindest nicht, bis er Karl gefunden hatte.

Hugh Roark hatte gehofft, in Ruhe eine Tasse Kaffee trinken und Annie Helms anrufen zu können, bevor er Maurice zu Gesicht bekam, doch der jüngere Mann entdeckte ihn auf dem Flur und kam hinter ihm her gerannt.

»Was gibt's Neues?«

»Nichts Gutes.«

»Er ist entwischt, nicht wahr?«

Ein Bürodiener kam ihnen entgegen, und Hugh wartete, bis der Mann außer Hörweite war. »Der Agent weiß es nicht genau. Es könnte Zufall gewesen sein.«

»Ein Zufall? Wie?«

Die beiden Männer betraten Hughs Büro, in dem es nach dem neuen Teppich roch, der vor kurzem verlegt worden war. Hugh reagierte empfindlich auf Gerüche; es störte ihn, daß er in den neuen Gebäuden nicht die Fenster öffnen konnte.

»Kaffee?«

»Nein, danke. Was ist passiert?«

Während er erklärte, was geschehen war, holte Hugh eine handgearbeitete Tasse in Form eines chinesischen Teufelsgesichts hervor und schenkte sich Kaffee aus einer silbernen Thermosflasche ein.

»Stafford landete in Frankfurt und nahm die Maschine nach Berlin. Der Elf-Uhr-dreißig-Flug war ausgebucht, deshalb

buchte er für zwölf Uhr dreißig. Der Agent tat das gleiche, doch beim Check-in ließ sich Stafford anscheinend auf die Warteliste setzen.«
»Anscheinend?«
»Unser Mann konnte das nicht beobachten. Er mußte noch in der Reihe warten, als Stafford am Check-in-Schalter war.«
»Was ist mit Berlin?«
»Du kennst doch Berlin. Frankfurt nahm Kontakt auf, aber sie wollten sich erst rückversichern. Als ich von Langley das Okay bekam, war es zu spät. Die Maschine war bereits gelandet.« Maurice winkte angewidert ab. »Er ist weg, er ist weg.«
»Da bin ich mir nicht so sicher.«
»Komm schon, Hugh. Mittlerweile spielt er Schach im Kreml.«
Hugh zog seinen Mantel aus und hängte ihn an den Haken. Entspann dich, wollte er sagen. Mach's nicht zu einer persönlichen Angelegenheit. »Wir haben keine Beweise«, warnte er seinen Partner. »Wenn er auf die andere Seite rüber will, können wir ihn nicht aufhalten.«
»Warum observieren wir ihn dann überhaupt?«
»Weil ich nicht glaube, daß er überwechselt. Ich denke, daß er hinter dieser Verwandten her ist, von der er Helms erzählt hat. Die Tante, an die er sich erinnert hat.«
»Muß wohl ansteckend sein«, murrte Maurice.
Hugh ignorierte ihn und drückte den Knopf der Sprechanlage. »Gayle? Ich brauche Annie Helms von der medizinischen Abteilung.«
»Ihr beide habt dieselbe Krankheit«, beharrte Maurice.
»Und welche?« fragte Hugh, der wußte, was kommen würde.
»Leichtgläubigkeit.«
»Was hättest du getan?«
»Ihn verhaftet, ausgepreßt, umgedreht. Wenn das nicht funktioniert hätte ...« Maurice zuckte mit den Schultern. »Im Rollstuhl stellt er wohl keine große Bedrohung mehr dar.«
»Du hättest zu den Green Berets gehen sollen.«
»Oder zum KGB, wie unser Paulchen.«
»Er hat die Morde nicht begangen«, sagte Hugh.

»Dann weiß er, wer's war.«
»Noch nicht.«
»Warum sollte er dann ...«
»Um den Killer zu finden«, unterbrach ihn Hugh. »Ich glaube, deshalb ist er nach Deutschland. Und deshalb haben wir ihn observiert.«
»Er will den Killer *warnen*!«
»Das glaub ich nicht.«
Maurice öffnete den Mund, um seine Meinung mit größerem Nachdruck zu vertreten, doch nach einem Blick auf Hughs Gesicht überlegte er es sich anders. Achselzuckend sagte er: »Okay, es ist deine Sache.«
Das ist es, dachte Hugh, während er darauf wartete, zu Annie Helms durchgestellt zu werden. Es ist meine Sache – und mein Hals, wenn ich mich täusche.

Kapitel 11

Paul blieb noch Zeit vor dem Treffen mit Ray Tregerdemain. Anstatt in seinem Hotelzimmer herumzusitzen, schlenderte er durch das Gedränge auf der Budapester Straße und dann weiter durch kleinere Nebenstraßen, wo die Vorkriegshäuser noch häufiger zu finden waren, große, braune Sandsteinkästen mit gepflasterten Gehsteigen davor. Hier überkam ihn zum erstenmal ein vages Gefühl von Vertrautheit.

Nachdem er fünfzehn Minuten ziellos herumgewandert war, machte er kehrt und kam durch eine Gegend mit teuren Restaurants, Nachtclubs und einem hell erleuchteten Casino. Der Nachtclub neben dem Casino hieß The Wyoming; seine Leuchtreklame fesselte Pauls Aufmerksamkeit. Sie war in Purpurneon gehalten und zeigte ein bockendes Wildpferd in zwei Positionen, jede anders erleuchtet. Wieder spürte Paul ein Gefühl der Vertrautheit. Er hatte dieses Schild oder eines, das diesem sehr ähnlich war, schon früher gesehen. Er war versucht hineinzugehen, doch es wurde allmählich Zeit, und so merkte er sich das Wyoming für eventuelle spätere Besuche vor.

Dieses Déjà-vu-Gefühl verblaßte, als er den belebten Breitscheid-Platz betrat, wo austauschbare Gebäude wie Eindringlinge in Straßenfronten saßen, deren Geschichte sich fünfhundert Jahre zurückerstreckte. Die wenigen übriggebliebenen Vorkriegsgebäude endeten oft abrupt mit einer Mauer; die angrenzenden Nachbarhäuser waren damals zerstört worden. West-Berlin war eine Stadt voller architektonischer Unvereinbarkeiten, und es überraschte Paul keineswegs, daß der Journalisten-Club über einem Burger King untergebracht war.

Paul trug sich ins Gästebuch ein und setzte sich hin, um auf Ray zu warten. Die Räumlichkeiten erinnerten ihn an einen privaten Männer-Club; es gab eine Lounge und einen Speisesaal. In beiden Räumen bedienten junge Kellner, die womöglich Reporter werden wollten. Zwei Pärchen nahmen ein frühes Abendessen ein, doch in der Lounge war am meisten los. Hier saßen Männer und auch einige wenige Frauen in Gruppen zusammen, redeten aufeinander ein, fuchtelten mit Zigaretten oder Zigarren in der Luft herum und knabberten nervös Erdnüsse und Kartoffelchips.

Ray Tregerdemain tauchte mit zehnminütiger Verspätung auf. Er war schwergewichtiger, als Paul ihn in Erinnerung hatte, und sah aus, als hätte er erst in letzter Zeit zugenommen. Rays Hemd und Jacke schienen zu spannen, als hätten sie einmal einer früheren Ausgabe seines Körpers gepaßt. Er schnaufte schwer und schaute sich mit besorgtem Gesichtsausdruck um. Als er Paul sah, entspannte er sich.

»Hey, da sind Sie ja«, sagte er mit dröhnender Stimme. »Lang nicht mehr gesehn.«

Ray schlängelte sich mit einer Grazie durch die Menge, die Paul angesichts seines Leibesumfangs nicht für möglich gehalten hätte.

»Wollte Sie nicht warten lassen«, sagte er, nachdem sie sich die Hand gegeben hatten, »aber das Telefon läutete, und dann kam eins zum anderen.«

Er setzte sich schwerfällig. Die Anstrengung, die Treppe bis in den ersten Stock hochzuklettern, hatte ihm schon den Schweiß auf die Stirn getrieben. Mit lauter Stimme rief er nach dem Kellner und bestellte, nachdem er sich mit einem Seitenblick vergewissert hatte, was Paul trank, einen Scotch mit Wasser.

»Doppelten«, rief er dem Kellner nach und schenkte dann Paul ein konspiratives Lächeln. »Man braucht was zur Aufmunterung, um diesen Platz ertragen zu können. Abends sind die Säufer da. Da drüben, das ist Alex Sandor. Allerdings ohne seine Frau. Geschäftskollege.« Ray gab seine Kommentare zu den einzelnen Personen ab, bis sein Drink kam. Dann richtete er seine Aufmerksamkeit wieder auf Paul und hob sein Glas. »Prost!«

Er kippte den halben Drink hinunter, schüttelte sich und stellte sein Glas mit einem Seufzer der Befriedigung ab. Rays warmes, herzliches Lächeln stand in scharfem Kontrast zu seinen blutunterlaufenen Augen mit den schweren Tränensäcken. Ein Säufer, dachte Paul. Er fragte sich, ob Ray eine große Hilfe sein würde.
Ray bemerkte Pauls musternden Blick und lächelte dümmlich. »Journalistenmahlzeit«, sagte er, auf seinen Drink deutend.
Paul nickte. »Was ist mit dem Meldeverzeichnis? Haben Sie irgendeine Idee?«
»Ein paar.« Ray holte ein schmutziges Taschentuch hervor und wischte sich über die Stirn. »Zuerst mal möcht ich mich vergewissern, ob ich auch alles richtig mitbekommen hab. Sie suchen Ihren Bruder – Zwillingsbruder –, der im Februar '46 zusammen mit einer Frau, die sich um ihn kümmerte, verschollen ist. Der Name des Bruders war Karl... Karl... nein, sagen Sie's mir nicht, ich hab ein System.« Er kniff vor Anstrengung die Augen zusammen. »Weiss! Karl Weiss. Mal sehen, verschollen '46 mit einer Frau namens Inge Heusner! Der Name des Bezirks, in dem sie verschwunden sind, war Pankow. Na, wie war das?«
»Wie komm ich an die Akten ran, Ray?«
Rays Aufmerksamkeit richtete sich auf einen Mann mit silbergrauen Haaren, einen Neuankömmling, der gerade auf dem Weg zum Speisesaal war. Ray sprang auf.
»Herr Fricke«, rief er. »Grüß Gott. Das ist Paul Stafford vom Washingtoner HERALD. Der Mann, der vor ein paar Jahren den Pulitzerpreis gewonnen hat.«
»Aha«, sagte Herr Fricke mit höflichem Lächeln.
»Paul, das ist Hermann Fricke, Herausgeber der BERLINER ZEITSCHRIFT.«
Paul erhob sich und gab Fricke die Hand. Es war offensichtlich, daß Herr Fricke ebensowenig Interesse hatte, ihn kennenzulernen wie umgekehrt.
»Paul arbeitet an einem Bericht über Nachkriegsflüchtlinge, und ich versuch ihm das nötige Quellenmaterial zu beschaffen.«

»Tatsächlich«, sagte Paul, »geht's in dem Artikel um das Wiederaufleben der Rechtsradikalenbewegung in West-Berlin.«
Frickes Lächeln verschwand.
»Es gibt keine derartigen Gruppen – zumindest keine, die von ernsthaften Leuten ernst genommen werden könnten. Wenn Sie mich entschuldigen würden...« Er ging weiter Richtung Speisesaal. Ray folgte ihm einen halben Schritt. »Er macht doch nur Witze«, rief er. Herr Fricke gab vor, ihn nicht zu hören. Ray wandte sich Paul zu. »Sind Sie verrückt? Sie ruinieren meinen Ruf bei diesen Leuten.«
»Haben Sie noch einen, Ray?«
Ray atmete schnell ein und blinzelte, als hätte ihm jemand Eiswasser ins Gesicht geschüttet. Einen Augenblick lang dachte Paul, er würde zornig werden. Dann irrte sein Blick ab, und er schaute schnell weg. »Ist schon okay«, murmelte er. »Ist ja nichts passiert.«
Ray setzte sich wieder und griff nach seinem Drink. Das Glas war leer, doch reflexartig führte er es an die Lippen. Nach einer kleinen Pause sagte er: »Ist es so offensichtlich?«
»Offensichtlich ist, daß Sie aus meinem Ruf Kapital schlagen wollen. Sehen und gesehen werden im Journalisten-Club, nicht wahr?«
»Sie schlagen gleich immer voll drauf, was?«
»Woran liegt es, Ray? Die Arbeit oder der Alkohol?«
Ray krümmte sich. »Ich bin noch kein Fall für die Anstalt. Jedenfalls noch nicht.«
»Wo liegt das Problem?«
»Es gibt *keine* Probleme, das ist das Problem. Niemand interessiert sich für Berlin, niemand interessiert sich für die Mauer, alles tote Themen. Oh, sicher, gelegentlich geht irgendein Protestler rüber und pißt an die Mauer, und die Grenzpolizei prügelt ihm fast die Seele aus dem Leib, aber selbst das ist hier nur eine Zeitungsspalte wert. Der Rest der Welt hat seine eigenen Probleme. Inzwischen ist der Osten eifrig damit beschäftigt, sich in ein kommunistisches Disneyland im Austausch gegen Touristendollars zu verwandeln. Letzten Sommer war's so mies, daß ich für die Theissen Touristik-Agentur gearbeitet hab und mit

Touristenbussen zur Mauer fuhr und Statistiken über die Anzahl der Getöteten rezitierte. Nach einer Weile wurde es mir zu langweilig, und ich peppte das Zahlenmaterial ein bißchen auf. *Zehn Menschen getötet, als sie hier die Mauer überwinden wollten. Zwanzig Leute getötet. Eine Familie mit drei Kindern.* Beim nächsten Mal waren es sechs Kinder und ein Hund. Dann ging das jüngste Mädchen zurück, um den Hund zu holen, und sie erschossen sie. Ein kleines Mädchen namens Heidi. Ein absoluter Hit. Am nächsten Tag komm ich an die gleiche Stelle, und da seh ich, wie dieses Pärchen vom Vortag Blumen in Erinnerung an Heidi niederlegt.« Ray schüttelte den Kopf. »Am Tag darauf hab ich gekündigt. Ich konnt's nicht mehr ertragen.«

Der Kellner tauchte aus dem Nichts auf, sammelte ihre Gläser ein und erkundigte sich, ob sie noch einen Drink wollten. Als Paul ablehnte, warf ihm Ray einen betrübten Blick zu.

»Sind Sie sicher, daß Sie nicht auf Spesen unterwegs sind?«

»Privatangelegenheit.«

Ray wandte sich an den Kellner. »Einen Einfachen.«

Als der Kellner weg war, fragte Paul: »Werden Sie mir was nützen, Ray? Wenn nicht...«

»Okay, okay, es gibt ein paar Möglichkeiten. Zuerst mal könnten Sie als akkreditierter Journalist an einer Kriegsstory arbeiten. Das kommt hier alles andere als selten vor. Irgendein edler Deutscher hat irgendeinem Juden das Leben gerettet, und jetzt sucht die Familie ihn, um ihm zu danken. Selbst die Ostdeutschen zeigen sich bei so einer Geschichte kooperativ – solange die Sache keinen antikommunistischen Touch hat. In Ihrem Fall machen wir also Inge Heusner zu einer antifaschistischen Heldin, die ein paar Kommunisten vor den Nazis rettete; irgendeinen Großkopf in bauschigem Anzug, zum Beispiel Walter Ulbricht, Führer des ersten deutschen Arbeiter-und-Bauern-Staats und Held der Berliner Mauer – äh, des antifaschistischen Schutzwalls – und all das...«

Paul schüttelte den Kopf. »So eine Geschichte würde nicht standhalten, wenn sie näher durchleuchtet wird. Außerdem vermute ich, daß sie ihren Namen nach dem Umzug geändert hat.«

»Den Namen geändert? Warum?«
Paul holte seine Brieftasche hervor und entnahm ihr den Zeitungsausschnitt, den ihm seine Mutter gegeben hatte.
»Sie war in einen Massenmord verwickelt. Deshalb ist sie überhaupt untergetaucht.«
Er reichte Ray den Zeitungsausschnitt, der ihn mit wachsendem Interesse las. »Noch besser als eine Kriegsstory. Außer daß hier nichts von Ihrem Bruder steht. Woher wissen Sie, daß er bei ihr war?«
»Meine Mutter hat ihn bei ihr zurückgelassen.«
»Na, großartig. Woher wollen Sie dann wissen, daß er nicht als einer dieser menschlichen Hamburgers endete? Falls Sie mir die Ausdrucksweise verzeihen wollen.«
Paul hatte keine Lust, von den Alpträumen oder den Morden zu erzählen und schon gar nicht Ray Tregerdemain.
»Ich weiß es nicht«, sagte er. »Aber die Melderegister sollten es uns sagen können.«
»Nicht, wenn aus Inge Heusner irgendeine Kathy Sauerkraut wurde, was damals nicht sonderlich schwierig war. Sie brauchte nichts weiter zu tun, als in ein Flüchtlingslager zu marschieren und zu sagen, ›Hallo, ich bin Kathy Sauerkraut, eine von den guten Deutschen, die aus Polen rausgeworfen wurden; ich bin seit Monaten unterwegs und hab all meine Papiere verloren, tut mir leid ...‹.«
»*Inge* Sauerkraut«, verbesserte Paul.
»Warum *Inge*?«
»Ich nehme an, sie hat nur den Nachnamen geändert und den Vornamen behalten.«
»Wie kommen Sie darauf?«
Paul zuckte mit den Schultern. »Jemand hat mir mal erzählt, die Leute tun sich leichter, wenn sie ihren Vornamen behalten; wenn sie angesprochen werden.« Tatsächlich hatte ihm das mal ein kleiner Ganove erzählt, der ihm für eine Story als Quelle gedient hatte.
Der Drink kam, und Ray beschäftigte sich damit; wahrscheinlich war es der letzte Drink, den er auf Pauls Rechnung setzen lassen konnte. Einige der Gruppen um sie herum hatten sich

mittlerweile in den Speisesaal begeben, während draußen vor den Fenstern die Straßenbeleuchtung zum Leben erwachte.
»Frage«, sagte Ray. »Wie, zum Teufel, wollen Sie dieses kleine Fräulein Inge aufspüren, wenn sie ihren Namen geändert hat?«
»Nun, ich weiß, wann sie verschwunden ist«, sagte Paul und befingerte den Zeitungsausschnitt. »Also kümmern wir uns nicht um den Namen, sondern überprüfen alle Eintragungen in der Woche vom 9. Februar. Eine fünfunddreißig- bis vierzigjährige Frau mit einem Kind, zwischen ein und zwei Jahren alt.«
»Ein oder zwei? Das Kind wurde am gleichen Tag geboren wie Sie, oder? Ihr Zwillingsbruder, sagten Sie.«
»Sie könnte das Geburtsdatum geändert haben.«
»Sie könnte eine ganze Menge geändert haben. Woher wollen Sie das wissen, ob sie sich nicht nach Dresden oder Leipzig abgesetzt hat? Wieso glauben Sie, daß sie in Berlin geblieben ist?«
»Es ist der logische Ort, wo ich anfangen muß.«
Ray schüttelte traurig den Kopf. »Ich hätte einen Doppelten bestellen sollen«, sagte er. »Sie haben nichts in der Hand, das ist Ihnen doch klar? Sie kann Berlin verlassen haben oder auch nicht; sie kann Ihren Bruder mitgenommen haben oder auch nicht; womöglich hat sie einen oder all ihre Namen, und seine Namen auch, geändert; vielleicht ist sie zu einer Freundin gezogen oder hat sich ein paar Jahre auf der Straße rumgetrieben...«
»Sie müssen mir nicht die geringen Chancen unter die Nase reiben. Was ich brauche, ist Hilfe. Wir müssen mit dem beginnen, was wir haben... die Woche vom 9. Februar, eine Frau zwischen fünfunddreißig und vierzig, mit einem Kind zwischen einem Jahr und zwei Jahren.«
Ray zog sich etwas zurück, wie eine Schildkröte in ihren Panzer.
»Können wir nicht noch eine Runde bestellen?«
»Kann ich eine Antwort von Ihnen kriegen?«
»Ray Tregerdemain hat mehr Möglichkeiten als ein Salon-Politiker. Ich habe Kontakt zur Humboldt-Universität. Das Sprechen fällt nur so schwer, wenn der Mund trocken ist.«

Paul winkte dem Kellner und bestellte noch eine Runde. »Okay, was ist mit der Humboldt-Universität? Die liegt im Osten drüben, richtig?«
»Wie Adolf immer zu sagen pflegte, ›Das Schicksal unseres Volkes liegt im Osten‹ ...«
»Humboldt, Ray?«
»Im Osten drüben, richtig. Besitzt einen sehr guten Ruf, liegt nicht mehr so ganz wie früher auf Parteilinie, aber akademisch immer noch Spitze. Hat ein paar großartige Professoren. Einer von ihnen ist ein Kumpel von mir, Julius Schiller. Julius gehört zu der Sorte, die glaubt, daß Kommunikation der Schlüssel zu einer einzigen großen glücklichen Welt ist. Hat mich mal ein Semester nach drüben eingeladen, um eine Vorlesung über ›Der im Westen praktizierte Journalismus oder wie die Moral von der Unterhaltung in den Hintergrund gedrängt wird‹ zu halten. Ich hab sie richtig angeheizt, und hinterher sind wir dann in die nächste Kneipe gegangen und haben beim Bier weiterdiskutiert. Ist interessant in diesen kommunistischen Ländern ... das geschriebene Wort zählt immer noch so viel. Eine Schreibmaschine ist eine Waffe, und Worte sind wie Kugeln.«
»Und wie«, fragte Paul, »soll Ihr Professor uns Zutritt zu den Meldeverzeichnissen verschaffen?«
»Nicht uns. Er wird sich selbst Zutritt verschaffen. Wir überlassen ihm die Arbeit. Julius hat zufällig einen Bruder im Außenministerium, ein Genosse der ersten Stunde, der auch führend beim Bau der Berliner Mauer dabei war. Hat immer noch Zement unter den Fingernägeln. Jedenfalls ist er ein hohes Tier, und das macht das Leben für Julius einfach. Für Fälle wie unseren ist er geradezu ideal – keine Politik, bloß gute altmodische Recherche ohne die ganzen Bürokratenumwege. Herr Julius Schiller, Bruder des Genossen Rolf Schiller, Träger des Stalinordens und all das? Aber ja doch, Wertester, treten Sie näher, schauen Sie sich soviel alte Meldeverzeichnisse an, wie Sie wollen, nehmen Sie sich eins mit nach Hause und vergessen Sie nicht, Ihren Bruder von mir zu grüßen.« Ray kicherte. »Die menschliche Natur. Sie können eine Mauer um die Stadt herum errichten, aber keine Mauer um die menschliche Natur.«

Paul war bereit, für Dienstleistungen zu zahlen. Er wußte aus Erfahrung, wie zeitraubend solche Archiv-Recherchen sein konnten.

»In Ordnung«, sagte er. »Wo kann ich den Mann treffen?«

»Sie ihn treffen?« Ray schaute überrascht drein.

»Ich will keinen Mittelsmann, Ray, aber ich zahle Ihnen eine Vermittlungsgebühr, wenn die Sache funktioniert. Und ich werde auch Hilfe auf dieser Seite der Mauer brauchen. Es gibt zwölf Bezirke hier, und sie kann genausogut in den Westen gezogen wie im Osten geblieben sein. Ich kann einen Rechercheur gebrauchen, wenn Sie den Job wollen.«

»Ich weiß nicht recht. Lassen Sie mich mal meinen Terminkalender überprüfen.« Er zerrte sein Hemd vor und starrte auf seinen Bauchnabel. »Könnte gehn, nächste Woche bin ich nicht übermäßig beschäftigt.«

Paul lächelte schwach. Ray Tregerdemain mochte nicht gerade Woodward oder Bernstein sein, aber irgendwie war er Paul sympathisch. Sie vereinbarten, daß Ray den Kontakt zu Julius Schiller herstellen und dann gegen Mittag des nächsten Tages Paul im Hotel anrufen würde. In der Zwischenzeit sollte Paul zwei Listen der West-Bezirke anfertigen: um eine würde er sich kümmern, um die andere Ray.

»Das würde wirklich eine gute Kriegsstory abgeben«, meinte Ray, als sie den Club verließen. »Durch den Krieg auseinandergerissene Brüder wieder vereinigt und so ...«

»Nein, Ray. Verschwenden Sie keinen Gedanken daran.«

»Liegt bei Ihnen, aber ich hasse es, wenn eine gute Story verschwendet wird ...«

Die Nacht hatte den Charakter des Kurfürstendamms völlig verändert. Die gläsernen Schaukästen, die an den besten Stellen entlang der breiten Trottoirs aufgestellt waren, zogen die Schaulustigen nicht mehr durch ihre Luxuswaren an, sondern waren zu kleinen erleuchteten Inseln geworden, an denen Prostituierte lehnten.

»Asphaltschwalben«, sagte Ray. »Jede hat ihren eigenen Nistplatz. Ich hab mal einen Kampf gesehn, als ein neues Vögelchen den Platz eines anderen einzunehmen versuchte.«

Ray lieferte weiter seine Kommentare, während sie dahinschlenderten. Er traf sich mit ein paar Freunden im Europa Center Casino, das auf dem Weg zum Intercontinental lag. Die Drinks hatten seine Lebensgeister geweckt, und er marschierte flott dahin.
Vor dem leuchtenden, arkadenähnlichen Eingang zögerte Ray und fragte Paul dann, ob er mitkommen wolle.
»Nein, danke«, sagte Paul. »Ich möcht mal meinen Kopf *da* reinstecken.«
Ray folgte seinem Blick zum Wyoming, wo das Neon-Wildpferd sich aufbäumte.
»Sie werden mehr als nur Ihren Kopf reinstecken, wenn Sie da reingehen.«
Kreischendes Gelächter übertönte seine Worte. Zwei Pärchen tauchten aus dem Casino auf und warteten lachend und schwankend auf ihren Wagen. Die Männer waren offensichtlich Geschäftsleute, und die Frauen waren genauso offensichtlich die Abendunterhaltung.
»Sie nennen ihn ›Die Schlange‹!« sagte der jüngere Mann.
Die Mädchen kicherten.
Paul setzte sich auf das Wyoming zu in Bewegung, doch Ray hielt ihn am Arm fest.
»Noch eins«, sagte er. »Wie wär's mit einem kleinen Vorschuß auf das Vermittlungshonorar? Ich mein, ich erwart zwar ein paar Schecks, aber man kann ja nie wissen. Die Post ist heutzutage auch nicht mehr die schnellste. Sagen wir fünfzig Mark, ja?«
Scheinwerfer strichen über sie hinweg, als eine große weiße Limousine in die Zufahrt bog. Paul und Ray traten auf den Bürgersteig, um den Weg freizumachen.
»Das verrechnen wir«, sagte Paul.
»Fein, großartig. Sie sind ein Lebensretter, alter Freund.«
Paul holte das Geld hervor; er bekam kaum mit, daß die fröhlichen Laute verstummt waren. Erst als Ray sagte, »Hallo, Honey, was gibt's denn?«, schaute er auf und sah eine der Frauen, eine zierliche Orientalin in einem seidenen Minikleid, auf sich zukommen. Sie starrte Paul mit grimmiger Konzentration an.

»He, Kristy«, rief der ältere Mann.
Paul bemerkte, daß die rechte Fondtür der Limousine offen stand und daß das andere Pärchen leicht überrascht herüberschaute. Der ältere Mann stand auf der anderen Seite des Wagens; sein Gesicht mit der gerunzelten Stirn spiegelte sich in dem polierten Dach des Wagens, der unter den Dutzenden von winzigen Lichtern, die den Baldachin begrenzten, funkelte. Doch erst im allerletzten Augenblick erkannte Paul, daß sich das Gesicht des Mädchens zu einer Maske der Wut verzerrt hatte.
Dann schlug sie ihn.

Kapitel 12

Ihre Hand explodierte auf seiner Wange. Paul trat zurück und hob einen Arm, um sich zu schützen. Die junge Frau, die man Kristy nannte, schlug windmühlenartig auf ihn ein, außer sich vor Zorn; einer ihrer Schläge traf ihn mit solcher Wucht, daß ihm die Geldscheine aus der Hand flogen. Ray, der gerade ihren Arm gepackt hatte, ließ los und sammelte die Scheine auf.

»Perverser Bastard«, kreischte Kristy. »So kannst du keinen Menschen behandeln, du verdammter, perverser Bastard...«

Sie war so wütend, daß Paul Mühe hatte, eines ihrer Handgelenke zu erwischen. Inzwischen kam der Portier angerannt. Er trug einen braunen Frack mit passendem Zylinder, der zu Boden fiel, als er die junge Frau von hinten packte. Sie wehrte sich; er lehnte sich zurück und hob sie hoch. Sofort wich alle Kampfeslust aus ihr, und sie sackte schluchzend zusammen.

Die erste Sorge des Portiers galt Paul. »Sind Sie in Ordnung, Sir?« Das schwarze Haar des Mädchens verdeckte teilweise sein Gesicht.

Paul nickte. In seinem linken Ohr dröhnte es noch von dem ersten Schlag, und sein Hals brannte, wo das Mädchen ihn gekratzt hatte, aber ansonsten war er okay.

»Mir geht's gut«, sagte er und zog seine Jacke zurecht. Der Portier setzte die junge Frau ab und packte sie am Arm. »Und um dich verrücktes Huhn wird sich die Polizei kümmern.« Er hob seinen Zylinder auf und wollte das Mädchen zum Casino zurückführen. Die weiße Limousine war verschwunden; offensichtlich wollten die Insassen alles andere als Scherereien. Selbst die Kollegin der Kleinen hatte sich verdrückt.

»Warten Sie«, sagte Paul. »Es ist nichts Ernstes. Lassen Sie sie doch laufen.«
»Ich an Ihrer Stelle würde Anzeige erstatten.« Der Portier hatte ein breites, flaches Gesicht. »Sie waren nicht in Gesellschaft dieser Frau. Das kann ich bezeugen.«
»Nein, es ist schon gut. Ich möchte bloß mit ihr reden.«
»Freß doch Scheiße«, sagte die Kleine. Sie hatte aufgehört zu schluchzen und starrte Paul voller Haß an.
Der Portier wandte sich ihr zu, packte sie an den Schultern und schüttelte sie. »Willst du die Polizei?«
»Mir egal«, murmelte das Mädchen.
»Lassen Sie sie los«, sagte Paul.
Widerstrebend ließ der Portier das Mädchen los, nicht ohne ihr den guten Rat zu geben, sich hier nie wieder blicken zu lassen. Die Kleine zupfte sich ihr Kleid zurecht und beobachtete Paul mit wachsamen Augen. Ray näherte sich ihm, in den Händen die Geldscheine. »Wieviel hatten Sie?«
»Keine Ahnung.« Das Mädchen setzte sich in Bewegung, und Paul folgte ihr. »Warten Sie, verdammt noch mal, ich will mit Ihnen reden...«
»Verschwinde. Ich bin jetzt legale Berlinerin. Faß mich nicht an.«
Sie wandte sich ab und ging in Richtung Ku'damm davon. Paul und Ray eilten hinter ihr her.
»Sie glauben mich zu kennen, nicht wahr?« Sie ignorierte ihn und ging schneller.
»Ich muß mit Ihnen reden.«
Sie schaute ihn an. »Sollen mich *in Ruhe* lassen. Ich arbeite jetzt legal.«
»Sie verwechseln mich mit einem anderen«, sagte Paul langsam. »Ich möchte wissen mit wem. Ich möchte wissen, wann und wo Sie ihn getroffen haben...«
»*Sie* waren es.«
Ray trat vor und sagte in versöhnlichem Ton. »Erzählen Sie's mir, Honey. Erzählen Sie mir, was er getan hat.«
»Wozu?« sagte sie angeekelt. »Sie sind auch so ein Perverser.«

Paul hielt fünf Scheine hoch. »Fünfzig Mark, wenn Sie mir sagen – oder ihm –, was passiert ist.«
Ray flüsterte: »Geben Sie ihr bloß nicht *meine* fünfzig Mark.«
Die Kleine bestand darauf, daß sie ihr bis zum Breitscheidplatz folgten, der von Scheinwerfern eines Filmteams hell erleuchtet war, das vor einem Café einen Werbespot drehte. Vor einem Springbrunnen blieb sie stehen; Wasser stürzte kaskadenartig von einem Marmordom über die Steinskulpturen sich umarmender Paare. Sie setzte sich auf die niedrige Begrenzungsmauer, zündete sich eine Zigarette an und warf das Streichholz ins Wasser. Als sie sprach, waren ihre Worte mehr an Ray als an Paul gerichtet. Hin und her gerissen von widerstreitenden Empfindungen hörte Paul ihr zu; der konkrete Beweis, daß sein Bruder lebte, erregte ihn, was Karl getan hatte, stieß ihn ab.
Das Mädchen erzählte ihnen, daß sie vor zwei Jahren, zusammen mit fünfzehn weiteren Frauen, aus Thailand gekommen war, um für drei Monate in einem Bordell zu arbeiten. Am Tag vor ihrer Abreise wurde den Mädchen mitgeteilt, daß ein sehr bedeutender Kunde käme, ein Mann mit einem ganz speziellen Geschmack. Er mochte weder Make-up noch hohe Absätze noch sexy Kleidung. Sie hatten frisch vor ihm zu erscheinen, sauber und rein wie Schulmädchen.
Die meisten Mädchen waren aufgeregt. Es bestand immer die große Hoffnung, daß ein wichtiger Kunde, ein reicher Mann Gefallen an einer von ihnen fand und sie zu seiner Geliebten machte. Das wurde als »private Tour« bezeichnet. Es gab Gerüchte, daß so was zuvor schon passiert war, daß Asiatinnen richtige Apartments zum Wohnen und Aufenthaltsgenehmigungen bekommen hatten. Also herrschte helle Aufregung an dem Tag, an dem der Kunde kam. Natürlich fühlten sich einige der Mädchen wie nackt ohne Make-up und versuchten mit einem leichten Lidschatten oder einem Hauch von Lippenstift zu mogeln, doch Madam Tran, die das Bordell leitete, hatte scharfe Augen und ließ es sie wieder abwaschen. Make-up war verboten.
»Dann kam *er*«, sagte die Kleine und deutete auf Paul. »Und niemand wußte, wie böse seine Seele war. Wir lächelten alle,

und er schaute sich jede an, bis er mich wählte. ›Du hast soviel Glück‹, sagte meine Freundin Lani, als er auf mich deutete. Aber ich hatte kein Glück, weil er mich mit dem Klistier verletzte. Ich sagte ›nein‹, weil ich so was nicht mag. Ich erklärte ihm, andere Mädchen wären gerne bei so was dabei, er solle sie nehmen, doch er hörte nicht auf mich. Statt dessen fesselte er mich an Händen und Füßen, und dann kam das kochende Wasser. Er hat mir sehr weh getan!« Sie drehte sich zu Paul um. »*Er* hat das getan. Das wissen Sie ganz genau...«

Paul spürte, wie er versuchte, sich zurückzuziehen, eine Art innere Distanz zu gewinnen, wie er es im Krieg gelernt hatte. Nur so konnte er sich ihre Geschichte anhören, die Erinnerungen an seinen Traum oder was immer es auch gewesen sein mochte, erweckte. »Wo ist das passiert?« fragte er ruhig.

»Sie wissen verdammt gut, wo es war.«

»Bitte, sagen Sie es mir trotzdem.«

»Im Vanilla Rose Club. Sie perverses...«

»Ahh«, sagte Ray. »Der Vanilla Rose.«

»Sie kennen ihn?«

»Ein ganz spezieller Puff, der von einigen Ex-GI's beliefert und von einem Kerl namens Otto Wenzler geleitet wird. Sehr dekadent und sehr teuer. Ihr Bruder muß im Westen leben. Die von drüben dürfen nur lächerliche fünfzehn Mark mitbringen. In einem Schuppen wie dem Vanilla Rose reicht das nicht mal für eine gepanschte Cola.«

Während sie sich unterhielten, beschäftig sich die Kleine mit ihrem Haar, bürstete es mit flinken, geschäftigen Bewegungen mit einer goldgefleckten, rosafarbenen Bürste. Dann stopfte sie das Utensil in ihre Tasche und verlangte ihre fünfzig Mark. Ihre Blicke flitzten bereits über den Platz und suchten nach dem nächsten Freier. Paul stellte weitere Fragen über Karl – über sich selbst, wenn es nach der Kleinen ging–, doch sie wußte nichts mehr. Er gab ihr die fünfzig Mark und machte ein Foto von ihr mit der Ricoh, was sie völlig überraschte. Noch im Fortgehen warf sie ihm über die Schulter einen Schwall von Obszönitäten nach. Paul starrte ihr hinterher. »Sie will einfach nicht glauben, daß ich's nicht war.«

»Sind Sie sicher, daß Sie noch nie in Berlin waren?« fragte Ray mit ironischer Skepsis.
Paul warf ihm einen bedrohlichen Blick zu.
»Nur Spaß, nur Spaß«, sagte Ray schnell.
Paul drehte sich um und ging den Weg zurück, den sie gekommen waren. Ray holte ihn ein, und schweigend gingen sie nebeneinander her. Schließlich sagte Paul: »Der Vanilla Rose Club. Erzählen Sie mir was drüber.«
»Eine Art internationales Konsortium«, sagte Ray, erleichtert, sich wieder eines neutralen Themas annehmen zu können. »Die GI's besorgen die Mädchen in Asien – meistens Thailand, Vietnam und Philippinen –, bringen sie per Interflug her und sparen dabei gegenüber Pan Am sechzig Prozent.«
»Interflug? Sie kommen über den Ostblock?«
»Sie haben's kapiert. Hier kommt Otto Wenzler ins Spiel. Er hat Kontakte in Ost und West, der typische Berliner, weiß alles, hört alles, sieht alles – und merkt doch nichts, wenn Sie mich fragen. Ursprünglich ein Junge von der Straße, kam damals aus einer der Trümmerbanden, aber man sieht's ihm wirklich nicht mehr an. Sehr anmaßender Bursche, gesellschaftlich äußerst engagiert – Theater, Oper, Philharmonie. Richtiger Smoking-Heini, aber wenn man ein bißchen an ihm kratzt, kommt ziemlich schnell der Haushofmeister eines Spezialitäten-Puffs zum Vorschein. Spezialisiert auf sehr junge Mädchen. Die Sorte, die wie Daddys kleine Tochter aussieht – keine größer als einsfünfzig, kaum Titten, und alle sollen sie sein wie dreizehn, obwohl sie laut Paß sechzehn sind, und ihre Augen verraten, daß sie dreißig überschritten haben. Egal, es sind jedenfalls lauter Professionelle, alle angeblich freiwillig da, und sie verdienen in drei Monaten mehr als zu Hause in drei Jahren, also beschwert sich niemand. Die Kleinen sind happy, Daddy ist happy, und Otto Wenzler ist sehr reich.« Sie waren wieder vor dem Casino. Paul gab Ray den versprochenen Vorschuß und sagte ihm, er solle am nächsten Morgen im Hotel anrufen.
Ray stopfte sich das Geld in die Hosentasche und schlug Paul auf den Arm. »Keine Sorge«, meinte er. »Jetzt, wo wir wissen, daß er existiert, werden wir ihn auch finden.«

Nachdem Ray verschwunden war, ließ sich Paul von dem Portier ein Taxi rufen. Während sie warteten, gab der Mann ungefragt seine Meinung zum besten.
»Es war sehr großzügig von Ihnen, keine Anzeige zu erstatten, Sir.«
Paul zuckte mit den Schultern.
Der Portier trat dicht an ihn heran und sprach mit leiser Stimme. Ein Netzwerk geplatzter Äderchen verfärbte die eingefallenen Wangen, und die wäßrigen grau-blauen Augen baten um Pauls Vertrauen.
»Natürlich Ausländerin. Die haben keinen Respekt, nichts. Damals wäre so was nie passiert. Aber heute? Zu viele Ausländer, verstehen Sie?«
»Richtig«, sagte Paul, »da zieh ich doch jederzeit eine gute, alte deutsche Nutte vor.«
Das einvernehmliche Lächeln des Portiers zerbröselte. Das Taxi fuhr vor, und Paul stieg ein.
»Zum Vanilla Rose«, erklärte er dem Fahrer. »Wissen Sie, wo das ist?«
»Warum fragen Sie mich nicht, ob ich weiß, wo meine Mutter wohnt?«
Das Taxi schoß los, schnitt einen Fiat, der sie mit wilden Lichtsignalen drei Häuserblocks weit verfolgte.
Das Vanilla Rose lag in Neukölln, einem an die Mauer angrenzenden Arbeiterbezirk. Die eine Straßenseite wurde von kleinen, meist geschlossenen Läden gesäumt; auf der anderen Seite glitzerte dunkles Kanalwasser unter überhängenden Bäumen. Auf den ersten Blick schien das Vanilla Rose nicht gerade geeignet für ein Bett des Lasters und der Sünde. Aus den hinter schweren Läden versteckten Fenstern drang kein Schimmer, doch über dem Eingang brannte hell eine Laterne, und eine in die Mahagonitür eingearbeitete Rose aus buntem Glas blühte in dem von innen herausfallenden Licht.
Paul suchte vergeblich nach einer Klingel. Er öffnete die Tür und betrat einen kleinen, schwach erhellten Vorraum. Direkt vor ihm führte ein kurzer Gang zu einer mit einem Läufer belegten Treppe. Aus einem Bogengang zur Rechten drangen Mu-

sik, Gelächter und Licht in den Flur. Links gab es eine weitere Tür, aus der jetzt eine Vietnamesin, mit einem eleganten Bao Dai bekleidet, auftauchte. Sie war ein Typ, an den sich Paul von vom Krieg her erinnerte: glatte Haut, die sich straff über ein Patriziergesicht spannte, durch roten Lippenstift vergrößerte schmale Lippen und hohe, mit einem dunklen Stift nachgezogene Augenbrauen, so daß sie wie die Schwingen eines Raben im Flug aussahen.
»Madame Tran?« fragte Paul.
Er rechnete damit, daß sie überrascht reagieren würde, weil er ihren Namen kannte. Statt dessen überraschte sie ihn.
»Guten Abend, Herr Alexander. Besuchen Sie uns oder möchten Sie zu Herrn Wenzler?«
»Was?«
»Sind Sie in Geschäften hier oder zum Vergnügen?«
Seine Verblüffung mußte sich auf seinem Gesicht widergespiegelt haben. Madame Tran legte den Kopf schief. »Stimmt etwas nicht, Herr Alexander?«
»Nein, nein ... ich bin ... alles bestens.«
»Dann wollen Sie also zu Herrn Wenzler?«
»Ist er da?«
Wieder der seltsame Blick.
»Weiß er, daß Sie kommen?«
»Ich bin ziemlich sicher, daß er es nicht weiß.«
»Ich werde mich mal erkundigen.« Sie deutete auf ein Sofa neben der Treppe. »Bitte.«
Paul ging zu dem Sofa, aber anstatt sich hinzusetzen, trat er in den Salon, wo die Luft vor lauter Rauch und Parfüm schier zum Schneiden war. Die anwesenden Mädchen hätten ihn beinahe die Fassung verlieren lassen. Mädchen am Rande der Pubertät, die aussahen, als hätten sie sich für eine Schlummerparty versammelt. Sie trugen Lätzchen und kleine Hemdchen und spärliche Höschen und Kniestrümpfe.
Auf einer Couch sah er ein Mädchen, das nicht mehr als zehn Jahre sein konnte. Es hatte blonde Haare und bernsteinfarbene Haut und trug einen spitzenbesetzten Slip und ein rosafarbenes Seidenunterhemd. Schmale Hüften, schlanke Beine, zierliche

Schultern und Arme, kaum eine Andeutung von Brüsten. Der Mann neben ihr hatte sein Jackett ausgezogen und den Knoten seiner Krawatte gelockert. Sein Hemd war teilweise aufgeknöpft; man sah den Rand seines Unterhemds. Er hatte ein rosiges Gesicht und zurückweichende Haare, und während Paul ihn noch beobachtete, hob er das Mädchen hoch und setzte es auf seinen Schoß. Die Kleine wand sich, als versuche sie von ihm loszukommen. Er beugte sich vor und umarmte sie wie ein gewaltiger Bär.

Ohne zu überlegen ging Paul auf ihn zu. Er wußte, wo er war, er wußte, daß er sich im Vanilla Rose befand, doch der brutale Gegensatz zwischen dem gierigen, schweren, fleischigen Körper des Mannes und der makellosen Zartheit des Mädchens widerten ihn an. Die Kleine war zu jung; sie konnte doch nicht wissen, was sie tat...

Während er den Raum durchquerte, begrüßte ihn ein anderes Mädchen mit piepsender orientalischer Stimme, doch Paul beachtete es nicht. Seine Aufmerksamkeit konzentrierte sich auf das blonde Mädchen. Als er die Couch erreichte, waren seine Hände zu Fäusten geballt.

Das Mädchen, das sich auf dem Schoß des Mannes hin und her wand, wurde auf Paul aufmerksam und blickte auf. Die Kleine hatte ein sinnliches und gleichzeitig elfenhaftes Gesicht. Ihr Lippenstift und das Make-up ihrer Augen waren in zueinander passenden Purpurtönen gehalten, ihre falschen Wimpern glänzten silbern. Aus der Nähe konnte Paul erkennen, daß ihr Haar gefärbt war und ihre Haut nicht die kindliche Reinheit besaß, die er sich vorgestellt hatte.

»Hi, Honey«, sagte sie. »Willst du auf mich warten?«

»Hey«, protestierte der Mann. »Nichts da, mein Vögelchen. Du gehörst mir die ganze Nacht, nur mir allein.« Er knabberte an ihrem Hals, und ›Vögelchen‹ kicherte.

Paul kam sich albern vor – Ekel stieg in ihm auf.

Madame Tran kehrte zurück. »Herr Wenzler ist zu Hause«, sagte sie. »Er hat eine kleine Überraschung für Sie, Sie werden schon sehen.«

Sie führte ihn einen Flur entlang und zu einer Hintertür hinaus.

Als Paul sich an ihr vorbeischob, schnüffelte sie. »Heute abend riechen Sie wie ein Amerikaner, Herr Alexander.«
Überrascht blickte er sie an. Sein Berliner Akzent, das wußte er, war makellos. Madame Tran lächelte. »Mennen Aftershave. Dachten Sie, das entgeht mir?«
Sie schloß die Tür hinter ihm. Er stand nun auf einem Platz mit Kopfsteinpflaster, der von der Rückseite von Altbauten und Apartmenthäusern begrenzt wurde. Im Licht zweier Straßenlaternen warf ein einsamer Baum in der Mitte des Platzes doppelten Schatten. Aus offenen Fenstern drangen Wohngeräusche. Menschen beim Abendessen, ein weinendes Kind, jemand spielte Klavier, quäkende Radios, eine Fernsehnachrichtenstimme. Ein merkwürdiges Nebeneinander, das Vanilla Rose und diese mittelmäßigen Alltagsbehausungen. Paul fragte sich, woher er wissen sollte, wo Wenzler wohnte.
Sein Problem wurde wenig später gelöst, als eine Lampe in der Nähe eines Portals auf der anderen Seite des Platzes blinkte; die Silhouette eines Mannes tauchte auf, der in die Dunkelheit rief.
»Herr Alexander?«
»Komme«, erwiderte Paul.
Endlich hatte er Gewißheit über den Nachnamen seines Bruders. Alexander. Karl Alexander. Eine Puffmutter und ein Freudenhausbesitzer hatten ihm diese Erkenntnis verschafft.
Je näher er kam, desto mehr Einzelheiten tauchten aus der Dunkelheit auf. Das kalte Portallicht spiegelte sich auf kohlschwarzen Haaren und warf seine Schatten über ein Gesicht, das einem Dressman hätte gehören können. Der Mann trat beiseite und hielt ihm die Tür auf. Er war gut gebaut, etwas über fünfundzwanzig, in einem Smoking. Als Paul an ihm vorbeiging, bemerkte er, daß der Mann an einem Ohr einen Saphir trug.
»Wir geben gerade einen Empfang für Ernesto Guianni«, sagte der Mann mit leichter Zurechtweisung in der Stimme. »Wenn Sie nichts dagegen haben, bittet Sie Otto, die Dienstbotentreppe zu benützen.«
Das war also nicht Herr Wenzler. Wer dann? Portier? Adjutant? Kompagnon?

Durch die Vorhalle drangen Stimmengeräusche, das Klirren von Weingläsern und Gelächter; der Empfang war in vollem Gange. Irgend jemand spielte Klavier, und Paul vernahm die unverkennbare Stimme Ernesto Guiannis. Nicht zu glauben: Wenzler als Gastgeber für einen weltberühmten Opernsänger, und weniger als einen Häuserblock entfernt wanden sich Teenager-Prostituierte in vorgetäuschter Leidenschaft.
»Hier entlang, Herr Alexander.«
Paul wurde von seiner Begleitung durch eine schmale Tür und dann eine Wendeltreppe hoch in den zweiten Stock geführt, wo sie einen breiten, dick mit Teppichen bedeckten Flur betraten. Spotlights waren auf Kunstwerke gerichtet, vermutlich alles Originale. Wahrscheinlich betrieb Wenzler auch noch andere Geschäfte außer dem Vanilla Rose.
Der Mann ging auf eine handgeschnitzte Eichentür zu, klopfte zweimal und trat ein. Otto Wenzler saß an einem Schreibtisch und schüttete eine Kokain-Bahn auf einen flach liegenden Spiegel. Er trug einen Smoking mit silberner Schärpe. Sein blondes Haar hing ihm feucht um den Nacken. Der Juwelenring an seinem kleinen Finger leuchtete auf. Die Bronzestatue auf dem Schreibtisch glänzte matt.
Wenzler blickte hoch und nickte. »Dank dir, Helmut.«
Paul hatte keine Ahnung, wie gut er Helmut zu kennen hatte und nickte deshalb bloß höflich. Kaum waren sie allein, sagte Wenzler freundlich: »Ich hasse Überraschungen, Karl. Vor allem dann, wenn ich Gäste hab.«
»Tut mir leid«, sagte Paul und fragte sich zugleich, wie lange er das Täuschungsmanöver noch durchhalten konnte.
Wenzler blinzelte überrascht, schüttelte den Kopf.
»Den Tag muß ich mir im Kalender rot anstreichen!« sagte er. »Das erstemal, daß ich von dir gehört hab, daß dir irgendwas leid tut. Du wirst langsam alt, Karl; kommst einfach so her, gehst derartige Risiken ein ...«
Er zog einen großen, grauen Umschlag aus einer Schublade und schob ihn über den Schreibtisch. »Ich nehme an, du möchtest das.«
Mit dem unheimlichen Gefühl, daß er aus seiner Kleidung her-

ausgetreten und in die eines Fremden geschlüpft war, nahm Paul den Umschlag an sich.
»Ich würd' dir gerne eine Line Koks anbieten«, sagte Wenzler, »wenn ich nicht wüßte, daß deine Laster in andere Richtung gehn.«
Wenzler hielt sich ein Glasröhrchen an die Nase und inhalierte zuerst mit einem Nasenloch, dann mit dem anderen. Paul bemerkte es kaum. Er öffnete den Umschlag und holte zwei Pässe heraus, der eine in dem vertrauten Blau der Vereinigten Staaten von Amerika, der andere in dem Dunkelgrün der Bundesrepublik Deutschland. Als er die beiden Pässe aufschlug, fand er zwei jeweils dazu passende Führerscheine. Die Namen waren unterschiedlich, aber es waren auch nicht die Namen, die seine Aufmerksamkeit fesselten, es war das Gesicht – sein eigenes Gesicht –, das ihm auf den Fotos entgegensprang.
Es war, als würde er in einen winzigen Spiegel blicken. Das Haar war etwas kürzer, anders gekämmt, aber ansonsten gab es keine Unterschiede. Als er das Foto näher betrachtete, hatte er das Gefühl, daß die Augen anders waren. Nicht in Form oder Farbe, sondern im Ausdruck. Einfach fremd, nicht seine eigenen Augen.
In seinen Händen hielt er den Beweis für die Existenz seines Bruders. Er bekam kaum mit, daß Wenzler von der heutigen Vorstellung zu erzählen begann; es war der Premierenabend gewesen, und sein Empfang für Ernesto Guianni hatte selbst jene der gesellschaftlichen Elite Berlins in Versuchung geführt, die ihn ansonsten schnitten. Nach einer Weile verstummte Wenzler.
»Was ist? Stimmt was nicht?«
Paul sagte: »Das ist mein Bruder.« Das Täuschungsmanöver konnte so nicht weitergehen, war einfach nicht zu schaffen. Er mußte es mit der Wahrheit versuchen.
»Wer?«
»Der Mann in dem Paß. Das bin nicht ich, das ist mein Bruder.«
Wenzler hielt abwehrend eine Hand hoch. »Bitte erzähl mir nichts. Ich liebe nur Geheimnisse, mit denen ich andere Leute in

Verlegenheit bringen kann. Deine Geheimnisse, Karl, gehören zu der Sorte, die *mich* in Verlegenheit bringt.«

»Mr. Wenzler, hören Sie mir zu. Ich bin nicht der Mann, für den Sie mich halten. Ich bin nicht Karl, ich bin Paul Stafford, sein Zwillingsbruder.«

»Selbstverständlich«, sagte Otto mit ironischem Grinsen. »Und ich bin die Königin von England und hab einen Frosch im Arsch.«

Er kicherte und schob seine Drogenutensilien zurück in die Schublade.

»Ich meine es ernst. Ich bin nicht dieser Mann. Ich bin Paul Stafford – dieser Mann ist mein Bruder. Ich bin nach Berlin gekommen, um ihn zu suchen, und ich brauche Ihre Hilfe. Verstehen Sie?«

Wenzler musterte ihn sorgfältig von oben bis unten. »Sie sind nicht Karl Alexander?«

»Mein Name ist Paul Stafford. Ich bin Amerikaner. Hier.« Paul zog seine Brieftasche hervor und klappte sie auf, um seinen Führerschein und seinen Presseausweis vom HERALD zu zeigen.

»Karl ist mein Bruder. Wir sind Zwillinge, wurden aber in jungen Jahren getrennt. Erst vor einigen Tagen erfuhr ich, daß ich einen Bruder habe. Jetzt möchte ich ihn finden. Ich muß wissen ...«

Ein Schleier fiel über Wenzlers Augen.

»Dürfte ich das zurückhaben, bitte?«

Er griff nach den Pässen, doch Paul zog sie fort.

»Als Gegenleistung dafür, daß Sie mir sagen, wo ich meinen Bruder finden kann.«

»Ich glaube Ihnen. Sie sind nicht Karl. Wenn Sie es wären, würden Sie nicht auf die dumme Idee kommen, mich zu erpressen.«

»Nur ein Tauschgeschäft. Meine Pässe gegen Ihre Informationen.«

»*Ihre* Pässe? Sie gehören mir.«

»Jetzt nicht mehr ...«

Wenzler griff in eine Schreibtischschublade und zog eine Pistole hervor, nur eine Damenwaffe, eine Beretta, Kaliber 25, aber auch damit konnte man Löcher in einen Mann schießen. »Und nun werden Sie mir, wer immer Sie auch sind«, sagte Wenzler, »diese Dokumente geben.« Als Paul die Pässe zurückschieben wollte, ging die Tür auf und eine Frau in einem juwelengeschmückten Abendkleid betrat das Zimmer.

»Sie haben genau sechzig Sekunden, um nach unten zu kommen«, verkündete sie munter. »Ernesto singt die Arie aus *La Traviata.*«

Die Frau war um die Sechzig, gebieterisch und ein bißchen betrunken. Ihr dunkles Haar war straff zurückgekämmt und unter einem Diadem zusammengesteckt. Wenzler schob die Pistole hastig unter seine Jacke.

»Ich bin gleich da, meine liebe Helena.«

»Otto, Sie wissen, daß er ohne Sie nicht anfängt. ›Wo steckt mein lieber Otto?‹ fragt er ständig. Er glaubt, Sie würden ihn schneiden, aber ich habe ihm erklärt, es wäre typisch Otto, sich zwischendurch zu seinen kleinen Lastern davonzuschleichen.« Dann wandte sie sich Paul zu und musterte ihn von oben bis unten. »Sie sind eines dieser Laster, nicht wahr? Oder gehören Sie zum Personal?«

»Gräfin, wenn Sie bitte...«, begann Wenzler.

»Ein Gast«, sagte Paul. »Und ich würde liebend gern Signore Guianni die Arie singen hören.«

Er ging auf sie zu. Hinter ihm rief Wenzler, »Mr. Stafford, wir haben noch einige geschäftliche Dinge...«

An der Tür drehte Paul sich um. »Ich glaube, die Gräfin hat völlig recht. Kunst geht vor Kommerz.« Und damit bot er ihr seinen Arm an. »Sir Cedric Stafford. Gehn wir?«

Die Frau betrachtete ihn amüsiert. »Kommen Sie nach, Otto.« Sie nahm mit von Ringen überladenen Fingern Pauls Arm und erlaubte ihm, sie den Gang entlangzuführen.

»Sind Sie wirklich Brite?«

»Im Moment bin ich es.«

»Ah, ich wußte es. Ihre Zähne sind für einen Briten nicht schlecht genug. Sie züchten wunderbare Hunde und Pferde, aber als Zahnärzte haben sie Bergarbeiter.«

Paul entschied im stillen, daß die Gräfin keineswegs so albern oder so betrunken war, wie sie auf den ersten Blick wirkte.
Wenzler holte sie in der Mitte des Ganges ein und packte Paul am Arm.
»Einen Augenblick, bitte. Entschuldigen Sie, Helena, doch dieser Mann hat etwas, das mir gehört.«
Sie hob eine Augenbraue. »Tatsächlich? Wie aufregend. Was ist es denn?«
»Das hier«, sagte Paul.
Er zog einen Paß hervor, schlug ihn auf und hielt ihn der Gräfin hin, so daß sie das Foto, aber nicht den Namen sehen konnte. Gleichzeitig beugte er sich dicht zu Wenzler hinüber.
»Seien Sie die Richterin«, fuhr er fort. »Bin ich das oder ist das Herr Wenzler?«
Wenzler wollte den Paß an sich reißen, doch Paul zog ihn weg. »Lassen Sie die Lady entscheiden.«
»Seien Sie nicht unhöflich, Otto. Keine Frage, das ist Sir Cedrics Bild. Und jetzt kommt, Ernesto wartet.« Sie schob sich zwischen sie, nahm jeden beim Arm und führte sie zu dem Treppenabsatz, von dem aus zwei Treppen halbkreisförmig nach unten schwangen, die eine rechts, die andere links. Unten standen in einem kostspielig eingerichteten Foyer ein Dutzend Leute herum, tranken Champagner und gestikulierten mit juwelengeschmückten Handgelenken. Ein Kellner in rosafarbenem Jakkett mit einer schwarzen Nelke am Revers bot Drinks vom Silbertablett an.
Während sie hinabstiegen, verrenkte sich Wenzler den Hals, um in den Salon hineinzuschauen, auf der Suche nach Helmut, seinem Partner, wie Paul vermutete. Anstatt abzuwarten, daß ihm die beiden gemeinsam auf den Leib rückten, machte sich Paul abrupt auf der untersten Stufe los.
»Ich hab' den Wagen im Parkverbot stehenlassen«, sagte er. »Bin gleich wieder da.«
Er drängte sich, gefolgt vom spöttischen Protest der Gräfin und Wenzlers mörderischem Blick, durch die Menge zur Eingangstür durch. Als er an einem überraschten Türsteher vorbeieilte, erhaschte er einen letzten Blick auf Wenzler, wie er Helmut Zei-

chen gab und dabei auf ihn deutete. Dann war er draußen auf der Straße und rannte los. Am Ende des Häuserblocks wandte er sich nach rechts, rannte weiter, wechselte mehrmals die Richtung, bis er sicher war, daß ihm niemand gefolgt war.
Dann betrat er eine Telefonzelle und rief Wenzler an.
»Wie läuft die Party?« erkundigte er sich.
»Sie müssen Brüder sein«, sagte Wenzler mit eisiger Stimme. »Sie beide riskieren zu leicht ihr Leben.«
»Machen Sie sich deswegen keine Sorgen. Wenn Karl seine Pässe haben will, dann richten Sie ihm aus, er soll sich mit mir in Verbindung setzen. Ich bin im Interconti, Zimmer 317.«
Im Hintergrund konnte Paul die Arie hören.
Das weitere lief mit typisch deutscher Präzision ab. Als er im Hotel ankam, wartete eine Nachricht auf ihn: *Ihr Bruder will sich mit Ihnen morgen mittag drüben treffen, in der Bowlinghalle am Platz der Volksrepublik.*
Paul las die Nachricht zweimal. Wieder in seinem Zimmer, stellte er sich ans Fenster und schaute hinaus. Unten im Hof schimmerte das Zirkuszelt in milchigem Weiß. Dahinter lauerte die Dunkelheit des Tiergartens, und jenseits davon lag Ost-Berlin, dunkel und düster bis auf den Fernmeldeturm, dessen oberste Spitze, ein silberner Globus, wie ein Metallmond über der geteilten Stadt hing. Die DDR. Ost-Berlin. Dort würde er Karl Alexander finden. Den Mann für die ›schmutzigen Aufträge‹. Seinen Bruder.

Kapitel 13

Der Palast der Republik war ein fünfstöckiger Betonglasbau, an derselben Stelle errichtet, wo einst der barocke Hohenzollernpalast gestanden hatte. In erster Linie war hier die DDR-Volkskammer zu Hause, doch aus irgendeinem unerfindlichen Grund beherbergte er im Parterre auch noch eine Disco, einen Nachtclub und eine Bowlingbahn, alle mit Blick zum felsigen Ufer der Spree. Von der gegenüberliegenden Seite des Flusses waren alle Eingänge gut zu sehen; deswegen hatte Karl Alexander diesen Ort als Treffpunkt für die Begegnung mit seinem Bruder gewählt. Er saß in seinem Wagen und beobachtete durch das Fernglas den Eingang zur Bowlingbahn.

Durch die großen Panoramascheiben konnte Karl die Anlaufbewegungen der Bowlingspieler sehen und die Zuschauer, die Bier trinkend und Pizza essend an einer Längsseite saßen. Eine Touristengruppe verdeckte ihm die Sicht. Karl setzte das Fernglas ab und wartete, bis sie eine langsam dahintreibende Barke und den Rudergänger mit nacktem Oberkörper fotografiert hatten. Es war fast zwölf...

Otto Wenzlers Telefonanruf hatte Karl aufgeschreckt. Die offensichtliche Besorgnis des Mannes beunruhigte ihn fast so sehr wie die Nachricht selbst. Otto war nicht der Typ, der leicht in Panik geriet.

»Ich dachte, er wäre du«, wiederholte er immer wieder. »Ich war ganz sicher.«

»Beruhige dich, Otto.«

»Ich ziehe es vor, mich aufzuregen. Ich handel nicht länger mit falschen Pässen. Geradezu lächerlich für einen Mann in meiner

Position. Ich hab es nur aus Gefälligkeit dir gegenüber getan.«
»Kannst du mir Ersatz besorgen?«
»Willst du dich nicht mit ihm treffen?«
»Wenn, dann nur, um die Paßfotos wieder in die Hand zu kriegen. Die Namen sind aufgeflogen. Ich brauch Ersatz. Geht das?«
»Bis Mittwoch? Das sind Originale, verstehst du. Es ist nicht so leicht.«
Bei Otto war nichts leicht. Da schwierige Dinge mehr kosteten, war bei Otto alles schwierig. Sie kannten sich seit ihrer Kinderzeit, hatten beide der gleichen Trümmerbande angehört. Dann begann für Karl das Leben mit Onkel Alex, und er verlor Otto aus den Augen. Fünfzehn Jahre später tauchte Ottos Name in einer Stasi-Akte auf; man hatte ihn bei dem Versuch verhaftet, einen Professor und dessen Frau nach West-Berlin zu schmuggeln. Karl bot ihm eine Amnestie an. Als Gegenleistung brauchte Otto nichts weiter zu tun, als andere Fluchthelfergruppen zu infiltrieren und dem Staatssicherheitsdienst einen Tip zu geben.
Es war der Beginn einer langjährigen Verbindung, deren Schwerpunkt sich im Laufe der Jahre vom Politischen aufs Private verlagerte. Karls Hilfe bei der Beschaffung der Transit-Visa für die Vanilla-Rose-Mädchen stellte nur einen kleinen Teil der umfangreichen Geschäftsbeziehungen dar. Die Sache war weniger riskant, als Otto angenommen hatte. Die DDR-Behörden zeigten kaum Interesse daran, eine Praxis zu unterbinden, die bewies, daß Kapitalismus und Kulturverfall Hand in Hand gingen.
Weil es so schnell gehen mußte, erklärte sich Karl mit dem doppelten Preis für die Ersatzpässe einverstanden. Das schnelle Einverständnis erregte Ottos Neugierde.
»Um was für eine Operation geht's denn da?«
»Du solltest klug genug sein, nicht zu fragen.«
»Du meinst, klug genug, nicht *dich* zu fragen?«
Karl sprach ruhig und deutlich. »Otto, wenn du auch nur den Hauch einer Nachforschung anstellst, dann beerdigt dich je-

mand in der Spree ... Und jetzt erzähl mir von diesem Mann. Könnte es ein Betrüger oder Hochstapler sein?«

»Ich wüßte nicht warum.« Ottos Tonfall war schroff und zeigte deutlich, daß er gekränkt war. Er mochte keine Drohungen, doch die von Karl nahm er hin.

»Plastische Chirurgie?«

»Nein, nein. Er hat alle reingelegt. Madame Tran, Helmut, mich. Selbst als er's mir sagte, konnte ich's nicht glauben. Wenn dieser Mann nicht dein Bruder ist, dann küß ich das Kreuz und werde keusch ...«

Sein Bruder. Widersprüchlichste Gefühle ließen Karl in dieser Nacht keinen Schlaf finden. Wenn Paul Stafford ein Betrüger war, würde es Schwierigkeiten geben. Nur eine Organisation verfügte über das Know-how und die Möglichkeiten, eine so überzeugende Gesichtsrekonstruktion vornehmen zu lassen, daß Otto davon getäuscht wurde: die CIA. Hatten sie entdeckt, wer für die Liquidierungen verantwortlich war, und jemanden geschickt, der ihn beseitigen oder entführen sollte? Und wenn ja, weshalb dann dieses komplizierte Täuschungsmanöver? Warum diese versteckte Annäherung?

Außer, es war der KGB.

Bei diesem Gedanken lief es Karl kalt über den Rücken. Was, wenn das Perestroika-Komplott aufgeflogen, wenn Onkel Alex verraten worden war? Er hatte gesagt, daß auch noch andere daran beteiligt waren. Die Karte vom Bayonne-Terminal, der Frachtreport und das in dem Sony-Gerät versteckte CIKOP-34-F – all das stammte von einer KGB-Quelle. Und was war mit dieser Marina, die das Infrarot-Gerät der Maschine des Generalsekretärs sabotieren sollte? War sie erwischt worden? Hatte sie geredet?

Nein, dachte Karl. Wenn der KGB etwas weiß, wäre ich bereits tot.

Was ihn wieder auf die Möglichkeit brachte, daß Paul Stafford tatsächlich sein Bruder sein könnte. Der Gedanke ließ ihn frösteln. Er mußte vorsichtig sein. Er mußte Gewißheit haben. Wenn Paul Stafford tatsächlich sein Bruder war, mußte der Besuch unverfänglich wirken, eher zufällig. War er ein Betrü-

ger... nun, dann würde er sehr bald ein toter Betrüger sein. War er sein Bruder... Doch eins nach dem anderen... wer immer er auch war, Paul Stafford durfte auf keinen Fall seine Kreise stören.
Karl schaute auf seine Uhr. Fünf Minuten nach zwölf. Der Mann verspätete sich. Er würde ihm noch fünfzehn Minuten geben und dann Otto anrufen.

Paul war frühzeitig aufgestanden. Er hatte ausgiebig gefrühstückt, eine Weile über dem Stadtplan gebrütet und dann die S-Bahn um elf Uhr dreißig zum Bahnhof Friedrichstraße genommen. Die Station lag im Osten, doch da die Züge nur Richtung Westen fuhren, hatte man den Ort verwahrlosen lassen. Die Atmosphäre war düster und wurde gewiß nicht durch die mürrischen DDR-Soldaten verbessert, die in ihren zerknitterten grauen Uniformen entlang der Bahnsteige patrouillierten oder oben auf Straßenübergängen mit dem Gewehr unter dem Arm Wache schoben. Ein Arbeiterparadies, dachte Paul. Für Wachen.
Die Grenzformalitäten dauerten länger als erwartet. Er mußte sich in einer Schlange anstellen, bevor ihm ein Beamter ein Tagesvisum aushändigte – man mußte um Mitternacht Ost-Berlin verlassen haben, und wenn nicht, mit einer Verhaftung rechnen. Anschließend mußte er in einer weiteren Schlange ausharren, um fünfundzwanzig Westmark gegen den gleichen Betrag Ostmark umzutauschen. Als er fertig war, hatte er bereits Verspätung.
Unter den Linden nahm er ein Taxi, und war überrascht, daß so viele der einst eleganten Gebäude immer noch Spuren des Krieges aufwiesen. Pauls Erregung wuchs, als sie sich dem Palast der Republik näherten. Er hatte gehofft, daß Karl bereits auf ihn warten würde, doch es überraschte ihn keineswegs, daß dies nicht der Fall war. Höchstwahrscheinlich ein äußerst vorsichtiger Bruder, der sich erst dann zeigte, wenn er sich sicher fühlte. Während er wartete, überlegte Paul, ob Karl sich von der Drohung, ihn der CIA zu melden und somit zu enttarnen, zwingen lassen würde, mit dem blutigen Handwerk aufzuhö-

ren. Er haßte den Gedanken, daß sein Bruder ein Killer sein könnte, doch die falschen Pässe und Führerscheine bewiesen, daß Karl mit Geheimaktivitäten befaßt war, und daß es kaum einen Zweifel mehr gab für Karls Mitschuld an den Morden. Es gab tatsächlich nur eine Erklärung für seine Träume – die Erklärung, die Annie Helms geliefert hatte. Paul konnte sich ihre Erregung vorstellen, wenn sie entdeckte, daß er einen Zwillingsbruder besaß, doch ob er ihr das erzählen würde oder nicht, hing ganz von Karl ab ...

Das Donnern der Kugeln und das Geklapper der Kegel machte den merkwürdigen Gegensatz deutlich zu dem, was ihn hierhergebracht hatte. Paul nippte an seinem Kaffee und versuchte seine Ungeduld zu bezähmen. Schließlich tauchte ein Kellner auf und teilte ihm mit, daß er am Telefon gewünscht werde. Paul erhob sich und ging zum Tresen, wo ihm ein rothaariges Mädchen den Hörer reichte.

»Hallo?«

»Paul Stafford?«

Es war, als lauschte er einem Echo seiner eigenen Stimme.

»Ja. Bist du Karl?«

»Ja. Ich würde dich lieber draußen treffen. Hast du was dagegen?«

»Wo immer du willst ...«

»Also gut. Verlasse die Bowlingbahn, wende dich nach rechts und biege nach links in die Rathausstraße ein. Geh auf der linken Seite. Ich sammel dich dann auf.«

Paul gab der Kassiererin zwei Mark und ging hinaus. Es war fast halb eins, und die Gehsteige begannen sich mit Geschäftsleuten und Sekretärinnen zu füllen, die Mittagspause machten. Ein Paar saß auf einem Stück Rasen am Ufer mit Blick über den Fluß und aß belegte Brötchen aus einer Papiertüte. Auf einem Parkplatz übte eine Gruppe Jugendlicher Skateboard-Tricks. Von Karl war weit und breit nichts zu sehen.

Paul folgte den Anweisungen, überquerte die Spree und marschierte auf das alte Rathaus zu, das Rote Rathaus. Er war anderthalb Häuser weit gekommen, als sich ein weißer Mercedes 280 E aus dem entgegenkommenden Verkehr löste und neben ihm stoppte. Der Fahrer lehnte sich zur Beifahrerseite hinüber und öffnete die Tür.

Sein Haar ist ordentlicher, war Pauls erster Gedanke.

Im ersten Augenblick des Erkennens saugten sich ihre Blicke aneinander fest, und Paul erkannte in Karls Gesicht Überraschung, Mißtrauen, Freude und... Furcht? Oder waren das seine eigenen Gefühle? Einen Lidschlag lang schienen Karls Gesichtszüge durch all die Emotionen verschwommen, dann ging der Moment vorüber, und Paul starrte einen Mann an, der haargenau wie er selbst und kein bißchen wie ein Mörder aussah.

»Steig ein«, sagte Karl.

Paul stieg ein und schloß die Tür. Karl fuhr ruhig weiter.

»Wozu all die Vorsichtsmaßnahmen?«

»Für den Fall, daß man dir gefolgt ist.«

»Wer sollte mir folgen?«

Keine Antwort. Karl wechselte schnell die Fahrspur und bog links ab. Nach zwei weiteren Häuserblocks bog er noch einmal nach links und fuhr eine Nebenstraße hinunter, die am Ende von einer Baustelle blockiert war. Ein hoher Kran ragte über dem Betonfundament auf, umgeben von Stahlträgern.

Das Tempo kaum vermindernd, fuhr Karl auf das Baugelände. Der Wagen sprang über tiefe Lehmrillen und hielt auf ein Tor auf der gegenüberliegenden Seite zu; hinter dem Heck wirbelte eine Staubfahne hoch. Arbeiter hielten erstaunt inne, und ein Mann mit einem Schutzhelm kletterte aus einem rostigen Bauwagen und schrie hinter ihnen her. Einen Augenblick später hatten sie die Straße auf der anderen Seite des Baugeländes erreicht.

»Weitere Vorsichtsmaßnahmen?« sagte Paul.

»Meine Arbeit bei der Regierung macht solche Maßnahmen notwendig. Jetzt ist alles in Ordnung.«

»Was ist das für eine Arbeit bei der Regierung?«

»Ich bin Lehrkraft an der Kampfschule Eichwalde. Kommando-Training würdest du dazu sagen.« Karl warf ihm einen Seitenblick zu. »Otto sagte, du wärst Amerikaner.«

»Bin ich auch.«

»Du sprichst sehr gut deutsch.«

»Ich hab hier gelebt, bis ich fünf war. Mutter und ich sprechen jetzt noch deutsch.«
»Deine Mutter lebt...?«
»*Unsere* Mutter lebt.«
Karl schaute überrascht drein.
Paul sagte: »Das wußtest du nicht?«
»Nein.«
»Von ihr hab ich von dir erfahren.«
»Man sagte mir, sie wäre tot... bei einem alliierten Luftangriff ums Leben gekommen.«
»Wer hat dir das gesagt? Tante Inge?«
Karls Reaktion hätte nicht heftiger sein können, wenn Paul eine abgezogene Handgranate auf den Boden geworfen hätte. Er wirbelte zu ihm herum. Der Mercedes brach quer über die Straße aus und schlitterte wieder zurück, als Karl ihn unter Kontrolle zu bringen versuchte. Er fuhr an den Rand und brachte den Wagen zum Stehen. Seine Hände umklammerten das Lenkrad so fest, daß die Muskelstränge an seinem Unterarm hervortraten. Als er sich Paul erneut zuwandte, war sein Gesicht leichenblaß.
»Wer bist du?«
»Sagt dir das mein Gesicht nicht?«
»Wie konntest du von ihr wissen?«
»Von Tante Inge?«
Karl zuckte zusammen, und Paul dachte, mein Gott, das regt ihn ja mehr auf als Mom, und er erzählte dem Bruder die Geschichte ihrer frühen Trennung, wobei er jede Erwähnung der CIA oder seiner Träume vermied. An einem Punkt wurde Karl sehr lebhaft und unterbrach ihn:
»Bist du sicher?« wollte er wissen. »Bist du ganz sicher, daß sie nicht meine Tante war?«
»Mutter sagte, sie war nur eine Nachbarin. *Alle* Kinder nannten sie *Tante*.«
»Nicht meine Tante«, murmelte Karl.
»Du dachtest, sie wäre wirklich deine Tante?«
»Ich war noch klein und allein. Woher sollte ich es besser wissen?«

»Wo ist sie jetzt?«
»Sie ist tot.«
Paul erkannte, daß er irgendwie versucht hatte, den neben ihm sitzenden Mann mit den Mordtaten in Einklang zu bringen, mit dieser Person, die ihm so ähnlich sah, die so eng mit ihm verbunden war, ob ihm das nun gefiel oder nicht. Bevor der Name Inge Heusner fiel, war es fast unmöglich gewesen. Doch jetzt, als er das Gesicht seines Bruders sah, konnte es keinen Zweifel mehr geben. Karls Augen waren schmal geworden, seine Lippen hatten sich zusammengepreßt, die zusammengebissenen Zähne ließen die Kiefer hervortreten. Das war der pure Haß – Haß und eine Gnadenlosigkeit, die die Luft im Wagen gefrieren ließ. Ja, dachte Paul, er ist fähig dazu, fähig, einen Mord zu begehen. Sein Zwillingsbruder... die gleichen Gene... er verbannte das Schreckliche aus seinem Kopf.
Karl brachte das Gespräch auf die näheren Umstände ihrer Trennung. Was ihn am meisten zu beschäftigen schien, war die Frage, weshalb ihre Mutter ihn nicht gesucht hatte.
»Das hat sie«, sagte Paul. »Monatelang, immer wieder ist sie zur Polizei...«
»Die Polizei«, wiederholte Karl spöttisch. »Was konnte die schon tun? Wir haben uns schließlich vor der Polente versteckt...«
»Sie hielt dich für tot, Karl. Sie dachte, Frau Heusner hätte dich in die Metzgerei gebracht. Mom dachte, sie hätten dich...«
»Geschlachtet?«
Paul nickte.
Karl wandte den Blick ab; sein Gesichtsausdruck wurde weicher. »Trotzdem«, meinte er. »Sie hätte später was sagen sollen. Zu ihrem Mann und zu ihrer Familie.«
»Sie schämte sich.«
»Wegen mir?«
»Wegen dem, was sie getan hatte. Was mit dir ihrer Meinung nach geschehen war.«
Karl nickte, aber Paul spürte, daß ihn die Antwort nicht wirklich befriedigte.
»Und wer ist meine... meine Mutter?«

»Sie lebt in Florida. In einem kleinen Haus an einem künstlichen See. Sie und Dad – mein Stiefvater – haben sich scheiden lassen.«
»Und ich hab bis heute geglaubt, eine Bombe hätte sie getötet«, sagte Karl; seine Stimme hatte einen abwesenden, fernen Klang. »Ich hab von ihr geträumt. Ich hab ihr Gesicht nie gesehen, aber ich träumte immer, sie würde sich mit ihrem Leib über mich werfen und mir so das Leben retten.« Er warf Paul einen Seitenblick zu. »Statt dessen warst du es, den sie gerettet hat.«
»Was?«
»Sie brachte dich ins Krankenhaus; mich ließ sie zurück.«
Paul war einen Augenblick lang sprachlos; er hatte gedacht, Karl würde glücklich sein, daß seine Mutter lebte. Statt dessen gab er ihr die Schuld an der Schwere seiner Kindheit. Paul merkte, daß auch er Schuldgefühle hatte, weil seine Mutter so um ihn besorgt gewesen war, und so verteidigte er nicht nur Mom, sondern auch sich selbst, als er sagte: »Sie war neunzehn. Du kannst ihr nicht die Schuld an dem geben, was passiert ist...«
»*Ich* war vierzehn Monate.«
Als wäre damit alles gesagt, startete Karl den Wagen und fuhr auf die Hauptstraße zurück. Paul wollte einwenden, daß niemand total zu beschützen wäre, als er sich an genau dieselben Worte erinnerte – Joannas Antwort auf eine Feststellung seinerseits. Und was war das gewesen? Daß es, was die Fürsorge für Kinder anbelangte, keine Entschuldigungen gäbe. Die lebensfremde Arroganz dieses Satzes ließ ein heftiges Reuegefühl in ihm aufsteigen.
Karl hatte ihn etwas gefragt. »Was?« fragte Paul zurück.
Karl, er hatte sich wieder gefaßt, sah ihn neugierig an. »Ich fragte, wie du Otto Wenzler gefunden hast?«
»Durch ein Mädchen. Eine Prostituierte.«
»Was für ein Mädchen?«
»Sie heißt Kristy. Kommt aus Thailand. Hat versucht, mich letzte Nacht zu verprügeln. Anscheinend hat sie mal im Vanilla Rose gearbeitet, und als sie mich auf der Straße sah, verwech-

selte sie uns miteinander. Sieht so aus, als würdest du ganz schön grob zu den Mädchen sein.«
»Und von ihr hast du von Otto erfahren?«
»Nein, ich hab erst durch Otto von Otto erfahren. Als er seinen Irrtum erkannte – daß ich es war und nicht du –, wurde er unangenehm und zog eine Pistole.«
»Die du ignoriert hast?«
»Wir wurden gestört. Zum Glück.«
»Ja, du scheinst das Glück auf deiner Seite zu haben.«
»Nicht immer«, sagte Paul.
»Wann nicht?«
Die Frage kam so begierig, daß Paul ein unbehagliches Gefühl beschlich.
»Ich schätze, ich hab auch meinen Anteil an Enttäuschungen erlebt.«
»Oh, Enttäuschungen.«
Wieder das Gefühl, sich in der Defensive zu befinden. »Ich denke, es war schon eine Portion Glück dabei, daß wir aus Deutschland rausgekommen sind«, sagte er. »Die Armee bot Sicherheit. Wir hatten gute Unterkünfte, Kleidung, jede Menge zu essen – die guten alten amerikanischen Muntermacher.«
»Als Kind, hattest du da ein eigenes Schlafzimmer?«
»Meistens.«
»Und wenn du die Tür zugemacht hast, haben sie dich dann in Ruhe gelassen?«
»Wer?«
»Deine Mutter, dein Vater, alle.«
»Ich glaub schon...« Eine merkwürdige Frage. »Und du? Wo hast du gelebt?«
»Berlin«, sagte er und wechselte schnell wieder zu Amerika über; hier schien Karls Neugierde unersättlich zu sein. Paul wollte jedoch gern mehr über ihn erfahren, spürte aber, daß er da nicht drängen durfte. Seine Existenz hatte auf Karl wie ein Schock gewirkt, und schließlich durfte er nicht vergessen, daß er es mit einer explosiven Persönlichkeit zu tun hatte.
Während sie weiterfuhren, beantwortete Paul hauptsächlich Fragen über seine Kindheit und seine Karriere als Journalist.

Sein Unbehagen wurde deutlich spürbar, als Karl ihm Fragen nach Joanna stellte, wie sie sich kennengelernt und warum Paul nicht früher geheiratet hatte. Denn Karl beobachtete ihn jetzt genau, und Paul kannte auch den Grund dafür ... der Bruder hatte ein Gebiet der Unsicherheit entdeckt, ein Gebiet, wo Paul sich in der Defensive fühlte. Und sofort hatte Karl sich darauf konzentriert. Bei Interviews hatte Paul das gleiche gemacht, hatte nach einem Spalt gesucht, durch den er zu der Person hinter der Person vordringen konnte.

Paul versuchte, die Kontrolle dieses bizarren Treffens wieder an sich zu reißen. »Du weißt, ich bin hergekommen, um dich zu finden, um etwas über dein Leben zu erfahren. Du hast mir Löcher in den Bauch gefragt und über meine Vergangenheit ...«

»Ich bin also genau wie du.«

Nicht ganz, dachte er. Ich bin kein Killer. Er erkundigte sich, ob Karl verheiratet wäre.

»Ich habe eine Frau und drei Kinder. Zwei Mädchen und einen Jungen.«

Eine Frau und drei Kinder. Wie Karl das sagte! Als zählte er Dinge des täglichen Lebens auf.

»Arbeitet deine Frau?«

»Ab und zu gibt sie bei den Jungen Pionieren Schwimmunterricht.« Das kam sehr sachlich, wie wenn Karl einem Volkszähler die nötigen Fakten mitteilen würde. Ganz gleich, wie sehr sich Paul auch bemühte, unter die Obefläche vorzudringen, es gelang ihm nicht. Entweder besaß Karl keine starken emotionalen Bindungen an seine Familie oder er hielt sie gut verborgen.

Sie bogen von der Hauptstraße ab und fuhren in den Treptower Park. In sanften Kurven zog sich die Straße zu einem Hügelkamm hoch mit anschließendem Blick auf einen See und einen kleinen, mit Segel- und Ruderbooten gesprenkelten Hafen. Als sie sich näherten, löste sich gerade ein Aussichtsschiff mit offenem Deck vom Pier.

Sie parkten den Wagen und setzten sich in ein Straßencafé, wo ein jugendliches Trio so etwas wie englische Folksongs von sich gab. Jeder Tisch war von einem orangefarbenen Sonnenschirm

geschützt, der in der Brise flatterte. Es ging hier ziemlich lautstark zu. Gesprächsfetzen, Musik und Kindergeschrei vom angrenzenden Spielplatz.
»Hast du ein Bild von ihr?« fragte Karl, sobald sie saßen.
Einen Augenblick lang dachte Paul, er meinte ein Bild von Joanna; dann wurde ihm klar, daß Karl seine Mutter sehen wollte. Er holte ein etwas angejahrtes Foto hervor, auf dem Mom, Joanna und er selbst zu sehen waren. Karl betrachtete es.
»Du kannst es behalten, wenn du willst.«
Mit unmerklichem Nicken schob Karl das Foto in seine Jackentasche. Ein Kellner erschien mit der Karte und hätte sich beinahe vor Verblüffung verschluckt.
»Sie müssen Zwillinge sein«, verkündete er.
»Wie kommen Sie denn da drauf?« fragte Paul, ohne eine Miene zu verziehen.
»Nun, weil sonst...« Der Mann merkte, daß Paul ihn auf den Arm genommen hatte, blies die Backen auf und lachte. »Weil ich sonst letzte Nacht zuviel getrunken haben müßte.«
Karl bestellte für sie beide eine Berliner Weiße mit Schuß. Als die Schale gebracht wurde, hielt Karl sie Paul zur Inspektion hin.
»Volkschampagner«, sagte er und lächelte tatsächlich. Sie tranken. Erst später fiel Paul ein, daß sie sich nicht mal zugeprostet hatten.

Kapitel 14

Das Bier und die warme Sonne wirkten immerhin so entspannend auf Paul, daß ihm der Druck, der auf ihm lastete, bewußt wurde. Der Umgang mit diesem greifbaren Duplikat seiner selbst zerrte stärker an den Nerven, als er angenommen hatte. Vor allem, wenn er sich den Gedanken erlaubte, daß dieses Duplikat – sein Bruder – ein Killer war. Er überlegte, ob er sich die Frage nach den ermordeten CIA-Leuten für einen anderen Tag aufsparen sollte, wehrte diesen Impuls aber ab. Um sich zu erkennen, um sich selbst zu verstehen, mußte er zumindest auch seinen Bruder verstehen.

Die Chance kam, als Karl durch etwas hinter seinem Rücken abgelenkt wurde. Paul drehte sich um. Eine Familie – ein Mann mit seiner Familie und einigen Kindern – hatte sich gerade an einen Tisch ganz in der Nähe gesetzt. Einer der kleinen Jungs deutete auf sie. Als Paul sich umwandte, gab die Mutter dem Kleinen einen Klaps auf den Arm und flüsterte ihm was ins Ohr.

»Diese Leute starren uns an«, sagte Karl gepreßt.

Paul zuckte mit den Schultern. »Na und?«

»Das stört dich nicht?«

»Warum sollte es?«

»Ich bin doch kein Unterhaltungskünstler.«

Paul griff das auf. »Du solltest ihnen sagen, womit du deine Brötchen verdienst. Dann vergessen sie die Sache mit dem Unterhaltungskünstler sofort.«

Karl hatte mit einigen Münzen auf dem Tisch gespielt, hatte sie der Größe nach aufeinandergestapelt und war mit den Fingern über ihre Ränder gefahren. Jetzt erstarrte seine Hand.

»Du meinst meinen Lehrauftrag?«
»Ich meine Kelso, Manheim, Durning, Wilson, Schrader und Beaumier.«
Während er die Namen nannte, schien es, als würde sich Karls Persönlichkeit zusammenziehen, würde aus dem Körper flüchten und nur eine Hülle mit zwei leeren, starr blickenden Augen zurücklassen.
»Für wen arbeitest du?«
»Hab ich dir schon gesagt. Für den WASHINGTON HERALD.«
»Du weißt, was ich meine.«
»Du meinst, ob ich für die CIA arbeite? Bis jetzt noch nicht, aber vielleicht schon morgen. Hängt ganz von dir ab. Ich weiß, was du tust, Karl. Ich weiß, daß du der Mann fürs Schmutzige bist, wahrscheinlich im Auftrag des KGB. Aber außerdem bist du auch noch mein Bruder, und – was noch wichtiger ist – du bist der Sohn meiner Mutter. Die CIA weiß von dir noch nichts. Vielleicht kannst du mich davon überzeugen, es dabei zu belassen. Unter einer Bedingung – Schluß mit dem Morden!«
Karl schien nicht zu atmen. Ganz plötzlich wurde Paul etwas klar, das er ebenfalls aus seinen Gedanken verbannt hatte: Dieser Mann könnte beschließen, ihn zu töten.
»Du sagst, die CIA hat keine Ahnung«, sagte Karl schließlich. »Aber *du* weißt Bescheid. Wie kommt das?«
Zeit für die Wahrheit. Paul atmete tief durch und erzählte ihm von seinen Träumen, von den Geschichten im BLACK CAT MAGAZINE und von dem Besuch der CIA-Männer. Karl schaute ihn nur an. Als er ihm einige Ausgaben von BLACK CAT zeigte, die er mitgebracht hatte und ihn auf das Datum aufmerksam machte, sagte Karl: »Mit Hilfe der CIA kann man doch alles drucken lassen. Warum sonst sollte jemand solche... Träume veröffentlichen?«
»Alpträume. Es ist alles drin, Namen und Details. Es ist kein angenehmes Erlebnis. Aber das weißt du ja – oder vielleicht auch nicht. Vielleicht macht dir das Töten Spaß. Ich hab keine Ahnung.«
Karl schüttelte den Kopf, lehnte sich auf seinem Stuhl zurück und spielte mit den Münzen. Zumindest zeigt er Nerven, dachte

Paul, was in ihm die leise Hoffnung aufsteigen ließ, die Verteidigungslinien des Bruders durchbrechen und einen Blick auf den Mann dahinter werfen zu können. Er mußte das schaffen, sonst würde er nie verstehen, wie so jemand zum Mörder werden konnte, der dieselben Eltern hatte und aus den gleichen Genen erschaffen worden war. Gleichzeitig mußte er sichergehen, daß er bis auf die äußere Ähnlichkeit mit diesem Mann nichts gemein hatte.
Karl folgte Pauls Blick und wurde sich bewußt, wie seine Finger mechanisch über den Stapel Münzen glitten. Er steckte sie rasch in die Tasche, nicht gerade erfreut darüber, daß seine innersten Gefühle sich so bemerkbar machten. Es hatte ihn schier von den Socken gehauen, daß der Bruder über seine Spezialeinsätze für den KGB informiert war, und er weigerte sich, *Träume* als Erklärung für dieses Wissen zu akzeptieren.
»Wenn es dir irgendwie hilft«, sagte Paul. »Ich hab es selbst nicht geglaubt, bis mir Mutter von dir erzählt hat.«
»Ich würde es vorziehen, das Gespräch auf englisch fortzusetzen«, sagte Karl.
Paul lief es kalt den Rücken runter, als Karl englisch sprach. Die unheimliche Ähnlichkeit zwischen ihnen wurde noch verstärkt: Dieser Mann, sein Bruder, der mit seiner Stimme sprach, benutzte nun dieselben Worte und drückte sich genauso aus, wie er es zu tun pflegte.
Weiterhin englisch sprechend, beugte sich Karl vor und sagte: »Woher soll ich wissen, daß du nicht jetzt bereits mit der CIA unter einer Decke steckst?«
Eine gute Frage, auf die Paul keine Antwort hatte. »Kannst du nicht beurteilen, wann ich die Wahrheit sage?«
»Kannst du es?«
Noch eine gute Frage, was man von seiner Antwort nicht sagen konnte, außer sie entsprach der Wahrheit. »Ich hoffe es.«
Und ich hoffe es nicht, dachte Karl. Er fühlte sich unbehaglich, daß ihm hier sein Doppelgänger gegenübersaß, ihn beobachtete, ihn analysierte ...
»Die CIA hätte dir Einzelheiten über die Morde zukommen lassen können, bevor du diese Stories geschrieben hast.«

»So war es aber nicht.«
»Klingt sinnvoller als diese Träume.«
»Du hast die meisten Morde wie Unfälle aussehen lassen, vergiß das nicht.«
»Die CIA ist nicht dumm. Sie können vermuten, was sie nicht beweisen können.«
Jetzt gibt er es also endlich zu? Paul beugte sich vor. »Dan Kelso: Du hast ihn in den Magen geschlagen, bevor du ihn über Bord geworfen hast. Konnten sie das vermuten? Das Mädchen, Lisle Beaumier – was sagtest du da gleich noch? *Ich muß dich noch trocken küssen?*«
Karl sprang auf die Füße; Unglauben, ja Furcht zeigten sich auf seinem Gesicht.
»Die Träume«, sagte Paul ruhig.
Karl nickte, gezwungen, ihm zu glauben.
»So hab ich auch von Tante Inge erfahren.«
Er setzte sich wieder. »Du sagtest... ich dachte, Mutter hat dir davon erzählt?«
»Hat sie auch. Aber erst, nachdem ich hypnotisiert worden war und mich an Träume erinnerte, die ich als Kind gehabt hatte. Träume von der Frau, die du Tante Inge nanntest.«
»Du weißt, was sie sonst noch getan hat?«
»Nichts Näheres. Aber ich weiß, daß du tödliche Angst vor ihr hattest – zumindest empfand ich es so, als ich das im Traum noch einmal erlebte.«
Merkwürdigerweise schien Karl bei der Erwähnung von Tante Inge seine Selbstbeherrschung wiederzufinden. »Tante Inge«, sagte er, »möchtest du gerne wissen, was geschah, nachdem ihr, du und deine Mutter – *meine* Mutter – mich im Stich gelassen habt? Möchtest du es wissen? Dann komm mit. Du sollst alles erfahren, Bruder.«
Er stand auf, ging zur Kasse, warf einige Geldscheine auf den Tresen und marschierte los. Paul holte ihn ein, und Karl verschärfte das Tempo, den Blick starr nach vorn gerichtet. Im Laufen erzählte er Paul die Geschichte seiner Kindheit. Die Worte schossen förmlich aus ihm heraus, so schnell und so mit Bitterkeit gedrängt, daß Paul sie kaum verstehen konnte.

»Sie hat mich verkauft, verstehst du? Während du in Amerika zur Schule und ins Kino gingst und Spiele spieltest, schleppte Tante Inge Männer in mein Bett. Sie sagte, einer von ihnen könnte vielleicht mein Vater sein und wir müßten sehen, wie sehr sie mich liebten. Sie hatte eine Schallplatte – *Lili Marleen* –, und die spielte sie wieder und wieder, während die Männer in mein Bett kamen, mit meinen Genitalien spielten, mich mit Öl und Butter beschmierten, ihre Finger in mich bohrten oder selbst in mich eindrangen. Manchmal war eine Frau dabei, manchmal Tante Inge, manchmal alle zusammen. Einer der Männer schenkte mir ein Buch, eine illustrierte Ausgabe der ODYSSEE. Es war für mich die Freiheit, wenn ich in der Wohnung eingesperrt war. Sie nahm es, lachte und warf es weg.«
Er ging noch schneller, als würde ihn die Flut der verhaßten Erinnerungen vorantreiben. Paul blieb einen halben Schritt hinter ihm. Das machte es noch schwieriger, Karls Worte zu verstehen, aber er spürte, daß der Bruder während dieses Ausbruchs seinem Blick nicht begegnen wollte oder konnte. Erst am Ende seines Monologs stoppte er und wandte sich Paul zu.
»Verstehst du jetzt? Die Welt hat mir den Rücken zugedreht. *Ich – habe – mich – selbst – geschaffen!*«
Nach einer Pause fügte Karl hinzu, »Und du hast kein Recht, dich zum Richter aufzuwerfen.«
Sie waren an einer großen Wiese mit einem Fußballfeld dahinter angelangt. Abrupt warf Karl sein Jackett zu Boden und fing an zu rennen. Er rannte quer über die Wiese auf das Fußballfeld zu und folgte dort mit zurückgeworfenem Kopf und angewinkelten Armen der Linienmarkierung.
Erschüttert setzte sich Paul auf eine Bank. Das Ausmaß der Unmenschlichkeit, die Karl als Kind hatte erdulden müssen, schockierte ihn; bestimmt konnte man davon ein gewisses Verständnis für seine spätere Unbarmherzigkeit ableiten. Verständnis, nicht Rechtfertigung. Es gab keine vollständige Rechtfertigung, aber die Kindheit des Bruders bot umfassende Erklärung. Man hatte ihn gedemütigt und mißbraucht, war er deshalb zu einem Killer geworden, der sich rächen wollte und nur noch ein exaktes Feindbild brauchte?

Karls Zukunft war der Preis für Pauls Gesundheit gewesen, und jetzt, Jahre später, mußten Menschen, die nichts dafür konnten, diesen Preis bezahlen. Mehr denn je spürte Paul, daß er dieser tödlichen Manie ein Ende bereiten mußte, um Karls willen ebenso wie um seinetwillen ...

Karl rannte, bis er erschöpft war, dann blieb er gebückt stehen, die Hände auf die Knie gestemmt, und versuchte wieder zu Atem zu kommen. Paul brachte ihm seine Jacke. Der Bruder richtete sich auf und nahm sie entgegen.

»Komm«, sagte Karl. »Ich bring dich wieder nach West-Berlin.« Er atmete immer noch schwer. Die beiden Männer marschierten zu dem Restaurant zurück.

»Das mußt du nicht«, sagte Paul. »Setz mich einfach an der S-Bahn ab.«

»Ich fahr nicht deinetwegen rüber. Meine Frau ist heute nachmittag im KaDeWe. Kennst du's? Das große Kaufhaus?«

»Ich bin dran vorbeigekommen.«

»Magda besucht einmal im Monat West-Berlin. Wir gehn zum Essen und ins Theater. Wenn du nichts von heute erzählst, mach ich euch miteinander bekannt.«

Paul zögerte. Nach allem, was er gehört hatte und nun auch wußte, traute er seinem Bruder nicht.

Karl, dem Pauls Reaktion nicht entgangen war, lächelte und sagte: »Außer du glaubst, ich hab vor, dich zu erschießen und dich in der Spree zu beerdigen.«

»Wahrscheinlich wüßte ich, wenn du das planst.«

Leider glaubte er das selber nicht. Er war kein Gedankenleser. Die einzigen Impressionen, die er von Karl empfangen hatte, waren tatsächlich Wahrnehmungen gewesen, wie Karl sie gerade erlebt hatte. Und auch das war nur dann geschehen, als er schlief und Karl sich in einem emotional höchst erregten Zustand befunden hatte. Paul hätte viel darum gegeben, *wirklich* Karls Gedanken lesen zu können; er hätte sich wesentlich sicherer gefühlt.

Wieder im Restaurant, holte Paul die Ricoh hervor und bat den Kellner, ein Foto von ihnen zu machen. Karl widersprach. »Von mir macht niemand Fotos.«

»Es ist für unsere Mutter. Ich möchte ihr beweisen, daß du lebst.«
Karls Blick wurde hart; einen Augenblick lang war Paul überzeugt, daß der Bruder sich weigern würde. Dann änderte sich sein Gesichtsausdruck leicht, und er gab nach. Der Kellner postierte sie am Eingang des Restaurants. Er ließ sie sogar dieselbe Pose einnehmen und beharrte darauf, daß Paul sich seine Haare in derselben Weise zurückkämmte wie Karl.
Bevor sie abfuhren, kaufte Karl an einem Kiosk zwei Päckchen Pfefferminz. Paul achtete nicht auf den nervösen, lächelnden Mann hinter dem Schalter. Während sie zum Wagen gingen, bot Karl ihm ein Pfefferminz an.
»Möchtest du?« Paul nahm sich ein Bonbon.

Nachdem der Wagen mit den beiden Männern anfuhr, verschloß der Verkäufer seinen Kiosk und eilte zur nächsten Telefonzelle. Er holte ein Stück Papier hervor und wählte die dort notierte Nummer. Eine Westberliner Nummer.
»Ja?« sagte eine unbekannte Stimme.
»Ich hab 'ne Nachricht von K.«
»Reden Sie.«
»Er hat zwei Päckchen Pfefferminz gekauft.«
»Zwei?«
»Ja.«
»Ist er jetzt auf dem Weg?«
Der kleine Mann spähte aus der Telefonzelle zum Parkplatz hinüber.
»Ja, gerade weg.«
Die Verbindung wurde unterbrochen. Der Kioskverkäufer befingerte die zwanzig Mark, die er heute morgen von dem geheimnisvollen K. bekommen hatte. Zwanzig Mark für einen schlichten Anruf. Ein Jammer, daß er das Geld nicht auf die gleiche Weise verdoppeln konnte, auf die sich K. offensichtlich verdoppelt hatte.
Der Mann lächelte über seinen witzigen Einfall und kehrte in seinen Kiosk zurück.

Auf der Rückfahrt kam Paul wieder auf die Morde zu sprechen. Seine Besorgnis schien Karl anfangs zu erheitern.
»Sie alle waren CIA-Agenten oder Spione oder Verräter. Was kümmern sie dich?«
»Weil ich *weiß*, wann du tötest. Ich muß es *mit* dir erleben. Das Knacken eines brechenden Rückgrats, der Ausdruck auf ihren Gesichtern, den letzten Laut eines sterbenden Menschen. Ich hab das Gefühl, als würde ich es selbst tun, verstehst du?«
»Und was willst du tun, wenn ich mich weigere, damit Schluß zu machen?«
»Es ihnen sagen.«
»Der CIA?«
»Ich will mit Mord nichts zu tun haben, Karl.«
Karls nächste Worte verblüfften ihn. »Das kann ich verstehen ... Ich werde mit meinen Vorgesetzten sprechen.«
Paul hätte Erleichterung empfinden sollen, doch trotz Karls letzter Bemerkung hatte er dessen scherzhafte Drohung, den Bruder in der Spree zu beerdigen, nicht vergessen. Er blieb auf alles gefaßt, und erst als sie sich den Grenzbarrieren von Checkpoint Charlie näherten, begann er sich zu entspannen.
Während einer der DDR-Grenzpolizisten mit einem Spiegel die Unterseite ihres Wagens untersuchte, verlangte ein anderer die Papiere. Karl ließ seinen Ausweis aufblitzen, und der junge Wachposten nahm sofort Haltung an.
»In Ordnung«, sagte er. »Und was ist mit ihm?«
Karl reichte ihm Pauls Visa. Der Wachposten trat verlegen von einem Bein aufs andere. »Entschuldigen Sie, aber dieser Mann kam von der S-Bahn-Station Friedrichstraße. Er muß auf demselben Weg zurück.«
»Er kehrt mit mir zurück.«
Der Posten räusperte sich. »Aber die Vorschriften ...«
»Wenn ich aus dem Wagen steigen und Ihren Vorgesetzten rufen muß«, unterbrach Karl ihn kalt, »sind Sie nicht mehr lange hier.«
»Einen Augenblick.« Mit einem besorgten Blick hinüber zu dem anderen Grenzpolizisten stürzte der junge Mann in die Wachstation.

Die Verzögerung machte Karl offensichtlich ungeduldig; sein Zeigefinger schlug nervös auf das Lenkrad. Ihr Wagen stand auf einem überdachten Platz, ein Stück vor einer rot-weißen Barriere; daneben verlief der eingezäunte Fußgängerübergang, und jenseits davon erstreckte sich das Niemandsland, nackte, umgepflügte Erde, die sich bis zum Westteil der Stadt hinzog.
Der Posten kehrte mit einem älteren Mann zurück, der straffe Effektivität und Entgegenkommen ausstrahlte. Er beugte sich herab und sprach durch das Wagenfenster mit Karl.
»Keine Sorge, Genosse. Wir erledigen das schon.«
Die rot-weiße Barriere ging in die Höhe, eine Ampel schaltete von Rot auf Grün, und sie fuhren die hundert Meter bis zur amerikanischen Seite, wo die US-Marines in voller Paradeuniform sie total ignorierten, als sie den dortigen Grenzposten passierten.
»Auf dieser Seite hältst du nicht?« fragte Paul.
»Ihr Amerikaner erkennt doch ein geteiltes Berlin nicht an, also ist das hier für sie auch keine Grenze. Diese Wachen kümmern sich lediglich um das Militärpersonal der Alliierten.«
Paul nickte; jetzt, wo sie sich wieder im Westen befanden, fühlte er sich schon viel wohler. Sie kamen überein, daß Karl morgen anrufen würde, nachdem er mit seinen Vorgesetzten wegen einer Versetzung gesprochen hatte.
Sie bogen in das sechsstöckige Parkhaus beim KaDeWe ein und fuhren aufs dritte Parkdeck, obwohl es im zweiten noch einige freie Plätze gab. Karl parkte den Mercedes ein. Rechts war eine Wand, links stand ein VW-Campingbus.
»Dann bis morgen«, sagte Karl und reichte ihm die Hand. Als Paul sie nahm, wurde die hintere Wagentür aufgerissen; der Wagen schwankte, als sich jemand in die Polster fallen ließ.
»Tut mir leid«, sagte Karl. Sein Griff wurde noch fester. Er beugte sich hinüber und preßte seinen Bruder gegen den Sitz.
Paul warf sich sofort nach vorn und hätte sich vielleicht losreißen können, wäre er nicht noch angeschnallt gewesen. Von hinten schlang sich ein Arm um seinen Hals, und ein weißes Tuch wurde auf seinen Mund gepreßt.
Er versuchte zu schreien, brachte aber nur ein unterdrücktes

Gurgeln zustande. Paul wußte, daß er keine Chance hatte. Profis hatten ihn in der Mangel. Niemand würde ihn hören. Er trat und wand sich, versuchte, die Arme frei zu bekommen. Als er keuchend Luft holte, spürte er, daß sie kein Chloroform benutzten; das Zeug hier stank bei weitem nicht so, war dafür aber wesentlich stärker.

Benommenheit überkam ihn. Das letzte, was er hörte, war Karls Stimme dicht an seinem Ohr, die wie aus weiter Ferne zu ihm drang, »Komm gut rüber...«

Kapitel 15

Bei diesen Amerikanern konnte man wirklich nie wissen, entschied der Mann an der Rezeption des Intercontinental. Einige wollten wie Könige behandelt werden, während andere beleidigt waren, wenn man sich nicht benahm, als wären sie der beste Freund. Zum Beispiel dieser Herr von 317, Paul Stafford. Bei seiner Ankunft scherzte die Nummer 317 über das Ausstellungszelt auf dem Rasen. Ein netter Mann mit Sinn für Humor. Und so hatte heute, als Nummer 317 seine Rechnung bezahlte, der Angestellte auf die humorvolle Bemerkung eingehen wollen und eine Anspielung auf die Elefanten gemacht. Und was war die Reaktion darauf? Nummer 317 schaute stirnrunzelnd auf und fragte: »Was meinen Sie damit?«

»Nichts, Sir.«

»Sie müssen damit doch was gemeint haben.«

»Jawohl, Sir. Ich bezog mich auf Ihre humorvolle Bemerkung, die Sie vorgestern über unser Ausstellungszelt machten.«

317 schaute nach draußen und schenkte ihm dann ein leeres Lächeln.

»Oh, richtig...«

Nein, falsch, entschied der Angestellte. Offensichtlich war die Nummer 317 heute nicht für Vertraulichkeiten zu haben. Bei diesen Amerikanern konnte man eben nie wissen...

Ich hatte keine andere Wahl, sagte sich Karl, während er auf den Lift wartete. Zu viel war zu schnell geschehen. Er brauchte Zeit zum Nachdenken, mußte Fakten überprüfen. Er benötigte Zeit, ihm blieb aber keine. In drei Tagen mußte er nach Amerika. In drei Wochen würde der Generalsekretär auf der Andrews Air Force Base landen. Er mußte bereit sein und konnte seine Zeit nicht damit verbringen, sich um seinen so plötzlich aufgetauchten Bruder zu kümmern. Pauls Existenz gefährdete die Mission. Er hatte keine Wahl gehabt.

Der Lift kam. Mehrere Geschäftsleute mit Namensschildchen am Revers verließen ihn. Karl trat in den Lift, drückte den Knopf für den dritten Stock und überprüfte seine Erscheinung im Spiegel. Jackett, Jeans, Hemd und Schuhe, alles paßte perfekt. Er hatte sich die Haare gewaschen und ein bißchen lässiger gekämmt, und die Verkleidung – so konnte man es nennen – war vollständig. ›Paul Stafford‹ würde nun seine sieben Sachen einsammeln, das Hotel ordnungsgemäß verlassen und spurlos verschwinden.

Pauls Zimmer war wie jedes andere elegante Hotelzimmer auch eingerichtet und bis ins Detail gestylt, selbst die beiden kleinen Tafeln Schokolade auf den Kopfkissen fehlten nicht. Vor der Glastür zum Balkon ragte die Spitze des Zirkuszeltes auf. Karl zog die Vorhänge zu, bevor ihm einfiel, daß er Paul Stafford und nicht irgendein Eindringling war. Es war sein Zimmer. Kein Grund zur Beunruhigung.

Als erstes mußte er die falschen Pässe finden, die Paul an sich genommen hatte. Er begann mit der Ankleidekommode. In der ersten Schublade lagen ein Stadtführer, Hotelpostkarten und eine Speisekarte für den Zimmer-Service. Die zweite Schublade war mit Unterwäsche vollgestopft. Als er mit der Hand suchend über den Boden fuhr, ließ ihn eine Bewegung im Spiegel erstarren. Die Tür zum angrenzenden Schlafzimmer hatte sich geöffnet. Ein Mann stand im Türrahmen und beobachtete ihn.

»Suchen Sie die?« sagte der Mann. Er hielt die beiden Pässe hoch.

Karl drehte sich um. Sein sauberer neuer Bruder hatte ihn also belogen. Paul hatte gesagt, er wäre allein gekommen, und Karl hatte ihm geglaubt. Der Kerl an der Tür sah nach CIA-Mann aus – kurzgeschnittene Haare, unvorteilhafte amerikanische Kleidung –, genau wie die amerikanischen Zivilisten, die Berlin in den 50er Jahren überschwemmt hatten.

»Ich hab Maurice erzählt, Sie wären unschuldig«, sagte der Mann. »Annie Helms ist derselben Meinung. Schaut leider so aus, als hat er recht, und wir haben uns getäuscht.«
Vorsicht, dachte Karl. Er war noch nicht aufgeflogen – noch nicht. Dieser Mann hielt ihn für Paul; jetzt mußte er die Rolle perfekt spielen. Was hatte Paul ihm von der CIA erzählt? Sie hatten ihn verdächtigt, und er hatte ein paarmal mit ihnen zu tun gehabt. Schade, dachte Karl, er hätte mehr Informationen aus seinem Bruder herausholen sollen.
»Das ist mein Zimmer«, sagte er kalt. Er mußte Zeit gewinnen, bis ihm etwas Vernünftiges einfiel.
»Das sind aber nicht Ihre Pässe«, sagte Hugh Roark. »Und auch nicht Ihre Führerscheine. Wir haben das überprüft. Sie sind gestohlen. Und bevor die Polizei eintrifft, würde ich gerne noch eines wissen – was wollten Sie mit den Pässen?«
Karl schätzte die Entfernung zwischen ihnen ab. Ungefähr acht Meter. Wenn er etwas näher herankäme ...
»Nichts weiter als ein Witz«, sagte Karl leichthin. »Hören Sie, auf der Rückseite sieht man ...«
Er trat einen Schritt vor, doch der CIA-Mann schob seine Hand unter die Jacke und holte einen Revolver hervor.
»Bleiben Sie stehen, Paul. Ich trau Ihnen nicht mehr.«
Ich bin nicht Paul, hätte Karl am liebsten geschrien. Gefangen in einer Falle, die die Polizei für seinen Bruder aufgebaut hatte ... Die Polizei war alarmiert, hatte der Kerl gesagt. Wenn er verhaftet wurde, würden sie seinen echten Ausweis finden. Die ganze Mission wäre gefährdet. Karl beschloß, alles auf eine Karte zu setzen. Vielleicht bot sich ihm eine Chance. »Das ist einfach lächerlich. Ich werde den Manager rufen.«
»Paul ...«
»Die Pässe sind Scherzartikel. Ich kann's beweisen.«
Er hatte keine Ahnung wie, als er sich zur Tür bewegte. Jeden Augenblick rechnete er damit, eine laute Explosion zu hören und ein Projektil in seinem Rücken zu spüren. Lediglich sein gut entwickelter Instinkt sagte ihm, daß dieser Mann niemandem in den Rücken schießen würde. Schließlich war er ein Profi und hielt ihn für einen ›Zivilisten‹, wenn auch einen schuldigen ...

Er redete weiter, die Hände gut sichtbar. Der CIA-Mann bewegte sich nicht. Als er die Tür öffnete, wurde ihm der Grund klar. Ein zweiter, jüngerer Mann blockierte den Gang. Auch dieser Mann hielt eine Waffe in der Hand; auf seinem Gesicht lag ein selbstzufriedenes Lächeln.
»Zurück, Paul«, sagte er und drückte Karl die Waffe gegen den Solarplexus.
Karls Reaktion war ein reiner Reflex. Er wich seitlich aus, die Mündung des Revolvers rutschte von seiner Brust ab, gleichzeitig behielt er seine Vorwärtsbewegung bei, machte noch einen Schritt vor und preßte den Waffenarm des Mannes an seine Brust, während sich sein anderer Arm um den Hals des Mannes schlang, aus der Hüfte heraus in einer *Kubinage* herumwirbelnd, schleuderte er den Mann in das Zimmer.
Es geschah so schnell und perfekt wie bei einer Demonstration in der Kampfschule. Karl hörte ein überraschendes Grunzen, als der Mann auf den Boden schlug, dann einen scharfen Knall, als sich ein Schuß aus dem Revolver löste. Der Fernsehschirm zersplitterte. Der ältere CIA-Mann duckte sich, als Karl in den Flur hinaushechtete und die Tür zuschlug.
Schnell eilte er den Flur entlang. Eine Frau beobachtete ihn ängstlich; wahrscheinlich hatte sie den Schuß gehört. Zwei Polizisten bogen um eine Ecke, ein Mann und eine Frau, und ihr Gesichtsausdruck verriet Karl, daß sie ebenfalls den Schuß gehört hatten. Der Mann hatte seine Waffe in der Hand.
Karl stoppte. Er saß zwischen der Polizei und dem Zimmer mit den CIA-Männern in der Falle, als sich die Tür von Zimmer 315 öffnete, und ein Mann mit rosigem Gesicht hinausspähte.
»Was ist das für ein Lärm?«
»Zurück«, bellte Karl ihn an. »Er ist bewaffnet.« Und damit stieß er den Mann ins Zimmer zurück und folgte ihm. Drei andere Männer saßen um ein Bett herum und spielten Poker.
Rote, blaue und weiße Chips stapelten sich auf dem Bett; der Fußboden war mit Bierdosen übersät. Zwei Männer hatten die Jacken ausgezogen und die Ärmel aufgerollt. Der dritte saß im Unterhemd da; der Bauch quoll ihm über den Gürtel.
»Ein Revolver?« sagte einer von ihnen. »Ist deswegen . . .?«

Die Tür zum Balkon stand offen. Karl kletterte über das Bett, brachte dabei Karten und Chips in große Unordnung und kippte Bierdosen um. Ärgerliche Rufe folgten ihm auf den Balkon. Die Spitze des Zirkuszeltes ragte nicht mehr als dreieinhalb Meter unter ihm auf.
Karl stieg auf das Geländer, ging in die Hocke und warf sich dann nach vorn. Das Zeltdach wurde von Kabeln gehalten, und Karl zielte direkt daneben in der Hoffnung, daß der Stoff hier nicht reißen würde. Unten am Boden schrie jemand auf, und dann kam die Welt auf ihn zugerast.
Der Aufprall war halb so schlimm, doch sein rechter Knöchel blieb irgendwo an dem Zeug hängen, als er nach unten wegrutschte. Schmerz durchzuckte ihn; dann rollte er abwärts, während die Zeltbahn unter seinem Gewicht nach unten sackte.
Er landete dicht neben mehreren Leuten, die immer noch das eingesunkene Zeltdach anstarrten, auf dem Boden. Irgendein Empfang schien hier im Gange zu sein. Männer und Frauen in Abendkleidung, Drinks in der einen, Käse und Crackers in der anderen Hand. Auf dem Tisch neben ihm standen Weißweingläser. Karl machte einen Schritt nach vorn, spürte einen stechenden Schmerz und stolperte gegen den Tisch. Die Gläser klirrten schrill gegeneinander. Der Kellner schaute ihn erschrocken an.
»Ist Ihnen was passiert, Sir?«
»Da oben ist ein Mann mit einem Revolver«, sagte Karl. »Ich alarmiere die Polizei.«
Den Schmerz in seinem Knöchel ignorierend, schritt Karl auf die Lobby zu. Hinter ihm verbreitete sich die Nachricht in Windeseile.
Ein Revolver? Wer hat was von einem Revolver gesagt? Was ist denn los?
Karl ging so schnell er konnte. Mit jedem Schritt schien der Schmerz in seinem Knöchel stärker zu werden. Rennen war unmöglich. Er brauchte seinen Wagen, aber zuerst mußte er durch die Lobby, ohne entdeckt zu werden. Jeden Augenblick konnten sich die Lifttüren öffnen und Polizei und CIA-Männer

herausstürzen. Er zwang sich, ganz lässig dahinzuschlendern. Im Hintergrund hörte er die Männer der Pokerrunde etwas zu der Menge herabbrüllen.

Er erreichte den Eingang, und dann war er draußen. Zwei Autos standen in der Auffahrt; ein Taxi und eine schwarze Limousine. Der Fahrgast im Taxi zählte noch das Fahrgeld ab. Die Limousine war leer; aus dem offenen Kofferraum lud der Chauffeur Koffer aus.

In der Lobby schrie jemand: »Haltet ihn...«

Karl ging auf die Limousine zu. Die Fahrertür stand offen, und die Schlüssel steckten im Zündschloß. Er glitt hinein und startete den Motor.

»Heh...«

Der Chauffeur stürzte nach vorn; als er jedoch bemerkte, daß sich der Wagen bewegte, packte er den Griff der hinteren Tür. Die Karosse schoß davon, schleifte ihn mit sich, und nach wenigen Metern fiel der Mann zu Boden. Karl hatte jetzt die Straße erreicht, riß das Steuerrad nach links und fuhr auf der Budapester Straße in östlicher Richtung. Sechzig Meter vor ihm folgte die Straße in einem Bogen dem Tiergarten. Jenseits davon befand sich der Landwehrkanal, und dahinter zweigten kleine Nebenstraßen ab, in denen er untertauchen konnte.

Es knallte dreimal in kurzen Abständen. Im Rückspiegel sah er den jüngeren CIA-Mann mitten auf der Straße, die Beine gespreizt, den Revolver im Anschlag. Gerade bevor Karl um die Kurve bog, ließ sich der Mann auf ein Knie fallen und feuerte zweimal. Jeweils zwei Durchschüsse der Heck- und Frontscheibe waren das Ergebnis. Dann war er um die Kurve und außer Sicht.

Karl lächelte, doch sein Lächeln gefror sofort. Vor ihm blockierten drei Autos die Straße. Ein Lastwagen versuchte rückwärts in eine Einfahrt zu rangieren, und der Gehweg war zu schmal für die Limousine. Karl riß die Handbremse an. Reifen quietschten, als der schwere Wagen sich um hundertachtzig Grad drehte. Augenblicke später raste er denselben Weg zurück. Der CIA-Mann hatte sich gerade abgewandt, als Karl wiederauftauchte. Überrascht drehte er sich um, ließ sich erneut auf ein

Knie fallen und zielte. Karl raste direkt auf ihn zu, tief hinter dem Lenkrad zusammengeduckt. Der Motor schützte ihn zwar, aber nun konnte er die Straße nicht mehr sehen. So hielt er auf ein entferntes Gebäude zu; er wußte, auf dieser Linie mußte der Schütze stehen. Zwei weitere Schüsse, und in der Windschutzscheibe erschienen zwei weitere Löcher, eins auf der Seite und eins in der Höhe, wo eben noch sein Kopf gewesen war.
Als die Räder gegen den Randstein knallten, kurbelte Karl nach links, um wieder auf die Straße zu kommen. Er richtete sich auf; wie erwartet war der CIA-Mann zur Seite gehechtet, um nicht überfahren zu werden. Er erhaschte einen flüchtigen Blick auf den Mann, der geduckt über den Rasen rannte. Vor dem Hotel stand nun der Polizist mitten auf der Straße, versuchte Karl mit erhobener Hand zu stoppen, als regelte er den Verkehr. Karl drückte auf die Hupe und gab Gas. *Beweg dich, verdammt noch mal!* Doch der Mann wich nicht von der Stelle. Karl fuhr in Schlangenlinien (es gab keinen Gegenverkehr), und hupte pausenlos. Er wartete bis zur letzten Sekunde, und als sich der Polizist immer noch nicht rührte, lenkte er rasch wieder auf die Gegenfahrbahn, wollte dicht an dem Mann vorbeifahren, um ihm einen Schrecken einzujagen, doch im allerletzten Augenblick warf sich der Polizist zur Seite – zur falschen. Der rechte Kotflügel erwischte ihn und schleuderte ihn hoch durch die Luft. Im Rückspiegel sah Karl, wie er schwer auf dem Rasen neben dem Gehweg aufschlug.
Und dann war er am Hotel vorbei. In der Nürnberger Straße bog er nach links, nach einem Block rechts, dann wieder links und rechts, bis er in dem ausgedehnten Labyrinth der Stadt seine Spur verwischt hatte.
Er fuhr zur U-Bahn-Station Yorkstraße, wo sich drei U-Bahn-Linien kreuzten. Nachdem er seine Fingerabdrücke von Lenkrad und Türgriff gewischt hatte, nahm er die Linie 7 nach Süden. In der U-Bahn hatte Karl Zeit, seinen Knöchel zu inspizieren. Er war bereits geschwollen, aber nicht so schlimm, wie er gedacht hatte. Etwas Kühlung und eine Elastikbandage sollten genügen...
Jetzt, wo es vorbei war, fühlte er sich schwach und erschöpft.

Zu viele Enthüllungen, zu viel war auf einmal passiert. Karl schloß die Augen, atmete tief durch, beruhigte sich, konzentrierte sich. Einen Augenblick lang dachte er daran, Onkel Alex anzurufen, entschied sich dann aber dagegen. Die Mission war nicht gefährdet – die CIA-Männer hielten ihn für Paul, und Paul war aus dem Weg. Alles konnte planmäßig weitergehen. Vielleicht konnte er sogar Pauls Identität zu seinem Vorteil einsetzen? Als Karl die Station Rathaus-Neukölln erreichte, hatte er endlich wieder das Gefühl, Herr der Situation zu sein.
Bei seinem Mercedes angekommen, überlegte Karl, ob er Checkpoint Charlie nicht lieber umgehen und über einen der drei anderen Grenzübergänge am Westrand der Stadt zurückkehren sollte. Diese Übergänge befanden sich an den Autobahnen, die in die BRD führten, aber zur nächsten Station war's eine halbe Stunde und zu Checkpoint Charlie nur wenige Minuten. Die Zeit hatte bestimmt nicht gereicht, um Pauls Foto bei den Streifen in Umlauf zu bringen, und falls man eine Fahndung ausgelöst hatte, würde die Polizei nach einer gestohlenen Limousine und nicht nach einem Mercedes suchen.
Checkpoint Charlie war eine US-Militäreinrichtung, und nur Militärfahrzeuge hatten zu halten. Es gab keine Grenzbarrieren, die den Weg blockierten, und als der amerikanische Soldat in seiner Parade-Uniform mit weißem Gürtel Karls DDR-Kennzeichen sah, beachtete er ihn gar nicht. Wenig später befand sich Karl wieder auf DDR-Gebiet.
Ob sein Bruder ihn nun hereinzulegen versucht hatte, oder ob er von der CIA hereingelegt worden war, konnte Karl nicht beurteilen. Es spielte keine Rolle. Seit langem schon hatte er gelernt, daß Erfolg oder Mißerfolg einer Mission oft genug von seiner Fähigkeit abhing, sich schnell auf Unerwartetes einzustellen und einen Nachteil in einen Vorteil zu verwandeln. Karl berührte den Paß seines Bruders, der sicher in seiner Tasche ruhte. Pauls unerwartetes Auftauchen erwies sich jetzt bereits als vorteilhaft.

Die Nachricht, daß Paul Stafford in einen Autodiebstahl mit anschließender Fahrerflucht nach einem Unfall verwickelt war, stieß in den Vereinigten Staaten an einem Tag, an dem ein amerikanisches Kriegsschiff im Suezkanal angegriffen worden war, auf geringes Interesse. In den großen amerikanischen Zeitungen wurde die Angelegenheit lediglich auf der letzten Seite einspaltig abgehandelt. Nur die WASHINGTON POST bildete eine Ausnahme und brachte auf der zweiten Seite eine Schlagzeile:

Herald-Reporter des Autodiebstahls beschuldigt.

Beim HERALD wurde Bernie Stern mit Fragen bombardiert, auf die er keine Antwort wußte. Jeder wollte wissen, was Paul in Deutschland zu suchen hatte, weshalb Paul ein Auto gestohlen hatte und wann Paul in die Staaten zurückkehren würde.
»Paul arbeitet nicht an einer Story«, erklärte Bernie ihnen. »Paul hat seine Wochentermine nicht abgesagt. Ich weiß nicht, was Paul tut. Ich weiß überhaupt nichts von Paul!«
Diese Antwort erfreute auch Joyce und Tony Mayhue, Herausgeber des HERALD, nicht sonderlich, mit denen sich Bernie sofort in Verbindung setzte, als die Nachricht hereintickerte. Joyce brachte es fertig, mit einer Stimme, die zugleich besänftigend und schneidend klang, zu sagen, »Ob er nun an einer Story arbeitet oder nicht, er repräsentiert den HERALD.«
Bernie verzichtete darauf, sie daran zu erinnern, daß er sich gegen einen uneingeschränkten Vertrag für Paul ausgesprochen und vorausgesagt hatte, daß damit eine ohnehin schon zu anmaßende Haltung noch ermutigt würde. Niemand bezweifelte, daß Stafford ein Spitzenreporter war, wenn es um irgendwelche Ermittlungen ging – er war intelligent, ausdauernd und hartnäckig –, aber er war auch egoistisch und unabhängig bis an die Grenze des Erträglichen, Eigenschaften, die nach Bernies Meinung noch durch einen freien Vertrag verstärkt wurden. Doch die Mayhues hatten ihn überstimmt, und dies war nun das Ergebnis. Bernie konnte nichts weiter tun, als bei Paul zu Hause anzurufen und eine Nachricht zu hinterlassen, daß er sich so bald wie möglich melden sollte. Er machte sich keine Illusionen, daß die Nachricht auch nur die geringste Wirkung haben würde.

Die Person, die von dem Vorfall im Interconti am unmittelbarsten betroffen war, war Ray Tregerdemain. Nachdem er und Paul sich vor dem Casino getrennt hatten, gesellte sich Ray zu einigen Freunden, zu denen auch Nancy Van Zandt gehörte, eine sechsunddreißigjährige Holländerin, mit der er gelegentlich Nächte kunstvollster erotischer Kreativität genoß, daß er noch Tage danach sein Glück kaum fassen konnte. Ihretwegen kam er erst spät am nächsten Morgen nach Hause. Auf seinem Anrufbeantworter war eine Nachricht von Paul.
»Ray, hier ist Paul Stafford. Ich bin gestern abend ins Vanilla Rose und hab mit Ihrem Freund Wenzler gesprochen. Er hat eine Verbindung zu meinem Bruder hergestellt. Ich hab heute morgen ein Treffen in Ost-Berlin, also warten Sie noch mit Ihren Nachforschungen. Ich melde mich wieder bei Ihnen, sobald ich zurück bin.«
Ray nahm die Nachricht mit gemischten Gefühlen auf. Einerseits erregte die Geschichte der beiden Brüder seine Neugierde, und er hätte gern erfahren, wie die Sache ausgegangen war; andererseits hatte er die fünfzig Mark ausgegeben und befürchtete, Paul könnte sein Geld zurückfordern. Also wartete er ab, was passieren würde. Am nächsten Tag hörte er übers Radio, daß Paul einen Wagen gestohlen und einen Polizisten überfahren hatte, der sich dabei die Hüfte gebrochen hatte.
Ray rief einen Freund im Polizeipräsidium an und erfuhr, daß die Polizei im Hotel einen Fall von Dokumentenfälschung untersucht hatte, daß die Koordination des Falles beim Polizeipräsidium in Schöneberg lag und daß die US-Regierung irgendwie in die Sache verwickelt war. Letzteres war allerdings nur ein Gerücht. Ray rief in Schöneberg und im amerikanischen Konsulat an und erhielt beide Male ein »Kein Kommentar« zur Antwort.
»Es ist etwas faul im Staate Dänemark«, murmelte Ray vor sich hin. Er saß in seiner Kellerwohnung und ging die Möglichkeiten durch. Falls Paul Stafford falsche Pässe besaß – wozu? Entweder er war in irgendwelche illegalen Aktivitäten verwickelt – Drogen, Waffenschmuggel, Devisenschieberei – oder er wollte die Pässe dazu benutzen, seinen Bruder aus der DDR zu

schmuggeln. Dies schien die plausibelste Erklärung zu sein: Die falschen Pässe waren für seinen Bruder bestimmt, und irgendwas war schiefgegangen. Vielleicht war er an der Grenze mit den Pässen aufgeflogen, hatte flüchten können und war zu seinem Hotel zurückgekehrt, wo die Polizei bereits auf ihn wartete. Das machte Sinn. Und dann hatte er die ganze Sache nur noch verschlimmert, als er ein Auto stahl und einen Polizisten überfuhr...

Ray schüttelte den Kopf. Das machte weniger Sinn. Paul Stafford mochte sich nicht groß um irgendwelche gesetzlichen Feinheiten kümmern, wenn es um die Jagd nach seinem Bruder ging, aber schließlich war er nicht dumm. Eine Anklage wegen Dokumentenfälschung war harmlos im Vergleich zu einem Autodiebstahl und Fahrerflucht, vor allem wenn er die menschliche Seite herausstellte und darauf hinwies, daß er nur seinen armen, unterdrückten Bruder aus Ost-Berlin über die Grenze habe schmuggeln wollen.

Ray ging zum Eisschrank, um sich ein Bier zu holen. Das Kühlgerät war so heruntergekommen wie die ganze Wohnung; die Gummidichtung rings um die Tür hatte sich längst aufgelöst, und von den Innenwänden tropfte das Kondenswasser. Ray griff sich eine Dose. Ja, er brauchte eine heiße Story, um den Durchbruch zu schaffen und seine Pechsträhne zu beenden. *Er mußte Paul Staffords Bruder finden.*

Ein herrlicher Einfall. Wenn er Pauls Bruder aufspüren und identifizieren, ja vielleicht sogar ein Interview mit ihm machen konnte, hätte er das Material für eine Story, die internationales Aufsehen erregen würde. **Journalist beim Versuch, seinen Zwillingsbruder zu retten, zum Flüchtling geworden** – er sah die Schlagzeile schon vor sich.

Ray holte sich einen Notizblock und zog sich einen Stuhl an den Küchentisch – zersprungene Plastikplatte, angerostete Metallbeine. Er wollte einen neuen Küchentisch, ein neues Apartment – alles neu.

Er stellte eine Liste der Zeitungen und Magazine zusammen, die sich höchstwahrscheinlich für seine Story interessieren würden, und die möglichen Honorare. Ein Jammer, daß Paul den

Polizisten nicht getötet hatte. Das hätte dem Ganzen den richtigen Pep gegeben.
Aber er machte bereits den zweiten Schritt vor dem ersten. Bis jetzt hatte er nichts weiter als Pauls Geschichte von seinem Zwillingsbruder – ohne irgendeinen Beweis – und seine eigenen Vermutungen. Er griff zum Hörer und rief Otto Wenzler an.
»Residenz Otto Wenzler«, meldete sich eine männliche Stimme. Ray verlangte den Hausherrn zu sprechen und erfuhr, daß dieser beschäftigt sei. Ray erwähnte den Namen Paul Stafford, und auf einmal war Herr Wenzler nicht mehr beschäftigt und kam ans Telefon. Ray lächelte und eröffnete das Gespräch. »Ray Tregerdemain, Mr. Wenzler. Ich bin freier Journalist und arbeite an einer Story über Paul Stafford, diesen Amerikaner, der in den Unfall mit Fahrerflucht vor dem Interconti verwickelt war. Sie wissen, wen ich meine, ja?«
»In den Zeitungen lese ich nur den Kunstteil.«
»Yeah, richtig, genau wie ich. Der Witz dabei ist, ich weiß zufällig, daß Mr. Stafford am Tag vor dem Unfall noch mit Ihnen gesprochen hat. Ich weiß außerdem, daß Sie ihm sagten, wo er seinen Zwillingsbruder finden könnte. Was ich von Ihnen möchte, ist genau die gleiche Information: Wo finde ich den Bruder?«
»Ich hab keine Ahnung, wovon Sie reden, Mr. Dräscherdemän.«
»Tregerdemain. Und Sie können mich von dieser Story nicht abschrecken, Mr. Wenzler. Man nennt mich Bulldoggen-Ray.«
»Ich wiederhole noch mal, ich hab keine Ahnung, wovon Sie sprechen.«
»Ist das Ihr Statement für die Zeitung? Ich werde meinen Anrufbeantworter zitieren, wo Stafford sagt, er hätte Sie besucht, und Ihre Antwort ist, Zitat: ›Ich habe keine Ahnung, wovon Sie sprechen‹, Zitat Ende. Ist das so richtig?«
»Ja.«
Ray konnte spüren, wie ihm sein Opfer entglitt und seine Felle davonschwammen. Er brauchte unbedingt etwas, worauf Wenzler reagieren würde. Ein Mann, der in so viele dunkle Geschäfte verwickelt war, mußte doch ...

Plötzlich fiel ihm ein, daß sein Informant falsche Pässe erwähnt hatte. War's nicht möglich, daß Paul die Pässe gar nicht aus den Staaten mitgebracht, sondern erst in Berlin bekommen hatte? Von Wenzler? Ray entschloß sich, alles auf eine Karte zu setzen. »Mr. Stafford sagte, Sie hätten die falschen Pässe geliefert. Möchten Sie dazu auch kein Statement abgeben?«
Schweigen. Ray spürte Erregung in sich aufsteigen. War's möglich? Hatte er richtig vermutet, und Wenzler hatte tatsächlich die falschen Pässe geliefert? Wenn ja, dann hatte er Wenzler an den Eiern. »Hören Sie«, schob er schnell nach, »die Story endet entweder mit Pauls Bruder oder mit Ihnen und den gefälschten Pässen. Ich persönlich würde lieber seinen Bruder finden, aber wenn Sie mir nicht weiterhelfen, müssen Sie eben das Ende der Geschichte abgeben. Verstehen Sie, wie die Sache läuft? Sie helfen mir, und ich helfe Ihnen.«
»Wie viele Leute«, sagte Wenzler langsam, »wissen über Staffords Behauptung Bescheid?«
»Niemand. Und niemand wird es erfahren, wenn Sie mich mit seinem Bruder in Verbindung bringen.«
»Nur um eines klarzustellen, Mr. Tregerdemain, diese Behauptung ist absolut falsch.«
Nur um eines klarzustellen, hätte Ray am liebsten gesagt, ich nehme das Gespräch nicht auf Band. Obwohl er nun wünschte, er hätte es getan. »Niemand wird davon hören, Mr. Wenzler, das garantiere ich Ihnen. Sie können sich überall erkundigen. Ich bin seit langer Zeit in Berlin, das hier ist mein Revier, und ich beschütze stets meine Quellen.«
»Ich werde mich erkundigen. Wenn mich das zufriedenstellt, werde ich sehen, was ich tun kann, um Ihnen bei der Suche nach dem Mann behilflich zu sein. Ich arbeite immer gern mit der Presse zusammen, wenn es möglich ist. Wo kann ich Sie heute nachmittag erreichen?«
»Ich habe noch ein Interview«, log Ray, »doch gegen drei sollte ich wieder hier sein.«
»Geben Sie mir Ihre Nummer, ich rufe Sie an.«
Ray gab ihm die Nummer, und Wenzler sagte, er würde zwischen drei und halb vier anrufen.

Nachdem er aufgelegt hatte, klatschte Ray in die Hände. Seine glückliche Vermutung, was die falschen Pässe anbelangte, hatte sich bezahlt gemacht. Wenzlers Reaktion sagte ihm, daß die Vermutung eine Tatsache war.
»Voll ins Schwarze«, sagte Ray laut; seit er 1963 ein Fünf-Minuten-Interview mit Präsident Kennedy ergattert hatte, war er nicht mehr so mit sich zufrieden gewesen. Nicht mal der bedeckte Himmel, der seine Wohnung besonders trist erscheinen ließ, konnte seiner guten Laune etwas anhaben. Er setzte sich wieder mit dem Notizblock hin und begann voller Hingabe Schlagzeilen zu entwerfen.

Kapitel 16

Paul träumte, er schwebte in der Luft und blickte aus dem Himmel auf sich selbst herab. Er war allein, lag mit einem Krankenhaushemd bekleidet auf einem Bett. Die Wände des Zimmers waren rosafarben und hatten keine Fenster; die ganze Möblierung bestand aus einem Korbtisch neben seinem Bett. Er versuchte die Augen zu öffnen, aber sie ließen sich nicht öffnen. Dann erkannte er, daß seine Augen offen *waren* und daß er flach auf dem Rücken lag und sich gleichzeitig irgendwie von der Decke aus beobachtete. Ein Schwindelgefühl überkam ihn, bis er merkte, daß die Decke spiegelverkleidet war, und er sein eigenes Spiegelbild anstarrte.
Er versuchte, sich in eine sitzende Stellung hochzukämpfen, aber irgendwas leistete Widerstand. In dem Glauben, er wäre gefesselt, hielt er nach Stricken Ausschau. Die Minuten dehnten und streckten sich, und ihm wurde bewußt, daß er schon sehr lange seine Arme anstarrte, und selbst als ihm diese Erkenntnis gekommen war, starrte er wieder lange auf seine Arme und suchte nach Stricken, die nicht da waren.
Paul kämpfte sich in sitzende Position hoch. Er fühlte sich schwach und benommen, und selbst die kleinste Bewegung kostete ihn gewaltige Anstrengungen. Er schob seine Beine über die Bettkante und erhob sich. Der Raum kippte weg. und Übelkeit schlug wie eine Woge über ihm zusammen. Er machte einen Schritt nach vorn, bevor seine Knie nachgaben und er zusammenbrach. Lange lag er so, das Gesicht gegen den Boden gepreßt, und starrte die Beine seines Bettes an. Als er sich wieder stärker fühlte, versuchte er erneut aufzustehen und erlitt

wieder Schiffbruch. Endlich gelangte er zu dem Schluß, daß er mit Drogen betäubt worden war.
Diese Erkenntnis ließ ihn seine Hilflosigkeit zumindest aus der richtigen Perspektive betrachten. Auf Händen und Knien kroch Paul durch den Raum und suchte nach einer Fluchtmöglichkeit. Es gab zwei Türen. Eine führte in ein kleines Bad, die andere, eine aus Metall, war verschlossen. Weil es keine Fenster gab und der Linoleumboden und die Ziegelwände sich kühl anfühlten, vermutete Paul, daß er sich im Keller befand. Aber wo? Karls Haus? Würde ihn irgend jemand hören, wenn er schrie? Er versuchte zu schreien; das Geräusch, das er dabei hörte, erschreckte ihn. Verschwommen und unverständlich, die Laute eines geistig Behinderten.
Knirschend drehte sich ein Schlüssel im Schloß. Paul kam auf die Füße, stolperte, fiel schwer auf das Bett. Die Tür öffnete sich, und Madame Tran kam herein, gefolgt von Helmut, dem Mann, der ihn in Otto Wenzlers Arbeitszimmer gebracht hatte. Madame Tran trug ihre elegante vietnamesische Gewandung, das Bao Dai, so wie beim ersten Mal, als Paul sie im Vanilla Rose gesehen hatte. Als sie sah, daß er sich aufgerichtet hatte, nickte sie zufrieden.
»Du bist jetzt wach. Gut.«
Sie trug das Tablett zu dem Korbtisch neben dem Bett. Paul versuchte zu reden, doch seine Zunge war wie ein Tonklumpen, und die Worte kamen so langsam und verstümmelt heraus, daß selbst er sie nicht verstehen konnte.
»Nein, versuch nicht zu sprechen«, ermahnte ihn Madame Tran. »Du kannst sowieso nichts sagen. Erst gehst du ins Bad, dann ißt du.«
Sie wandte sich an Helmut, der im Türrahmen stand, die Ärmel seines leichten Pullovers hochgerollt. Er sah unglücklich aus. Der Flur hinter ihm lag leer und schweigend da.
»Los«, sagte sie. »Hilf ihm schon.«
Helmut trat vor und griff nach Pauls Arm. Paul versuchte aufzustehen und sich an ihm vorbeizuschleichen, doch bis seine Muskeln reagierten, hatte Helmut ihn längst auf die Füße gestellt; halb zerrte, halb trug er ihn durch den Raum. Paul machte

einen ungeschickten Versuch, seinen Ellenbogen Helmut in die Seite zu rammen. Es steckte keine Kraft dahinter, doch es reichte aus, um Helmut ärgerlich zu machen.
»Scheißkopf.« Er drehte Paul um und stieß ihn zurück aufs Bett.
»Er will meine Hilfe nicht«, sagte er zu Madame Tran. »Kümmer du dich um ihn.« Und damit verließ er den Raum.
Paul rollte sich auf die Seite, sah, daß Madame Tran traurig den Kopf schüttelte.
»Siehst du, was passiert«, sagte sie. »Wenn du dir keine Mühe gibst, wirst du schlecht behandelt.«
»Verschwinde«, schrie er, aber das Wort hallte nur in seinem Kopf wider. Von seinen Lippen drang nur unverständliches Gemurmel.
Madame Tran nahm das Tablett wieder an sich.
»Du bist jetzt wie ein kleines Baby«, sagte sie. »Mach dir das besser ganz schnell klar.«
Sie schloß die Tür und versperrte sie von außen; Paul blieb allein mit seiner Hilflosigkeit und seinem ohnmächtigen Zorn.

Karl kam in Washington, D.C., mit einem neuen Paß, einem neuen Führerschein und einem neuen Namen an. Als Ron Tednick mietete er sich einen Wagen und inspizierte dann zwei Tage lang zusammen mit einem Immobilienagenten Ferienhäuser, die von der Andrews Air Force Base nicht weiter als zehn Auto-Minuten entfernt waren. Ein Farmhaus an der Toons Creek Road erschien ihm schließlich passend. Es lag ein Stück von der Straße entfernt auf einem Hügel mit Blick auf den Patuxent River, umgeben von zwei Acres Land; der Fluß war, wie ihm die Agentin Rita Gaylord versicherte, »bequem zu Fuß zu erreichen«.
Mrs. Gaylord war eine attraktive Frau Mitte Dreißig. Als er sie das erstemal sah, trug sie einen Hosenanzug, der ihre schlanke Figur vorteilhaft zur Geltung brachte. Am nächsten Tag trug sie ein leichtes, anliegendes Sommerkleid. Sie war eine gepflegte Frau mit kecken Gesichtszügen und üppigem, in einer Welle zurückgekämmtem Haar. Sie freute sich, Ron Tednick zu Diensten

sein zu können, einem geschiedenen Vater, dessen Kinder ihn für einen Monat besuchten.
»Wie alt sind Ihre Kinder?« fragte Rita.
»Elf und neun«, sagte Karl, ein Alter wählend, in dem sie nicht mehr die Wände beschmierten, aber noch zu jung für wilde Parties waren. Seine Frau, sagte er, lebte in Kalifornien, und er arbeitete für die National Security Agency in Washington. Seine Eltern kamen von Philadelphia, um den Monat ebenfalls mit ihm und den Kindern zu verbringen, und er wollte genügend Platz für alle haben.
Karl genoß es, Details eines konstruierten Lebens zu erfinden. So zu tun, als wäre er eine andere Person, gab ihm ein merkwürdiges Gefühl von Freiheit. Da konnte er einmal Teil einer normalen Gesellschaft sein, ein Durchschnittsmann.
Rita Gaylord hielt Ron Tednick keineswegs für einen durchschnittlichen Mann. Sein athletischer Körper und sein gutes Aussehen zogen sie an, und seine Scheidung störte sie nicht. Sie war selbst geschieden. Rita verwandte viel Energie darauf, genau den richtigen Ort für Mr. Tednick zu finden. Außerdem erbot sie sich, ihm einen Strand südlich von Annapolis zu zeigen.
»Ein abgelegenes Fleckchen«, sagte sie. »Wunderbarer Sand, ein wunderbarer Ort für die Kinder.«
Karl lehnte das Angebot ab. Das letzte, was er sich wünschte, war irgendeine Form von näherer Beziehung. Deshalb hatte er das Toons-Creek-Haus gewählt: Es lag ganz für sich allein nahe der Andrews Air Force Base und besaß ein angrenzendes Gebäude, das einst ein Stall gewesen war. Der Stall war umgebaut worden. Das Erdgeschoß beherbergte nun eine Werkstatt, während im oberen Stock Dinge eingelagert waren, die der Hauseigentümer nicht unbedingt den Mietern überlassen wollte.
Der Mietvertrag wurde in Ritas Büro unterzeichnet, und Karl stellte ihr einen Barscheck über zweitausend Dollar aus. Rita drehte ihn zwischen Daumen und Zeigefinger und meinte: »Vielleicht sollten Sie sich eine kleine Housewarming-Party gönnen, bevor die Kinder kommen.«
»Nein, danke«, sagte Karl. »Ich hab's gern ein bißchen ruhig.«

Jetzt, wo er das Haus hatte, konnte er es sich leisten, schroff zu sein. Er bedauerte bereits, daß er ihr gesagt hatte, er wäre geschieden. Eine Ehefrau mit Krebs oder Alzheimerscher Krankheit wäre eine bessere Geschichte gewesen.

Sobald er sich häuslich eingerichtet hatte, begann Karl die Redeye-Mission vorzubereiten. Er unterteilte seinen Auftrag in drei Operationen: eine Raketenabschußbasis finden, die Redeye entwenden und eine dritte Person mit einbeziehen.

Die erste Operation war schwieriger, als er es sich vorgestellt hatte. Die Andrews Air Force Base grenzte im Norden und im Süden an Wohngebiete und Einkaufs-Center und im Osten an Industriegelände, Farmen und einen Wohnwagen-Park. Unglücklicherweise verlief die Einflugschneise der Maschine des Generalsekretärs über das Gebiet mit der größten Bevölkerungsdichte und machte so das Risiko, gesehen zu werden, unannehmbar hoch. Er konnte nicht einfach aus dem Wagen klettern und sich an die nächste Straßenecke stellen, eine Redeye-Rakete auf der Schulter.

Zuerst erwog er das Dach eines Hauses oder eines Lagerraumes. Dort käme er zwar frei zum Schuß auf die *Iljuschin*, aber konnte er sich Zutritt zum Dach eines Gebäudes schaffen, ohne daß die Bewohner oder der Besitzer aufmerksam wurden? Er suchte ein Haus zu mieten, aber in der Gegend der Einflugschneise stand keines zur Verfügung. Je länger er darüber nachdachte, desto mehr hatte Karl an der Idee mit dem Dach auszusetzen. Falls er einen geeigneten Ort fand, wie konnte er sichergehen, daß die Polizei nicht routinemäßig alle neu angemieteten Objekte in der Nähe des Fluggeländes überprüfte? Und wie konnte er seinen ›Sündenbock‹, die Person, der er die Schuld an der Ermordung des Generalsekretärs anhängen sollte, dazu bringen, das Haus zu mieten? Und Helikopter? Auf einem Dach war er für sie genausogut erkennbar wie sie für ihn. Und falls er all diese Probleme überwinden konnte – woher sollte er wissen, welches Haus zu mieten war, wo er doch erst am Ankunftstag erfahren würde, welche Landebahn der Maschine des Generalsekretärs zugewiesen wurde.

Die Überlegung, daß die Landebahn von der Windrichtung abhängig sein würde, brachte Karl die Lösung. Was er brauchte, war Mobilität und Tarnung – ein unverfängliches Fahrzeug, das ihn auch dann noch verbergen würde, wenn er den Abzug betätigte; irgendwas mit einer Öffnung, durch die er die Redeye abfeuern konnte. Die Manie der Amerikaner zu reisen, ohne das eigene Heim wirklich zu verlassen, stellte ihm genau so ein Fahrzeug zur Verfügung: einen Winnebago.
Karl war recht zufrieden mit sich. Anstatt sich wegen ein oder zwei festen Abschußbasen Sorgen machen zu müssen, eröffnete das Wohnmobil eine ganze Anzahl von Möglichkeiten. Er konnte sich überall hinstellen; und er konnte die Rakete von innen durch das aufgeklappte Dachfenster abfeuern und so die Möglichkeit zufälliger Zeugen ausschließen.
Die einzige wirkliche Schwierigkeit bestand darin, ein Wohnmobil mit einem vollständig zu öffnenden Dachfenster zu finden. Diesen zusätzlichen Luxus besaßen die meisten Mietwagen leider nicht, und er verfügte nicht über das nötige Geld, um einen Winnebago sofort zu kaufen. Onkel Alex und seiner Gruppe standen keine unbegrenzten Mittel zur Verfügung. Sie waren orthodoxe Patrioten, hinter denen nur noch die wenigsten im Kreml standen. Er fand, was er suchte, im Sunshine RV in Fairfax, Virginia. Ein pausbäckiger Verkäufer unternahm mit Karl eine Probefahrt und erzählte ihm vom Urlaub seiner eigenen Familie mit einem Wohnmobil. Es war ein klobiges Fahrzeug, aber genau das, was Karl brauchte.
Für die zweite Operation – den Diebstahl der Redeye – mußte er erst mal persönlich den Bayonne Terminal besichtigen. Hierfür kam ihm Pauls Beruf entgegen. Karl prägte sich die Geschichte ein, die er erzählen wollte, rief dann den Military Ocean Terminal an und verlangte den für Öffentlichkeitsarbeit zuständigen Offizier zu sprechen. Man verband ihn mit Major Irene Fellows.
»Major Fellows ... mein Name ist Paul Stafford. Ich bin Reporter des WASHINGTON HERALD und arbeite an einer Story über das militärische Seetransportkommando. Ich würde gern einen Termin für ein Interview ausmachen.«

»Ich werde sehen, was ich tun kann, Mr. Stafford. Könnten Sie mir noch Genaueres sagen? Es handelt sich also um eine Story für den WASHINGTON HERALD?«
Karl äußerte sich ausführlich dazu. Er empfand ein merkwürdiges Vergnügen, Paul Stafford, den preisgekrönten Journalisten, zu verkörpern. Es stellte sich heraus, daß Major Fellows eine Story von Paul gelesen hatte – irgendwas über die Rebellen in Afghanistan. Karl machte sich im Geiste eine Notiz und suchte dann später die Bibliothek auf, wo er sämtliche Artikel von Paul las. Wirklich gut geschrieben, entschied Karl, aber letzten Endes kam nichts dabei heraus. Die Welt brauchte Taten, nicht Worte.
Das Leben seines Bruders übte weiterhin eine seltsame Faszination auf ihn aus. Er fuhr an dem Haus in Arlington vorbei und war von dessen Größe überrascht. Es war ein zweistöckiges Backsteinhaus mit einem Türmchen an einer Ecke. Auf der einen Seite des Hauses befand sich eine abgeschirmte Veranda, auf der anderen Seite war eine Garage angebaut worden. Der Hof davor war so groß wie das Haus und wurde von einem riesigen Ahornbaum beherrscht.
Für Karl war das der erste sichtbare Beweis, wie erfolgreich sein Bruder war. Später, in D. C., stoppte er am Farragut Square und schaute von einem Buchladen hinüber zum HERALD-Gebäude. Er stellte sich vor, wie Paul hier jeden Tag zur Arbeit ging, und versuchte zu erraten, welches der nahe gelegenen Restaurants sein Bruder besuchte.
Diese Ausflüge in das Leben seines Bruders waren nur kurz. Die meiste Zeit verbrachte Karl in der Bibliothek, auf der Suche nach amerikanischen Randgruppen und radikalen Bewegungen. Was er suchte, war eine militante nationalistische Organisation, die dringend Geld nötig hatte.
Er fand sie in der RANK, einer Gruppe, die für die Vorherrschaft der weißen Rasse eintrat, mit Sitz in Houston, Texas. Ihr Führer, Grant Harkness, war zusammen mit zwei anderen wegen Mordes an dem Gastgeber einer Radio-Talkshow verurteilt worden, dem sie eine Briefbombe ins Haus geschickt hatten. Die drei Männer hatten gerade Revision gegen ihre Verurteilung

eingelegt. In einem anderen Artikel wurde eine Auktion beschrieben, bei der durch den Verkauf von Weltkarten mit neuen Rassentrennungslinien Geld gesammelt werden sollte. Haargenau die Leute, nach denen Karl suchte: Faschisten waren auch immer Antikommunisten. So einen wie Grant Harkness mußte er finden. Er nahm sich vor, mit RANK Kontakt aufzunehmen. Und einer von ihnen würde dann der neue Winnebago-Mieter sein.

Ray Tregerdemain traf sich mit Otto Wenzler im Berliner Zoo. Es war fünf Uhr. Der Himmel war bedeckt, und ein kühler Nieselregen machte das Pflaster feucht und brachte Rays Nase zum Laufen. Er betupfte sie mit einem Taschentuch, während er auf die Zellerbachhalle zuging, wo sich ein Empfang für die Freunde des Berliner Zoos seinem Ende näherte. Wenzler war auf dem Empfang, und Ray sollte ihn um Viertel nach fünf vor der Halle treffen.

Ray spürte das vertraute Kitzeln der Erregung bei der Aussicht auf eine wichtige Story. Laut Wenzler war Pauls Bruder Mitglied der SED mit abwegigen sexuellen Vorlieben. Für das Versprechen, seine Anonymität zu wahren, wollte Wenzler ihm den Namen des Bruders und weiterer vier hochrangiger Parteimitglieder geben, die das Vanilla Rose besuchen. Das war mehr, als Ray sich erhofft hatte. So was könnte der Anfang sein für eine Artikelserie über DDR-Größen in Westberliner Bordellen. Die Weltpresse würde sich darauf stürzen, ganz besonders aber die Regenbogenpresse – und die zahlten gut!

Ray konnte so richtig fühlen, wie sich die Story entfaltete und aufbaute. Es war jedoch noch mehr als das, was ihm ein Gefühl der Sicherheit verlieh. Paul war wahrscheinlich schon wieder in den Staaten und schrieb was über seinen Bruder. Nun, Ray hatte jetzt einen eigenen Aufhänger für die Geschichte. Falls Paul eine Story über seinen Bruder oder sogar über den Vorfall beim Interconti brachte, konnte Ray die noch zugkräftigere Verbindung von Sex und Politik herausstellen. Gegen Ende des Monats würde er seine eigene Namenszeile in der TRIBUNE haben.

Wegen des Regens gingen viele Besucher wieder. Nur den Tieren schien das Wetter nichts auszumachen. Ray stellte den Kragen seines Mantels hoch, schob sich die Kordmütze in die Stirn und rammte die Hände in die Taschen. Bei der Zellerbachhalle angekommen, wartete er in der Lobby auf Wenzler. Im Inneren der Halle spielte ein Streichquartett klassische Musik, ein dezenter Hintergrund für die lärmende Unterhaltung der Gäste, die Geld für ein neues Aquarium gespendet hatten. Ray konnte einen flüchtigen Blick hineinwerfen, wann immer sich die Tür öffnete. Diese Leute da drinnen hatten bestimmt nichts mit Tieren am Hut, obwohl sie sich ziemlich affig benahmen, und sie sahen nicht so aus, als würden sie auch nur einen Schritt vor die Tür machen, wenn sie nicht zuvor eine gravierte Einladung erhalten hatten.
In angeregter Unterhaltung betrat Wenzler mit einem älteren Paar die Lobby. Er trug einen dunklen, gut geschnittenen Anzug, ein Seidenhemd und eine Krawatte, doch sein langes, fließendes Haar und sein magerer Leib erinnerten Ray an einen alternden Rockstar. Als er den Journalisten entdeckte, machte Wenzler eine beiläufige Geste hinter dem Rücken seiner Bekannten, mit der er Rays Gegenwart zur Kenntnis nahm und ihn gleichzeitig warnte, näher zu kommen.
Ray schlüpfte hinaus und wartete. Einige Augenblicke später kam Wenzler allein hinaus. Jetzt hatte er einen Mantel an; in der einen Hand trug er eine Aktenmappe, in der anderen einen Schirm.
»Sind Sie Mr. Tregerdemain?«
»Das bin ich.«
»Folgen Sie mir bitte in einiger Entfernung.«
Ray wollte fragen, wohin sie gingen, doch Wenzler eilte bereits einen breiten gepflasterten Weg entlang auf das Seelöwenbekken zu. Der Himmel hatte sich mittlerweile so verdüstert, daß die schmiedeeisernen Straßenlampen brannten, dessen goldenes Licht stumpf auf den regennassen Steinen nachglühte.
Ray folgte in einem Abstand von ungefähr sechs Metern. Die wenigen Leute auf dem Weg eilten in die entgegengesetzte Richtung auf das Haupttor zu. Das Bellen der Seelöwen wurde lau-

ter, je näher sie kamen. Wenzler betrat einen flachen Betonbau – eine öffentliche Toilette –, und Ray folgte ihm.
In dem weißgekachelten Raum war es totenstill bis auf das rhythmische Rauschen der automatischen Spülung. Eine Rinne unter einer urinbefleckten Wand führte zu einem mit Zigarettenkippen verstopften Abfluß. Flackerndes Neonlicht erhellte die Klokabinen den sechs Pissoirs gegenüber. Nachdem er sich davon überzeugt hatte, daß sich niemand in den Toiletten befand, stellte Wenzler seine Tasche auf einem Becken ab und holte einen Metalldetektor hervor, der viel Ähnlichkeit mit den Dingern besaß, die von den Sicherheitsleuten an Flughäfen benutzt wurden.
»Ich hoffe, Sie haben nichts dagegen«, sagte Wenzler.
»Glauben Sie, ich trage eine Waffe?«
»Oder einen Sender oder ein Tonband. Bitte.«
Wenzler drehte Ray leicht zur Seite, während er mit dem Metallring dessen Beine auf und ab strich, über den Rücken, unter den Armen und über die Brust. Die Maschine piepste zweimal: einmal wegen seines massiven Schlüsselrings mit dem Schweizer Armeemesser, das andere Mal wegen seines kleinen Tonbandes mit Micro-Kasetten in seiner Westentasche. Wenzler wollte alles genau inspizieren; als Ray ihm das Tonband vorführte, bat er ihn, die Kassette herauszunehmen.
»Wozu? Es ist nicht eingeschaltet.«
»So können wir ganz sicher sein.«
Ray zögerte. Der Toilettengeruch gefiel ihm ebensowenig wie die Art und Weise, in der Wenzler mit ihm umsprang. Aber für eine Story, die seinen einst guten Ruf wiederherstellen würde, mußte er schon was riskieren.
Er nahm die Kassette aus dem Recorder und versuchte mit einer lässigen Sentenz sein Selbstvertrauen zu stärken. »Es ist ja nicht so, als würden wir Gary Powers gegen Oberst Abel austauschen, nicht wahr?«
»Es ist brisanter, als Sie denken«, sagte Wenzler. »Kennen Sie den Namen Erich Loerke?«
»Sicher. Vorsitzender der Volkskammer. Wollen Sie sagen, daß *er* das Vanilla Rose besucht hat?«

»Genau.«
Ray stieß einen leisen Pfiff aus. Erich Loerke gehörte drüben einer neuen Politikergeneration an, die schnell an Prominenz gewann.
Wenzler sagte: »Jetzt verstehn Sie den Grund für meine Vorsicht. Man wird um so gefährlicher und reagiert um so verzweifelter, je mehr man zu verlieren hat, und der Genosse Vorsitzende hat eine Menge zu verlieren, wenn so was an die Öffentlichkeit dringt.«
»Falls es Beweise gibt«, erinnerte Ray ihn, doch sein Blut raste.
Wenzler nickte in Richtung Aktenmappe. »Hier drinnen.«
»Darf ich sehen?«
»Habe ich Ihr Wort, daß mein Name nicht erwähnt wird?«
»Ich hab's Ihnen doch schon gesagt. Wenn Sie sich nach mir erkundigt haben, dann wissen Sie, daß man mir trauen kann.«
»Oh, ich habe mich durchaus erkundigt«, sagte Wenzler. »Aber ich schau einem Mann gern in die Augen, wenn er mit mir spricht. Das Telefon ist das größte Betrugssystem der Welt – Sie könnten mir erzählen, Sie sind ein Tierfreund, während Sie gerade einem Spatz die Flügel ausreißen.«
Du bist mir vielleicht ein übles Früchtchen, dachte Ray und sagte: »Nun, da Sie jetzt wissen, daß ich kein Spion bin, können wir hier wohl raus. Ich mag den Geruch nicht.« In mehr als einer Hinsicht, fügte er bei sich hinzu.
Ohne eine Antwort abzuwarten, ging er zur Tür, doch erst als er draußen den Duft feuchter Blätter und von nassem Asphalt roch, entspannte er sich. Wenzler schloß sich ihm an. Ein junges Pärchen ging lachend Arm in Arm durch den leichten Regen an ihnen vorbei.
»Ahhh«, atmete Wenzler tief durch. »Hier draußen ist's doch viel besser.«
»Was ist mit Paul Staffords Bruder?« sagte Ray. »Sie wollten mir seinen Namen geben.«
»Rolf Schmidt, ein Bankier. War häufig im Vanilla Rose. Er bevorzugt Fesselung und S und M; für ihn gibt's keinen Unterschied zwischen Phantasie und Realität. Die Folge davon waren

einige unerfreuliche Episoden, bei denen die Mädchen verletzt wurden.«

»Ja, ich weiß. Ich hab eine davon am Samstagabend getroffen. Kristy...«

Wenzler hob nachlässig eine Schulter. »Viele Mädchen, viele Namen, wie soll man da den Überblick behalten?«

Rays Aufmerksamkeit konzentrierte sich bereits wieder auf Erich Loerke, der eine wesentlich bedeutendere Story abgab als Rolf Schmidt.

»Was ist mit den anderen?« fragte er. »Sie sagten was von sechs weiteren Parteimitgliedern, die sich auf dieser Seite der Mauer austoben würden?«

Ray erhöhte absichtlich die Anzahl, doch Wenzler merkte es.

»Vier.«

»Ist noch einer so prominent wie Loerke?«

»Ich bin sicher, sie werden es sein, nachdem Sie ihre Heldentaten groß herausgebracht haben.«

Ein Luftballonverkäufer rollte einen kleinen Heliumtank an ihnen vorbei. Regen tropfte von seiner Hutkrempe; die Ballons, die er hinter sich her zerrte, waren verschrumpelt wie alte Haut. Wenzler trat unter der Markise hervor und marschierte los.

»Einen Moment«, rief Ray ihm nach und folgte ihm. »Was ist mit den Beweisen?«

»Alles zu seiner Zeit. Zuerst will ich mal sehen, ob mein Mantel schon gestorben ist.«

»Ihr was?«

»Wissen Sie«, fragte Wenzler, »daß man hier tote Tiere kaufen kann? Vielleicht bringt Ihnen das noch eine Story. Ich bin an einem kranken Polarbären interessiert und laß mir aus ihm einen Pelzmantel machen. Kostet zweitausend Mark – nicht gerade billig, aber wie viele Leute in der Welt tragen schon den weißen Pelz eines Polarbären?«

Sie hatten das Gehege der Polarbären erreicht; nur ein einziger Mann in gelbem Regenmantel stand davor und machte Fotos. Eine knapp achtzig Zentimeter hohe Mauer umgab das Gelände; etwa vier Meter unter ihnen trennte ein breiter Wasser-

graben eine felsige Insel ab, auf der die Bären waren. Wenzler ging zu der mit Efeu bewachsenen Mauer und begann die Tiere zu zählen.
»Wenn's dreizehn sind, gehört einer mir«, sagte er. »Wieviel zählen Sie?«
Ray interessierte es zwar nicht im geringsten, zählte aber trotzdem; er fragte sich, welcher Bär im nächsten Winter auf Otto Wenzlers Schultern im Fototeil der Klatschspalten auftauchen würde.
Die Bären wirkten auf den braunen Felsen wie riesige Schneemänner. Einer saß auf seinen Hinterbeinen und kratzte sich wie ein Hund, ein anderer stand mit hochgerecktem Kopf im Wasser und schnaubte lautstark. Ray zählte lediglich neun Bären, doch man konnte unmöglich sehen, wie viele noch auf der anderen Seite des Felsens waren.
Wenzler drehte sich zu ihm um. »Na, wieviel sind's?«
»Ich hab neun gezählt.«
»Entschuldigen Sie, mein Herr«, sagte eine Stimme hinter ihm.
Ray wandte sich um und hatte den gelben Regenmantelmann vor sich, der ihm die Kamera entgegenstreckte und sagte: »Würden Sie bitte ein Foto von mir machen?«
Ray war verärgert, und hätte am liebsten gesagt: Machen Sie sich doch Ihr dämliches Foto selbst, doch widerstrebend streckte er die Hand nach der Kamera aus. In diesem Augenblick stach ihm jemand von hinten in den Nacken, ein elektrischer Schlag ließ seinen Mund aufschnappen und seine Muskeln sich krampfartig zusammenziehen.
Ray brach zusammen. Sein Körper fühlte sich taub an und brannte, als hätten ihn tausend Nadeln gestochen. In seinen Ohren summte es, sein Mund füllte sich mit einem metallischen Geschmack. Durch einen Schmerzschleier hindurch sah er Otto Wenzler vor sich stehen. In der Hand hielt er ein schwarzes Plastikgerät, aus dem zwei spitze Metallstäbe ragten. Elektrische Kontakte, erkannte er dumpf.
Er betrachtete die Welt vom Grund eines Brunnens aus. Er sah, wie Wenzler das Gerät in seine Tasche schob und neben ihm

niederkniete. Ray wollte Wenzler sagen, daß er kein tapferer Mann sei, eigentlich ein Feigling, daß man ihm leicht einen solchen Schrecken einjagen konnte, und daß er für immer schweigen würde. Er mußte doch nichts beweisen, er konnte auch ohne die Story über gefälschte Pässe oder Erich Loerke und das Vanilla Rose leben. Nichts davon war wirklich wichtig. Mir ist's egal, ich mach Schluß... versuchte er zu sagen, aber seine Ohren waren wie taub, er konnte nicht mal seine eigenen Worte hören. Doch er redete gar nicht, erkannte er; der Lärm in seinen Ohren war das Geräusch seiner knirschenden Zähne.
Er beobachtete, wie Wenzler seine Taschen durchsuchte, dem Mann im gelben Regenmantel das Tonband übergab, und dann all die kleinen Papierfetzen und Notizen aus seiner Brieftasche entfernte; zurück blieben Kreditkarten, Geld, Ausweis und Fotos. Ray wollte Wenzler erklären, daß die Kreditkarten abgelaufen seien; vielleicht ließ er ihn laufen, wenn er wußte, wie dicht er am Rande der Armut stand...
Die beiden hoben ihn hoch, und ihm wurde bewußt, was sie mit ihm vor hatten. Er wollte zutreten, doch wie Stacheldraht fetzte es durch seine Muskeln; seine Beine reagierten nicht. Sie schoben ihn auf den Rand der efeubewachsenen Mauer und schauten sich kurz um.
Bitte... doch sein Flehen hallte nur als Echo in Rays eigenem Kopf.
Tränen rannen ihm übers Gesicht. Urplötzlich erschien ihm alles in seiner Welt äußerst kostbar: seine Souterrain-Wohnung war hell und sicher; sein letzter Auftrag, ein alberner Artikel über Army-Frauen in West-Berlin war einfach wunderbar und amüsant; seine Nächte mit Nancy Van Zandt bekamen etwas Magisches, und sein begieriger Leib war ein Geschenk, dessen Wert sich gar nicht ermessen ließ...
Zement kratzte über seinen Nacken. Ray fiel, und das Wasser schlug über ihm zusammen. Prustend kam er wieder an die Oberfläche, versuchte zu schwimmen. Wasser drang ihm in den Mund, und er spuckte es aus. Seine Atemzüge waren ebenso hektisch wie seine Arme und Beine. Er hustete und hustete, doch es gelang ihm weder die Luft anzuhalten noch richtig aus-

zuspucken. Wasser klatschte in seinen Mund und füllte ihm die Nase.
Mit letzter Anstrengung versuchte er zu schwimmen, und einen Augenblick lang schien es, als würden seine Arme und Beine darauf reagieren. Vielleicht ebbte der Schock langsam ab. Aus den Augenwinkeln bemerkte er einen weißen Blitz und hörte ein fernes Klatschen. Wasser überflutete ihn. Wild schlug er um sich, kam keuchend und spuckend und mit weit aufgerissenen Augen wieder an die Oberfläche.
Sein hektisches Bewegen zeigte Wirkung, trug ihn von der Mauer weg zu der felsigen Insel. Ein Polarbär, den Kopf gesenkt, starrte ihn an. Ray verdoppelte seine Bemühungen. Seitlich von ihm schnaubte etwas im Wasser. Er zwang seine Arme und Beine sich zu bewegen. Wenn er nur Luft bekäme. Wieder erstickte ihn eine Welle fast, und er sank unter die Wasseroberfläche. Seine Brust schien zu bersten; Blasen kitzelten seine Nase, als die Luft aus seinen Lungen drang.
Nein.
In seinem Kopf dröhnte und hämmerte es, aber Ray spürte jetzt, wie seine Arme und Beine bewußt zu arbeiten begannen. Er kämpfte sich an die Oberfläche. Sein Kopf stieß aus dem Wasser; weit riß er den Mund auf und sog die Luft gierig in seine Lungen. Etwas traf sein Bein, zerrte ihn nach unten. Wasser schoß wie Eis durch seine Kehle in seine Lunge.
Rays Arme und Beine reagierten instinktiv. Wieder kam er an die Oberfläche. Jetzt konnte er nicht mehr husten; seine Lunge hatte keine Luft mehr, um das Wasser darin herauszupressen. Das letzte bißchen Kraft verging, und seine Arme und Beine bewegten sich nicht mehr. Die Welt verblaßte. Er mußte auf Wichtigeres gestoßen sein, dämmerte ihm, als auf zwei Zwillingsbrüder, die zueinander fanden, oder Kommunisten, die Sex im Westen suchten – und er würde es nie erfahren ...
Dann riß ihm der zweite, tastende Schlag der Bärenpranke die Eingeweide aus dem Leib.

Kapitel 17

Karl wartete an der Sicherheitskontrolle neben dem Haupteingang des Military Ocean Terminals in Bayonne, New Jersey. Draußen vor dem Fenster winkte ein Militärpolizist Fahrzeuge durch: ein zackiger Salut für Offiziere, eine flotte Handbewegung für die Mannschaftsdienstgrade, eine höfliche Geste in Richtung Sicherheitskontrolle an alle Personen ohne Militärausweis.

Ein weißer Golf kurvte um die Ecke und kam auf ihn zugeflitzt, am Steuer ein Armeeoffizier, eine Frau Anfang Dreißig. Karl erwartete sie, Major Irene Fellows, der Öffentlichkeitsoffizier, seine Eskorte für diesen Tag. Nachdem sie den Wagen Zentimeter vor dem Fenster zum Stehen gebracht hatte, stieg Major Fellows aus und kam herein.

»Sind Sie Paul Stafford?«

»Richtig.«

»Sie sollen Ihren Chefredakteur anrufen«, teilte sie ihm mit, während sie neben seinem Namen im Besucherbuch unterschrieb.

»Meinen Chefredakteur?«

»Ein Typ namens Bernie Stern. Hat den Anschein, er denkt, Sie wären ohne Urlaubsschein auf Urlaub.«

Karl spürte, wie sich sein Körper spannte.

»Sie haben mit... Bernie gesprochen?«

»Ich mußte Ihre Angaben überprüfen. Außer am Tag der offenen Tür hat eine Zivilistennase bei uns nichts zu suchen.«

Natürlich wäre es Karl lieber gewesen, wenn dieser Bernie Stern nicht erfahren hätte, daß »Paul« wieder im Lande war, aber er wußte, wie darauf zu reagieren war. Schon gestern hatte er erwogen, beim HERALD anzurufen und Pauls Fehlen irgendwie zu entschuldigen. Nach der Besichtigung würde er es hinter sich bringen. War wirklich nicht nötig, daß sich Pauls Vorgesetzter Sorgen machte oder ihn gar aufzuspüren versuchte.

Der Golf jaulte auf, als sie eine Straße, die sich zur Hälfte mit einer Schienenspur die Richtung teilte, entlangrasten. Major Fellows hatte ein langes, knochiges Gesicht und eine offene, fröhliche Art. Sie fuhr aggressiv, umkurvte Arbeiter und drückte auf ihre schrille Hupe, wann immer ihr jemand im Weg stand.

Karl erkundigte sich, wie lange sie schon hier am Terminal tätig wäre, ohne auf ihre Antwort zu achten. Seine gesamte Aufmerksamkeit galt der Umgebung, diesen Reihen grauer Lagerhäuser und den hohen Kränen, die wie Metallspinnen aufragten und sich zum rhythmischen Getöne der Warnglocken über Metallschienen schoben.

Onkel Alex' Karte des Terminals war überholt. Im Kopf begann Karl Korrekturen vorzunehmen: Lage und Typ der Gebäude, Alter und Konstruktion, Verlauf von Strom- und Telefonleitungen, Schloßtypen und Sicherheitssysteme. Außerdem registrierte er die Haltung der Angestellten und die allgemeine Atmosphäre des Ortes – wer paßte hier nahtlos hinein und wer nicht und wie sicherheitsbewußt waren die Leute? Die Atmosphäre schien eher geschäftig als wachsam.

Major Fellows erzählte ihm was von der Geschichte des Terminals und der Rolle, die er im Zweiten Weltkrieg gespielt hatte, sowie seiner heutigen Bedeutung. Außerdem lieferte sie ihm noch einen kurzen Überblick über das Military Sealift Command, ein militärisches Seetransportkommando, das ihrer Meinung nach viel zu wenig Beachtung fand.

Sie kamen zu einem Schiff, auf das riesige Lattenkisten auf Paletten verladen wurde, und Karl produzierte fragendes Erstaunen, warum – was immer auch der Inhalt sein mochte –, so was nicht in Containern befördert werde.

»Wir sind für alles ausgerüstet«, antwortete Major Fellows. »Wir verladen immer noch eine ganze Menge Paletten, besorgen aber auch direkte Schiffsladungen – Automobile und Haushaltsgüter für Offiziere, die in Übersee stationiert werden, und ähnliches. Aber Sie haben recht, Container erlauben die einfachste und schnellste Beförderung. Sie sind luft- und wasserdicht, und wir können sie im Freien stapeln, falls nötig, und brauchen nicht mal ein Lagerhaus.«

»Ist es sicher, sie draußen zu lassen?«

»Jeder Container ist verschlossen und verplombt. Und wenn es sich um Sicherheitsfracht handelt, kommt sie ins Lagerhaus E.«

Karl sorgte dafür, daß das Gespräch nicht abriß. Er konzentrierte sich nicht auf Sicherheitsfragen, sammelte aber soviel wie möglich Detailinformationen. Er erfuhr, als sie daran vorübergingen, daß Lagerhaus E verschlossen und mit einem Alarmsystem kontrolliert wurde. Gern hätte er das Gebäude einmal von innen gesehen, doch dazu ergab sich keine Möglichkeit.

Major Fellows inspizierte mit ihm zusammen eine Reihe von am Pier gestapelten Containern. Wie übergroße Schuhschachteln sahen sie aus. Zwei Meter breit und acht Meter lang mit Türen über die ganze Breite. Karl achtete besonders darauf, wie die Türen gesichert waren.

»Ist das Messing?« fragte er, auf ein Vorhängeschloß deutend.

»Muß sein. Die Container werden auf dem Oberdeck festgezurrt. Wären die Dinger aus Stahl, wären sie verrostet, bis die Fracht an ihrem Bestimmungshafen ankommt.«

Nachdem er sich den Herstellernamen gemerkt hatte – Eagle Safe & Lock Company –, fragte Karl nach der Deklarierung des Containers.

»Woher weiß man, was da drin ist?«

»Ich weiß es nicht. Nicht ohne ein Ladungsverzeichnis zur Überprüfung der FBN.«

»Der was?«

»Der Frachtbestimmungsnummer. Hier.«

Sie deutete auf die Code-Nummer an der Seitenwand des Containers. Sie ähnelte dem Code, den ihm Onkel Alex für die Red-

eye-Fracht gegeben hatte, doch hatte Onkel Alex nicht erwähnt, daß die gleiche Nummer auf das Sicherheitssiegel gestempelt war, ein Metallband, das zusammen mit dem Vorhängeschloß durch die Riegelöffnung gezogen war. Die Enden des Sicherheitsbandes waren dort, wo sie durch eine Metallkugel führten, zusammengequetscht worden. Es war unmöglich, die Tür zu öffnen, ohne die Plombe zu beschädigen.
Ganz zum Schluß ihres Rundgangs kam das Frachtkontrollbüro an die Reihe, im obersten Stock eines roststreifigen, grauen Gebäudes. Von hier aus hatte man einen guten Blick über den gesamten Terminal. In der Frachtkontrolle waren ein halbes Dutzend Leute beschäftigt. Computerschirme glühten grünlich, und ein Fernschreiber erwachte gelegentlich klappernd zum Leben, aber sonderlich beschäftigt schien niemand zu sein. An einer Wand hing eine Karte des Terminals; an einer anderen befand sich eine Art Terminplan aus weißem Plexiglas, auf dem mit Filzstift die Namen der Schiffe, Ankunfts- und Abfahrtszeiten und die Lagerhaus-Codes verzeichnet waren. Karl bemerkte mit Befriedigung, daß die *Coralis*, das Schiff mit den Redeye-Raketen, immer noch planmäßig am fünfundzwanzigsten ankommen würde. Während Major Fellows mit einem Lieutenant scherzte, schob sich Karl an jenes Fenster, das einen sehr guten Ausblick auf das Dach des Lagerhauses bot. Erfreut stellte er fest, daß es drei metallene Ventilatoren gab, deren Schacht bestimmt groß genug waren, um durchzuklettern. Er mußte lediglich eine Möglichkeit finden, sie zu entfernen und das Alarmsystem auszuschalten.
»Was interessiert Sie so?« fragte Major Fellows hinter ihm.
»Großartiger Blick auf New York«, antwortete Karl leichthin und drehte sich um.
»Das Beste, was die Base zu bieten hat«, stimmte sie ihm zu. »In Manhattan zahlen die Leute zweitausendfünfhundert Dollar für diesen Ausblick. Die Kerle hier kriegen's umsonst.«
Das Geplauder ging weiter, doch unabhängig davon suchte Karls Hirn bereits nach Möglichkeiten, in das Lagerhaus einzubrechen, den Container zu öffnen und die Redeye herauszuholen.

Major Fellows setzte ihn am Haupttor ab, Karl dankte ihr und fuhr vom Terminal aus die Uferstraße zurück. In regelmäßigen Abständen stoppte er, wenn er freie Sicht auf den Hafen hatte, und machte sich Notizen auf einer Karte. Er fuhr über die Bayonne Bridge rüber nach Staten Island, bis zu einem Punkt, wo er von der Seeseite aus den Terminal überblicken konnte.
Nachdem er seine Erkundigungen beendet hatte, suchte Karl ein Restaurant auf und bestellte sich ein kleines Mittagessen. Als er damit fertig war, stand er auf und schlenderte zum Münztelefon am Durchgang zur Toilette und rief den HERALD an. Seit seiner Ankunft in Amerika hatte er seine Sprechweise dem hiesigen Akzent angepaßt. Er versuchte sich vorzustellen, was für ein Verhältnis Paul zu seinem Boß haben mochte. Wahrscheinlich keine übliche Chef-Angestellten-Beziehung. Paul hatte einige Preise gewonnen und arbeitete unabhängig. Er würde also keinen Ton anschlagen, der auf eine Art vorsichtige Gleichberechtigung hinauslief, und ansonsten die Sache ganz nach Gehör spielen.
Die Hauptvermittlung des HERALD verband ihn mit der Sekretärin des Chefredakteurs.
»Hier ist Paul Stafford. Ich würde gern Mr. Stern sprechen.«
»Hi, Paul«, sagte die Sekretärin und verblüffte Karl mit ihrer unerwarteten Ungezwungenheit. »Du bist der Mann der Stunde. Bleib dran.«
Bernie Stern meldete sich ohne Vorrede oder Begrüßung.
»Stafford, was zum Teufel ist los mit dir? Wo steckst du?«
»In Bayonne. Ich mußte ...«
»Zum Beispiel in Berlin einen Wagen mopsen und deutsche Polizisten über den Haufen fahren. Hör zu, Paul, wenn du ins Ausland fährst, laß uns wissen, daß du deine Wochentermine ausfallen läßt. Vielleicht könntest du es angesichts der Tatsache, daß ich dein Chefredakteur bin, sogar mir mitteilen. Macht keinen allzu guten Eindruck, wenn wir zwei, drei Tage später durch die Lektüre der POST erfahren müssen, wo sich unser Star-Reporter gerade herumtreibt. Die Mayhues sitzen mir im Nacken und wollen wissen, was da los ist. Und was kann ich ihnen sagen? Nichts.«

Karl hätte nicht gedacht, daß der Interconti-Zwischenfall so viel Beachtung finden würde. »Tut mir leid...«

»Ich weiß, du bist sauer wegen der Verzögerung des Rockland-Birdwell-Artikels. Also marschierst du los, legst einen Primadonna-Steptanz auf Kosten der Firma hin, und ich soll den Takt mit Kastagnetten dazu klappern, ja? Was willst du denn beweisen? Daß du der Welt größter Querulant bist...?«

Karl spürte Panik in sich aufsteigen. Es war falsch gewesen, Bernie Stern anzurufen. Es ging hier um mehr als nur um eine Stimme, die er nachahmte. Es ging hier um eine ganze Beziehung mit all ihren Feinheiten und Nuancen und persönlichen Hintergründen. Er hatte keine Ahnung, wovon Bernie sprach – Rockland-Birdwell? Mayhues? Wochentermine? Hier stand er auf verlorenem Posten, und jeden Augenblick konnte das dem Chefredakteur klar werden.

»Hör zu«, sagte er hastig. »Ich kann dir das jetzt nicht alles erklären, aber ich mußte für eine Story in den Untergrund...«

»Untergrund?«

Karl krümmte sich innerlich. Nicht der richtige Ausdruck, nicht der richtige Ausdruck. Er machte überstürzt weiter. »Ich arbeite an einer Story über illegale Waffenverkäufe durch ehemalige CIA-Offiziere. Könnte ganz groß werden.«

»Groß in deinem Arsch vielleicht. Wovon sprichst du überhaupt? Woher kommt das alles? Es gibt keine Story über Waffenschiebereien und die CIA. Und das Thema Iran – Kontras ist Schnee von gestern, seit der North-Prozeß ausgesetzt wurde. Das weißt du genausogut wie ich, Herrgott noch mal!«

Karl kam ins Schwitzen und wußte, je länger er redete, desto schlimmer wurde es. Ihm blieb nur noch die Möglichkeit, das Gespräch zu beenden, bevor der Chefredakteur Lunte roch. Doch Bernies nächste Worte klangen wie eine Begnadigung.

»Oder doch nicht?«

Sein Ton war jetzt anders, ruhiger, sogar etwas unsicher, und Karl begann die Beziehung seines Bruders zu dem Chefredakteur besser zu verstehen. Sie basierte auf verbalen Scheinkämpfen – und dem widerwilligen Respekt des Chefredakteurs. Bernies Empörung und Ungläubigkeit gehörten zu dem übli-

chen Spielchen zwischen ihnen und waren kein Beweis für Karls Versagen. Die Pause – Karls Schweigen – hatte anscheinend den Charakter des Gesprächs verändert und er an Boden gewonnen.
Karl setzte nach. »Bernie, das hier macht die Iran-Kontra-Affäre zu einer Fußnote. Deshalb mußte ich untertauchen. Mein Leben ist keinen...« ihm fiel eine weitere Phrase aus seinem Trainingsprogramm ein »– Penny wert, wenn die Burschen entdecken, daß ich ihnen auf der Spur bin.«
»Wer, um Himmels willen? Kannst du keine Namen nennen?«
»Noch nicht. Wäre zu gefährlich.«
»Eine CIA-Waffenschieber-Connection? Wirklich und wahrhaftig, drei Pfoten aufs Herz in der Hoffnung, für Rupert Murdoch zu arbeiten?«
Der Jargon war immer noch sehr verwirrend, doch Karl ignorierte ihn.
»Es stimmt, aber vielleicht muß ich für einen weiteren Monat untertauchen. Wenn's länger dauert, laß ich's dich wissen.«
»Verdammt, wart einen Moment. Gib mir einen Kontakt, gib mir eine Telefonnummer.«
Offensichtlich war der Chefredakteur auf die Story ebenso scharf wie sein Glaube unerschütterlich, es mit Paul zu tun zu haben. Karls anfängliche Verzweiflung verwandelte sich in Euphorie. Er konnte es! Er konnte Paul sein, glaubhaft, selbst einem Menschen gegenüber, der ihn persönlich kannte.
»Keine Kontakte, keine Nummern«, sagte Karl. »Ich muß das allein machen.«
»Was ist mit dem Cop in Berlin? Was soll ich den Mayhues erzählen?«
»Sag ihnen, die CIA hat die Sache in die Welt gesetzt, um mich in Mißkredit zu bringen. In Wirklichkeit ist in Berlin gar nichts passiert.«
»Ist das koscher oder Bullshit?«
»Ähh... hör zu, Bernie, ich muß Schluß machen. Es kommt jemand.«
»Halte Verbindung, verdammt.«
»Wann immer ich kann.«

Karl lächelte, als er auflegte. Bevor er den Wagen am Flughafen wieder abgab, machte er einen Abstecher nach Manhattan. Mit Hilfe eines Stadtplans fand er den Broadway und die Zweiundvierzigste Straße, wo der Verkehr nur noch sehr schleppend vorankam. Teenager stürzten sich auf die Autos, putzten ungefragt und unerwünscht die Scheiben und verlangten dann Geld. Karl erinnerte sich an früher und gab ihnen einen Dollar.

Er parkte den Wagen und spazierte auf abfallübersäten Gehwegen durch die belebten Straßen. Über allem lag ein Hauch von Anarchie, der ihn an das Berlin seiner Jugend erinnerte. Ein Mann in einem zerfetzten Harlekinkostüm stand mitten auf der Straße und dirigierte ein imaginäres Orchester, während um ihn herum der Verkehr tobte.

Ein anderer saß im Schneidersitz an einer Gebäudewand und murmelte vor sich hin. Vor ihm stand eine Plastiktasse für Spenden; ein Kaninchenfell mit ganzem Kopf lag daneben ausgebreitet auf dem Gehsteig. Niemand beachtete ihn. Karl hielt an und deutete auf das Kaninchen.

»Gehört dir das?«

Der Mann schaute mit benommenem Blick auf. »Das iss Bugs Bunny, Mann. Gib mir 'n Dollar und ich mach ihn wieder lebendig.«

Karl wandte sich ab und schloß sich der Menge an, die mit nach innen gerichtetem Blick dahineilte, ein jeder mit seinen eigenen Angelegenheiten und Problemen beschäftigt. Selbst die Polizei hatte kein Auge für die Penner und Bettler und Vagabunden, von denen mancher deutlich am Ende war. Diese Stadt schien für die Starken und Mächtigen und Verschlagenen geschaffen. In der Nähe des Central Parks huschten reiche Ladies in Pelzen vom Portal zum Taxi wie schlanke Rehe zwischen Wölfen. Für Karl bestand die Bevölkerung der Stadt aus Beutetieren und Raubtieren, er erfaßte das instinktiv. Tatsächlich überkam ihn ein Hochgefühl, und impulsiv entschied er, daß ihm New York viel besser gefiel als Moskau.

Er mußte an Onkel Alex denken und was er über den Nevsky-Transmitter gesagt hatte: *Bei ausreichender Energie,* hatte er gesagt, *könnte die gesamte Bevölkerung von Tokio oder New*

York ausgelöscht werden... Sterile Destruktion war die exakte Bezeichnung gewesen. Karl konnte sich nur schwer vorstellen, daß irgendeine Macht in der Lage war, die Energie und die Vitalität der Menschen dieser Stadt zu überwältigen. Er sah die Straßen, leer und schweigend; das An und Aus der bunt leuchtenden Reklame wie das ewige Licht. Er sah verrostete Taxis, die in Schaufensterscheiben gerast waren und... und über allem hing der Gestank verwesender Leichen. Ein Alptraum und im Grunde unglaublich, hätte er nicht das Experiment mit dem Hund und dem Panzer gesehen.
Er wäre gern länger in New York geblieben, aber er hatte für den Abendflug nach Houston reserviert. Es war an der Zeit, daß er sich persönlich um Grant Harkness und seine RANK kümmerte. Es war an der Zeit, ein Amerika zu finden, dem man ein glaubhaftes Motiv für die Redeye-Mission unterstellen konnte.

Für Paul war das Schlimmste an der Gefangenschaft die Erniedrigung. Seine Muskeln hatten nur mehr die Kraft eines Kleinkindes, sein Koordinationsvermögen war fast ebenso rudimentär. Schwindel und Übelkeit überfielen ihn, wann immer er aufzustehen versuchte; die sichtbare Welt war für ihn der Fußboden, auf dem er auf Händen und Knien herumkrabbelte.
Sie machten sich nicht die Mühe, ihn zu bewachen. War auch nicht nötig. Madame Tran fütterte ihn dreimal täglich, und Helmut brachte ihn zweimal täglich ziemlich grob ins Bad. Seine Spritzen bekam er zusammen mit dem Abendessen. Madame Tran stieß ihn auf die Seite, zog sein Nachthemd hoch und drückte ihm die Nadel in den Hintern. Das ging auch ohne Helmut – jedenfalls nach dem erstenmal, als Paul sich gegen sie gewehrt hatte und die Nadel in seinem Fleisch abgebrochen war. Madame Tran war sehr wütend geworden. »Verdammter Ochse!« Sie holte Helmut, der mit einer Pinzette kam, sich auf Pauls Rücken setzte und so schmerzhaft wie nur möglich die Nadelspitze herausholte.
»Du willst uns Ärger machen, ja?« sagte er. »Willst deine Medizin nicht nehmen?«

Die Nadel löste sich aus seinem Fleisch, aber Helmut blieb auf seinem Rücken sitzen, beugte sich noch weiter vor und drückte die Nadelspitze gegen Pauls Hoden.
»Vielleicht sollten die Spritzen hier rein. Wie würde dir das gefallen?«
Paul knirschte mit den Zähnen, schwieg aber.
»Wirst du jetzt ein braver Junge sein, ja?« Er fuhr mit der Nadel seitwärts, ritzte die zarte Haut.
Paul zuckte zusammen.
»Genug«, sagte Madame Tran.
»Nein, es gefällt ihm, nicht wahr?« Wieder stieß die Nadel zu.
»Er untersteht *mir*. Du tust ihm nicht weh, bevor du nicht die Erlaubnis von Herrn Wenzler hast.«
Helmut kletterte von Pauls Rücken. »Wenn er das nächste Mal Ärger macht, laß *mich* ihm die Spritzen geben. Dann wird er brav sein. Sehr brav.«
Paul rollte sich zitternd zur Seite. Zuschlagen, war sein einziger Gedanke, das Gesicht dieses Kerls zerschmettern.
Die beiden gingen zur Tür, ohne Paul weiter zu beachten.
»Ich brauch dich nicht mehr«, erklärte Madame Tran. »Wenn er Ärger macht, kann ich jederzeit die Dosis erhöhen.«
Pauls grenzenloser Zorn half ihm auf die Beine; halb geduckt blieb er stehen, klammerte sich an die Matratze. Die beiden wandten sich um.
Helmut grinste. »Oh, er möchte kämpfen.«
Paul wollte ihn beschimpfen, aber seine Zunge war geschwollen, und die Worte verklumpten.
Helmut kam auf ihn zu. »Was ist? Du wolltest was sagen?«
Höhnisch tanzte das Gesicht vor ihm auf und ab. Paul schlug zu mit der Faust, aber seine Muskeln krampften und der Schwung ließ ihn zu Boden stürzen. Helmut stieß ihn mit dem Fuß an, reizte ihn aufzustehen, wich mit Leichtigkeit Pauls ungeschicktem Versuch aus, sein Bein zu ergreifen...
Später, als sie längst weg waren und seine Wut nachgelassen hatte, erkannte Paul, daß er nur eine Erhöhung der Dosierung riskierte, was ihn in einen Zombie verwandeln würde, der nicht mal quer durchs Zimmer kriechen konnte. Er überlegte, was sie

ihm spritzten. Phenobarbital? Irgendein Barbiturat... Was immer es auch war, die Droge hielt ihn ebenso gefangen wie der verriegelte Raum.

Also nahm er sein Essen zu sich, ignorierte Helmuts Spott und Hohn und drehte sich sogar folgsam zur Seite, wenn Madame Tran ihm die Spritze gab. Seine Zeit würde kommen, wenn er genügend Energien gesammelt und einen Fluchtweg gefunden hatte.

Und so flossen die Tage und Nächte ineinander, bildeten einen weißen Nebel, durch den er unaufhaltsam trieb.

Kapitel 18

In Houston, Texas, war es feucht und heiß, nicht so, wie es Karl erwartet hatte, denn bis jetzt hatten nur Filme sein Bild vom amerikanischen Westen geprägt: ein Land flacher Hochebenen und bunt schillernder Wüsten mit in die Weiten des Himmels ragenden Kakteen. Nun ja, wenigstens trugen die meisten Männer Cowboystiefel und Stetson.

Er kaufte einen Stadtplan, mietete einen Thunderbird mit Klimaanlage, dessen Fahreigenschaften ihn enttäuschten, und fuhr zum Bundesgericht in der Rusk Street. Houstons City und die zahlreichen Gebäude mit den verspiegelten Glasfronten erschienen ihm fremdartiger als Washington, wo die Monumente und Kirchturmspitzen einträchtig den Horizont beherrschten.

Mit dem Lift fuhr Karl in den fünften Stock, wo ihm eine junge Schwarze, mit handgearbeitetem Indianerschmuck behängt, behilflich war, die Prozeßakten zu finden; *Der Fall Harkness* umfaßte zwei Bände. Karl setzte sich zu den Jurastudenten, die sich an einem langen Tisch sitzend über ihre Arbeiten beugten. Es war einfach, die Namen zu finden, die er suchte; ganz hinten befand sich ein Register sämtlicher Zeugen und Beweismittel. Karl arbeitete sich zu jeder Zeugenaussage durch und notierte die Namen derjenigen, die irgendwas mit RANK zu tun hatten.

Zwei Stunden später hatte er eine Liste von sieben möglichen Kandidaten zusammen, die er im Telefonbuch von Houston zu suchen begann. Ein Name war dort nicht aufgeführt, auf einen anderen verzichtete er, nachdem er festgestellt hatte, wie viele

Leute den Namen ›Johnson‹ trugen. Zum Schluß blieben ihm fünf Adressen, die er auf dem Stadtplan markierte. Nach dem Lunch fuhrt er sie nacheinander ab. Jene in gepflegten Vororten, wo man einen Zweitwagen vor dem Haus hatte, strich er wieder von seiner Liste; die anderen, die in heruntergekommenen Gegenden wohnten oder deren Häuser reparaturbedürftig aussahen, notierte er sich sorgfältig.
George Lish hauste in den Randbezirken von Houston in einer alten Farm-Gegend, in der gerade eine neue Wohnsiedlung gebaut wurde. Wohnung und Geschäft waren auf demselben Grundstück, ein halber Acre Land, der an Bauholzstapel und summende Starkstromleitungen grenzte. An dem Maschendrahtzaun war ein Schild angebracht.

Lone Star Dog-O-Rama:
Hundepension & Ausbildung

Unter den Buchstaben knurrte ein grob gezeichneter Schäferhund die Welt an. Dasselbe Zeichen war an der Tür eines Kleintransporters, der in der Zufahrt zum Haus parkte. George Lishs Geschäfte hatten eindeutig keine Hochkonjunktur.
Karl nahm sich ein Zimmer im Holiday Inn und strich seine Liste weiter zusammen, indem er bei jeder Adresse anrief und nach der Ehefrau fragte. George Lishs Antwort freute ihn am meisten. »Gibt keine Mrs. Lish«, knurrte jener und legte auf.
Karl schrieb eine 1 neben den Namen des Mannes. Den Zeugenaussagen nach war George Lish einer der Gründer der RANK gewesen, nun aber lediglich noch in beratender Funktion tätig. Kein intelligenter Mann, kein wohlhabender Mann, kein verheirateter Mann – der fast perfekte Sündenbock.

Am nächsten Morgen fuhr Karl zum Dog-O-Rama. Die Wohnhütte sah von innen genauso heruntergekommen aus wie von außen. Die Möblierung bestand aus einer Plastikcouch – ein fehlendes Bein hatte man durch einen Ziegel ersetzt – und einem orangefarbenen Couchtisch. Die blaßgrünen Wände waren mit Hundefutterreklame bepflastert. Sonst war der Raum

leer, und so ging Karl dem Klang der Stimme nach zur offenen Hintertür.
Zwei Männer, der eine Weißer, der andere Mexikaner, standen vor einem Gehege und stritten sich in einem Sprachgemisch aus Spanisch und Englisch. Karl vermutete, daß der ältere Mann Lish war. Der Schäferhund zu Lishs Füßen knurrte und bleckte die Zähne, als Paul im Türrahmen auftauchte. Die beiden Männer drehten sich um.
»King«, brüllte Lish. »Still.«
Der Hund hörte auf zu bellen.
»King! Platz!«
Der Hund setzte sich, und Lish winkte Karl zu sich. »Kommen Sie. Er tut Ihnen nichts.«
Karl näherte sich, King nur für den Fall, daß der Hund kein Englisch verstand, im Auge behaltend.
»Er ist perfekt trainiert«, sagte Lish. »Nur keine Angst. Er frißt nichts, bevor ich's ihm nicht ausdrücklich sag'.«
George Lish war ein kleiner, untersetzter Mann, so um die Dreißig. Er hatte den Körper eines Gewichthebers und ein jungenhaftes Aussehen, das Karl an den Prediger erinnerte, den er am Abend zuvor im Fernsehen gesehen hatte. Lish trug schmutzige Khakishorts und ein schwarzes, knappes T-Shirt.
»Hab Sie nicht kommen hören«, sagte er. »Was kann ich für Sie tun?«
»Ich bin Karl Müller, Mr. Lish. Können wir uns irgendwo unter vier Augen unterhalten?«
»Worüber?«
»Zum Beispiel über den Fall Harkness.«
Lishs Augen wurden schmal.
»Sind Sie von der Regierung?«
»Nein. Ich repräsentiere eine Organisation, die ähnliche Ziele verfolgt wie die ihre.«
»Welche Organisation?«
Karl deutete auf den jungen Mexikaner, der gerade ein Loch im Zaun eines Geheges inspizierte. »Eine vertrauliche Angelegenheit. Können wir in Ihr Büro gehen?«
»Berto«, rief Lish. »Wenn du das fertig hast, schneid Kay-Rays

Klauen und schau nach dem Abszeß an seinem Ohr. Ich bin drinnen.«
Lish führte ihn durch das Empfangszimmer in sein Privatbüro, eine Räumlichkeit, die kaum weniger deprimierend war als die erste. Ein paar Stühle, ein Schreibtisch und ein durchgebogenes Bücherbord, unter dem sich Staub und Hundehaare zu tennisballgroßen Flocken vereint hatten. Mehrere an die Wand gepinnte Fotos zeigten Jahrestreffen der RANK-Organisation. Lish posierte Arm in Arm mit seinen Kameraden; jeder trug einen Kampfanzug und hielt ein Gewehr in der Hand.
»Zunächst ist eins mal klar, Mr. Müller. Wer immer Sie sind, wenn's um den Fall Harkness geht, red ich kein Wort darüber, außer ich krieg 'ne gerichtliche Vorladung.«
Karl begriff, daß er Vertrauen schaffen mußte – oder zumindest Glaubwürdigkeit –, bevor er Geld anbieten konnte. Er spreizte die Arme vom Körper. Der Hund, der ihnen gefolgt war, knurrte. »Warum durchsuchen Sie mich nicht?« sagte Karl. »Ich bin nicht von der Regierung. Ich trage weder eine Waffe noch ein Tonbandgerät bei mir. Nur zu, machen Sie schon.«
Lish starrte ihn an, und allmählich machte der mißtrauische Blick einem Lächeln Platz. »Ich weiß, daß Sie nichts dabei haben, sonst würden Sie nicht das Angebot machen.«
Er wischte ein Söldner-Heft vom Stuhl und bot Karl einen Stuhl an, bevor er sich selbst hinter den Schreibtisch setzte. Der Hund legte sich zu seinen Füßen nieder. Karl stellte seine Aktentasche auf den Fußboden und eröffnete das Gefecht.
»Mr. Lish, ich bin sicher, Sie wissen, daß die RANK nicht die erste oder die einzige Organisation ist, die für Rassenreinheit eintritt.«
»Yeah, das weiß ich. Wir sind wie verschiedene Kapitel desselben Buches.« Er lächelte freundlich über seine gelungene Formulierung, die er von einem RANK-Handzettel aufgeschnappt hatte.
»Die Bemühungen, Amerika zu säubern«, fuhr Karl fort, »gehen bis auf den Bürgerkrieg zurück, als freigelassene amerikanische Sklaven wieder nach Liberia umgesiedelt wurden.«
»Wohin? Iberia?«

»Nein, Liberia. In Afrika.«
»Oh, yeah.«
»Und es ist noch nicht so lange her, daß Deutschland einen gewaltigen Säuberungsplan in die Tat umzusetzen versuchte.«
Lishs Gesichtszüge verhärteten sich. »Wer sind Sie? Irgendein verfluchter Reporter?«
»Ganz und gar nicht, ich bin lediglich...«
»Wir sind keine Nazis, also vergessen Sie's. Wir sind weiße Separatisten – *Amerikaner*, hundert Prozent. Wir sagen nicht, daß irgendeine Rasse besser ist als die andere, sondern nur, daß Gott nicht wollte, daß sie sich vermischen. Und wir sind *keine* Nazis, weil wir nicht irgendwelche Rassen umbringen wollen, die Juden eingeschlossen. In der Bibel steht, die Juden sollen das Land Kanaan erben, und das ist Israel. Die Deutschen haben den Krieg verloren, weil sie sich gegen die Bibel vergingen.«
»Sie haben vollkommen recht«, sagte Karl. »Sie erkennen das jetzt auch.«
»Wer erkennt das?«
»Die Männer, die einst Nazis waren und die nach Südamerika flüchten konnten. Sie haben wahrscheinlich von ihnen gehört – die *Organisation der ehemaligen SS-Angehörigen*?«
Lish schaute verblüfft drein.
»Gemeinhin bekannt als Odessa.«
»Oh, die Odessa. Ja, ich habe davon gehört.«
»Und sie haben von Ihnen gehört.«
»Von mir?«
»Von Ihrer Organisation – Sie waren, glaube ich, eines der Gründungsmitglieder der RANK.«
»Und darauf bin ich stolz. Das ist kein Verbrechen.«
Bei Lishs schnellem Wandel von Angriffslust über Mißtrauen zu defensivem Verhalten und zurück begann sich Karl zu fragen, ob er sich nicht eine Person ausgewählt hatte, die für einen Sündenbock etwas zu labil war. Aber Labilität ging häufig mit Leichtgläubigkeit einher, und falls die Geschichte, die er Lish zu erzählen hatte, dessen Vorurteile bestätigte, würde er wohl einverstanden sein.

Lish nahm einen Handmuskeltrainer vom Schreibtisch und begann ihn zu drücken, während er sprach, zuerst mit der einen, dann mit der anderen Hand.

»Jedenfalls«, sagte er, »gehören wir nicht zu irgendeinem Ausländerpack. Die Leute behaupten, wir wären un-amerikanisch, aber wir wollen nichts weiter, als das Rassenerbe dieses Landes bewahren.«

»Ich verstehe. Deutschland hat den falschen Weg eingeschlagen. Jetzt liegt es an Amerika.«

»Vielleicht. Vielleicht auch nicht«, sagte Lish mißtrauisch. »Weshalb sind Sie überhaupt gekommen?«

Karl begann Garn zu spinnen, mit dem er Lish umwickeln wollte. Er erzählte ihm, daß die Odessa eine Art Kameradschaft gegenüber allen »Organisationen, die unsere Ideale teilen«, empfand, und daß ihnen die Probleme, mit denen der RANK-Führer Grant Harkness zu kämpfen hatte, durchaus bewußt waren. Mitglieder der Odessa sympathisierten mit ihm und bewunderten sein tatkräftiges Handeln, mit dem er die Feinde der Rassenreinheit zum Schweigen gebracht hatte.

»*Das* ist mal sicher«, stimmte Lish zu. »Sie hätten das Gesülze mal hören sollen, das dieser Radiofritze von sich gab – lauter Lügen. Grant bekam Drohbriefe. Man rief ihn nachts an, jagte seinen Kindern Angst ein, nur wegen diesem Kerl im Radio. Und wenn Grant anrief, um dem die Meinung zu sagen, beleidigte ihn der Typ und schmiß ihn aus der Leitung. Ich hab's auf Tonband – wollen Sie hören, was der für 'ne Scheiße herausposaunt hat?«

»Vielleicht später.«

»Fair war das auf keinen Fall, überhaupt nicht amerikanischer Stil: Die Medien benutzen, jemanden anzugreifen, der sich nicht verteidigen kann, wenn Sie verstehn, was ich meine.«

Natürlich, meinte Karl – und seine Odessa-Kameraden ebenfalls, und kam auf den Grund seines Besuchs zu sprechen. Man wolle etwas zu Grant Harkness' Verteidigungsfonds beitragen und hätte gern gewußt, ob Lish das Geld entgegennehmen könne.

Karl stellte den Aktenkoffer auf den Tisch, öffnete ihn und

drehte ihn so, daß Lish das Geld sehen konnte. Der Adamsapfel des Mannes hüpfte auf und ab, als er Karl ansah.
»Das ist für Grant?«
»Für seinen Verteidigungsfonds. Wären Sie bereit, als unser Verbindungsmann zu fungieren und dafür zu sorgen, daß das Geld Mr. Harkness erreicht?«
»Nun, sicher, wenn...« Er hielt mitten im Satz stirnrunzelnd inne. »Ja, nun, wir sind Amerikaner, keine Nazis. Mein Daddy hat im Krieg gegen die Nazis gekämpft. Wenn uns das mit alten Nazis in Verbindung bringt, ich weiß nicht...«
»Genau das Gegenteil. Wir sind ebensosehr wie Sie darauf bedacht, die Geldspende anonym zu halten. Sagen Sie, Sie hätten's von unbekannten Gönnern oder was immer Sie wollen. Gar nicht notwendig, die Odessa zu erwähnen, obwohl ich Ihnen versichere, wir *sind* auf Ihrer Seite.«
Lish nagte an seiner Lippe und schaute zu dem Aktenkoffer. Schnell nahm Karl ein Bündel Zwanzig-Dollar-Noten heraus und hielt sie ihm hin.
»Ich seh keine deutsche Schrift darauf. Sie vielleicht?«
Ein kurzes Lächeln. »Nun ja, wie mein Daddy immer zu sagen pflegte: Geld ist Geld...«
»Dann übernehmen Sie die Transaktion?«
»Ich denk' schon, solang Maul gehalten wird. Aber wieso kommen Sie gerade auf *mich*? Warum geben Sie's nicht Grant selbst?«
»Kann ich offen mit Ihnen sprechen?«
Lish schaute sich um, beugte sich vor. »Sicher. Was gibt's?«
»Ohne irgendwelche Zweifel an Mr. Harkness zu hegen, aber wir haben keine Ahnung, was für einen Druck die Regierung auf den Mann ausübt. Momentan halten wir's für das beste, wenn er nicht weiß, woher das Geld stammt. Was man nicht weiß...«
Lish nickte verständig. »Sicher, sicher. Leuchtet ein.«
Darauf möchte ich wetten, dachte Karl, dem nicht entgangen war, wie der Mann das Geld anschaute. Der Köder war ausgeworfen. »Aber ich bin nicht nur wegen Harkness gekommen«, fuhr Karl fort. »Ist Ihnen der Name ›Dr. Mengele‹ bekannt?«

»Der Nazi-Doktor? Sicher.«
»Gut... Dr. Mengele flüchtete, wie Sie vielleicht wissen, nach dem Zusammenbruch nach Paraguay – mit sehr viel Gold und Juwelen. Als der Doktor starb, wurde das Vermögen seiner Frau Maria zugesprochen mit der Auflage, es zur Förderung der Rassenreinheit zu verwenden.«
Lish hörte gebannt zu.
»Tatsächlich hat Maria während all der Jahre lediglich ein paar tausend Dollar diesem Zweck zugeführt, und der Kern des Vermögens blieb unangetastet. Es wuchs, und sein heutiger Wert beträgt weit über 1,3 Millionen Dollar...«
Lish pfiff anerkennend, und der Hund hob seinen Kopf.
»Um auf den Punkt der Sache zu kommen«, fuhr Karl fort. »Vor kurzem haben die Ärzte festgestellt, daß Maria Leukämie hat und nur noch wenige Jahre zu leben. Sie will nun ihres Mannes letzten Wunsch erfüllen.«
In Lishs Kopf wirbelten die Nullen nur so durcheinander – 1,3 Millionen.
»Meine Aufgabe ist es«, schloß Karl, »jemanden von RANK ausfindig zu machen, der bereit ist, sich mit Maria zu treffen und den Transfer von hunderttausend Dollar in die Vereinigten Staaten mit ihr zu besprechen. Um dort die Rassenreinheit zu fördern.«
»Hunderttausend Dollar...«
»Eines ist unabdingbar: Unter keinen Umständen darf die Spur der Transaktion zurück nach Paraguay verfolgt werden können, zu Maria Mengele oder zur Odessa.«
»Sie möchten sie nur geheimhalten, das ist alles?«
»Wir *müssen* es geheimhalten. Ein Großteil von Dr. Mengeles Reichtum stammt eigentlich aus jüdischem Besitz, und nach dem Zusammenbruch wurde alles jüdischen Hilfsorganisationen zugesprochen. Heute hat der Staat Israel einen Rechtsanspruch auf ehemals jüdischen Besitz, der nicht zurückgegeben oder für den keine Wiedergutmachung geleistet wurde. Und wenn man nun das Geld bis zu Maria Mengele zurückverfolgen kann, könnte die israelische Regierung Anspruch darauf erheben...«

»Oh, jüdisches Geld.«
Wieder hielt Karl die Zwanzig-Dollar-Note hoch. »Können Sie was Hebräisches darauf erkennen?«
Lish lächelte. »Von hier aus schaut sie immer noch grün aus.«
»Also gut, Mr. Lish, Sie brauchen nichts weiter zu tun, als sich mit Maria Mengele zu treffen und sich ihren Segen zu holen.«
»Ihren Segen? Wie meinen Sie das?«
»Sie trifft sich stets mit jedem Empfänger persönlich. Sie ist Indianerin, verstehen Sie. Die müssen einem in die Augen schaun, bevor sie einem vertraun.«
Lish nickte, und Karl log munter weiter. Er berichtete, Maria sei vor kurzem in den Vereinigten Staaten angekommen und wolle sich von den Spezialisten eines berühmten Krankenhauses untersuchen lassen. »Sie ist jetzt in Miami«, präzisierte Karl, »aber zur Behandlung begibt sie sich sehr bald in den Norden.«
Lish runzelte die Stirn. »Mit Drogenhandel hat sie nichts zu tun, oder? Wir lehnen Drogen ab. Sie vergiften den Geist, so wie Rassenvermischung das Blut vergiftet.«
Lishs unvorhersehbare Gedankensprünge beunruhigten Karl. Er hoffte, daß der Mann nicht zu exzentrisch erscheinen würde, um als Mörder des Generalsekretärs gelten zu können.
»Maria Mengele ist eine vermögende Frau«, erinnerte ihn Karl. »Sie hat es nicht nötig, mit Drogen zu handeln.«
»Nun, ich kenn Miami. Ist mittlerweile kubanisch, und alle haben sie mit Drogen zu tun.«
»Nein, nein«, beruhigte ihn Karl. »Maria Mengele ist nur aus dem Grund in Miami, weil Passagierschiffe nicht in Washington anlegen; sie hat nämlich Angst vorm Fliegen, traut Flugzeugen nicht. Sie reist nur per Schiff oder per Bahn.«
Oder mit einem Winnebago, fügte er lautlos hinzu. Doch zu Lish sagte er nichts von einem Wohnmobil. Statt dessen erklärte er ihm, er müsse am nächsten Donnerstag zu dem Treffen mit Maria Mengele nach Washington kommen, die Voruntersuchung an der Johns-Hopkins-Universität wäre dann gerade beendet – er hatte sich zuvor nach berühmten amerikanischen Kliniken erkundigt, die sich auf Krebsbehandlung spezialisiert hatten –,

und Frau Mengele aber noch nicht zur Mayo-Klinik aufgebrochen. (Und bis zur Ankunft des Generalsekretärs am Montag waren es dann noch vier Tage), was Karl ausreichend Zeit ließ für letzte Vorbereitungen.

Karl war sehr mit sich zufrieden. Er fühlte sich wie ein Schachgroßmeister, der in trügerischer Unschuld mal eine Figur hierhin und mal die andere dorthin setzte, bis sein Gegner urplötzlich im Matt war. Das Opfer bei dieser speziellen Eröffnung waren hunderttausend Dollar.

Die Aussicht auf diese Summe ließ Lishs Augen glänzen, doch er fragte stirnrunzelnd: »Wer löhnt für die Reise?«

»Selbstverständlich wir. Sie steigen mit uns im Marriott-Arlington ab.«

»Sie werden dort sein?«

»Ich hole Sie vom Airport ab.«

Lish schien immer noch beunruhigt.

»Gibt's noch ein Problem?«

»Ich muß Berto zahlen, damit er die Hunde füttert, während ich weg bin ...«

Du geldgieriger Bastard, dachte Karl und holte seine Brieftasche hervor. »Wieviel?«

»Hundert pro Tag, sonst verlegt er lieber unten in Lenmore Rohre.«

Karl nahm zwei Hundert-Dollar-Noten und achtete darauf, daß Lish die übrigen Banknoten gut sehen konnte.

Lish griff nach dem Geld, doch Karl zögerte. »Sind Sie sicher, daß Sie hier weg können?«

»Ich bin Ihr Mann, Karl.«

Du bist mein toter Mann, dachte Karl.

Er übergab das Geld und erwiderte Lishs Lächeln, das so falsch war wie sein eigenes.

Paul konnte sich kaum konzentrieren, keinen einzigen Gedanken bis zu Ende denken, fühlte sich immerfort schwach und benommen, als würden die Drogen allmählich seine Muskeln auflösen und seine Knochen in Gummibänder verwandeln. Um Kraft zu sammeln, begann er immer mehr zu schlafen, bis ihm

endlich klar wurde, daß ihn die Drogen entkräfteten und nicht mangelnder Schlaf.
Von dieser Erkenntnis angetrieben, rutschte Paul vom Bett und versuchte einige Übungen auf dem Fußboden. Schon ein einziger Liegestütz war eine gewaltige Anstrengung und ließ das Blut in seinem Kopf hämmern. Er ruhte sich aus und versuchte es dann noch mal. Er schaffte drei Liegestütz, bis Madame Tran mit dem Essenstablett hereinkam und sich über seine Bemühungen lustig machte.
»Glaubst du, du kommst so weit? Huh? Vielleicht, wenn du zum Wurm wirst. Willst du unter der Tür durchkriechen? Komm jetzt, es ist Zeit zu essen.«
Sie half ihm aufs Bett. Seine Hand stieß an den Tisch, und ein Glas Orangensaft fiel um. Madame Tran sprang hastig zurück.
»Verdammter Kerl«, schimpfte sie, inspizierte ihr seidenes Bao Dai, das einige Spritzer abbekommen hatte, und ging ins Bad, leise in einer Mischung aus Vietnamesisch und Französisch und Deutsch vor sich hin fluchend. Es dauerte einen Augenblick, bis Paul merkte, daß sie die Tür offengelassen hatte.
Er schob sich mühsam in die Höhe, stemmte sich gegen das Schwindelgefühl, das den Raum um ihn kreisen ließ. Es waren etwa sechs Meter bis zur Tür, aber es hätte genauso gut ein Kilometer sein können. Er ließ sich auf Hände und Knie nieder, bis die Übelkeit verebbt war. Im Bad rauschte immer noch das Wasser. Er konzentrierte seine Sinne auf die offene Tür und begann zu kriechen. Es schien eine Ewigkeit zu dauern, bis er den Raum durchquert hatte – und als er die Tür erreichte, wurde sie ihm vor der Nase zugeschlagen.
»Du hast deinen Saft verschüttet, du Wurm«, sagte sie. »Aber vielleicht ißt du lieber vom Boden.«
Sie nahm das Tablett vom Tisch und kippte alles auf den Fußboden. Als sie ging, griff Paul matt nach ihrem Knöchel, doch sie trat seine Hand beiseite und schlüpfte hinaus. Paul zog sich am Türknauf hoch und hämmerte voll hilfloser Verzweiflung gegen das Holz. Ihm wurde wieder schwindlig. Er glitt zu Boden. Das Nachthemd bauschte sich um seine Brust.

Paul kratzte an der Tür. »Laßt mich raus«, krätze er. Dann sank er zu Boden.
Mit letzter Kraft kroch Paul zurück, nahm ein Plastikglas vom Korbtisch neben dem Bett und robbte ins Bad. Er war kein Tier, kein Wurm. Sein Frühstück würde an diesem Morgen aus Wasser bestehen. Er würde nicht vom Fußboden essen...
Später lag er auf dem Bett und starrte auf das verschüttete Essen, das der Deckenspiegel reflektierte. Eine Fliege kroch über ein zermatschtes Ei, Orangensaft hatte den Toast verfärbt. Paul versuchte nachzudenken, sich zu konzentrieren. Es gelang ihm nicht. Fast schon eingeschlafen, kam ihm eine Idee, und er richtete sich auf; seine Gedanken rasten, während er sein Frühstück auf dem Fußboden anstarrte. Das Zeug da unten hatte ihn auf eine Fluchtmöglichkeit gebracht.
Lächelnd legte er sich zurück. Auch nachdem er eingeschlafen war, hielt sich das Lächeln noch lange auf seinem Gesicht.
Als er erwachte, war das Essen auf dem Fußboden verschwunden – ebenso wie die Erinnerung an seinen Fluchtplan. Er hatte ihn vergessen.

Kapitel 19

Karl inspizierte jedes Werkzeug und jedes Teil der Ausrüstung genau, bevor er die Sachen in einen Nylon-Rucksack packte. Er war in einem Hotel in Hoboken, New Jersey, und alles, was er brauchte, lag ausgebreitet vor ihm auf dem Bett. Metallband, Gummihandschuhe, Zahnarztspiegel, Vorhängeschloß, Dichtungsmasse – die Liste war lang, viel zu lang für seinen Geschmack. Er liebte die einfache Aktion, doch bei dieser Operation blieb ihm keine andere Wahl. Er mußte zum Terminal, ins Lagerhaus E einbrechen, eine Redeye-Rakete mitgehen lassen und damit verduften, und das alles, ohne eine Spur zu hinterlassen – und das heute nacht! Morgen kam die *Coralis* an.

Karl nahm ein Taxi zu einer Marina auf Staten Island, wo er ein Schlauchboot mit Außenborder, über eine Zeitungsannonce gekauft, zurückgelassen hatte. Das Boot war zwar geflickt und der Motor in einem scheußlichen Blau gestrichen, doch das täuschte. Er hatte zwei Probefahrten damit gemacht, die erste die Newark Bay hoch zum Bayonne Park, die zweite in die Upper Bay, um die Freiheitsstatue herum und wieder zurück, eine Route, die ihn am Military Terminal vorbeiführte.

Das Boot würde ihn über die Bay bringen, aber er konnte es nicht einfach am Ufer oder vor Anker im Wasser lassen. Für seine Flucht hatte er einen Unterwasser-Scooter gekauft, eine Dacor Nereid, die unter einer Plastikplane in dem Boot lag. Sie war wie ein Torpedo geformt, aus dem hinten Handgriffe ragten. Vorher war die Nereid strahlend gelb gewesen, inzwischen hatte Karl sie schwarz gestrichen. Das Gerät war batteriegetrieben, operierte völlig lautlos und konnte sich drei Stunden lang mit einer Geschwindigkeit von anderthalb Knoten bewegen. Mit der Redeye im Schlepptau würden sich Geschwindigkeit und Dauer vermindern, doch Karl hatte alles so geplant, daß sich sowohl die dann einsetzende Ebbe als auch die Strömung des Flusses zu seinen Gunsten auswirken würden.

Wirklich eine milde Wochenendnacht. Niemand beachtete ihn, als er die Marina verließ. Die Flut stieg langsam, und die Luft war erfüllt vom Geruch nach Salz, Seetang und Schlamm. Auf den größeren Booten brannten Innenbeleuchtungen, und die Positionslichter und warfen zitternde Muster über die schwarze Wasseroberfläche.

Karl ließ das Boot Fahrt aufnehmen, und das Dröhnen des Außenborders hallte durch die Nacht. Langsam schob sich der Military Ocean Terminal in sein Blickfeld. Die hellen Lichter spiegelten sich auf den Wellenkämmen; die Lagerhäuser und die Straßen dahinter waren in tiefe Schatten getaucht. Ein Schiff wurde beladen, und Karl steuerte auf den Pier nahe am Lagerhaus E zu. Bevor er in den Schein der Lichter geriet, stoppte er den Motor, zog Kleidung und Schuhe aus und steckte sie in einen wasserdichten Beutel. Jetzt hatte er nur noch den Neoprenanzug an.

Er schnallte seinen Rucksack auf, steckte seine Füße in Schwimmflossen und glitt über Bord. Der Schock des nassen, kalten, öligen Elements ließ schnell nach, als das Wasser das Innere seines Anzugs erwärmte. Mit einem Messer schnitt er die aufblasbaren Segmente seines Bootes auf und ließ es auf den Grund sinken. Karl warf die Nereid an und ließ sich wie ein Drachenschwanz hinterherziehen. Das Wasser wirbelte und blubberte um seine Schultern, als die Nereid ihn dem Pier entgegenbrachte.

Die Seeseite des Terminals war nicht ständig bewacht. Als seine Füße Grund spürten, nahm Karl den Bleigürtel ab und steckte ihn in ein Fischnetz, das er an der Nereid befestigte. Er knüpfte eine Angelschnur an den Gürtel und ließ ihn zusammen mit dem Unterwasser-Scooter auf den Grund sinken. Nachdem er sich die Position eingeprägt hatte, rollte er die Angelschnur hinter sich auf, während er sich ans Ufer schob, versteckte dann die Leine unter einem Felsbrocken, zog seine Schwimmflossen aus und kletterte über glitschige Zementbrocken, bis er trockenen Boden unter den Füßen hatte. Sich ständig im Schatten haltend, schlich er durch den verlassenen Terminal zum Lagerhaus E; er wußte, daß hier eine Sicherheitspatrouille stündlich ihre Runden drehte, wenn auch nicht den genauen Zeitpunkt.

Die Lagerhäuser grenzten an verlassene Straßen, die von gelegentlichen Laternen erhellt wurden. Lagerhaus E hatte an einem Ende vier Meter hohe Ladetüren; daneben befand sich eine normalgroße Metalltür mit Milchglasscheiben. Karl blieb lauschend und beobachtend im Schatten stehen. Als er ganz sicher war, daß sich niemand in der Nähe befand, ging er schnell zur Tür, riskierte einen Blick auf die Milchglasscheibe. Genau wie Major Fellows gesagt hatte, konnte er auf der Innenseite die schwachen Umrisse eines metallenen Sicherheitsbandes erkennen.

Er schob sich wieder in den Schatten und machte sich auf zur Rückseite des Gebäudes. Hier holte er aus seinem Rucksack einen an einem Dralon-Seil befestigten Kreuzhaken. Das Seil wie ein Lasso schwingend, schleuderte er den Haken auf das Dach, wo er klappernd in die Regenrinne fiel. Karl zuckte zusammen. Als er an dem Seil zog, löste sich der Haken und fiel zu Boden. Er lauschte mit angehaltenem Atem, warf dann erneut. Nach vier Versuchen faßte der Haken.

Er band seinen Rucksack an das freie Seilende und kletterte dann hoch. Die Metallrinne gab leicht nach, als er sie zu fassen bekam, und Karl betete, daß der Bauunternehmer nicht an der Qualität gespart hatte. Einen Augenblick lang baumelte er in einer Höhe von knapp fünfzehn Metern frei in der Luft, dann schwang er ein Bein über den Rand, zog sich nach und rollte auf das Dach.

Er verschnaufte kurz, bevor er den Rucksack hochzog. Am Scheitelpunkt des Daches befanden sich drei mit Hauben abgedeckte Metallventilatoren. Karl robbte zu dem mittleren Ventilator und holte aus seinem Rucksack eine Oxyacetylen-Lanze und eine schwarze Asbest-Handmanschette. Die Lanze hatte er in einem Eisenwarengeschäft gekauft; die Manschette hatte er

selbst gebastelt, damit der Schein der Flamme nicht zu sehen war, solange er arbeitete.
Er brachte die Manschette in Position und zündete den Schweißbrenner an. Nachdem er die Flamme justiert hatte, begann er den Hals des Ventilators zu durchtrennen, ungefähr fünfzehn Zentimeter über der Basis. Der nasse Anzug klebte an seiner Haut, und er zitterte in der leichten Brise. Er war froh um die warme Luft, die vom Brenner aufstieg. Von seinem Aussichtspunkt aus konnte Karl den Terminal in seiner ganzen Ausdehnung sehen, dazu noch den Hafen und auf der anderen Seite der Bay New York, dessen Abermillionen Lichter die Bäuche der tiefhängenden Wolken aufglühen ließen.
Er schaffte es in knapp zehn Minuten, den Ventilator aufzutrennen. Karl schob ihn beiseite und spähte in das Lagerhaus. Eisenstäbe blockierten die Öffnung. Mit Hilfe einer Taschenlampe und des Zahnarztspiegels warf er einen Blick auf die Unterseite der Stäbe. Über ihre gesamte Länge liefen glänzende Metallfäden, die an Endpunkten an der Decke befestigt waren.
Mit dem mitgebrachten Metallband überbrückte Karl die Endpunkte, schnitt dann zwei Stäbe mit dem Schneidbrenner heraus und legte die Stücke auf das Dach. Die Öffnung war jetzt so groß, daß er sich durchzwängen konnte. Er ließ den Rucksack auf den Boden hinab, befestigte das andere Ende der Leine am Dach und kletterte hinunter.
Im Inneren des Lagerhauses war es fast vollkommen finster. Das einzige Licht drang durch die Milchglasscheiben der Metalltür. Die Fracht-Container waren doppelt und dreifach übereinander gestapelt, jede Schiffsladung in einer eigenen Ecke. Mit der Taschenlampe überprüfte Karl die Fracht-Bestimmungsnummern, bis er QL 4416 H5 gefunden hatte. Er stieß einen Seufzer der Erleichterung aus; die Redeye-Fracht war planmäßig eingetroffen. Schnell schnitt er das Vorhängeschloß mit dem Schneidbrenner auf, brach das metallene Sicherheitsband auf und öffnete die Türen.
Im schmalen Kegel der Taschenlampe kamen Reihen dunkelgrüner, durch Holzrahmen voneinander getrennter Metallki-

sten zum Vorschein. Karl entfernte ein Holzgestell, holte eine der Kisten heraus und setzte sie auf dem Boden ab. Sie war hundertfünfzig Zentimeter lang, fünfzig breit und dreißig hoch. Die Ecken waren abgerundet, mit Metallgriffen an jedem Ende. Das Gewicht der Kiste war ungefähr fünfzig Pfund.
Karl löste die Verschlüsse und hob den Deckel ab. Der Geruch von frischer Farbe und elektrischen Leitungen erinnerte ihn an ein neues Stereogerät. Er hatte eine Metallröhre vor sich, ungefähr einszwanzig lang mit einem Handgriff und einem Visier, das im letzten Drittel angebracht war. Die Abschußröhre; die Rakete selbst steckte im Inneren. Karl holte die Abschußvorrichtung heraus und inspizierte sie: Handgriff, aufklappbares Visier, Kabelklemmen, Batterieteil. Er zog die Endabdeckung ab, leuchtete mit der Taschenlampe in die Röhre. Die auf Hitze reagierende gerundete Spitze der Redeye funkelte ihn wie ein Reptilienauge an. Das Geräusch eines Autos. Karl knipste die Taschenlampe aus und wartete. Scheinwerfer strichen über die Milchglasscheibe und stoppten dann. Die Sicherheitspatrouille. Karl schaute auf die Uhr: vierzig Minuten nach Mitternacht. Instinktiv drückte er sich gegen den Container, obwohl er wußte, daß es sinnlos war ... wenn jetzt jemand hereinkam ...
Die Silhouette eines Mannes zeichnete sich groß auf der Milchglasscheibe ab und schrumpfte dann zusammen, als der Mann sich der Tür näherte. Das Geräusch eines im Leerlauf drehenden Motors hallte schwach von den Wänden des Lagerhauses wider. Ein Mann rief einem anderen etwas zu und lachte. Der Türknauf rasselte einmal, dann entfernte sich der Schatten. Augenblicke später heulte der Motor auf.
Ganz langsam stieß Karl den Atem aus. Jetzt, wo sie verschwunden waren, schoß ihm das Adrenalin in die Adern, sein Herz begann zu rasen, und seine Hände prickelten.
Er schob die Rakete wieder zurück und überprüfte die vier Batterien und das Ladegerät. Man brauchte eigentlich nur eine Batterie, die anderen dienten als Reserve. Er packte alles wieder ein und stellte es beiseite. Schloß und Siegel des Frachtcontainers waren zu erneuern, damit für niemanden erkennbar war, daß man ihn geöffnet hatte.

Karl zog aus seinem Rucksack das Eagle-Vorhängeschloß, das genau dem Armeemodell entsprach, und ließ es einschnappen. Er hatte viele Eisenwarenhandlungen abklappern müssen, bis er ein Duplikat gefunden hatte. Die Sache mit dem Sicherheitssiegel war etwas komplizierter gewesen. Er hatte jetzt ein Siegel bei sich, auf dem der korrekte Frachtbestimmungscode bereits eingeprägt war: QL 4416 H5. Die ungeprägten Bänder waren überall erhältlich, ebenso wie die individuellen Würfel, mit denen er den korrekten Code eingestempelt hatte. Nun führte er das Band durch die Riegelöffnung, schob ein Ende durch den Schlitz in der Metallkugel und preßte sie zusammen. Erst wenn die Fracht in Costa Rica angekommen war und man das Schloß zu öffnen versuchte, würde man den Austausch bemerken.

Sobald der Container wieder versiegelt war, holte er die Dichtungsmasse hervor und schmierte damit die Redeye-Kiste ein. Das klebrige Zeug verströmte einen aufdringlichen Geruch, der in Karl ein leichtes Unbehagen auslöste; wenn das ganze Gebäude danach stank, konnte leicht jemand mißtrauisch werden. Nachdem er damit fertig war, ging er zur Eingangstür und überbrückte das Alarmsystem auf dieselbe Weise wie zuvor.

Er öffnete die Tür und spähte hinaus. Alles lag verlassen da. Hastig schleppte er die Redeye um das Gebäude herum zu einem metallenen Müllcontainer. Obwohl die Luft kühl war, schwitzte er in seinem Taucheranzug. Rostige Scharniere quietschten, als er den Deckel des Containers anhob. Er hatte Öl vergessen! Anscheinend vergaß man immer etwas; diesmal war es zwar nichts Wesentliches, aber es ärgerte ihn trotzdem.

Er schob die Redeye in das Behältnis und schloß den Deckel mit einem Ruck. Wieder im Lagerhaus, ließ er nun die ganze Aktion noch einmal rückwärts ablaufen: entfernte das metallene Überbrückungsband, hangelte sich dann an dem Seil zum Dach hoch und setzte die Stäbe ein, wobei er die herausgeschnittenen Segmente mit Isolierband wieder an ihrer alten Position befestigte. Das Band war dunkelgrau, genau passend zu der Farbe der Eisenstäbe. Danach schloß er die Metallfäden wieder an.

Schließlich setzte er den oberen Teil des Ventilators wieder auf den Stumpf und klebte auch das mit Isolierband ab. Im Laufe der Zeit würden Sonne und Regen das Band auslaugen, und ein kräftiger Wind würde den Ventilator herabfegen, aber bis dahin war seine Mission längst beendet.

Er ließ sich am Seil herab, zerrte an der Verbindungsleine, um den Haken freizubekommen, packte die Sachen in seinen Rucksack, kehrte zum Müllcontainer zurück und holte die Redeye wieder heraus. Jetzt kamen die gefährlichsten Minuten. Die Redeye wog mit Verpackung und Batterien fast sechzig Pfund. Tief gebeugt, so daß ein Teil des Gewichts auf dem Rucksack ruhte, schlich er zum Wasser. Er überquerte gerade eine Straße, als ein Wagen auftauchte und zum Glück in die andere Richtung fuhr.

Schwer atmend erreichte er das Ufer. Glitschige, seetangbedeckte Felsen waren von der Ebbe freigelegt worden. Zweimal rutschte er aus; im Fallen noch versuchte er mit seinem Körper den Aufschlag des Redeye-Behälters zu dämpfen. Beim zweitenmal rutschte ihm der Behälter weg und knallte gegen einen Felsen. In Karls Ohren dröhnte das Geräusch so laut wie ein Gewehrschuß, doch außer dem fernen Rollen eines Krans und dem Gebimmel seiner Warnglocke war nichts zu hören.

Das kalte Wasser wirkte wie ein Schock auf seinen überhitzten Körper, aber Karl empfand es trotzdem als angenehm. Das Wasser bedeutete Sicherheit. Der Angelleine folgend fand er zurück zu der Nereid, legte seinen Bleigürtel wieder um und befestigte eine Schnur daran, die er an den Griff des Redeye-Behälters band. Der Behälter trieb hinter ihm flach im Wasser, während er sich von der Nereid durch den schmalen Kanal hinüber nach Staten Island ziehen ließ.

Er hatte den Wagen in einem Wohngebiet bei Richmond Terrace geparkt, ganz in der Nähe seines Landungspunktes, einem kleinen, an die Uferlinie grenzenden Park. Die Strömung der einsetzenden Ebbe war stärker, als er erwartet hatte, und er mußte hart nach Westen steuern, um das auszugleichen. Trotzdem verpaßte er seine Landestelle um eine Viertelmeile und gelangte unter einem auf Pfählen gebauten Restaurant ans Ufer. Es war früh morgens, zwei Uhr dreißig.

Er versteckte die Redeye, zog seinen Tauchanzug aus und versuchte sich mit einem dünnen, weißen Handtuch zu trocknen, so gut es ging. Seine Kleidung saugte die restliche Feuchtigkeit auf. Als er die Straße entlangging, klebte das Hemd klamm an seinem Rücken. Er zitterte, als er bei seinem Wagen ankam. Er stellte die Heizung an, kehrte zum Restaurant zurück und sammelte die Redeye ein.

Wie auf Wolken fuhr Karl in der Nacht nach Washington zurück. Er schlief sechs Stunden, frühstückte um neun und setzte sich dann auf den Boden des Wohnzimmers; um ihn herum lagen die Redeye und das Zubehör. Damals, während der Ferien in Zinnowitz mit Onkel Alex, hatte er sich die Dienstanweisung für den Gebrauch der Redeye genau eingeprägt. Jetzt begann er das zu üben, was er gelernt hatte. Die Abschußoperation bestand aus einer Anzahl von Handgriffen: Gyroskop aktivieren, Zielentfernung einstellen, Gyro freimachen, Infrarot einschalten und – feuern. Karl übte es wieder und wieder, und gegen Ende des Tages beherrschte er alles im Schlaf.
Als nächstes mußte er einen Weg finden, wie man die Rakete aus dem Inneren des Wohnmobils heraus abschießen konnte, eine Aufgabe, die schwieriger als erwartet zu lösen war. Nachdem er den Winnebago gemietet hatte, fuhr er nachts mit der Redeye zum Dulles Airport hinaus und parkte in der Einflugschneise der landenden Jets. Die Verkehrsflugzeuge erschienen zwar in dem offenen, einen schwarzen, sternenfunkelnden Himmel einrahmenden Dachfenster, aber Karl stellte fest, daß ihm keine Zeit blieb, ihnen zu folgen. Bis er die Maschinen endlich im Visier hatte, waren sie gleich darauf seinem Blickfeld entschwunden. Ihm blieb nur dann genügend Zeit, sie ins Visier zu bekommen und zu feuern, wenn er sich oben aufs Dach stellte, und genau das wollte er vermeiden. Von seinen vier ausgewählten Abschußpositionen lagen zwei in Vorstadtwohngebieten, eine bei einem Rasthaus an der Straße und die vierte auf dem Parkplatz eines Einkaufszentrums. Karl wollte während des Abschusses verborgen bleiben, und das bedeutete, daß er durch das Dachfenster feuern mußte.
Blieb nur die Möglichkeit, die Öffnung zu vergrößern, doch erst

dann, wenn er George Lish überredet hatte, das Wohnmobil zu mieten. Danach konnte er die Veränderungen selbst vornehmen oder sie in Auftrag geben. Bezahlte er jemanden dafür, ließ sich nicht ausschließen, daß der Mann bemerkte, daß es sich bei dem Winnebago um einen Mietwagen handelte. Am besten, er erledigte die Sache selbst. Aber wenn er nun die Öffnung zu groß machte und der Aufbau seine Steifigkeit verlor? Er stellte sich vor, wie das Dach einbrach, wenn er zufällig in ein Schlagloch fuhr und das ganze Wohnmobil wie eine gesprengte Brücke in sich zusammenfiel.

Zum Schluß entschied sich Karl für eine simplere, aber geschicktere Lösung, für die ein Spiegel und eine Menge Übung notwendig war. Der Spiegel war konvex; er klemmte ihn an die vordere Kante des Dachfensters und bekam so den Himmel hinter dem Winnebago ins Blickfeld. Es war eine verzerrte Sicht, denn winzige Flugzeuge wurden rasend schnell größer, bis sie dann plötzlich über seinem Kopf auftauchten; aber nachdem er lang genug geübt hatte, konnte er die Distanzen genauso gut wie mit bloßem Auge abschätzen.

Karl brachte drei Nächte damit zu, ein Verkehrsflugzeug nach dem anderen ins Visier zu nehmen und den Abzug zu betätigen. Alle diese Maschinen trennten jetzt nur noch drei Sekunden von ihrer Vernichtung. Er fragte sich, wie viele Menschenleben so durch seine Hände gingen? Tausend? Zweitausend? Zehntausend? Es spielte keine Rolle. Nur ein Leben war wichtig. Nur ein Leben. Und sein Ziel war dessen Tod . . .

Die Fahrten mit dem Winnebago brachten ihn zu der Überzeugung, daß das Wohnmobil zwar ideal als Abschußbasis, als Fluchtfahrzeug aber viel zu plump und langsam war. Er kaufte sich die Lokalzeitung, das PRINCE GEORGE'S JOURNAL, und suchte nach gebrauchten Motorrädern. In einer Trailersiedlung hatte ein mürrischer junger Mann eine Kawasaki KE-100 zu verkaufen.

»Würd sie nicht verkaufen«, murmelte der Junge, »wenn ich nicht zur Army müßt.« Er hatte blasse Haut, strähniges Haar und einen Schmollmund, und Karl konnte sich beim besten Willen nicht vorstellen, daß die US-Armee scharf auf ihn war.

Die Kawasaki war schwarz; über den Benzintank zuckten rotorangene Flammen. Es war eine Mehrzweckmaschine, fürs Gelände wie für die Straße geeignet. Ihre hundert Kubik machten sie zwar nicht sonderlich schnell oder durchzugskräftig, aber dafür war sie auch nicht schwer und ließ sich leicht in den Winnebago laden. Außerdem mußte ihn das Motorrad nur von der Andrews Air Base zum National Airport bringen, lediglich von der City über den Potomac.

»Bestzustand«, murmelte der Junge.

Eine Fahrt ums Karree überzeugte Karl, und er handelte schnell einen günstigen Preis aus.

Als Karl den Winnebago in den Sunshine RV zurückbrachte, holte er das Motorrad heraus und fuhr damit zum Toons-Creek-Haus zurück. Es war eindeutig nicht für Highway-Fahrten gedacht, und er hielt sich deshalb an die Nebenstraßen. Auch bei seiner Fahrt von Andrews zum Airport würde er es so machen.

Zusätzlich noch kaufte er sich einen Integralhelm, mit dem er wie ein Raumfahrer aussah, und fuhr stundenlang über Landstraßen durch die bewaldeten Hügel von Maryland. Zweimal unternahm er die Tour von Andrews zum Washington National Airport, um sich mit seiner Fluchtroute vertraut zu machen.

Auf der zweiten Fahrt sah er die Frau seines Bruders.

Es war an einem Mittwochnachmittag. Das Leben seines Bruders faszinierte ihn nach wie vor, und so hatte Karl einen Umweg gemacht, vorbei an Pauls Haus in Arlington, Virginia. Mit Lederjacke und Helm würde ihn bestimmt niemand für Paul halten.

Er bog gerade um die Kurve, als er eine Frau aus dem Haus treten sah. War *sie* das? Schnell wendete er und wartete hinter der Ecke, wo er sie beobachten konnte, ohne selbst gesehen zu werden. Die Frau hatte schwarzes Haar, das von einem roten, als Stirnband getragenen Halstuch zusammengehalten wurde. Sie trug eine graue Bluse und schwarze Hosen und ging schnell zu einem am Bordstein geparkten Alfa Romeo. Als der Alfa auf ihn zugeschossen kam, blieb Karl mit geschlossenem Visier auf seiner Maschine sitzen und tat so, als würde er die Landkarte

studieren. Erst im letzten Moment blickte er auf, um sich die Frau genau anzusehen. Es war tatsächlich Joanna. Er erkannte sie. Wie auf dem Foto, das Paul ihm gegeben hatte.
Sie schien mit ihren Gedanken weit weg zu sein, und er war sicher, daß sie ihn nicht bemerkt hatte. Mit leiser Erregung folgte er ihr über die Key Bridge zu einer Kunstgalerie in Georgetown. Die Kawasaki machte es ihm leicht, sich durch den Verkehr zu schlängeln. Als sie bei der Galerie L'Enfant ankamen, erinnerte er sich daran, daß Paul ihm erzählt hatte, seine Frau würde in einer Kunstgalerie arbeiten. Pauls Frau. Joanna...
Ein Lächeln lag auf seinem Gesicht, als er zum Toons-Creek-Haus zurückfuhr und dabei Spekulationen über das Leben seines Bruders anstellte. Als die Rede auf seine Frau gekommen war, hatte sich Paul so merkwürdig verhalten, daß Karl angenommen hatte, sein Bruder und Joanna hätten sich getrennt. Falls das stimmte, mußte sie während Pauls Abwesenheit zurückgekehrt sein. Sorgte sie sich um ihn? Wußte sie, daß er in Deutschland war? Wenn sie Bernie Stern, den Chefredakteur, anrief, würde er ihr die gleiche Geschichte erzählen, die Karl ihm erzählt hatte: daß Paul untergetaucht war, um über CIA und Waffengeschäfte zu recherchieren. Je mehr er darüber nachdachte, desto begieriger wurde Karl, sich aus erster Hand über das Leben seines Bruders zu informieren. Wenn er ins Haus gelangen konnte, während Joanna arbeiten war...
Er mußte nicht mal einbrechen. Pauls Schlüssel waren in seiner Tasche. Ein erregendes Gefühl unbestimmter Erwartung stieg in ihm auf. Er konnte einfach zur Tür gehen und – nein, zu gefährlich. Die Redeye-Mission war zu wichtig, um sie durch eine Laune aufs Spiel zu setzen. Pauls Leben war Pauls Leben und sein Leben war sein Leben, und nichts konnte etwas an ihrem unterschiedlichen Schicksal ändern. Karl verbannte den Drang, in das Haus seines Bruders eindringen zu wollen, aus seinem Kopf, aber ganz weit hinten setzte sich ein Wünschen fest und begann zu wachsen, auch dann noch, als er sich bereits auf den Empfang von George Lish vorbereitete.

Die Idee für seine Flucht überfiel Paul ein zweites Mal, in einem der seltenen Augenblicke von Klarheit, die den täglichen Injektionen meist vorausgingen. Alles kam ihm wieder in den Sinn ... der Tag, an dem Orangensaft an Madame Trans Kleid gespritzt war, und daß ihre erste Sorge ihrer Kleidung gegolten hatte. Das war der Schlüssel zu seinem Plan. Hoffend, daß sie bei einem ähnlichen Vorfall wieder in gleicher Weise reagieren würde, machte er sich an die Vorbereitungen.

Zuerst füllte er seinen Plastikbecher mit Wasser. Da er wegen des starken Schwindelgefühls nicht stehen konnte, kroch er ins Badezimmer und zurück, jedesmal den Becher vor sich abstellend. Als er aufs Bett krabbelte, stellte er das Glas unter dem Korbtisch an die Wand. Dann legte er sich hin und übte jede Bewegung, wieder und wieder. Was er zu tun hatte, war im Grunde ganz einfach, doch es fehlte seinen Gliedern an der nötigen Koordination, und seine Muskeln waren schwach... er sorgte sich, daß er das Manöver nicht schnell genug und ohne zu zögern würde ausführen können.

Aber ihm blieb keine Wahl: er *mußte* es schaffen. Irgendwie mußte er seinen Körper zum Gehorsam zwingen. Schon so lange war es her, daß er gesund gewesen war; er konnte sich gar nicht mehr an das Gefühl erinnern. Hatte es wirklich mal eine Zeit gegeben, wo er sich aufrichten konnte, ohne daß ihm schwindlig wurde? Wo sein Geist befahl, *tu es!* und sein Körper sofort reagierte, ohne auf die Abläufe mehr Konzentration verwenden zu müssen als fürs Atmen?

Um fliehen zu können, mußte er diese Fähigkeiten wieder aktivieren, doch alles hing von Madame Tran ab, von ihrer entsprechenden Reaktion. Als sie kam, stellte Paul mit Befriedigung fest, daß ihr Bao Dai in einem mit verschwenderischem Brokat verzierten Gold gehalten war. Gut. Je teurer und eleganter das Kleid, desto heftiger würde sie reagieren.

Sie näherte sich wie üblich sehr geschäftig dem Bett, ein Auge auf Paul gerichtet. Die Spritze lag wie immer neben dem Essen auf dem Tablett. Ein Glas Milch stand auch dabei. Paul kämpfte sich in eine sitzende Position hoch und tat so, als wäre er sehr hungrig. Er griff nach dem Tablett, gerade als Madame Tran es abstellte, und fegte dabei das Glas Milch zu Boden, wobei Madame Trans Bao Dai einige Spritzer abbekam.

»Zum Teufel mit dir!«

Sie schlug ihn, so hart sie konnte. Paul fiel aufs Bett zurück; in seinem Ohr dröhnte es. Sein Gesicht war wie taub und ein Auge tränte, so daß er schnell zwinkern mußte, um wieder etwas sehen zu können. In dem Spiegel über dem Bett konnte er sich erkennen, zuerst verschwommen, dann scharf, dann wieder verschwommen...

Das Geräusch laufenden Wassers im Bad brachte ihn wieder zu sich. Wie lange hatte er so gelegen? Wieviel Zeit blieb ihm noch? Egal, er mußte handeln. Jetzt...

Er rollte sich auf die Seite. Das Tablett mit der Spritze stand noch auf dem Tisch. Jetzt kam der Augenblick, auf den er sich so intensiv vorbereitet hatte. Zitternd griff seine Hand nach der Spritze. Sie war so furchtbar weit entfernt... Er stemmte sich auf einen Ellbogen. Seine Fingerspitzen strichen über das glatte Glas. Er beugte sich noch weiter vor, spürte, wie der Muskel in seinem Arm zu zittern begann – und dann hatte er sie.

Er brachte die Spritze dicht an seine Brust heran. Durch den Türrahmen sah er Madame Tran; sie hatte ihm den Rücken zugewandt und säuberte immer noch ärgerlich ihr Bao Dai. Paul wandte seine Aufmerksamkeit der Spritze zu. Mit ungelenken Händen stieß er die Nadel in die Matratze und begann die Flüssigkeit herauszudrücken. Der Widerstand war groß, der Kolben wollte sich kaum bewegen. Er preßte kräftiger und rutschte mit dem Daumen ab. Leise fluchend rieb er die schweißnasse Hand am Laken trocken und probierte es erneut. *Langsam,* sagte er sich, nicht mit Gewalt... brech nicht die Nadel ab... Er bemühte sich, gleichmäßig zu drücken, und langsam, ganz langsam leerte sich die Spritze. Als alle Flüssigkeit draußen war, rollte sich Paul auf den Bauch und streckte Kopf und Arme über den Rand der Matratze, so daß er das Wasserglas auf dem Fußboden erreichen konnte. Er schob die Nadel ins Wasser und zog an dem Kolben. Langsam, unendlich langsam begann sich die Spritze zu füllen.

Viel zu langsam, tobte eine Stimme in seinem Innern. Sie

kommt gleich wieder, beeil dich... Er kämpfte gegen die Panik an und zog gleichmäßig weiter. Der Kolben bewegte sich mit schrecklicher Langsamkeit zurück. Seine Hände zitterten; fast wäre ihm die Spritze aus den Fingern gerutscht. In seinem Kopf, der über der Bettkante hing, hämmert es wie wild. Er wollte den Kolben zurückreißen, zwang sich aber, es nicht zu tun...

Dann endlich war es geschafft.

Und im Bad war das Geräusch des Wassers verstummt.

Er schob einen Ellbogen unter seinen Brustkorb und richtete sich auf. Madame Tran glättete ihr feuchtes Bao Dai und wandte sich um. Die Spritze mußte aufs Tablett zurück! In seiner Hast schlug seine Hand gegen die Unterseite des Tisches; die Spritze rutschte ihm aus den Fingern und schlitterte über den Boden.

»Mit dir hat man nichts als Ärger...“, schimpfte Madame Tran, als sie das Zimmer betrat.

Die Spritze lag am Boden, zwischen der verschütteten Milch und der Badezimmertür. Im nächsten Moment würde sie sie sehen und würde Bescheid wissen. Außer...

Paul warf sich vor und traf das Tablett. Hühnchen, Beilagen und Besteck flogen zu Boden.

»Jetzt reicht's«, schrie Madame Tran, stürzte sich auf ihn und schob ihn zurück aufs Bett.

»Hunger«, murmelte Paul.

»Du kriegst nichts, heute abend kriegst du nichts, du wurmstichiger Störenfried...«

Sie ging zur Tür; dann fiel ihr Blick auf die Spritze.

»Hunger«, sagte Paul.

»Sei still. Dreh dich um.«

Sie stieß ihn auf die Seite, und Paul verspürte den vertrauten Einstich. Er lächelte, als Madame Tran hinausgerauscht war. Erschöpft schlief er ein. Im Schlaf bedrohte er seinen Bruder.

Kapitel 20

George Lish landete auf dem Washington National Airport am Donnerstag kurz nach zwölf. Beim Landeanflug reckte George den Hals und suchte das Vietnam War Memorial, das Denkmal für den Vietnamkrieg, in dem sich seine Generation für die Sache des freien Westens aufgeopfert hatte. Auch George war heftig für ein Vietnam-Denkmal eingetreten. Daß der Entwurf einer jungen Amerikanerin asiatischer Herkunft das Rennen machte, hatte ihn aber dann doch arg enttäuscht...

Wie alle anderen Mitglieder der RANK hatte George eine ganz spezielle Weltordnung. Jeder Kontinent war einer Rasse zugeordnet: Schwarze in Afrika, Asiaten in China, Mexikaner in Südamerika, Juden in Israel und Arier in Europa und Nordamerika – eine natürliche, von Gott gewollte Ordnung.

Im Gegensatz zu anderen Mitgliedern seiner Organisation hielt sich George jedoch für einen moderaten Burschen. Er wollte die Neger oder Juden nicht gerade umbringen – Menschen waren schließlich Menschen. Nein, er bevorzugte das ›israelische Modell‹, das hieß, jede Rasse sollte in ihr Ursprungsland zurückkehren. George erklärte stets, daß er die Schwarzen in Südafrika *unterstütze*. Er wollte, daß alle Weißen Afrika verließen im Austausch dafür, daß alle Schwarzen auch Amerika verließen. »Ein weißes Amerika für weiße Amerikaner.« Das war der RANK-Slogan.

Es erfüllte George immer noch mit Stolz, daß er vor zehn Jahren diesen Slogan erfunden und dann, zusammen mit sechs anderen, die RANK gegründet hatte. Er war der erste Vize-Präsident der Organisation gewesen, zum damaligen Zeitpunkt mit

Bobbi verheiratet, die ihm drei Kinder schenkte und so nebenbei aus dem Dog-O-Rama ein blühendes Geschäft machte, bevor sie ihn verließ wegen eines Hundefutterverkäufers. Von da an war's bergab gegangen mit dem Dog-O-Rama, woran Houstons Wirtschaftsflaute ebenso schuld war wie die Araber mit ihrem billigen Öl.

Georges Verhältnis zu RANK erging es ähnlich. Als die Mitgliederzahl wuchs, stellten ihn Männer wie Grant Harkness in den Schatten, dynamische Männer mit extremeren Ideen und wesentlich besseren Slogans. Bei den Vorstandswahlen erlitt George eine Niederlage nach der anderen. Obwohl er seine wachsende Enttäuschung sorgfältig hinter breitlächelnder Kameraderie verbarg, tat er in den Komitees seinen Dienst und organisierte die monatlichen Kampfspiele. Er gehörte ebensowenig dem inneren Kreis wie damals der Aktionsgruppe an, die der Radiostation die Briefbombe schickte. In verständlicher Erregung hatte er deshalb die Nachricht von Grant Harkness' Verhaftung vernommen.

George mußte lächeln, als er daran dachte, wie er das Odessa-Geld Grant Harkness präsentiert hatte. Zweitausendfünfhundert hatte er in Reserve behalten. Warum nicht noch mal Grants Verblüffung auskosten, wenn er die zweite Hälfte überbrachte? Auf die Frage, woher das Geld stamme, hatte George nur gelächelt und gesagt: »Geheime Quellen, die ich nicht preisgeben darf.«

Irgendwie war ihm bewußt, daß er sich selbst zum Narren hielt, daß er lediglich abwartete, ob er etwas von Maria Mengeles Geld erhalten würde. Falls diese Frau nicht mit ihm einverstanden war, würde er sich auf jeden Fall noch eine Aufwandsentschädigung genehmigen. Genaugenommen hatte er von den zweitausendfünfhundert Dollar bereits achthundert Dollar ausgegeben, um die drückenden Schulden zu bezahlen – er betrachtete das als Darlehen, das er zurückzahlen würde, sobald das Sommergeschäft anlief...

Georges Selbstvertrauen begann zu bröckeln, als das Flugzeug in Parkposition rollte. Dieser Karl Müller, so zuversichtlich und selbstsicher, repräsentierte eine größere, geheimere Welt, von

der George nur träumen konnte. Warum sollte ein solcher Mann ihm vertrauen? Warum ausgerechnet Maria Mengele? Als er den Flugsteig verließ, war er so unsicher geworden, daß es ihn fast überraschte, daß Karl Müller ihn erwartete.
Karl begrüßte ihn herzlich, und Georges Zweifel begannen sich aufzulösen.
»Wie war der Flug?« erkundigte sich Karl.
»Der übliche Scheiß«, sagte George. »Die Startbahn runterrollen dauerte länger als der ganze Flug... Ist Mrs. Mengele angekommen?«
Karl warf ihm einen zur Vorsicht mahnenden Blick zu. »Wir reden im Wagen.«
»Kapiert«, sagte George mit knapper, präziser Stimme und hoffte, der Tonfall würde den offensichtlichen Fehler, Frau Mengeles Namen öffentlich zu erwähnen, wiedergutmachen.
Auf dem Parkplatz führte Karl ihn zu einem glänzenden Lincoln Continental. George spürte einen kräftigen Schuß Neid. Es war einfach nicht fair, daß eine Nazi-Organisation über so viel Geld verfügte, während die RANK nur mit Mühe die Druckkosten für ihre Kampfschrift BATTLE LINES aufbringen konnte. Karl zahlte die Parkgebühr und fuhr dann auf dem George Washington Parkway in nördlicher Richtung. Nach einiger Zeit bemerkte er, daß Karl häufig in den Rückspiegel schaute.
»Probleme?«
»Jemand in einem gelben Jaguar. Fuhr hinter uns los, bog in die gleiche Richtung ein. Mal sehen, ob sie...« Karl ließ die Worte in der Luft hängen, dann entspannte er sich wieder. »Nein, ist okay, sie fahren in die City.« Er selbst bog dabei nach Westen auf den Highway 244.
»Fahren wir nicht in die City?«
»Wir haben ein kleines Problem, George.«
Ich hab nie Glück, dachte George. Sie haben einen anderen gefunden, dem sie das Geld geben wollen. »Stimmt was nicht?« fragte er.
»Sehen Sie selbst.« Karl reichte ihm die Kopie eines Telegramms aus Buenos Aires, adressiert an

Karl Mueller, c/o Marriott Hotel:
ISRAELI M AUF DEINE MISSION AUFMERKSAM GEWORDEN.
SCHLAGEN VORSICHTSMASSNAHMEN VOR, GL WARNEN.

Die Unterschrift fehlte. »*Israeli M*? Wer ist das – die Mossad?« George hatte seine Spionageheftchen aufmerksam gelesen.
Karl warf ihm einen bewundernden Blick zu. »Genau.«
George strahlte. »Und wer ist GL?«
»Sie.«
George fuhr zusammen. Nie wäre ihm in den Sinn gekommen, daß er wichtig genug war, um in einem Telegramm, einem solchen Telegramm erwähnt zu werden.
Karl berichtete gerade von einer gestohlenen Brieftasche, und George zwang sich zur Konzentration.
»... Hoteldetektive konnten nichts finden«, sagte Karl. »Aber das erwartet man schließlich auch nicht von ihnen, wenn die Mossad hinter einem her ist. Die Sache ist die, daß ich ein Wohnmobil mieten sollte. Sie wissen schon, einen dieser Winnebagos mit Schlafzimmer, Küche, eine ganze Wohnung auf Rädern, wie man so sagt?« Er warf George einen Blick zu. »Sie wissen, wovon ich spreche, ja?«
»Ich glaub, ich hab' den ersten Teil nicht mitgekriegt, sorry ... Sie sagten, Ihre Brieftasche wäre gestohlen worden?«
»Aus meinem Hotelzimmer. Während ich im Swimmingpool war. Kann das Zimmermädchen oder ein Profi-Gauner *oder* die Mossad gewesen sein. Wer weiß? Aber wie auch immer, ich muß dieses Wohnmobil mieten, um Maria Mengele in die Mayo-Klinik zu bringen. Jetzt, wo sie weiß, daß die Mossad hinter uns her ist, möchte sie nicht mit der Bahn reisen, und im Hinblick auf ihren Zustand ist ein gewöhnlicher Wagen nicht angebracht ... Ich hab ihr gesagt, ich würde Sie fragen, ob Sie das übernehmen könnten.«
»Was?«
»Das Wohnmobil für sie mieten.«
»*Ich* soll ein Wohnmobil mieten?«
»Selbstverständlich müßten Sie es nicht bezahlen. Ich gebe Ihnen das Geld: siebenhundertfünfzig Dollar.«

»Aber... können *Sie*'s nicht mieten?«
»Jetzt nicht mehr. Mein Führerschein war in der Brieftasche.«
»Vielleicht könnten Sie einfach fliegen.«
»Frau Mengele hat Angst vorm Fliegen, das erzählte ich Ihnen.«
»Ich weiß«, sagte George. In Wahrheit hatte er nur noch die hunderttausend Dollar im Kopf.
»Maria Mengele ermüdet sehr rasch. Sie muß eine spezielle Diät einhalten und hat oft Schmerzen. Ein Wohnmobil ist genau das richtige. Außerdem kann es vorzüglich zur Tarnung dienen. Wenn Sie ihr den Gefallen tun, dann wird sie Ihnen sicher ihr Vertrauen schenken...«
George erschreckte die unerwartete Verantwortung. »Nun ja«, zögerte er, »was ist, wenn Sie es nicht rechtzeitig zurückgeben? Oder einen Unfall bauen?«
»Das Ding ist vollkaskoversichert. Was die rechtzeitige Rückgabe anbelangt, so können Sie das nötige Geld aus der Spende einbehalten, falls wir uns verspäten sollten.«
George schwieg und versuchte diese neue Entwicklung einzuordnen. Wenn er für das Wohnmobil unterschrieb, war er juristisch für die Kiste verantwortlich. Wenn er sich weigerte, würde Maria Mengele das Geld vielleicht einem anderen geben. George hatte sich in Gedanken bereits einen kräftigen Schnitt genehmigt.
Plötzlich kam ihm ein niederschmetternder Gedanke. Verstohlen blickte er zu Karl Müller hinüber. Eigentlich war der Mann für ihn ein Fremder. War das irgendein Trick, um ein Wohnmobil zu stehlen und es ihm anzuhängen? Wieviel mochte ein Winnebago kosten? Dreißig-, vierzigtausend? Er wäre längst pleite, bevor er das auch nur ansatzweise zurückgezahlt hatte... Wenn Maria Mengele ihm natürlich die Hunderttausend gab, konnte man damit mindestens zwei Winnebago bezahlen.
»Wird sie... wird sie mir heute das Geld geben?«
»Wenn sie Ihnen vertraut, haben Sie in ein paar Stunden das Geld in der Hand.«
»Sie hat das Geld bei sich?«

»Fünfzigtausend Dollar in bar, der Rest in Schmuck und Edelmetall. Aber wenn Sie ihr den Gefallen nicht tun wollen ...«
»Nein, nein«, sagte George schnell. »Ich hab mir nur gerade wegen der Mossad Gedanken gemacht. Ob das gefährlich werden kann.«
»Vielleicht für die Mossad. Richtig?«
»Was?«
»Sie wirken auf mich wie ein Mann, der sehr gut auf sich aufpassen kann. Und auf die, die ihm Ärger machen wollen.«
Karl bemühte ein hartgesottenes Söldnergrinsen, das George vage erwiderte. So gern er sich als beherrschende Persönlichkeit betrachtete, tief in seinem Inneren ahnte George, daß er viel häufiger das Opfer von Ereignissen als deren Herr und Meister war. Und auch jetzt ging alles zu schnell, überrollte ihn fast.
Doch der Gedanke an das Geld vertrieb Georges Befürchtungen. Er würde den Winnebago mieten und allen beweisen, was er wert war. Und wenn ihm Maria Mengele das Geld nicht gab, würde er das verdammte Ding sofort wieder an Ort und Stelle zurückfahren. Jawohl, so einfach war das. So würde er es machen.

Als sie den Sunshine RV für Mietwagen erreichten, sagte Karl, er müsse mal schnell Maria anrufen, George solle schon mal reingehen und die Formalitäten erledigen. Dann ging er zu einer Telefonzelle an der Ecke. Somit hatte er vermieden, daß ihn der Vermieter erkannte, und es war für seinen Plan unbedingt notwendig, daß George den Winnebago allein mietete und daß dessen Name allein im Mietvertrag stand.
Karl war zufrieden. Alles lief bestens. Die Maria-Mengele-Story war die komplizierteste und unwahrscheinlichste von allen Lügen, die er für die Redeye-Mission ersonnen hatte, und deshalb auch am anfälligsten. Aber George Lish machte sich immer besser. Die Verlockung der hunderttausend Dollar und ein vorsichtiger Aufbau seines Selbstbewußtseins hatten das Mißtrauen und die Feigheit des Mannes in den Hintergrund gedrängt. Karl war stolz auf das Telegramm, das er sich ins Hotel geschickt

hatte. Dann hatte er es so zerschnitten und wieder zusammengeklebt, daß die argentinische Anschrift, ursprünglich Teil des Textes, nun als Absender auftauchte. Die Fotokopie hatte den Schwindel völlig unsichtbar gemacht, und Lish hatte nicht nach dem Original gefragt. Karl lächelte, als er daran dachte, wie stolz der Mann gewesen war, daß er M für Mossad erraten hatte – als würde jemand einen derartig durchsichtigen Code benutzen...

Karl sah durch das Bürofenster, wie George Formulare ausfüllte und mit dem Angestellten verhandelte. Er kam sich vor wie eine Katze, die mit der Maus spielte, sie ein Stückchen laufen ließ und dann mit ein paar Tatzenschlägen zurückholte. Doch jetzt war die Zeit für Spiele abgelaufen. Er griff unter den Sitz, zog einen Eispickel mit einem leuchtend grünen Griff hervor und steckte ihn in die Tasche seines Sportmantels.

Der Winnebago war siebenundzwanzig Fuß lang, Grundfarbe Beige mit einem rot-blauen Streifen. Karl fuhr gemächlich, damit Lish ihm in dem Wohnmobil folgen konnte. Er hatte ihm noch aufgebunden, daß sie der Israelis wegen vom Marriott in ein sichereres Haus am Patuxent River umgezogen waren. Karl behielt den Winnebago scharf im Auge, doch George schien keine Probleme zu haben. Wann immer er Karls Blick auffing, streckte er stolz den Daumen in die Höhe.

Als sie das Toons-Creek-Haus erreichten, öffnete Karl das Tor und fuhr weiter und parkte. Als sich der Winnebago schwankend näherte, machte er die Stalltüren auf und winkte ihn hinein. George machte wieder das Daumenzeichen. Karl öffnete die Seitentür und trat ein. Der Winnebago roch ganz neu, eine Mischung aus Stoff, Plastik und Farbe. Karl näherte sich von hinten, bis er zwischen den beiden Frontsitzen stand.

George drehte den Zündschlüssel und der Motor erstarb. »Großartiges Fleckchen.«

»Einen Augenblick«, sagte Karl. »Bevor Sie aussteigen, zeigen Sie mir schnell noch, wie die Kiste funktioniert.«

Er ließ eine Hand in die Tasche gleiten und umklammerte den Griff des Eispickels, als George ihm das Armaturenbrett zu erklären begann.

»Teufel auch, ist ein Kinderspiel, fährt sich wie ein normales Auto. Man hat ein paar Schalter mehr, das ist alles. Das ist der elektrische Hauptschalter. Man überprüft ihn, um...«
Karl sah, als George sich vorbeugte, die leichte Einkerbung an seiner Schädelbasis, direkt über der Wirbelsäule. Er zog den Eispickel aus der Tasche und zielte wie ein Matador. Als er zuschlagen wollte, erklang von der Einfahrt her ein Hupsignal, und George drehte so abrupt den Kopf, daß der Pickel seinen Nacken ritzte. Sein Blick richtete sich auf den Stahl.
»Was ist...?«
Dann sah er Karls Gesichtsausdruck, und in dem Augenblick aufdämmernden Begreifens stieß Karl zu, auf Georges Kehle zielend. Doch instinktiv parierte George. Der Pickel riß seine Wange auf und glitt ab. Er grunzte vor Schmerz.
Eine Wagentür knallte zu, und eine Frauenstimme rief »Hallo?«
Rita Gaylord. Karl wußte, daß er es hinter sich bringen mußte – und zwar schnell.
George hatte mit beiden Händen Karls Handgelenk umklammert und stemmte den Eispickel auf Armeslänge von sich weg. Der Mann besaß unglaubliche Kräfte, und sein bulliger Körper gereichte in dem engen Wagen zu seinem Vorteil. Aber er kämpfte sehr ungeschickt, versuchte sich nur zu verteidigen, die Augen vor Schreck weit aufgerissen, die zusammengebissenen Zähne schimmerten weiß durch das blutige Fleisch.
Karl streckte zwei Finger seiner freien Hand aus und rammte sie George in die Augen. Dann trat er dicht heran und stieß ihm den Eispickel in die Brust. George schnellte hoch, seine Hände peitschten durch die Luft, seine Augen wurden glasig, und er brach über dem Lenkrad zusammen. Karl griff nach dem Toten und legte ihn auf den Boden.
»Jemand zu Hause?«
Karl stand auf. Durch das Hinterfenster sah er Rita auf den Wagen zukommen. Er zog seinen am Ärmel blutverschmierten Mantel aus und schob ihn unter Lishs Kopf. Als er sich wieder erhob, stand sie an der Heckscheibe, die Hände als Schirm an den Augen. Sie entdeckte ihn, klopfte ans Fenster und winkte.

Karl winkte zurück, blieb aber so stehen, daß er ihr die Sicht auf Georges Körper zwischen den Vordersitzen verstellte. Als sie seitlich um den Winnebago herumging, trat er schnell hinaus.

»Hallo«, sagte sie. »Gehört der Ihnen?«

»Meinen Eltern«, erwiderte Karl, die Tür hinter sich schließend. »Sie sind damit von Philadelphia runtergefahren.«

Rita trug enge braune Hosen und einen hellgrünen Kaschmirpullover.

»Ich bin noch nie in so einem gewesen«, sagte sie.

Karl zwang sich zur Ruhe.

»Es steht mir nicht zu, es Ihnen vorzuführen«, sagte er steif. »Aber ich werde meine Eltern bitten, ob ich mit Ihnen ein Stück fahren kann.«

Demonstrativ ging er an ihr vorbei in Richtung Haustür. Rita folgte ihm.

»Suchen Sie den Tag aus«, sagte sie. »Ich spendier das Benzin.«

Hau endlich ab, hätte er am liebsten gebrüllt, bezwang sich aber. »Was führt Sie in diese Gegend?«

»Ich hab von einem dieser Fruit-of-the-Month-Clubs eine Kiste Pfirsiche bekommen, also blieb mir nichts anderes übrig, als Pfirsichkuchen zu machen. Ich dachte, er würde vielleicht Ihnen und den Kindern schmecken. Wo stecken sie denn alle?«

Geh zum Teufel, dachte Karl, immer noch erregt und etwas überdreht, was jegliche Konzentration erschwerte. Er versuchte sich an das zu erinnern, was er ihr zuvor erzählt hatte, und bastelte eine neue Geschichte zusammen.

»Meine Eltern sind mit Freunden zum Segeln, und die Kinder sind leider immer noch in Kalifornien. Irgendein juristisches Problem über Besuchsrechte außerhalb des Staates. Ich weiß nicht, ob sie kommen werden oder nicht.«

»Dann sind Sie also jetzt im Moment ganz allein?«

Karl schaute sie an. Sie starrte zurück, die Winkel ihres großen Mundes hochgezogen. Sie würde nicht aufgeben. Sie stellte ein Problem dar und würde ein Problem bleiben.

Er mußte töten. Nicht Rita – damit würde er eine polizeiliche

Ermittlung riskieren – sondern sich selbst, Ron Tednick, und das attraktive Bild, das er von sich gezeichnet hatte. Er mußte Rita beleidigen, sie demütigen, so daß sie verschwinden würde und ihn nie wieder sehen wollte. Sie wollte einen Liebhaber? Er würde ihr einen präsentieren.

»Ich bin nicht allein«, erwiderte er schließlich. »Sie sind ja hier.«

»Darf ich Ihnen ein Stück Pfirsichkuchen anbieten?«

»Das ist das mindeste, was Sie mir anbieten können.«

»Ah ja«, sagte sie mit ihrer singenden Stimme.

Rita ging zu ihrem Wagen, einem blauen Peugeot, zurück. Als sie sich über den Fahrersitz beugte, konnte Karl die Umrisse ihres Slips sehen, deutlich erkennbar unter der engen Hose. Sie hatte einen hübschen, runden Hintern.

Sie gingen in die Küche, wo Karl ihr ein Messer gab; sie begann den Kuchen anzuschneiden. Sie sprachen nichts, doch Rita zeigte ein geheimnisvolles Lächeln, summte sogar vor sich hin. Karl schob sich hinter sie und legte seine Hände über die ihren. Ihr warmer, fester Körper drückte sich gegen ihn. Die Arme um sie geschlungen, hob er ihre Hand hoch und schob das Messer von dem Kuchen weg.

»Laß das Messer fallen«, flüsterte er.

Sie versuchte zu ihm aufzublicken.

»Dreh dich nicht um. Laß einfach das Messer fallen.«

»Ummm, du steckst voller Überraschungen.«

Sie ließ das Messer auf den Tisch fallen. Karl führte ihre Hand zurück zu dem Kuchen und drückte sie langsam nach unten. Rita zögerte, als ihre Handfläche die Kruste berührte, dann entspannte sie sich. Die Kuchenfüllung quoll zwischen ihren Fingern hervor. Er hob ihre Hand an ihr Gesicht.

»Warte«, kicherte sie und drehte den Kopf zur Seite.

Er schmierte den Kuchen quer über ihre Lippen, ließ die Füllung auf ihren Kaschmirpullover klatschen. Sie achtete nicht auf den Pullover. Statt Widerstand zu leisten, machte sie mit, drehte und wendete den Kopf und leckte seine Finger ab. Sie wandte sich um, legte ihre Hände um seinen Nacken und küßte ihn.

Ritas überraschendes Auftauchen hatte Karl an einer sauberen Liquidation gehindert und ihn entnervt. Er spürte, wie Wut in ihm aufstieg – Zorn auf sie, auf sich selbst, auf die Situation. er schob eine Hand unter ihren Pullover, packte ihren Büstenhalter und riß daran.
»Warte…«
Mit einer fließenden Bewegung befreite sie sich von ihrem Pullover und schlüpfte aus ihrem zerrissenen BH. Die Nippel ihrer runden Brüste zeigten nach oben. Sie wackelte mit den Schultern, und das Fleisch ihrer weichen Brüste tanzte, während sie ihn mit einem Lächeln beobachtete.
Karl grub seine Finger in ihre Brüste und riß Rita plötzlich an sich. Diesmal stieß sie einen kleinen, schmerzerfüllten Laut aus. »Langsam, Honey, *langsam*…«
Er legte seine Hände auf ihre Schultern und stieß sie nach unten.
»Blas mir einen.«
Karl drückte sie auf die Knie und öffnete seinen Reißverschluß.
»Er steht nicht«, sagte er.
Karl wollte grob sein, ohne sie zu verletzen. Aber sie war zu nachsichtig. Sie nahm ihn in den Mund und begann mit sanften Bewegungen.
Karl warf den Kopf zurück; Wärme breitete sich in ihm aus. Dazu kam ein vertrautes, berauschendes Gefühl. Nein, nicht jetzt. Er mochte Rita Gaylord, ja, später vielleicht. Zu anderer Zeit würde er sich bei ihr andere Gefühle gönnen.
»Du verschwendest heute nur deine Zeit«, sagte er und trat zwei Schritte zurück.
Rita rappelte sich auf. Wortlos griff sie nach ihrem Pullover. Dann war sie draußen.
Vom Fenster aus beobachtete Karl, wie sie den Pullover anzog, bevor sie in den Peugeot stieg. Kies spritzte auf, als der Wagen losschoß und hinter dem Hügel verschwand.

Kapitel 21

Paul erwachte mit einem Schrei. Das Bild eines Mannes mit zerfetztem Gesicht und toten, glasigen Augen verblaßte langsam, und er sah sich selbst im Deckenspiegel im Bett liegen, die Arme ausgebreitet, um einen fallenden Körper aufzufangen.

George Lish.

Verwirrt richtete er sich auf. Es dauerte einen Augenblick, bis er sich erinnerte, wo er lag und was geschehen war. Dann schossen ihm zwei Gedanken gleichzeitig durch den Kopf. Sein Verstand war klar, er war wieder er selbst. Und sein Bruder hatte einen Mann getötet, George Lish. Jetzt noch spürte er das Gewicht des Körpers auf seinen Armen, hörte noch das überraschte Keuchen, als der Eispickel ins Herz drang. Die Erinnerung war so lebhaft wie bei den anderen Träumen.

George Lish? Der Name sagte ihm nichts, aber wie üblich mußte es sich bei Lish entweder um einen CIA-Agenten handeln, der zur Bedrohung geworden, oder um einen KGB-Kontaktmann, der nutzlos geworden war. Wie auch immer, sein Bruder hatte wieder getötet.

Als Paul sich aufrichtete, reagierte sein Körper normal, das erste Mal seit... wie lange war das her? Er wußte es nicht. Aber wenigstens fühlte er sich wie ein Mensch. Der Nebel in seinem Kopf war verschwunden. Er konnte klar denken. Er fühlte sich immer noch sehr schwach, aber bis zur nächsten Spritze blieb ihm immerhin noch genügend Zeit, um sich weiter zu erholen.

Geräusche an der Tür. Schnell legte er sich aufs Bett zurück, als auch schon Madame Tran mit dem Frühstückstablett das Zimmer betrat. Als sie ihn sah, runzelte sie die Stirn. »Wirst du heute morgen brav sein? Sonst gibt's kein Frühstück. Du wartest, bis ich dich füttere, okay?«

»Ja«, sagte Paul langsam. Er hatte keine Ahnung, wie er unter Drogeneinfluß sprach, also war es wohl am besten, so wenig wie möglich zu sprechen.

Nachdem sie ihn versorgt hatte, erschien Helmut, und er mußte die Demütigung ertragen, sich ins Bad helfen zu lassen. Zum ersten Mal fiel ihm auf, wie sehr der junge Mann diese Tätigkeit haßte. Warum zwang ihn Wenzler dazu? Warum überließ er das nicht irgendeiner Hilfskraft? *Karl.* Der Bruder hatte es angeordnet! Helmut und Madame Tran und Otto waren die einzigen Menschen, die wußten, daß Karl einen Zwillingsbruder hatte. Sie waren die einzigen Menschen, denen Karl vertraute.

Wozu aber diese Geheimhaltung? Weshalb hatte Karl ihn gekidnappt? Wo war Karl jetzt? Und *wer* war George Lish?

Helmut brachte ihn zum Bett zurück und verließ das Zimmer. Kaum war Paul wieder allein, stand er auf und kontrollierte die Tür. Sie war verschlossen. Das aufrechte Gehen geriet im wahrsten Sinn des Wortes zu einem schwindelerregenden Erlebnis.

Bereits nach einigen Minuten zitterte er vor Erschöpfung. Er mußte warten, bis sich sein Körper besser erholt hatte, bevor er einen Fluchtversuch wagte. Den Rest des Tages verbrachte Paul mit Ausruhen und viel Wassertrinken, um die Reste der Droge möglichst schnell aus seinem Körper zu spülen. Die Stunden schienen endlos, doch für ihn war jeder Gang zum Bad und zurück ohne Sturz ein Grund zur Freude.

Als das Mittagessen kam, wäre er fast zur Tür gestürzt. Er bezwang sich und nutzte die Gelegenheit, das Schloß auf der Außenseite der Tür genauer zu betrachten: ein Metallriegel, schlicht und effektiv – und ohne Schlüssel.

Madame Tran verließ den Raum. Beim nächsten Mal würde sie mit dem Dinner und der Spritze kommen. Suchend blickte sich Karl nach einem Gegenstand um, der ihm als Waffe dienen konnte. Das Bettgestell war aus Messing, aber zu solide, als daß er eine Strebe aus dem Rahmen hätte reißen können. Der Korb-

tisch gab auch nicht viel her; außerdem hätte seine Zerstörung Verdacht erwecken können. Überraschung mußte seine Waffe sein; er mußte seine Chance suchen, wenn die nächste Person zur Tür hereinkam. Paul hoffte, es würde Madame Tran sein.
Als sich vier Stunden später die Tür öffnete, war es Helmut, der eintrat. Paul gab vor zu schlafen.
»Na los, komm schon«, sagte Helmut grob. »Willst du pissen oder nicht?«
Paul ließ sich von Helmut aufhelfen. Der Mann steckte in einem Smoking und roch wie ein Blumenladen – eine Erklärung für sein zeitiges Kommen. Er wollte bestimmt groß ausgehen und hatte keine Lust, seinen Pflichten um Mitternacht nachzugehen. Paul wartete, bis Helmut ihn fast auf die Beine gestellt hatte, dann richtete er sich plötzlich auf, packte ihn und drehte dem Mann den Arm auf den Rücken. Helmut stieß ein überraschtes Grunzen aus.
»Du zuerst«, sagte Paul ruhig, riß den Arm hoch und stieß Helmut nach vorn, der sofort ins Stolpern geriet. Schneller und schneller schoß er auf die Wand zu, stieß einen Schrei aus. Paul dachte an all die erlittenen Demütigungen und ließ nicht locker. Den Körper in der Hüfte abgeknickt, knallte Helmut mit dem Kopf voran gegen die Wand und sackte zusammen. Als Paul vor Erschöpfung zitternd zurücktrat, hörte er hinter sich ein Klirren. Im Türrahmen stand Madame Tran, das Tablett zu ihren Füßen.
Paul rannte auf sie zu, doch die Frau sprang schnell in den Flur zurück und versuchte, die Tür zuzuschlagen. Paul schaffte es gerade noch, den Arm dazwischenzudrücken; die Tür knallte auf seinen Unterarm, betäubte seine Hand. Madame Tran schrie um Hilfe. Sie warf ihr ganzes Gewicht gegen die Tür, packte Pauls Zeigefinger und bog ihn nach hinten. Der Schmerz verlieh seinen Muskeln neue Kraft. Er drückte, so fest er konnte, und stürzte durch die Tür auf den Flur hinaus. Madame Tran wurde gegen die Wand gepreßt. Mit einer schnellen Bewegung zog sie ein Messer aus den Falten ihres Bao Dais. Sie stach nach seinem Gesicht, doch es war mehr eine Finte als ein wirklicher Angriff; ihre Blicke huschten den Flur entlang.

Paul wich dem Stoß aus und trat ein Stück zur Seite, um ihr einen Fluchtweg anzubieten. Als ihr Blick sich auf den freien Weg richtete, trat er ihr mit dem Fuß das Messer aus der Hand. Sie versuchte an ihm vorbeizustürzen, aber er bekam sie zu fassen. Madame Tran war stark und sehnig, und während er mit ihr kämpfte, konnte es Paul kaum fassen, wie schwach er war. Sie stieß ihm das Knie zwischen die Beine, doch plötzlich brachten sie die langen Falten ihres Kleides aus der Balance. Paul wirbelte sie herum und schleuderte sie zurück ins Zimmer. Der Schwung war so kräftig, daß sie dort zu Boden stürzte. Bevor sie wieder auf den Beinen war, knallte er die Tür zu und schob den Riegel vor.

Einen Augenblick lang blieb er stehen und rang nach Atem. Linkerhand führte ein kurzer, dunkler Flur zu einer uralten, schmiedeeisernen Tür, die einen Spalt offen stand. Vorsichtig näherte er sich. Hinter ihm hämmerte Madame Tran gegen die Tür und schrie. Zum Glück waren die Wände dick genug. Man würde es kaum hören.

Hinter der Eisentür ging der Flur weiter, teppichbedeckt und heller erleuchtet. Musik und Gesprächsfetzen drangen über eine Treppe herab. Am unteren Treppenabsatz befanden sich zwei Türen; auf der einen stand *Damen,* auf der anderen *Herren.* Er war im Keller des Vanilla Rose Club.

Als Paul die Stufen hochkletterte, erinnerte ihn die frische Luft um seine Beine an das verdammte Nachthemd, das er immer noch trug. Wäre Madame Tran nicht aufgetaucht, hätte er wenigstens Helmuts Kleidung nehmen können. Zu spät, sich darüber Gedanken zu machen...

Seine Sinne waren so lange nicht mehr beansprucht worden, daß er das Gefühl hatte, eine andere Welt zu betreten, als er den großen Salon erreichte. Das grelle Dekor und die bunten Dessous der Mädchen betäubten ihn beinahe. Die Geräusche waren so vibrierend und laut, die Düfte so üppig und durchdringend. Man drehte sich um, als er das Zimmer durchquerte; einige Männer johlten und lachten. »Sag ihr, sie soll dir deine Klamotten zurückgeben«, rief ihm einer fröhlich nach.

Paul warf ihm einen Blick zu, der den Mann zum Schweigen

brachte. Liebend gern hätte er Otto Wenzler aufgesucht und ihm den Hals umgedreht, aber seine Muskeln zitterten jetzt schon, und das Blut hämmerte in seinem Kopf.

Draußen dämmerte es; frische Luft war eine herrliche Entdekkung. In seinem Nachthemd sah er aus, als wäre er aus einem Krankenhaus geflohen, und er mußte fünfmal fragen, bevor ihm schließlich jemand die Richtung zum nächsten Polizeirevier wies. Auf dem Weg dorthin überlegte er sich seine nächsten Schritte... Zuerst Otto Wenzler anzeigen, dann nichts wie ins Hotel, heiß baden, rasieren und ausschlafen. Danach würde er Ray Tregerdemain anrufen und vor allem Bernie und ihm erklären, weshalb er verschwunden war. Außerdem würde er Hugh Roark anrufen und ihm von Karl erzählen. Er fühlte sich an nichts mehr gebunden. Der Bruder hatte ihn verraten.

Oder doch nicht? Karl hätte ihn töten können, hatte ihn aber nur auf Eis gelegt. Paul erinnerte sich an das, was Karl über die CIA gesagt hatte... daß sie ihn umbringen würden, wenn sie herausfanden oder auch nur den begründeten Verdacht hegten, daß er es war, der ihre Agenten ermordet hatte. Würden sie Karl liquidieren, wenn er die Wahrheit über den Bruder preisgab? Und wenn ja, konnte er mit dem Wissen leben, an Karls Tod mitschuldig zu sein? Und Mutter? Würde sie es erfahren? Den Sohn gefunden und wieder verloren? Vielleicht konnte er sich mit Roark treffen und einen Handel mit ihm schließen – Karls Leben gegen die Enthüllung seiner Identität...

Paul stand vor dem Polizeirevier, ein Steinbau, elegant wie eine Exerzierhalle. Hohe Decken; Korridore; an gelblichen Wänden standen abgenutzte Bänke. Aus einem Raum drang schwach das Geräusch des Polizeifunks. Hinter einem breiten Schalter saß eine Polizistin in reizloser, grünlicher Uniform. Sie richtete sich auf, als Paul eintrat, und zog die Schultern hoch, als sie sah, wie Paul gekleidet war.

»Schon gut«, sagte Paul. »Ich bin nicht verrückt. Man hat mich entführt, ich konnte fliehen – gerade eben. Der Verantwortliche ist Otto Wenzler. Ich möchte, daß er verhaftet wird...«

»Und wer sind Sie?«

»Paul Stafford. Ich bin amerikanischer Staatsbürger. Wenzler hat sich schuldig gemacht der Körperverletzung, der Entführung...«
»Sie sind Paul Stafford?«
»Richtig. Wahrscheinlich haben Sie eine Vermißtenanzeige vorliegen...«
Sie war mittlerweile aufgestanden, brachte eine Trillerpfeife an die Lippen und stieß einen schrillen Pfiff aus. Paul vermutete, daß sie die Kollegen alarmierte, um Otto Wenzler verhaften zu lassen. Doch als mehrere Polizisten in den Raum gestürzt kamen, deutete sie auf ihn.
»Paul Stafford. Er hat... Kollege Dietrich... Ihr wißt schon.«
Bevor Paul irgendwas erklären, bevor er auch nur einen Gedanken fassen konnte, hatten sie ihn gegen die Wand gedrängt und ihm die Hände auf den Rücken gerissen. Er schnappte Gesprächsfetzen auf.
»Wer ist das?«
»Stafford, du erinnerst dich?«
»Ist einfach hier reinmarschiert?«
»Schau dir bloß sein Kostüm an.«
»Wo ist er hergekommen?«
»Der Typ, der Dietrich überfahren hat.«
»*Der* ist das?«
Erst als er Handschellen trug, wurde Paul langsam klar, daß sie um Karls Gelenke gehörten.

Mit George Lishs Tod war die operative Vorstufe für die Redeye-Mission erfolgreich abgeschlossen. Doch bevor Karl die Leiche verschwinden lassen konnte, waren noch Lishs Fingerabdrücke anzubringen, die ihn eindeutig belasteten. Bei früheren Mordaufträgen hatte Karl sich nie um seine Opfer kümmern müssen. Jetzt, wo es unumgänglich war, fand er die Aufgabe widerlich.
Er wickelte den Körper in eine Plastikplane und schleppte ihn ins Badezimmer, legte ihn in die Badewanne, den Kopf am Abfluß, drehte die Dusche auf und öffnete mit einer Rasierklinge die Halsschlagader. Als kein Blut mehr kam, trug er die Leiche

zurück in den Stall und legte sie auf die Arbeitsplatte. Dort klemmte er die Unterarme in einen Schraubstock und sägte beide Hände ab.
Danach zog er die Gummihandschuhe an und verteilte Lishs Fingerabdrücke auf all die Stellen im Innern des Winnebago, die Lish nicht angefaßt hatte: Fenster, Schrank, Toilette, beide Seiten des Dachfensters, den Innenspiegel, sogar das Ersatzrad.
Bei der Redeye wiederholte er den Vorgang; er preßte die leblosen Finger auf alle Teile der Abschußvorrichtung, Batterien und Hülle. Besonders sorgfältig brachte er zwei Fingerabdrücke in dem Batteriebehälter an. Er hatte vor, die Rakete flüchtig abzuwischen, so als hätte Lish versucht, seine Identität zu verbergen, doch dieser Abdruck würde auf jeden Fall erkennbar sein.
Karl wartete bis Anbruch der Dunkelheit und vergrub dann die Leiche in einem abgelegenen, bewaldeten Teil des Grundstücks. Karl arbeitete sehr sorgfältig; er schwitzte, und die Moskitos reizten ihn. Nach Mitternacht war er endlich fertig.
Karl stellte sich unter das heiße Wasser der Dusche und senkte den Kopf. Alles lief genau nach Plan. Er kannte die Anflugkorridore für die Landebahnen 01 und 19 der Andrews Air Force Base. Für jede Landebahn hatte er zwei mögliche Abschußstellen ausgesucht. Er hatte das Sony-CIKOP-34F-Radio, mit dem er bis zu drei Frequenzen gleichzeitig empfangen konnte, einschließlich des sowjetischen Luft-Luft-Funks. Und er hatte George Lishs Unterschrift auf dem Winnebago-Mietvertrag und seine Fingerabdrücke auf Wohnmobil und Tatwaffe. Er hätte zufrieden und optimistisch sein können; statt dessen war er unruhig und rastlos.
Karl analysierte seine Gefühle. Es war weder der Ekel über die Arbeit an Lishs Leiche noch das Bedauern der viel zu kurzen Episode mit Rita Gaylord. Das eine wie das andere war notwendig gewesen. Nein, es war etwas anderes...
Es war, wie er zu seinem eigenen Erstaunen erkannte, seine Rolle, die er bei der Sabotage des bilateralen Abrüstungsvertrages spielte. Aus Deutschlands unseliger Vergangenheit wußte

Karl nur zu gut, wie leicht die Regierenden ein Land angesichts des sicheren Sieges in den Abgrund führen konnten. Mit dem Überfall auf Polen hatte es 1939 begonnen, und ab 1945 mußten Millionen, auch Karl und seine Generation, den Preis dafür bezahlen. Er kümmerte sich nicht gerade intensiv um ›hohe‹ Politik, doch je näher nun der sogenannte Montagsgipfel kam und die Zeitungen große Berichte über den Vertrag brachten, desto schwieriger wurde es, die Folgen dessen, was zu tun er im Begriff stand, zu ignorieren. Im Osten wie im Westen war das Vertragswerk als wichtiger Schritt auf dem Weg zur Normalisierung der Beziehungen zwischen den Systemen und als weitere vertrauensbildende Maßnahme begrüßt worden. Auch die Volkskammer hatte diese Initiative des Generalsekretärs einhellig als epochemachenden Beitrag zur internationalen Friedenssicherung unterstützt. Und Onkel Alex? Der war dagegen. War gegen Reformen, Glasnost und Perestroika. *Er* mußte es wissen. Also war auch Karl dagegen.

Es war Freitag morgen, und der Generalsekretär würde nicht vor Montag ankommen. Karl war immer voller Unruhe. Die Regung, Pauls Haus aufzusuchen, überkam ihn wieder und wollte sich nicht mehr vertreiben lassen. Noch während er es sich auszureden versuchte – es war ein ziemliches Risiko –, setzte sich die Idee fest und nahm Formen an. Er würde sich vergewissern, daß Joanna nicht zu Hause war, vorsichtig eindringen und sich nur eine Stunde lang umschauen und wenn ihm irgendwas verdächtig vorkam, die ganze Sache sofort vergessen.

Zunächst rief er in der Galerie L'Enfant an, um sicherzugehen, daß Joanna arbeitete. Eine Frauenstimme war am Apparat. Leicht näselnd erkundigte er sich nach Joanna Stafford.

»Sie ist heute nicht da«, wurde ihm mitgeteilt. »Kann ich Ihnen helfen?«

»Ein Freund in Chicago hat mir geraten, sie um ihren Rat zu bitten. Wissen Sie, wann sie wieder dasein wird?«

»Ihre freien Tage sind Freitag und Samstag, doch Sonntag ist sie hier wieder erreichbar. Soll ich ihr was ausrichten?«

»Mein Name ist Dan Julian, aber sie kennt mich nicht. Ich schau am Sonntag mal bei Ihnen rein. Besten Dank.«

Karl legte auf, bevor sich die Frau nach dem Namen des Freundes in Chicago erkundigen konnte. Als er Pauls Hausschlüssel in seiner Hosentasche spürte, wäre er am liebsten gleich hinübergefahren ... das Haus beobachten und warten, bis Joanna auftauchte ... Zu gefährlich. Selbst wenn sie wegging, konnte man nie wissen, wann sie wiederkäme.
Karl bezähmte seine Ungeduld, schnappte sich die Kawasaki, fuhr runter zur Chesapeake Bay und verbrachte den Tag am Strand. Ab Sonntag würde er etwas mehr über seinen Bruder wissen.

Kapitel 22

Die Nachricht von Pauls Verhaftung verbreitete sich wie ein Lauffeuer. Der Revierleiter in Neukölln rief den Polizeichef in Schöneberg an, der mit der amerikanischen Mission in Tempelhof Kontakt aufnahm, die wiederum die Nachricht an das Westberliner CIA-Büro weitergab; von hier aus wurde das Hauptquartier in Langley, Virginia, informiert. Hugh Roark hörte davon, als er vom Lunch zurückkehrte. Was ihn am meisten überraschte, war die Tatsache, daß Paul einfach in das Polizeirevier marschiert war und sich gestellt hatte. Pauls Flucht aus dem Hotel hatte Hugh zu dem Eingeständnis gezwungen, daß seine Fähigkeit, Menschen zu beurteilen und ihr Verhalten vorauszusehen, ihn total im Stich gelassen hatte. Die falschen Pässe, die Flucht und der gestohlene Wagen hatten die frühere Einschätzung von Maurice unterstützt – und der Jüngere hatte dafür gesorgt, daß er das keinesfalls vergaß.

»Der Kerl ist dir sympathisch, deshalb möchtest du ihm glauben. Ich bin frei von solchen Emotionen, also ist er für mich ein offenes Buch.«

»Ich hatte den Eindruck, du magst ihn nicht.«

»Ich mag nicht, daß er glaubt, er könnte mich zum Narren halten. Ansonsten bin ich völlig neutral.«

Neutral oder nicht. Maurice hatte jedenfalls vorausgesagt, daß Paul in Moskau auftauchen würde, und auf dem Flug nach West-Berlin zog ihn Hugh damit ein bißchen auf. »Wahrscheinlich ein neuer Trick, wie?«

Maurice, der auf dem Sitz neben ihm das Kreuzworträtsel im PAN AM CLIPPER MAGAZIN löste, blickte auf.

»Was?«
»Daß er sich selber gestellt hat. Vielleicht will er damit unser Vertrauen gewinnen, was meinst du?«
»Er ist nicht unschuldig, das jedenfalls weiß ich.«
»Aber verdammt trickreich. Marschiert im Nachthemd in ein Polizeirevier. Verdammt guter Trick.«
Maurice warf ihm einen düsteren Blick zu und konzentrierte sich wieder auf sein Rätsel. Er hatte seine Wochenendpläne aufgegeben, um Hugh zu begleiten, nachdem er von Pauls Verhaftung erfahren hatte.
Hugh blickte aus dem Fenster. Wolken verdeckten den Atlantik. Hugh erinnerte sich, wie er diese Route das erste Mal in einer Army C-47 geflogen war. Im Krieg. Im Zweiten Weltkrieg. Doch nach dem Sieg über Nazi-Deutschland waren Korea und dann Vietnam gekommen, dazu ständig der Kalte Krieg und das Wettrüsten und überall Revolutionen und Gegenrevolutionen. Doch jetzt kam etwas Neues: Der bilaterale Abrüstungs- und Verteidigungspakt, dessen neue Technologie alle anderen Technologien überflüssig machen und somit ein stabiles Gleichgewicht des Schreckens ermöglichen sollte. Doch weder Star Wars noch die Nevsky-Technologie würden etwas an der menschlichen Natur ändern. Es war der menschliche Faktor, der Hugh Roark am meisten interessierte, nicht neue Technologien. Und jetzt, im Augenblick, konzentrierte sich dieses Interesse darauf, das Rätsel um Paul Stafford zu lösen.

Larry Kincaid holte sie vom Flughafen Tegel ab. Kincaid, vom Westberliner Büro, hatte einen zurückweichenden Haaransatz, sprach mit leiser, sanfter Stimme, trug einen Pierre-Cardin-Anzug und eine Pilotensonnenbrille. Hugh und Maurice hatten ihn bereits bei ihrem ersten Besuch kennengelernt; damals hatte er glücklicher ausgesehen.
»Wir können den Deckel nicht länger auf dem Topf halten«, erklärte Kincaid, als sie das Flughafengebäude verließen. »Die Polizei hat ihn verhaftet und will Anzeige erstatten, und die Presse schnüffelt bereits kräftig. Morgen früh wird die Sache an die große Glocke gehängt.«

»Wo ist Stafford jetzt?«
»In einer Zelle im Polizeipräsidium von Schöneberg.«
»Schöneberg?«
»Mehr konnten wir nicht tun.«
»Gibt's nichts Besseres bei uns?«
»Es ist eine zivile Angelegenheit. Die Deutschen wollen ihn in Haft behalten. Wir haben schon genug Ärger gemacht... Die Polizei mag es nicht, wenn sie vom Rathaus Anweisungen bekommt, im Rathaus haßt man es, wenn sich die US-CAB einmischt, und die US-CAB hat uns am Arsch, daß sie wegen uns so einen Druck ausüben müssen.«
Hugh nickte. Er kannte die heikle Beziehung zwischen den Berliner Behörden und der US-Kommandantur, kurz US-CAB genannt, an deren Spitze ein Zwei-Sterne-General stand, der zusammen mit dem englischen und französischen Stadtkommandanten offiziell die höchste gesetzmäßige Autorität in West-Berlin repräsentierte. Über die Jahre hinweg hatten sich daraus zahlreiche Spitzfindigkeiten abgeleitet, aber letzten Endes war jede Westberliner Behörde der US-CAB untergeordnet.
In Schöneberg führte ein Polizeibeamter die drei CIA-Männer in einen Verhörraum mit einem Tisch, vier Stühlen und einem Wasserspender. An der Decke summte leise das fluoreszierende Licht einer kreisförmigen Neonröhre. Der Raum besaß die helle, anheimelnde Atmosphäre eines Operationssaals.
Maurice schaute sich im Zimmer um. »Gibt's hier Wanzen?«
Kincaid sagte: »Ein Wandmikrophon, das mit einem Lastwagen auf dem Parkplatz in Verbindung steht. Ist Stafford der Typ, der einige unserer Jungs ausgeknipst hat?«
Hugh warf ihm einen scharfen Blick zu.
»Wo haben Sie das gehört?«
»Man erzählt was und hört was. Sie kennen das doch.«
Maurice und Hugh sagten nichts. Kincaid runzelte die Stirn. »Kommen Sie, Roark. Ich halte Ihnen hier den Rücken frei. Wie soll ich die Lage beurteilen können?«
»Er ist ein direktes Bindeglied«, sagte Hugh. »Das Wie und das Warum kennen wir noch nicht.«
Maurice preßte die Lippen zusammen, und Hugh wußte, was er

dachte ... es war nicht notwendig, daß Kincaid Bescheid wußte. Doch Hugh wußte aus eigener Erfahrung, mit welcher Abneigung das örtlich stationierte Personal den Jungs für Sonderermittlungen begegnete, die frisch aus Washington eintrafen und irgendwelche wilden Operationen ohne Koordination durchführten. Und Kincaid hatte recht – sie waren auf seine Hilfe angewiesen. Also ein bißchen geben, ein bißchen nehmen.

Paul wurde in seiner grauen Gefängniskleidung hereingeführt. Er sah blaß und etwas abgehärmt aus. Als er sie sah, schien er überrascht.

»Ihr?«

»Hallo, Stafford.«

»Ich hab den amerikanischen Botschafter verlangt.«

»Und uns gekriegt«, sagte Maurice.

»Sie holen mich hier raus?«

Hugh sagte: »Ich möchte Sie mit Larry Kincaid bekannt machen. Er gehört zu unserem Berliner Büro.«

»Von mir aus kann er zum Berliner Zirkus gehören, wenn er mich hier nur rausholt.«

»Immer mit der Ruhe.«

»Ich scheiß auf eure Ruhe. Ich bin entführt, unter Drogen gesetzt und sofort nach meiner Flucht wieder verhaftet worden. Ich will *jetzt* raus.«

»Wir haben nicht die Autorität...«

»Bullshit.«

Kincaid sagte: »Hugh Roark hat recht. Sie werden von der Westberliner Polizei festgehalten, Stafford, und fallen somit nicht in unsere Zuständigkeit.«

»Verschonen Sie mich mit dem Quatsch. Dies ist eine besetzte Stadt, und die letzte Autorität liegt bei dem amerikanischen Stadtkommandanten. Greifen Sie jetzt zum Telefon oder nicht?«

Er kennt die politische Landschaft, dachte Hugh. »Unterhalten wir uns zuerst mal«, begann er.

»Erst mal raus hier.«

Hugh schüttelte den Kopf. »Kann ich nicht machen, Paul. Das wissen Sie.«

An Hughs Tonfall erkannte Paul die Aussichtslosigkeit, auf seiner sofortigen Freilassung zu beharren; zuvor mußte er diese Männer von seiner Unschuld überzeugen... Während der vergangenen vierundzwanzig Stunden in der Einzelzelle hatte sich Paul zusammengepuzzelt, was im Hotel Intercontinental passiert sein mußte... daß Karl unter seinem Namen dorthin zurückgekehrt war, daß man ihn mit den gefälschten Dokumenten erwischt und daß er bei seiner Flucht einen Polizeibeamten verletzt hatte.

Hugh deutete auf einen Stuhl. »Warum setzen Sie sich nicht hin und erzählen uns, was geschehen ist?«

»Wie wär's damit? George Lish ist tot.«

Paul hatte mit irgendeiner Reaktion gerechnet, wurde aber enttäuscht.

»Wer?«

»George Lish. Er ist tot, und ich weiß, wer's war.«

Die Männer schauten verwirrt drein.

»Wer ist George Lish?« fragte Hugh.

»Womöglich einer Ihrer Jungs. Kennen Sie ihn nicht?«

Sie starrten ihn abwartend an.

»Vielleicht arbeitet er für euch. Ein Kontaktmann.«

Hugh wandte sich an Maurice. »Kennst du den Namen?«

»Nie gehört.«

Kincaid spreizte die Hände ab und schüttelte den Kopf.

»Er ist jedenfalls tot«, beharrte Paul.

»Woher wissen Sie das?«

»Vor zwei Tagen hatte ich einen neuen Traum. Genau wie die anderen, nur hieß diesmal der Mann George Lish, ein Bursche mit einem Kindergesicht. Ich hab ihn mit einem Eispickel getötet. Aber es ist kein Traum. Ich empfing Gedanken, direkte Impressionen von dem Killer.« So wie die Dinge lagen, blieb ihm kein Spielraum mehr; jetzt konnte er Karls Identität nicht länger geheimhalten. Es ging nun um *sein* Überleben, und dazu mußte er sie von Karls Existenz überzeugen. »Er heißt Karl Alexander. Mein Zwillingsbruder...«

»Zwillingsbruder?«

»Darum ging's die ganze Zeit«, sagte Paul; trotz des ungläubigen Ausdrucks auf den Gesichtern der CIA-Männer stürzte er sich in seine Geschichte.

»Deshalb waren die Träume so realistisch. Ich hab einen Zwillingsbruder, und wenn er tötet, identifizier ich mich irgendwie mit ihm. Intensive emotionale Erregung erzeugt...«

Das zynische Lächeln auf Maurices Gesicht brachte den Zorn und die Frustrationen der vergangenen Wochen zum Überlaufen, und er ging mit geballten Fäusten auf den CIA-Mann zu.

»Das hab ich nicht nötig«, brüllte Paul. »Raus hier...«

»Behalt deine verdammten Pfoten...«, fing Maurice an.

Paul versuchte ihn zu packen, Maurice stieß ihn zurück und dann fielen sie übereinander her, bevor Hugh sie trennen konnte.

»Das reicht...«

»Schaffen Sie ihn hier raus.«

».... sind nicht in der Lage, irgend jemanden zu bedrohen.«

»Ich sagte *genug*.«

Maurice trat zurück, strich dabei seine Jacke glatt. Paul deutete auf ihn und sagte: »Er wartet auf dem Parkplatz.«

»Mr. Singer gehört zu der Ermittlung...«

»Mr. Singer hat Scheiße im Hirn.«

Maurice verfärbte sich. »Nur wer Scheiße im Hirn hat, würde irgendeine Geschichte über einen Zwillingsbruder glauben.«

»Sprechen Sie mit meiner Mutter, sie wird's Ihnen erzählen.«

»Das haben wir bereits getan«, sagte Hugh.

Der Zorn verrauchte. »Sie haben mit meiner Mutter gesprochen?«

»Weder sie noch Ihre Frau haben etwas von einem Zwillingsbruder erwähnt.«

»Joanna? Sie haben auch mit ihr gesprochen?«

»Wir sprechen mit allen«, erklärte ihm Maurice.

Hugh warf ihm einen zur Vorsicht mahnenden Blick zu und ergänzte: »Wir haben versucht, Sie zu finden.«

»Ist Jo zu Hause? Ich möchte sie anrufen...«

»Bleiben wir erst mal bei unserer Sache.«

»Ich möchte meine Frau anrufen.«

»Um ihr zu erzählen, was sie aussagen soll?«

Hugh seufzte und wandte sich an seinen Partner. »Vielleicht ist es am besten, du wartest draußen.«

»Du *glaubst* diesen Scheiß mit den Zwillingen?«

»Ich weiß nicht, was ich glaub, bevor ich nicht die ganze Geschichte gehört hab. Das sollte auch für dich gelten.«

»Tut mir leid«, sagte Kincaid. »Ich möchte nicht dämlich erscheinen, aber wovon wird hier eigentlich geredet? Von Träumen oder Morden?«

»Ich informier Sie später«, sagte Hugh. »Im Augenblick möcht ich mehr über Mr. Staffords Zwillingsbruder erfahren.«

»Karl«, sagte Paul. »Er heißt Karl Alexander, eigentlich Karl Weiss. Im Meldeverzeichnis vom Februar 1946 können Sie uns beide finden.«

»Was für ein Verzeichnis?«

Paul erklärte ihnen die polizeiliche Melderegistratur, doch als er hinzufügte, daß sich die Akten in Pankow befanden, schnaubte Maurice ungläubig. Hugh schaute ihn kurz an, und Maurice sagte: »Pankow liegt im Osten.«

»Das weiß ich auch«, sagte Hugh gereizt. »Ich war nach dem Krieg hier stationiert.« Bevor Maurice antworten konnte, wandte er sich an Kincaid. »Können wir diese Unterlagen überprüfen?«

Kincaid holte ein ledergebundenes Notizbuch aus der Tasche.

»Es gibt bestimmte Möglichkeiten«, sagte er und machte sich einige Notizen, während Hugh seine Aufmerksamkeit wieder auf Paul konzentrierte.

»Also gut, wieder zurück zum Startplatz. Was passierte, nachdem Sie Washington verlassen hatten?«

Paul atmete tief durch und begann mit seiner Geschichte. Er erzählte ihnen, was er bei seiner Mutter herausgefunden und warum sie Karls Existenz nie eingestanden hatte. Als er berichtete, wie er in Begleitung von Ray Tregerdemain von einer Prostituierten vor dem Casino angegriffen worden war, bemerkte er einen Wandel bei seinen Zuhörern. Kincaid schaute von seinem Notizbuch auf, und Hugh tauschte einen tiefen Blick mit Maurice aus.

»Was ist?« fragte Paul.

»Sie sagten, Ray Tregerdemain wäre bei Ihnen gewesen?«
»Richtig. Er hat die Geschichte des Mädchens ebenfalls gehört. Er kann's bestätigen.«
»Nein, das kann er nicht«, sagte Maurice. »Er wurde vor zehn Tagen getötet.«
»Getötet?« wiederholte Paul dumpf.
»Angeblich ein Unfall«, sagte Kincaid. »Im Zoo. Er fiel in das Eisbärgehege. Entweder er ist ertrunken oder von den Bären getötet worden. Der Arzt wollte sich nicht festlegen, welcher Fall zuerst eintrat.«
Paul war sprachlos. Ray im Zoo ums Leben gekommen. Der einzige Mann, der seine Geschichte bestätigen konnte.
Hugh stellte eine Frage. Er zwang sich zur Konzentration.
»Wann haben Sie Tregerdemain zuletzt gesehen?«
»Samstag abend«, sagte Paul langsam. »War mein Ankunftstag. Er ging ins Casino und ich ins Vanilla Rose. Ich wollte ihn am nächsten Tag anrufen – ich *hab* ihn angerufen, aber er war nicht zu Hause. Ich hinterließ eine Nachricht, und das war das letzte...« Die Worte versickerten. Paul überlegte angestrengt. Die Zusammenhänge, was Rays Tod anging, waren nur zu offensichtlich: Karl war Ray auf die Spur gekommen und hatte ihn getötet. Aber wie? Wieso hatte Karl Bescheid gewußt? Hatte er es ihm gesagt? Paul versuchte sich zu erinnern, ob er seinem Bruder etwas von Ray erzählt hatte. Sie hatten über so vieles gesprochen; wenn er wirklich Ray erwähnt hatte, dann war *er* für dessen Tod verantwortlich. Bei diesem Gedanken zog sich sein Magen schmerzhaft zusammen.
»Wann ist er gestorben?« fragte Paul. »An welchem Tag?«
Kincaids Antwort kam wie aus der Pistole geschossen. »Montag abend.«
»Ungefähr zwölf Stunden nach Ihrer Flucht aus dem Hotel«, fügte Maurice hinzu.
Hugh hielt eine Hand hoch. »Ruhig.«
»Ein recht praktischer Unfall...«
»Ich hab damit nichts zu tun«, schnappte Paul. »Ich war betäubt. Mein Gott, ich war bis vor kurzem noch in einem Keller gefangen.«

»Warum erzählen Sie uns nicht einfach weiter, was passiert ist?« fragte Hugh ruhig.

Paul trank einen Schluck Wasser aus dem Spender und fuhr mit seiner Geschichte fort, beschrieb seinen Besuch im Vanilla Rose und seine Begegnung mit Otto Wenzler. Als er ihnen von den falschen Pässen erzählte, ging Hugh zu seiner Aktentasche, holte die Pässe hervor und schlug die Fotos auf.

»Sie behaupten, das sind *Sie* nicht?«

»Das ist Karl.«

Maurice und Kincaid drängten sich dicht heran und verglichen die Fotos mit Paul.

»Das Haar ist anders...«

»Nur anders gekämmt.«

»Das Licht ist schlecht.«

Die Blicke wechselten zwischen ihm und den Fotos. Als Annie Helms ihn hypnotisierte, hatte Paul sich so gefühlt... wie eine bestaunenswerte Laune der Natur, wie ein Versuchskaninchen.

»Können wir zu Ende kommen«, sagte er. »Ich will hier raus.«

»In Ordnung«, sagte Hugh. »Sie kamen ins Hotel zurück, und es erwartete Sie eine Nachricht. Sie sollten am nächsten Tag zu einem gewissen Ort gehen...«

»Gegen Mittag zur Spree-Bowlinghalle.«

»Und Ihr Bruder wartete dort auf Sie?«

»Nein, er rief ungefähr zehn Minuten nach meiner Ankunft dort an. Er gab mir Anweisungen...«

Während Paul ihnen von dem Treffen mit Karl erzählte, notierte sich Kincaid die Einzelheiten: Automarke, Karls Name, die Kampfschule Eichwalde, Treptower Park. Hugh war vor allem an dem Namen des Mannes interessiert, der Karl großgezogen hatte.

»Er wollte es mir nicht erzählen«, sagte Paul. »Aber ich nehme an, er hieß Alexander.«

»Alexander«, wiederholte Hugh. »Ein Russe?«

»Das sagte er nicht, aber ich hatte den Eindruck, es war ein wichtiger Mann.«

»Wo ging Karl zur Schule?«
»Sagte er auch nicht.«
»Sie haben ihn nicht gefragt?«
»Nein, ich habe ihn nicht gefragt. Es gab tausend andere Dinge zu besprechen, wir konnten nicht alles an einem Nachmittag durchnehmen.«
»Aber er ist Lehrer an der Kampfschule Eichwalde?«
»Ja.«
»Und er ist verheiratet und hat drei Kinder?«
»Ja. Seine Frau heißt Magda, die Kinder heißen Bridget, Katrina und Wilhelm.« Sein journalistisches Training half ihm, sich an die Namen zu erinnern.
Hugh wandte sich an Kincaid. »Habt ihr ein Dossier darüber?«
»Eichwalde?« Er zuckte mit den Schultern. »Wenn nicht, dann könnte der Militärische Abschirmdienst was haben.«
»Schauen Sie, ob die was ausgraben können.«
Kincaid verzog das Gesicht. »Es ist Samstag.«
»Ich weiß, aber ich möchte die Sache mit dem Bruder gern bestätigt haben, entweder positiv oder negativ, bevor alles an die Öffentlichkeit kommt.«
Kincaid klappte sein Notizbuch zusammen. »Ich kann nichts weiter tun, als eine Anfrage loslassen.«
»Die Sache hat Priorität Weiß«, sagte Hugh.
»Verschlüsselt?«
Hugh nickte, und Kincaid lächelte kläglich. »Dann also etwas mehr als nur eine Anfrage. Bin gleich wieder zurück.«
Nachdem Kincaid gegangen war, sagte Paul, er wollte einige Telefonate führen.
Hugh schüttelte den Kopf. »Machen wir zuerst das fertig . . .«
»Hören Sie, Roark. Ich bin vor zwei Wochen einfach spurlos verschwunden, und ich möchte, daß einige Leute erfahren, was passiert ist.«
»Die denken, Sie sind untergetaucht, weil Sie hinter einer Story her sind.«
»Wer denkt das?«
»Ihre Frau, Ihr Chefredakteur, Ihre Mutter . . .«

»Sie haben Ihnen gesagt, ich würde an einer Story arbeiten?«
»*Sie* haben es gesagt. Zumindest dachten wir, Sie wären es gewesen, bis...«
Maurice sagte: »Er könnte es immer noch gewesen sein.«
»Was?« wollte Paul wissen.
Hugh erzählte ihm, was er von Bernie Stern gehört hatte: daß Paul angerufen und gesagt hatte, er wäre hinter einer heißen Story her. Der Chefredakteur wollte ihnen keine Einzelheiten sagen. Paul hatte nicht erwartet, daß Karl in seine Haut schlüpfen und seine Identität für seine eigenen Zwecke benützen würde – wie immer diese Zwecke auch aussehen mochten...
Er begann Fragen zu stellen: Was hatte Karl zu Bernie gesagt? Wie lange war das her? Hatte sein Bruder sonst noch jemanden angerufen? Hatte er Joanna angerufen? Oder seine Mutter?
»Nein«, sagte Hugh. »Jedenfalls bis zum Zeitpunkt unseres letzten Gesprächs nicht.«
»Wann war das?«
»Wir haben routinemäßig angerufen, so ungefähr...«
»Vor drei Tagen, denk ich«, sagte Maurice.
»Wo ist ein Telefon? Ich möchte es selber rausfinden.«
»Wir haben kein abhörsicheres Telefon«, sagte Hugh.
»Ist mir egal, ob's sicher ist oder nicht, solang ich meine Leute hören kann und sie mich.«
»Nun, ich fürchte, uns ist's nicht egal. Können Sie sich bei Ihrem Gespräch auf das Notwendigste beschränken?«
»Wie ist das gemeint?«
»Ich mein damit, Sie sollten weder Mr. Singer noch meine Person erwähnen, genausowenig wie die Agency oder die Morde.«
»Ich möchte nur herausfinden, ob Karl sich bei ihnen gemeldet hat.«
»Und ich muß das Gespräch aufzeichnen.«
»Wie wär's vorher mit einem Urintest?«
Sie riefen einen Polizeibeamten, der vorgab, Hughs holpriges Deutsch nicht zu verstehen. Paul mischte sich ein und verlangte in schroffem Hochdeutsch ein Telefon. Der Beamte nahm Haltung an und marschierte davon, um die Sache in die Wege zu

leiten. Einige Minuten später führte er sie in eine Art Buchhaltungsbüro. Auf verglasten Regalen standen Aktenordner in Reih und Glied; auf zwei pieksauberen Schreibtischen waren zwei Computermonitore.
Der Beamte baute sich im Türrahmen auf. Paul forderte Maurice auf, draußen zu warten.
Maurice warf Hugh einen trotzigen Blick zu, doch Roark fragte ihn nur: »Warum läßt du eigentlich nicht mal überprüfen, ob George Lish nicht doch einer von uns war?«
»Der *angebliche* George Lish«, murrte Maurice und verließ den Raum. Paul bat den Beamten, die Tür zu schließen, doch der rührte sich erst, als Hugh zustimmend nickte. Paul meldete ein R-Gespräch an. Hugh griff zum Telefonhörer auf dem zweiten Schreibtisch und lauschte.
Der Samstag war Joannas freier Tag. Nur der Anrufbeantworter meldete sich. Pauls Nachricht war kurz: »Jo, ich bin's. Ich bin in Berlin und hab dir eine Menge zu erzählen. Hier gibt's keine Nummer, unter der du zurückrufen könntest, also ruf ich dich später noch mal an.« Nach einer kurzen Pause fügte er hinzu: »Du fehlst mir.«
In der vagen Hoffnung, sie könnte mithören und würde noch abnehmen, wartete er sieben Sekunden ab. Dann hörte er das Klicken des Bandes.
Vielleicht hatte Joanna getauscht und arbeitete heute doch. Er rief in der Galerie an und erfuhr von Denise, was er ohnehin wußte: Es war Joannas freier Tag.
»Ich erwarte sie erst wieder morgen«, sagte Denise mit ihrer präzisen Aristokratenstimme.
Pauls nächster Anruf galt seiner Mutter. Sie war froh und erleichtert, von ihm zu hören, sorgte sich aber wegen der Berichte über den Unfall mit Fahrerflucht in Berlin. Sie berichtete ihm, daß ›gewisse Leute‹ angerufen und sich nach ihm erkundigt hätten.
»Hast du Schwierigkeiten? Wenn du Geld brauchst...«
Offensichtlich hatte Karl sie nicht angerufen. Paul überlegte, ob er sie diesbezüglich warnen sollte, entschied sich dann aber dagegen. Wenn Karl mit ihr in Verbindung treten wollte, hätte er

es bereits getan. Paul legte auf und wählte erneut; der Beamte beschwerte sich bei Hugh darüber, der so tat, als würde er ihn nicht verstehen.

Diesmal hatte er Bernie Stern dran, der sich gewohnt sarkastisch gab.

»Verdammt gut, daß du dich mal wieder meldest. Vor allem, weil die CIA über deine Waffen-Story informiert und ganz heiß drauf ist, dich in die Finger zu kriegen. Wüßtest du längst, wenn du öfter anrufen würdest.«

»Die haben mich bereits gefunden. Einer von ihnen steht mir direkt gegenüber.«

Hugh warf ihm einen warnenden Blick zu.

»Direkt gegenüber? Wo steckst du?«

»Ich bin in West-Berlin. Im Knast. Hör zu, Bernie, wer auch immer dich letztes Mal angerufen hat, ich war's nicht. Okay? Wir haben nicht mehr miteinander gesprochen, seit du die Rockland-Birdwell-Story zurückgestellt hast. An dem Tag in deinem Büro, erinnerst du dich? Der Mann am Telefon war mein Bruder.«

»Du hast keinen Bruder.«

»Doch. Einen Zwillingsbruder. Sein Name ist Karl Alexander, er hat mich hier entführen lassen und tritt nun unter meinem Namen in den Staaten auf...«

»Oh, sicher, sicher... was zum Teufel ziehst du da für eine Show ab? Nein, laß mich raten. Es gibt keine Story. Du liegst seit zwei Wochen im Bett oder sonnst dich in Acapulco. Es gibt keine CIA-Verbindung, keine Waffenschiebereien, keine Quellen, keine Spuren. Na, bin ich nicht gefährlich dicht an der Wahrheit dran?«

»Bernie, halt die Klappe und hör zu.«

»Dann erzähl mir was Ordentliches, was *wirklich* Ordentliches.«

»Wie wär's mit einem KGB-Agenten...«

Hugh winkte aufgeregt, aber Paul redete schnell weiter.

»... mit einer Entführung und sechs – ich sagte sechs – ungeklärten Mordfällen? Wie wär's damit, daß jemand versucht, mich als Sündenbock hinzustellen? Na, wie klingt das?«

»Als würdest du unter Drogen stehen.«
»Keine Drogen, Bernie. Das ist Titelblatt-Realität.«
Bernies Stimme nahm einen anderen Tonfall an, als er die verschiedenen Möglichkeiten in Betracht zog. »Ein KGB-Killer, den du tatsächlich identifizieren kannst?«
Hugh starrte ihn an. »Bezeichne ihn als Drei-Buchstaben-Killer, Bernie. Das Telefon hier ist nicht sicher.«
»Wer ist der Kerl?«
Paul gab ihm eine Kurzfassung der Ereignisse durch und erfuhr dafür Einzelheiten von Karls Telefonanruf. Die Geschichte seines Bruders über Waffenschiebereien war offensichtlich als entschuldigende Erklärung für Pauls Abwesenheit gedacht, doch der Grund für Karls Besuch im Military Ocean Terminal in Bayonne blieb ein Rätsel. Als er damit fertig war, gab der Polizeibeamte ziemlich ungeduldige Geräusche von sich und schaute auf die Uhr.
Bernie hatte eine letzte Frage. »He, wenn ich dir glaube, woher soll ich wissen, daß du das bist und nicht Karl?«
»Wer sonst würde dir sagen, fick dich doch ins Knie?«
»Zumindest das klingt vernünftig... wann kommst du zurück?«
»Sobald die Drei-Buchstaben-Gentlemen mich laufen lassen. Ich sag dir Bescheid.«
Der Beamte geleitete sie ins Verhörzimmer zurück, wo Maurice und Kincaid über einen Schreibtisch gebeugt in einem offenen Aktenordner blätterten. Als sie aufschauten, lag Erregung in Kincaids Augen; Maurice schien geschockt.
Hugh sagte: »Was haben wir rausgefunden?«
»Volltreffer«, antwortete Kincaid. »Wir haben eine Akte.« Und mit flottem Schwung zückte er ein Schwarzweißfoto. Vor einer mit Bändern und einem Lenin-Porträt geschmückten Wand standen Studenten auf einer Tribüne, nach Geschlechtern getrennt. Die Männer außen trugen sehr konventionell geschnittene Anzüge, die Mädchen in der Mitte Kleider mit Blumenmuster, die aussahen, als wären sie aus Vorhängen aus der Depressionszeit gefertigt worden. Paul hätte die Namensschildchen nicht benötigt, um Karl zu erkennen. Sein Bruder war der dritte von links

in der hinteren Reihe; er schaute mit leicht gesenktem Kopf wachsam in die Kamera.

»Es gibt noch drei weitere Fotos«, sagte Kincaid. »Keins ist besonders gut. Stasi-Leute lassen sich nicht gern fotografieren.«

»Stasi?«

»Ja. Sieht so aus, als wäre Ihr Bruder beim Staatssicherheitsdienst gewesen. Offiziell ist er unabhängig, aber auch die tanzen wahrscheinlich immer noch nach Moskaus Pfeife.«

»Da hätten wir die magische KGB-Verbindung«, sagte Hugh. »Was beweist, daß Ihre Träume ...«

»Realität sind«, ergänzte Maurice in völlig verblüfftem Ton.

Die beiden starrten Paul an, eine Mischung aus Furcht und Faszination, so wie man für gewöhnlich Zirkusmonster betrachtet.

»Das hab ich Ihnen doch schon vor einem Monat gesagt«, meinte Paul.

»Sie können das wirklich?« fragte Maurice. »Ich meine, Gedanken lesen?«

»Ich hatte Träume«, sagte Paul irritiert. »Das hat nichts mit Gedankenlesen zu tun. Sie haben doch mit Dr. Helms gesprochen.«

»Ich hab auch Träume, aber nicht solche. Ich krieg dabei nichts davon mit, was in den Köpfen anderer Menschen vor sich geht.«

»Sie haben auch keinen Zwillingsbruder.«

Jetzt schaute Kincaid verwirrt drein. »Tut mir leid, aber hab ich irgendwas nicht mitgekriegt?«

Wieder wurden Erklärungen geliefert, und Paul wurde bewußt, daß diese Männer sich erst jetzt mit einem Phänomen vertraut zu machen hatten, das er schon vor Wochen hatte akzeptieren müssen. Hugh erholte sich schneller als Maurice, der einen völlig verstörten, mißtrauischen Eindruck machte – nicht Mißtrauen gegen Paul, sondern gegen eine Welt, deren Regeln sich plötzlich geändert hatten und in der nun etwas möglich war, was zuvor unmöglich erschienen war. Kincaid nahm die ganze Sache zuerst von der humorigen Seite, wurde dann aber sehr nachdenklich.

Es dauerte fast eine halbe Stunde, bis Paul das Gesprächsthema wieder auf seine Freilassung bringen konnte. Er wollte raus aus dem Knast, und zwar auf der Stelle. Die CIA-Männer machten ihm klar, daß sie nicht die Macht hatten, ihn zu entlassen. »Wir holen Sie schon raus«, beruhigte Hugh ihn. »Nur etwas Geduld...«

»Haben Sie mal Geduld, wenn man Sie entführt und betäubt und ins Gefängnis geworfen hat, ohne daß Sie auch nur einer Fliege was zuleid getan haben.«

»Die Berliner Polizei ist immer noch überzeugt davon, daß Sie einen ihrer Beamten überfahren haben.«

»Dann zeigen Sie ihnen doch das Foto. Beweisen Sie, daß es Karl war. Holen Sie mich verdammt noch mal hier raus.«

»Das werden wir. Selbst wenn wir in Washington anrufen müssen, damit die an den richtigen Fäden ziehen.«

Kapitel 23

Paul träumte von Ray Tregerdemain. Sie standen sich, getrennt durch die Breite eines Swimmingpools, gegenüber. Paul streckte die Hand aus und versuchte, Ray fünfzig Mark zu geben. Beide beugten sich mit vorgestreckten Händen weit nach vorn, bis Paul das Gleichgewicht verlor und ins Wasser fiel.

Durch einen schwindelerregenden Wechsel der Perspektive wurde er zum Beobachter, stand nun hinter Ray, und der Mann im Wasser war Karl. Karl schrie um Hilfe, und Ray sprang in dem Glauben, Paul stecke in Schwierigkeiten, ins Wasser, um ihn zu retten.

Nein, schrie Paul, doch kein Laut kam von seinen Lippen. Er konnte nur zusehen, wie Ray auf Karl zuschwamm, der leblos mit dem Gesicht nach unten im Wasser trieb. Bei ihm angekommen, schob er einen Arm unter Karls Schulter und begann auf den Beckenrand zuzuschwimmen. Schwer atmend kämpfte sich Ray durchs Wasser; Karl war bewußtlos, sein Kopf ruhte mit dem Gesicht nach oben an Rays Schulter.

Als sie sich näherten, ging eine schreckliche Verwandlung vor. Karl schlug die Augen auf und begann langsam zu lächeln. Das Lächeln hörte nicht auf, breitete sich immer weiter aus, verzerrte seine Züge, zog ihm die Backen zurück und weitete Mund und Nase, bis daraus die Schnauze eines riesigen Eisbären mit schwarzen, glänzenden Augen und blutrotem Maul wurde.

Paß auf, schrie Paul lautlos.

Ray wandte den Kopf, sah den Bären, ließ mit einem Schrekkensschrei los und flüchtete. Wie ein Wahnsinniger schwamm er auf Paul zu. Der Bär rollte sich langsam herum, tauchte unter und glitt unter der Wasseroberfläche als schillerndes, weißes Muster dahin. Paul streckte Ray eine hilfsbereite Hand entgegen, doch noch bevor sich ihre Hände berührten, wurde Ray von unten von zwei riesigen Tatzen gepackt und in die Tiefe gezogen.

Paul hatte plötzlich in seiner ausgestreckten Hand die fünfzig Mark, die er Ray zuvor angeboten hatte. Und plötzlich wußte er, daß es nur eine Möglichkeit gab, Ray zu retten: er mußte das Geld in den Pool werfen. Unter der aufgewühlten Oberfläche waren die beiden sich wälzenden und drehenden Formen sichtbar.

Paul schleuderte das Geld ins Wasser, brüllte dazu: *Nimm es, nimm es!* Augenblicklich verschwand der Bär. Das Wasser beruhigte sich, und er beobachtete, wie Ray nach oben auf ihn zuschwamm; die Hände peitschten das Wasser, Luftblasen strömten aus seinem Mund, die Augen waren weit aufgerissen, doch Ray verschwand in einem weißen Blitz, und der Eisbär tauchte aus dem Wasser auf, Jasons leblosen Leib im Maul...

Paul erwachte und rutschte von der Matratze, als er die Arme hochwarf. Sein Schlafanzug war schweißgetränkt. Das Bild des Körpers seines Sohnes verblaßte nur langsam, und es dauerte etwas, bevor ihm klar wurde, wo er sich befand. Ein Wärter erschien vor der Zelle.

»Was ist?«

Paul raffte sich auf und winkte ab. Als der Mann sich entfernt hatte, setzte er sich zitternd auf sein Bett, in eine blaßgrüne Decke gewickelt. Das Bild Jasons mit seiner im Tode bläulich verfärbten Haut hatte sich ihm im Leichenschauhaus eingeprägt: er hatte darauf bestanden, seinen Sohn sofort zu sehen, ohne Puder und Schminke. Nur so konnte er wirklich glauben, daß es geschehen war. Paul hatte diesen Augenblick aus seiner Erinnerung verbannt. Bis zu dieser Nacht, bis zu diesem Traum hatte er nicht mehr daran gedacht, vermischt mit Ray Tregerdemains schrecklichem Tod.

Du hast ihn ertrinken lassen... Die Worte kamen mit einem Schock der Erkenntnis; genau die gleichen Worte hatte er Joanna gegenüber gebraucht. *Du hast ihn ertrinken lassen,* hatte er Joanna erklärt, in jener Nacht, als sie mit ihm über ein weiteres Kind hatte sprechen wollen. Und nun hatte er Ray Tregerdemain ertrinken lassen ... Aber nicht auf die gleiche Weise, protestierte es in ihm. Er hatte nicht wissen können, daß Karl Ray töten würde. Aber er hatte Ray auch nicht gesagt, daß sie es mit einem Killer zu tun hatten. Er hatte die Träume nicht erwähnt, hatte Ray nicht dadurch geschützt, daß er über die wahre Situation aufklärte. Er hatte sich verkalkuliert, und Ray hatte den Preis dafür bezahlen müssen. Genau wie Joanna.

Jo ... Erst jetzt erkannte er das volle Ausmaß ihrer Verzweiflung. Sie litt nicht nur unter Jasons Tod, sondern auch unter seiner Abwendung, seiner stillschweigenden Verurteilung. Wie oft hatte sie Trost bei ihm gesucht, und mit wie vielen subtilen Variationen hatte er ihr klargemacht, daß sie von ihm keinen Trost zu erwarten hatte? Wenn sie sich die Schuld gab, hatte er geschwiegen. Wenn sie schwieg, dann hatte er sie mit seiner korrekten, aber distanzierten Haltung angeklagt. Während all dieser Monate hatte er sie dafür bestraft, daß sie einen so großen Schmerz in ihr Leben gebracht hatte, etwas, das sie beide einfach nicht verdient hatten. Wäre er an diesem Wochenende nach Charlottesville gefahren ... Hätte er Ray Tregerdemain die Wahrheit über Karl gesagt ...

Ganz plötzlich hatte Paul das Gefühl, unbedingt mit Joanna sprechen zu *müssen*, stand auf, ging zur Zellentür und rief nach einem Wärter. Als der Mann kam, verlangte Paul ein Telefon. Der Wärter, ein junger Bursche mit winzigen Augen und buschigen Augenbrauen, schüttelte den Kopf. »Dazu bin ich nicht befugt. Schlafen Sie weiter.« Er rückte seinen Gürtel zurecht und kehrte in sein Büro zurück.

Aber Paul konnte nicht schlafen. Den Rest der Nacht marschierte er auf und ab, und seine Gedanken pendelten zwischen Joanna, Jason und Ray Tregerdemain. Er hoffte, die CIA-Leute würden ihr Versprechen halten und ihn zeitig rausholen, doch das Frühstück kam, und sie waren immer noch nicht aufgetaucht. Er mußte bis kurz vor neun warten, bis er endlich in einen Raum geführt wurde, in dem Hugh, Maurice und Kincaid warteten.

»Wird aber auch Zeit«, sagte Paul.
»Wochenende«, erinnerte Hugh ihn. »Wir mußten Washington anrufen und Leute aus dem Bett holen ...«
»Ja, das Leben ist hart in der großen Stadt. Gehn wir.«
Kincaid sagte: »Wir müssen auf den Mann vom Konsulat warten.«
»Auf wen?«
»Er heißt Walsh. Er ist der einzige, der Sie offiziell übernehmen kann.«
»Und er hat Ihren Ersatzpaß dabei«, fügte Hugh hinzu. »Damit wir Sie in die Staaten zurückbringen können.«
»Ich möchte telefonieren.«
Hugh blickte stirnrunzelnd auf. Paul bekam den Ausdruck mit und fügte hinzu: »Gleiche Regeln wie gestern.«
»Kann das nicht warten?«
»Es kann. Es kann nicht. Ich bin seit vier Uhr auf. Gehn wir. Damit wenigstens was geschieht.«
Hugh seufzte und wandte sich an die anderen. »Sagt uns Bescheid, wenn Walsh kommt.«
Sie gingen wieder ins selbe Büro. Paul setzte sich an den einen Schreibtisch, Hugh an den anderen. In Washington war es nach Mitternacht; Sonntag früh. Joanna klang verschlafen, als sie sich meldete.
»Hallo?«
»Jo? Ich bin's, Paul.«
»Paul?«
»Tut mir leid, daß ich dich geweckt habe. Hast du meine Nachricht von gestern gehört?«
»Ummm. Bist du immer noch in Berlin?«
»Ich brech hier die Zelte ab, sobald ich kann. Hör zu, ich möcht was von dir wissen; egal, wie merkwürdig es klingt – wann haben wir zum letzten Mal miteinander gesprochen?«
»Du weißt, wann das war?«
»Bitte ... Hab ich dich noch mal angerufen, seit du mir deine Nachricht hinterlassen hattest?«
»Es spielt keine Rolle, Paul, ich hab jetzt eine eigene Wohnung. Ich zieh aus ... Wir brauchen eine Zeit der Trennung. Ich jeden-

falls. Ich ertrag's nicht mehr, daß wir so leben wie... Ich hab was in der Nähe vom DuPont Circle gefunden.«
»Mit jemand zusammen?«
»Nein, Paul. Allein.«
»Verstehe... nun ja, tu, wonach dir zumute ist«, sagte er mit leicht schleppender Stimme. »Wir werden schon eine Lösung finden...«
»Ich treffe keine voreiligen Entscheidungen«, sagte sie. »Aber ich kann mit diesem elenden Gefühl im Bauch nicht leben, ich ertrag's auch nicht, wie wir miteinander umgegangen sind. Ich geb dir nicht die Schuld, und ich geb mir nicht die Schuld – ich *kann* mir nicht die Schuld geben–, aber du tust es. Ich weiß, daß du's tust, Paul, und vielleicht hast du auch ein Recht dazu, aber ich werde damit nicht fertig. Kannst du das verstehn?«
An ihrer Stimme erkannte er, daß sie den Tränen nahe war.
»Sicher, Jo...«
Sie hielt den Atem an und sagte dann mit ausdrucksloser Stimme: »Ich wollte, ich wäre tot.«
Er wollte bei ihr sein, wollte sie in die Arme nehmen und den Druck ihrer Arme spüren, wollte ihr sagen, was er empfunden und schließlich begriffen hatte oder zumindest zu begreifen begann. Er wollte ihr sagen, daß es ihm leid tat, aber da war Hugh, der so tat, als würde er nicht zuhören, und an der Tür stand eine deutsche Polizistin, und so sagte er nur: »Wir werden das Richtige tun. Wir reden, wenn ich zurück bin, okay? Wirst du da sein?«
»Wann kommst du zurück?«
»Heute oder morgen, kommt drauf an.«
»Du mußt nicht meinetwegen zurückkommen«, sagte sie steif. Dann wurde ihr der feindselige Unterton bewußt, und sie fügte sanfter hinzu: »Entschuldige.«
»Jo, hör zu, eines solltest du noch wissen. Ich weiß, es ist etwas viel auf einmal, aber mir bleibt keine andere Wahl... Vor ein paar Wochen hab ich entdeckt, daß ich einen Zwillingsbruder hab. Er heißt Karl Alexander, lebt hier in Berlin. Deswegen bin ich rübergeflogen.«
»Aber du hast noch nie...«

»Ich weiß. Ich... ich wußte es ja selbst nicht. Mom dachte, er wäre gleich nach dem Krieg gestorben, deshalb hielt sie es geheim. Du erinnerst dich an die Alpträume, die ich immer hatte?«
»In denen du jemand tötest?«
»Richtig. Es sieht so aus, als wären es überhaupt keine Alpträume gewesen. Kurz bevor du gingst, haben mich einige Leute von der« – Hugh schaute auf – »von einer gewissen Organisation davon überzeugt, daß sich diese Alpträume wirklich ereignet hatten. Ich glaubte es nicht, Jo, aber es ist wahr. Die Todesanzeigen derselben Leute – jedenfalls ihre Namen – sind in den Zeitungen. Du kannst selber nachschaun.«
»*Was* redest du da?«
»Karl arbeitet für eine fremde Macht. Er ist ein bezahlter Mörder und befindet sich zur Zeit in den Vereinigten Staaten. Wenigstens war er vor zehn Tagen noch da. Er rief sogar Bernie an und gab sich für mich aus...«
»Das warst du gar nicht?«
»Ich bin die ganze Zeit in Berlin gewesen.«
So viel war passiert, dachte Paul. Bei ihrer letzten Unterredung hatte sie ihm von Luis de Cuevo erzählt – am selben Tag waren die CIA-Männer bei ihm aufgetaucht, am selben Tag hatte er entdeckt, daß seine Todesträume real waren. Und er hatte ihr nichts davon erzählt. Er hatte sich von ihr zurückgezogen, als wäre sie's nicht wert zu wissen, was in seinem Leben geschah. Während er jetzt mit ihr redete, hatte er das Gefühl, als wären sie wieder Fremde – oder würden sich gerade wieder kennenlernen. Es gab so vieles, was sie voneinander nicht mehr wußten.
Wie alle anderen auch reagierte Joanna anfangs ungläubig. Als dann jedoch die Einzelheiten der Situation einen realen Hintergrund bekamen, erfaßte sie auch die Konsequenzen dessen, was er gesagt hatte. »Deshalb hast du mich gefragt, wann wir zuletzt miteinander gesprochen haben? Du dachtest, er könnte *mich* angerufen haben?«
»Ich weiß nicht, was er tun wird. Ich weiß nur, daß er sehr gefährlich ist und daß er meine Rolle spielt.«

»Du machst mir Angst, Paul. Das ist nicht komisch.«
»Ich weiß. Hör zu, glaubst du, du könntest irgendwo ein paar Tage bleiben? Vielleicht fragst du Denise oder fährst zu deinen Eltern.«
»Sieht er wirklich genauso wie du aus?«
»Ich hab jemand hier, der dir das bestätigen kann.«
Hugh blickte überrascht auf, als Paul ihm den Hörer anbot, und winkte dann ab.
»Jemand, der mir bei der Suche nach Karl behilflich ist. Bis wir nicht...«
»Nun ja, ich hab das neue Apartment.«
»Gut.« Er dachte daran, ihr zu sagen, sie solle die Smith & Wesson, die er in einem Aktenschrank aufbewahrte, an sich nehmen, entschied sich dann aber dagegen. Immerhin war Karl vor fast zwei Wochen in New York aufgetaucht; was immer er auch dort zu erledigen hatte, es hatte nichts mit Joanna zu tun. Es war nur logisch, daß er ihr und allen, die ihn erkennen konnten, aus dem Weg ging.
»Ich übertreibe wahrscheinlich«, sagte Paul in dem Versuch, Joanna und sich selbst zu beruhigen. »Aber lieber etwas zuviel Vorsicht als...«
Kincaid betrat den Raum und meldete, daß der konsularische Vertreter eingetroffen sei. Paul schrieb sich die Adresse ihres neuen Apartments auf und sagte Jo, er würde in der Galerie eine Nachricht, seine Ankunft betreffend, hinterlassen.
Kurz bevor er auflegte, brachte er das heraus, was sie schon lange nicht mehr von ihm gehört hatte. »Ich liebe dich, Jo.«
Nach einem kurzen Zögern sagte sie: »Du bist ein merkwürdiger Mann.«

Nachdem sie aufgelegt hatte, setzte sich Joanna mit untergeschlagenen Beinen aufs Bett. Was Paul über Karl Alexander gesagt hatte, beunruhigte sie ebenso sehr, wie seine plötzliche Wärme sie verwirrte. Vor zwei Wochen hatte seine Reaktion auf ihre Affäre mit Luis de Cuelvo – sein absoluter, deprimierender Mangel an Eifersucht oder Zorn, die kalte, gefühllose Art, in der er mit ihr geschlafen hatte – ihr klargemacht, wie wenig sie ihm bedeutete. Und doch hatte er ihr vor wenigen Augenblicken gesagt, daß er sie liebte...

Das vertraute Knirschen eines Astes, der sich am Dach rieb, ließ sie zusammenfahren. Sie zog sich einen Morgenrock über, ging nach unten und überzeugte sich, daß jede Tür verschlossen war. Das leere Haus wirkte jetzt bedrohlich...

Sie stellte sich Karl irgendwo draußen im Hof vor, beobachtend, lauernd. Sie ließ die Rolläden herab, zog die Vorhänge zu und schaltete das Radio ein. Ihre Gefühle waren in hellem Aufruhr; sie setzte sich an den Küchentisch und fragte sich zum ersten Mal seit ihrer Rückkehr aus Maine, ob sie das Richtige tat...

Joanna war in Maine gestorben – so sah sie es zumindest. Sie war in das Sommerhäuschen ihrer Familie gegangen, um Vergessen zu suchen, um vor einem toten Herzen und einer toten Ehe zu flüchten. Das Häuschen saß auf der Spitze einer schmalen Halbinsel, die in die Penobscot Bay hinausragte, ein einstökkiger, langgestreckter Bau mit hohem Dach und großer Veranda auf steil abfallenden Klippen mit Blick über eine felsige Uferlinie und den tobenden Ozean. Ein ortsansässiger Verwalter kümmerte sich für gewöhnlich um das Haus, aber Joanna hatte ihn nicht informiert. Als sie ankam, waren die Fensterläden zu, die Veranda war mit Brettern abgedeckt und der Strom abgestellt. Sie richtete das Häuschen selbst her, in der Hoffnung, daß die körperliche Arbeit ihren Seelenschmerz vertreiben würde.

Sie beruhigte sich daraufhin etwas, und in der ersten Nacht schlief sie ganz gut. Als sie erwachte, überwältigte sie die Erinnerung an Paul. Sie zerrte alte Truhen hervor und begann nach Erinnerungsstücken aus ihrer Jugendzeit zu suchen... nach dem kleinen Mädchen, das sich irgendwo im Leben unterwegs verirrt hatte. Doch eine der Truhen gehörte nicht ihr, sondern Jason. Sie fand sein Sommerspielzeug – das Tick-Tock-Buch, He-Man, Loomis, seinen Plüsch-Hund mit dem geflickten Ohr. Damals hatten sie Jasons Sachen einer gemeinnützigen Organisation geschenkt – bis auf diese Kiste, und sein Zimmer war Gästezimmer geworden.

Plötzlich kamen die Tränen und brachten Erleichterung, aber auch Erschöpfung. Sie fuhr nach Camden, wo niemand sie kannte, und kaufte einige Büchsen von Campbells Herzhaften Mahlzeiten und eine Kiste Scotch. Sie trank gleichmäßig und suchte für einige Tage im Alkohol Vergessen. Tief in ihrem Inneren erkannte sie, daß sie von sich etwas verlangte, das sie von Paul nicht bekam – *Aufmerksamkeit*. Empfand sie noch etwas? Empfand sie etwas für sich?

Sie schüttete den Scotch hinunter, bis ihr schlecht wurde, dann legte sie sich auf den Fußboden und schlief zwölf Stunden.

Sie erwachte in einen grauen, trüben Tag hinein und beschloß, ihrem Leben ein Ende zu machen. Der Entschluß erfüllte sie mit einer merkwürdigen Freude.

Sie leerte die Truhe ihres Vaters auf den Fußboden, bis sie seinen Revolver fand. Die Waffe, Kaliber 22, war nicht geladen, aber daneben lagen zwei Schachteln Munition, die eine leer, die andere voll. In drei der sechs Kammern schob sie je eine Patrone, immer eine Kammer auslassend. Modifiziertes russisches Roulette. Sie würde das Schicksal entscheiden lassen, ob sie lebenstüchtig war oder nicht. Sie selbst konnte diese Entscheidung nicht mehr treffen.

Während sie die Patronen hineinschob, gingen ihr einige Gedanken durch den Kopf. Wer würde sie finden, wenn sie hier in diesem Häuschen starb? Und wann? Eine schreckliche Vorstellung, daß jemand sich mit ihrer verwesenden Leiche befassen mußte. Sie zog sich einen gelben Regenumhang über und ging hinaus bis an den Rand der Klippe. Vierzig Fuß unter ihr hämmerten die schaumbedeckten Wogen den gezackten Fels. Der höchste Stand der Flut war gerade vorbei. Wenn sie hinabstürzte, würde ihre Leiche aufs Meer hinausgetrieben.

Der kalte Regen und die Angst ließen ihre Zähne klappern. Sie holte den Revolver unter dem Umhang hervor. Zündeten nasse Patronen auch? Sie wußte es nicht, war aber entschlossen, alles schnell hinter sich zu bringen. Die Waffe fest umklammernd, drehte sie den Zylinder, zweimal, dreimal, viermal. Die Chancen standen fünfzig zu fünfzig.

Als sie die Waffe hob und sich die Mündung in den Mund

steckte ... begann sie zu weinen. Ein alberner, hysterischer Weinkrampf. Sie kam sich lächerlich vor, wie sie da im Regen stand, den kalten Metallauf zwischen den Lippen, und drückte die Mündung gegen ihre Schläfe, doch die Tränen flossen weiter. Sie konnte sich selbst oben auf der Klippe stehen sehen, so melodramatisch, so absurd. Und endlich wußte sie, daß sie nicht sterben wollte.

Sie senkte die Waffe und zielte auf die zornigen Wellen tief unter sich. Gerade als sie abdrücken wollte, überlegte sie es sich anders. Ihre Hand packte den Lauf des Revolvers und schleuderte ihn mit aller Kraft ins Meer.

»Nicht meine Schuld«, schrie sie ihm nach. »Es ist nicht meine Schuld, verdammt noch mal.«

Am ganzen Leibe zitternd, kehrte sie ins Haus zurück und raffte Jasons Spielzeug und seine Sommersachen zusammen. Mit vollen Armen ging sie zur Klippe zurück und warf jeden Gegenstand einzeln ins Meer.

Sie schuftete in fieberhafter Hast, doch ihr Verstand war klar, und sie wußte genau, was sie tat. Nach Jasons Sachen kam der Scotch an die Reihe. Sie packte die Flaschen, leere ebenso wie volle, und schleuderte sie ins Meer.

Wieder im Haus, zitterte sie mittlerweile so heftig, daß sie nur mit Mühe ein Feuer in Gang brachte. Als sich die Wärme auszubreiten begann, zog sie ihre nasse Kleidung aus, rubbelte sich mit einem Handtuch trocken und wickelte sich in die Bettdekken. Dann setzte sie sich dicht ans Feuer und starrte in die Flammen. Allmählich ließ das Zittern nach.

In dieser Nacht schlief sie wieder auf dem Fußboden, diesmal in zahlreiche Kissen gekuschelt, wie ein Murmeltier. Als sie achtzehn Stunden später erwachte, war sie nicht mehr die Frau, deren Ehe ein richtiges, immerwährendes Abenteuer hatte sein sollen. Als sie erwachte, war Joanna eine Frau, die nicht in der Lage gewesen war, ihr Kind zu retten und die sich von ihrem Mann entfremdet hatte.

Sie kehrte nach Washington zurück, voller Trauer, aber auch sicherer in dem neuen Bewußtsein ihrer selbst. Sie konnte, das spürte sie, weitermachen, auch wenn sie von nun an ihren Weg alleine gehen mußte. Sie wußte nicht, wie Paul auf ihren Entschluß, sich ein eigenes Apartment zu suchen, reagieren würde, war aber überzeugt, daß sie das Richtige tat. Seine zweiwöchige Abwesenheit machte nur noch deutlicher, was er für sie empfand – oder vielmehr nicht empfand ...

Als Joanna nun mit ihrer Tasse Kaffee am Küchentisch saß, überlegte sie ernsthaft, ob es nicht übereilt gewesen war. Am Telefon hatte Paul aufrichtig und besorgt geklungen, so ganz anders, als sie ihn in Erinnerung hatte. *Ich liebe dich,* hatte er gesagt. Zum ersten Mal seit ... sie konnte sich nicht mehr daran erinnern ... vielleicht vor dem Unglücksfall. Es schien pure Ironie, daß sie mit ihrem Entschluß, ihn zu verlassen, das erreicht haben sollte, was sie in all der Zeit zuvor weder mit geduldiger noch mit schuldbewußter Haltung geschafft hatte, ganz zu schweigen von ihren zahllosen Versuchen, ihn bei Laune zu halten ...

Ein Geräusch vor dem Küchenfenster erschreckte sie, und sie zuckte zusammen, schüttete sich den heißen Kaffee über die Finger. Der Ast mußte wieder über die Außenwand geschabt haben, ein vertrauter Laut, der ihr nun nach Pauls Warnung unheilvoll erschien. Gern hätte sie mehr über diesen Bruder gewußt.

Ein Wahnsinniger? Die Vision, daß draußen jemand ums Haus schlich, ließ sie nach oben rennen, um Pauls Revolver aus dem Aktenschrank zu holen.

Verrückt, dachte sie, als sie ins Bett kletterte und den Revolver neben sich auf den Nachttisch legte. Es klirrte, als das Metall plötzlich gegen Glas stieß. Unter einem Seidentuch ertastete Joanna eine Flasche Chivas Regal, halb voll oder halb leer ... Sie erinnerte sich, daß sie die Flasche in einem anderen, fernen Leben dorthin gestellt hatte, aber es war nur eine vage, verschwommene Erinnerung, so als hätte ihr jemand davon erzählt.

Sie schlief unruhig, erwachte bei Tagesanbruch und schlief dann noch einmal, vom neuen Tageslicht getröstet, tief und fest weitere drei Stunden. Dann stand sie auf, rief den Besitzer des Apartments an und verabredete mit ihm, daß sie heute noch

einziehen würde. Anschließend telefonierte sie mit Denise und ließ sich den Tag freigeben.
Um zehn Uhr verließ sie das Haus, um sich Umzugskartons zu besorgen, stieg in ihren Alfa Romeo und fuhr an. Sie achtete nicht auf den großen Lincoln Continental, der weit vorne, am Ende eines Häuserblocks parkte.

Kapitel 24

Karl fuhr zu einer Telefonzelle und rief von dort aus an, um sich zu vergewissern, daß sich niemand mehr im Haus befand. Als er den Anrufbeantworter hörte, legte er auf. Er wußte, daß es gefährlich war. Seine Lebenserfahrung, sein Training, seine Instinkte warnten ihn davor, aber die Existenz des Bruders zog ihn in Bann, als wäre sie ein Teil seines eigenen Lebens... Er verspürte diesen Zwang zu sehen, wie Paul lebte, wie *er* selbst vielleicht gelebt hätte, wenn es damals umgekehrt gekommen wäre, wenn *er* krank gewesen und Paul bei dieser Heusner geblieben wäre. Eine winzige Mikrobe hatte ihre Lebenswege entscheidend verändert; er wollte die Ergebnisse miteinander vergleichen. Er mußte es wissen. Er hatte *ein Recht* darauf.

Er parkte nicht in der Straße, in der das Haus stand, sondern weiter hinter Pauls Haus. So würde ihn kaum jemand mit dem Wagen in Verbindung bringen, und falls er schnell verschwinden mußte, konnte er zur Hintertür hinaus und durch einen Nachbarhof wieder zum Auto gelangen. Er hatte sich gegen jegliche Verkleidung entschieden. Ein Fremder, der das Haus betrat, konnte Verdacht erregen, aber bei Paul Stafford war das wohl eine Selbstverständlichkeit. Schlimmstenfalls mußte er eine kurze Begrüßung durchstehen, und dem fühlte er sich gewachsen. Schließlich hatte er sogar die CIA-Männer getäuscht.

Die Luft war warm und schwül, als er auf Pauls Haus zuging. Kinder spielten am anderen Ende der Straße, und zwei Häuser weiter mähte ein Mann mit dem Rücken zu ihm den Rasen. Karl öffnete ganz beiläufig das niedrige, schmiedeeiserne Tor und

ging auf das Haus zu. Ohne bemerkt zu werden, gelangte er bis zur Eingangstür. Der erste Schlüssel paßte nicht – vielleicht gehörte er zur Hintertür oder zu Pauls Büro –, doch der zweite glitt in das Schloß. Drinnen blieb er stehen, um zu lauschen, zu schnuppern, um ein Gefühl für den Ort zu bekommen.
Das Haus wirkte kleiner, als es von außen ausgesehen hatte, doch für ihn war es immer noch ein Palast. Zu beiden Seiten gab es Zimmer; direkt vor ihm befand sich eine Treppe. Während er im Erdgeschoß herumschlenderte, kam es ihm in den Sinn, daß das Haus weniger eingerichtet als arrangiert war. Stühle, Tische, Lampen, Kunstgegenstände – jedes Stück schien mehr um seiner selbst willen ausgewählt worden zu sein, doch die Gesamtwirkung war durchaus harmonisch.
Von der Küche aus beäugte er einen möglichen Fluchtweg. Es gab drei Türen. Eine führte in den Keller, eine in den Hinterhof und die dritte in die Garage, in der ein Audi stand. Pauls Wagen. Auch hierfür hatte er die Schlüssel. Der Audi war weiß, genau wie sein Mercedes, aber eben kein Benz, was Karl ein leises Gefühl der Befriedigung verschaffte ... Er hatte angefangen, das Leben seines Bruders mit einem gewissen Neid zu betrachten, und es freute ihn, daß er einen angeseheneren Wagen fuhr.
Oben befanden sich ein großes Bad und vier weitere Räume. Ein Schlafzimmer, ein Gästezimmer, ein Büro und ein Studio, das den Eindruck erweckte, als würde es sich allmählich zu einem Vorratsraum entwickeln. Zuerst betrat er das Schlafzimmer. Das Bett war flüchtig gemacht; eine leere Kaffeetasse stand auf einem Nachttisch. Daneben stand eine halbvolle Flasche Chivas Regal. Er machte seinen Finger feucht, fuhr damit über den Boden der Tasse und kostete. Kein Alkohol. Trank die Frau im Bett? Als Einschlafhilfe? Um ihren Kummer zu ersäufen? Ein Blatt mit Zeitungsannoncen lag neben einem gelben Notizblock; einige Wohnungsanzeigen waren angekreuzt, auf dem Block standen kurze Beschreibungen und Telefonnummern. Karl lächelte. Er hatte Pauls Verhalten richtig gedeutet; seine Frau Joanna wollte ihn verlassen. Sie trank sich in den Schlaf. Das Leben seines Bruders war keineswegs so ideal, wie es den Anschein gehabt hatte.

Er legte Zeitung und Notizblock an Ort und Stelle zurück, zog die Nachttischschublade auf und fand einen Revolver. Geladen. Was konnte das bedeuten? Daß Joanna während Pauls Abwesenheit Angst vor Einbrechern hatte? Oder vielleicht vor Paul?

Karls Interesse erwachte. Paul hatte Joanna anders beschrieben. Scotch und Kaffee im Bett, neue Wohnung und eine geladene Pistole... Karl versuchte sich zu erinnern, was Paul ihm erzählt hatte... Joanna hatte irgendwas mit der Welthungerhilfe zu tun gehabt, als sie sich kennenlernten, arbeitete aber jetzt in einer ziemlich elitären Kunstgalerie. Noch mehr Widersprüche... Eine Frau, die sich selbst nicht kannte? Auf der Suche nach dem eigenen Ich? Jene Art von Selbstfindung, über die man in allen Magazinen lesen konnte...

Ein Foto auf der Frisierkommode zeigte Paul und Joanna in einem Ausflugsboot auf der Seine. Sie standen an der Reling; im Hintergrund war Notre Dame zu sehen. Karl griff nach dem Foto und starrte Joanna an. Sie war kleiner als Magda; pechschwarzes Haar und blaue Augen von der Farbe des Himmels knapp über dem Horizont. Ihr Lächeln wirkte begierig, als könnte sie's nicht erwarten, alles zu erleben. Welche ihrer Träume würden Wirklichkeit werden? Natürlich konnte er das nicht wissen. Aber Karl wußte, daß sich solche Menschen leicht hinters Licht führen ließen, wenn man ihnen ihre eigenen Träume anbot.

Höchst befriedigt, einen wichtigen Schlüssel zu Joannas Persönlichkeit entdeckt zu haben, machte Karl weiter mit seiner Inspektion. Er durchsuchte die Schubladen. Joanna ging etwas lässiger mit ihrer Kleidung um als Paul; ihre Unterwäsche war reizvoller und modischer als Magdas; er nahm eine braune Tweedjacke aus dem Kleiderschrank und probierte sie an. Sie saß perfekt. Er fand ein schwarzes Seidenkleid und hielt es hoch, stellte sich dabei Joanna vor, zusammen mit ihm, wie auf dem Foto. Wenn er wollte, konnte er genauso leicht in das Leben seines Bruders schlüpfen wie in diese Jacke...

Die Hausglocke läutete.

Leise hängte Karl das Kleid zurück und schloß die Schranktür.

Er schlich über den Flur ins Büro, postierte sich am Fenster und spähte hinunter. Wer auch immer an der Tür war, befand sich außerhalb seines Blickfelds. Auf dem Gehweg stand nun ein Motorrasenmäher, der da vorher noch nicht gestanden hatte. Ein Junge in abgewetzten Jeans und einer übergroßen Baseballjacke trat in sein Blickfeld, ungefähr zwölf Jahre alt. Der Junge beugte sich über den Rasenmäher, stellte einen Hebel nach, riß an der Starterleine, und der Motor brüllte auf. Und schon war es mit der Sonntagsruhe vorbei.
Karl runzelte die Stirn. Solange der Junge draußen rumratterte, konnte er nicht unbemerkt verschwinden. Aber immerhin hatte er noch Glück gehabt... es hätte auch die Putzfrau sein können oder sonst jemand, der Schlüssel zum Haus besaß. Das Kerlchen würde auch nicht lange für den Rasen brauchen, vielleicht zehn oder fünfzehn Minuten.
Karl wandte seine Aufmerksamkeit dem Arbeitszimmer zu; dieser Raum würde ihm das klarste Bild vom Leben seines Bruders vermitteln. An den Wänden hingen Ehrenplaketten und Urkunden, eingerahmte Zeitungsartikel und Fotos von Pauls Einsätzen in allen Ecken der Welt, vom Dschungel auf den Philippinen bis zur Antarktis, wo er mit einem pelzbesetzten Parka neben einem anderen Mann stand, umgeben von Pinguinen.
Auf einem polierten Teakholzschreibtisch waren ein Zenith-Personalcomputer, eine Rolodex und ein Stapel Rechnungen, die während Pauls Abwesenheit eingetroffen sein mußten. Auf einer Liste standen – höchstwahrscheinlich in Joannas Handschrift – die Namen und Telefonnummern der Leute, die inzwischen angerufen hatten. Karl konnte kaum fassen, daß jemand so viele Menschen kannte, oder daß sich sein Bruder wohl fühlte bei dem Gedanken, von so vielen Menschen *gekannt* zu werden. Einst war Karls größter Wunsch gewesen, unsichtbar zu sein. Vor allem wenn diese Frau Heusner spät nachts heimgekommen war. Dann hatte er die Augen geschlossen und gehofft, daß ihn das unsichtbar machen würde, gehofft, daß sie ihn nicht sehen konnte, wenn er sie auch nicht sah.
In einer Schublade fand Karl einen Stapel Blankoschecks. Ein merkwürdiger Einfall kam ihm, aber je länger er darüber nach-

dachte, desto besser gefiel er ihm. Er studierte die Unterschrift seines Bruders auf dessen Führerschein. Sie war der seinen bemerkenswert ähnlich. Er übte sie einige Male, dann nahm er sich die Rechnungen vor und begann die entsprechenden Schecks auszustellen: Strom, Gas, Visa, American Express – er lächelte, als er sich Pauls Verwirrung vorstellte.

Karl war zu beschäftigt, um zu bemerken, wie das Jaulen des Rasenmähers in ein gleichmäßiges Summen überging, und vollkommen überrascht, als plötzlich die Haustür aufging.

Stimmen drangen zu ihm hoch, die Stimmen einer Frau und eines Jungen.

»Stapel sie ruhig dort, das paßt schon.«

»Und was ist mit dem Ast? Den kann ich leicht absägen.«

»Ich glaub, das überlassen wir lieber einem Profi, Danny.«

»Ist ganz einfach. Mein Dad hat 'ne Kettensäge, 'ne Black & Decker.«

»Dann frag deinen Dad. Bin mal gespannt, was der dazu meint.«

»Okay.«

Während der Unterhaltung hatte sich Karl schnell und geräuschlos bewegt. Keine Zeit, sich zu fragen, wieso Joanna so früh zurückgekehrt war. Er mußte das Haus verlassen, ohne entdeckt zu werden. Wenn er es zu einem der rückwärtigen Zimmer schaffte, konnte er aus einem Fenster springen und über den Hinterhof verschwinden.

Er legte alles an Ort und Stelle zurück und schob sich in dem Moment auf den Flur hinaus, als die Haustür zufiel. Zu spät. Auf der Treppe ertönten Schritte, begleitet von dem hohlen Klang eines auf die Stufen schlagenden, großen Kartons. Wenn er den Treppenabsatz überquerte, würde Joanna ihn sehen. Er glitt zurück ins Büro und stellte sich hinter die Tür; von hier aus konnte er über den Flur ins Schlafzimmer sehen.

Joanna tauchte auf; einen Karton trug sie, einen weiteren zerrte sie hinter sich her, schleppte beide ins Schlafzimmer und verschnaufte sich kurz. Sie trug Khakishorts und einen roten Sweater mit hochgerollten Ärmeln. Karl beobachtete, wie sie ihre Sachen zu packen begann.

Karl schätzte seine Möglichkeiten ab. Die Treppe verlief zwischen den beiden rückwärtigen Räumen; er mußte ums Treppengeländer herum und ungefähr die Hälfte unten sein, bevor man ihn vom Schlafzimmer aus nicht mehr sehen konnte. Joannas zeitweiliges Verschwinden in den Tiefen des Schranks würde ihm nicht die nötige Zeit verschaffen. Es galt zu warten, bis sie nach unten ging. Als der Rasenmäher plötzlich verstummte, kam ihm eine weitere Möglichkeit in den Sinn. Der Junge war offensichtlich mit dem Rasen im Vorgarten fertig. Karl wartete auf das Klingeln der Hausglocke. Als nichts geschah, schlich er zum Fenster und schaute hinaus. Der Junge war verschwunden – er würde versuchen, vorn hinauszukommen.

Das Fenster war alt und hatte einen nach oben verschiebbaren Doppelrahmen. Als er den Sperrhaken löste, zuckte er beim Klang von Metall auf Metall zusammen, aber die Geräusche aus dem Schlafzimmer beruhigten ihn; Joanna war eifrig mit Packen beschäftigt. Karl legte seinen Handballen gegen den Rahmen und drückte. Nichts rührte sich. Warum konnte Paul nicht in einem modernen Haus mit aluminiumgerahmten Fenstern wohnen? Dann hörte er, wie Joanna über den Treppenabsatz auf ihn zukam. Ihm blieb gerade noch Zeit, sich gegen die Wand zu pressen – und schon war sie im Zimmer. Er konnte sich nirgendwo verstecken.

Ohne einen Blick in seine Richtung ging Joanna geradewegs zum Schreibtisch, öffnete eine Schublade und holte eine Rolle Klebeband heraus. Sie hatte ihm den Rücken zugewandt, aber wenn sie sich auch nur einmal flüchtig in dem Raum umschaute, mußte sie ihn sehen. Er bekämpfte den Drang, sich zu ducken, sich ganz klein zu machen und sich gegen den Bücherschrank zu pressen, blieb ganz still stehen, atmete kaum, versuchte sich unsichtbar zu machen, wie damals.

Joanna nahm das Klebeband und verließ den Raum.

Kaum war sie verschwunden, lief ein Zittern durch seinen Körper, und der plötzliche Adrenalinstoß machte ihn benommen. Als er Joanna im Schlafzimmer hörte, schlich er wieder zur Tür und schaute hinaus.

Sie kniete auf dem Boden und klebte den Karton zu. Im Hinterhof erwachte der Rasenmäher zu neuem Leben. Zum Glück würde das die Geräusche übertönen, wenn er das verdammte Fenster zu öffnen versuchte. Er machte einen Schritt aufs Fenster zu, bevor ihm einfiel, daß er dann aber auch nicht hören würde, wenn Joanna noch mal zurückkam, um das Klebeband wieder in die Schublade zu legen. Nein, dachte er, es war wohl besser abzuwarten und zu sehen, was sie als nächstes tat.

Er schaute durch den schmalen Spalt hinaus. Nachdem Joanna den Karton verklebt hatte, stieß sie ihn auf den Flur. Anstatt nun den nächsten Karton zu packen, trat sie an ein Regal und versuchte, etwas vom obersten Brett herunterzuholen. Als sie es nicht erreichen konnte, balancierte sie gefährlich auf dem unteren Regalbrett und bekam eine kleine Nylontasche zu fassen. Einige Schachteln stürzten mit hinunter und fielen ihr auf den Kopf.

»Shit«, sagte sie und sprang zurück.

Sie rieb sich ein Auge, in das offensichtlich Staub geraten war. Den Kopf zurückgeworfen und heftig zwinkernd ging sie ins Bad. Das war seine Chance. Als er Wasser laufen hörte, schlich er schnell auf den Treppenabsatz zu. Jetzt nur noch die Treppe runter und dann nichts wie raus zur Haustür.

Als er an der halb offenen Badezimmertür vorbeikam, sah er Joanna über das Waschbecken gebeugt. Schau nicht auf, dachte er. Sonst...

Der Boden knarrte unter seinen Füßen, doch der Wasserstrahl übertönte das Geräusch. Dann hatte er den Gang hinter sich, konnte nicht mehr gesehen werden. Als er an dem Karton vorbeischlich, den sie oben an der Treppe hatte stehenlassen, läutete das Telefon.

Er machte zwei schnelle Schritte nach unten, das Wasser wurde abgedreht, und er erstarrte. Er wollte zur Tür, erinnerte sich aber, wie gräßlich die Stufen knarrten. Das Bad lag näher beim Büro, also konnte sie auch dort abnehmen. Wenn er sich ganz still verhielt, würde sie ihn nicht sehen, es sei denn, sie ging zum Schlafzimmer zurück.

Und genau das tat sie.

Sie trocknete sich das Gesicht ab und wollte, das Handtuch über die Schulter werfend, das Schlafzimmer betreten, als sie ihn sah. Er hatte sich umgedreht und schaute nach oben, so daß es so aussehen mußte, als wäre er gerade heimgekommen und wollte die Treppe hoch. Sie zuckte zusammen, entspannte sich aber im selben Augenblick.

»Paul! Mein Gott, du...«

Sie hat keine Ahnung, dachte er. *Sie hat keine Ahnung...*

»Ich wollte dich nicht erschrecken«, sagte er so ruhig wie möglich. *Spiel die Rolle,* das ist die einzige Möglichkeit.

»Ich hab überhaupt nicht gehört...«

Doch dann veränderte sich ihr Gesicht, ihre Augen wurden groß, und er dachte, sie weiß Bescheid. Verwirrung zeichnete sich auf ihrem Gesicht ab und dann Furcht. Sie wußte, wer er war; *sie wußte, daß er Karl war.*

Das Telefon klingelte immer noch, während sie sich auf der Treppe gegenüberstanden. Keiner wollte zugeben, was er über den anderen wußte.

»Ich muß gleich wieder weg...«, sagte Karl; ihm war bewußt, daß dies wahrscheinlich nicht funktionieren würde. »...mir nur ein paar Notizen holen...«

Joanna rang um ihre Selbstbeherrschung. Sie machte eine vage Geste in Richtung des Büros. »Nur zu.«

»Willst du nicht ans Telefon?«

»Geh du ran.«

Sie wich zurück, um ihm Platz zu machen, die Schultern gegen die Wand gepreßt. Langsam stieg Karl die Treppe hoch. Das Telefon klickte, und die Bandansage setzte ein: »Hier ist Paul und Joanna Stafford. Wir sind im Moment nicht erreichbar, aber wenn Sie Ihren Namen und Ihre Telefonnummer hinterlassen, rufen wir Sie sofort zurück.«

Karl bekam die Ansage kaum mit. Sein Blick war auf Joanna gerichtet. Sein Gesichtsausdruck blieb freundlich, während ihm die Gedanken nur so durch den Kopf schossen. Wieso wußte sie Bescheid? Wieso konnte sie wissen, wer er war? Vielleicht hatte Paul ihn angelogen und ihr noch vor seiner Abreise alles erzählt. Oder sie hatte mit seiner Mutter gesprochen, und die

hatte ihr alles erzählt. Oder – oder Paul war entkommen, und sie hatte Kontakt mit ihm gehabt?
Das erklärte auch die Angst in ihren Augen. Oben auf der Treppe blieb er stehen. Als die Ansage durchgelaufen war, ertönte ein Piepser und dann die Stimme der Anruferin.
»Hier spricht Shiela Burney für Joanna Stafford. Sie können heute nachmittag, also Sonntag, jederzeit den Schlüssel in unserem Büro abholen. Danke.«
Beim Klang der Stimme sagte Joanna wie betäubt: »Es ist für mich.«
Sie schob sich aufs Schlafzimmer zu, doch er versperrte ihr mit dem Arm den Weg.
»Weshalb hast du Angst?«
»Paul...« Die Worte klangen bemüht.
»Nein.« Er lächelte. »Du weißt Bescheid, nicht wahr?«
»Das Telefon...«
Sie versuchte, sich unter seinem Arm hindurchzuducken. Aber er schob schnell sein Bein vor. Sie trat zurück und starrte ihn an.
»Laß das mal den Anrufbeantworter übernehmen.«
»Okay.« Sie lächelte, aber Karl sah das schnelle, harte Glitzern der Entschlossenheit in ihren Augen, und einen Lidschlag später rannte sie aufs Büro zu. Er erwischte sie, als sie zum Hörer griff, und preßte seine Hand auf die ihre, bevor sie ihn abheben konnte.
»Wie hast du's herausbekommen?« fragte er ruhig.
Der Anrufbeantworter schaltete ab.
»Was herausbekommen?« Ihre Stimme war nur noch ein Flüstern.
Doch Karl starrte den Anrufbeantworter an... das Band hatte sich nicht zurückgespult. Er drückte auf den Rücklauf. Joanna rannte zur Tür hinaus, knallte sie hinter sich zu. Karl folgte ihr; er würde übers Geländer springen und sie auf der Treppe abfangen. Statt dessen rannte sie ins Schlafzimmer und schlug die Tür hinter sich zu. Er wußte, was sie vorhatte.
Als er ins Zimmer krachte, wühlte Joanna in der Nachttischschublade. Mit zwei schnellen Schritten war er bei ihr, als sie

mit dem Revolver in der Hand herumwirbelte, den Hahn gespannt. Er packte die Waffe so, daß sein Daumen zwischen Hammer und Zylinder kam. Der Schlagbolzen traf schmerzhaft auf seinen Daumennagel, als sie abdrückte.
Joanna war stark, die Angst pumpte Adrenalin in ihre Adern, während sie miteinander rangen. Der Nachttisch kippte um, und Kaffeetasse, Scotch und Lampe krachten zu Boden. Sie ließ den Revolver los und rannte zum Fenster, wo er sie von hinten zu fassen bekam. Sie rammte ihm einen Ellbogen gegen die Brust, als er sie anhob und herumschleuderte. Ihr Fuß traf eine Fensterscheibe. In das Klirren des Glases mischte sich nun das zornige Jaulen des Rasenmähers.
Er stieß sie aufs Bett, die Revolvermündung gegen ihren Kopf gepreßt. »Schluß jetzt. Zwing mich nicht, dich umzubringen.«
Sie erstarrte. Die Maschine draußen verstummte.
»Mrs. Stafford?« rief der Junge. »Is' was?«
Joannas Blick sprang vom Revolver zum Fenster. Karl las ihre Gedanken. »Ein falsches Wort, und ihr seid beide tot.«
Sie zögerte.
»Schau mich an«, zischte Karl. »Zuerst du und dann er. Das geht ganz schnell.«
Sie biß sich auf die Unterlippe und nickte.
Wieder rief der Junge hoch. »Mrs. Stafford? Sind Sie okay?«
Karl trat vom Bett zurück, den Revolver weiter auf sie gerichtet, und deutete zum Fenster. »Sag ihm, es war ein Unfall. Sag ihm, mit dir ist alles in Ordnung. Sag, er soll verschwinden. Na los!«
Sie erhob sich, den Blick auf ihn gerichtet. Glas knirschte unter ihren Füßen. Karl trat dicht an die Wand, damit er ihr Gesicht sehen konnte, ohne selbst gesehen zu werden. Joanna zwang sich zu einem Lächeln und schaute hinunter.
Danny schaute zu ihr hoch, gegen die Sonne blinzelnd, und fragte: »Was ist denn passiert?«
Sie atmete tief durch. »Ich bin gestolpert, als ich die Kartons herumtrug, Danny. Ist schon okay. Bist du jetzt fertig?«
»Haben Sie sich geschnitten?«
»Nein, ich ... ich bin mit einem Karton gegen die Scheibe gestoßen. Du hast den Rasen aber wirklich toll gemäht, Danny.«

»Ich bin fast fertig. Soll ich die Scherben zum Müllcontainer bringen?«

»Das wär nett.«

Karl winkte sie zum Bett zurück. Erst jetzt dämmerte ihm, daß die Redeye-Mission äußerst gefährdet war. Es beunruhigte ihn weniger, daß Joanna über ihn informiert war, als die Tatsache, wieso sie Bescheid wußte ...

Allmählich faßte sich Joanna wieder, nachdem sie den ersten Schock überwunden hatte.

»Was wollen Sie hier?«

»Ich stelle hier die Fragen. Wer hat Ihnen von mir erzählt?«

Sie blickte auf den Revolver in seiner Hand. »Was haben Sie vor?«

»Ich will versuchen, Ihr Leben zu retten, so wie ich Ihrem Mann das Leben gerettet habe. Aber es wird nichts daraus, wenn Sie nicht kooperieren. Noch mal: Wer hat Ihnen von mir erzählt?«

»Sie haben ihm nicht das Leben gerettet, Sie haben ihn entführt und ihn gefangengehalten, Sie ...«

Sie verstummte, als sie Karls starren Gesichtsausdruck bemerkte. Wut schoß in ihm hoch. Wut auf Otto. Er hatte nicht nur fünftausend Dollar bezahlt, er hatte ihm auch noch Haloparimin besorgt, ein im Auftrag der Stasi entwickeltes, ungemein starkes Beruhigungsmittel, das – täglich injiziert – ausreichte, Paul für Monate orientierungslos und schwach wie ein neugeborenes Kätzchen zu halten. Wie hatte der Bruder entkommen können?

»Wann haben Sie mit ihm gesprochen?« fragte er.

Joanna musterte die Waffe, dann sein Gesicht, studierte ihn aufmerksam. »Sie sind Pauls Bruder. Würden Sie mich wirklich töten?«

»Wenn's sein muß.«

Sie starrte ihn noch einen Augenblick lang an, dann verschränkte sie die Arme und saß einfach da, als wolle sie ihn herausfordern, es hinter sich zu bringen. Wenn sie kooperierte, würde sie *seine* Chancen verbessern, selbst aber nichts gewinnen.

Karl wußte, daß er jederzeit alle Informationen aus ihr herausholen konnte. Er brauchte sie nur am Genick zu packen, ihr den Lauf des Revolvers in den Mund zu stecken und ihr einen solchen Schrecken einzujagen, daß sie redete. Doch als Profi wußte er, daß Terror seine eigenen Risiken in sich barg, daß er verborgene Kräfte freisetzen und unerwartete Folgen produzieren konnte. Joanna mochte hysterisch werden und den Jungen im Garten alarmieren; vielleicht drehte sie auch durch und zwang ihn, sie zu erschießen. Sie konnte hier nicht länger bleiben. Im Haus am Toons Creek wäre die Sache bei weitem nicht so riskant, ganz gleich, ob sie redete oder nicht.

Er ging zur Ankleidekommode, öffnete eine Schublade und zog ein Paar Socken und einige Strumpfhosen hervor.

»Los, aufs Bett, mit dem Gesicht nach unten.«

»Warten Sie. Wenn Sie jetzt gehn ...«

Karl lächelte. »Wenn ich jetzt geh, werden Sie eine ganz brave Lady sein ...« Ihm war klar, daß es gefährlich war, sie mitzunehmen, aber noch gefährlicher, sie hier zu lassen. Die einfachste Möglichkeit wäre gewesen, sie zu töten, aber bevor er nicht wußte, wie gefährlich sein Bruder ihm werden konnte, würde Joanna ihm als Geisel bessere Dienste leisten.

Hinterm Haus begann der Rasenmäher wieder zu dröhnen. Schnell steckte Karl den Revolver in die Tasche, packte Joanna an den Schultern und drückte sie – ihren Schrei erstickend – mit dem Gesicht aufs Bett. Dann setzte er sich rittlings auf sie, stopfte ihr eine zusammengerollte Socke in den Mund und band ihr eine Strumpfhose darüber. Dann fesselte er sie an Händen und Füßen, schlang eine weitere Strumpfhose um ihren Hals und zog sie zwischen ihren Knien bis zu den Fußknöcheln stramm. Als er damit fertig war, wickelte er sie in eine Decke und schleppte sie hinunter in die Garage. Er legte sie auf den Boden, öffnete den Kofferraum des Audi und hob sie hinein. Dann machte er den Kofferraum zu und kehrte in die Küche zurück. Ein Klopfen an der Hintertür ... Danny stand dort und spähte durchs Fenster. Karl trat zurück, doch zu spät. Der Junge hatte ihn bereits gesehen. Karl ging wieder in die Küche und dann weiter zu der Tür, vor der Danny wartete.

»Hallo, Mr. Stafford. Wußte gar nicht, daß Sie da sind.«
»Bin erst spät heute nacht gekommen. Mußte mal ausschlafen.«
»Ich bin jetzt fertig. Die Scherben hab ich auch weggeräumt.«
»Gut.« Karl zwang sich, den Rasen zu betrachten. »Schaut sehr gut aus.«
Der Junge blieb stehen, und Karl erkannte, daß er auf seine Bezahlung wartete. Nur – wieviel? Also fragte er: »Kannst du einen Zehner wechseln?«
»Zu Hause schon. Ich kann ...«
»Schon in Ordnung. Verrechne es einfach mit dem nächsten Mal.«
Er gab ihm eine Zehn-Dollar-Note und schloß die Tür. Als er sich abwandte, erreichte ihn Dannys Stimme.
»Moment mal, Mr. Stafford?«
Karl öffnete die Tür.
Danny hielt den Geldschein in der Hand und blickte verlegen zu ihm auf.
»Das ist bloß ein Zehner, Mr. Stafford ...«
»*Nur* ein Zehner?«
»Ich hab den Rasen vorn und hinten gemacht.«
Er gab ihm einen weiteren Zehner, und Danny schien zufrieden.
»Ich hab Ihrer Frau gesagt, ich könnt den Ast da oben absägen. Nur fünf Dollar. Soll ich's machen?«
»Nein, danke«, sagte Karl und schloß die Tür, bevor Danny mit neuen, genialen Einfällen kommen konnte.
Sorgfältig rekonstruierte er seine bisherigen Bewegungen im Haus und wischte dabei seine Fingerabdrücke ab. Im Schlafzimmer stellte er den Nachttisch, die Lampe und die anderen Sachen, die zu Boden gefallen waren, wieder auf. Dann ging er zur Garage zurück und öffnete den Kofferraum. Joanna hatte sich zu befreien versucht, denn ihr Gesicht war rot vor Anstrengung, sie atmete schwer und die zusammengedrehte Strumpfhose hatte ihr den Hals aufgescheuert.
»Wir fahren jetzt los«, erklärte er ihr. »Lassen Sie diese Befrei-

ungsversuche. Sie kosten unnötig Kraft, und in den Kofferraum kommt nicht allzuviel Luft. Wir fahren etwa fünfundvierzig Minuten, dann laß ich Sie raus.«
Er schlug den Kofferraum zu und stieg ein. Fahrersitz, Rückenlehne, Innen- und Außenspiegel waren perfekt eingestellt. Pauls Wagen. Im Handschuhfach fand er eine Fernbedienung für die Garagentür. Als er in die Straße einbog, sah er Danny.
Kaum hatte der Junge den Wagen entdeckt, winkte er und rief etwas. Doch Karl hatte nicht mehr die Nerven anzuhalten und sich nach dem Grund zu erkundigen. Er lächelte, winkte, fuhr weiter und sah die Fünf-Dollar-Note in Dannys Hand. Beide Rasenflächen kosteten also zusammen fünfzehn Dollar, dachte Karl. Der Junge war ehrlich und wollte ihm den Rest zurückbringen. Ehrlich – und möglicherweise gefährlich.

Da Mr. Stafford nicht angehalten hatte, ging Danny weiter zum Haus der Staffords und läutete. Er wollte Mrs. Stafford das Geld geben, doch sie machte nicht auf. Merkwürdig, dachte Danny, sie *mußte* zu Hause sein, weil ihr Wagen noch immer vor dem Haus stand und mit ihrem Mann war sie auch nicht weggefahren. Vielleicht hatte Mrs. Stafford sich vorhin doch wehgetan und sich hingelegt?
Er würde morgen – bis dahin sollte es Mrs. Stafford besser gehn – vorbeischaun und das Geld zurückgeben.

Kapitel 25

Auf dem Flug zurück nach Washington saßen die drei Männer nebeneinander; Hugh in der Mitte, Paul am Fenster und Maurice am Gang. Paul hatte auf Nichtraucher-Plätzen bestanden, und so mußte Maurice in regelmäßigen Abständen seinen Sitz verlassen und nach hinten gehen, um eine Zigarette zu rauchen. Er war darüber alles andere als erfreut. Es schien fast, als wären sie in Pauls Obhut anstatt umgekehrt. Am Flughafen hatte er Hugh beiseite genommen und ihm vorgehalten, daß er Paul behandle, als gehöre er zum Team, obwohl er doch lediglich – und erzwungenermaßen – mit ihnen kooperiere.

Hugh reagierte auf Maurices Bedenken mit Achselzucken. Er war so gut wie überzeugt davon, daß Paul – ebenso wie die Ermordeten – ein Opfer war, und hatte sich entschlossen, ihn wie ein Mitglied des Teams zu behandeln; auf diese Weise, das spürte er, würde er am wirkungsvollsten Pauls Vertrauen und damit seine freiwillige Kooperation gewinnen.

»Aber du hast ihn nicht unter Kontrolle«, beschwerte sich Maurice. »Statt dessen kontrolliert er uns ...«

»Er ist intelligent, hat gute Einfälle.«

»Aber er ist keiner von uns.«

Ich auch nicht, hätte Hugh am liebsten gesagt. Seit dem Teheran-Debakel hatte er sich nicht mehr wie »einer von uns« gefühlt. Vielleicht war ihm Paul Stafford deshalb sympathisch. Stafford, der typische Außenseiter, verspürte gar nicht den Wunsch, Insider zu sein. An diesem Morgen war er mit dem Konsularbeamten recht ungeduldig umgesprungen, einem kahlköpfigen Mann mit Doppelkinn namens Walsh, der deutlich

zu erkennen gab, daß es eine Zumutung war, am Sonntagmorgen einen Amerikaner aus dem Gefängnis holen zu müssen...
»Kann man wirklich nicht von ihm verlangen, daß er auf seine zweite Tasse Kaffee erst mal verzichtet«, flüsterte Paul so deutlich, daß Walsh ihn hören mußte.
In Anwesenheit des stellvertretenden Berliner Polizeichefs gab Walsh ein kurzes Statement ab, wer in der ›Angelegenheit Paul Stafford‹ mit wem kooperierte. Dann wickelte er die weiteren Formalitäten ab, unterschrieb ein halbes Dutzend Papiere und verschwand. Ein Polizeibeamter reichte Paul einen silberfarbenen Plastikbeutel mit dem Wappen des Berliner Bären, in dem sich das Nachthemd befand, in dem er vor zwei Tagen angekommen war.
»Sie können sich auf der Toilette umziehen«, erklärte ihm der Beamte.
»Stecken Sie sich's sonstwo hin«, teilte Paul ihm mit.
Er ging auf die Tür zu, der Beamte rief ihm nach: »Entschuldigen Sie, mein Herr, aber wenn Sie die Kleidung, die Ihnen bei Ihrer Ankunft hier ausgehändigt wurde, nicht zurückgeben, müssen Sie dafür bezahlen.«
Paul blickte an sich herunter. »Dafür bezahlen? Sie machen Witze.«
»Fünfundachtzig Mark, Sir. Vorschrift.«
»Hier«, sagte Hugh und gab Paul hundert Mark.
Kincaid war den Wagen holen gegangen. Während sie draußen vor dem Polizeirevier auf ihn warteten, streckte Paul mit geschlossenen Augen sein Gesicht der Sonne entgegen. Ein frischer, böiger Wind wirbelte Papierabfälle über die Straße. Hugh, der ihn beobachtete, konnte sich das erhebende Gefühl von Sonne und Wind auf der Haut fast vorstellen, die so lange Licht und frische Luft hatte entbehren müssen.
»Was habt ihr über Lish rausgefunden?« fragte Paul, ohne die Augen zu öffnen.
»Ist keiner von uns«, sagte Maurice. »Es sei denn, erst so kurz dabei, daß er noch nicht vom Computer erfaßt ist.«
»Und in der Army?«

»Sie haben zwei Lishs in den Akten, einer in Übersee, der andere ist in Camp Pendleton in Kalifornien stationiert. Keiner heißt George mit Vornamen, und im Military Ocean Terminal gibt's überhaupt niemand, der so heißt. Der Sache am nähesten kommt noch ein Zivilangestellter namens *Litz – L-I-T-Z.* Vielleicht hat's in Ihrem Traum genauso ausgesehn.«
Paul wandte sich von der Sonne ab und öffnete die Augen.
»Es *sieht* überhaupt nicht aus; es ist einfach was, das ich *weiß*.«
»Wir überprüfen Mr. Litz«, sagte Hugh. »Nur um sicherzugehen.«
»Wenn Ihr schon dabei seid, warum überprüft Ihr nicht gleich die Fracht?« sagte Paul. »Ich würd gern wissen, was für Material da durchläuft.«
»Sie glauben, er war hinter der Fracht her?«
»Hinter irgendwas war er her.«
Gute Idee, entschied Hugh. Er wandte sich an Maurice. »Holt uns jemand am Dulles International Airport ab?«
»Ich ruf vom Flughafen aus an. *Falls* wir rechtzeitig dort ankommen.«
»Dann kontakte auch gleich Audrey, er soll die Frachtlisten von der Armee besorgen, über alles, was zum Zeitpunkt von Karl Alexanders Besuch gelagert war.«
»Und was danach reingekommen ist«, fügte Paul hinzu.
Und so war's weitergegangen: Paul als Teamgefährte, Hugh, der ihm den Rücken stärkte, und Maurice, der vergeblich die Grenzen zwischen ihnen aufrechtzuerhalten suchte. Sechsunddreißigtausend Fuß über dem Nordatlantik ging Maurice wieder auf eine Zigarette nach hinten; Hugh zog sein Klapptischchen heraus und kramte einen Notizblock und einen Stift hervor.
»Checken wir mal ab, was wir wissen«, sagte er zu Paul. »Karl Alexander, ein Agent des DDR-Staatssicherheitsdienstes. Offiziell Lehrkraft an einer Kampfschule, erledigt in erster Linie Mordaufträge. Sie finden ihn, lassen seine Tarnung auffliegen, und was tut er? Er bringt Sie nicht um, obwohl Sie ihm jede nur denkbare Chance dazu geboten haben. Statt dessen macht er

Sie zu seinem Gefangenen. Wir wissen, daß er nicht gerade zimperlich ist, wenn's ums Töten geht. Entweder sind Sie für ihn nur eine geringfügige Bedrohung – was ich bezweifle –, oder es widerstrebte ihm, den eigenen Bruder umzulegen. Was meinen Sie?«
»Ich glaube, er fühlte eine Verbindung... mit mir, mit meinem Leben...«
»Könnten Sie deutlicher werden?«
»Ich weiß nicht recht«, sagte Paul. »Mal angenommen, ich helfe Ihnen, ihn zu finden. Was geschieht dann?«
»Nun, wenn Sie mit diesem Lish recht haben, und der Mann wurde in Amerika getötet, dann könnten wir Karl Alexander wegen Mordes vor Gericht bringen.«
»Oder Sie könnten ihm eine Kugel durch den Kopf jagen.«
»Ah«, sagte Hugh. »*Sie* spüren diese Verbindung ebenfalls. Sie glauben, wir werden Ihren Bruder töten...«
Paul sah starr vor sich hin. »Werden Sie?«
Bevor er antwortete, vergewisserte sich Hugh mit einem Blick über die Schulter, daß Maurice immer noch im Heck der Maschine rauchte, und fuhr dann in vertraulicherem Tonfall fort: »Ich will Ihnen nichts vormachen. Es könnte sein, daß man Karl Alexander beseitigt. Ist aber nicht mein Job. Ich hab ihn zu identifizieren und aufzuspüren. Danach hab ich einen Versuch frei, ihn zu fassen. Ich bin nicht befugt, ihn zu liquidieren. Aber ich möchte ihn erwischen, und ich möchte, daß Sie mir dabei helfen.«
»Und wenn Sie ihn nicht kriegen?«
»Dann übernimmt Maurice den Fall«, sagte Hugh ruhig.
Paul hatte etwas Ähnliches erwartet und blickte nach hinten, wo Maurice mit dem Rücken zum Notausgang stand, die Zigarette vorm Gesicht, den Blick auf einen Flugbegleiter gerichtet, der den Service-Wagen fertigmachte. Nur zu leicht konnte Paul sich vorstellen, daß dieser Maurice ohne Schuldgefühle töten würde. Aus reiner Pflichterfüllung. Jetzt wurde ihm klar, warum diese beiden Männer ein Team waren. Maurice machte einen zu kalten Eindruck, um vertrauenerweckend zu wirken oder um Informationen aus jemandem herauszulocken. Aber er

konnte ohne Skrupel einem Mann den Revolver an die Rübe halten und abdrücken.
Hugh sagte, er wäre deswegen für die Nichtraucher-Plätze gewesen, weil Maurice es ohne Zigarette nicht lange aushielt, und sie sich somit ungestört unterhalten konnten. »Ich will Ihren Bruder lebend. Doktor Helms ebenfalls. Wenn Sie bereit sind, uns dabei zu helfen...«
»Sie haben mit ihr gesprochen? Mit Annie?«
»Gestern abend. Sie ist ganz schön aus dem Häuschen, wollte Sie hypnotisieren, sobald wir gelandet sind, aber ich hab ihr gesagt, sie soll Sie bis morgen in Ruhe lassen. Egal, ich hoffe jedenfalls, daß wir drei den vierten von uns etwas zurückhalten und das Leben Ihres Bruders retten können...«
Paul blickte ihn an. »Warum Sie? Ich weiß, daß Annie so was wie eine zweite Madame Curie werden will – auf ihrem Gebiet–, aber warum sollten *Sie* ein Interesse daran haben, ihn lebend zu kriegen?«
Hugh zögerte, dann sagte er: »Okay, ich will ganz offen sein. Das hier ist mein letzter Einsatz. Ich möchte ihn bis zum Ende durchziehen. Außerdem geb ich zu, daß mich dieses ganze Telepathiezeug auf Teufel komm raus reizt, und ich möchte sehen, wenn Sie Ihre Tricks auspacken – Sie wissen schon–, einfach raten, wie viele Bananen Ihr Bruder hinter seinem Rücken versteckt hält.«
Paul verzog das Gesicht.
»Im Ernst«, sagte Hugh. »Ihr Bruder aalglatt, aber ein verdammt guter Fang. Ich möchte ihn lebend an die Angel kriegen. Was sagen Sie dazu?«
Paul wußte mittlerweile, daß er Hugh Roark vertrauen konnte. Aber selbst wenn er sich täuschte, boten sich irgendwelche vernünftigen Alternativen? Wenn er nicht kooperierte, würde er damit nur erreichen, daß er noch einen CIA-Agenten gegen sich hatte... Und so erzählte er Roark, was er über Karl wußte: von seiner Kindheit bei dieser ›Tante Inge‹ und von seinem an Haß grenzenden Neid, weil der Bruder damals in eine bessere Welt gebracht worden war.
»Karl war sehr neugierig, was mein Leben anbelangte«, sagte

Paul. »Er starrte mich an und stellte unermüdlich Fragen. Einmal hatte ich das eigenartige Gefühl, daß er mich so musterte, als versuche er sich vorzustellen, was aus ihm geworden wäre. Es mag verrückt klingen, aber ich glaube, er denkt, ich hätte ihm sein Leben gestohlen. Er redete viel darüber, was geschehen wäre, wenn unsere Situation genau umgekehrt gewesen wäre. Ich glaube, weil ich ins Krankenhaus, das damals in der amerikanischen Zone lag, mußte, gibt er mir die Schuld an allem, was geschehen ist.«

»Ist ja so, als würde man dem Ofen die Schuld daran geben, daß das Essen verbrannt ist.«

Maurice kam zurück, und Paul wandte seine Aufmerksamkeit der NEW YORK TIMES zu. Schon bald begannen die Worte zu verschwimmen, und die Augen fielen ihm zu. Die Anspannung der vergangenen Tage machte sich mit Macht bemerkbar, und das monotone Dröhnen der Turbinen lullte ihn ein. Er kümmerte sich nicht mehr um die beiden Männer neben sich, knüllte ein Kissen gegen das Fenster und schlief ein...

Er träumte von Joanna. Sie war in eine Räumlichkeit eingesperrt, zu der er den Schlüssel besaß, aber wie sehr er sich auch mühte, die Tür wollte sich nicht öffnen lassen. Er geriet in Panik, denn er wußte, sie war in ernsthafter Gefahr, und in der merkwürdigen Logik des Traumes wußte er auch, daß er den richtigen Schlüssel hatte. Trotzdem ging die Tür nicht auf. Endlich merkte er, daß sie sich nach innen öffnete. Er warf sich dagegen und fiel mit der gesamten Tür hinein, doch statt Joanna fand er lediglich einen leeren Raum vor. Und es war auch kein Raum, sondern ein riesiges offenes Dachfenster über ihm; dahinter waren Himmel und Wolken, und er starrte auf eine gewaltige Düsenmaschine, die unkontrolliert auf ihn zustürzte, eine Tragfläche dem Boden zugeneigt, die Triebwerke in Flammen... Paul schreckte aus dem Schlaf hoch. In dem trüben Licht dauerte es einen Augenblick, bis er wußte, wo er sich befand. Die Kabine war in unheimliche Schatten getaucht. Ein Film lief gerade, und die meisten Passagiere hatten die Blenden vor die Fenster gezogen. Roark zog sich die Kopfhörer herunter und wandte sich ihm zu.

»Alles in Ordnung?«
Paul nickte geistesabwesend, griff nach oben und drückte auf den Service-Knopf.
»Hatten Sie wieder einen Traum?«
»Nicht von der gleichen Sorte. Keinen Todestraum.«
Während Maurice döste, erzählte er Hugh kurz seinen Traum, der dabei seine erschreckende Wirkung verlor. Ein ziemlich normaler Traum, in dem gegenwärtige Situationen und Sorgen sich zu einer surrealen Mischung aus Fakten und Phantasie verknüpft hatten. Er hatte an Joanna gedacht, während er in einem Flugzeug saß... die beiden Elemente hatten sich zu einem normalen Traum verbunden.
Hugh stimmte zu. »Belastende Dinge können Träume prägen. Streß, Sorgen, Anspannung. Meine Frau träumt, wann immer ich weg bin. Ist ja auch kein Wunder. Meist kann ich ihr nicht sagen, wo ich bin, was ich tue und wann ich wieder zurück bin.«
Der Steward erschien, und Paul erkundigte sich, ob die Maschine ein Telefon an Bord hatte. Das war zwar der Fall, aber sie befanden sich außerhalb der Funktionsreichweite. Paul warf einen Blick auf seine Uhr. Fast Mittag in Washington.
Neben ihm öffnete Hugh seine Brieftasche und holte eine Geschäftskarte heraus, die er Paul hinhielt. »Je dort gewesen?«
Die Karte zeigte eine imposante Steinstruktur mit See-Panorama. Tennisplätze und Teil eines Golfplatzes waren zu sehen; man glaubte ein mittelalterliches Schloß, umgeben von einem Country Club, vor sich zu haben. Am unteren Rand der Karte stand: »Marquand Manor House.« Genausogut hätte man das Tadsch Mahal als nettes Häuschen bezeichnen können, dachte Paul.
»Liegt am Lake Champlain«, erklärte Hugh. »Wunderbarer Ausblick, vor allem von den Zimmern, die mit ›14‹ enden – 214, 314, 414 und so weiter. Meine Frau und ich verbringen dort jedes Jahr drei Tage zusammen. Der Manager, Dave Pellston, ist ein Freund von uns. Hier auf der Rückseite steht sein Name.«
Hugh drehte die Karte um, damit Paul den Namen sehen konnte. Paul nickte höflich und ließ sich wieder in seinen Sitz

zurücksinken. Der Traum hatte Befürchtungen in ihm ausgelöst, die er nicht ganz abschütteln konnte. Mühsam konzentrierte er sich wieder auf das, was Hugh gerade sagte . . .

»Man hat noch nie eine Studie über die Scheidungsquote bei den Agency-Angestellten erstellt«, fuhr Hugh fort. »Aber ich vermute, sie liegt über dem Durchschnitt, zumindest für Einsatzoffiziere. Deshalb haben Helen und ich angefangen, jedes Jahr Flitterwochen zu machen. Eine Chance, die Ehe zu erneuern und all das. Da oben haben wir sogar eine Regel aufgestellt: Jeder sagt dem anderen die Wahrheit.«

Er hatte die Kopfhörer immer noch um den Hals hängen, und Paul konnte die Geräusche des Films hören, dünn und weit entfernt.

»Wir haben Frühstück im Bett, Zimmerservice, Eier im Glas und Champagner, um den Tag zu beginnen. Nette Tradition. Vielleicht wollen Sie's selbst mal ausprobieren. Sie und Ihre Frau . . .«

Paul warf ihm einen scharfen Blick zu; ihm fiel ein, daß Hugh Zeuge seines Gesprächs mit Joanna geworden war.

»Nur ein Vorschlag«, sagte Hugh ruhig.

Zum ersten Mal nahm Paul wahr, daß Hugh ein Mensch aus Fleisch und Blut und nicht nur CIA-Agent war. Er registrierte die winzigen, geplatzten Äderchen an jedem Nasenflügel, den zurückweichenden Haaransatz, erkannte den tiefen Zynismus in den hellbraunen Augen.

Paul nahm die Karte und steckte sie in seine Tasche.

»Wie, zum Teufel«, sagte er, »konnte ein Mann wie Sie an die CIA geraten?«

»War mal der beste Job der Welt.«

»Ja. Während des Zweiten Weltkriegs.«

»Und danach.«

»Und dann?«

Hugh schaute ihn an, um zu sehen, ob es ihn wirklich interessierte, dann begann er zu erzählen. Bis Washington waren es noch drei Stunden. Sie vergingen schnell.

In den Kofferraum gezwängt versuchte Joanna ihre Angst zu bekämpfen und zu verstehen, was geschehen war. Der Knebel preßte sich in ihre Mundwinkel, ihr Körper war völlig steif und verkrampft. Die warme Luft war schal und abgestanden. Ihre eigene Bewegungsunfähigkeit, die Finsternis und dieses klaustrophobische Gefühl waren schlimmer, als wenn man eine Waffe auf sie gerichtet hätte. Sie hatte Angst zu ersticken, wenn sie sich heftig bewegte, also lag sie still und versuchte krampfhaft nachzudenken...

Warum hatte er das getan? Sie durchforschte ihr Gedächtnis nach einem zusätzlichen Hinweis, den ihr Paul über seinen Bruder gegeben hatte. Er hatte gesagt, Karl wäre als Killer für eine ausländische Macht tätig. Bedeutete das nicht, daß er nur im Auftrag tötete? Karl hatte keinen Grund, sie zu verletzen. Doch dann erinnerte sie sich wieder an den Ausdruck in seinen Augen, als er gedroht hatte, Danny zu töten, und wie er sie behandelte, als der Lärm des Rasenmähers alle anderen Geräusche erstickt hatte.

An der erhöhten Geschwindigkeit merkte sie, daß sie aus dem Tempolimit-Bereich heraus waren. Von Anfang an hatte sie sich jeden Richtungswechsel einzuprägen versucht, es aber sehr bald aufgegeben. Jetzt, als sie die Stadt verließen, spürte Joanna plötzlich an der Hüfte den Druck eines Klumpens auf dem Boden des Kofferraums. Sie versuchte ihr Gewicht zu verlagern, doch mit jeder Bewegung zogen sich ihre Fesseln nur noch enger.

Plötzlich bremste der Audi scharf und brach nach links aus. Joanna wurde gegen die Metallverstrebungen des Rücksitzes geschleudert. Die Bremsen eines entgegenkommenden Wagens quietschten, und direkt hinter ihr ertönte ein Doppelsignal, so dicht, daß der ganze Kofferraum vibrierte. Joanna erstarrte. Doch dann schwenkte der Wagen nach rechts und beschleunigte; der Klang der wütenden Lastwagenhupe wurde schwächer.

Ihr Herz hämmerte, ihre Stirn schmerzte an der Stelle, die sie sich angeschlagen hatte. Vor zwei Wochen hatte sie Schluß machen wollen, und jetzt wäre sie fast durch einen albernen Ver-

kehrsunfall ums Leben gekommen, im Kofferraum ihres eigenen Wagens zerquetscht... Oder Karl würde sie umbringen und ihre Leiche an irgendeinem verlassenen Ort aus dem Auto werfen.
Ihr Kopf wurde immer noch gegen den Rücksitz gepreßt. Sie veränderte ihre Lage, und etwas zwickte den kleinen Finger ihrer linken Hand. Einen Augenblick später identifizierten ihre Fingerspitzen den Gegenstand als den Kronenkorken einer Flasche, das winzige Zeichen einer weit zurückliegenden, sichereren Zeit damals – ein Picknick mit Paul. Sie umklammerte den Verschluß. Der Wagen bog nun von der Hauptstraße ab; je weiter sie gefahren waren, desto stärker wurde ihre Überzeugung, daß er sie töten würde.
Der Flaschenverschluß! Zwischen ihren Fingern spürte sie den geriffelten Rand. Vielleicht konnte sie damit die Strumpfhose zerschneiden? Sie drehte das Metall zwischen den Fingern und zerrte an den Fesseln. Die Finger ihrer rechten Hand waren nicht sehr beweglich, und sie hatte kein Gefühl, ob der Verschluß etwas bewirkte.
Dann verlangsamte der Wagen sein Tempo, hielt schließlich an, und Karl stieg aus. Joanna mühte sich ab, den Verschluß in ihre Gesäßtasche zu schieben, bevor er den Kofferraum öffnete. Sie hörte draußen ein metallisches Klirren, dann fuhren sie langsam weiter. Wenig später hielt der Wagen endgültig, und das Motorgeräusch erstarb.
Der Schlüssel fuhr ins hintere Schloß. Alles in ihr verkrampfte sich. Der Kofferraumdeckel schwang auf, und sie blinzelte ins Licht. Karl ragte über ihr auf, ein Messer in der Hand. Sie holte scharf Luft und machte sich steif, als er sich langsam zu ihr herabbeugte.
»Keine Angst«, sagte er. »Ich will Sie nur losschneiden.«
Seine Stimme klang freundlich. Das Messer glitt an ihrem Nakken entlang; sie zuckte zurück. Ein kräftiger Ruck, und die Knebelbinde löste sich. Mit der Zunge drückte Joanna die mit Speichel getränkte Socke aus dem Mund. Ihre Lippen waren trokken, ihre Kiefer ganz steif; sie bewegte die Lippen. Karl schnitt die Fesseln durch und half ihr aus dem Kofferraum.

»Tut mir leid für Ihre Lage«, sagte er. »Für Erklärungen blieb aber keine Zeit, und ich konnte nicht riskieren, Sie in Panik zu bringen.«

Seine Stimme klang angenehm, gerade so wie Pauls...

Sie standen vor einem großen, einsamen Farmhaus, das, umgeben von Wald, auf der Kuppe eines flachen Hügels kauerte. Auf der einen Seite befand sich ein Stall, dahinter eine mit Unkraut überwucherte Koppel. Andere Häuser sah man nicht, kein menschlicher Laut unterbrach das Zirpen der Zikaden. Sie atmete tief durch. Auf ihrer feuchten Haut fühlte sich die warme Luft kühl an. Landluft, die ihr aus Kinderzeiten vertraut war; der süße, üppige Duft machte sie ganz benommen. Sie gab sich neuer Hoffnung hin.

Dann sah sie den Revolver. Karl hatte ihn aus seiner Jackentasche gezogen und trat nun einen Schritt zurück.

»Warten Sie...«, keuchte Joanna.

Er lächelte, ein aufmunterndes Lächeln... wie Pauls.

Die Mündung der Waffe richtete sich gen Himmel. Karl drückte ab, und der scharfe Knall wurde von den Hügeln zurückgeworfen.

Mit gleichbleibend freundlicher Stimme sagte er: »Jetzt wissen Sie, daß wir hier ganz allein sind, und ich weiß, daß der Revolver funktioniert. Niemand wird Ihnen helfen, wenn Sie fliehen sollten.«

Er steckte den Revolver wieder in die Jackentasche und deutete mit einem Kopfnicken auf das Haus... wieder eine von Pauls Gesten.

»Bitte«, sagte er. »Sie sollten besser mein Gast als meine Gefangene sein.«

Drinnen geleitete er sie in die Küche, einen heiteren, im Landhausstil eingerichteten Raum mit gelbgerahmten Erkerfenstern und blaukarierten Vorhängen. Ein Doppelwaschbecken, ein Holztresen und ein schmiedeeiserner Ofen, über dem eine Reihe von Kupferpfannen hing, vervollständigten die Einrichtung.

»Möchten Sie etwas trinken? Ich habe Bier und Ginger Ale.«

»Wasser reicht.«

»Vielleicht Wein?«
»Wasser.«
Er holte zwei Gläser aus dem Schrank und füllte sie am Waschbecken, ihr den Rücken zuwendend. Sie warf einen verstohlenen Blick zur Tür, überlegte, ob sie verschlossen war, und versuchte gleichzeitig abzuschätzen, ob er sie bis zum Wald am Fuße des Hügels einholen würde.
»Bitte rennen Sie nicht weg«, sagte Karl, ohne sich umzudrehen.
Sie starrte ihn verblüfft an. Er lächelte und brachte ihr das Wasser an den Tisch.
»Ihr Spiegelbild am Kessel; es ist recht deutlich zu erkennen«, sagte er und deutete auf das glänzende Gerät neben dem Bekken.
Und wieder erkannte sie etwas von Pauls Persönlichkeit, leicht verzerrt, als würde sie alles durch gesprungenes Glas aufnehmen. Auch Paul reagierte unglaublich wachsam auf seine Umgebung, doch während Paul sein Interesse ganz offen zeigte, verbarg Karl seine Wachsamkeit, wie die Waffe in seiner Jakkentasche.
Karl beobachtete sie interessiert. »Ich habe wirklich nicht beabsichtigt, mich heute morgen mit Ihnen zu treffen. Hätte ich gewußt, daß Sie nicht zur Arbeit gehen, ich wäre niemals gekommen.«
»Warum sind Sie gekommen?«
»Zu dem Haus?«
Joanna nickte. Bei der Frage veränderte sich Karls Gesichtsausdruck unmerklich; das freundliche Lächeln wurde eine Spur härter, so wie bei Paul, wenn er seine innere Verteidigungslinie gegen eine unbequeme Frage aufbaute.
»Ich nehme an«, sagte er langsam, »daß ich neugierig war. Neugierig zu erfahren, wie mein Leben sich entwickelt hätte, wenn Paul der Stärkere und ich der Schwächere gewesen wäre.«
»Der Stärkere? Wie meinen Sie das?«
»Hat er es Ihnen nicht erzählt?«
Joanna schüttelte den Kopf. »Die Zeit war zu knapp.«

»Dann haben Sie ihn noch nicht gesehn?«
»Nein, ich ...«
Er musterte sie intensiv, wartete auf die Antwort. Als sie mitten im Satz verstummte, lächelte er.
»Sie haben mit ihm telefoniert«, sagte Karl. »Also ist er immer noch in Berlin.«
Seine Selbstzufriedenheit ärgerte sie. »Er steckt im Gefängnis«, sagte sie. »Ihretwegen.«
»Im Gefängnis?«
»Fahrerflucht.«
»Natürlich«, sagte er. »Sie hängen es ihm an.«
»Und *Sie* haben es getan.«
»Ausgleichende Gerechtigkeit. Paul hat mich angelogen. Er sagte mir, er wäre allein nach Berlin gekommen, und die Central Intelligence Agency wüßte nichts von meiner Existenz. Aber als ich ins Hotel ging, versuchten CIA-Agenten mich zu fassen.«
»Sie wissen auf alles eine Antwort, genau wie er.«
Karl zog überrascht die Augenbrauen hoch. Dann lächelte er aufrichtig. »Sie meinen, wir sind uns ähnlich? Über die physische Ähnlichkeit hinaus? Sagen Sie mir, hätten Sie gewußt, daß ich es bin, der da auf der Treppe stand, wenn Sie nicht zuvor mit Paul gesprochen hätten?«
»Selbstverständlich.«
»Wieso? Wieso hätten Sie's gewußt?«
Er beugte sich vor, beobachtete sie gespannt.
»Paul ist nicht häßlich«, sagte sie.
»Häßlich? Wie meinen Sie das?«
»Paul hätte nie so was Häßliches mit mir getan; Paul hätte mich niemals in einen Kofferraum gesteckt.«
Karl ging achselzuckend darüber weg. »Aber auf der Treppe – oder wenn wir uns so wie jetzt gegenübersitzen, hätten Sie's da gewußt?«
Sie betrachtete ihn ganz genau. Wer *war* dieser Mann, und was hatte er vor?
»Vielleicht nicht in den ersten fünf Minuten«, sagte sie langsam. »Aber nach einer Weile ...«

»Was dann?«
»Paul kann sehr sanft sein«, sagte sie.
Er starrte sie mit einem Blick an, in dem Erstaunen und Bitterkeit lagen.
»Die Welt ist keine Wiege«, sagte er steif. »Wenn Sie das wüßten, wären Sie nicht hier, und Paul wäre nicht dort, wo er ist. Sanftheit? Sie kann nur dort existieren, wo sie von Stärke und Mut beschützt wird. Sie haben Glück, Leute wie Sie, die unter dem Schutz anderer leben, aber wenn dieser Schutz verschwindet, dann machen Sie andere Erfahrungen.«
Er brach abrupt ab und stand auf. »Ich habe noch nicht gefrühstückt«, sagte er dann. »Es gibt Schinken und Käse und hartgekochte Eier. Möchten Sie was?«
»Nein, danke«, antwortete Joanna.
Sie dachte immer noch über seinen Ausbruch nach. Eins war klar: er legte Wert darauf, wie sie auf ihn reagierte und wie sie ihn im Vergleich mit Paul sah.
Joanna sagte: »Warum haben Sie mich hierhergebracht?«
»Damit Sie die Behörden nicht informieren können. Meine Anwesenheit in Washington ist geheim.«
»Warum?«
»Wenn ich's Ihnen sagte, wäre Ihr Leben in Gefahr.«
»Von Ihrer Seite?«
»Vielleicht.«
Er begann, sich ein Stück Käse abzuschneiden. Sie beschloß, ihn herauszufordern.
»Paul sagte mir, Sie arbeiten als Killer für eine ausländische Macht. Stimmt das?«
Er hielt inne; seine grauen Augen richteten sich auf sie.
»Gelegentlich – selten – gehört Töten zu meinen Aufgaben.«
»Wie zum Beispiel jetzt...?«
»Nein«, sagte er mit einem amüsierten Lächeln. »Deshalb hab ich Sie hierhergebracht.«
Aber sie kannte dieses Lächeln nur zu gut. Auch Paul maskierte damit eine Lüge. Jetzt war sie absolut überzeugt davon, daß sie hier sterben würde, wenn ihr die Flucht nicht gelang.
Seltsamerweise hatte diese Erkenntnis einen kühlenden, beru-

higenden Effekt. Joanna war nun nicht mehr so verängstigt wie vorher im Kofferraum. Pauls Bruder hatte ihr einen Teil seiner Persönlichkeit enthüllt – noch nicht genug, auf daß sie's gegen ihn hätte verwenden können, aber er war jetzt kein völlig Fremder mehr für sie. Und einen Vorteil besaß sie: Sie konnte sein Mienenspiel besser deuten als er das ihre. Das Leben mit Paul hatte ihr die subtile Kunst beigebracht, die Wahrheit hinter den täglichen Täuschungsmanövern zu erkennen, die wie Efeu die unsichtbaren Mauern ihrer Ehe überwuchert hatten. Ich kenn dich besser als du mich, dachte sie, während sie Karl beobachtete, der zum Schinken gegriffen hatte. Außerdem wußte sie, welche ihrer Reaktionen im Umgng mit Paul wirkungsvoll waren und welche nicht. Ob Karl an den gleichen Stellen verwundbar war?

Sie erhob sich und ging auf ihn zu. »Lassen Sie mich das machen.«

Mit dem Messer in der Hand drehte er sich um und starrte sie an. Seine Miene verzog sich langsam zu einem Lächeln. Er streckte ihr das Messer entgegen. »Möchten Sie den Schinken schneiden?«

Joanna zögerte; dann merkte sie, daß er erwartete, daß sie nach dem Messer griff, und schüttelte den Kopf.

»Warum«, sagte sie ganz beiläufig, »machen Sie keinen Kaffee? Gibt's hier welchen?«

»Dort drin.« Er deutete auf einen Schrank.

Joanna spürte seinen Blick im Rücken, als sie den Raum durchquerte. Also gut, dachte sie. Jetzt fängt es an. Katz und Maus. Maus und Katze. Ihr Überleben hing davon ab, wer welche Rolle übernehmen würde.

Kapitel 26

Die CIA hatte ihnen einen Wagen zum Dulles International geschickt. Der Fahrer übergab Hugh einen kombinationsschloßgesicherten Diplomatenkoffer.

»Audrey läßt ausrichten, daß wär's erst mal«, sagte er. »Sie brauchen vor morgen nicht ins Büro zu kommen.«

»Verdammt nett von ihm«, sagte Maurice. »Du mußt seit unserer Abreise befördert worden sein.«

Hugh erbot sich, Paul mitzunehmen; dann wartete er, bis sie im Wagen saßen, bevor er den Koffer öffnete, in dem sich die Computerausdrucke der Bayonne-Terminal-Frachtlisten befanden. Alle drei – Paul mittlerweile eingeschlossen – studierten die Informationen und tauschten die Blätter untereinander aus. Bei den meisten Transportgütern der letzten zehn Tage handelte es sich um Mobiliar und Haushaltsgegenstände von nach Übersee versetzten Offizieren. Dazu kamen noch eine Ladung Koppel samt Schlössern sowie Nahrungsmittel für die Marine: große Büchsen Spaghetti, Fünf-Pfund-Kartons Frühstücksflocken, Büchsen mit Eipulver ...

»Schaut euch das Zeug an«, sagte Maurice angewidert. »Milchpulver, Eipulver, Eiscremepulver ...«

»Und was ist damit?« sagte Paul, auf zwei Frachtlisten deutend.

»Inhalt geheim.«

»Was soll damit sein?«

»Können wir rauskriegen, was das war?«

»Wir?« fragte Maurice.

»Sie oder sonst jemand.«

Hugh nickte. »Wir fragen am Montag nach.«

»Warum nicht heute?«
»Hat keine Prioritätsstufe, und heute ist Sonntag«, erinnerte ihn Hugh. »Die gesamte Mannschaft ist bestimmt vollauf mit Sicherheitsaufgaben für den anstehenden Verteidungsgipfel beschäftigt.«
Die Erwähnung des Gipfeltreffens erinnerte Paul daran, wie lange er weg gewesen war. Die Drogen hatten sein Zeitgefühl durcheinandergebracht; er kam sich wie Rip Van Winkle vor. Das Gipfeltreffen, noch Wochen entfernt, als er nach Berlin aufgebrochen war, würde morgen beginnen.
Sich dem Highway 124 nähernd, wollte Paul dem Fahrer gerade Anweisung geben, rechts abzubiegen, als sich Maurice vorbeugte und dem Fahrer den Weg zu Pauls Haus erklärte.
Paul lächelte grimmig. »Ich seh, Sie kennen den kürzesten Weg zu mir.«
»Wir wissen, wo Sie wohnen«, sagte Maurice.
»Und wieviel ich auf dem Bankkonto hab.«
»Offiziell nicht.«
Paul mußte sich beherrschen, um keine Anspielung auf Maurices nicht gerade appetitliche Aktivitäten zu machen. Nach allem, was Hugh ihm erzählt hatte, fiel's ihm schwer, normalen Umgang mit diesem Mann zu haben, doch er wollte Hughs Vertrauen nicht mißbrauchen.
Als sie das Haus erreichten, stand die Garagentür offen, und Joannas roter Alfa parkte am Bordstein. Pauls erster Gedanke war, daß der Anlasser bestimmt wieder verrückt gespielt hatte. Dann fiel ihm ein, daß Joanna am Umziehen war und natürlich den größeren Wagen genommen hatte.
Bevor Paul ausstieg, gab ihm Hugh seine Privatnummer. »Falls irgendwas sein sollte«, sagte er.
Der Rasen war frisch gemäht, bemerkte Paul, als er auf das Haus zuging. Es war Sonntag; Danny McVey mußte wieder mal aktiv geworden sein. Ein hilfsbereiter, eifriger Junge. Rasenmähen und Autowaschen waren Samstagsroutine in diesem Viertel. Es gab Zeiten, da ging's ihm äußerst auf die Nerven, wenn ein Nachbar zu ausgiebig sein Grün manikürte oder die Familienkutsche in einen Spiegel zu verwandeln versuchte – heute

fand er es beruhigend. Es waren Menschen da, und es war gut, zu Hause zu sein.
Er griff hinter das Verandalicht nach dem Ersatzschlüssel. Nichts. Hatte Jo vergessen, ihn zu hinterlegen? Die Besorgnis, die er im Flugzeug empfunden hatte, kehrte zurück. Dann wurde ihm klar, daß Jo die Garagentür offengelassen hatte, damit sie zur Küche durchgehen konnte. Vielleicht hatte sie den Schlüssel nur verlegt.
Er betrat das Haus durch die Garage und erwartete so halb und halb, eine Nachricht vorzufinden. Wieder nichts. Er rief Joannas Namen. Nichts rührte sich. Aber damit hatte er auch kaum gerechnet.
Die leeren Kartons in der Diele machten ihm zum ersten Mal so richtig klar, daß Joanna auszog. Er stieg die Treppe hoch. Im Flur stand ein voller Karton, im Schlafzimmer ein leerer mit eingedrückter Seitenwand, als wäre jemand darauf getreten. Dann entdeckte er das zerbrochene Fenster und ging langsam darauf zu. Am Boden lagen keine Scherben. Was zum Teufel...?
Schnell kontrollierte er die anderen Räume. Das rote Licht des Anrufbeantworters blinkte auf. Zwei Nachrichten waren darauf, eine von der Immobilienmaklerin, die Jo mitteilte, wann sie die Schlüssel für die Wohnung abholen konnte, die andere von Denise, die Jo um Rückruf bat. Paul rief zuerst die Immobilienagentur an und ließ sich das bestätigen, was er bereits befürchtete: Joanna hatte die Verabredung nicht eingehalten. Dann die Galerie: Eine gereizte Denise erklärte ihm, daß Joanna sich den Vormittag habe freigeben lassen und dann überhaupt nicht mehr aufgetaucht war.
»So was kann ich nur im Notfall akzeptieren«, sagte sie. »Ich hab meine Pläne für den Nachmittag total umschmeißen müssen.«
»Na gut«, sagte Paul, »vielleicht klemmt sie in einem Autowrack oder so.«
»Ich meinte nicht *so 'ne* Art Notfall«, sagte Denise beleidigt.
Er legte auf, rief bei Danny an und hatte dessen Mutter, Cassie McVey, am Apparat.

»Hat er den Rasen versaut?« wollte Cassie wissen.
»Der Rasen ist bestens, Cass. Ich wollte Danny nur ein paar Fragen stellen.«
»Kein Problem, aber hör zu, ich hab ihm gleich gesagt, er soll dir das Wechselgeld zurückbringen. Ich möchte nicht, daß er Geld ausgibt, das er sich nicht verdient hat – zumindest so lange nicht, bis er seine eigene Kreditkarte hat.«
»Was für Wechselgeld?«
»Für den Rasen. Du hast ihm doch zwanzig gegeben, nicht wahr? Nun, er ist schließlich keine Bank – das hab ich ihm klargemacht –, und zu ihm gesagt, wenn du keine Zinsen zahlst, kannst du die fünf Dollar auch nicht einbehalten.«
»*Ich* hab ihm zwanzig gegeben? Hat er das gesagt?«
»Wieso, hast du nicht?«
»Cassie, gib ihn mir, bitte. Es gibt da ein kleines Durcheinander. Ich will das in Ordnung bringen.«
»Wenn er schon wieder geflunkert hat...«
»Holst du ihn mir?«
Die Pause am anderen Ende sagte ihm, daß sein abrupter Ton sie gekränkt hatte.
»Bitte«, fügte er versöhnlich hinzu.
Sie sprach mit sorgfältiger Präzision. »Wenn du dich bitte einen Moment gedulden könntest.«
Paul konnte hören, wie sie irgendwo die Stereoton-Geräusche eines Footballspieles zu übertönen suchte... ein ganz normaler Sonntagnachmittag. Nur daß längst nichts mehr normal war. Nicht, bevor er herausgefunden hatte, was...
Danny kam an den Apparat. »Ich hab Ihre fünf Dollar noch, Mr. Stafford. Ich wollt sie Ihnen in der Pause rüberbringen...«
»Danny, hör mir mal genau zu. Ich muß dir ein paar Fragen stellen. Sie mögen dir komisch vorkommen, und es mag sein, daß ich selbst die Antworten darauf wissen müßte, aber beantworte sie trotzdem, okay?«
»Sicher.«
»Du hast heute morgen den Rasen gemäht, ja?«
»Sicher.«
»Wie lange ist das her?«

»Wie lange?«
»Um wieviel Uhr hast du den Rasen gemäht?«
»Ich hatte meine Uhr nicht dabei. Schätze halb elf.«
»Wer war da?«
»Kommen Sie, Mr. Stafford, das wissen Sie doch.«
»Ich war da, nicht wahr?«
»Sicher. Sie haben mich doch ausgezahlt.«
Paul umklammerte den Telefonhörer fester. »Okay, hör jetzt zu. Tu mal so, als hätte ich Gedächtnisschwund, als könnte ich mich an nichts mehr erinnern. War Mrs. Stafford da?«
»Sicher.«
»Das Fenster im Schlafzimmer. Es ist zerbrochen. Hast du gesehn, wie's passiert ist?«
»Na ja, ganz plötzlich hat's Scherben geregnet. Hätt ich näher am Haus gestanden, wär vielleicht mein Ohr weg. Und Mrs. Stafford sagte, sie hätt mit was dagegen geschlagen. Nicht mit der Hand, mit einem Karton, glaub ich.«
»Das hat sie dir erzählt?«
»Sicher. Ich fragte, ob sie sich geschnitten hätte, und sie sagte nein.«
»Hör zu, Danny, das ist verdammt wichtig. War noch jemand anwesend, als die Fensterscheibe kaputtging?«
»Außer Ihnen und Mrs. Stafford hab ich niemand gesehn... Was ist denn los, Mr. Stafford?«
Paul legte auf und rief die Polizei an. Von der Telefonzentrale aus wurde er zu Detective Perlmutter durchgestellt.
»Wie alt ist Ihre Frau, Sir?«
»Neundundzwanzig.«
»Irgendwelche körperlichen oder geistigen Behinderungen?«
»Nein.«
»Was glauben Sie, weshalb sie verschwunden ist?«
»Ich sagte Ihnen schon, ein Fenster im Schlafzimmer ist zerbrochen. Es gibt außerdem Anzeichen eines Kampfes. Das Bett ist zerwühlt, eine Seite eines Kartons ist eingedrückt, und der Teppich ist zusammengeschoben.«
»Irgendwelche Anzeichen einer körperlichen Verletzung?«
»Zum Beispiel?«

»Blutflecken, Haare oder Hautgewebe, irgendwas in der Art.«
»Nein, *nichts in der Art.*« Reiß dich zusammen, sagte er sich. Du brauchst ihn...
»In Ordnung, Sir. Wir schicken einen Beamten rüber.«
Kaum hatte Paul aufgelegt, da schossen ihm schon wieder andere Überlegungen durch den Kopf. Konnte es sein, daß sich Joanna gar nicht in Karls Gewalt befand? Vielleicht war sie eine neue Scheibe besorgen gegangen? Oder brachte schon Kartons in ihr neues Apartment? Konnte sie freiwillig mit Karl gegangen sein? Nein, das würde sie nicht tun, nicht nach all dem, was er ihr über den Bruder erzählt hatte... Ach was... es hatte keinen Sinn, sich etwas vorzumachen. Karl hatte Joanna entführt. Aber auch das ergab keinen Sinn, außer... außer Karl hatte von seiner Flucht erfahren. Er konnte mit Otto Wenzler gesprochen oder die Story in der Zeitung gelesen und beschlossen haben, Joanna als Geisel zu nehmen.
Blieb wieder die gleiche Frage: Warum?
Und noch wichtiger: Was hatte er mit Joanna vor?
Er wählte Hugh Roarks Privatnummer und erfuhr von dessen Frau, daß Hugh noch nicht zu Hause sei.
»Richten Sie ihm aus, Karl Alexander wäre aufgetaucht. Er möge mich bitte zurückrufen.«
Irgendwas *mußte* er tun. Noch einmal suchte er das ganze Haus nach irgendwelchen Hinweisen ab, und hoffte, keine Beweise der von Detective Perlmutters Sorte zu entdecken. Das ungute Gefühl hatte sich in seinem Magen zu einem Klumpen zusammengeballt. Je mehr er darüber nachdachte, desto überzeugter war er davon, daß sich Joanna in Gefahr befand... Weshalb hatte Karl Bayonne besucht? Weshalb war er hier, in seinem Haus gewesen? Was tat er überhaupt in Washington?
Er brauchte Antworten – und zwar schnell.
Er holte das HERALD-Telefonverzeichnis und suchte die Privatnummern der Rechercheure heraus. Kathy Craven war seine erste Wahl, doch sie war nicht zu Hause. Dann versuchte er es bei Pam Markowitz, die nicht nur zu Hause, sondern auch bereit war, für doppelten Tarif sonntags zu arbeiten.

»Gut«, sagte Paul. »Sind die Computer warm?«
»Sie waren es, als ich gegangen bin.«
»Ich möchte, daß du für mich folgendes tust. Hol dir das NATIONAL PHONE SERVICE DIRECTORY und such mir jeden verdammten George Lish in Amerika raus. Dann ruf alle durch und find raus, welcher tot ist.«
»Welcher was ist?«
»Tot. Ich hab einen Tip bekommen, daß ein Mann namens George Lish vor drei Tagen umgebracht wurde. Ich möchte, daß du das Wer, Was, Wo, Wann, Warum herausfindest. Ich brauch einen schnellen, vollständigen Lebenslauf.«
»Ist das dein Ernst?«
»Ein Menschenleben könnte davon abhängen. Kannst du jetzt gleich ins Büro? Ich komm dann nach, sobald ich kann. Wenn du zuvor was entdeckst, ruf mich zu Hause an.«
Nachdem er aufgelegt hatte, fühlte Paul sich etwas besser... zumindest war was in Bewegung geraten.
Der nächste Anruf war problematischer. Vic Caniloff war ein Freund aus seiner Militärzeit. Sie waren zusammen in Vietnam geflogen; Vic hatte seitdem bei der Army Karriere gemacht und sich zum Nachrichtendienst versetzen lassen. Jetzt saß er als Oberstleutnant im Pentagon. Paul hatte Vic öfters gebeten, ihm Informationen aus anderen Quellen zu bestätigen, hatte ihn aber noch nie direkt angezapft. Es war Vertrauenssache, daß er ihrer Freundschaft wegen Vic niemals um Informationen aus erster Hand angehen würde. Jetzt blieb ihm nichts anderes übrig.
»Hallo, Captain«, begrüßte Vic ihn munter. »Was sind denn das für Berliner Geschichten? Einfach einen Polizisten überfahren und dann auch noch schnell die Mücke machen?«
»War ich nicht.«
»Gut zu wissen. Ich hab versucht, dich anzurufen, war aber niemand zu Hause...«
»Vic, hör zu, es ist was sehr Ernstes passiert, und ich brauch deine Hilfe. Wenn's eine andere Möglichkeit gäbe, würd ich dich nicht darum bitten, aber es geht um Joanna. Ich glaub, sie steckt in Schwierigkeiten.«

»Was ist passiert?«
»Jemand hält sie als Geisel gefangen – ich weiß es, kann es aber nicht beweisen, bevor ich nicht über mehr Informationen verfüge. Das ist der Punkt, wo du ins Spiel kommst.«
»Red weiter.«
»Zwei als geheim klassifizierte Frachtladungen wurden vom Military Ocean Terminal in Bayonne abgeschickt. Ich hab die Frachtnummern und sämtliche sonstigen Daten. Nur den Inhalt kenn ich nicht. Das wollt ich von dir wissen.«
Zögernd sagte Vic: »Du willst also, daß ich dir geheime Informationen zugänglich mache.«
»Ich würde dich nicht fragen, wenn's eine andere Möglichkeit gäbe.«
Vic schwieg einen Augenblick; als er wieder sprach, schwang ein scharfer Unterton in seiner Stimme mit. »Ich wußte, daß du's eines Tages tun würdest. Daß du wegen irgendeiner Story zu mir kommen ...«
»Es geht nicht um irgendeine Story, Vic. Es geht um *Joanna*. Ihr Leben ist in Gefahr, verdammt noch mal!«
»Wie sehr in Gefahr?«
»Willst du die kurze Version oder die lange hören?«
Es war das alte Lied: die kurze Version bedeutete *vertrau mir*, die lange *bitte vertrau mir*.
»Blindes Vertrauen, was?«
»Bei LZ Bird hat's gereicht«, erinnerte ihn Paul an ihren ersten gemeinsamen Flug. Vic war gerade angekommen; man hatte ihn Paul als Copiloten zur Lufterkundung zugeteilt. Sie waren nachts in Landezone Bird eingeflogen, und Paul hatte Vic beigebracht, wie man seine Position halten konnte, indem man so tief flog, daß man sich an den Lichtern des Schiffes voraus orientieren konnte. Es war nicht die feine Art, das wußte Paul, ausgerechnet jetzt Vic an Vietnam zu erinnern. Vic wußte es ebenfalls.
»Erzähl mir nicht so'n Scheiß«, sagte er.
»Ich hab dir ein paarmal deinen Arsch gerettet.«
»Ich deinen auch.«
»Wir waren ein gutes Team, Vic.«

»Jetzt sind wir kein Team mehr, Paul. Es geht nicht bloß um uns zwei in einem Cockpit. Ich mach Karriere, hab Frau und Kinder und ein Haus mit Hypotheken drauf. Wir sind keine Hurra-Flieger mehr. Und eine Geheiminformation weitergeben, ist nicht dasselbe wie eine Geländefälschung auf einem Schnapsflug nach Khe Sahn. Komm mir nicht mit solchen Sachen.«
»Mir bleibt keine andere Wahl, Vic.«
Paul störte das lange Schweigen nicht, er ließ es andauern, groß und leer genug, um mit Erinnerungen an LZ Bird gefüllt zu werden.
»Paul...« Die Stimme klang beherrscht. »Du baust deine Karriere darauf auf, dem System eins auszuwischen. Meine Karriere baut auf dem System auf. Ich kann nicht außerhalb des Systems leben.«
»Das verlang ich auch gar nicht.«
»Wenn die Sache rauskommt...«
»Ich hab noch nie eine Quelle verraten, Vic.«
Er seufzte. »Also *gut*. Ich kann zwar nichts versprechen, aber ich werde sehen, was ich tun kann.«
»Mehr verlang ich nicht.«
»Bist du morgen im Büro?«
»Nicht morgen. Heute.«
»Ich muß deswegen ins Büro. Hier, zu Hause, hab ich keine abhörsichere Leitung...«
»Tut mir leid.«
»Eigentlich wollten wir heute noch ins Grüne fahren«, sagte Vic. »Egal... wie waren diese verdammten Frachtnummern noch?«
Paul gab sie ihm durch. Vic wiederholte sie und fragte: »Bist du im *Herald*-Gebäude?«
»Nein, aber bald. Hinterlaß eine Nachricht bei der Zentrale, wenn ich nicht erreichbar bin.«
Im Hintergrund hörte Paul den Fernsehapparat: das Footballspiel.
»Und Vic«, fügte er hinzu. »Dringlichkeitsstufe eins.«
»Kapiert.«

Einige Minuten nach dem Telefonat erschien die Polizei. Sie waren zu zweit, ein untersetzter Schwarzer mit melancholischen Augen und ein Weißer mit einer Kinnlade wie das Heck eines Truppentransporters. Der Schwarze führte das Kommando. Bevor er den Mund aufmachte, warf er einen Blick in ein dickes Notizbuch und überprüfte Pauls Namen.
»Mr. Stafford? Sie haben telefonisch eine Vermißtenmeldung durchgegeben?«
»Meine Frau. Sie befand sich heute morgen mit einem Mann hier, der sich als Mr. Paul Stafford ausgibt. Das kann ich beweisen. Jetzt ist sie verschwunden, und hier gibt es Hinweise auf einen Kampf.«
Die beiden Beamten tauschten einen Blick aus. Paul war sich darüber im klaren, daß es schwierig werden würde.
Der erste Beamte fragte: »Wo war der erzwungene Einstieg?«
»Was für ein erzwungener Einstieg?«
Wieder der Blick ins Notizbuch. »Zerbrochenes Fenster. Anzeichen eines erzwungenen Einstiegs.«
»Das ist oben«, sagte Paul. »Ich hab nichts von einem erzwungenen Einstieg erwähnt.«
»Gehören Ihnen diese Kartons, Sir?«
»Meiner Frau.«
»Zieht sie aus?«
»Sie hat sich gerade ein Apartment gemietet.«
Die Beamten sagten nichts, aber Paul spürte ihre wachsende Skepsis. Als er ihnen das Fenster gezeigt und Auskünfte über Joanna gegeben hatte, steckten ihre Notizbücher längst wieder in der Tasche. Die Fensterscheibe – möglicherweise ein Unfall. Nichts war gestohlen worden. Joanna hatte die Audi-Schlüssel und Paul zugegeben, daß sie nicht gut miteinander ausgekommen waren ...
»Darum geht's doch gar nicht, verdammt noch mal. Jemand war heute morgen mit ihr zusammen in diesem Haus; freiwillig wäre sie nie mit ihm weggegangen. Das *weiß* ich. Ich hab gestern abend mit ihr gesprochen und sie vor ihm gewarnt.«
»Vor wem?«
»Vor einem Mann. Karl Alexander. Mein Zwillingsbruder.«

Es klang albern, also fügte er hinzu: »Ein Mörder«, was noch alberner klang.
»Ein Mörder«, wiederholte der schwarze Beamte melancholisch. »Nun, Sir, das klingt mehr nach einem Fall für das Morddezernat.«
Sein Partner mit dem knochigen Gesicht biß die Zähne zusammen, um nicht laut lachen zu müssen.
Es war sinnlos, erkannte Paul. Je mehr er sagte, desto unsinniger hörte es sich an. Hätte er genügend Zeit, dann könnte er Zeugen herbeischaffen. Hätte er genügend Zeit, dann könnte er beweisen, daß Danny einen Mann gesehen hatte, der sich für ihn ausgab, als er in der Maschine Flug 491 Berlin–Washington gesessen hatte; er konnte beweisen, daß er einen Zwillingsbruder besaß und vielleicht sogar, daß Karl mehrere Morde begangen hatte. Aber bis dahin wäre sicher eine Woche rum, und niemand wußte, wo sich Karl zur Zeit befand und was inzwischen mit Joanna geschehen war ...
Die Beamten begannen mit einer längeren Erklärung über die verfassungsmäßig garantierte Bewegungsfreiheit für einen jeden erwachsenen Bürger Virginias, der weder an Altersschwäche noch an irgendeiner Geisteskrankheit litt, doch Paul schnitt ihnen das Wort ab und geleitete sie aus dem Haus. Draußen auf dem Gehweg hatten sich einige Nachbarn, wegen des Streifenwagens neugierig geworden, versammelt. Paul versicherte ihnen, daß alles in Ordnung war und unterhielt sich lange genug mit ihnen, um sich zu vergewissern, daß keiner von ihnen Karl oder den Audi gesehen hatte. Er ging wieder hinein und starrte die leeren Kartons im Flur an. Danny hatte gesagt, daß Jo sie erst am Sonntagmorgen angeschleppt hatte. Und was war dann geschehen? Hatte Karl sie überrascht? Sich den Weg ins Haus erzwungen?
Nein, natürlich nicht. Er hatte ja die Schlüssel.
Wut stieg in ihm auf. Was, zum Teufel, hatte Karl vor?
Er hatte ihm seine Brieftasche genommen, sein Auto, die Schlüssel zu seinem Haus. Und nun hatte dieser feine Bruder auch noch seine Frau genommen, sich in Bayonne als Paul Stafford ausgegeben, ja sogar ein Gespräch mit Bernie geführt. Karl

bemächtigte sich seines Lebens, stahl seine Identität, saugte seine Existenz Stück für Stück in sich auf.
Je mehr er darüber nachdachte, desto wütender wurde er. Am Anfang hatte er Karl zu verstehen versucht, hatte sogar Mitgefühl mit ihm empfunden, mit dem Horror seiner Kindheit. Wirklich verdammtes Pech. Aber jetzt war Schluß! Der Bruder begann, sein Leben zu übernehmen...
Er spürte, wie knapp die Zeit war, den Bruder zu stellen. Er mußte ihn aufhalten, bevor Karl *tatsächlich* Paul werden würde.
»Nein, das wirst du *nicht*...«, schrie er in den Raum, ging zurück in sein Arbeitszimmer und rief Annie Helms an. Die Visitenkarte, die sie ihm gegeben hatte, war zusammen mit seiner Brieftasche verschwunden, doch ihre Nummer stand – in Joannas Schrift – auf der Liste der telefonischen Nachrichten. Er tippte sie ein.
Sei zu Hause, sei zu Hause...
Einen Augenblick später sagte eine leise Stimme: »Annie Helms.«
»Hallo, hier ist Paul Stafford. Ich brauche...« Sein Blick war auf einen Scheck in der Schublade gefallen. Nicht nur ein Scheck, sondern eine ganze Menge Schecks, *seine* Schecks. Und sie waren bereits ausgestellt und unterschrieben.
»Paul«, sagte Annie eifrig. »Ich bin froh, daß Sie anrufen. Ich hab mit Hugh gesprochen, er hat mir erzählt, was passiert ist. Das Bindeglied ist Ihr Bruder, nicht wahr? Ein Zwillingsbruder namens Karl Alexander?«
Paul hörte kaum hin. Er griff nach den Schecks und legte sie auf den Schreibtisch. Der erste war für American Express und belief sich auf den Betrag für die beiden Tickets, von Washington nach Miami und von Miami über Frankfurt nach Berlin. Die Schrift war seine Schrift, die Unterschrift seine Unterschrift. Aber er hatte niemals die Rechnung gesehen, niemals den Scheck ausgestellt. Der Scheck trug das heutige Datum.
Annie rief seinen Namen. »Paul, was ist los?«
Paul erhob sich, die Zähne zusammengebissen, ein Schwindelgefühl im Kopf.

»Gott verdamm dich«, knirschte er. »Geh zum Teufel.«
»Was? Was ist denn?«
»Er ist es. Er hat sogar meine Schecks ausgeschrieben. Er bezahlt meine Rechnungen ...«
»Wer? Karl?«
»Ja. Er hat mein Scheckheft gefunden und meine Rechnungen bezahlt – er hat mit *meinem* Namen unterzeichnet. Er versucht, *ich* zu sein!«
Die neu erwachte Erregung war aus Annies Stimme herauszuhören. »Karl hat *Ihre* Schecks mit *Ihrem* Namen unterschrieben?«
»Verdammt, ich will ihn haben. Ich will diesen sauberen Bruder haben. Ich muß wissen, was *er* will. Wann können Sie hier sein?«
»Bei Ihnen zu Hause?«
»Moment, Sie sind in Silver Spring. Treffen wir uns im HERALD. Sie werden mich hypnotisieren. Wie lang brauchen Sie bis in die City?«
Nach einer unmerklichen Pause sagte sie: »Geben Sie mir zwanzig Minuten.«
»Okay. Bin schon unterwegs.«
»Warten Sie«, sagte sie hastig. »Was ist passiert?«
»Er hat Joanna in seiner Gewalt. Er ... er versucht mir mein Leben zu stehlen. Zum Teufel, was heißt hier versucht – er tut's. Ich seh Sie dann.«
»Bringen Sie die Schecks mit.«
Er legte auf. Als er den Aktenschrank aufsperrte, um den Revolver an sich zu nehmen, war er nicht sonderlich überrascht, daß die Waffe verschwunden war.

Kapitel 27

Ein Katz-und-Maus-Spiel, und beide wußten es. Jeder wollte etwas vom anderen, aber keiner von ihnen war sich wirklich im klaren darüber, was der andere wußte.

Karl war davon überzeugt, daß Joanna ihn einlullen und ihm ein Sicherheitsgefühl vermitteln wollte, doch jedesmal, wenn er glaubte, ihre Reaktionen vorhersagen zu können, überraschte sie ihn. Er hatte ihr sogar Fluchtmöglichkeiten angeboten – trügerische Möglichkeiten –, hatte ihr den Rücken zugewandt, ein Messer in ihrer Reichweite abgelegt, ja, einmal sogar den Raum verlassen –, aber sie hatte nichts unternommen. Die meiste Zeit über benahm sie sich fast freundlich, ermutigte ihn sogar, was ihn durchaus reizte, obwohl er es für einen Trick hielt. Auch ihre Antworten auf seine Fragen über Paul übten einen seltsamen Reiz auf ihn aus. Je mehr er erfuhr, desto mehr fühlte er sich zu dem Leben seines Bruders hingezogen ...

Joanna hatte den Entschluß gefaßt, sich so natürlich wie möglich zu benehmen. Es war sehr anstrengend, und die unheimliche physische Ähnlichkeit mit Paul war beunruhigender, als sie erwartet hatte. Als er sich über den Tisch ihr entgegenbeugte, schienen seine Umrisse zu verschwimmen, die Unterschiede zwischen ihm und Paul verwischten sich, so daß sie manchmal Karl kaum noch als ihr fremd betrachten konnte. Stets diese physische Präsenz, diese unglaubliche Ähnlichkeit mit Paul. Lieber hätte sie geglaubt, daß irgendeine außerirdische Intelligenz in Pauls Körper eingedrungen war und ihn übernommen hatte ...

Karls Begierde, alles über Paul zu erfahren, weitete sich selbst-

verständlich auch auf Joanna aus, und er begann, sie über ihr Leben auszufragen. Vor allem schien es ihn zu freuen, daß sie ein Einzelkind war.
»War es für Sie was besonders Schönes, daß Ihnen ganz allein die Aufmerksamkeit der Eltern gehörte, oder fühlten Sie sich ohne Geschwister einsam?«
Die Frage verblüffte Joanna, weil sie ihre eigenen Erfahrungen mit nichts vergleichen konnte. Es machte Karl auch neugierig, daß sie fliegen konnte, und wollte wissen, wie sie auf die Idee gekommen war, Pilotin zu werden. Diese Frage ließ sich leichter beantworten.
»Mein Vater besaß ein Flugzeug«, erklärte sie ihm. »Als ich klein war, saß ich auf seinem Schoß, und er ließ mich Pilotin spielen. Später nahm ich Flugstunden und machte meinen Schein.«
»Dann stammen Sie aus einer reichen Familie?«
»Nicht gerade. Als ich sechs war, verkauften sie Land. Der größte Teil ihres Geldes rührte davon her.«
»Was hat Sie und Paul zueinandergebracht? Das Fliegen?«
»Ich glaube nicht.« Sie spürte, wie nervös sie wurde.
»Er sagte, er hätte mit Ihnen nach Äthiopien fliegen wollen, und Sie hätten sich geweigert.«
Joanna versuchte ihre Überraschung zu verbergen. Ihre Schwierigkeiten im Umgang mit Pauls Bruder rührten auch daher, daß sie keine Ahnung hatte, was Paul ihm erzählt hatte. Mehr als einmal hatte Karl auf Dinge angespielt, die er nur von Paul wissen konnte.
»Wenn ich Paul mitgenommen hätte, wäre weniger Platz für Lebensmittel gewesen«, sagte sie. Außerdem hatte ihm der HERALD den Flug nach Äthiopien bezahlt.
»Trotzdem glaube ich, daß sich Paul von einer Frau angezogen fühlte, die sein Interesse fürs Fliegen teilte.«
»Hat er das gesagt?«
»Nein, aber ich weiß, daß ich mich zu jemandem hingezogen fühlen würde, der meine Interessen teilt.«
»Was sind Ihre Interessen?«
Karl lächelte. »Ich bin gerade dabei, das herauszufinden.«

Er brachte das Gespräch wieder auf Paul und dessen Leben. Er wollte wissen, wie Paul mit seinen Eltern zurechtkam, warum er sich für die Journalistenlaufbahn entschieden und wie lange er Joanna gekannt hatte, bevor sie sich zur Heirat entschlossen; und wohin sie ihre Hochzeitsreise gemacht hatten und warum sie nun ausziehen wollte. Genau wie Paul, dachte sie, schien er von Details geradezu besessen. Joanna zwang sich, befriedigende Antworten zu geben, während sie gleichzeitig sein Interesse wachhielt. Sie mußte Zeit gewinnen, bis sich eine Fluchtmöglichkeit ergab. Es war, als befände sich Karl auf irgendeiner Spur und sie führte ihn, ohne eine Ahnung zu haben, wohin die Spur wies.

Sie begaben sich ins Wohnzimmer. Karl bot ihr die Couch an, doch sie setzte sich in einen dick gepolsterten Sessel. Jetzt, wo kein Tisch mehr zwischen ihnen stand, wurde sie sich ihrer nackten Beine bewußt. Sie wünschte, sie hätte etwas anderes als die Shorts an.

»Und was ist mit Ihnen? Sind Sie verheiratet?«

»Selbstverständlich. Ich habe eine Frau und drei Kinder. Mit ihr habe ich noch nie so ein Gespräch führen können wie jetzt mit Ihnen.«

Gespräch ist gut, dachte Joanna. Bis jetzt war es ihr mehr wie ein Verhör erschienen.

Karl zog sich einen Schaukelstuhl heran. »Sagen Sie mir, was fiel Ihnen als erstes an Paul auf? Wo sahen Sie sich das aller erste Mal? Auf dem Parkplatz dieses Geschäfts mit dem merkwürdigen Namen?«

»Ein Safeway-Einkaufszentrum.«

»Safeway, jawohl. Als Sie ihn dort sahen, was zog Sie zuerst an ihm an?«

Joanna kam sich fast wie Scheherazade vor – Geschichten erzählen, um das eigene Leben zu retten–, und sie sorgte wohl besser dafür, daß es spannende Geschichten waren.

»Der Kontrast zwischen seinem Lächeln und seinen Augen. Mir gefielen seine Augen, sein Lächeln gefiel mir nicht. . .«

»Reden Sie weiter. Geben Sie mir ein Beispiel.«

»Nun, er sah zu, wie ich mich mit dem Kaufhausmanager herumstritt; seine Augen blickten warm und voller Anteilnahme, doch sein Lächeln mit den nach unten gezogenen Lippen wirkte zynisch. Augen und Lächeln schienen gegeneinander zu kämpfen. Mir war nicht klar, was nun der echte Paul war... Und wie steht's mit Ihnen? Was fiel Ihnen zuerst an Ihrer Frau auf?«

»Mir gefiel ihre Figur«, sagte er knapp. »Aber bei Paul, wann merkten Sie, daß Sie sich in ihn verliebt hatten? Woher wußten Sie es?«

Mein Gott, er verfolgte ein Thema genauso zäh und verbissen wie Paul bei einem seiner Interviews. Stell zehn Fragen, erhalte eine Antwort, stell weitere zehn Fragen...

»Ich glaub, ich hab mich bei unserem ersten Gespräch in ihn verliebt«, sagte sie. »Er erkundigte sich nach meiner Tätigkeit, und als ich es ihm erzählte, hörte er mir mit einer derartigen Intensität zu, daß ich das Gefühl hatte, ich würde ihm die wichtigste Information der Welt vermitteln. Er hörte mir zu, als läge ihm wirklich viel daran, was ich denke. Nicht viele Männer tun das...«

»Mir liegt was an Ihren Gedanken.«

»Warum?« Sie versuchte es beiläufig klingen zu lassen.

»Weil sein Leben mit Ihnen *mein* Leben gewesen wäre, wenn *ich* der Schwächere und Paul der Stärkere gewesen wäre.«

Sie starrte ihn an. Das also war der Grund für all sein Fragen? Er wollte herausfinden, wie ein anderes Leben ausgesehen hätte?

Karl deutete ihren Gesichtsausdruck falsch. »Davon hat er Ihnen wohl nichts erzählt, was? Wie mein Leben für das seine geopfert wurde? Ich bin sicher, daß er *das* übergangen hat.«

»Was?«

Seine Worte hallten in ihrem Kopf noch nach: *Sein Leben mit Ihnen wäre mein Leben gewesen!*

»Hat er Ihnen nicht erzählt, wie er zu seiner besseren Kindheit, zu seinem besseren Leben gekommen ist?«

»Was für ein besseres Leben?«

»Der berühmte Journalist. Die Wand voller Preise. Fast die ganze Welt kennt seinen Namen... Hat er Ihnen nicht erzählt, wieso er so geworden ist und nicht ich?«

»Er hat hart gearbeitet, und viel zu viel«, sagte Joanna, bemüht, ihre Gereiztheit zu verbergen. »Und ich würde das nicht als besseres Leben bezeichnen.«
»Kommt auf die Perspektive an. Paul war nicht stark. Er war krank. Er wär gestorben, aber meine Mutter brachte ihn ins Krankenhaus – rüber in die amerikanische Zone – und ließ mich bei einer Frau zurück, die mir meine Kindheit zur Hölle gemacht hat. Und ich leide noch heute darunter. Pauls *besseres* Leben – ich bleibe dabei – basiert auf meinen Leiden. Der Starke trage den Schwachen. Ich hab ihm zweimal das Leben gerettet: als Kind und jetzt erst vor zwei Wochen wieder. Vor vierzehn Tagen hätte ich ihn töten können. Aber ich rettete ihn. Jetzt«, er schrie es fast, »muß ich dafür bezahlen. So wie schon mal.«
Joanna war sprachlos. An Karls Ausbruch erkannte sie, daß sie seine Absichten gründlichst mißverstanden hatte. Sie war bemüht gewesen, sich selbst und das Leben, das sie mit Paul teilte, beneidenswert und schön darzustellen, und hatte dabei vieles verschwiegen, was auch zu ihrer Beziehung gehörte, sie belastete. Sie hatte ihm ein heiles Bild geliefert, um seine Sympathie zu gewinnen. Doch für Karl, das sah sie jetzt überdeutlich, war jeder schöne, kostbare Augenblick ein weiterer neidenswerter Beweis für jenes Leben, das Paul ihm gestohlen hatte. In dem Versuch, Pluspunkte für sich und Paul zu gewinnen, hatte sie genau das Gegenteil erreicht.
»Warum schaun Sie mich so an?« fragte Karl.
»Was?«
»Sie schaun mich an, als wäre ich ein Monster.«
Denk nach. Tu so, als würdest du die Dinge aus seiner Perspektive sehen. *Tu* etwas... dachte sie und sagte: »Tut mir leid. Natürlich weiß ich, daß Sie kein Monster sind...«
»Woher wollen Sie das wissen?«
Jetzt spielte er wieder mit ihr. Und sie war die Maus. Er sprach in leichtem Tonfall und lächelte dabei, doch hinter der Maske spürte sie, daß die Antwort für ihn wichtig war. Sie bemühte sich, das richtige zu sagen.
»Ich glaube nicht, daß jemand von Natur aus böse ist...«

»An was glauben Sie?«
»Ich ... ich glaube ... an das Gute im Menschen.«
Karls Lippen verzogen sich zu einem verächtlichen Lächeln. »Das glauben Sie doch nicht im Ernst.«
»Doch, doch ... Wirklich.«
»Und was ist mit mir? Glauben Sie auch an das grundsätzlich Gute in *mir*?«
»Gewiß, aber ich glaube, Sie versuchen es zu verdrängen ...«
Sein Lächeln gefror. Schnell erkannte sie ihren Fehler.
»Ich behaupte nicht, daß ich recht habe ...«
»Nein, nein, machen Sie keinen Rückzieher. Das ist es doch, was Paul an Ihnen so anziehend findet – Ihre Kraft, daß Sie von Ihren Prinzipien nicht abweichen. Ich finde das ebenfalls sehr anziehend. Also los, analysieren Sie mich. Erzählen Sie mir, warum ich das ... grundsätzlich Gute in mir verdränge.« Diesmal lächelte er nicht.
»Ich ... ich kenne Sie nicht gut genug.«
»Und ob Sie mich kennen. Ich bin Paul, nur stärker.«
Oh, mein Gott, dachte sie. Er glaubt das tatsächlich.
Was sollte sie tun? Sie konnte so nicht weitermachen, wagte aber auch nicht aufzuhören. Sie mußte – und wenn es auch nur für einen Moment war – seiner schrecklich intensiven Musterung entgehen; sie brauchte einfach ein paar Augenblicke, in denen ihr Gesicht ihre wahren Gefühle widerspiegeln konnte.
»Also gut«, sagte sie, »ich werde es versuchen ... Aber zuerst muß ich kurz ins Bad.«
Ein paar Sekunden lang glaubte sie, er würde Einwände erheben, aber dann entspannte er sich, lehnte sich in seinem Schaukelstuhl zurück und winkte in Richtung Flur. »Nehmen Sie das Bad in diesem Stock, unter der Treppe.«
Sie hoffte, er werde nicht bemerken, wie unsicher sie auf den Beinen war, als sie sich erhob. Sein Blick ruhte auf ihr, als sie den Raum durchquerte, und als sie in den Flur bog, bekam sie mit, daß er ihre Beine anstarrte. Nach all den Jahren mit Paul kannte Joanna diesen Blick und wußte ihn zu deuten ...
Kaum hatte sie die Tür hinter sich zugemacht, überwältigte sie die Angst, die sie bis jetzt maskiert hatte. Der Kaffee brannte in

ihrem Magen. Sie umklammerte das Waschbecken, bis ihre Finger schmerzten. Es gelang ihr noch rasch, das Wasser aufzudrehen. Karl sollte nicht hören, daß sie sich übergeben mußte.

Sie spülte sich den Mund aus und zwang sich, tief zu atmen. Sie mußte hier raus. Das Badezimmer hatte ein schmales Fenster. Sie schob die Vorhänge beiseite und betrachtete es genau. Ein kleines, neues Aluminiumfenster, aber groß genug, wenn sie beide Flügel öffnete. Knapp hundert Fuß entfernt begann der Wald.

Ihre Finger berührten den Fensterhaken, bevor sie bemerkte, daß Karl am Wohnzimmerfenster stand und hinausstarrte. Das Haus war so gebaut, daß, wer dort stand, auch das Badezimmerfenster im Auge behalten konnte. Sie zuckte zurück, hoffte nur, daß er sie nicht gesehen hatte. Panik stieg in ihr auf.

Handeln, fliehen, in den Wald rennen, bis sie keinen Schritt mehr tun konnte. Oder zum Audi rennen. Ihr fiel der Ersatzschlüssel ein, den Paul für den Fall, daß er seinen Schlüsselbund verlor, unten am Kühler versteckt hatte. Der Schlüssel befand sich in einem metallenen Behältnis von der Größe einer Streichholzschachtel, das von zwei kleinen Magneten festgehalten wurde. Jo erinnerte sich, wie sie einmal den Ersatzschlüssel gebraucht hatten, als Paul versehentlich die Schlüssel im Wagen gelassen und die Tür zugeschlagen hatte. Vor zwei Jahren. Jetzt stellte sie sich den Schlüssel in seinem magnetisierten Behältnis vor, der nur darauf wartete, daß sie ihn an sich nahm...

Noch nie im Leben hatte sie körperliche Gewalt angewandt. Wieviel Kraft brauchte man, um einen Mann bewußtlos zu schlagen? Und wenn sich die Gelegenheit ergab – war sie dazu fähig? Karl hatte gesagt, er wolle sie laufen lassen. Aber seine Worte sagten das eine, sein Tonfall, sein Gesichtsausdruck, sein Körper sagten etwas ganz anderes. Er hatte nicht die Absicht, sie lebend zurückzulassen... Sie dachte nach.

Wie hatte er es formuliert? *Sein Leben mit Ihnen wäre mein Leben gewesen.*

Kein Wunder, daß Karl sich zu ihr hingezogen fühlte... Den

ganzen Tag über hatte er *Pauls* Leben geführt. Und wenn sie ihm die Chance bot, in einem Punkt wirklich Pauls Leben zu leben? Zu fühlen, was der Körper des Bruders gefühlt hatte? Wenn sie ... Wenn sie mit ihm ins Bett ging?

Bei dem Gedanken krümmte Joanna sich zusammen. Nie ... niemals würde sie das fertigbringen.

Aber ... hatte sie eine andere Wahl? So tun, als wäre sie dazu bereit und ihn dann überraschen ... Vielleicht ein kleines Vorspiel, ein Vorgeplänkel ... Würde sie das über sich bringen? Sie mußte. Und sie mußte etwas finden, das als Waffe zu gebrauchen war.

Wenn es fehlschlug, war sie schlimmer dran als zuvor. Wenn sie ihn nur verletzte und nicht fliehen konnte ...

Sie überprüfte ihr Aussehen im Spiegel, atmete tief durch und öffnete die Tür. Weil er immer noch am Fenster stand, sah sie ihn nicht sofort.

»Karl?« Sie nannte ihn zum ersten Mal beim Vornamen. »Kann ich auf Ihr Angebot zurückkommen?«

Er drehte sich um. Seine Augen wurden groß.

Kapitel 28

Auf dem Weg zum HERALD mußte Paul einen Umweg um die Siebzehnte Straße machen, die von der Distrikt-Polizei wegen des Besuchs des sowjetischen Generalsekretärs am nächsten Morgen gesperrt worden war. Die russische Botschaft war im Mitteltrakt eines fünfstöckigen Sandsteingebäudes untergebracht; das schmiedeeiserne Tor war vorübergehend ausgehängt worden, damit die gepanzerte Limousine, die den Generalsekretär an der Andrews Air Force Base abholen würde, durchfahren konnte. Vom Dach aus beobachtete ein Wachposten die darunterliegende Straße.

Normalerweise genoß Paul die erregte Stimmung, die beim Besuch eines ausländischen Staatsgastes in Washington herrschte, doch heute hatte er genug mit sich selbst zu tun und ärgerte sich über den Umweg. Als ein verwirrter Autofahrer mitten auf der Kreuzung hielt, um sich bei einem Polizisten nach dem Weg zu erkundigen, drückte er gereizt auf die Hupe. Der Polizist warf ihm einen mißbilligenden Blick zu.

Annie Helms war noch nicht da, als er endlich beim HERALD ankam. Paul teilte der Empfangsdame mit, daß er im Archiv zu finden sei und ging dann hinüber zu Pam. Sie saß am Computer-Terminal. Zwischen Tastatur und Telefon lagen die Überreste eines Big Mac in einem Plastikbehälter. Als wollte sie betonen, daß heute eigentlich ihr freier Tag war, trug sie verwaschene Bluejeans und ein kariertes Baumwollhemd, die Ärmel hochgerollt. Bei Pauls Anblick leuchteten ihre Augen auf.

»Bloß gut, daß du nicht nach einem *Jones* gefragt hast«, sagte sie. »Dann säße ich noch Weihnachten hier.«

»Was ist mit Lish?«

Sie zeigte ihm die Namensliste.

»Siebenundachtzig Lishes in den Vereinigten Staaten, fast ein Drittel davon in der Gegend um Seattle. Sie müssen mit dem gleichen Schiff gekommen sein – Lachsfischer oder Flugzeugkonstrukteure.«

»Wie viele *Georges*?«

»Fünf Georges, zwei hab ich am Telefon abgehakt – Savannah und Detroit.« Sie senkte verführerisch die Stimme. »Savannah George hat sehr nett geklungen. Ich denk, ich ruf ihn nachher mal an und frag ihn, ob er irgendwann in Washington ist.«

»Was ist mit toten Georges?«

»Drei Möglichkeiten: Seattle-George, sein Zimmergenosse sagt, er *glaubt,* George wäre auf einem Jagdausflug. Er hat ihn schon eine Weile nicht mehr gesehen, weil sie in verschiedenen Schichten arbeiten. Das wär einer. Dann haben wir den Nashville-George, da antwortet niemand. Und schließlich noch Houston-George, der von einer Geschäftsreise nicht zurückgekommen ist. Er hat eine Hundepension, und seine Hunde sind am Verhungern.«

»Klingt gut.«

»Nicht für die Hunde. Die Leute vom Tierschutz waren da, als ich anrief. Als Houston-George nicht zurückkam, und niemand die Tiere fütterte, rief irgend jemand den Tierschutz an.«

»Wohin ist er? Was für eine Geschäftsreise?«

»Wußten sie nicht. Sie überlegten gerade, was sie mit ›Gottes kleinen Lieblingen‹ anfangen sollten – so nannte die Lady die Schäferhunde, *Gottes kleine Lieblinge*.«

»Was ist mit der Polizei? Wurden Leichen gefunden?«

»Wer weiß? Ich bin noch nicht dazu gekommen, anzurufen.«

Paul griff zum Telefon. »Houston hat welche Vorwahl?«

»Sieben Eins Drei.«

Pam stand auf und streckte sich, während Paul anrief. Bei der Polizei war ein George Lish weder als tot noch als vermißt gemeldet. Kaum hatte er aufgelegt, läutete das Telefon. Die Empfangsdame teilte ihm mit, daß Annie Helms gekommen sei. Bevor er Pam verließ, gab er ihr neue Instruktionen.

»Ruf die Polizei in Nashville und Seattle an. Wenn von diesen

Lishes keiner tot oder vermißt ist, dann besorg mir Hintergrundmaterial über Houston-George. Verheiratet. Arbeitgeber. Hat er was mit Regierungsbehörden oder Verteidigungsaufträgen zu tun. Hat er Schulden – du weißt schon, das Übliche.«

»Oh, sicher«, sagte Pam. »Ich verrat ihnen einfach deinen Namen, und schon sagen sie mir alles, was ich wissen will.«

»Laß dir was einfallen.«

Auf dem Weg nach oben traf er Dicky Lazarus, den Fotografen, der damals, als die CIA-Männer das erstemal aufkreuzten, in seinem Büro gewesen war. Dicky, mit zwei Nikons behängt, überschlug sich fast, als er Paul sah.

»He«, sagte er. »Was treibst du denn hier?«

»Ich arbeite hier, erinnerst du dich?«

»Heute morgen erzählte mir jemand, du wärst in Berlin im Gefängnis.«

»Muß mein Zwillingsbruder gewesen sein«, sagte Paul. »Wohin geht's?«

Dicky rümpfte angewidert die Nase. »Der Präsident landet in Andrews. Die übliche Routine. He, was ist mit dem Cop? Hast du ihn wirklich überfahren?«

Sie waren beim Gebäudeeingang angelangt, wo Annie Helms wartete.

»Erzähl ich dir morgen«, sagte Paul.

Annie begrüßte ihn mit festem Händedruck und tausend Fragen. Seit Hugh Roark sie von Berlin aus angerufen hatte, war sie mit sich hart ins Gericht gegangen, weil sie nicht selbst die Lösung gefunden hatte. *Zwillinge.* Es schien so naheliegend zu sein. Im College hatte sie ein ergänzendes Forschungsprojekt über die Zwillingsstudie der Universität von Minnesota durchgeführt. Sie erinnerte sich an die bemerkenswerte Übereinstimmung von Charakterzügen und die symbiotischen emotionalen Reaktionen, die für Zwillingsgruppen typisch waren. Es irritierte sie ungemein, daß sie bei Paul nicht sofort dieser Möglichkeit nachgegangen war.

Während er sie die Treppe hinaufführte, erzählte ihr Paul, was er in seinem Haus entdeckt hatte, und gab einige genauere Einzelheiten seines nicht gerade erfreulichen Berlin-Aufenthalts zum besten. Das Erlebnis hatte ihm alles andere als gut getan, entschied Annie. Er sah blaß und abgezehrt aus, sein Haar war wirr, seine Kleidung zerknittert, und seine Wangen hatten dringend eine Rasur nötig. Anspannung und Sorge zeigten sich in seinen zusammengekniffenen Augen und den schmalen Lippen; eine kontrollierte Wut machte seine Stimme tonlos, als er ihr von Joannas Entführung berichtete.

»Er spielt immer noch meine Rolle«, endete Paul grimmig. »Und er hat Joanna.«

»Das wissen Sie aber nicht sicher.«

»Ich weiß es. Ich kann es nicht beweisen, aber ich *weiß* es, gerade so wie ich weiß, daß ein Mann, der George Lish heißt, tot ist, es aber ebenfalls nicht beweisen kann.«

»Aus welchem Grund hätte er sie entführen sollen?«

Das Stakkatogeklapper der Drucker schwoll an, als sie den Redaktionsraum betraten. Die Anzahl der Leute, die sonntags arbeiteten, überraschte Annie. Ein junger Mann rief Paul etwas zu, als sie vorbeigingen. Paul nickte, ohne das Gespräch mit Annie zu unterbrechen.

»Ich hab keine Ahnung. Deswegen sollen Sie mich ja hypnotisieren. Ich brauch irgendeinen Hinweis – wo er ist, was er plant, irgendwas. Wir wissen, daß er sich hier in der Gegend befindet, also sollte es diesmal einfacher sein.«

»Nicht unbedingt«, sagte sie. »Mentale Energie wurde wissenschaftlich noch nicht quantifiziert, aber die vorhandenen Beweise deuten darauf hin, daß physische Nähe nicht so wichtig ist wie die emotionale Intensität und die Einstimmung des Empfängers.«

»Wie auch immer, ich weiß nur, daß ich irgendwie in seinen Kopf hineinsehen will. Er will ich werden. Und ich will Joanna.«

Sie betraten Pauls Büro. Es war kleiner, als Annie erwartet hatte. Zwei Stühle, ein Schreibtisch und ein Aktenschrank paßten gerade hinein. An einer Wand hing ein großes Brett, an das verschiedene Meldungen angepinnt waren. Auf dem Schreibtisch stand ein gerahmtes Foto, auf dem Paul, eine junge Frau und ein Kind vor einem Karussell zu sehen waren.

»Keine Couch«, sagte Paul. »Aber auf dem Fußboden geht's auch.«
Annie schaute nach unten. Nicht gerade ideal, aber die Umgebung war Paul vertraut; vielleicht konnte er sich hier leichter entspannen.
Paul sagte: »Soll ich meinen Gürtel lockern?«
»Machen Sie es sich einfach so bequem wie möglich.«
Paul zog seine Schuhe aus und legte sich hin.
»Ich übernehme keine Garantie, daß es funktionieren wird«, warnte Annie.
»Warum nicht? Zuvor hat es doch auch geklappt.«
»Nicht unbedingt. Da haben wir etwas anderes getan. Wir haben Ihr Gedächtnis durchforstet, und die Ereignisse, die wir entdeckten, paßten alle zum gleichen Muster – Ihr Bruder befand sich jedesmal in höchster emotionaler Erregung, und Sie schliefen.«
»Probieren wir's, okay?«
Annie schaute sich im Zimmer um. »Wir brauchen etwas, auf das Sie sich konzentrieren können.«
»Ich konzentriere mich auf Karl.«
Doch sie meinte etwas Konkretes, auf das er seine Aufmerksamkeit richten konnte. Eine Luxor-Lampe klemmte an der Schreibtischkante. Sie drehte sie herum und winkelte den Arm der Lampe so an, daß die Birne direkt über Paul war. Dann setzte sie sich neben ihn auf den Fußboden.
»In Ordnung, Paul. Ich möchte, daß Sie sich entspannen. Machen Sie Ihren Geist frei von Gedanken, Sorgen und Ängsten. Konzentrieren Sie Ihre Aufmerksamkeit auf die Glühlampe, lauschen Sie meiner Stimme, und entspannen Sie sich, entspannen ...«
Sie ging die Entspannungsprozedur mit ihm durch, richtete seine Aufmerksamkeit auf jeden einzelnen Teil seines Körpers, arbeitete sich vom Äußeren auf sein Inneres vor, vom Rumpf zum Gesicht.
»Ihre Augen werden nun schwer«, murmelte sie mit leiser, monotoner Stimme. »Sie werden schläfrig, Ihre Augen sind so schwer, daß Sie sie nicht mehr offen halten können ...«

Paul schloß die Augen, aber es funktionierte nicht. Er wurde nicht schläfrig. Seine Gdanken rasten, als müßte er noch schnell vor Redaktionsschluß einen Artikel fertigstellen. Es wirkte wie ein Scheinwerfer, der einzelne Fakten aus der Dunkelheit riß. Er konnte das Licht nicht abschwächen oder in eine andere Richtung lenken, und so tauchten die Fakten weiterhin als Hinweise in verschiedenen Kombinationen auf.

»Ihre Arme werden schwer, das Gewicht breitet sich von den Schultern bis zu den Fingerspitzen aus, ein Gewicht wie Blei, so schwer, daß Sie die Arme nicht mehr bewegen können. Ihr rechter Arm ist dick und schwer, Sie können ihn nicht bewegen, egal, wie sehr Sie sich bemühen. Sie können Ihren Arm nicht heben, weil er so schwer ist. Sie können es jetzt versuchen, Paul. Versuchen Sie den Arm zu heben und spüren Sie, wie schwer er ist, wie unbeweglich er geworden ist...«

Paul hob den Arm und öffnete die Augen. »Es funktioniert nicht.«

»Sie kämpfen gegen die Suggestion an.«

»Ich geb mir *Mühe*.«

Annie schüttelte den Kopf. »Ich kann es an Ihrem Körper erkennen. Wenn sich Ihre Hände entspannen, ist Ihr Gesicht verkrampft; wenn sich Ihr Gesicht entspannt, sind Ihre Schultern angespannt. Sie lassen einfach nicht los. Sie denken zuviel.«

Paul richtete sich auf. »Ich kann nicht anders. Ich versuch ständig die Einzelteile zusammenzusetzen. George Lish, der Bayonne Terminal, Joanna – sie alle stehen in irgendeiner Verbindung miteinander.«

»Hören Sie auf zu denken. Leeren Sie Ihren Geist.«

»Ich versuch's.«

»Nein, das tun Sie nicht. Sie konzentrieren sich nicht.«

»Also gut, fangen wir noch mal von vorn an.«

Paul legte sich hin und schloß die Augen. Nach einer Weile glaubte Anne eine leichte Trance geschafft zu haben. Sie erklärte Paul, er solle sich vorstellen, er würde ein von Karl ausgehendes Signal beobachten, einen Lichtstrahl aus Karls Augen.

»Das Bild, das Sie sehen, ist das Bild, das auch Karl sieht. Sie

blicken nun durch seine Augen, und Sie sehen jetzt, was er sieht. Auf Ihrem geistigen Bildschirm können Sie das sehen, was Karl sieht. Sagen Sie mir, was es ist, Paul. Erzählen Sie mir, was Sie auf Ihrem mentalen Schirm sehen.«
Annie konnte die Bewegung der Augäpfel unter den geschlossenen Lidern sehen.
»Der Geist bleibt leer, ein leerer Schirm. Lassen Sie das Bild durch die Augen Ihres Bruders auf dem Schirm erscheinen. Was immer Karl jetzt in diesem Moment sieht, das sehen Sie auf dem Schirm. Licht und Schatten, Form und Farbe, alles wird jetzt klar und deutlich. Karls Welt wird vor Ihnen sichtbar. Sie sehen, was er sieht, ihr beide seid nun eins, ihr beide seht jetzt dieselben Dinge. Sagen Sie mir, was auf dem Schirm ist, Paul. Was für ein Bild sehen Sie?«
Er runzelte die Stirn.
»Erzwingen Sie nichts«, sagte sie. »Entspannen Sie sich einfach. Das muß ganz von selbst kommen ...«
Paul spürte, daß er gegen ihre Suggestionen ankämpfte. Es gab Augenblicke, da besänftigte ihn Annies Stimme soweit, daß er fast in Trance abglitt, aber die ganze Zeit über war er sich seines widerstrebenden Geistes bewußt. Er wollte sich nicht entspannen, er wollte die Kontrolle nicht abgeben. Er wollte in den Kopf seines Bruders und gleichzeitig auch wieder nicht.
Es hatte keinen Sinn. Er schlug die Augen auf. Annies Gesicht befand sich dicht vor seinem.
»Es funktioniert nicht«, sagte er und stand auf.
Annie blieb auf dem Boden sitzen und beobachtete ihn. »Wir könnten Drogen benützen ...«
»Nein, keine Drogen.«
»Sie möchten sie finden, nicht wahr?«
»Nicht als Leiche.«
Die Worte rutschten ihm so heraus und überraschten sie beide. Verständnis dämmerte in ihren Augen. Sie erhob sich. »Das ist es. Deshalb wollen Sie nicht in Trance. Sie haben Angst, ihren Tod mitzuerleben.«
Sie hatte die Worte noch nicht ganz ausgesprochen, da wußte Paul, daß sie recht hatte.

»Das ist es, nicht wahr?« beharrte Annie.
Paul nickte. »Es ist so, als hätte ich die Kontrolle über ihr Leben. Ich habe das Gefühl, als würde ich sie töten, wenn ich einschlafe oder in Trance gerate. So als wäre mein bewußter Wille eine Art Schutzschild. Es klingt verrückt, aber so empfinde ich's nun mal.«
»Vielleicht ist es gar nicht so verrückt.«
Paul warf ihr einen scharfen Blick zu. Erregung funkelte in Annies Augen. »Vielleicht halten Sie sie *tatsächlich* am Leben«, sagte sie. »Vielleicht ist Ihr Wunsch, Ihre Frau in Sicherheit zu wissen – die Bedeutung, die sie für Sie als menschliches Wesen besitzt –, vielleicht ist Karl für diese Gefühle empfänglich. Nicht bewußt, aber als eine Emotion vorhanden.«
»Dann sollte ich *nicht* in Trance gehen.«
»Das ist alles Spekulation«, sagte sie. »Aber was ist, wenn es wahr ist? Wenn Sie sie wirklich am Leben erhalten?«
Paul war tief enttäuscht. Um Joanna zu retten, mußte er Karl finden; um Karl zu finden, mußte er eine mentale Brücke zu seinem Bruder bauen, doch dafür war Hypnose nötig, durch die möglicherweise Joannas Leben gefährdet wurde. Ein Teufelskreis.
Er griff zum Telefon und wählte 4478. Es blieb nur noch eine Möglichkeit: das mühsame Ackern, die übliche Ochsentour, Schritt für Schritt, das langwierige Sammeln von Fakten, bis sich ein Muster abzuzeichnen begann.
»Archiv.«
»Pam, was hast du rausgekriegt?«
»Nicht viel über die Nashville- und Seattle-Lishes, aber der Houston-Lish scheint eher ein Fall für die Klapsmühle.«
»Wieso?«
»Komm runter, dann zeig ich's dir.«
»Sag's mir gleich, Pam. Was hast du?«
»Okay, okay. Mr. Houston Lish ist Mitglied der RANK – du weißt schon, die Irren, die diesen Radio-Fuzzy in Texas auf dem Gewissen haben.«
»Sie haben ihm eine Briefbombe geschickt, richtig?«
»Und anonyme Morddrohungen dem Richter, der sie verurteilt

hat. Wenn du eine Story über diese Verrückten planst, dann öffne deine Post in Zukunft besser mit einer Kneifzange mit Fernbedienung.«

»Was ist mit Lish?«

»In den Siebzigern war er einer der Gründer der RANK. Wegen des Bombenanschlags stand er nicht unter Anklage, doch er demonstrierte zweimal während der Verhandlung im Gerichtssaal und mußte mit Gewalt entfernt werden.«

Paul machte sich Notizen. Nachdem er aufgelegt hatte, informierte er Annie über das, was Pam erzählt hatte.

»Donnerstag morgen ist er abgereist«, schloß Paul. »Und ich träumte Donnerstagnacht von seinem Tod. Unter Berücksichtigung der Zeitdifferenz wäre das in Houston Donnerstag nachmittag gewesen.«

»Sie glauben, Karl hat ihn in Houston getötet?«

»Ich weiß nicht. Pam versucht rauszukriegen, wohin Lish wollte. *Wenn* er in Houston getötet wurde, dann haben wir Karl an drei Orten gesichtet: vor zwei Wochen in Bayonne, vor drei Tagen in Texas und heute morgen in meinem Haus, New York, Houston und Washington. Es muß eine Verbindung geben.«

»Kümmern Sie sich nicht um die fehlende Verbindung«, sagte Annie. »Konzentrieren wir uns einfach auf seinen jetzigen Aufenthaltsort. Wir müssen ihn aufspüren und die mentale Verbindung untersuchen, die zwischen Ihnen existiert. Das ist wichtig.«

Pauls Gesicht verdüsterte sich, und Annie fügte schnell hinzu: »Und Ihre Frau finden, Paul. Ich weiß, das kommt zuallererst.«

Paul bezweifelte das, zumindest was Annies Aussage anbelangte. Bevor er antworten konnte, klingelte das Telefon. Es war Vic. Seine erste Frage galt Joanna; ob sie immer noch verschwunden sei.

»Immer noch«, erwiderte Paul.

»Dann hab ich die Informationen für dich«, sagte Vic. »Aber mir gefällt ganz und gar nicht, was ich da hab.«

»Was?«

»DE 3186 SF ist die Ladung, und davon zehn von jedem, Com-

munications/Data Link Jammer Typ AN Strich MLQ Strich T Sechs.«
»Data Link Jammer? Was ist das?«
»Ein Störungssystem für Funkwellen. Und die zweite Schiffsladung ...«
»Einen Moment.« Paul schnappte sich Papier und Stift. »Gib mir noch mal die Bezeichnungen durch.«
Vic wiederholte.
»Okay. Und was noch?«
»QL 4416 HS, zweihundertsechsundfünfzig, Redeye, taktische Waffe, Typ XM41E2.«
Kaum hörte er das Wort *Redeye*, tauchte vor seinem geistigen Auge das Bild eines Dachfensters auf, das sich zum freien Himmel hin öffnete.
»Redeye«, wiederholte er.
»X-ray Mike Vier Eins Echo Zwei. Hast du?«
Paul schrieb schnell mit. »Okay.«
»Vergiß nicht, mein Hals steckt in der Schlinge. Und petz nicht bei Charlie.«
»Werd ich nicht. Danke, Vic.«
Er legte auf. Annie schaute ihn fragend an. »Was ist?«
»Eine Redeye-Rakete«, sagte Paul langsam. »Und einen Traum, den ich hatte. Im Flugzeug. Er ist mir gerade eben wieder eingefallen.«
»Was für ein Traum?«
Paul erzählte den Traum und wie er ihm wieder in den Sinn gekommen war, als Vic die Redeye-Rakete erwähnte: der Raum, in den Joanna eingesperrt war, und das offene Fenster zum Himmel mit einem Jet...
Er verstummte. Seine Gedanken rasten.
Annie sagte: »Ein ganz normaler Traum. Ich sehe keine Verbindung zu Karl.«
Paul hörte nicht zu. Die Nachricht von der Redeye-Fracht hatte die bisherigen Fakten in Bewegung gebracht; sie begannen ein vages Muster zu bilden, das wie ein Schiff aus dichtem Nebel auftauchte.
»Einen Moment, einen Moment«, sagte er. Nervös lief er auf

und ab. »Vergessen wir mal kurz Lish und konzentrieren uns auf die Redeye. Vielleicht war er deswegen in Bayonne; nicht um zu töten, sondern um eine Redeye zu stehlen?«

»Und was zum Teufel ist eine Redeye?«

»Eine auf Hitze reagierende Boden-Luft-Rakete zum Abschuß von Flugzeugen. Doch warum ist er hier? Um ein Flugzeug abzuschießen...?«

Seine Gedanken überstürzten sich; jede Überlegung veränderte die vorangegangene, stellte neue Zusammenhänge her. *War* Karl nach Amerika gekommen, um eine Redeye zu stehlen und ein Flugzeug abzuschießen? Und wenn ja, warum? Weshalb benützte er keine Bombe? Warum verübte er keinen Anschlag auf das Flugzeug, der hinterher wie ein Unglücksfall aussah? Es gab keinen Grund, hierfür eine Redeye einzusetzen...

Außer es war unmöglich, an das Flugzeug heranzukommen. Nein... außer es gab keine wie auch immer geartete Möglichkeit, an das *Opfer* heranzukommen. Ein so gut bewachter und abgeschirmter Mann...

Paul schlug sich an die Stirn. Es gab nur eine Antwort.

»Mein Gott! Der Präsident...«

»Was?«

Er wandte sich Annie zu. »Er hat's nicht auf Lish abgesehen, sondern auf den Präsidenten der Vereinigten Staaten. Deshalb braucht er eine Redeye!«

Annie starrte ihn mit großen Augen an. Paul packte sie am Ellbogen.

»Der *Traum*«, sagte er heiser. »Der Jet stürzte ab. Das war nicht mein Traum, das war Karls Traum. Er plant, Air Force One abzuschießen.«

Paul ließ sie los und stürzte ans Telefon. Aus seiner Hemdtasche holte er Hugh Roarks Nummer.

»Einen Moment«, sagte Annie. »Das ist ein gewagter Sprung...«

»Es paßt, es paßt alles zusammen...«

»Wurde eine Rakete gestohlen?«

»Ja.«

»Hat der Mann Ihnen das erzählt?«

»Nein.«
»Woher wollen Sie dann...«
Paul wählte bereits. Annie trat auf ihn zu und legte ihre Hand auf den Hörer.
»Paul, würden Sie bitte einen Moment warten?«
»Ich rufe Hugh an. Der Präsident ist in Gefahr.«
»Das wissen Sie doch gar nicht.«
»Ich *weiß* es. Ich kann's nicht beweisen, aber ich weiß es. Ich bin sicher, Karl ist irgendwie an eine Redeye rangekommen und will damit die Präsidentenmaschine abschießen. Jeden anderen würde er mit einer seiner üblichen Methoden umbringen. Aber der Präsident... Wie ermordet man einen der bestbewachten Männer der Welt? Man schießt das Flugzeug ab, in dem er sitzt.« Paul wandte sich wieder dem Telefon zu, doch Annie packte ihn bei der Schulter.
»Paul, *warum*? Sie sagten, Karl arbeitet für die Russen. Warum sollten die Russen den Präsidenten ermorden, wenn ihr Führer morgen zur Vertragsunterzeichnung kommt?«
Paul starrte sie an. Er hatte das Gefühl, als wäre er geradewegs gegen eine Wand gerannt. Er war sich absolut sicher, daß er recht hatte, aber Annie hatte ebenfalls recht. Warum sollten die Sowjets den Präsidenten gerade jetzt abschießen wollen?
»Ich weiß nicht... vielleicht wollen sie die Vertragsunterzeichnung aufschieben, einen für sie günstigeren Vertrag mit dem neuen Präsidenten aushandeln...«
»Sehen Sie?« sagte Annie sanft. »Sie springen von einer Schlußfolgerung zur anderen. Ich weiß, daß Sie von einem abstürzenden Flugzeug träumten, aber das ist nicht ungewöhnlich. Sie saßen in einem solchen. Nur daß es nicht abstürzte. Unter Berücksichtigung all dessen, was Sie durchgemacht hatten, wäre es merkwürdig gewesen, wenn Sie *nicht* geträumt hätten. Und was die Rakete anbelangt, wie kann ein einzelner ein so großes Gerät stehlen? Er bräuchte Hilfe.«
»Nein, nein.« Paul schüttelte den Kopf. Annies Lektüre schloß offensichtlich nicht JANE'S WAFFENSYSTEME ein. »Es ist ein von der Schulter abzufeuerndes Projektil... mit einer Hand zu tragen.«

»Aber es wurde kein Diebstahl gemeldet, oder?«
»Hab keine Ahnung.«
Berufsbedingtes Verständnis und Sorge lagen in ihrem Blick. Paul wandte sich ab.
Annie sagte ruhig: »Warum setzen Sie sich nicht hin, Paul? Entspannen Sie sich...«
»Hören Sie auf, mich so zu behandeln, Annie.«
»Ich behandle Sie nicht.«
»Und ob Sie das tun, verdammt noch mal.«
»Also gut. Aber bevor Sie irgendwelche Entscheidungen treffen, denken Sie wenigstens alles noch mal gründlich durch.«
Paul schaute auf seine Uhr. »Der Präsident landet in einer knappen Stunde. Ich halte es für ziemlich wahrscheinlich, daß Karl irgendwo da draußen mit einer Redeye darauf lauert, ihn abschießen zu können. Und ich weiß, daß er Joanna hat. Was schlagen Sie vor? Sind Sie bereit, die Verantwortung für den Tod des Präsidenten zu übernehmen... oder für Joannas Tod?«
Annies Selbstsicherheit geriet ins Wanken. »Was ist mit George Lish?«
Paul hatte George Lish ganz vergessen. Einen Augenblick lang drohte das Szenario, das er aufgebaut hatte, zusammenzubrechen. Dann fiel ihm etwas in Zusammenhang mit einem der ermordeten CIA-Männer ein.
»Jim Wilson«, sagte er. »Erinnern Sie sich, wo er gefunden wurde? Im Kofferraum seines Wagens, die Kehle durchgeschnitten, und dazu einen Bekennerbrief von einer anti-amerikanischen türkischen Gruppe. Der Brief war gefälscht. Um den Verdacht auf andere zu lenken.«
»Was wollen Sie damit sagen? Dieser George Lish...«
»Könnte als Sündenbock gedacht sein«, beendete Paul den Satz. »Vielleicht ist er nicht das Hauptziel.«
Zum ersten Mal dämmerten ihr die fürchterlichen Konsequenzen dessen, was Paul gesagt hatte. Als er jetzt Hugh Roarks Telefonnummer wählte, protestierte Annie nicht mehr. Der CIA-Mann hatte Pauls Nachricht erhalten und seit einer halben Stunde bei Paul zu Hause anzurufen versucht.

»Ich bin nicht daheim«, sagte Paul. »Ich bin im HERALD. Annie ist bei mir.«
»Was macht sie da?«
Paul teilte ihm schnell mit, was geschehen war, seit sie sich getrennt hatten. Er machte es so kurz wie möglich. Hugh hatte Schwierigkeiten zu folgen, machte ständig: »Whoaa, whoaa«, und bat Paul, das eine oder andere zu wiederholen oder näher zu erklären. Als Paul ihm sagte, daß seiner Meinung nach Karl die Präsidentenmaschine abschießen wolle, schnappte Hugh nach Luft.
»Ist das Ihr Ernst? Sie glauben wirklich, er hat eine Redeye?«
»Ja, Hugh, bestimmt. Ich kann's nicht beweisen, und Annie hält mich für verrückt...«
»Das hab ich nicht gesagt«, rief Annie aus dem Hintergrund.
»Aber Ihre Quelle«, sagte Hugh, »kann der Mann Ihnen nicht sagen, ob eine Rakete gestohlen wurde?«
»Jetzt nicht. Der Präsident landet in fünfundvierzig Minuten. Wollen Sie das Risiko eingehen?«
»Nein. Bleiben Sie an Ort und Stelle. Ich melde mich gleich wieder bei Ihnen.«
»Dann werd ich nicht mehr hier sein. Ich bin dort, wo *er* auch ist. Wo die Maschine des Präsidenten landet. Andrews Air Force Base.«
»Das hat doch keinen Sinn. Da draußen können Sie doch nichts erreichen...«
»Wenn ich ihn finde, finde ich auch Jo.«
»Der Secret Service wird sich mit Ihnen unterhalten wollen. Bleiben Sie besser weg.«
»Keine Chance.«
»Paul...«
»Ich suche Jo. Kümmern Sie sich um den Rest.«
»Warten Sie. Ich möchte mit Annie sprechen.«
Paul hielt ihr den Hörer hin. »Er möchte mit Ihnen sprechen.«
Während sie sich mit Hugh unterhielt, ging Paul hinaus zu einem anderen Telefon. Er rief den National Weather Service an und lauschte dem Band mit der Wettervorhersage und der augenblicklichen Wetterlage. Nur eins interessierte ihn: die Wind-

richtung. Im Lauf der Jahre hatte er oft genug über Präsidentenankünfte berichtet und war mit den Landebahnen von Andrews vertraut. Als er hörte, daß der Wind aus südlicher Richtung käme, war ihm sofort klar, daß Landebahn 19 angeflogen würde. Wenn Karl in der Einflugschneise Position bezog, mußte er nördlich des Flughafens sein.

Er legte auf, sagte Annie Bescheid und ging auf den Lift zu. Seinen Berechnungen nach blieb ihnen weniger als eine Stunde, um Joanna zu finden und das Leben des Präsidenten zu retten.

Kapitel 29

Bevor er sie tötete, wollte Karl die Frau seines Bruders besitzen – in jeder nur denkbaren Art und Weise besitzen, sowohl körperlich als auch geistig. Die Entscheidung, daß Joanna sterben mußte, hatte er auf dem Weg zum Toons-Creek-Haus gefällt. Sein Leben war in Gefahr und die ganze Mission gefährdet, weil er Paul damals nicht gleich getötet hatte. Das gleiche würde ihm jetzt nicht noch mal passieren.

Doch im Laufe des Nachmittags machten seine Gefühle einen leichten Wandel durch. Anfangs hatte er sich vor allem mit Joanna unterhalten, um Einblick in Pauls Leben zu gewinnen. Nachdem sie von der Küche ins Wohnzimmer gegangen waren, hatten sein Interesse und seine Aufmerksamkeit mehr und mehr Joanna gegolten. Sie hatten miteinander gekämpft, auf geistiger Ebene mit Haken und Ösen. Oder doch nicht? Ihre Reaktionen schienen endlos variabel; in der einen Minute war sie ernsthaft und aufrichtig, in der nächsten schon wieder witzig und ironisch und danach ängstlich und erschrocken. Jede Bemerkung, die darauf hindeutete, daß sie überhaupt nichts begriff, wurde von einer anderen Bemerkung ausgeglichen, die so zielsicher ins Schwarze traf, daß er fast glaubte, sie könnte seine Gedanken lesen. Ihre Launen und Stimmungen waren wie Quecksilber; ihre Gedanken zu erfassen, ähnelte dem Versuch, einen Fisch mit der Hand zu fangen.

Im Wohnzimmer bekam ihre physische Präsenz allmählich erotische Dimensionen – ihre Art zu sitzen, die schlanken Beine untergeschlagen, den Kopf vorgestreckt, die gut geformten Lippen halb geöffnet. Sein Blick war über ihre schmalen Hände mit den rastlosen Fingern, die unermüdlich die Ärmel des Sweaters zurechtzupften, geglitten. Sie trug einen Ehering, ein mit winzigen Diamanten besetztes Goldband, genau wie Paul. Ganz plötzlich stieg der Wunsch in ihm auf, er hätte Pauls Ring zusammen mit dem Paß mitgenommen.

Während sie im Bad war und er am Wohnzimmerfenster stand, begann er die Dimensionen zu konkretisieren. Er stellte sich vor, sie würde dicht vor ihm stehen; an ihren glitzernden, feuchten Augen konnte er ablesen, daß ihre Begierde der seinen in nichts nachstand. Er legte seine Hände auf ihre Hüften, folgte dann langsam den Konturen ihres Körpers nach oben, seine Hände glitten unter ihren Sweater, tasteten sich über die Kurve ihrer Taille, über die zarten Rippenbögen, die unter der weichen Schwellung der Brüste verschwanden. Sie erwiderte seine Umarmung, preßte sich gegen ihn, die Arme um seinen Nacken geschlungen, ihr Gesicht ihm zugewandt, ihre Münder vereinigt...

Erst als sie aus dem Bad kam und mit sanfter Stimme fragte: »Karl, kann ich auf Ihr Angebot zurückkommen?« war der Zauber gebrochen, und er wußte Bescheid...

Sie wollte ihn verführen.

Und plötzlich wurde ihm bewußt, wie weit er sich bereits Phantasien hingegeben hatte, puren Einbildungen, daß er und Paul irgendwie dieselbe Person wären. Joanna sei ebenso seine wie Pauls Frau und daß die Anziehungskraft, die Paul auf sie ausübte, sich in irgendeiner Form auch auf ihn übertragen würde. Eine Illusion, die er selbst genährt hatte, das wurde ihm nun in aller Deutlichkeit klar. Aber sie hatte es ebenfalls erkannt und ihn ermutigt. Sie hatte ihm die verführerischste Phantasie geboten, die er sich vorstellen konnte: daß er zum erstenmal in seinem Leben jemanden getroffen hatte, der ihn *verstand*. Und er war fast drauf reingefallen. Sie sollte es so haben, wie sie's wollte. Und seine Augen wurden schmal.

»Möchten Sie Wein?« fragte er zurück.

»Gerne.«

»Ich trink auch eins«, sagte er.

Schnell trat er an ihr vorbei, damit sie die Befriedigung in seinen Augen nicht sehen konnte. Oder die Bewunderung? Was hatte Paul doch gleich gesagt? Daß Joanna rein vom Gefühl her die scharfsinnigste Frau war, die er bisher kennengelernt hatte. Jetzt verstand Karl, wie das gemeint war. Joanna hatte bei ihm eine Schwäche ausgegraben, wo seiner Meinung nach keine existierte. Sie hatte den tief in seinem Inneren vergrabenen Wunsch aufgespürt, endlich von einer Frau verstanden zu werden.

Jetzt, wo er deutlich erkannte, was Joanna tat, war er erstaunt, daß sie ihn so weit hatte treiben können. Einen Augenblick zuvor noch hatte er sich vorgestellt, wie sie sich liebten. Nun sah er sie wieder vor sich, doch diesmal war sie es, die angriff. Sie küßte ihn, zog ihn aus, ihre Lippen streiften über seinen Körper, sie reizte ihn... mit ihren langen, zarten Fingern erregte sie ihn. Und was dann? Würde sie nach dem Revolver greifen? Ihm ein Knie zwischen die Beine zu rammen versuchen? Wie weit würde sie gehen?

Er schlenderte zum Schrank, holte zwei Weingläser und stellte sie auf den Tisch. Joanna beobachtete ihn.

»Es ist schon merkwürdig, hier mit Ihnen zu sein«, sagte sie. »Ich hab ständig das Gefühl, Paul wäre hier.«

Wieder hatte Karl das Gefühl, gegen seinen Willen, einen Teil des Lebens seines Bruders zu übernehmen, aber diesmal konnte er die Reaktion analysieren. Betont locker fragte er: »Nur daß Paul netter und zärtlicher ist?«

»Vielleicht, aber wir waren ja auch noch nicht unter günstigeren Umständen zusammen.«

Diesmal unterstrich kein Zeichen ihres Körpers ihre Worte, der Tonfall war weniger verführerisch. Hatte sie erkannt, daß sie überzog? Konnte sie ihn so leicht durchschauen, daß sie ihre Darbietung sofort korrigierte?

»Vielleicht läßt sich das ändern«, sagte er.

Karl öffnete den Kühlschrank und holte eine Flasche Weißwein heraus. Er hatte bereits beschlossen, was er mit ihr tun würde; sie zuerst zum Trinken ermuntern. Falls sie nur eine Rolle spielte, dann würde sie den Mut, den einem der Alkohol scheinbar einflößte, dringend nötig haben. Er erinnerte sich an den

Whisky neben ihrem Bett und vermutete, daß sie in Streßzeiten zur Flasche griff. Er hoffte es, denn es machte ihren Tod glaubwürdiger. Es würde so aussehen, als hätte sie sich das Genick gebrochen, als ihr Wagen aus der Kurve geflogen und in den Patuxent River gestürzt war. Um so besser, wenn sie ein gewisses Quantum Alkohol im Blut hatte. Doch bis dahin mochte es recht amüsant sein, sie bei ihren Verführungsversuchen zu beobachten und herauszufinden, wieweit sie dabei ginge. Es würde nicht leicht sein, ihn in einen Zustand völliger Hingabe zu versetzen – Joanna würde sehr, sehr hart arbeiten müssen.

»Ich hoffe, Sie mögen Weißwein«, sagte er und stellte die Flasche zwischen den beiden Gläsern auf den Tisch.

Als Joanna das Etikett sah, lächelte sie. »Das ist doch nicht zu glauben.«

»Was?«

»Hat Paul Ihnen erzählt, daß er Orvieto Classico mag?«

»Mag er?«

»Einer seiner Lieblingsweine. Wußten Sie das?«

Karl schüttelte den Kopf und musterte Joanna intensiv. Jetzt schien sie gerade mal wieder aufrichtig zu sein.

»Nun«, sagte sie leichthin, »vielleicht habt ihr beide in den meisten Dingen des Lebens denselben Geschmack.«

»Sieht so aus.«

Er holte einen Korkenzieher. Joanna mochte mit der Verführung beginnen, er würde sie beenden. Er wollte ihr Gesicht sehen, wenn er tief in ihr war.

Er hatte gerade den Korkenzieher aus der Schublade genommen, als etwas – die Reflexion einer Bewegung in einem der Kessel, das Rascheln von Stoff oder der gepreßte Atem bei körperlicher Anstrengung – ihn in die Gegenwart zurückholte. Geduckt wirbelte er herum, gerade noch rechtzeitig, um die Weinflasche auf sich herabsausen zu sehen ...

Als Karl seinen Arm hochriß, um den Schlag abzuwehren, sah er kurz ihr Gesicht, dessen Ausdruck nun so ganz anders war als noch vor einem Augenblick. Ihre Zähne waren zusammengepreßt, ihre Augen ganz hell vor Furcht und Haß. Und er wußte: Dies war die Frau des Bruders, die *ihn* töten würde.

Sein Arm lenkte ihr Handgelenk ab, aber der Schwung ließ die Flasche gegen seine Schläfe knallen. Weiße Funken tanzten vor seinen Augen. Er griff nach ihr, doch seine Knie sackten unter ihm weg, und er brach zusammen.

Etwas bewegte sich, zupfte an seiner Jacke. Er blinzelte, sah sie geduckt über sich stehen, einen Arm ausgestreckt, um den Revolver aus seiner Tasche zu ziehen. Als sie seine geöffneten Augen sah, sprang sie schnell zurück, aber er erwischte sie am Knöchel. Sie riß sich los und rannte aus dem Zimmer. Ihr Schuh blieb in seiner Hand zurück.

Taumelnd kam er hoch und rannte ihr nach. Im Flur packte ihn ein so starkes Schwindelgefühl, daß er gegen die Wand prallte und ein Bild zu Boden riß. Als er an die Haustür gelangte, hatte er den Revolver in der Hand.

Sie hatte fünfzehn Meter Vorsprung und rannte am Stall vorbei auf den Wald zu.

»Bleib stehn«, rief Karl.

Sie änderte die Laufrichtung, rannte auf den Stall zu. Er schoß schnell und ungenau, als sie die Tür erreichte, duckte sich dann und zielte sorgfältig, aber es flimmerte ihm immer noch vor den Augen. Als sie die Tür aufriß, drückte er zum zweiten Mal ab. Links über ihr splitterte das Holz.

Dann war sie verschwunden.

Gut, dachte er, während er sich aufrichtete. Jetzt saß sie in der Falle. Der Stall hatte nur diese eine Tür. Entschlossen ging er auf sie zu. Sein Kopf schmerzte, doch als er über seine Schläfe wischte, spürte er kein Blut. Er atmete tief durch, und sein Blick wurde klar. Sie hatte einen glücklichen Schlag gelandet. Die Chance zu einem zweiten würde sie nie bekommen.

Kaum waren Paul und Annie bei der Andrews Air Force Base angekommen, erkannte er sofort, was für eine schier unmögliche Aufgabe er sich vorgenommen hatte. Der Stützpunkt lag etwas weniger als fünfzehn Meilen von Washington entfernt in einem Gebiet, das Wohngebiete, Einkaufszentren und Industrieansiedlungen, kleine Farmen, hügelige Felder und dichte Wälder umfaßte. Hier gab es tausend Versteckmöglichkeiten.

Zum Glück hatte er eine Landkarte des Prince Georges County mitgenommen; dadurch konnte er zwar das Suchgebiet einschränken, aber für Karl kamen immer noch zu viele Standortmöglichkeiten unter der Einflugschneise von Landebahn 19 in Frage.

Sie hatten die Fahrt in Rekordzeit geschafft. Paul fuhr auf den Parkplatz eines Drugstores und schnappte sich die Karte von Annies Schoß. Auf der anderen Straßenseite markierte ein hoher Zaun die Grenze zum Luftwaffenstützpunkt. Von hier aus konnte man das Haupttor sehen, wo Militärpolizisten mit weißen Handschuhen Fahrzeuge durchwinkten.

»Sie halten das alles für verrückt, nicht wahr?« sagte er, während er die Karte studierte.

»Ich weiß nicht«, antwortete sie. »Wenn Sie glauben, daß er irgendwo hier draußen steckt...«

»Nein«, sagte Paul langsam, »es geht um mehr als nur um ihn. Jo ist in Gefahr, und dieser Bastard hat eine Redeye-Rakete. Da bin ich mir ganz sicher...« Seine nächsten Worte klangen nicht mehr ganz so überzeugend. »Ich weiß nicht, ob er *hier* ist. Ich fühle keine... keine Reaktion auf diese...«

»Sie meinen den Stützpunkt?«

»Ich meine alles. Ich hab dieses schreckliche Gefühl, daß der Präsident sich in furchtbarer Gefahr befindet...« Er verstummte, runzelte die Stirn. »Oder Jo. Es könnte auch sie sein, nicht er. Aber, was zum Teufel, sollte Karl mit einer Redeye wollen, wenn er es nicht auf den Präsidenten abgesehen hat?« Er preßte die Handflächen gegen seine Schläfen, schüttelte den Kopf und hämmerte dann mit der Faust gegen das Lenkrad.

»Langsam, Paul. Versuchen Sie sich zu entspannen.«

»Ich kann nicht, ich kann mich nicht entspannen. *Irgendwas* passiert, und es hat was mit Joanna und der Redeye und Air Force One zu tun...«

Der Winnebago versperrte Joanna die Sicht auf den hinteren Teil des Stalls und ließ sie kurzfristig Hoffnung schöpfen. Erst als sie an ihm vorbei war, erkannte sie, daß es keine Hintertür gab.

Es war dumm gewesen, in den Stall zu flüchten, doch die Schüsse hatten sie entnervt. Der scharfe Knall hallte noch in ihren Ohren wider; ihre Hand hatte vibriert, als das Projektil in die Tür gefetzt war. Der Stall schien ihre einzige Chance gewesen zu sein. Nun wurde überdeutlich, daß sie sich falsch entschieden hatte. Außer dem Winnebago gab es hier noch eine Werkbank, umgeben von Regalen und Schränkchen, und drei Propangas-Tanks an einer Wand, das war alles. Das einzige Versteck bot der Winnebago, nichts weiter als eine Schachtel in einer Schachtel...

Sie machte die Tür des Wohnmobils auf und hatte eine Idee. Sie ließ die Klinke los und sich zu Boden fallen und schlängelte sich unter den Wagen. Der Boden war uneben und roch nach feuchter Erde; sie spürte die Unterseite des Wagens an ihrem Rükken. Das Gesicht zur Seite gedreht, konnte sie den unteren Rand der Stallwände sehen. Das schmale Lichtband, das durch die offene Tür hereinströmte, verdunkelte sich, als Karl hereinkam.

Sie erstarrte.

Sie sah ihn lediglich bis zu den Knien. Jeden Moment rechnete sie damit, daß er sich bücken und unter den Winnebago schauen würde. Doch er ging zur rechten Seite des Wohnmobils, auf die Tür zu, die sie offen gelassen hatte.

Er glaubt, ich bin drinnen, dachte sie.

Als er an ihr vorbei war, robbte sie zum hinteren Teil des Wagens, in Richtung Tür. Ihr Haar verfing sich irgendwo, sie hätte fast aufgeschrien. Fieberhaft versuchte sie sich zu befreien. Sinnlos. Karl stieg auf die kleine Treppe des Wohnmobils, und seine Schuhe verschwanden aus ihrem Blickfeld. Sie mußte weiter – *jetzt*. Sie spürte, wie ein Haarbüschel aus ihrer Kopfhaut gerissen wurde, dann kroch sie tief geduckt aus der Tür und rannte um das Haus herum nach vorn, wo der Audi parkte.

Als sie sich umdrehte, rechnete sie damit, daß Karl schon hinter ihr her sein würde, aber es war von ihm noch nichts zu sehen. Die Sonne stand tief, lange Schatten lagen über dem Hof.

Mit fliegenden Fingern ertastete sie den magnetischen Schlüsselhalter unter der vorderen Stoßstange. Irgendwie bekam sie ihn auf, und der Schlüssel fiel zu Boden. Sie nahm ihn an sich und stieg in den Wagen. Aus reiner Gewohnheit knallte sie die Tür zu und bedauerte es augenblicklich, denn Karl hatte mittlerweile bestimmt den Winnebago verlassen und suchte draußen im Freien nach ihr.

Der Sitz war viel zu weit hinten, aber für eine Korrektur blieb ihr keine Zeit. Sie rammte den Schlüssel ins Zündschloß und startete den Wagen. Wenn er sie bis jetzt noch nicht gehört hatte, war es nun unvermeidlich. Sie ließ die Kupplung kommen, der Wagen ruckte an, und der Motor erstarb. Die Handbremse!

Sie riß sie los und startete noch mal. Diesmal schoß der Audi vorwärts, und sie mußte sich am Lenkrad festklammern, um nicht so weit nach hinten zu rutschen, daß sie die Pedale nicht mehr erreichen konnte. Im Rückspiegel war noch immer nichts von Karl zu sehen, als sie um die Kurve bog und das Farmhaus hinter den Bäumen verschwand.

Sie stieß den Atem aus, drückte auf den Knopf und ließ das Fenster hoch. Das Schiebedach war ebenfalls offen, doch bevor sie es schließen konnte, tauchte ein schmiedeeiserner Zaun vor ihr auf. Einen Augenblick lang spielte sie mit dem Gedanken, einfach durchzubrechen, aber vielleicht ging dabei ein Reifen oder der Kühler kaputt. Ein Blick zurück zeigte ihr, daß die Straße leer war. Sie stoppte schnell, stieg aus und stieß das Tor auf. Wieder im Wagen merkte sie, wie nackt sie sich im Freien vorgekommen war.

Die Straße hinter ihr lag immer noch verlassen da; Zeit, schnell das Schiebedach und den Sitz vorzurücken. Als sie nach dem Knopf fürs Schiebedach griff, nahm sie aus den Augenwinkeln eine schnelle Bewegung wahr; sie kam nicht von der Straße, sondern vom Wald rechts von ihr.

Er kam mit flatternder Jacke auf sie zugerannt; seine Hände peitschten durch die Luft. Und schon war er da.

Sie warf den Gang ein und raste mit durchdrehenden Reifen aus dem Tor. Der Audi schleuderte kurz, und Karl knallte mit der rechten Schulter gegen die rechte Seite des Wagens. Er klam-

merte sich am Türgriff fest; halb rannte er mit, halb wurde er mitgeschleift, während er in den Wagen zu kommen versuchte. Doch die Türen waren versperrt, die Fenster geschlossen.
Das offene Schiebdach.
Als der Wagen beschleunigte, verloren seine Füße den Halt, und er klammerte sich an der Sonnenblende fest. Seine Beine knallten gegen den Wagen, aber er ließ nicht los. Joanna warf einen Blick hinüber. Karls Gesicht preßte sich gegen die Scheibe; seine Züge waren verzerrt, während er krampfhaft festhielt.
Sie riß das Lenkrad nach links und rechts, um ihn abzuschütteln. Doch er hatte nun mit beiden Händen die Sonnenblende auf dem Dach zu fassen bekommen und benutzte die Bewegung des Wagens, um aufs Dach zu klettern. Eben noch war es Joanna unmöglich erschienen, daß er sich festhalten konnte, jetzt lag er quer über dem Dach, die Finger um die Innenfassung der Sonnenblende gekrampft.
Sie beschleunigte, griff mit der Rechten hinüber und drückte auf den Knopf, um das Schiebedach zu schließen. Ein Laster kam mit dröhnender Hupe auf sie zugedonnert. Mit beiden Händen kurbelte sie am Lenkrad, um wieder auf ihre Straßenseite zu kommen. Sie nahm das Tempo weg; vielleicht würden die Leute im Laster ihr helfen? Doch der Truck donnerte vorbei, den Audi mit einem Kieselschauer überschüttend. Sie erhaschte nur einen flüchtigen Blick auf das finstere Gesicht des Fahrers, der sie beschimpfte.
Er glaubt, wir albern herum, dachte sie.
Karls Arm schoß durch den schmalen Spalt im Schiebedach und griff nach ihrem Gesicht. Sie duckte sich, aber seine Hand kam näher und näher. Fingernägel kratzten über ihre Wange, über ihre Stirn, schoben sich auf ihre Augen zu.
Sie stieg voll auf die Bremse; der Wagen schleuderte wild. Ein Knall. Ein Schatten an der Windschutzscheibe, und Karl verschwand über der Kühlerhaube. Der Wagen rutschte in langsamer Drehung seitlich weg. Sie kämpfte verzweifelt, wieder die Gewalt über das Fahrzeug zu bekommen. Sie hätte es fast geschafft, da knallte es mit dem Heck gegen einen Telefonmast.
Der Aufprall war zwar heftig, aber nicht zu stark, eher so, als

kippe man mit einem Stuhl nach hinten um. Der Motor erstarb, und in das plötzliche Schweigen hinein ertönte das Pfeifen eines Zuges. Links von ihr – in der Richtung, in die sie gefahren war – stieg die Straße an und traf auf eine Eisenbahnlinie. Jenseits der Gleise verlief ein stark befahrener Highway. Hinter ihr sah sie Karl aus einer Staubwolke auftauchen und auf den Wagen zulaufen.

Sie startete den Wagen. Der Audi ruckte an, blieb mit durchdrehenden Hinterrädern stehen. Der Motor röhrte, aber die Räder gruben sich nur tiefer ein. Sie begann den Wagen aufzuschaukeln, Vorwärtsgang, Rückwärtsgang, Vorwärtsgang und so fort. Mit jeder Schaukelbewegung kam er höher aus der Mulde. Karl war nun schon sehr nahe, sie konnte sogar den Ausdruck in seinen Augen sehen. Nicht wild, nicht wahnsinnig, sondern nur eigenartig ruhig, professionell. Jetzt sprang der Wagen auf die Straße zurück. Joanna drehte das Lenkrad nach links und schoß davon.

Karl war keine fünf Fuß von der hinteren Stoßstange entfernt, als der Audi anzog. Im Rückspiegel beobachtete sie, wie er eine letzte Anstrengung unternahm, sie einzuholen; dann wurde er langsamer und brach auf der Straße zusammen. Nein, er war nicht zusammengebrochen – er hatte sich geduckt, hatte einen Ellenbogen auf das Knie gestemmt und hielt nun den Revolver mit beiden Händen. Sie duckte sich und warf das Lenkrand hin und her, um ihm kein gutes Ziel zu bieten. Sie glaubte den Schuß schon zu hören und fragte sich, ob sie bei einem Kopfschuß schon tot wäre, noch bevor sie den Knall hörte.

Er feuerte nicht. Statt dessen stand er wieder auf, steckte den Revolver ein und begann hinter ihr her zu rennen. Es war so verrückt, daß es ihr mehr Angst einjagte als der Revolver. Er konnte doch nicht im Ernst hoffen, sie einzuholen. Warum?

Und dann hörte sie das Geräusch der Dieselmaschine und sah den Zug, der sich der Kreuzung näherte. Ein langer Zug, der sie von der Sicherheit des Highways abschneiden würde. Es war vorbei.

Hastig schaltete sie in den vierten Gang und drückte das Gaspedal durch. Wenn sie stoppte, würde er sie töten. Dann würde sie lieber auf der Flucht sterben, nicht wie ein Tier in der Falle. Sie beugte sich vor, wagte es nicht, den Blick auf den auf sie zurasenden Zug zu richten.

Sie hörte das ständige Schrillen der Pfeifsignale, gefolgt vom grellen Kreischen des Metalls, als die Räder des Zuges beim Bremsversuch blockierten. Die Straße stieg an, die Eisenbahnschienen lagen eingebettet etwas tiefer. Ihr Magen sackte nach unten weg, als der Audi durch die Luft schoß. Sie war sich der schwarzen, dröhnenden Masse neben ihr bewußt und des einzelnen Scheinwerfers links von ihr; eine Welt tosenden Lärms hüllte sie ein. Die Schienen blitzten unter ihr auf, und dann trafen die strömenden Luftmassen den Wagen wie eine riesige Faust. Der Signalton des Zuges veränderte sich, als der Audi auf der anderen Seite der Schienen zu Boden knallte; im Rückspiegel fauchte der Zug im schnellen Wechsel der Farben vorbei.

Bevor sich Joanna von dem Schock erholen konnte, sah sie fünfzig Fuß vor sich ein Stoppschild; dahinter rauschte der dichte Verkehr über den Highway. Ihr Tacho zeigte über siebzig Meilen an.

Noch während sie auf die Bremse trat, wußte sie, daß es sinnlos war. Sie konnte nur versuchen, keinen anderen Wagen zu rammen. Mit diesem Gedanken im Kopf riß sie den Audi herum und steuerte auf die Böschung zu. Der rechte Kotflügel knallte gegen irgend etwas, der Audi stieg in die Luft und kippte um. Als er auf den Asphalt traf, überschlug er sich wieder und wieder und wieder.

Kapitel 30

Das Restaurant Le Sorbet lag einen halben Block vom Secret-Service-Büro in der G Street entfernt. Hier erfuhr Agent Eliot Ingerman, stellvertretender Leiter der Secret-Service-Schutz-Division, von der Bedrohung von Air Force One durch eine Redeye-Rakete. Seit sechs Wochen arbeitete er zwölf Stunden täglich, um die Sicherheitsmaßnahmen der verschiedenen Geheimdienste anläßlich des Besuchs des sowjetischen Generalsekretärs zu koordinieren. In der letzten Nacht hatte er fünf Stunden geschlafen; den ganzen Tag über hatte er in seinem Büro festgesessen. Um siebzehn Uhr dreißig verdrückte er sich und marschierte zum Le Sorbet, wo er sich ein Croissant mit Meeresfrüchten und eine Tasse Kaffee bestellte. Sein Piepser meldete sich, noch bevor das Essen kam. Jetzt, als er am Münztelefon stand und von der unglaublichen Möglichkeit hörte, daß möglicherweise eine Redeye gestohlen worden war und gegen Air Force One eingesetzt werden könnte, hatte er das Gefühl, daß diese Bedrohung niemals aufgetaucht wäre, wenn er das Büro nicht verlassen und statt dessen eine Sekretärin zum Essenholen geschickt hätte.
»Wie wahr ist die Nachricht?« erkundigte er sich mürrisch.
»Eine einzige Quelle ohne Bestätigung. Der dafür zuständige Beamte schätzt sie aber als solide ein, schränkt jedoch ein, daß er da mehr nach seinem Gefühl als nach Erfahrungswerten geht.«
»Wer ist der Beamte?«
»Hugh Roark. Einer von der alten Garde mit einem Spezialauftrag. Macht einen vernünftigen Eindruck.«
Der Mann am anderen Ende der Leitung war Tommy Lecrazny,

CIA-Verbindungsoffizier. Außerdem hing noch Barbara Ziegler, Ingermans Assistentin, in der Leitung, die den Anruf entgegengenommen und den CIA-Mann durchgestellt hatte.
Der Essensgeruch brachte Ingermans Magen zum Knurren. Er blickte zu seinem Tisch, wo eine Kellnerin sein Croissant in die Höhe hielt. Ingerman lächelte, nickte ihr zu und fragte: »Wer ist die Quelle?«
»Paul Stafford, Reporter beim HERALD.«
Ingermans Nerven spannten sich. Paul Stafford zählte nicht gerade zu den beliebtesten Reportern in Washington – vor allem bei den Leuten, die Rüstungsaufträge bekamen, und deren politischen Freunden –, aber niemand bezweifelte seine Glaubwürdigkeit oder die Zuverlässigkeit seiner Quellen.
»Der Tip kam über einen von Staffords Informanten?«
»Nicht direkt. Es geht um Staffords Bruder.«
»Der Tip stammt von seinem Bruder.«
»Nein. Der Bruder ist der Attentäter.«
»*Staffords* Bruder?«
»So hab ich's verstanden.«
»Und Stafford hat ihn auffliegen lassen?«
»Yeah.«
»Hol mich der Teufel«, sagte Ingerman leise.
Sein gesamtes Secret-Service-Training war darauf angelegt, Notfälle zu vermeiden. Vorausplanung war alles. Der Präsident und seine Familie begaben sich an keinen Ort, an dem nicht die entsprechenden Vorbereitungen getroffen worden waren. Notfallsituationen wurden durchgespielt, so daß es sich dann nicht mehr um Notfälle, sondern nur noch um zufällige, aber berechenbare Ereignisse handelte. Für jede Eventualität gab es einen Plan; so war der Dulles Airport als Ersatz für Andrews Air Base vorgesehen. Die Frage war nun, ob man die Möglichkeit Dulles aktivieren sollte. Es war eine Sache der persönlichen Einschätzung, und die Chance einer falschen Entscheidung wurde durch das Fehlen weiterer Informationen und die Notwendigkeit eines schnellen Entschlusses nur noch größer.
Ingerman warf einen Blick auf seine Uhr. Der Präsident würde planmäßig in achtundzwanzig Minuten landen.

»Okay, ich komm gleich rüber. Gib Barbara eine Telefonnummer und halte dich bereit.«
Dann wandte er sich an seine Assistentin.
»Barbara?«
»Ja, hier.«
»Okay, hör zu. Ruf den Bayonne Terminal an und laß dir die Redeye-Fracht bestätigen. Dann überprüf die PTA, ob da irgendwas von gestohlenen oder vermißten Redeyes oder anderen Boden-Luft-Raketen steht.«
Damit war die POTENTIAL THREAT ANALYSIS gemeint, ein vom Office of Protective Intelligence erstellter Bericht, in dem sämtliche Individuen, Organisationen oder Aktivitäten aufgeführt waren, die sich zu einer Bedrohung auswachsen konnten. Gestohlene Redeyes fielen eindeutig unter die Zuständigkeit der PTA.
»Dann«, fuhr Ingerman fort, »versuche Paul Stafford aufzutreiben, er soll sich zur Verfügung halten. Anschließend alarmierst du Kenny – er ist für die Andrews-Ankunft zuständig –, gibst ihm eine Kurzzusammenfassung und sagst ihm, wir melden uns wieder. Dann such mir Colonel Coswell oder Bud Hollingsworth oder sonst jemanden, der die Einsatzmöglichkeiten einer Redeye beurteilen kann und was für eine Bedrohung sie für Air Force One darstellt. Ich bin im Le Sorbet und mach mich jetzt auf den Weg.«
Ingerman legte auf, ging an seinem Tisch vorbei, schnappte sich sein Croissant und hinterließ eine Fünf-Dollar-Note. Draußen marschierte er kauend und mit flotten Schritten die Straße entlang.

Joannas Entscheidung, noch vor dem Zug über die Kreuzung zu kommen, hatte Karl überrascht. Als der Wagen nicht langsamer wurde, sondern in hohem Tempo über die Schienen schoß, war er fest davon überzeugt, daß das Fahrzeug im nächsten Moment wie eine Blechbüchse zerquetscht würde. Statt dessen verschwand er aus seinem Blickfeld, und Karl starrte ungläubig auf die Kreuzung; er konnte nicht fassen, daß Joanna entkommen war. Verdreckt und zerschrammt stand er hier mitten auf der Straße und versuchte wieder zu Atem zu kommen, während sie sich zweifellos auf dem Weg zur Polizei befand. Er hatte keine Ahnung, wie sie den Wagen gestartet hatte... die Audi-Schlüssel befanden sich in seiner Tasche.

Als das Kreischen der Bremsen und das schrille Pfeifen des Zuges verklungen waren, ließ sein Zorn nach und machte Selbstvorwürfen Platz. Zu seinen besten Waffen zählte das Ausnutzen der Schwächen seiner Opfer; darin war er Experte. Doch jetzt hatten ihn *seine* Schwächen verraten... diese verdammte Illusion, das Leben seines Bruders leben zu können! Joanna hatte es erkannt und ausgenutzt. Er hatte zwar gemerkt, daß ihr verführerisches Getue vorgetäuscht war, aber warum hatte er dann nicht gleich erkannt, daß sie alles auf eine Karte setzen würde, noch bevor die Verführung richtig begann?

Weil er sich's gewünscht hatte. Er *wollte* verführt werden.

Verärgert warf er den Revolver auf den Boden. Alles war nun gefährdet. Sie würde zur Polizei gehn. Man würde nach ihm suchen, vielleicht würde man sogar Lishs Leiche entdecken. Sollte alles umsonst gewesen sein? Und Ikhnovsky? Wie hatte Onkel Alex gesagt? *Mein Leben liegt in deinen Händen, Karl!* Hatte er das Leben des einzigen Menschen, den er liebte und dem er vertraute, für das Leben seines Bruders aufs Spiel gesetzt?

Karl war immer noch mit seinen zornigen Gedanken beschäftigt, als der Zug verschwand und ihm den Blick auf den Highway jenseits der Kreuzung freigab, wo mehrere Autos angehalten hatten. Einen Augenblick lang glaubte er, Joanna hätte sie gestoppt, um sie ihm auf den Hals zu hetzen. Dann zündete jemand eine rötliche brennende Fackel an und stellte sie als Signallicht auf die Straße, und Karl erkannte: Joanna war doch nicht entkommen! Der Zug hatte sie zwar nicht erwischt, aber sie mußte in einen der Wagen auf dem Highway gerast sein.

Der Zorn löste sich auf. Erleichterung durchflutete ihn. Er lief auf die Unfallstelle zu. Erleichterung lenkte seine Gedanken wieder in logische Bahnen, und er fühlte sich in der Lage, den nächsten Schritt zu planen. Joanna würde hoffentlich tot sein; dann hatte er es nur noch mit dem Problem zu tun, wieder zu dem Haus zurückzukommen.

Er ging langsamer, als er den Hügelkamm erreichte und die Gleise überquerte. Eine Fahrspur war blockiert. Jemand leitete den Verkehr um. Ein Blick zu den langen, tiefen Furchen, die sich in die Böschung gegraben hatten, genügte ihm, um zu wissen, was passiert war. Ein Stoppschild war abgerissen, nur der Stumpf stand ganz verbogen da; dahinter war der Highway mit Glasscherben und weißen Farbspuren gesprenkelt.
Sie hatte bestimmt die Kontrolle über den Wagen verloren, war über die Böschung gerast und dann auf die Straße gestürzt, wo sie gegen einen anderen Wagen – einen Ford Escort, wie er sah – geprallt war. Die ganze Front des Fords war eingedrückt, der Motor zur Seite geschoben, der dampfende Kühler hing herunter. Zwei Männer führten eine hysterische Frau von dem Auto weg. In der Nähe lag ein weiterer Mann auf dem Boden. Er lebte, hielt aber mit schmerzverzerrtem Gesicht seinen Arm umklammert.
Eine größere Menschenmenge hatte sich um den Audi versammelt, der wieder auf seinen vier Rädern stand. Die Räder waren fast parallel zur Straße gebogen, und alle Scheiben waren zerbrochen, das Dach war zerfetzt und zusammengedrückt, als hätte ein Riese damit gespielt. Unwahrscheinlich, daß ein Insasse diesen Unfall überlebt hatte.
Als er näher kam, zogen zwei Männer und eine junge Frau sehr vorsichtig Joannas Körper durch die geborstene Windschutzscheibe. Ein vierter Mann in Shorts gab nervöse Anweisungen. »So ist's gut. Jetzt kommt sie. Jetzt kommt sie.« Irgend jemand rief: »Lebt sie noch?« Keiner antwortete; die Leute redeten wild durcheinander. »Okay, vorsichtig jetzt.«... »Sollten wir sie nicht vom Wagen wegbringen?«... »Besser nicht bewegen. Wenn sie die Rippen gebrochen hat, könnte die Lunge verletzt werden.«... »Aber der Wagen, ich riech Benzin.«... »Bloß keine Zigaretten.«
Der Mann in Shorts drehte sich um und rief wichtigtuerisch: »Niemand raucht, hier ist Benzin ausgelaufen. Nicht rauchen.«
Karl schob sich vor. Joanna lag am Straßenrand, das Gesicht zerschnitten und blutüberströmt. Sie war leichenblaß. Karl

konnte nicht erkennen, ob sie atmete. Ein Arm hing in einem unmöglichen Winkel weg, die gezackte Spitze eines weißen Knochens ragte aus ihrem Sweater. Eine Frau kam mit einer Decke angerannt. Karl nahm ein Ende der Decke und breitete sie über Joanna.

»Ist sie am Leben?« fragte er.

»Kaum«, sagte der Mann, der neben ihr am Boden kniete. »Hat jemand eine Bandage? Irgendwas, um die Blutung zu stillen?«

Ein junger Mann zog sein Bruce-Springsteen-T-Shirt aus. Karl legte Mittel- und Zeigefinger an Joannas Hals und fühlte den Puls. Er war da, doch sehr schwach. Der kniende Mann hatte das T-Shirt an sich genommen und versuchte den Blutstrom aufzuhalten. Er blickte zu Karl auf und schüttelte den Kopf.

»Ich glaub nicht, daß sie's schafft.«

Karl nickte und drängte sich nach hinten durch, anderen die Samariterrolle überlassend. Joanna war eine Bedrohung gewesen. Jetzt nicht mehr. Ein Verkehrsunfall hatte ausgereicht, den er nicht mal hatte arrangieren müssen.

Er verließ die Unfallstelle und machte sich auf den Weg zurück zum Haus. Als er die ferne Sirene hörte, dachte er, das beste wäre es, sie stürbe schon auf dem Weg ins Krankenhaus.

Air Force One befand sich über Wheeling, West Virginia, als der Anruf kam. Der Präsident saß in der First Family's Lounge neben seiner Frau. Sie hörte gar nicht zu, was er sagte. Der Präsident sprach russisch. Er hatte die Beine hochgelegt und die Augen geschlossen; er trug einen winzigen Kopfhörer, hatte ein Mikrophon umgehängt und lauschte russischen Sätzen vom Band, die er auswendig lernte und während seines Treffens mit dem Generalsekretär vorzutragen gedachte.

Es klopfte an der Tür. Der Präsident, der gern lässig gekleidet reiste, erwartete seinen Leibdiener mit einem frischen Hemd, einem Jackett und einer Krawatte. Statt dessen stand Lee Knudson, sein Stabschef, vor der Tür.

»Eliot Ingerman hat was für Sie.«

Lee erwähnte nicht, daß es wichtig sei; das ergab sich allein schon aus der Tatsache seines Auftauchens. Die beiden Männer gingen in das Präsidentenabteil, ein ultramodernes Büro und Kommunikationscenter. Von einem einzigen Telefon aus konnte der Präsident mit jedem Kommunikationssystem der westlichen Welt, egal ob verschlüsselt oder unverschlüsselt, in Verbindung treten. Und jetzt war der Mann am anderen Ende Eliot Ingerman. Der Präsident kannte Ingerman nicht sehr gut, aber was er über ihn wußte, reichte aus, um seinem Urteil zu vertrauen. Deshalb war er auch ziemlich überrascht, daß es der Mann vom Secret Service für notwendig hielt, ihn über eine Situation zu informieren, die man bestenfalls als sehr weit hergeholt bezeichnen konnte.

Nachdem er seine Erklärung abgegeben hatte, sagte Ingerman: »Colonel Coswell hat mich in Kenntnis gesetzt, daß Ihre Maschine über einen Verteidigungsschirm verfügt, der eine Redeye-Rakete abwehren kann, aber ich habe trotzdem eine Abordnung nach Dulles geschickt.«

»Was soll das heißen, Eliot?«

»Ich will damit sagen, Sir, wenn Sie die Ausweichmöglichkeit Dulles bevorzugen, können wir das sofort in die Wege leiten.«

Nein, dachte der Präsident, das ist genau das, was ich nicht will. An Bord des Flugzeugs befanden sich vier Mitglieder der Pressegruppe des Weißen Hauses, ganz zu schweigen von den Reportern und Fotografen, die ihn in Andrews erwarteten: Ein Umweg über Dulles wäre innerhalb von Stunden in Presse, Funk und Fernsehen. Er konnte sich die Schlagzeile lebhaft vorstellen: **Attentatsdrohung gegen Präsidentenmaschine erzwingt Landung in Dulles.**

Auch die Wirkung auf die Sowjets konnte er sich vorstellen, vor allem auf das KGB-Kontingent, das für die Sicherheit des Generalsekretärs verantwortlich war.

»Sie hätten mich nicht nach meiner Meinung gefragt, wenn sich die Tatsache einer Bedrohung bestätigt hätte, nicht wahr?«

»Nein, Mr. President.«

»Sind Sie bereit, den Dulles-Plan auf der Basis Ihrer Informationen durchzuführen?«

»Ohne Bestätigung der Story von Paul Stafford durch eine unabhängige Quelle und basierend auf dem, was man mir über unsere Luftverteidigungsmöglichkeiten erzählt hat, würde ich nein sagen.«

»Sie sind schon länger in dem Geschäft als ich«, sagte der Präsident. »Wir richten uns nach Ihnen.«

»Jawohl, Sir.« Ingerman klang ganz und gar nicht glücklich.

Der Präsident lächelte. »Sie haben gehofft, ich würde es Ihnen leichter machen?«

»Da haben Sie verdammt recht, Sir.«

»In Ordnung, Eliot. Danke für die Information. Sie teilen mir später die Hintergründe dieser Geschichte mit.«

Der Präsident legte auf und warf Lee Knudson einen forschenden Blick zu.

Der Stabschef sagte. »Der Bastard hat das Gespräch womöglich auf Band genommen, um seinen Arsch zu retten, falls wir in Flammen aufgehn.«

Der Präsident zuckte mit den Schultern. »So was passiert doch ständig. Wir hören nur nichts davon.«

»Sie meinen Korruptheit, Unterwürfigkeit, Vermeidung von Verantwortung?«

Wieder lächelte der Präsident. Lees übertriebener Sarkasmus bekam so manchem nicht, aber der Präsident hatte seine Freude daran.

»Die Drohungen. Man erledigt das einfach. Wir erfahren nie...«

»Diesmal werden wir's erfahren, wenn die Sache nicht erledigt wird.«

Das Lächeln des Präsidenten verblaßte. Er drehte sich um und schaute aus dem Fenster. Dreißigtausend Fuß unter ihnen glitt das Land schweigend vorüber, als die Crew mit dem Anflug auf Washington begann.

Zwei Helikopter kreisten träge in der Gegend, aus der die Maschine kommen würde. Paul und Anne überprüften die Stelle, die am besten für einen Angriff geeignet schien: ein in einem Waldgebiet gelegenes Industriegelände jenseits des Stützpunktes. Es gab hier ein paar ältere Holzhäuser, aber bei den meisten Gebäuden handelte es sich um ein-, zwei- oder dreistökkige Betonbauten: eine Druckerei, ein Design-Studio, eine Spedition und ein halbes Dutzend Lagerhäuser.

Paul war überzeugt, daß Karl nicht mit der Rakete unterm Arm herumspazieren würde. Er beschrieb Annie die Redeye in allen Einzelheiten, damit sie wußte, wonach sie Ausschau halten mußte. Sie fuhren langsam in Sackgassen hinein und wieder heraus und erkundeten Dutzende Orte, an denen Karl sein konnte, doch keine Spur von ihm noch von Joanna. Sie stoppten bei der Spedition und erkundigten sich, ob jemand einen Mann gesehen hatte, der verblüffende Ähnlichkeit mit Paul besaß. Ein junger Mann mit jamaikanischem Akzent bedauerte sehr, ihnen nicht helfen zu können, ließ sie aber aufs Dach hoch.

Paul schüttelte den Kopf, als er die Gegend ringsum betrachtete. »Er könnte auf diesem oder jenem Dach sein oder in einem Gebäude warten, bis die Maschine in Sicht kommt. Oder er könnte da drüben irgendwo im Wald lauern.«

»In einer Minute werden wir's wissen«, sagte Annie.

Paul folgte ihrem Blick. Eine Boeing 707 kam auf sie zugeflogen. Er schaute auf die Uhr. Noch nicht achtzehn Uhr.

»Das ist sie nicht«, sagte er, »es ist die Begleitmaschine. Air Force One folgt in zehn Minuten.«

Annie warf ihm einen anerkennenden Blick zu. Paul zog es vor, ihr nicht zu sagen, daß er sechs Monate lang die Berichte über das Weiße Haus geliefert hatte.

Sie gingen zum Wagen zurück und beschlossen, die Straßen im Bereich der Einflugschneise zu kontrollieren: Interstate 95, Highway 337, Marlboro Pike und Suitland Parkway; welliges Gelände, und die Straßen waren meist von Wald gesäumt. Am Straßenrand stand ein Wagen mit geöffneter Motorhaube; sie hielten an, um ihn näher zu inspizieren.

Nachdenklich musterte Paul das Heck des Autos. »Die Rakete würde wahrscheinlich in den Kofferraum passen«, sagte er. »Und wer weiß, ob der Motor wirklich einen Defekt hat.«

»Aber wo sollte er sein?«

Paul drehte sich um und schaute zu den Bäumen in einigen Metern Entfernung hinüber. Dann ging er auf sie zu. Annie holte ihn ein und schlug vor, gemeinsam den Wald zu durchkämmen. Die Bäume standen nicht sonderlich dicht, und so konnten sie ein ziemlich großes Gebiet abdecken. Viel Zeit blieb ihnen nämlich nicht.

Zum ersten Mal überlegte sich Paul, was geschehen würde, wenn sie Karl mit der Redeye-Rakete und einer Smith & Wesson entdeckte.

»Sie werden's zwar nicht gern hören«, sagte er zu Annie, »aber ist Ihnen schon mal in den Sinn gekommen, daß er Sie vielleicht umbringt, wenn Sie ihn aufzuhalten versuchen?«

»Ich werde nicht versuchen, ihn aufzuhalten. Ich möchte ihn finden.«

Bevor er sich darüber klarwerden konnte, was sie damit meinte, sah er in der Ferne die Präsidentenmaschine auftauchen. Nur eine Silhouette, aber Paul erkannte sie trotzdem. Sein Gesicht verhärtete sich. Annie schaute über ihre Schulter.

»Ist sie das?«

Paul gab keine Antwort. Er rannte bereits durch den Wald und brüllte Karls Namen. Vielleicht konnte er ihn irritieren, aus seinem Versteck scheuchen. Annie nahm einen anderen Weg, ungefähr zehn Meter rechts von ihm. Sie fing ebenfalls an zu rufen. Gut. Wenn Karl glaubte, daß gleich mehrere Leute hinter ihm her waren, würde er wahrscheinlich eher reagieren.

Der Boden stieg an und fiel dann wieder leicht ab. Durch einige Bäume hindurch sah Paul ein buntes Licht aufblitzen, einen Augenblick später hatte er den Wald hinter sich und stand vor einer weiteren Straße – die Allentown Road, die direkt neben dem Stützpunkt verlief.

Das bunte Licht war das wirbelnde rote Signal eines Highway-Streifenwagens, der mitten auf der Straße stand. Zwei Beamte lehnten plaudernd am Kühler. In einiger Entfernung konnte Paul einen weiteren Streifenwagen sehen, der die Straße blokkierte; der Verkehr wurde umgeleitet.

Einer der Polizisten wurde auf Paul aufmerksam, und sein Lächeln erstarb. »Die Straße ist gesperrt, Sir.«

Sein Kollege drehte sich gerade um, als Annie aus dem Wald gestürmt kam.
»Karl?« rief sie und blieb abrupt stehen. Sie sah Paul und die Polizisten und wirkte verwirrt. Die Polizisten schauten mißtrauisch drein.
»Können wir Ihnen helfen?«
Bevor Paul antworten konnte, hatte sich Annie gefaßt und lieferte eine schnelle, plausibel klingende Erklärung.
»Auf dem Freeway hat jemand eine Panne«, sagte sie munter. »Da steht ein Wagen, aber niemand ist in der Nähe. Wir dachten, die Leute wären vielleicht hier entlang.«
Der ältere Polizist hatte Hängebacken, war aber offensichtlich ein Mann der alten Schule. Er tippte an seinen Hut und sagte: »Wenn sie da wären, dann sind sie jetzt jedenfalls nicht mehr hier, Ma'am. Die Straße ist gesperrt, bis der Präsident gelandet ist.«
»Dann hat sie wahrscheinlich jemand mitgenommen«, sagte Annie. »Trotzdem schönen Dank auch.«
Sie nahm Pauls Arm und führte ihn den Weg zurück, den sie gekommen waren. Das schrille Jaulen des sich im Anflug befindenden Jets ließ sie beide nach oben blicken. Bäume reckten sich wie lange Finger gegen den dunstig blauen Himmel. Der Lärm schwoll an, und Air Force One glitt über sie hinweg. Jetzt konnte sie die blauweißen Markierungen und das Wappen des Präsidenten erkennen. Annie atmete tief ein und krallte sich unwillkürlich an Pauls Arm fest.
Der Anblick des Flugzeugs löste etwas in Paul aus, einen Erinnerungsbrocken, ein Gefühl, daß etwas nicht stimmte. Es hatte mit der Form des Flugzeugs zu tun, mit den Turbinen, die unter den Tragflächen hervorragten. Es stimmte nicht...
Die Maschine entschwand ihren Blicken.
»Das ist nicht die richtige...«, sagte Paul.
Annie drehte sich zu ihm um. Sie merkte, daß sie seinen Arm umklammert hatte und ließ ihn los. Paul starrte immer noch zu den Baumwipfeln hoch.
»Das ist nicht das Flugzeug.«
»Noch ein Begleitflugzeug?«

Er wandte sich ihr zu. »*Nein*, das ist nicht die Maschine, die ich gesehen hab. Sie wissen schon, in meinem Traum. Oder wie immer Sie es nennen wollen. Ich erinnere mich *ganz deutlich*. Eine Tragfläche war abgebrochen, und die Maschine raste direkt auf mich zu. Aber da waren keine Triebwerke. Keine Düsen an der Tragfläche. Sie befanden sich hinten am Rumpf.«

»Sie meinen wie bei einer 727?«

Paul schüttelte den Kopf. »*Vier* Triebwerke, zwei auf jeder Seite, so angeordnet...«

Es traf ihn wie ein körperlicher Schlag. Er kannte den Flugzeugtyp: die Triebwerke paarweise, zwei auf jeder Seite, als Tandem angeordnet. Und das geschwungene Heck mit der oben angebrachten horizontalen Stabilisatorflosse, genau wie bei einer 727, bloß daß es keine 727 war, sondern ein russischer Jet, eine Iljuschin 62. Es war eine Aeroflot...«

»Mein Gott.«

Annie machte einen Schritt zurück. *»Was?«*

Pauls Gesicht war starr vor Verblüffung und Unglauben.

»Es geht nicht um den Präsidenten. Es ist der Russe. Karl ist hinter...«

»Wer?«

»Deshalb ist er hier. *Er will den sowjetischen Generalsekretär ermorden.*«

Annie starrte ihn sprachlos an. Sie hatte seine Worte verstanden, aber sie ergaben keinen Sinn. Zum ersten Mal stellte sie ihr eigenes Urteil in Frage und überlegte, ob Paul vielleicht tatsächlich verrückt war.

»Er will den Russen töten«, sagte Paul. »Ich bin mir *absolut* sicher.«

Er eilte zum Wagen zurück. Annie rannte ihm nach.

»Aber Sie sagten – ich dachte, Karl arbeitet für die Sowjets.«

»Das tut er auch.«

»Warum sollte er dann...?«

Paul riß die Tür des Wagens auf und drehte sich zu ihr um. »Ich weiß es nicht. Aber ich hab zwei Zwillingstriebwerke gesehen, und das bedeutet Aeroflot, und in der Maschine sitzt der erste Mann der Sowjetunion. Schnell, rufen wir Ihren Boß an.«

»Einen Moment.« Annie legte eine Hand auf seinen Arm. »Paul, denken Sie eine Minute nach. Wenn er für die Russen arbeitet, wird er doch wohl nicht ihren Generalsekretär abschießen. Und wenn er nicht für die Russen arbeitet...«
Ihre Logik war in einer Sackgasse angekommen. Paul starrte sie an. »Was sagen Sie da? Daß er für euch arbeitet? Für die CIA?«
»Nein, nein«, sagte sie schnell. Und fügte dann nicht mehr ganz so sicher hinzu: »Zumindest glaub ich das nicht.«
Einen Augenblick lang dachten sie beide über die Möglichkeit nach, Karl könnte für die CIA arbeiten, Paul spürte, daß sein Verstand die Belastungsgrenze erreicht hatte, als er die Fakten zu einer neuen Interpretation zusammenzusetzen versuchte. Wenn Karl tatsächlich für die CIA arbeitete, was waren seine Opfer dann wirklich gewesen? KGB-Agenten? Und wozu brauchten dann Hugh und Maurice seine Hilfe, um Karl aufzuspüren? Oder waren sie vielleicht auch KGB-Agenten?
Nein. Er hatte Hugh und Maurice überprüft. Sie gehörten zur CIA. Das war Tatsache. Und er hatte von den Morden geträumt: eine weitere Tatsache. Und er hatte guten Grund, Hugh Roark zu vertrauen; auch das war eine Tatsache.
»Nein«, sagte er fest, »so funktioniert das nicht. Ich hab keine Ahnung, warum er hinter seinem eigenen Boß her ist, ich weiß nur, daß er es ist... Kommen Sie.«
Er stieg in den Wagen, und Annie folgte ihm.
»Erzählen Sie außer Hugh niemandem davon«, warnte Annie. »Wenn die Russen davon erfahren, auch wenn's nicht stimmt, könnten sie versuchen, ihn umzubringen.«
Er schaute sie an. »Solange sie dabei Joanna nicht umbringen.«
»Er ist Ihr Bruder«, sagte sie.
Paul antwortete nicht. Annie beobachtete ihn einen Augenblick lang und wandte sich dann dem Fenster zu. Als sie wieder sprach, war ihr Ton fast nachdenklich. Merkwürdig, dachte er, in einer solchen Situation.
»Sie erkennen nicht, wie ausgesprochen selten das ist, Ihre Ver-

bindung zu Karl. In dieser speziellen Form ist sie vielleicht einzigartig. Sie beide sind sehr kostbare Menschen.«
Paul schüttelte den Kopf.
»Es stimmt, verdammt noch mal. Ich weiß, es klingt extrem, aber ihre Leben sind mehr wert als ...«
»Als das meiner Frau, das des Präsidenten?«
Sie gab ihm keine Antwort, doch als er sie ansah, erkannte er, daß sie genau das dachte.

Kapitel 31

Wegen seines frühzeitig ergrauten Haares sowie seines Geschicks, sich in den trügerischen politischen Gewässern der Regierungsbürokratie über Wasser zu halten, hatte Eliot Ingerman von seinen Kollegen den Spitznamen ›Grauer Fuchs‹ bekommen. Ingerman entsprach diesem Bild, indem er sich nach außen weltmännisch und befehlssicher gab, doch das stand in Zeiten wie diesen in starkem Widerspruch zu dem Aufruhr in seinem Inneren, wenn er sich gezwungen sah, allein auf sein Urteil zu vertrauen und alles auf eine Karte zu setzen.

Er war in sein Büro in der G Street zurückgekehrt und hatte mit Barbaras Hilfe mit einem Dutzend Leuten in ebenso vielen Minuten gesprochen. Paul Stafford hatte er nicht erreichen können, wofür er der CIA die Schuld gab. Schließlich war Stafford ihr Informant. Doch er hatte mit Hugh Roark gesprochen; alles, was der CIA-Mann sagte, bestätigte nur seine Überzeugung, daß es sich bei der Redeye-Sache um eine leere Drohung handelte. Stafford hatte seinen Bruder – ein Zwillingsbruder, wie sich herausstellte – bis vor ein paar Wochen noch nie gesehen oder gekannt. Dieser Bruder, Karl Alexander, sollte angeblich über den DDR-Staatssicherheitsdienst ab und zu für den KGB arbeiten.

»Er ist ein Profi«, hatte Hugh Roark ihm erklärt. »Und sehr geschickt.«

Vielleicht, vielleicht auch nicht, dachte Ingerman. Die CIA war nicht unfehlbar. Sie legte zu viel Wert auf das Sammeln von Nachrichten und zu wenig Wert auf die Analyse. Der Fall Stafford war typisch dafür. Weshalb sollte ausgerechnet jetzt, am

Vorabend der Vertragsunterzeichnung, die sowjetische Seite den amerikanischen Präsidenten ermorden wollen? Hugh Roark konnte die Frage auch nicht beantworten.
Nein, die ganze Sache schien viel mehr Paul Staffords Phantasie entsprungen zu sein. Der Report vom Bayonne Terminal war negativ gewesen. Es war weder zu irgendeiner Verletzung der Sicherheitsvorschriften gekommen, noch fehlte Fracht. Und Colonel Coswell hatte ihm versichert, daß Air Force One einen Infrarot-Schutz besaß.
Trotz all dieser beruhigenden Informationen hatte der ›Graue Fuchs‹ zwei Vorsichtsmaßnahmen getroffen. Zum einen hatte er den Präsidenten gewarnt, zum anderen hatte er veranlaßt, daß die Landung auf Video aufgezeichnet wurde. Sollte *tatsächlich* etwas passieren, würde er eine Filmaufzeichnung zur Beweissicherung haben.
Als er nun vor dem Videomonitor saß, spürte er ein vertrautes, brennendes Gefühl im Magen. Für sein Geschwür würde es eine harte Woche werden. Der Monitor zeigte das Landegebiet auf dem Andrews-Stützpunkt, wo eine kleine Menschengruppe auf die Ankunft des Präsidenten wartete. Der Kameramann, einer seiner eigenen Leute, befand sich auf dem Dach des Flughafengebäudes. Er besaß kein Stativ, und so wackelte das Bild gelegentlich.
»Sag ihm, er soll die Kamera ruhig halten«, rief Ingerman zu seiner Assistentin Barbara hinüber.
Barbara saß an einem angrenzenden Schreibtisch, den Telefonhörer am Ohr, eine schlicht wirkende Frau in mittleren Jahren, die ebenso tüchtig war, wie sie aussah.
Die Stimme des Kameramannes erreichte sie über den Monitor.
»Okay, hier kommt sie.«
Das Bild wechselte abrupt, und der Schirm zeigte nun das ferne Ende der Rollbahn, wo Air Force One aus dem dunstigen Himmel auftauchte. Ingerman winkte Barbara herüber, und beide beobachteten mit angehaltenem Atem den Landeanflug. Als die Räder den Boden berührten, klingelte das Telefon, und sie zuckten beide zusammen. Barbara ging zu ihrem Schreibtisch und nahm den Hörer ab.

Die Maschine landete, und Ingermans Magen knurrte vor Erleichterung. Diese verdammten CIA-Jungs hatten ihm einen ganz schönen Schrecken eingejagt.

Der Kameramann sagte: »War's das?«

»Bleib dran«, befahl Ingerman. Nur für den Fall. Immer nur für den Fall der Fälle.

Er öffnete seine Schreibtischschublade, nahm sich eine Pille für seinen Magen und ging in den Flur, um sich einen Schluck Wasser zu holen. Als er wieder ins Büro kam, wurde gerade die Gangway an Air Force One gerollt.

Ingerman sagte. »Das Kühllicht an der Wasserfontäne blinkt schon wieder. Sag doch mal unten Bescheid.«

Barbara schaute vom Telefon auf, mit wachsbleichem Gesicht.

»Das war Bayonne«, sagte sie. »Soeben hat ein Sicherheitsteam das Lagerhaus inspiziert. Auf dem Dach entdeckten sie einen Ventilatorschacht, durch den jemand eingebrochen ist. Sieht aus, als wäre das in diesem Monat passiert.«

Ingerman spürte Eisfinger auf seinem Rückgrat. Er wandte sich dem Monitor zu, wo der Präsident oben auf der Gangway stand und Freunden und Reportern zuwinkte.

Hast wirklich Schwein gehabt, dachte er, und rieb sich den Magen. Er wiederholte den Gedanken, als der Präsident die Stufen hinabstieg.

Karl rannte zum Toons-Creek-Haus zurück und war bester Laune. Um Joannas Tod zu kaschieren, hatte er einen Autounfall vortäuschen wollen, und nun war's in Wirklichkeit geschehen. Seine einzige Sorge war, daß sie vielleicht doch nicht tot war. Vielleicht hatte sie die Verpackungskiste der Redeye hinten im Winnebago erkannt – vielleicht nicht, aber er wollte kein Risiko eingehen. Wieder im Haus schnappte er sich sofort das Telefonbuch und begann der Reihe nach die Krankenhäuser anzurufen. Joanna war ins Glenway Memorial Hospital in Upper Marlboro eingeliefert worden. Die Notaufnahme teilte ihm mit, Mrs. Stafford wurde gerade operiert.

»Ist es schlimm?«

»Ich weiß es nicht, Mr. Stafford, Sie können mit dem Arzt reden, nach der Operation.«
»War sie noch bei Bewußtsein?«
»Nein, Sir. Sie lag im Koma.«
»Aber man rechnet doch damit, daß sie überlebt, nicht wahr?«
»Darüber müssen Sie mit dem Doktor sprechen, Mr. Stafford.«
»In Ordnung. Ich komm sofort zu Ihnen.«
Nachdem er aufgelegt hatte, überdachte Karl die Situation. Wenn Joanna die Operation überstand, würde sie noch unter der Wirkung von Beruhigungsmitteln stehen. Man würde sie auf die Intensivstation verlegen und zunächst an eine Menge Apparate anschließen. Man würde sie an den Tropf hängen, vielleicht sogar an ein Beatmungsgerät. Krankenschwestern würden sie im Auge behalten. Er mußte vorsichtig sein. Physische Gewalt kam nicht in Frage.
Eine todsichere Möglichkeit war Hydrogenzyanid; ein Atemzug, und sie hatte einen Herzanfall, aber nur dann, wenn sie an ein Beatmungsgerät angeschlossen war. Leider hatte er kein Hydrogenzyanid bei sich, nur Haloparimin, dasselbe Beruhigungsmittel, das Otto Wenzler seinem Bruder hatte geben lassen.
Karl lächelte, als sich langsam ein Einfall herauskristallisierte. Er ging ins Bad und holte aus seinem Toilettenbeutel eine kleine runde Flasche mit aufgesetzter Spritze. Dem Etikett nach diente der Inhalt zur Behandlung von Ohrenentzündungen. In Wahrheit enthielt das Fläschchen hochkonzentriertes Haloparimin. Schon eine einzige Spritze würde den Empfänger in einen abgrundtiefen Schlaf versinken lassen. Zwei Spritzen konnten ein Koma erzeugen. Der gesamte Inhalt würde einen Menschen töten.
Das Haloparimin war lediglich in die intravenöse Lösung zu praktizieren. Die ersten Symptome der Droge – flacher Atem – würde man wegen des Beatmungsgerätes nicht merken. Bis Joannas Blutdruck stark abfiel, würde er bereits wieder verschwunden sein; zu dem Zeitpunkt war keine Rettung mehr möglich.

Seit Joanna ihn heute morgen überrascht hatte, war er nicht mehr so zuversichtlich gewesen. Karl zog sich um und begann den Winnebago vollzupacken; er hatte Handschuhe übergestreift. Die Spuren im Haus spielten keine Rolle – es gab keine Möglichkeit, sämtliche Fingerabdrücke von ›Ron Tednick‹ zu entfernen –, war auch gar nicht notwendig. Joanna war die einzige, die ihn mit dem Toons-Creek-Haus in Verbindung bringen konnte. Und sie war so gut wie tot – wenn sie's nicht schon war.

Eine kleine, auserwählte Gruppe von Männern versammelte sich im Einweisungsraum des Secret Service in der G Street. Eliot hatte die Versammlung einberufen, nachdem er am Telefon mit Stafford gesprochen und erkannt hatte, daß der Mann nicht verrückt war. Unglücklicherweise hörte sich Stafford glaubwürdiger an, als er aussah. Als er endlich auftauchte, sah Ingerman zu seinem Entsetzen einen bleichgesichtigen Mann mit tiefliegenden Augen vor sich, der mit seinen Nerven offensichtlich am Ende war. Es war der Sache insgesamt auch nicht gerade dienlich, daß die meisten von Staffords Annahmen nicht überprüft werden konnten, da sie auf Träumen und Vorahnungen und Hypnose basierten.
Die Frau, Annie Helms, machte einen besseren Eindruck, auch wenn ihre Theorie über Gehirnwellen und genetische Kompatibilität ziemlich weit hergeholt schien, soweit er das beurteilen konnte. Ingerman hatte mit beiden telefoniert und entschieden, daß er angesichts einer derart unsicheren Beweislage sich nicht allein zu einem Entschluß durchringen würde. Das war der Augenblick gewesen, in dem er das Oberste Sicherheitsgremium einberufen hatte.
Die sechs Männer, die an dem ovalen Tisch saßen, repräsentierten die verschiedenen Nachrichten- und Sicherheitsdienste: Secret Service, FBI, CIA, Militärischer Abschirmdienst und der INR des Außenministeriums. Zusätzlich hatte Ingerman noch Colonel Buzz Coswell, einen Experten für Luftverteidigungssysteme, um seine Teilnahme gebeten. Hugh Roark und Annie Helms waren mit Paul Stafford gekommen. Die Sicherheitsspezialisten des KGB, die schon vor Wochen von Moskau eingeflo-

gen waren, fehlten. Ingerman hielt es für besser, abzuwarten, bis man unter sich den Wert von Staffords Geschichte abgeschätzt hatte, bevor man die Russen alarmierte ... oder sich der Lächerlichkeit preisgab.

Ingerman zog sein Jackett aus und rollte seine Hemdsärmel auf, um die Bedeutung des Treffens zu unterstreichen, und erhob sich.

»Gentlemen, ich danke Ihnen, daß Sie alle so kurzfristig kommen konnten. Ich hätte dieses Treffen nicht einberufen, wenn die Umstände nicht ganz außergewöhnlich wären. Die meisten von Ihnen werden den Mann zu meiner Rechten dem Namen nach, wenn nicht sogar persönlich kennen: Paul Stafford vom WASHINGTON HERALD. Neben ihm sitzen zwei CIA-Angehörige, Hugh Roark und Dr. Annie Helms, die beide von Anfang an Zeugen der Ereignisse waren, die schließlich zu diesem Treffen geführt haben. Um die Sache kurz zu machen, Mr. Stafford verfügt über Informationen, die ihn veranlassen zu glauben, daß ein Mann – sein eigener Bruder, um genau zu sein – eine Redeye-Rakete gestohlen hat und damit morgen früh die Maschine des sowjetischen Generalsekretärs abzuschießen beabsichtigt.«

Einige Herren hatten sich nicht sehr erfreut gezeigt, daß die Versammlung ausgerechnet zur Dinnerzeit einberufen worden war, und hatten das auch deutlich machen wollen, aber diese kleine Bombe brachte sie recht wirkungsvoll zum Schweigen.

D. L. McNally vom Außenministerium meldete sich schließlich zu Wort.

»Moment mal, Eliot. Wo sind Vronsky und Dekanozov? Warum sind sie nicht hier?«

»Ich glaube, Sie werden die Gründe dafür verstehen, wenn Sie Mr. Staffords Geschichte gehört haben.«

»Nur damit hier Klartext herrscht, das Protokoll garantiert den KGB-Sicherheitskräften eine Stimme bei jeder Entscheidung, bei der es um die Sicherheit des Generalsekretärs geht.«

Ingerman war verärgert. Er kannte das Protokoll so gut wie McNally.

»Okay«, sagte er, »aber laut Mr. Stafford sind es die *Russen,* die hinter dem Anschlag stecken.«

Ingerman genoß einen Lidschlag lang das verblüffte Schweigen, bevor er sich an Paul wandte. »Okay, Mr. Stafford, Sie sind dran.«

Paul erhob sich und schaute sich am Tisch um. »Vor drei Wochen«, begann er, »hätte ich kein Wort von dem geglaubt, was ich Ihnen jetzt erzählen werde.« Und dann berichtete er ihnen so kurz wie möglich die ganze Geschichte, angefangen von den Todesträumen bis hin zu dem letzten Traum einer in Flammen gehüllten, abstürzenden Iljuschin 62.

Die Reaktionen seiner Zuhörer waren unterschiedlich. Manche setzten eine undurchdringliche Maske auf, während andere ihre Ungläubigkeit deutlich zeigten.

»Ich weiß, daß George Lish tot ist«, sagte Paul. »Ich weiß, daß Karl Alexander eine Redeye in seinem Besitz hat, ich weiß, daß er meine Frau Joanna entführt hat, und ich weiß, daß er morgen versuchen wird, die Maschine des Generalsekretärs abzuschießen.«

»Tatsächlich?« sagte Doug Weems, der FBI-Mann. »Und Ihre Beweise bringen Sie zu diesem Schluß?«

»Genau. Ich kann es zwar nicht beweisen, aber ...«

»Dann möchte ich gern wissen, was, zum Teufel, wir hier eigentlich tun?«

»Einen Moment«, begann Tommy Lecrazny.

»Nein, keinen Moment«, sagte Weems und blickte auf die Uhr. »Wir haben einen ganzen Aktenordner voller Morddrohungen von Irren und Verrückten. Und das hier scheint mir auch ...«

Seine Worte gingen unter, als plötzlich alle gleichzeitig zu sprechen begannen. Paul wechselte einen Blick mit Annie, die die Augen verdrehte, als wollte sie sagen: was haben Sie erwartet?

Ingerman hörte sich den Lärm eine Weile an, dann sagte er: »Schon gut, schon gut. Gehn wir die Sache Schritt für Schritt an. Doug, Sie meinen, die Beweislage reiche nicht aus, um irgendeine Aktion zu rechtfertigen, ist das richtig?«

Nachdem der erste spontan-emotionale Ausbruch vorüber war, wurde der FBI-Mann vorsichtiger. »Was heißt hier Aktion? Ermitteln, Nachforschungen anstellen, das schon. Aber wir wollen doch nicht mit halb angezogenen Hosen losrennen. Wir haben eine Liste aller gegen den Generalsekretär gerichteten Morddrohungen. Von einer Redeye-Rakete ist nirgendwo die Rede. Dazu ist ein Plan und eine ganze Verschwörung nötig, und so was passiert nicht über Nacht. Dafür braucht man eine Menge Leute, und eine Menge Leute hinterlassen Spuren. Ich kann Ihnen sagen, daß wir zur Zeit darüber nichts in den Akten haben, und in der PTA steht auch nichts. Also gut, gehn wir der Sache nach, aber wozu diese Dringlichkeitsversammlung? Der einzige harte Beweis besteht darin, daß in Bayonne in ein Lagerhaus eingebrochen wurde.«

»Lagerhaus E«, erinnerte ihn der DIA-Mann, »ein Sicherheitslagerhaus, von dem aus die Redeyes verladen wurden.«

»Intakt verladen, richtig?«

Ingerman nickte. »Vor der Ankunft in Bayonne verschlossen und versiegelt. Bei der Ankunft war alles intakt, ebenso bei der Verladung des Containers.«

McNally zog eine Pfeife und einen Tabaksbeutel hervor und begann sie umständlich zu stopfen. »Wurde schon beim Empfänger in Costa Rica rückgefragt?«

»Die Ladung ist noch nicht angekommen. Wir versuchen, die Genehmigung zu bekommen, den Container aufbrechen und die Fracht überprüfen zu lassen.«

Weems sagte: »Zurück zu Punkt eins. Der einzige harte Beweis ist ein kaputter Ventilator in einem Sicherheitslagerhaus.«

»Denken Sie an die sechs Ermordeten«, ergänzte Hugh.

»Ein völlig anderer Fall ...«

»Nicht, wenn derselbe Mann dafür verantwortlich ist.«

»Sorry«, sagte McNally, »aber wichtiger ist hier wohl doch das Motiv. Wenn ich's richtig verstanden hab, arbeitet dieser Karl Alexander für den KGB, richtig?«

»Nein«, sagte Hugh. »Er arbeitet für den Staatssicherheitsdienst der Deutschen Demokratischen Republik.«

»Ich weiß, aber seine Befehle bekommt er vom KGB, korrekt?«

Hugh nickte. »Liquidierungen müssen von Moskau gebilligt werden.«

»Da sind wir uns also grundsätzlich einig: Er arbeitet für den KGB. Was mich in dem Zusammenhang interessiert: Wie paßt das zusammen, daß er Moskaus Nummer eins liquidieren will?« McNally lehnte sich mit zufriedenem Gesichtsausdruck zurück.

»Ich wüßte einen Grund«, sagte Paul. »Mein Bruder erzählte mir, der wunderbarste Mensch, den er je kennengelernt hatte, wäre ein Russe. Als ich nachfragte, wollte er mir den Namen nicht sagen, aber wie in seiner Akte steht, wurde Karl von einem russischen KGB-Mann protegiert. Und der heißt Alexander Ikhnovsky.«

»In welcher Akte stand das?«

Hugh sagte: »In unserem Berliner Büro.«

McNally zog eine Augenbraue hoch. »Und Sie haben diese Information weitergegeben?«

»Ich habe sie Mr. Stafford zugänglich gemacht.«

»Der eine Sicherheitsüberprüfung vorweisen kann, vermute ich?«

»Zur Sache«, sagte Ingerman. »Was ist mit Ikhnovsky?«

»Hat sich bis zum Stellvertretenden KGB-Chef hochgearbeitet«, fuhr Hugh fort. »Einer von der alten Garde, der aufs Altenteil kam, als der neue Mann mit seiner Glasnost-Politik auch vor dem Geheimdienst nicht haltmachte. Ist durchaus möglich, daß eine Gruppe reformunwilliger Staatsfunktionäre sich mit Vertretern der in letzter Zeit immer häufiger auftretenden *Pamjat*, einer Anfang der achtziger Jahre ›zum Schutze geschichtlicher Stätten und Denkmäler‹ in Moskau gegründeten Vereinigung, zusammengetan hat. Es könnte sein, daß beide Kreise – aus unterschiedlichen Gründen – den neuen Mann loswerden möchten.«

»Und seinen Tod«, fügte Paul hinzu, »George Lish und der RANK in die Schuhe schieben wollen.«

»... Es gibt immer einen Wolf, der das Baby fressen möchte«, sagte McNally. »Durchaus nichts Neues in der russischen Politik ...«

Weems schaute in die Runde. »Ich glaube, wir haben den eigentlichen Punkt aus den Augen verloren, und zwar die Tat-

sache, daß alles, worüber wir hier reden, auf den Träumen dieses Mannes basiert.«
Er nickte in Pauls Richtung, der sich schon wie ein Wundertier vorkam. Bevor er antworten konnte, ergriff Annie zum ersten Mal das Wort: »Es geht hier nicht um Träume, jedenfalls nicht im üblichen Sinne des Wortes. Es sind intensive Eindrücke, die Paul – Mr. Stafford – sporadisch und ohne eigenen Willen empfängt, basierend auf den Erlebnissen seines Bruders.«
»Klingt ja direkt beruhigend«, sagte Weems. »Einen Moment lang glaubte ich schon, wir müßten eine Entscheidung aufgrund von Träumen treffen. Jetzt können wir's aufgrund von Gedankenleserei.«
»Oder aufgrund dessen, was Ihr Magen glaubt, im Augenblick zu versäumen«, ergänzte Paul.
Weems warf ihm einen überraschten Blick zu. Ingerman mischte sich schnell ein.
»Ich glaube, Dr. Helms sollte uns die psychologischen Aspekte der Situation aus ihrer Sicht mitteilen. Mr. Stafford, hätten Sie etwas dagegen, so lange in meinem Büro zu warten? Barbara wird sich um Sie kümmern. Gentlemen, wenn Sie uns einen Moment entschuldigen würden.«
Paul folgte dem Mann vom Secret Service in das angrenzende Zimmer. Die normale Arbeitszeit war längst vorbei, aber einige Leute taten immer noch Dienst. Das Surren der Laserdrucker und das leise Gemurmel erinnerten Paul an den HERALD. Auch hier herrschte die gleiche Atmosphäre – Aktivität rund um die Uhr.
»Ich nehme an, es stört Sie nicht, hier draußen warten zu müssen«, sagte Ingerman. »Aber Sie verstehen sicherlich, was für Kontroversen Ihre Story auslöst.«
»Ja doch, ich bin die reinste Fortsetzungsgeschichte.«
Jetzt, wo er seine Geschichte erzählt hatte, blieb Paul eigentlich nichts mehr zu tun; er konnte nur noch versuchen, Joanna bis morgen früh zu finden. Irgendwie waren die beiden Leben aufs engste miteinander verbunden, dachte er... so, als würde Joanna sterben, wenn der Generalsekretär überlebte... und umgekehrt.

Ingermans Assistentin Barbara nahm sich seiner an, eine mütterlich wirkende Frau mit sanften Gesichtszügen und einem beginnenden Doppelkinn, aber ihre Worte kamen schnell und präzise, und in ihren Augen lag eine wache Intelligenz. Sie führte Paul zu der Couch in Ingermans Büro und bot ihm Kaffee und einen Softdrink an. Er könne wählen.

»Kaffee bitte«, sagte Paul. »Und ich würde gern mal telefonieren.«

»Nur zu. Drücken Sie den grünen Knopf, dann haben Sie eine Leitung.«

Er rief zu Hause an in der vagen Hoffnung, Joanna könnte sich gemeldet haben. Gleichzeitig befürchtete er, eine Drohung des Bruders zu hören, wenn Karl sie als Geisel festhielt. Statt dessen übermittelte ihm der Anrufbeantworter eine Nachricht der Polizei:

»Mr. Stafford, hier spricht Officer Cruikshank von der Maryland Highway Patrol... Mrs. Joanna Stafford ist in einen Verkehrsunfall verwickelt gewesen. Sie wurde ins Glenway Memorial Hospital gebracht. Das liegt in Upper Marlboro. Für den Fall, daß Sie mit uns Verbindung aufnehmen wollen, hinterlasse ich Ihnen eine Telefonnummer...«

Paul knallte den Hörer auf die Gabel und wählte die Auskunft, um sich die Nummer vom Krankenhaus geben zu lassen. Ein Verkehrsunfall? Wo? Wie? Und Karl? War er mit drin? Und vor allem, wie ging es Joanna?

Als er endlich mit dem Krankenhaus verbunden war, ließ die Telefonistin ihn warten, während sie den Stationsarzt ausrief. Paul ballte die Hand zur Faust und öffnete sie dann wieder. Wenn Karl Joanna etwas angetan hatte...

Barbara stellte den Kaffee auf den Schreibtisch. Sie merkte an seinem Gesicht, wie erregt er war, und warf ihm einen fragenden Blick zu. Paul ignorierte sie, drehte ihr den Rücken zu, und sie ging zurück zu ihrem Schreibtisch.

»Mr. Stafford, hier spricht Dr. Halby.«

»Es geht um meine Frau. Wie steht's? Ist sie in Ordnung?«

»Sie hat Glück gehabt«, teilte ihm Dr. Halby mit. »Wir haben sie geröngt. Weder eine Schädelfraktur noch eine Schädelblutung.

Sie hatte einen Milzriß, der eine sofortige Operation notwendig machte. Aber sie ist über dem Berg und regeneriert sich nun auf der Intensivstation.«
»Sie ist wirklich über dem Berg?«
»Falls keine weiteren Komplikationen eintreten, wird sie bald wieder ganz hergestellt sein.«
»Was ist passiert, Doktor? Wissen Sie Bescheid?«
»Ihre Frau hatte einen Autounfall, ihren Verletzungen nach zu schließen einen recht schlimmen.«
»War sie allein?«
»Soweit ich weiß ja, aber zwecks näherer Informationen müssen Sie schon die Polizei fragen.«
»Hat sie noch andere Verletzungen?«
»Gehirnerschütterung, Milzriß, Bruch des linken Arms und zwei gebrochene Rippen, Fleischwunden an Kopf und Lippe und geringfügige Schnitte und Abschürfungen. Innere Blutungen waren die größte Gefahr. Aber ich glaube, das haben wir mittlerweile in den Griff bekommen.«
»Wird sie wieder gesund?«
»Wie ich schon sagte, falls keine weiteren Komplikationen eintreten. Wir werden mehr wissen, sobald sie das Bewußtsein wiedererlangt hat.«
»War sie bei der Einlieferung bewußtlos?«
»Ich glaube schon.«
»Dann hat sie also nichts gesagt? Über den Unfall?«
»Verstehen Sie, Ihre Frau befand sich in einem Schockzustand.«
»Ich möchte sie sehen.«
»Das können Sie, aber nur für ein paar Minuten. Sie liegt – ich sagte es bereits – auf der Intensivstation.«
»Ich bin gleich bei Ihnen.«
»Warten Sie, Mr. Stafford. Sind Sie der Paul Stafford, der für den HERALD schreibt?«
»Ja.«
»Nun, Ihr Artikel über Schadenersatzklagen bei Kunstfehlern traf genau ins Schwarze. Ich wollte, ich könnte ihn für alle meine Patienten zur Pflichtlektüre machen.«

»Wir unterhalten uns darüber, wenn ich da bin«, sagte Paul. Bevor er ging, schrieb er Annie eine kurze Nachricht und erklärte ihr, wo er war. Den Zettel gab er Barbara. Solange sich Joanna in Sicherheit befand, konnten sich die Experten auf den Russen konzentrieren.

Kapitel 32

Der Technische Luftwaffenoffizier Marina Adieva hätte nervös sein müssen, aber sie fühlte nichts. Sie war eine Frau, die selten Zweifel plagten. Draußen vor dem Fenster des Gebäudes des elektronischen Prüfdienstes konnte sie die Aeroflot 86540 mit dem Codenamen *Plamenny* sehen. Es war die Maschine, die den Generalsekretär von Moskau nach Washington bringen würde. Marinas Trupp hatte gerade die Bordinspektion der elektronischen Systeme beendet. Jetzt drängte man sich vor einem alten Schwarz-Weiß-Gerät und sah sich die Übertragung eines Fußballspiels an.

Marina betrachtete den hell erleuchteten Raum mit seinen stahlgrauen Arbeitsbänken und der komplizierten Testausrüstung. Auf der Platte neben der Tür hatte jemand seine Werkzeugkiste stehen lassen. Bobokov... war in letzter Zeit etwas zerstreut. Marina schlenderte unauffällig hinüber zu dem Tisch, nahm einen schmalen Schraubenzieher aus der Halterung, als sie sich unbeobachtet fühlte, und schob ihn in ihre Tasche. Dann rief sie mit scharfer Stimme:

»Bobokov, ist das deine Werkzeugkiste?«

Bobokov drehte sich mit verwirrtem Lächeln um.

»Ich hab gefragt, ob die Kiste dir gehört?«

»Ich war in Eile...«

»Und wo ist deine Nummer Vier?«

»Was?«

Marina packte die Kiste und brachte sie zu ihm. Die anderen Techniker drehten sich entweder um oder rückten dichter an das Fernsehgerät heran.

»Schraubenzieher Nummer Vier«, sagte Marina. »Wo ist er?«

Bobokov nahm die Werkzeugkiste entgegen und betrachtete sie stirnrunzelnd. Er zog einige der anderen Schraubenzieher aus ihren Schlitzen.
»Ich bin sicher, er muß hier irgendwo ...«
»Du hast ihn doch nicht etwa im Feuerleitsystem gelassen, oder?«
Bobokov wurde blaß. Es war Kardinalsregel, daß bei der Kontrolle komplizierter elektronischer Ausrüstung nichts zurückbleiben durfte. Das Leben der Besatzung hing davon ebenso ab wie die Dauer der Karriere von Elektroniktechnikern wie zum Beispiel Bobokov.
»Nein, nein«, protestierte er. »Ich hatte ihn bei mir, als ich das Flugzeug verließ. Er muß irgendwo hier in der Werkstatt sein.«
»Ich hoff's für dich, weil ich nämlich jetzt das Flugzeug überprüfe.«
Marina verließ die Werkstatt und ging über die Rollbahn auf Aeroflot *Plamenny* zu. Ein gelber Tankzug kroch unter einer Tragfläche hindurch, während das Bodenpersonal die letzten Vorbereitungen traf. Der Wachposten, ein Luftwaffenkorporal in kniehohen Stiefeln, beachtete Marina gar nicht, als sie an Bord der Maschine ging. Sie trug ihre Ausweisplakette; außerdem hatte er sie zuvor schon gesehen.
Im Flugzeug begab sich Marina sofort ins Cockpit. Hinter den Sitzen von Pilot und Co-Pilot gab es zwei Arbeitsplätze, einen für den Flugingenieur, den anderen für den Offizier für Luftverteidigung. Dieser Platz bestand aus einem Gewirr von Schaltern, Lichtern, Digitalanzeigen, Schaltborden und Radarmonitoren. Marina war das alles so vertraut wie das Muster ihrer Bettdecke.
Sie wandte ihre Aufmerksamkeit dem Wildfire-IRCM-System zu, einem Verteidigungssystem gegen infrarot- oder hitzeorientierte Raketen. Dann machte sie sich an die Arbeit. Alles würde normal funktionieren, wenn sie fertig war. Die Geräte würden alles registrieren ... O ja, sie würden die Rakete kommen sehen, den ganzen Weg, und erst viel zu spät erkennen, daß sie nackt und ohne Schutz waren. Sie hatte einen Schaltkreis ge-

baut, der ein Keramikelement außer Kraft setzte, ohne den Luftverteidigungsoffizier zu alarmieren. Sie mußte jetzt nur die Abdeckplatte entfernen, fünf Drähte durchknipsen und sie mit dem neuen Schaltkreis verbinden. Am Testplatz hatte sie die Prozedur geübt; sie würde drei Minuten und zwanzig Sekunden dafür brauchen.

Anders als bei Alexander Ikhnovsky und dessen Gesinnungsgenossen war es bei Marina nicht die Politik, die sie so handeln ließ. Eine rein persönliche Angelegenheit. Marina liebte Colonel Feliks Grigorenko. Sie liebte ihn, seit sie ihr Elektronikstudium an der Luftwaffenschule abgeschlossen und ihren Dienst in einem Wartungsteam für Aeroflot *Plamenny* angetreten hatte. Als sie sich kennenlernten, hatte man unter einer anderen Ära gelebt, und Grigorenko, damals Captain, war der Pilot des kränkelnden Generalsekretärs gewesen. Marina war zweiundzwanzig und zum ersten Mal verliebt. Grigorenko war Ende vierzig, verheiratet, und sehr oft verliebt gewesen.

Marina war eine hübsche Frau, fühlte sich jedoch in Gesellschaft nicht sehr wohl. Am liebsten las sie Bücher. Und was sie sich in den Kopf gesetzt hatte, verfolgte sie mit einer Intensität und Zielstrebigkeit, die ihre Umgebung fast einschüchterte. Bücher, Mikrochips und Schaltkreise waren ihre Welt. Um so überraschender war es, daß sie sich in Grigorenko verliebte, einen selbstgefälligen und leicht übergewichtigen Mann, der die Kunst des Fliegens ebenso sicher beherrschte wie die Kunst der Verführung.

Die Affäre wäre möglicherweise ihren natürlichen Gang gegangen und hätte Marina einige Illusionen geraubt, wäre nicht der damalige Generalsekretär gestorben. Als der neue Mann seinen Platz einnahm, brachte er natürlich seinen eigenen Piloten mit. Grigorenko wurde auf einen Luftwaffenstützpunkt auf der Halbinsel Kamtschatka versetzt, wo er sich als jener Abfangjägerpilot auszeichnete, der den Flug 007 der Korean Air Lines fälschlicherweise als eine U.S. Navy RC-135 Spionagemaschine identifizierte.

Grigorenkos Irrtum wurde offiziell nie eingestanden. Statt dessen wurde er sogar zum Colonel befördert, als wollte man damit beweisen, daß kein Fehler vorgelegen hatte. Doch er wurde nicht mehr als Pilot eingesetzt, und in der sowjetischen Luftwaffe wurde sein Name zu einem Synonym für ›Blindgänger‹. Als Grigorenko schließlich wieder nach Moskau versetzt wurde, dauerte es nicht lange, bis er sich Alexander Ikhnovsky und dessen Großrussischer Anti-Perestroika-Bewegung anschloß.

Während dieser Zeit verharrte Marina in unerschütterlicher Treue. Es gab keine Erklärung dafür, weshalb sie diesen Grigorenko ein für allemal in ihr Herz geschlossen hatte. Für sie war es eine Beziehung, die auch durch Ehegelöbnis und Standesamt nicht hätte absoluter werden können. Nach seiner Abreise vergrub sie sich in ihre Arbeit und schrieb ihm jeden Tag einen Brief, den sie nicht absenden konnte. Die Tiefe ihres Schmerzes und das Ausmaß ihrer Bitterkeit blieben in ihrem Inneren verborgen.

Drei Monate dauerte es, bis Marina den Mut aufbrachte, mit Grigorenko wieder Verbindung aufzunehmen. Unter dem Kuppeldach der Moskauer Marxistskaya-U-Bahn-Station trafen sie sich zum ersten Mal seit Jahren wieder, und unter der Zimmerdecke – man war in Marinas Wohnung gegangen – wurden sie wieder zu einem Liebespaar. Am nächsten Morgen – Marina lag noch erschöpft auf ihm –, fragte Grigorenko, ob sie ihr Leben für ihn riskieren würde. Und ohne zu zögern, sagte sie ja ...

Das Flugzeug vibrierte sacht, als jemand die Außentreppe betrat. Zum ersten Mal empfand sie eine leichte Irritation, blieb aber ruhig und schraubte die Abdeckplatte an Ort und Stelle. Mit Ausnahme des Offiziers für Luftverteidigung würde niemand wissen, was sie hier tat. Sie war gerade fertig, als sie Schritte hinter sich hörte.

»Irgendwas nicht in Ordnung?«

Marina zog die letzte Schraube an und drehte sich um. Ein KGB-Mann in Zivilkleidung starrte sie an und runzelte die Stirn, als er ihre Bekleidung und die Plakette sah.

»Für die Elektronik haben wir das ›Alles klar‹-Signal bekommen. Weshalb sind Sie hier?«

Marina starrte ausdruckslos zurück und hielt den Schraubenzieher hoch.

»Einer meiner Männer hat ihn an Bord zurückgelassen. Ich wollte nicht, daß das Ding hier rumrollt.«

Der Mann nickte und wandte seine Aufmerksamkeit dem Cockpit zu. »Ist der Captain hier gewesen?«

»Ich hab ihn nicht gesehen.«

Als Marina die Maschine verließ, blieb sie oben auf der Treppe stehen und ließ ihre Hand über den Rumpf von Aeroflot *Plamenny* gleiten. Nach so vielen Jahren war das Flugzeug wie ein alter Freund. Nur in diesem einen kurzen Augenblick empfand sie so etwas wie Traurigkeit.

Annies Schilderung dauerte nicht lange. Sie hatte gerade über mentale Affinität zu sprechen begonnen, als Barbara Ziegler ins Zimmer schlüpfte und Ingerman etwas ins Ohr flüsterte. Als auch die anderen ihre Aufmerksamkeit Barbara zuwandten, legte Annie eine Pause ein.

Ingerman erhob sich. »Entschuldigen Sie, Dr. Helms, ich bin sofort wieder zurück. Bitte fahren Sie fort.«

Annie wartete, bis er den Raum verlassen hatte, und nahm den Faden an der Stelle wieder auf, wo sie unterbrochen worden war.

»Tests an der Universität von Minnesota haben eine eindeutige Wechselbeziehung von Bildaffinitäten bei aktiv-passiven Mentalzuständen ergeben«, sagte sie. »Ähnlich wie bei Eisenfeilspänen, die sich zu magnetischen Kraftlinien anordnen, wenn sie in ein Magnetfeld geraten. Bei Zwillingen empfängt der passive mentale Zustand Bilder des aktiven mentalen Zustandes.«

Sie hatte schon aufmerksamere Zuhörer gehabt. Diese Männer hier waren Praktiker, deren Job es war, Ursprung und Wirkung konkreter Realitäten – zum Beispiel Projektile oder Bomben – zu analysieren. Annie sprach schneller und eindringlicher, um sie zu überzeugen. Als sie sich ihrer Aufmerksamkeit fast sicher zu sein glaubte, kehrte Ingerman zurück. Alle Blicke wandten sich ihm zu.

»Sorry«, sagte Ingerman. »Ich unterbreche Sie ständig. Wir haben gerade Nachricht bekommen, daß sich Paul Staffords Frau im Krankenhaus befindet. Die Polizei hat mir berichtet, daß sie in einen Verkehrsunfall verwickelt war. Sie hat mit hoher Geschwindigkeit ein Stoppschild gerammt und dann die Kontrolle über ihren Wagen verloren. Ihr Zustand ist ernst. Sie liegt jetzt im Glenway Memorial Hospital.«

»Wo ist das?« fragte jemand.

»Upper Marlboro. In der Nähe von Andrews.«

»In der Nähe von Andrews? Was hat sie denn dort gewollt?«

»Die Polizei hat keine Ahnung.«

»Wo ist Paul?« fragte Annie.

»Auf dem Weg zum Krankenhaus.«

McNally nahm die Pfeife aus dem Mund. »War Mrs. Stafford allein oder in Begleitung von Karl Alexander?«

»Sie war allein.«

Weems nickte. »Das wäre also Staffords Entführungstheorie gewesen.«

»Wir wissen es nicht sicher.«

»Wir wissen *überhaupt nichts* sicher. Mich würde wirklich mal interessieren, warum man so ein Treffen wie dieses ohne die nötigen konkreten Informationen einberuft.«

»Weil«, sagte Ingerman mit mehr Geduld, als er eigentlich aufzubringen bereit war, »ich es für richtig hielt, daß jedermann über die Situation informiert ist. Außerdem wollte ich, daß alle Paul Stafford kennenlernen, da seine Glaubwürdigkeit einen Schlüsselpunkt darstellt ...«

»Aber damit«, warf Weems ein, »ist's im Moment ja wohl nicht weit her.«

Frank Delgado, ein übergewichtiger Mann der Defense Intelligence Agency, rutschte hin und her. »Könnten wir das vielleicht abkürzen, ja? Wenn wir hier sind, um uns mit einem möglichen Attentat auseinanderzusetzen, dann tun wir's doch. Ich weiß nicht, was die anderen denken, aber ich hab keine Zeit, über Science-fiction-Sachen zu spekulieren – ist nicht persönlich gemeint, Dr. Helms. Halten wir uns doch an das, was wir wissen.«

»Er hat recht«, sagte Tommy Lecrazny »Nehmen wir das Schlimmste an: da draußen rennt irgend jemand mit einer Redeye rum, die er auch einsetzen will. Es spielt keine Rolle, wessen Bruder er ist oder wie er an die Rakete kam oder ob er jemand umgebracht oder entführt hat. Es zählt einzig und allein doch nur, wie *real* diese Bedrohung ist, und was wir dagegen unternehmen können.«

»Was soll das heißen, wie real die Bedrohung ist? Wenn er die Maschine des Generalsekretärs abschießen kann...«

»Kann er das? Soviel ich weiß, ist die Redeye mittlerweile ziemlich überholt. Ich mein, wir haben schließlich Abwehrsysteme gegen so was Primitives wie die Redeye entwickelt, nicht wahr, Colonel?«

Colonel Coswell nickte bestätigend. »Absolut.«

»Ich kann also davon ausgehen, daß die Sowjets ebenfalls über wirksame Abwehrsysteme verfügen.«

»Davon bin ich überzeugt«, erwiderte Coswell. »Ungefähr vergleichbar mit unserem ›Hot-Brick-System‹. Die DIA müßte mehr über sowjetische Luft-Verteidigungssysteme wissen.«

»Stimmt«, bestätigte Delgado. »Aber wir wissen nicht, was für eine Gerätekombination sie in dieser speziellen Maschine haben.«

»Es gibt eine gute Möglichkeit, das herauszufinden«, sagte Ingerman. »Fragen wir sie.«

Karl stellte den Winnebago auf dem Parkplatz des Krankenhauses ab. Der Abendhimmel hatte sich bewölkt, ein fernes Leuchten glühte gelegentlich hinter den Wolken auf. Die schwere, schwüle Luft deutete auf einen Wetterumschwung hin. Bevor Karl das Krankenhaus betrat, drehte er eine Runde um das Gebäude, um sich mit der Anlage vertraut zu machen, falls eine schnelle Flucht notwendig werden sollte. Neben dem Haupteingang gab es noch eine Seitentür, einen Notaufnahmeeingang und eine Laderampe.

Das Krankenhaus war ein Neubau mit Glastüren, die sich vor Karl automatisch öffneten. Kühle Luft schlug ihm entgegen, als er die Empfangshalle betrat. Links von ihm befand sich eine Lounge mit Couchgruppen; die Wände waren mit abstrakten Graphiken dekoriert. Die Krankenschwester am Empfang, der

sich direkt vor ihm befand, trug ein grünes Namensschildchen. Karl sagte ihr, sein Name wäre Paul Stafford, und seine Frau liege wegen eines Autounfalls hier im Krankenhaus.
Die Schwester, eine magere Schwarze, auf dem Schildchen stand *Raylene,* tippte einige Eingaben in ihren Computer und schaute auf. »Ihre Frau erholt sich von einer Operation, Mr. Stafford. Sie liegt auf der Intensivstation. Unterschreiben Sie hier, dann gebe ich Ihnen einen Paß und Sie können hochgehen.«
Sie reichte ihm einen Stift, und Karl unterschrieb mit Pauls Namen. Er hatte überhaupt kein merkwürdiges Gefühl mehr, wenn er den Namen seines Bruders benutzte.
Raylene gab ihm eine rosa Karte in einer Plastikhülle; auf beiden Seiten stand das Wort BESUCHER.
»Im dritten Stock, Mr. Stafford. Nehmen Sie einen der Fahrstühle, den Flur runter rechts.«
»Danke.«
Karl ging den Flur entlang, blieb aber nicht bei den Fahrstühlen stehen, sondern ging weiter bis zu einer Flügeltür, die zu einer Treppe führte. Er stieg nach unten. Durch dicke Scheiben konnte er einen langen, hell erleuchteten Korridor sehen: Labortechniker und anderes Personal arbeiteten hier. Die Laderampe befand sich auf dieser Ebene. Notfalls konnte er durch das Souterrain flüchten.
Im dritten Stock mußte er sich an einem Schreibtisch vor der Intensivstation ausweisen. Er zeigte seinen Paß vor und erklärte, wer er war. Nach mehreren Flügeltüren umgab ihn eine gedämpfte Atmosphäre, in der das rhythmische Piepsen und Summen der Geräte laut zu sein schien. Die Intensivstation war wie ein Speichenrad angeordnet. Zimmer mit Glaswänden verliefen nach außen, im Zentrum befand sich die Schwesternstation. Von der Decke flimmerte eine ganze Batterie von Bildschirmen herab, von denen jeder seine eigene Geschichte über einen bestimmten Teil menschlicher Anatomie erzählte.
Drei Schwestern waren in dem Raum; eine saß hinter einem kreisförmigen Schreibtisch, die beiden anderen standen davor. Sie unterhielten sich leise, als Karl eintrat. Bei seinem Anblick

kam eine falkengesichtige Frau mit einem spröden Lächeln auf ihn zu. Ihr Schildchen wies sie als *Margaret* aus.
»Mr. Stafford?«
Karl nickte, ganz kurz überrascht, daß sie seinen Namen kannte. Margaret, die seine Verwirrung bemerkte, erklärte ihm: »Man hat uns mitgeteilt, daß Sie auf dem Weg nach oben wären. Ihre Frau liegt gleich hier drüben.«
Außer Joanna war nur noch ein Patient auf der Intensivstation, ein alter Mann, dessen ausgemergelter Leib kaum noch zu atmen schien. Pauls Frau lag im angrenzenden Zimmer, sehr blaß und still; Schläuche und Röhren verbanden sie mit verschiedenen Geräten, die auf Rollwagen rings ums Bett standen. Ein dünner Schlauch führte in ihre Nase, ein anderer in ihren Mund; ein dritter Schlauch, auf den sich Karls Aufmerksamkeit konzentrierte, verschwand unter einem weißen Armband.
»Ich weiß, es sieht erschreckend aus«, sagte die Schwester. »Aber im Grunde geht's ihr recht gut.«
Karl drehte sich um und starrte sie an.
»Dann wird sie nicht sterben?«
»Ich würde sagen nein«, erwiderte Margaret, von der Frage leicht gekränkt. »Vorausgesetzt, es treten keine Komplikationen ein, sollte Ihre Frau bald wieder ganz gesund sein.«
Nachdem sie ihn darauf aufmerksam gemacht hatte, daß er nur wenige Minuten bleiben dürfe, kehrte sie wieder zur Schwesternstation zurück. Karl näherte sich dem Bett. Joannas Kopf trug eine Bandage, und eine Seite ihres Mundes war geschwollen und zeigte Abschürfungen. Ihre Oberlippe war dort, wo man hatte nähen müssen, etwas verzerrt.
Karl starrte auf sie herab; seidige schwarze Haarsträhnen kamen unter dem Verband hervor. Ihre Augen, von zarten, durchsichtigen Lidern geschützt, bewegten sich nicht. Er wollte schon seine Finger an ihre Wange legen, ließ es aber lieber. Vielleicht würde sein Entschluß ins Wanken geraten, wenn er sie berührte.
Das war die Gefahr, wenn er Paul verkörperte. Es machte ihn empfänglich für einige von Pauls Emotionen, die ihm anfangs so fremd gewesen waren. Was hatte Joanna gesagt? Paul wäre

sanft? Schön, dann würde er, Karl, sie eben ganz sanft in den Tod befördern.
Er zog seine Hand zurück und schaute zu den Krankenschwestern hinüber. Durch die offene Tür und das Seitenfenster konnte er sie sehen; sie unterhielten sich leise, ohne besonders auf ihn zu achten, behielten aber trotzdem ihre Umgebung im Auge und würden es sicher bemerken, wenn er ein Messer zog und den Behälter mit der intravenösen Lösung aufzuschneiden versuchte. Dann sah er den blaßgrünen Vorhang an der Wand, der um das Bett herumgezogen werden konnte.
Er ging zurück zur Schwesternstation. »Entschuldigen Sie, Margaret. Ich würde gern für meine Frau beten. Könnte ich den Vorhang zuziehen, nur für einige Augenblicke?«
Sie zögerte. »Bitte«, fügte Karl mit leiser Stimme hinzu.
»Also gut, aber wirklich nur ganz kurz, Mr. Stafford.«
Margaret ging mit ins Zimmer und zog den Vorhang ums Bett. »Sie dürfen sie nicht berühren.«
»Verstehe. Und vielen Dank.«
Nach einem letzten Blick auf die Patientin ließ Margaret ihn allein.
Der Vorhang verdeckte das Bett nicht vollständig, schützte aber den durchsichtigen Plastikbeutel, der an einer Metallstange hing, vor Blicken von außen. Karl näherte sich ihm, äußerst bemüht, über nichts zu stolpern. Im Hintergrund summte leise das Atemgerät. Er holte sein Schweizer Armeemesser hervor, klappte die kleine Klinge auf und machte einen Einschnitt am oberen Saum des Beutels. Dann steckte er das Messer weg und nahm die Flasche mit dem Haloparimin zur Hand.
Einen Augenblick lang zögerte er. Für ein paar Stunden war sie – war ihre Meinung – für ihn von nicht geringer Bedeutung gewesen. Aber, mahnte er sich selbst, von ihrer Seite aus war das alles doch nur vorgetäuscht. Sie hatte ihm nur etwas vorgespielt, um ihre Flucht ermöglichen zu können ... Er drückte den Spalt auf und leerte das Haloparimin in den Beutel; wo die beiden Flüssigkeiten zusammentrafen, entstand ein leicht schlieriges Muster. Sanft schüttelte er den Beutel und die Trübung verschwand.

Karl starrte Joanna ein letztes Mal an. Es würde ein schmerzloser Tod sein. Ein sanfter Tod.

Arkadi Vronsky mochte Washington, D.C., nicht. Er mochte Amerika nicht und sämtliche westlichen Nationen im allgemeinen auch nicht; nicht aus politischen Gründen, sondern weil sie ihm die Arbeit so unglaublich erschwerten. Vronsky war der für den Generalsekretär zuständige Sicherheitschef, eine Aufgabe, in der Sowjetunion schon schwierig genug und in Amerika schier nicht zu bewältigen, in einer Gesellschaft, die sich fast ständig zu verändern schien. Wann auch immer er und seine Leute die banalsten Sicherheitsmaßnahmen vorschlugen, bekamen sie zu hören, daß sich dieses oder jenes nicht bewerkstelligen ließe, ohne die Verfassungsrechte irgendeiner Person zu verletzen. Als Vronsky von Eliot Ingerman über diese Redeye-Sache informiert wurde, nahm er deshalb sofort an, daß ein Amerikaner dahinterstecken müsse. Es war schockierend, erfahren zu müssen, daß es sich bei dem möglichen Attentäter, Karl Alexander, um ein vermutliches Mitglied des Staatssicherheitsdienstes der DDR handele.
»Eine sehr schwerwiegende Behauptung«, sagte Vronsky. »Die DDR ist Mitglied des Warschauer Pakts. Sie der Planung eines Attentats auf das Leben des Generalsekretärs zu beschuldigen, ist ebenso unverantwortlich wie absurd.«
»Ich sagte nicht, die DDR hätte das Attentat geplant«, korrigierte ihn Ingerman.
»Wer dann?«
»Wir halten es für möglich, daß gewisse Kreise in Ihrem Land dahinterstecken.«
Vronsky starrte Ingerman an und überlegte, was für ein Spiel dieser Mann spielte. Dieser Amerikaner war sich seiner selbst und des Eindrucks, den er machte, viel zu sicher. Vronsky hätte gern einen Blick hinter Ingermans Fassade geworfen, vor allem in diesem Augenblick. Meinte er wirklich im Ernst, daß Bürger der Sowjetunion ein Attentat gegen den Generalsekretär planten?
»Mr. Ingerman«, sagte Vronsky, »ich garantiere Ihnen, falls es

in der Sowjetunion je den Plan geben sollte, einen Sowjetführer zu ermorden, wären Sie der letzte, der das erfährt.«

»Mag sein. Unseren Informationen nach ist dieser Karl Alexander der Protegé eines ehemaligen stellvertretenden KGB-Chefs, Alexander Ikhnovsky.«

Der Name war Vronsky nicht unbekannt; vor Jahren hatte er Ikhnovsky sogar persönlich kennengelernt. Aber der Mann war inzwischen pensioniert und viel zu weit von der großen Politik weg, um auch nur ansatzweise irgendwelche Veränderungen im Kreml bewirken zu können. Es gab andere Männer aus der alten Garde, reaktionäre Mitglieder des Politbüros und einige hohe Militärs, die wesentlich heftiger die gegenwärtige Führungspolitik kritisierten und eine nicht zu übersehende Belastung darstellten. Man hatte ein wachsames Auge auf diese Leute, ihre Versammlungen und Vereinigungen.

»Was wäre Ihrer Meinung nach zu tun, Mr. Ingerman? Alexander Ikhnovsky verhaften? Weswegen? Haben Sie Beweise für diese Verschwörung?«

»Es ist nicht meine Aufgabe, Beweise für eine Verschwörung zu liefern. Ich bin lediglich daran interessiert, daß Ihr Generalsekretär in Washington lebend landet und in diesem Zustand auch wieder abhebt. Wir überprüfen eine Schiffsladung Raketen, und danach werden wir wissen, ob eine Redeye fehlt oder nicht. In der Zwischenzeit können Sie vielleicht herausfinden, ob sich Karl Alexander in Berlin aufhält.«

»Sie meinen, Sie wissen gar nicht, ob er in Washington ist?«

»Mir liegt ein Bericht aus einer einzigen Quelle vor. Ich suche Beweise, die das stützen, entweder so oder so. Außerdem möchte ich gern wissen, wie gut Ihr Flugzeug vor einer Rakete wie die Redeye geschützt ist.«

»Genausogut wie Ihre eigenen Flugzeuge, da bin ich mir ganz sicher.«

»Vielleicht sollten Sie sich darüber Gewißheit verschaffen.«

Der Amerikaner war kaum gegangen, und schon hatte Vronsky Kontakt mit Luftmarschall Lyalin aufgenommen. Bei der Erwähnung der Redeye-Rakete brach der Marschall in Gelächter aus.

»Die Redeye stammt aus der Sputnik-Zeit«, dröhnte Lyalins Stimme durchs Telefon. »Sie besitzt keine IFF, keine eigene Frequenzwahl, keine große Reichweite. Sie ist seit drei Raketengenerationen überholt. Ich dachte, die Amerikaner hätten sie alle weggegeben.«

»Sie sind noch dabei, nur haben sie jetzt eine weniger zum Weggeben als zuvor.«

»Sie haben eine verloren, ja?«

Lyalin schien das für einen guten Witz zu halten. Die erbarmungslos gute Laune des Luftmarschalls zerrte an Vronskys Nerven. Zumindest konnte der Marschall ihn in der Hinsicht beruhigen, daß Aeroflot *Plamenny* vor einer Redeye-Rakete durch ein Verteidigungssystem namens ›Wildfire‹ geschützt werde.

»Ein blinder Mann, der ein eingefettetes Schwein jagt«, sagte Lyalin. »Genauso ist es, wenn eine Redeye Aeroflot *Plamenny* jagt. Die Rakete landet eher in irgendeinem amerikanischen Wäschekorb als im Schoß des Generalsekretärs.«

»Vielleicht möchten Sie trotzdem die Information nach Moskau weitergeben«, schlug Vronsky trocken vor.

»Das werde ich, das werde ich ganz gewiß. Aber das Wildfire-System ist in Betrieb, ob die Amerikaner nun eine Redeye verloren haben oder nicht. Standardprozedur.«

Die Luftwaffe hatte ihre Standardprozeduren, und Vronsky hatte seine. Er ging in den Funkraum und forderte in einer verschlüsselten Dringlichkeitsanfrage Karl Alexanders Akte und Bestätigung über seinen gegenwärtigen Aufenthaltsort an. Und schon jetzt war ihm klar, daß es eine lange Nacht werden würde.

Kapitel 33

Paul spürte den ersten Regentropfen, als er den Krankenhausparkplatz überquerte. Vom fernen Horizont rollte Donnergrollen auf ihn zu. Als er sich dem Gebäude näherte, sah er aus den Augenwinkeln ein erleuchtetes Schild: GLENWAY MEMORIAL HOSPITAL. Ein Gefühl des Wiedererkennens schlich sich in sein Bewußtsein. War er schon mal hier gewesen? Als die Glastüren sich automatisch vor ihm öffneten, verstärkte sich das Gefühl, verbunden mit einer vagen Vorahnung.

Paul ging schnurstracks zum Empfang und stellte sich vor. »Ich möchte meine Frau besuchen. Joanna Stafford. Sie liegt auf der Intensivstation.«

Schwester Raylene musterte ihn von oben bis unten, dann begann sie langsam zu lächeln.

»Wie haben Sie das geschafft?« erkundigte sie sich.

»Was geschafft?«

»Sich so schnell umzuziehen? Wie haben Sie das nur gemacht?«

Es dauerte einen Augenblick, bis bei Paul die volle Wirkung ihrer Worte zündete.

»*Joanna.* Wo ist sie?«

»Eine Sekunde. Sie müssen sich wieder eintragen.«

»Das *war* ich nicht, ich ...«

Er sah das Buch auf dem Tisch und packte es. Seine eigene Unterschrift starrte ihn an. Karl war hier gewesen. Er schob das Buch beiseite und wandte sich der Schwester zu. »Wo ist die Intensivstation?«

»Beruhigen Sie sich, Mr. Stafford. Sie waren doch gerade ...«

Paul griff über den Tisch und packte sie bei den Schultern.
»Wo *ist* sie, verdammt noch mal? Welcher Stock?«
Raylene versuchte sich, die Augen weitaufgerissen, loszumachen. Aus dem Raum dahinter tauchte ein uniformierter Posten auf.
»Einen Moment, Sir.«
Paul drehte sich um und steuerte auf den Flur zu. Der ungefähr sechzigjährige Wachmann versuchte ihn aufzuhalten, doch Paul schob ihn beiseite und rannte den Flur entlang. Der Wachmann stieß einen lauten Ruf aus, und einige Pfleger drehten sich um. Paul sprang in den Lift, gerade als sich die Türen zu schließen begannen. Eine Schwesternhelferin stand hinter einem Patienten in einem Rollstuhl.
»Intensivstation«, sagte Paul. »Welcher Stock?«
Die Helferin schien von seinem Aussehen so verängstigt, daß sie keinen Ton hervorbrachte.
Paul schaute sich um. Über den Lifttüren befand sich ein Verzeichnis: INTENSIVSTATION, dritter Stock. Er drückte den Knopf, und einen Augenblick später hielt der Lift. Vor ihm wischte ein Mann ein Stück Linoleum. Am Ende des Ganges befand sich ein Schreibtisch, dahinter führte eine Flügeltür zur Intensivstation.
Ein Pfleger blickte auf, doch Paul marschierte an ihm vorbei. Ein Mann rief ihm nach. »Entschuldigen Sie, Sir ...«
Drei Krankenschwestern an einem kreisförmigen Schreibtisch schauten bei seinem Anblick leicht überrascht auf.
»Joanna Stafford? Wo liegt sie?«
Die älteste Schwester runzelte die Stirn. »Nun, Mr. Stafford, ich sagte Ihnen doch schon ...«
Der Pfleger war ihm gefolgt. »Entschuldigen Sie, Sir. Sie können hier nicht einfach so hereinstürmen.«
Paul wandte sich den Räumen mit den Sichtfenstern zu, als Margaret, die älteste Schwester, auf ihn zutrat. In dem Moment entdeckte er Joanna, die mit geschlossenen Augen und bandagiertem Kopf in ihrem Bett lag; Schläuche steckten in Nase und Mund, ein weiterer führte in ihren Arm. Paul rannte zu ihr. Sie sah so blaß und... leblos aus. Plötzlich war er überzeugt, daß

Karl sie bereits getötet hatte. Dann hob sich ihr Brustkorb, und er merkte, daß sie noch atmete, daß sie noch am Leben war. Oder atmete das Beatmungsgerät für sie? Wie sollte man das bei all diesen verdammten Maschinen erkennen?
Margaret kam ihm nach und griff nach seinem Arm. »Mr. Stafford. Sie müssen jetzt gehen, wirklich. Ich hab's Ihnen doch schon mal gesagt.«
Paul riß sich los und nahm Joannas Hand. Er fühlte ihren Puls.
»Mr. Stafford, bitte ...«
Paul wandte sich ihr zu. »Er versucht sie umzubringen. Der Mann, der vor ein paar Minuten hier war, das war nicht ich. Er will sie töten ...«
Margaret starrte ihn an. Joannas Herzschläge drangen bis in ihre Fingerspitzen, schwach, aber noch erkennbar. Doch statt Erleichterung zu empfinden, wuchs seine Angst. Irgend etwas stimmte nicht. Karl war aus einem ganz bestimmten Grund hierhergekommen ...
»Schon gut, Mr. Stafford«, sagte Margaret sanft. »Warum kommen Sie nicht mit und setzen sich draußen hin ...«
»Untersuchen Sie sie. Finden Sie heraus, was hier nicht stimmt.«
Seine Finger lagen immer noch an Joannas Handgelenk. Er spürte ihren Herzschlag; aber er spürte auch, daß knapp jenseits der Grenzen seines Bewußtseins noch etwas anderes lauerte. Ein Bild von einer schmalen Öffnung begann sich zu formen ...
»Sie wird wieder ganz gesund werden, wenn Sie jetzt mit hinauskommen ...«
Margaret legte eine Hand auf seinen Arm und versuchte ihn sanft, aber entschlossen wegzuziehen.
»Nicht.« Paul riß seinen Arm los. Der Pfleger trat mit erhobenen Handflächen auf ihn zu.
»Beruhigen Sie sich, Mr. Stafford. Sie wollen doch nicht Ihre Frau verletzen, oder?«
Das Bild verblaßte; ein Rest Unbehagen blieb zurück. Was, zum Teufel, hatte Karl getan? Was?

»Irgendwas stimmt mit ihr nicht«, beharrte Paul. »Ich weiß nicht was, aber der Mann, der zuvor hier war, hat irgendwas mit ihr getan. Überprüfen Sie die wichtigsten Dinge, ihr Blut, alles.«

Margaret und der Pfleger tauschten einen Blick. Eine weitere Krankenschwester beobachtete sie von der Tür aus. Offensichtlich glaubte ihm niemand.

»Hatte ich diese Kleidung an?« fragte Paul. »Hatte ich nicht, oder?«

Zum erstenmal zeichnete sich auf Margarets Gesicht ein Hauch von Unsicherheit ab.

»Verstehen Sie, was ich sage? Ich weiß, es klingt verrückt, aber ich glaube, er könnte sie vergiftet oder ihr etwas injiziert haben oder etwas mit dem ...«

Er sah den Infusionsbeutel, und das Bild explodierte in seinem Gehirn: die schmale Öffnung, ein Einschnitt in das Plastikmaterial, etwas ... Gift ... fließt in den Beutel, in Joannas Adern ...

Der Pfleger gab zwei uniformierten Wachen, die gerade auftauchten, ein Zeichen.

Margarete sagte besänftigend: »Sie ist in Ordnung, Mr. Stafford. Die Geräte sagen uns das.«

»Das ist sie *nicht*.« Er riß den Schlauch aus der Infusionslösung. Eine Alarmglocke ertönte, als sich der Schlauch über den Boden ringelte und Glukose aus dem Beutel strömte. Er zerrte die Schläuche und Drähte, die von den anderen Geräten ausgingen, heraus. Plötzlich war das Zimmer ein einziges Chaos aus schrillen Pieptönen. Alarmglocken und blinkenden Lichtern.

Die Wachen packten ihn und schoben ihn aus dem Zimmer, während sich die Schwestern um Joanna drängten.

»Macht einen Bluttest«, brüllte Paul. »Schaut nach, ob Gift vorhanden ist.«

»Kommen Sie jetzt ganz ruhig mit«, sagte einer der Wachmänner. Sie hatten ihn an den Armen, je ein Mann auf einer Seite.

»Meine Frau ... sie sollen die Infusionslösung kontrollieren ...«

»Sie, Sie sind erregt, aber Sie stören auch die Ordnung des Krankenhauses.«

Als Dr. Halby erschien, drängten sie Paul gerade auf eine Seite des Raumes. Er war jünger, als Paul ihn sich vorgestellt hatte, ein kleiner, drahtiger Mann mit buschigen schwarzen Augenbrauen und für seine sonstigen Züge zu schön geschnittenen Lippen. Er ging sofort zu Joanna.

»Jemand hat versucht, sie umzubringen«, rief Paul ihm nach. »Überprüfen Sie ihr Blut und tauschen Sie die Infusionslösung aus.«

Endlich wurde in Joannas Zimmer gehandelt. Endlich kümmerten sie sich um ihren Zustand.

»Ich bin *okay*«, erklärte Paul dem Wachpersonal und machte sich frei. Nach einigen Minuten kam Dr. Halby heraus.

»Wie geht's ihr?« fragte Paul. »Haben Sie alles überprüft?«

»Sie sind Paul Stafford?«

»Haben Sie einen Bluttest gemacht?«

»Einen Moment. Ich möchte eins klarstellen. Sie sind der Paul Stafford, mit dem ich telefoniert habe? Derjenige, der den Artikel über ärztliche Kunstfehler geschrieben hat?«

»Ja. Aber was ist mit meiner Frau? Ist sie in Ordnung?«

»Ihnen hat sie das nicht zu verdanken, fürchte ich.«

»Haben Sie ihr Blut kontrolliert und die Infusionslösung ausgetauscht?«

»Die Lösung war verschmutzt, also haben wir sie ausgetauscht. Es besteht kein Grund, ihr Blut zu überprüfen. Und jetzt erzählen Sie mir mal...«

»Doktor, ich glaube, jemand versucht meine Frau umzubringen«, unterbrach Paul ihn. »Ein Mann, der sich für mich ausgibt. Sie können die Schwestern fragen. Er trug andere Kleidung. Es ist mein Zwillingsbruder; er benutzt Drogen, um Menschen aus dem Verkehr zu ziehen und zu töten.«

Halby glaubte ihm nicht; man sah es deutlich.

»Ich *weiß*, wie sich das anhört«, sagte Paul schnell. »Aber ich kann's beweisen. Rufen Sie die CIA an und fragen Sie nach Hugh Roark. Er wird Ihnen alles bestätigen.«

Das hätte er besser nicht sagen sollen. Halbys Skepsis verwandelte sich in Ungläubigkeit, als er CIA hörte.

Paul spürte seine wachsende Frustration.

»Wollen Sie endlich um Gottes willen ihr Blut überprüfen? Wie wollen Sie denn sonst feststellen, ob sie vergiftet wurde? *Kontrollieren* Sie!«
Halby rieb sich den Nasenrücken. »Mr. Stafford, würden Sie sich die Zeit nehmen und kurz überlegen, was Sie sagen. Denken Sie daran, wer Sie sind...«
»Ich weiß verdammt gut, was ich sage.«
»Sie sind erregt, was angesichts der Umstände nur zu verständlich ist...«
»Und wenn sie stirbt? Ist das auch angesichts der Umstände nur zu verständlich?«
»Wenn Sie erlauben, dann verschreibe ich Ihnen...«
Margaret kam mit dem leeren Infusionsbeutel aus der Intensivstation. »Entschuldigen Sie, Doktor, vielleicht möchten Sie sich das mal ansehen.« Sie zeigte Halby den Plastikbehälter. »Entweder die Naht ist gebrochen oder...«
Ihre Worte versickerten. Halby inspizierte den Beutel, während Margaret ein wachsames Auge auf Paul hatte.
»Das ist es«, sagte Paul. »Sie haben ihn mit ihr allein gelassen, nicht wahr? Den ersten Mann, der hier war?«
Margaret warf ihm einen Blick zu, ohne zu antworten, bis Halby aufschaute. »War jemand mit ihr allein?«
»*Er* war mit ihr allein. Er bat, den Vorhang schließen zu dürfen, weil er beten wollte«, sagte sie, Paul immer noch anstarrend. »Ich dachte mir nichts dabei.«
»Nicht Ihre Schuld«, schnappte Halby, doch sein Gesicht war zorngerötet. »Ich brauch einen Bluttest, sofort. Bereiten Sie eine Nottransfusion vor. Der Inhalt dieses Infusionsbehälters wird analysiert.«
Margaret kehrte in Joannas Zimmer zurück, und Halby wandte sich an Paul. »Wenn Sie recht haben, muß ich mich entweder bei Ihnen entschuldigen oder Sie müssen der Polizei einiges erklären.«
»Retten Sie erst mal Joanna, okay?«
Halby war schon unterwegs. Die Wachmänner brachten Paul in das Sicherheitsbüro, um einen Bericht anzufertigen. Dort saß er immer noch, als Annie Helms ankam.

Das manchmal leidige Problem mit der zentralisierten KGB-Bürokratie bestand darin, daß alle Nachrichten über Moskau liefen. In Vronskys Fall brachte seine Dringlichkeitsanfrage bezüglich Karl Alexanders Aufenthaltsort eine schnelle Antwort von der Sektion Berlin-Karlshorst: Karl Alexander tat vorübergehend Dienst im KGB-Trainingslager in Yaroslavl. Weil der Moskauer Funkstellenleiter die Nachricht kurz vor seinem Schichtende erhielt, verschlüsselte seine Ablösung die Botschaft und gab sie an Washington weiter. Dabei verwechselte er den Ursprungscode. Als Vronsky dann die Nachricht erhielt, war er der Meinung, sie käme von Yaroslavl anstatt von Berlin. Gegen Mitternacht gab er Eliot Ingerman die gute Nachricht telefonisch durch: Karl Alexander befand sich sechstausend Meilen entfernt.

Für Ingerman war es die zweite gute Nachricht. Die amerikanischen und sowjetischen Luftverteidigungsspezialisten hatten bereits miteinander konferiert und waren einstimmig der Meinung, daß eine Redeye-Rakete viel zu primitiv war, um für einen sowjetischen Luftverteidigungsschirm eine Bedrohung darzustellen.

»Sie wollen nicht mit Details rausrücken«, teilte Coswell ihm mit. »Aber alles deutet darauf hin, daß ihr System unserem ›Hot-Brick-System‹ sehr ähnlich ist.«

Ingerman gab sich damit zufrieden. Seine Aufgabe war es, den russischen Staatschef auf amerikanischem Boden zu schützen. Trotzdem wäre es ihm lieber gewesen, wenn er gewußt hätte, ob wirklich eine Redeye fehlte oder nicht. Doch die *Coralis* kämpfte gerade gegen einen tropischen Sturm in der Karibik an, und es würde mindestens noch achtundvierzig Stunden dauern, bis eine Kontrolle zu machen war.

Und dann war da noch Paul Stafford, dessen Glaubwürdigkeit soeben bei Null angelangt war. Wenn sich Karl Alexander in Yaroslavl befand, mußte Stafford seine Frau zweimal im Krankenhaus besucht haben. Ingerman erinnerte sich, daß Hugh Roark ihm von Paul Staffords Eheproblemen erzählt hatte. Hatte Stafford versucht, seine Frau zu vergiften und dann die Nerven verloren? War er zurückgekehrt und hatte sie gerettet? Oder hatte er es von Anfang an so geplant? Wollte er seine Frau retten, um dann als heldenhafter Ehegatte eine Versöhnung herbeizuführen?

Eine beängstigende Vorstellung kam ihm in den Sinn: Wenn nun Stafford eine multiple Persönlichkeit hatte? Wie Dr. Jekyll und Mr. Hyde, von denen keiner etwas von der Existenz des anderen wußte? In einem Kurs über Kriminalpsychologie hatte er davon gehört. Machte wirklich mehr Sinn als Träume und Telepathie.

Denn wer außer Paul sollte einen Grund haben, Joanna Stafford zu töten?

Die Testergebnisse erbrachten den Nachweis für ein Sedativum in tödlicher Konzentration in Joannas intravenöser Lösung. Annies Aussage und ihre CIA-Legitimation überzeugten sowohl Dr. Halby als auch die Polizei, daß Pauls Geschichte der Wahrheit entsprach. Nachdem ein Protokoll angefertigt worden war, bestand Paul darauf, in den dritten Stock zurückzukehren. Er konnte zwar nicht in der Intensivstation bleiben, aber Dr. Halby sorgte dafür, daß er in der Lounge am Ende des Ganges warten konnte. Paul war es egal, solange er nur beobachten konnte, wer Zutritt zu Joanna hatte. Er war gerade noch zur rechten Zeit gekommen, bevor eine größere Menge des Beruhigungsmittels in Joannas Blutkreislauf hatte eindringen können. Jetzt wollte er nichts mehr riskieren. Er würde hier bleiben, bis Joanna wieder bei Bewußtsein war. Halby schätzte, wahrscheinlich erst am frühen Morgen. Annie erbot sich, bei ihm zu bleiben.

»Sie sollten nach Hause gehen«, sagte er.

»Ich bleib da.«

»Warum?«

»Nun, um ehrlich zu sein, ich möchte Ihren Bruder finden.«

»Glauben Sie, er kommt noch mal zurück?«

»Nein. Doch falls Sie heute nacht einschlafen sollten, möchte ich in der Nähe sein, wenn Sie träumen.«

»Ich werde nicht einschlafen«, sagte Paul. »Nicht bevor ich weiß, daß mit Joanna alles in Ordnung ist.«

Sie saßen auf der Couch. Paul beugte sich vor, stützte die Ellbogen auf die Knie und das Kinn in die Handflächen. Annie saß schweigend neben ihm. Nach einer Weile sagte sie: »Man glaubt nicht, daß er die Maschine des Generalsekretärs mit einer Redeye abschießen kann.«

»Wer glaubt das nicht?«

»Sie haben darüber gesprochen, nachdem Sie weg waren. Es gibt da irgendeine Art Abwehrschirm, den die Redeye nicht durchbrechen kann.«

Paul nickte geistesabwesend, mit seinen Gedanken bei Joanna. Annie merkte, daß er zu keiner Unterhaltung aufgelegt war, und schwieg ebenfalls wieder. Zweimal ging sie in die Cafeteria und holte Kaffee. Gegen zwei Uhr morgens döste sie ein und kippte immer wieder gegen Paul. Er setzte sich auf einen Stuhl und überließ ihr die Couch. Später brachte ihr eine der Schwestern eine Decke.

Pauls Blick blieb auf den Eingang zur Intensivstation gerichtet: manchmal wurde sein Geist völlig leer, und er starrte einfach nur ins Nichts. Dr. Halby schaute zweimal zu Joanna herein und nickte ihm beruhigend zu. Kurz vor Anbruch der Morgendämmerung überwältigte ihn die Müdigkeit, und er nickte ein, nur um wieder hochzuschrecken, wenn sein Arm von der Stuhllehne fiel oder sein Kopf vornüber. Seit drei Tagen hatte er nicht mehr richtig geschlafen.

Annie erwachte um sechs Uhr dreißig. Paul ließ sich nicht überreden, sie zum Frühstück in die Cafeteria zu begleiten, und so brachte sie ihm Kaffee, ein Joghurt und ein Hörnchen mit. Um acht Uhr fünfzehn erlangte Joanna das Bewußtsein wieder, doch Paul mußte warten, bis Dr. Halby sie untersucht und die Schwestern das Beatmungsgerät entfernt hatten. Als Joanna ihn sah, trat Furcht in ihre Augen, und sie stieß einen heiseren Schrei aus.

Dr. Halby legte eine Hand auf Pauls Arm.

»Warten Sie.«

»Jo«, sagte Paul. »Ich bin's. Paul ...«

»Paul?«

»Ja. *Ja.*«

Er ging auf sie zu, aber sie zuckte zurück.
»Hand«, sagte sie und deutete.
Paul hielt ihr die rechte Hand hin, aber sie ignorierte sie und griff schwach nach seiner linken Hand. Erst als sie den Ehering sah, begann sie sich zu entspannen. Ihre Augen füllten sich mit Tränen. Paul kniete neben dem Bett nieder und drückte ihre Hand.
»Es ist gut, alles ist gut, Liebling . . .«
»Er war hier«, flüsterte sie immer noch heiser.
»Ich weiß.«
»Er hat mich gefesselt. Bin geflohen.«
»Joanna, Joanna . . .«
»An meinem Haar gerissen.«
Sie fuhr sich mit der Hand an den Kopf; als ihre Finger den Verband berührten, schien sie überrascht. »So schlimm?«
»Du hattest einen Autounfall, Jo.«
»Einen Autounfall? Nein, ich weiß noch, mein Haar . . .«
»Mit deinen Haaren ist alles in Ordnung.«
»Ich hab welche ausgerissen. An diesem Wohnmobil. Ich kroch drunter durch . . .«
Sie wußte noch, wie sie vor Karl geflüchtet war, aber an den Unfall konnte sie sich nicht erinnern. Als Paul ihr davon erzählte, runzelte sie die Stirn. »Ich hab den Wagen demoliert?« Ihre Besorgnis war so absurd, daß er unwillkürlich lächeln mußte. Jo schaute verwirrt drein und mußte dann ebenfalls lächeln. Die Stiche an ihrer Lippe ließen sie aufstöhnen.
»Au.«
»Nicht lächeln.«
»Bring mich nicht zum Lachen.«
Sie deutete auf einen Krug mit Wasser. Paul schenkte ihr ein Glas ein und beobachtete, wie sie daran nippte. Dann stellte er das Glas auf dem Nachttisch ab und griff nach ihrer Hand. »Weißt du, wie sehr ich dich liebe?«
»Sag's mir.«
Er beugte sich weit zu ihr hinunter und sagte es ihr; jetzt erst merkte er, wie lange er diese Worte zurückgehalten hatte. Viel zu lange.

Der Generalsekretär wollte geweckt werden, sobald Aeroflot *Plamenny* den nordamerikanischen Kontinent überflog. Der Steward brachte türkischen Kaffee. Der erste Mann im Kreml schob ein Stück Würfelzucker hinter seine Unterlippe und trank Schluck für Schluck, während er aus dem Fenster starrte. Das harte Licht der frühen Morgendämmerung spiegelte sich im weißen Rumpf des Flugzeugs, hatte aber noch nicht das Land darunter erreicht, das grau und formlos aus der Nacht auftauchte.

Seine Frau betrat das Privatabteil und setzte sich ihrem Mann gegenüber.

»Hast du ein bißchen geschlafen?«

»Genug. Und du?«

»Genug.« Doch ihr undefinierbares Lächeln besagte das Gegenteil.

Sie machte sich Sorgen wegen dieses Besuches, das wußte er. Sie besaß einen untrüglichen Instinkt, wenn es darum ging, die Stimmung ihres Landes zu erahnen. Als er an der Moskauer Staatsuniversität graduiert hatte, war sie es gewesen, die ihm geraten hatte, er sollte ruhig seine gleichaltrigen Genossen die hohen Posten in Moskau antreten lassen und lieber wieder nach Stavropol gehen und sich dort um die politische Linie kümmern. Der geschickteste Schachzug seiner ganzen Karriere ...

Sie hatte auch richtig gelegen, was das Tempo seiner Reformen anbelangte, und ihm geraten, ›Glasnost‹ und ›Perestroika‹ verhaltener voranzutreiben, als er die Führung der Sowjetunion übernommen hatte. Mit seiner Politik der ›Offenheit‹ und ›Umgestaltung‹ war er jedoch vorangestürmt, vielleicht eine Spur zu schnell. Die hohen Erwartungen hatten bald in Teilen der Bevölkerung zur Ernüchterung geführt und in den letzten Monaten schließlich ein Gefühl der Unruhe ausgelöst. Das war es, was ihr Sorgen bereitete.

»Die Stimmung ist nicht richtig«, hatte sie letzte Woche gesagt. »Erinnerst du dich an die Atmosphäre, kurz bevor Chruschtschow von Breschnew abgelöst wurde?«

»Ich bin nicht Chruschtschow«, erinnerte er sie. »Und wir schreiben nicht das Jahr 1963.«

»Du könntest krank werden, das Gipfeltreffen verschieben.«
Er konnte und wollte den Gipfel nicht verschieben. Der bilaterale Abrüstungs- und Verteidigungsvertrag mit den USA war wesentliche Voraussetzung dafür, den Frieden sicherer, die Wirtschaft produktiver und das Leben der Menschen lebenswerter zu machen. Der Ost-West-Dialog, die Aufweichung der ideologischen Fronten, die Festigung der friedlichen Koexistenz stellte den letzten großen Versuch der Menschheit dar, sich selbst vor dem endlosen Zyklus der Kriege zu retten, deren Schlachten durch die Korridore der Zeit hallen. Der Vertrag war sein Vermächtnis an die Nation, die ihm das Leben und das höchste Amt des Landes geschenkt hatte.
Es gab einen Spruch, den er bei seinen Großeltern gehört hatte, eine biblische Anspielung, die ihm nie aus dem Sinn gegangen war. Jetzt fielen ihm die Worte wieder ein: »Als ich ein Kind war, da sprach ich wie ein Kind, nahm auf wie ein Kind und dachte wie ein Kind; doch als ich zum Manne wurde, da legte ich die kindischen Dinge ab.« Die gleichen Gefühle brachte er dem Abrüstungsvertrag entgegen. Es war an der Zeit, die kindischen Dinge beiseite zu schieben.
Die ersten Sonnenstrahlen berührten das Land tief unter ihm und ließen den Nebel, der wie Adern zwischen den hügeligen Wäldern verlief, in weißem Feuer aufleuchten. Ihre eigenen MiG-Jäger, die sie während der Nacht begleitet hatten, waren nun durch eine Jet-Eskorte der United States Air Force ersetzt worden. Sie befanden sich im Sicherheitsbereich der Vereinigten Staaten.
Sie griff über den Tisch nach seiner Hand.
»Alles wird gut werden«, sagte sie und wünschte es wirklich glauben zu können.
Er nickte. Es mußte gut werden. Es gab keinen anderen Weg.

Karl hatte ausgiebig geschlafen und erwachte erfrischt. Es war ein klarer, kühler Morgen, ein gutes Zeichen. Er ging zu Dixie's Diner, einem Fernfahrerstopp, bestellte sich ein Frühstück mit Wurst und Eiern und genoß seine letzten Stunden als anonymer Amerikaner. Die Pendlerflüge starteten stündlich vom Washing-

ton National nach New York, von wo aus er die Vier-Uhr-Maschine nach Brüssel nehmen würde. Dann ging's über Rom weiter nach Berlin. Morgen um diese Zeit würde er zu Hause sein.
Der Gedanke war nicht sonderlich erbaulich. Seine Karriere beim Staatssicherheitsdienst war zu Ende. Paul hatte bestimmt mit der amerikanischen Botschaft und womöglich auch mit der CIA Kontakt aufgenommen. Karl kannte seinen Bruder wie sich selbst. Paul würde, nachdem er sich verraten fühlte, seine Drohung wahr machen und der CIA enthüllen, wer für den Tod ihrer Agenten verantwortlich war, und die CIA würde jemanden schicken, vielleicht sogar ein Team, zwei oder drei Mann. Sie würden ihn liquidieren. Todesursache würde ein Unfall sein, aber für jeden der internationalen Geheimdienstgilde war die Botschaft klar verständlich. Urteil und Hinrichtung.
Karl konnte seine Zukunft sehen, als schaute er in eine Kristallkugel. Er würde mit Magda und den Kindern in die Sowjetunion ziehen, wo ihm Onkel Alex einen Beraterposten in irgendeinem KGB- oder Armee-Ausbildungszentrum besorgen würde. Nach dem Tod des Generalsekretärs würde er ein stiller Held der neuen Führung sein, doch sicher war er nur, solange Onkel Alex lebte. Danach war er ein Risiko für die Verschwörer – der Mann, der wußte, wie sie an die Macht gekommen waren.
Von heute an, dachte Karl, würde er ein Mann auf der Flucht sein. Er mußte ein zweites Leben planen, solange Onkel Alex noch in der Lage war, ihn zu beschützen. Er brauchte Geld auf einem Schweizer Konto, falsche Papiere und eine glaubhafte Todesursache, wenn die Zeit gekommen war. Otto Wenzler konnte ihm dabei behilflich sein: dafür, daß er Paul hatte entkommen lassen, hatte er einiges wiedergutzumachen.
Karl bezahlte und ließ das Wechselgeld sauber aufgestapelt zu einem kleinen Kegel auf dem Tisch zurück. Zu Hause brauchte er kein amerikanisches Geld mehr, das als Hinweis dienen konnte, wo er sich aufgehalten hatte. Er verließ das Restaurant, fuhr zu einem Einkaufszentrum und stellte den Winnebago am östlichen Rand des Parkplatzes ab; genau aus dieser Richtung würde Aeroflot *Plamenny* kommen, es wehte ein schwacher

Wind aus südlicher Richtung. Rollbahn 19 war in Betrieb. Der Anflug der Iljuschin würde von Norden her erfolgen.
Karl lud die Kawasaki aus, startete sie und ließ den Motor ein paar Takte laufen. Seine Fluchtroute verlief hinter dem Einkaufszentrum über einen Spielplatz, der zur Marlboro Pike Road hinausführte. Von da aus waren es fünfunddreißig Minuten bis zum National Airport.
Nachdem der Motor warmgelaufen war, stellte Karl das Motorrad an der Stelle ab, an der er es für seine Flucht benötigen würde. Wieder im Winnebago holte er die Redeye aus dem Behälter, installierte die zylindrische Batterie und überprüfte die Spannung. Die Rakete war einsatzbereit. Schließlich holte Karl das CIKOP-34F-Radio in dem Sony-Gehäuse hervor. Er stellte die Frequenzen für Andrews Air Force Base Annäherung, für den Tower und für die Bodenkontrolle ein. Acht Uhr dreißig. Der Generalsekretär hatte noch eine Stunde zu leben.

Kapitel 34

Eliot Ingerman kam gegen sieben Uhr dreißig am Sicherheitskommandoposten der Andrews Air Force Base an. Der Kommandoposten war ein kleiner, ganz oben im Flughafengebäude untergebrachter Raum mit gutem Blick über die Rollbahnen und Standplätze. Ingerman konnte die Sonderlimousine des russischen Generalsekretärs sehen, die zusammen mit anderen Regierungswagen von Moskau aus eingeflogen worden war. Reporter und Kameraleute drängten sich vor einer mit Seilen abgesperrten Fläche zusammen; am Rand standen die allgegenwärtigen Fernsehübertragungswagen, deren Parabol-Antennen auf irgendeine ferne Relaisstation zielten. Für ein solches Ereignis wirkte das ganz normal; alles war ruhig und bestens unter Kontrolle.

Und dann rief Paul Stafford vom Glenway Hospital aus an. Seine Frau hatte das Bewußtsein wiedererlangt und das bestätigt, was Paul zuvor behauptet hatte: Karl Alexander war in Washington und hatte Joanna Stafford entführt.

Ingerman blieb ganz ruhg. »Das ist äußerst interessant, Mr. Stafford«, sagte er. »Vor allem, weil wir letzte Nacht die Bestätigung erhalten haben, daß sich Karl Alexander in einem Trainingslager in der Sowjetunion befindet.«

»Bestätigung? Wie denn? Hat ihn jemand gesehn?«

»Ich nehme an, jemand hat mit ihm gesprochen ...«

»Höchstens ein Ortsgespräch. Er ist hier, und ich wette, daß er eine Redeye hat und sie gegen die Russen ...«

»Man hat mich außerdem informiert, daß eine Redeye keine Chance hat, den sowjetischen Luftabwehrschirm zu durchbrechen.«

»Wer sagt das? Derselbe Typ, der letzte Nacht mit meinem Bruder gesprochen hat?«
Staffords Gewißheit beunruhigte Ingerman mehr, als er sich eingestehen wollte.
»Ihre Frau«, sagte er. »Kann man mit ihr sprechen?«
Pause. »Soll das heißen, Sie glauben mir nicht?«
»Ich stelle lediglich fest, daß sich Karl Alexander nicht an zwei Orten gleichzeitig aufhalten kann. Es wäre mir eine Hilfe, wenn ich mit Ihrer Frau sprechen könnte.«
»Dann reden Sie besser zuerst mit dem Doktor.«
Der Doktor verweigerte Ingerman ein direktes Gespräch mit Joanna Stafford, erklärte sich aber einverstanden, eine Frage und eine Antwort zu übermitteln. Ingerman wollte wissen, ob Joanna sich ganz sicher war, daß der Zwillingsbruder ihres Mannes sich in Washington befand. Die Antwort war ein eindeutiges Ja. Ingerman verlangte wieder nach Paul.
»Er ist weg«, sagte der Doktor.
»Weg? Wohin?« wollte Ingerman wissen.
»Keine Ahnung, Mr. Stafford ist nicht mein Patient, sondern nur seine Frau. Wenn Sie mich bitte entschuldigen würden...«
Ingermans schlimmster Alptraum war Realität geworden: zwei glaubwürdige, in absolutem Widerspruch zueinander stehende Aussagen. Ihm blieb eine halbe Stunde, um sich für die Ausweichmöglichkeit Dulles zu entscheiden, mit all der öffentlichen Aufmerksamkeit, die das mit sich bringen würde. Ein Attentat auf den Generalsekretär – ganz egal, wie leicht es sich vereiteln ließ – würde Publicity von der schlimmsten Sorte mit sich bringen. Er fluchte leise vor sich hin, und Colonel Coswell schaute zu ihm hinüber.
»War das Stafford?«
Ingerman erklärte ihm die Situation, aber Coswell schien unbeeindruckt. »Die Russen sagen, die Redeye wäre untauglich. Sie sollten mal den alten Luftmarschall hören – er führt sich auf, als begrüße er einen Angriff, bloß um die Wirksamkeit der sowjetischen Gegenmaßnahmen demonstrieren zu können.«
Ingermans Magen brannte. Er hatte nicht die Absicht, die Russen beweisen zu lassen, daß sie einen Raketenangriff auf ame-

rikanischem Territorium abwehren konnten, den zu verhindern die Vereinigten Staaten nicht in der Lage waren.

»Uns bleibt keine Wahl«, sagte er. »Wir werden nach Dulles umleiten müssen, und ich werde es dem Präsidenten erklären müssen.«

Er griff zum Telefon.

»Ist das Ihr Ernst?« fragte Coswell.

»Was können wir denn sonst tun? Eine Münze entscheiden lassen, ob Karl Alexander sich in Rußland oder draußen auf Interstate 495 befindet? Ich nehm lieber die Folgen von Dulles auf mich, als daß ich einen Angriff riskier. Außer ich werde überstimmt.«

Coswell richtete seinen wetterkundigen Blick auf das Rollfeld, als Ingerman den Telefonhörer abnahm und eine Verbindung zum Weißen Haus verlangte.

»Diese Landebahn«, sagte Coswell, »ist fast dreitausend Meter lang, die Windgeschwindigkeit beträgt weniger als sieben Knoten. Für eine Iljuschin 62 wäre die Rückenwindkomponente keineswegs zu groß.«

Ingerman runzelte die Stirn und bat die Vermittlung um etwas Geduld. »Was schlagen Sie vor?«

»*Falls* da draußen jemand mit einer Rakete lauert, dann wird er eine Position bezogen haben, die darauf abgestimmt ist, daß die Maschine auf Rollbahn 19 landet. Die einfachste Lösung scheint mir zu sein, nur die Richtung zu wechseln. Lassen Sie sie auf Rollbahn 01 landen.«

Ingerman schaute aus den Fenster.

»Wo ist das?«

»Gleich da drüben. Es ist dieselbe Rollbahn, aber jedes Ende hat seine eigene Bezeichnung.«

»Sie meinen, ich soll die Richtung des Landeanfluges ändern?«

»Richtig.«

Ingerman legte den Hörer auf die Gabel.

»Das können wir so ohne weiteres tun?«

»Normalerweise wird so was nicht empfohlen. Wenn man mit Rückenwind landet, dauert es länger, bis man zum Halten

kommt, und die Bremsen werden auch stärker beansprucht. Aber die Landebahn ist lang, und bei einer Windstärke von sieben Knoten sollte eine Iljuschin eigentlich keine Probleme haben. Wenn da draußen irgendein Kerl in den Büschen lauert, kann er sich den Daumen in den Arsch schieben, während er die falsche Seite bewacht.«
Je mehr er darüber nachdachte, desto besser gefiel Ingerman die Idee. Sie schien schlicht und narrensicher zu sein. Und brachte kein negatives politisches Echo mit sich.
»Okay«, sagte Ingerman. »Mal sehen, ob wir das den Russen verklickern können.«

Der Plan war simpel, aber nicht narrensicher, wie Ingerman gedacht hatte. Auf dem Stützpunkt Andrews standen die Einsatzfahrzeuge für Notfälle routinemäßig im ersten Drittel der Rollbahn vom Landepunkt aus gesehen. Als die Landebahnbezeichnung geändert wurde, wurden die Einsatzfahrzeuge über die Frequenz der Bodenkontrolle davon in Kenntnis gesetzt, eine von mehreren Frequenzen, die Karl empfing. Er justierte gerade den Spiegel am Rand der Dachluke, als der Ruf durchkam:
»Achtung, an alle Bodenfahrzeuge. Andrews aktive Landebahn ist jetzt geändert auf Zero Eins. Wiederhole: Bezeichnung für aktive Landebahn ist jetzt Zero Eins. Bestätigung.«
Karl setzte sich an den kleinen Küchentisch und stellte die beiden anderen Kanäle leiser. Ein Fahrzeug nach dem anderen bestätigte die Änderung.
»Crash 3, in Position Zero Eins.«
»Crash 4, auf dem Weg zu Zero Eins.«
»Crash 5, äh, ich weiß nicht, woher für euch Jungs der Wind weht, aber bei mir kommt er immer noch aus Süden.«
»Wind ist zwei eins zero bei fünf«, bestätigte der Bodencontroller. »›Gipfel Eins‹ wird mit dem Wind im Rücken landen.«
Eine nicht identifizierbare, leise Stimme knurrte. »Wenn das nicht mal wieder typisch für die Russen ist.«
Karl sprang auf. Es war fast neun. Ihm blieb kaum eine halbe Stunde, um seine Position zu wechseln und den alternativen Ab-

schußplatz südlich von Andrews in der Wohnsiedlung Linwood Acres mit Namen zu erreichen. Er schob das Motorrad zurück in den Winnebago, warf eine Decke über die Redeye und fuhr los.

Warum? Die Frage ließ ihm keine Ruhe, während er das plumpe Wohnmobil durch Straßen steuerte, in denen sich plötzlich der Verkehr staute. Warum hatten sie die Landebahn geändert? Flugzeuge landeten gegen den Wind. Immer. Es ergab keinen Sinn, daß sie plötzlich diese Regel änderten – es sei denn, sie wußten Bescheid.

Der Gedanke, seine Mission könnte gescheitert sein, war unerträglich. Doch wenn es so war, mußte in Moskau etwas schiefgegangen sein. Es war nicht seine Schuld. Er war nur für einen kritischen Punkt verantwortlich, und das war sein Bruder. Aber selbst wenn Paul seinem Gefängnis in Berlin entronnen war, so wußte er doch nichts von der Redeye-Mission.

Eine weniger bedrohliche Möglichkeit kam Karl in den Sinn. Vielleicht war das Ganze eine reine Vorsichtsmaßnahme der Amerikaner – eine Änderung der Pläne in letzter Minute, um ein Attentat zu verhindern, wie unwahrscheinlich auch immer es sein mochte... Nicht mehr weit von seinem Ziel entfernt steckte Karl plötzlich in einem Verkehrsstau. Die Zeit lief ihm weg, und sein Wagen stand Stoßstange an Stoßstange auf einer Landstraße.

Dann sah er den Grund für die Verzögerung. Ein Stück vor ihm bogen eine Anzahl von Wagen zum Piscataway-Golfplatz ab. Ein Schild an der Einfahrt verkündete: *Memorial Day Turnier.* Der verfluchte Feiertag.

Hinter dem Golfplatz war die Straße leer, merkwürdigerweise sogar in beiden Richtungen. Er hatte mit einer gleichen Anzahl von Fahrzeugen aus entgegenkommender Richtung gerechnet. Einen Augenblick später wußte er warum. Ein Streifenwagen blockierte die Straße.

Karl tastete in seiner Tasche nach der Smith & Wesson. Ihm waren noch zwei Schuß geblieben, und zwei Polizisten standen neben dem Wagen. Er stoppte, und einer der Polizisten trat auf den Winnebago zu.

»Sind Sie Anwohner, Sir?«
»Was ist denn los?«
»Nur Bewohnern von Millsford und Linwood Acres ist die Zufahrt gestattet. Ich muß Ihren Führerschein oder irgendeinen anderen Nachweis Ihres Wohnorts sehen, um Sie durchlassen zu können.«
Karl überlegte: ein Straßenname, den er sich während seiner Erkundungsfahrt gemerkt hatte, fiel ihm ein.
»Ich besuche die Wilsons am Arrowhead Drive.«
»Nun. Sie werden anrufen und sich abholen lassen müssen. Oder trinken Sie irgendwo eine Tasse Kaffee. Gegen halb zehn sind wir von hier verschwunden.«
»Worum geht's denn überhaupt?«
»Wer weiß das schon. Die Straße soll einfach gesperrt werden. Wenn Sie mich fragen, es sind die Russen. Ihr Oberhäuptling landet heute in Andrews.«
Karl wendete. Er versuchte ganz kühl seine Möglichkeiten abzuschätzen. Die Gegend an diesem Ende des Luftwaffenstützpunkts war ländlich und bewaldet. Konnte er das Wohnmobil irgendwo parken und quer über die Hügel laufen? Er bezweifelte, ob ihm soviel Zeit bleiben würde. Dann fiel ihm die Kawasaki ein. Sie war auch fürs Gelände geeignet. Mit der Redeye über der Schulter würde er sich auf Teufel komm raus verdächtig machen, aber wenn er sich von Straßen und Häusern fernhielt, konnte er's schaffen – falls er nicht von den Helikoptern entdeckt wurde, die zur Zeit die Einflugschneise abflogen.
Dann tauchte wieder der Piscataway-Golfplatz auf und brachte ihn auf eine bessere Idee. Vom Kartenstudium her erinnerte er sich, daß der Kurs sich in Keilform fast bis zur Einflugschneise erstreckte. Ohne weiter zu überlegen, bog er ein, parkte und rannte zum Clubhaus. Fünf Minuten später war er wieder mit einem Golfwagen und einem Satz Schläger beim Winnebago.
Er warf die Schläger achtlos zu Boden und schlitzte mit einem Messer die ledernen Trennwände an der oberen Öffnung der Golftasche auf. Der längste Teil der Redeye, der Rumpf, paßte leicht in den Sack, doch der Handgriff und das Visier waren zu sperrig und die Rakete insgesamt zu lang, um sie vollständig zu

verbergen. Er zog seine Jacke aus und drapierte sie über den herausragenden Teil. Vielleicht erinnerte das alles nicht unbedingt an Golfschläger, aber nach einer Redeye sah es ganz bestimmt nicht aus. Vor allem nicht für über ihm kreisende Helikopter.

Er stellte die Golftasche hinten in den Wagen und strebte auf das Loch acht zu, nichts weiter als ein Sportsmann, der noch ein bißchen üben wollte – mit dem merkwürdigsten Satz Golfschläger auf dem ganzen Gelände.

Paul und Annie fuhren zum zweiten Mal in vierundzwanzig Stunden nach Andrews hinaus. Paul war entschlossen, zu beweisen, daß Karl Alexander wirklich existierte. Sein Bruder war eine zu große Bedrohung, als daß man ihn hätte frei herumlaufen lassen können – für Joanna und ihn ebenso wie für die Zielperson seines Attentats. Wer konnte wissen, wann oder zu welchem Zweck Karl wieder in seine Haut schlüpfte? Es gab nur eine Möglichkeit. Man mußte ihn aufhalten und ausschalten.

Annie saß neben ihm vorgebeugt auf dem Beifahrersitz. »Wissen Sie«, sagte sie, »irgendwie hoffe ich, daß man Ihnen nicht glaubt. Ich glaube, ich kann Karl überzeugen, auf unsere Seite zu wechseln...«

»Das hab ich bereits versucht.«

»Sie drohten, ihn auffliegen zu lassen. Sie haben ihm kein neues Leben angeboten.«

»Wollen Sie das tun?«

»Ich möchte eine Amnestie für ihn, falls er die Fronten wechselt.«

»Und was ist mit mir? Vielleicht laufe ich zu den Russen über.«

Bei seinem sarkastischen Tonfall blickte sie schnell auf.

»Sie verstehen immer noch nicht die Bedeutung der Gabe, die Sie besitzen.«

»Es ist keine Gabe, glauben Sie mir.«

Sie erreichten die Chevron-Tankstelle, an der sie sich mit Hugh Roark verabredet hatten. Der CIA-Mann, in Sporthosen und

einem leichten beigen Jackett über einem offenen Hemd, lehnte an einem Ford Taunus. Paul hatte seit zwei Tagen kaum geschlafen, sich weder rasiert noch die Kleidung gewechselt. Annie sah nicht viel besser aus. Ihre Augen lagen tief in den Höhlen, ihr Kleid war zerknittert, und ihre Lederstiefel schlugen eine Menge Falten.
Hugh breitete auf dem Wagendach eine Karte aus und zeigte ihnen die Gebiete, die sie seiner Meinung nach überprüfen sollten. Außer Annie schien er der einzige zu sein, der noch an Karl Alexanders Existenz interessiert war. Einmal warf er einen Blick auf den Alfa und erkundigte sich, ob er Funk hätte. Paul schüttelte den Kopf.
»Der Audi hatte Sprechfunk.«
»Dann übernehme ich die Highways hier – 337, 4, I-95, Westphalia und Suitland sowie den Industriepark. Ihr kümmert euch um diese beiden Wohnbezirke und das Einkaufszentrum.«
Hugh wollte wissen, ob Joanna wirklich einen Winnebago erwähnt oder ganz allgemein von Wohnmobilen gesprochen hatte. Paul war sich nicht sicher, also beschlossen sie, alle Wohnmobile zu überprüfen.
Annie rief Hugh nach: »Denk an unsere Abmachung, wenn du ihn findest.«
Hugh nickte knapp und brauste mit seinem Taunus los.
»Was für eine Abmachung?« fragte Paul.
»Hugh ist einverstanden, Karl lebend zu erwischen.«
»Ein Jammer, daß Sie sich nicht bei Karl erkundigt haben, ob er bereit ist, Hugh am Leben zu lassen.«
Annie öffnete den Mund zu einer Antwort, überlegte es sich dann aber anders. Sie brauchten zehn Minuten, um ein Einkaufs-Center zu überprüfen, und entdeckten drei Wohnmobile; in keinem waren Anzeichen von Karl oder einer Redeye-Rakete zu entdecken. Dann fuhren sie die Straßen eines nahe gelegenen Wohngebiets ab. Einmal sahen sie tatsächlich einen Winnebago, der an der Straße parkte, aber die Vorhänge waren zugezogen, und man konnte nicht hineinschauen. Ein Mann kam aus der Tür eines angrenzenden Hauses und fragte, was sie woll-

ten. Der Winnebago gehörte ihm. Nein, heute morgen hatte er keine weiteren Wohnmobile in der Nachbarschaft gesehen.

Sie landeten schließlich bei demselben Drugstore, an dem sie tags zuvor gehalten hatten. Neun Uhr fünfzehn. Annie musterte den Himmel.

»Wo wird das Flugzeug auftauchen?«

»Aus dieser Richtung.« Paul deutete. »Er kommt direkt von dort drüben. Wenn Sie durch den Zaun sehen, können Sie die Rollbahn erkennen.«

Der Zaun war auf der anderen Straßenseite. Jenseits waren in einiger Entfernung etliche Luftwaffen-Jets vor einem riesigen Hangar zu erkennen. In niedriger Höhe kreisten zwei Helikopter in der Einflugschneise, so wie sie es bei der Landung von Air Force One auch getan hatten.

Die Einflugschneise.

Paul schaute zurück in die Richtung, die er Annie gezeigt hatte. Der Himmel war leer.

»Der Teufel soll mich holen«, sagte er.

»Was?«

»Er hat mir *tatsächlich* geglaubt. Der Bastard hat mir schließlich trotzdem geglaubt.«

»Wovon reden Sie?«

»Schauen Sie dort, jenseits des Stützpunkts. Was sehen Sie da am Himmel?«

»Bloß einen Helikopter. Kein Flugzeug.«

»Zwei Helikopter. Sie überfliegen und kontrollieren zur Sicherheit immer die Einflugschneise. Erinnern Sie sich an gestern?« Paul wandte sich dem Wagen zu. »Kommen Sie.«

»Aber das ist die ...« Sie verstummte abrupt, als ihr die Bedeutung seiner Worte klar wurde. Sie glitt auf den Sitz neben ihm. »Ingerman ließ den Landeanflug ändern?«

»Sie sagen es. Sie machen's mit Rückenwind.«

Die Reifen rauchten, als Paul aus dem Parkplatz schoß. Annie hielt sich schnell fest. »Wenn sie die Landebahn gewechselt haben«, schrie sie, »wie soll Karl das dann mitbekommen haben?«

»Wenn er's nicht weiß, hat Hugh ihn ganz für sich allein.«

Annie gab Paul die Richtung an. Sie brauchten zehn Minuten, um die andere Seite von Andrews zu erreichen. Als sie an dem Golfplatz vorbeifuhren, rief Annie: »Wir haben's fast geschafft.«
Und dann hatten sie plötzlich eine Straßensperre vor sich. Als der Polizist Paul sah, hätte er sich vor Verblüffung fast hingesetzt. Dann musterte er den Wagen und lächelte.
»Nun, Sir«, sagte er, »der Wagen ist ja um einiges kleiner, aber er kommt immer noch nicht durch.«
Ein Schwall von Fragen ergab, daß Karl vor zehn Minuten mit dem Winnebago hier umgekehrt war.
»Ich hab beim Golfplatz einige Wohnmobile stehen sehen«, sagte Annie.
Es waren vier Wohnmobile, darunter zwei Winnebagos. Sie schauten durch die Fenster; im zweiten Winnebago sahen sie ein Motorrad und einige auf dem Boden liegende Golfschläger. Sie gingen ins Clubhaus; im Golf-Shop wurden eifrig Golfbälle, Abschlagvorrichtungen und Schirmmützen verkauft. Das Turnier begann erst gegen Mittag, aber jetzt wimmelte es schon von Golfern und Familien, die hier Picknick machen wollten.
Paul bahnte sich einen Weg zum Mietservice. »Haben Sie einen Mann gesehn, der mir sehr ähnlich ist?«
Der Junge hinter dem Schalter trug einen grünen Blazer mit Clubinsignien. Er grinste Paul an und sagte, »Nun, entweder waren Sie es selber oder Ihr Zwillingsbruder.«
»Mein Bruder«, sagte Paul. »Hat er einen Golfwagen gemietet?«
»Ist noch nicht lange her.«
»Was für eine Farbe?«
»Weiß, wie alle anderen auch.«
»In welche Richtung ist er los?«
»Kann ich Ihnen nicht sagen.«
»Ich brauch einen Wagen.«
»Entschuldigen Sie«, sagte ein Mann in karierten Hosen. »Aber ich war zuerst da.«
»Es ist sehr dringend ...«
»Sicher, aber stellen Sie sich trotzdem hinten an.«

»Hören Sie, es geht hier um Leben und Tod ...«
Annie mischte sich ein. »Sein Bruder muß Medikamente nehmen. Er hat heute morgen das falsche Fläschchen mitgenommen. Er hat Digitalin statt Insulin. Wenn er es einnimmt, bekommt er einen Schlaganfall.«
»Oh, selbstverständlich, Miss, das ist was anderes.«
Der Mann trat beiseite, und wenige Minuten später jagten Paul und Annie mit dem Golfwagen so schnell wie möglich über die Wege. Sie nahmen eine Abkürzung zwischen dem vierten und achten Loch und fuhren direkt zum Ostrand des Platzes. Als sie ankamen, brach ein Pärchen auf. In der Nähe stand ein leerer Golfwagen.
»Haben Sie zufällig gesehen, wer den Wagen zurückgelassen hat?« rief Paul.
»Ich glaub, der ist defekt«, erwiderte die junge Dame. »Er stand bereits hier, als wir kamen.«
Sie befanden sich an der Ostgrenze; hier begann das Gebiet der Einflugschneise für Landebahn 01. Die leicht bewaldeten Hügel vor ihnen boten Karl zahlreiche Versteckmöglichkeiten.
Paul schaute auf seine Uhr. Es war neun Uhr dreißig. Als sie in den Wald eindrangen, schlug Annie vor, getrennte Wege zu gehen.
Paul schüttelte den Kopf. »Zu gefährlich. Er hat meinen Revolver, haben Sie das vergessen?«
»Und ich hab das.« Annie zog eine Deutonics Automatic aus ihrer Handtasche. Paul starrte sie überrascht an.
»Wissen Sie, wie man damit umgeht?«
Sie warf ihm einen vernichtenden Blick zu und sagte: »Rufen Sie einfach um Hilfe, wenn Sie ihn sehn.«
Getrennt machten sie sich auf die Suche.

In der kompakt gebauten Golftasche mit ihren Schulterriemen ließ sich die Redeye gut transportieren. Karls erstes Ziel war, einen Aussichtspunkt zu finden, von dem aus das Visier der Rakete direkten Kontakt zu dem Flugzeug hatte. Ein Wasserturm direkt unter der Einflugschneise ergab eine geradezu ideale Position; er stand auf einem Hügel mit Blick über den

Golfplatz und Andrews. Doch da die Helikopter das Gebiet scharf kontrollierten, hielt Karl es für zu riskant, sich hier einzunisten. Der Turm war rotweiß kariert gestrichen und zog allein schon deswegen die Aufmerksamkeit auf sich.
Endlich fand er eine kleine Lichtung auf einem benachbarten Hügelkamm. Hier war er bis zum letzten Augenblick von den Bäumen geschützt. Über Kopfhörer versuchte er den Funk seines sich nähernden Ziels hereinzubekommen. Die Sowjets hatten leichte Verspätung; um 9 Uhr 30 nahm die Iljuschin Kontakt mit dem Tower auf.
Karl trat unter den Bäumen hervor und baute sich auf, den Rücken dem sich nähernden Flugzeug zugewandt. Die Redeye ruhte mit schräg himmelwärts gerichteter Spitze auf seiner rechten Schulter, während er darauf wartete, daß die Iljuschin in sein Blickfeld gelangte. Weil er sich nicht direkt auf dem Hügelkamm befand, konnte er den Flughafen nicht sehen, aber mit dem Wasserturm als Orientierungspunkt wußte Karl, daß er genau unter der Einflugschneise stand.
Im Kopfhörer vernahm er die Stimme des sowjetischen Piloten, der seine Position durchgab.
»Gipfel Eins beginnt mit dem Landeanflug auf Landebahn Zero Eins.«
»Roger, Gipfel Eins, Wind zwei zwei null bei sechs, Höhenmesser drei null eins vier.«
Mit dem rechten Daumen legte Karl den Sicherungshebel um und drückte sein Auge an die Visiervorrichtung. Mit einem leisen Jaulen nahm das Gyroskop der Redeye Tempo auf.
Links von ihm sagte eine Frauenstimme, »Karl Alexander.«
Er erstarrte, riß dann den Kopf herum; vor ihm stand eine Frau mit blonden, ungekämmten Haaren, die eine Pistole auf ihn gerichtet hatte.
»Haben Sie keine Angst«, sagte sie. »Ich werde Ihnen nichts tun. Ich brauche Ihre Hilfe ebenso wie Sie die meine.«
»Wer sind Sie?«
»Mein Name ist Annie Helms. Ich bin Wissenschaftlerin bei der Central Intelligence Agency. Ich weiß alles über Sie und Paul.«

»Paul!«
»Hören Sie mir zu. Es ist vorbei. Was Sie jetzt tun, ist sinnlos. Wenn Sie ihn töten, wird eben ein anderer im Kreml seinen Platz einnehmen. Sie haben nichts erreicht – nur Ihren eigenen Tod, denn alle wissen Bescheid – die CIA, die Russen, alle. Ihre Tarnung ist aufgeflogen, Karl. Es ist vorbei, aber ich kann Ihnen helfen. Ich kann Ihnen ein neues Leben anbieten ...«
Langsam ging sie auf ihn zu, die Waffe auf seine Brust gerichtet, während sie ruhig, aber intensiv auf ihn einredete. Er schätzte die Zeit ab, die er brauchte, um die Smith & Wesson aus seiner Tasche zu reißen. Zu lang.
In den Kopfhörern berichtete der Sowjetpilot über eine Kurskorrektur. Die Frau redete immer noch ...
»Karl, hören Sie mir zu. Ich kann Ihnen Asyl anbieten. Kommen Sie auf unsere Seite. Sie können größere, wertvollere Dinge vollbringen, als Sie sich je hätten träumen lassen. Was Sie und Ihr Bruder gemeinsam haben, ist eine unschätzbare Gabe, eine mentale Identität von einer derartigen Genauigkeit ...«
»Woher wissen Sie das?«
»Ich bin über die Träume informiert. Ich weiß, daß sie über eine beiderseitige Affinität verfügen, die so selten ist, daß es – wenn überhaupt – vielleicht Jahre dauern wird, bis wieder ein derartiger Fall auftaucht. Sie und Paul sind mehr wert als irgendein politischer Führer, begreifen Sie das? Sie besitzen eine Gabe, und ich kann Sie retten. Ich möchte, daß sie beide sich an einem Forschungsprogramm beteiligen, Sie und Paul ...«
»Hat Paul Sie geschickt?«
»Er ist hier, bei mir.«
Also hatte Joanna gelogen. Paul war frei; oder er war entkommen. Über die Kopfhörer vernahm er die Stimme des Sowjetpiloten. »Gipfel Eins letzte Wende.«
»Roger, Gipfel Eins. Rollbahn null eins klar zur Landung.«
Die Frau redete immer noch, jetzt noch schneller. »Ich *versuche* Ihr Leben zu retten, Karl. Ich werde Sie nicht erschießen. Wenn Sie weiter Ihren Plan verfolgen, kann ich Sie nicht schützen. Wenn Sie aufgeben, kann ich Sie retten.«
Karls Blick ruhte auf der Pistole in ihrer Hand, schätzte das

Ausmaß der Bedrohung, schätzte die Entfernung ab. Wenn ihn nur nicht das Gewicht dieser verdammten Rakete hemmen würde, wenn er nur die Hände frei hätte ...
»Karl, bitte, Sie *müssen* mir vertrauen. Hier.«
Und mit diesen Worten warf sie die Waffe beiseite.
In dem Moment wußte Karl: das wirre Haar, die zerknitterte Kleidung, der seltsame Gesichtsausdruck – die Frau war nicht ganz bei Trost. Er griff in die Tasche und holte die Smith & Wesson heraus.
»Ich bin nicht hier, um Sie aufzuhalten«, sagte Annie und breitete die Arme aus. »Ich will Ihnen ein neues Leben anbieten.«
Das Dröhnen des Jets erreichte ihn. Es war Zeit. Karl hob den Revolver und jagte ihr eine Kugel mitten in die Stirn.

Paul hörte den Schuß von der anderen Seite des Hügels. Er rief Annies Namen und rannte los. Das Jaulen des anfliegenden Jets wurde immer lauter, als er den Hügelkamm erreichte und innehielt. Karl mußte ganz in der Nähe sein, aber wo?
Ein Stück den Hang hinab lichtete sich der Wald. Karl brauchte freien Raum, um die Rakete abfeuern zu können, dachte Paul und rannte auf die Lichtung zu, sprang über Äste und halbvermoderte Baumstämme. Ein Schatten huschte über das Land, als die Iljuschin über ihn hinwegdonnerte. Paul stürzte auf die Lichtung hinaus. Karl stand keine zehn Meter entfernt; die Redeye ruhte auf seiner Schulter, sein Gesicht war ans Visier gepreßt. Zu seinen Füßen lag Annie Helms, die blonden Haare blutverklebt...
Karl hatte seinen Bruder nicht gehört. Als die Iljuschin in Sicht kam, nahm er die Maschine ins Visier und aktivierte gleichzeitig mit dem linken Daumen das Leitsystem. Ein schrilles Erkennungssignal verkündete, daß der Infrarot-Sensor die Düsen des Jets angepeilt hatte. Karl hob die Abschußvorrichtung leicht an, um die Iljuschin mitten in den Kreis zu bekommen, und faßte Druckpunkt...
Während Paul sich auf Karl hechtete, sah er jede einzelne seiner Bewegungen wie im Vergrößerungsglas; er sah die Anspannung der Arme, er sah das endgültige Justieren der Abschuß-

vorrichtung, er sah, wie sich Karls Finger um den Abzug spannte ... dann krachte er von hinten gegen seinen Bruder. Die beiden Männer stürzten zu Boden; im selben Augenblick zischte die Rakete mit einem gedämpften *Whomp* aus ihrer Abschußvorrichtung.

Die Wucht von Pauls Ansturm brachte die Mündung der Abschußvorrichtung von ihrer Zielrichtung ab und veränderte den Kurs der Rakete. Die Zündladung jagte die Redeye zwanzig Fuß in die Luft, wo sie einen Augenblick fast bewegungslos in der Luft zu hängen schien, bevor die Hauptkammer zündete. Die Steuerfinnen schnappten auf, doch der Infrarot-Sensor hatte sein Ziel verloren. Die Redeye schoß blindlings in Baumhöhe davon, während ihr Gyroskop die ursprüngliche Zielrichtung wieder anzusteuern versuchte. Einen Augenblick lang schwankte die Rakete wild hin und her, dann hatte der Sensor sein Ziel wieder erfaßt, genau an der äußersten Peripherie für noch mögliche Kurskorrekturen. Mit den vier eng zusammenstehenden Triebwerken der Iljuschin als strahlendes Ziel schoß die Redeye in steiler Flugbahn nach oben.

Ein blitzendes Rotlicht und Warntöne ließen den Luftverteidigungsoffizier in Aeroflot *Plamenny* in seinem Sitz zusammenfahren. Das Wildfire-DeTect-System hatte eine Hochtemperaturquelle aufgespürt. Der Offizier haßte diese Alarmmeldungen. Das DeTect-System war so empfindlich, daß selbst so harmlose Dinge wie ein Feuerwerk oder Leuchtkugeln einen Alarm auslösten. Aber schließlich befanden sie sich im Luftraum der Vereinigten Staaten, und die Möglichkeit einer Rakete... Mit einem schnellen Blick auf das blaue Licht an der Schalttafel vergewisserte er sich, daß das DeCoy-System aktiviert war. Der Offizier konzentrierte seine Aufmerksamkeit auf den DeTect-Schirm und ortete die Hitzequelle bei 176 Grad, fast genau hinter ihnen.

»Heißer Blitz«, rief er.

»Identifikation?« kam es vom Copiloten. Doch das konnte ihm der Offizier nicht sagen. Die Hitzequelle war plötzlich verschwunden.

Pauls Eingreifen hatte die Redeye auf eine falsche Flugbahn gelenkt. Kaum hatte der Sensor die Triebwerke der Iljuschin erfaßt, als der im Landeanflug befindliche Jet hinter dem Wasserturm verschwand. Die Rakete reagierte nur auf Hitze; sie besaß kein Radar, das sie vor irgendwelchen Hinternissen hätte warnen können. Der Raketenschweif beschrieb eine schnelle Korkenzieherdrehung, als die Redeye blindlings ihr Ziel suchte, bevor sie gegen den Wasserturm krachte. Es gab eine Explosion, gefolgt von einer Wasserkaskade, die wie die Niagarafälle funkelte. Der niederstürzende Katarakt übertönte das Geräusch des landenden Flugzeugs.

Die beiden Brüder lagen noch auf dem Boden. Jetzt blickten sie sich an. Karl sprach als erster.

»*Du*...««

Er griff nach der Smith & Wesson, doch die Waffe lag auf der Erde, zwischen ihnen, und Paul hatte schneller reagiert. Als Karl nach vorn stürzte, hatte Paul den Revolver bereits in der Hand. Karl erstarrte. Paul stand langsam auf, und Karl folgte seinem Beispiel. Paul ging, die Waffe immer noch auf seinen Bruder gerichtet, auf Annies verkrümmt am Boden liegenden Körper zu.

»Mach schon«, sagte Karl ruhig. »Erschieß mich.«

Pauls Hand zitterte, als Zorn und Haß in ihm aufloderten.

»Tu's doch, Paul. Töte mich, so wie ich die da getötet habe, wie ich deine Frau getötet habe, wie ich dich hätte töten können, damals als ich die Chance hatte. Mach doch, verdammt noch mal.«

Ein Teil von Paul wollte abdrücken, doch ein anderer Teil ließ ihn zögern... den Bruder kaltblütig abzuknallen... den Mann, der genauso aussah wie er...?

Karl spürte sein Zögern.

»Du kannst's nicht, was? Und weißt du auch warum? Wenn du mich tötest, wirst du wie ich sein.«

»Ich bin nicht wie du...«

»Oh, ich denke schon. Tief drinnen, Paul, da sind wir gleich, Brüder. Du wirst töten...« Er begann auf Paul zuzugehen.

»Bleib stehn, Karl...«

»Du glaubst, ich mach's dir leicht? Nein, jetzt hat sich alles um hundertachtzig Grad gewendet. Du bist der Killer, und ich bin das Opfer.«
»Du bist kein Opfer.«
»Ich will nicht hinter Gitter, verstehst du? Also wirst *du* die endgültige Entscheidung treffen müssen.«
Paul begriff, was der Bruder vorhatte – er wollte ihm die Bürde der Exekution aufhalsen ... während Karl gleichzeitig davon überzeugt war, daß er, Paul, sie nicht tragen konnte. Karl kam immer weiter auf ihn zu, den Blick fest auf den Bruder gerichtet. Paul trat zurück.
»Keinen Schritt näher.«
Karl streckte die Hand aus.
»Drück ab oder gib mir den Revolver.«
Mit einem Klicken spannte Paul den Hahn.
»Die Hände über den Kopf, Karl. *Deine* Entscheidung, nicht meine.«
Ein kurzer Augenblick des Zweifels. Karl starrte die Waffe an. Seine Augenbraue zuckte. »Du wirst sein wie ich.«
Er griff nach dem Revolver.
Und Paul drückte ab ...

Epilog

Es dauerte Wochen, bis sich Joanna vollständig von dem Unfall erholte. Paul war während dieser Zeit sehr zärtlich und aufmerksam, so als wolle er seine frühere Kälte wiedergutmachen. Als sie sich einigermaßen wohl fühlte, nahm er zwei Wochen Urlaub, und sie fuhren zur Hütte nach Maine – für beide eine Zeit der Rekonvaleszenz und der inneren Heilung. Es gab keine Beschuldigungen mehr, weder wegen Jasons Tod noch wegen ihrer Affaire mit Luis de Cuevo.

An einem Abend, drei Wochen nach ihrer Rückkehr nach Washington, lag Joanna schon im Bett und schaute zu, wie Paul sich auszog. Sie überlegte, ob sie ihm jetzt etwas sagen oder sich erst vom Arzt ihre Ahnung bestätigen lassen sollte. Paul stand mit nacktem Oberkörper vor der Frisierkommode und starrte in den Spiegel. Joanna wußte, was er dachte. Der Tod des Bruders quälte ihn; er konnte sich nicht von dem Gedanken befreien, Karls Blut vergossen zu haben. Seit sie wieder zueinandergefunden hatten, gab es Augenblicke, manchmal sogar mitten in einem Gespräch, in denen er plötzlich abwesend und zerstreut wirkte. Manchmal schreckte er vor dem eigenen Spiegelbild in einem Schaufenster zurück. Als er ins Bett kam, entschied sich Joanna, ihm von der Schwangerschaft zu erzählen. Vielleicht würde ihn das von Vergangenem ablenken und seine Gedanken in die Zukunft richten.

»He«, rief sie. »Hab ich dich schon wieder erwischt.«

Er drehte sich um und schenkte ihr ein schnelles Lächeln.

»Sorry.«

»Komm ins Bett.«

Er setzte sich aufs Bett und nahm ihre Hände in die seinen.
»Ich muß oft an ihn denken...«
»Ich weiß.«
»Er hätte wegrennen können. Ich glaube nicht, daß ich's fertiggebracht hätte, ihm in den Rücken zu schießen. Wenn er mich nicht bedroht hätte... Aber er kam auf mich zu...«
»Er hat nicht geglaubt, daß du abdrücken würdest.«
Paul schüttelte den Kopf. »Ich glaub, er wußte es. Ich glaub, er tat es, um zu beweisen, daß wir beide *in jeder Beziehung* gleich sind. Beide Killer...«
»Du bist kein Killer. So was darfst du nicht mal denken.«
»Ich glaub, er wollte, daß ich er bin.«
»*Das* ist gespenstisch!«
»Wenn alles andersrum gekommen wäre – wenn er in diesem Land aufgewachsen wäre, mit Vater und Mutter und einem normalen Familienleben –, wäre er dann ich geworden und ich hätte mich zu ihm entwickelt? War das alles nur eine Laune des Schicksals? Ein Zufall, den der Ort bestimmt, wo man aufwächst?«
Joanna schüttelte den Kopf. »Nein, nein, nein«, sagte sie sanft.
»Bist du sicher?«
»Ich bin mir absolut sicher. Karl fehlte etwas, das ihm weder Zufall noch Sozialisation hätte geben können. Wäre er in Amerika groß geworden, hätte er sich vielleicht nicht zu einem Killer entwickelt, aber er wäre niemals so wie du geworden. Ich hab den psychologischen Fachausdruck dafür vergessen, aber ich glaube, er war überhaupt nicht fähig, so was wie echte Liebe oder Gefühl für irgend jemanden zu empfinden. Loyalität, Pflichtgefühl, ja. Aber...«
»Aber wenn ich so aufgewachsen wäre wie er...«
»Dann wärst du trotzdem du geworden. Möglicherweise hättest du sogar als eine Art Kompensation den entgegengesetzten Weg eingeschlagen und wärst Arzt oder Priester geworden...«
Paul ließ seinen Blick über die Umrisse ihres Körpers unter dem Laken schweifen. »Hoffentlich kein Priester.«
Joanna schlang ihre Arme um seinen Hals und legte ihre Stirn gegen die seine.

»Das Wie oder Wo oder Was spielt überhaupt keine Rolle, du wärst immer du – der Mann, den ich will. Jetzt.«
Er zog sie an sich und küßte sie. Die schnell erwachende Leidenschaft hüllte sie beide ein. In letzter Zeit hatte ihr Liebesleben eine zusätzliche Intensität bekommen. Sie war dankbar dafür und fragte sich, ob es daran lag, daß sie dem Tod so nahe gewesen waren und daß deshalb diese elementarste Bestätigung des Lebens eine neue, mächtige Dimension angenommen hatte.
Paul wollte ihre Brüste küssen, aber Joanna hielt ihn zurück. Die rote Narbe, die ihren Leib entstellte, brachte sie immer noch in Verlegenheit.
»Mach das Licht aus«, flüsterte sie.
Paul stand auf und durchquerte das Zimmer. Er zog seine Hosen aus und griff nach dem Lichtschalter neben der Frisierkommode. Ein ordentlicher, nach oben konisch zulaufender Stapel Münzen erregte seine Aufmerksamkeit: Quarters ganz unten, dann Nickels, Pennies und Dimes. Stirnrunzelnd kippte er den Stapel um, knipste das Licht aus und ging durch das dunkle Zimmer auf Joanna zu.